Lisa Unger
Der heimliche Beobachter

Weitere Titel der Autorin:

Die treue Freundin
Die folgsame Tochter
Das makellose Mädchen

Über die Autorin:

Lisa Unger ist eine amerikanische Bestsellerautorin, deren Romane in ihrem Heimatland vielfach begeistert besprochen wurden. Auch international kann die Autorin mit ihren Thrillern große Erfolge verzeichnen, ihre Bücher erscheinen in 26 Sprachen, werden millionenfach gelesen und wurden bereits mit zahlreichen Preisen ausgezeichnet. Lisa Unger lebt mit ihrer Familie an der Westküste Floridas.

LISA UNGER

DER HEIMLICHE BEOBACHTER

thriller

Übersetzung aus dem Amerikanischen
von Anke Angela Grube

Lübbe

Die Bastei Lübbe AG verfolgt eine nachhaltige Buchproduktion. Wir verwenden Papiere aus nachhaltiger Forstwirtschaft und verzichten darauf, Bücher einzeln in Folie zu verpacken. Wir stellen unsere Bücher in Deutschland und Europa (EU) her und arbeiten mit den Druckereien kontinuierlich an einer positiven Ökobilanz.

Vollständige Taschenbuchausgabe

Deutsche Erstausgabe

Für die Originalausgabe:
Copyright © 2022 by Lisa Unger
Titel der amerikanischen Originalausgabe: »Secluded Cabin Sleeps Six«
Originalverlag: Park Row Books, New York

Dieses Werk wurde vermittelt durch die
Literarische Agentur Thomas Schlück GmbH, 30161 Hannover.

Für die deutschsprachige Ausgabe:
Copyright © 2024 by
Bastei Lübbe AG, Schanzenstraße 6–20, 51063 Köln

Vervielfältigungen dieses Werkes für das Text- und Data-Mining bleiben vorbehalten.

Textredaktion: Anne Fröhlich, Bremen
Umschlaggestaltung: Manuela Städele-Monverde
Einband-/Umschlagmotiv: © Magdalena Wasiczek / Trevillion Images (2)
Satz: Dörlemann Satz, Lemförde
Gesetzt aus der Quadraat und Quadraat Sans
Druck und Verarbeitung: GGP Media GmbH, Pößneck

Printed in Germany
ISBN 978-3-404-19248-9

2 4 5 3 1

Sie finden uns im Internet unter luebbe.de
Bitte beachten Sie auch: lesejury.de

Eine Autorin ist nichts ohne die Menschen, die ihre Worte, ihre Figuren und Geschichten in ihr Herz einlassen.

Mein zwanzigster Roman ist den treuen Leserinnen und Lesern, Buchhändlern und Buchhändlerinnen, Bibliothekarinnen und Bibliothekaren gewidmet, die es mir ermöglichen, mein Leben mit Schreiben zu verbringen. Einige haben meine Laufbahn vom allerersten Buch an verfolgt – sie wissen, dass sie gemeint sind! Vielen Dank dafür, dass Sie mich auf diesem wilden, großartigen Ritt begleiten.

TEIL I
HERKUNFT

Alle glücklichen Familien gleichen einander,
jede unglückliche Familie ist unglücklich auf ihre Art.

Leo Tolstoi: Anna Karenina

Prolog

Weihnachtsabend 2017

Die Karkasse liegt in der Mitte der Festtagstafel. Das Fleisch ist von den Knochen gelöst und verspeist, die Rippen bloßgelegt. Der Truthahn, so schön knusprig und glänzend, als er aus dem Ofen geholt wurde, ist nur noch ein Haufen Knochen. Auf den Tellern sind nur mehr Soßenreste, die Weingläser sind leer, mit rotem Bodensatz. Eine weiße Stoffserviette ist von rotbraunem Lippenstift verschmiert. Die Lichter des hohen Weihnachtsbaums blinken manisch.

Das Fest mit all seinen glitzernden Verheißungen ist vorbei.

Irgendwann kommt immer dieser Moment, an den Hannah sich schon aus ihrer Kindheit erinnert. Nach wochenlanger Vorfreude und Vorbereitungen, der Planung des Festessens, dem Besorgen und Verpacken der Weihnachtsgeschenke sind das Festmahl und die Bescherung vorbei. Es gibt keine Geschenke mehr zu verteilen oder entgegenzunehmen, keine freudigen Überraschungen mehr, jetzt muss nur noch aufgeräumt und das Geschirr abgespült werden. Als sie klein war, hat sie diesen Moment in seiner stillen, leisen Traurigkeit immer sehr stark empfunden. Jetzt, wo sie älter ist, erkennt sie darin das, was es ist: den Fluss des Lebens. Die Ruhe nach dem Sturm, dazu gedacht, sich zu erholen und neu einzustellen, bevor alles weitergeht, ob mit guten oder schlechten Ereignissen.

»Viel zu viel«, erklärt ihre Mutter Sophia und schiebt den Teller von sich weg, als wäre er schuld an der Völlerei. »Zu viel Essen.«

Sophia ist ernsthaft betrunken. Nicht dass sie undeutlich sprechen oder torkeln würde. Nein. Das niemals.

Es ist subtiler.

Ihr Ton wird schärfer, ihre Miene härter. Wie viel hat sie getrunken? Wann hat sie angefangen zu trinken? Schwer zu sagen. Sie sitzt zur Linken von Hannahs Vater Leo, der am Kopf der Festtagstafel thront. Er lächelt nachsichtig, während sie weiterschwafelt.

»Das ist das Problem mit diesem Land, nicht wahr? Die Leute wissen nie, wann sie aufhören sollen – mit dem Essen, mit ihrem Konsum.«

Hannah spürt, wie sich eine leichte Anspannung in ihren Schultern festsetzt. Jetzt ist es nur noch eine Frage der Zeit, bis Sophia den ersten Giftpfeil abschießt oder eine beiläufige Bemerkung von jemandem, vermutlich Leo, ihren Zorn erregt.

Hannah beschließt aufzustehen und die Teller abzuräumen. Besser, man bleibt in Bewegung.

»Lass doch, Süße«, sagt ihr Vater und fährt sich mit seiner großen Hand durch das immer noch dichte, schneeweiße Haar. »Bruce und ich übernehmen das. Du und Liza, ihr habt ja die ganze Arbeit gehabt.«

Sophia zupft mit ihren beringten Fingern an dem himmelblauen Kaschmirschal, den sie sich umgelegt hat. Seine Farbe passt zu ihren Augen. »Ich habe alles beaufsichtigt«, wirft sie ein, immer noch milde.

Hannahs Mutter wollte eigentlich nicht, dass sie Weihnachten hier feiern, sie hat des Öfteren angedeutet, wie viel Arbeit das für sie bedeuten würde. Also haben Hannah und ihre Schwägerin Liza die Einkäufe erledigt, die Vorbereitungen übernommen und heute gekocht. Und jetzt, wo das Essen ein Erfolg war, will Sophia einen Teil der Anerkennung.

»Ohne dich hätten wir das nicht geschafft, Mama.«

Hannah weiß immer, was zu sagen ist. Sie ist eine Expertin

im Navigieren auf diesem Terrain. Es bringt ihr ein liebevolles Lächeln ihrer Mutter ein, deren funkelnde blaue Augen leicht blutunterlaufen sind.

»Es waren Ihre Rezepte, Mrs. M.«, sagt Liza.

In Wahrheit haben sie die Rezepte von der väterlichen Seite der Familie verwendet. Es gibt ein altes, gebundenes Notizbuch, voll mit handgeschriebenen Rezepten aller Art, von Lasagne bis Kutteln, von weißer Muschelsoße bis Auberginenauflauf, von Kartoffelstampf bis hin zu dem perfekten gebratenen Truthahn oder Hochrippenbraten. Ihr Vater sagt immer, die Rezeptsammlung stamme von seiner italienischen Mutter und seinen Tanten, es seien Rezepte aus der alten Heimat und der neuen, im Laufe der Jahre erweitert. Das Heft weist jahrzehntealte Kleckereien auf, die Seiten sind eingerissen und zerknittert, und das Buch wird mit einem Gummiband zusammengehalten. In der Familie gibt es seit langem das Bestreben, alles zu digitalisieren und ein Kochbuch daraus zu machen. Aber es ist bisher nie dazu gekommen, weil alle immer zu beschäftigt sind und das Projekt jedes Mal in Vergessenheit gerät, bis Weihnachten wieder vor der Tür steht.

»Dieses Kochbuch«, sagt Liza, die immer noch nicht aufgegeben hat. »Es ist ein wahrer Schatz.«

Hannah wirft einen Blick auf ihren Vater, der entspannt am Kopf der Tafel sitzt, das übliche geduldige Lächeln im Gesicht, die Hände über dem Bauch gefaltet. Sophia gibt ein unverbindliches Brummen von sich. Liza räuspert sich und sieht Hannah an. Ihre Schwägerin kann nicht gewinnen, das sollte sie eigentlich wissen.

Ihre Mutter hat Liza nie angeboten, sie »Mutter« zu nennen, ja noch nicht einmal, sie mit dem Vornamen anzureden. Obwohl Liza jetzt seit einem Jahr mit Mako, Hannahs Bruder, verheiratet ist, hat Sophia sie noch immer nicht in die Familie aufgenommen, nicht wirklich. Sie ist freundlich zu ihr. Sehr höflich. Und dann auf einmal nicht mehr. Hannah hat keine Ahnung, warum ihre Mutter Liza so behandelt. Liza ist schön und freundlich, eine gute Ehefrau, eine pflichtbewusste Schwiegertochter. Hannah hat noch nie mit ihrer Mutter darüber gesprochen.

Ihr Mann Bruce legt Hannah tröstend die Hand aufs Knie. Sie schaut ihn an, seine dunklen Augen, die starke Kieferpartie, sein Lächeln. Es beruhigt sie; *er* beruhigt sie. Gemeinsam blicken sie auf den Video-Monitor, der vor ihnen auf dem Tisch liegt. Ihre neun Monate alte Tochter Gigi schläft friedlich, wie ein Engel auf einer rosa Wolke.

»Sie ist eine gute Schläferin«, sagt Sophia und beugt sich vor, um ebenfalls einen Blick auf den Monitor zu werfen, bevor sie sich ein neues Glas Wein einschenkt. Hannah sieht wieder ihren Vater an, der immer noch diesen zufriedenen, aber irgendwie leeren Gesichtsausdruck hat. Er ist ein kräftiger Mann, über eins achtzig groß. Ich habe große Knochen, sagt er gern. Sein Arzt will, dass er zehn Kilo abnimmt. Das wird wahrscheinlich nie passieren.

Bruce nennt Hannahs Vater »verpeilt«, was sie mehr irritiert, als es sollte.

Er ist nie so ganz da. Er ist wie weggetreten.

Das ist wahr, auch wenn Hannah nicht will, dass es stimmt. Leo war ihr immer ein liebevoller Vater und ganz präsent. Aber er neigt tatsächlich dazu, mit den Gedanken abzudriften, wenn es Streit gibt, und nicht nur dann. Oft lebt er wie in einer eigenen Welt, macht lange Spaziergänge, sitzt wie gebannt vor irgendeinem Computerspiel oder surft im Internet.

Aber weißt du, fügt Bruce immer rasch hinzu, *wenn ich mit deiner Mutter verheiratet wäre, würde ich das auch tun.*

Mako, Hannahs älterer Bruder, ist sofort nach dem Essen vom Tisch aufgestanden, hat sich auf die Sitzlandschaft neben dem gewaltigen Weihnachtsbaum gelegt und ist eingeschlafen. In dem weitläufigen, offenen Wohn-Essbereich ist er gut zu sehen, und als ein explosives Schnarchen ertönt, richten sich alle Blicke auf ihn.

Hannah lacht; sie und Mako standen sich schon immer sehr nahe, sie verstehen sich besser als die meisten Geschwister. Sie sind Freunde, Vertraute. Seit sie denken kann, haben sie einander unterstützt. Sie kann sich überhaupt nicht vorstellen, was sie ohne ihn wäre.

»Er hat zugenommen«, bemerkt Sophia.

Hannah wirft einen Blick auf ihren Bruder. Vielleicht hat er um den Bauch herum etwas zugelegt, aber er ist immer noch fit und viril und macht keinen ungesunden Eindruck. Er arbeitet zu viel, aus einem Antrieb heraus, den Hannah nicht immer versteht. Er schläft kaum. Konsumiert viel zu viel Junkfood.

Sophias Kommentar gilt Liza, Makos Frau. Als wäre es irgendwie ihre Schuld. Liza, zeitweise Veganerin und Yoga-Influencerin – was immer das bedeuten mag – hat Kleidergröße 32. Hannah ist froh darüber, dass sie nach Gigis Geburt inzwischen wieder in Größe 40 passt. Sie hat Diäten und Sport gemacht. Auf der väterlichen Seite der Familie sind alle ein wenig schwergewichtiger, ein Umstand, auf den ihre Mutter gern hinweist. Sophia selbst ist so mager, dass ihre Schlüsselbeine hervortreten.

Mako hat mindestens doppelt so viel gegessen wie jeder andere am Tisch. Liza hat sich ein papierdünnes Scheibchen Truthahn genommen, ein wenig Rosenkohl, kein Brot, keine Kartoffeln, und drei Gläser Wasser getrunken. Keinen Tropfen Alkohol. Nicht dass Hannah groß darauf geachtet oder gar versucht hätte, diese Essgewohnheiten nachzuahmen. Selbst wenn, es würde keinen Unterschied machen. Hannah wird nie Größe 32 haben. Und das ist völlig in Ordnung so.

»Er hat gerade sehr viel Stress«, sagt Liza, und ihre Schultern spannen sich leicht an. »Er ist ein Stress-Esser.«

Das stimmt. Hannah kennt das Gefühl – wenn sie wütend, traurig, frustriert oder besorgt ist, will auch sie nur noch Kohlenhydrate.

»Das neue Spiel wird bald rauskommen, und er arbeitet praktisch rund um die Uhr, auch am Wochenende«, fährt Liza fort und sieht mit einem besorgten Stirnrunzeln zu ihrem Mann hinüber. »Seine persönliche Assistentin hat ganz plötzlich gekündigt. Heute ist sein erster freier Tag seit Wochen.«

»Gekündigt?«, fragt Hannah. Das ist ihr neu. Sie fragt sich, was wohl passiert ist, kann es sich aber denken. Sie blickt auf ihren Teller hinunter.

»Ja«, sagt Liza. »Aber es ist gut, dass sie weg ist. Sie hatte eine sehr negative Energie.«

Das kann Hannah nur bestätigen. Die junge Frau war immer sehr schnippisch am Telefon und blickte etwas finster drein, wenn Hannah zu ihrem Bruder ins Büro kam. Sie war groß und sah umwerfend aus – vielleicht nicht direkt eine Schönheit, aber mit einem fast aggressiven Sexappeal. Ja, denkt Hannah, gut, dass sie weg ist. Sie wird ihrem Bruder vorschlagen, nächstes Mal einen männlichen Assistenten einzustellen.

Mako hat zu viel getrunken. Fünf Bourbons. Fünf. Wenn Hannah fünf Glas Whiskey trinken würde, müsste sie ins Krankenhaus. Sie beschließt, doch selbst den Tisch abzuräumen. Ihr Vater scheint sein Angebot vergessen zu haben, aber Bruce und Liza stehen ebenfalls auf, um ihr zu helfen.

»Wenn er dann und wann eine selbstgekochte Mahlzeit bekommen würde, müsste er vielleicht nicht so viel Junkfood essen«, sagt Sophia mit leichter Schärfe.

Da. Der erste Giftpfeil. Hannah merkt, dass sie den Atem anhält, und zwingt sich zum Ausatmen.

Aber Liza lächelt nur höflich. In vielerlei Hinsicht ähnelt sie Hannahs Vater. Sie ist ausgeglichen. Nicht so leicht in Wut zu bringen. Mako wäre vermutlich auf die Provokation eingegangen, sogar Hannah, wenn sie einen schlechten Tag hätte, und dann wäre ein richtiger Streit entbrannt. Was genau das ist, was ihre Mutter will. So traurig es ist, sie kann nur auf diese Art Nähe zulassen. Es hat eine jahrelange Therapie gebraucht, bis Hannah zu dieser Erkenntnis gelangt ist.

Aber Liza weicht gekonnt aus.

»Mako mag mein Essen nicht«, sagt sie und wirft Hannah einen amüsierten Blick zu. Sie spürt Dankbarkeit für ihre Schwägerin in sich aufsteigen. »Er mag Tacos. Die liebt er.«

»Du auch.« Hannah stößt Bruce an. »Ihr beiden habt Essgewohnheiten wie Teenager, wenn ihr in die Arbeit vertieft seid.«

Ihr Geplänkel scheint Sophia zu amüsieren, und die Gefahr ist gebannt. Sie räumen alle miteinander die Küche auf, während Mako auf dem Sofa schnarcht, dann versammeln sie sich im Wohnzimmer. Mako regt sich, setzt sich auf und reibt sich die Augen wie ein kleines Kind. »Was habe ich verpasst?«

»Nur alles«, sagt Liza.

Er legt ihr den Arm um die Schultern, und sie schmiegt sich an ihn, blickt zu ihm auf. Sie himmelt ihn an, das weiß Hannah. Ihr Bruder hatte schon immer diese Wirkung auf Frauen. Es liegt nicht nur an seinem Aussehen, obwohl das bestimmt auch eine Rolle spielt – er ist auf jungenhafte Art attraktiv, hat dichte Wimpern, starke Arme und gewelltes dunkles Haar, das er schon immer relativ lang getragen hat. Mako hat irgendetwas an sich, das Frauen dazu bringt, sich um ihn kümmern zu wollen. Und Liza liebt ihn, das ist deutlich zu sehen.

»Was haben wir denn hier?« Hannahs Vater ist hinter den Weihnachtsbaum geschlüpft, eine alte Weihnachts-Gewohnheit von ihm. Er versteckt seine Geschenke und holt sie erst gegen Ende des Abends hervor, wenn alle anderen Geschenke ausgepackt sind und jeder denkt, dass nichts mehr kommt. Hannah liebt diesen Moment, wenn sie eigentlich gedacht hat, das Fest sei vorbei, und es dann doch noch eine Überraschung gibt.

Leo kommt mit einem Stapel schön verpackter Schachteln zur Sitzlandschaft, schaut auf die Geschenkanhänger und verteilt sie.

»Von dir, Paps?«, fragt Hannah.

»Nein«, erwidert er mit einem Blick auf einen Geschenkanhänger. »Vom Weihnachtsmann.«

Sie hat keine Ahnung, ob er es ernst meint oder nicht. Eigentlich hat er seine Überraschungsgeschenke für dieses Jahr schon verteilt, Bargeld in einem dicken roten Umschlag, das er allen mit einer herzlichen Umarmung überreichte. »Du bist eine großartige Mutter«, hat er zu Hannah gesagt. »Ich bin so stolz auf dich und all das, was du erreicht hast.«

Ihr Vater ist immer stolz auf sie, auch wenn sie noch längst nicht das erreicht hat, was sie erreichen wollte. Und jetzt ist Gigi da.

Als alle ihre Schachteln in den Händen halten, auch Hannahs Vater, reißen sie das rote Geschenkpapier auf.

»Oh«, sagt Hannah und starrt auf die Regenbogen-Doppelhelix auf der Schachtel, den Firmennamen im Prägefoliendruck.

»Origins«, liest Bruce vor.

»Was ist das?«, fragt Sophia missbilligend.

»Ah«, sagt Mako. »Das ist so ein DNA-Test-Kit. Paps, ich bin beeindruckt. Ich hätte nicht gedacht, dass du mit so etwas ankommst. Zu Science-Fiction-mäßig.«

Sein Vater schüttelt den Kopf und lacht leise. »Ganz im Ernst, Leute, das ist nicht von mir.«

»Von wem dann?«, fragt Liza.

Alle schauen einander an und zucken ratlos mit den Schultern. Hannah verspürt leichtes Unbehagen. Irgendjemand ist hier nicht ehrlich. Wo sollten diese Geschenke sonst herkommen?

»Das muss von Mickey sein«, erklärt Sophia, hält ihre Schachtel hoch und zeigt auf Hannahs Bruder. Irgendetwas läuft zwischen den beiden ab; sie fixieren sich schon den ganzen Abend wie Mitglieder feindlicher Gangs. »Glaubt mir. Ich weiß es, wenn mein Sohn wieder einen seiner Tricks auf Lager hat.«

»Mako, Mama«, korrigiert Mako, der eigentlich Michael heißt

und Mickey genannt wurde, bis er aufs College ging, wo er beschloss, sein Kindheits-Ich abzustreifen.

Mako. Wie der Hai.

»Ach, genau«, sagt Sophia. »Der Name, den ich dir gegeben habe, war dir nicht gut genug. So wie alles andere. Du bist einfach nie zufrieden.«

Sie lässt ihre Schachtel fallen und bückt sich, um sie aufzuheben. Hannah hält den Blick auf Mako gerichtet. Eine zornige Röte steigt ihm ins Gesicht.

»Also«, sagt Leo, bevor Mako antworten kann. »Was genau soll das hier sein?«

Anders als Hannah es erwartet hat, explodiert Mako nicht. Er wirft lediglich einen verärgerten Blick auf seine Mutter und wendet sich dann an seinen Vater.

»Es ist ein sogenanntes Kit. Es enthält ein Röhrchen, in das man eine Speichelprobe geben kann. Man registriert sich online und sendet dann seine DNA-Probe an das Labor. Dann erhält man alle möglichen Informationen über sich selbst – Gesundheit, ethnische Herkunft, genetische Dispositionen und so weiter. Du könntest sogar entfernte Angehörige ausfindig machen, von denen du noch nie etwas gehört hast.«

»Ach«, meint ihr Vater und mustert die Schachtel genauer. Er wirkt vage interessiert, aber wachsam. Hannah vermutet stark, dass die Päckchen tatsächlich nicht von ihm stammen. »Ja, das klingt ein bisschen nach Science-Fiction.«

Sophia wirft Mako einen harten Blick zu. Selbst Hannah, die sämtliche Stimmungen ihrer Mutter kennt, kann ihren Gesichtsausdruck nicht deuten. »Ich in meinem Alter weiß genau so viel über meine Familie, wie ich wissen will, das versichere ich dir. Danke für dein Geschenk, *Mickey*. Aber ich bin nicht interessiert.«

Sie erhebt sich unsicher und wäre fast gestürzt, wenn Hannah nicht aufgesprungen wäre, um sie zu stützen.

»Mir geht's gut«, fährt ihre Mutter sie an und entreißt ihr den Arm.

Hannah setzt sich wieder. Bruce nimmt ihre Hand und wirft ihr einen beschwichtigenden Blick zu. *Deine Familie. Alter Falter. Wurdest du nach der Geburt vertauscht?* Das hat er gesagt, als sie ihn zum ersten Mal mit nach Hause brachte.

»Die sind nicht von mir«, sagt Mako.

»Wie du meinst, mein Sohn«, entgegnet Sophia. »Ich gehe ins Bett. Fröhliche Weihnachten euch allen und gute Nacht.«

»Sie sind wirklich nicht von mir«, wiederholt Mako und sieht Hannah an. »Sind sie von euch?«

»Nein, von uns bestimmt nicht«, versichert Hannah mit einem entschiedenen Kopfschütteln.

Alle sehen Liza an, die die Hände hebt. »Von mir garantiert nicht. Ich persönlich würde es mir zweimal überlegen, bevor ich persönliche Daten an eine derartige Firma schicke. Wer weiß, wozu sie die Informationen verwenden. Und ihr solltet ebenfalls gründlich darüber nachdenken, bevor ihr das tut. Oder spielt der Datenschutz überhaupt keine Rolle mehr?«

»Okay«, sagt Mako ungeduldig. »Von wem ist es dann? Wo kommen diese Schachteln her?«

Hannah betrachtet ihr Geschenk genauer. Die Beschriftung des Anhängers ist gedruckt, man kann also keine Schlüsse aus der Handschrift ziehen.

Für: Hannah
Vom: Weihnachtsmann.

Auch das rote Hochglanz-Geschenkpapier liefert keine Hinweise. Sie hat unzähligen Rollen davon bei Target gesehen.

»Papa, sind diese Päckchen mit der Post gekommen? Oder hat jemand sie abgegeben?«

Seit ihr Vater pensioniert ist, ist er für die Post zuständig – er geht zum Briefkasten und bringt die Pakete rein. Er erledigt jetzt auch die Einkäufe, bringt den Müll raus, macht Besorgungen. Der Jäger und Sammler.

Er hebt die Hände. »Nein, die sind nicht mit der Post gekommen. Irgendjemand muss sie reingeschmuggelt und hinter dem Weihnachtsbaum versteckt haben. Gestern waren sie noch nicht da.«

»Hm«, meint Hannah. »Ein Weihnachtsrätsel.«

Sie versucht, die Sache herunterzuspielen. Aber es ist schon merkwürdig, oder? Sie glaubt nicht, dass ihr Bruder lügt. Sie weiß mit Sicherheit, dass die Päckchen nicht von ihr und Bruce stammen. Hat noch jemand Zugang zum Haus? Hat sich jemand hier reingeschlichen? Nein, das ist doch albern. Der Einzige, der in Häuser einbricht und Geschenke hinterlässt, ist der Weihnachtsmann.

»Findet ihr das nicht auch merkwürdig?«, fragt sie.

»Jemand hat sich einen Spaß erlaubt«, meint Bruce, stapelt ihre beiden Origins-Schachteln aufeinander und legt sie zu ihrem Geschenkestapel.

Mako blickt noch einen Moment stirnrunzelnd drein, dann steht er auf und schenkt sich den sechsten Bourbon ein. Falls es Liza Sorgen bereitet, dass er so viel trinkt, zeigt sie es nicht. Sie betrachtet ihre Origins-Schachtel.

»Ich weiß nicht, wer uns das unter den Weihnachtsbaum gelegt hat oder warum. Tut mir leid, ich will nicht unhöflich sein, aber ich finde das Ganze ein wenig unheimlich. Besten Dank, aber meins landet im Müll«, erklärt sie.

Dann steht sie auf, um ihren DNA-Test zu entsorgen. Hannah hört, wie der Abfalleimer in der Küche geöffnet und wieder zugeklappt wird. Liza kehrt zum Sofa zurück. Hannah versucht, den Blick ihrer Schwägerin aufzufangen, aber die sieht Mako an, mit einem leichten Stirnrunzeln.

»Gute Idee«, sagt Hannah.

Sie überlegt, was sie noch hinzufügen könnte, um eine Verbindung zwischen ihnen herzustellen. Aber ihr fällt nichts ein. Sie gehen freundschaftlich miteinander um, sind aber keine Freundinnen – obwohl Liza immer höflich und herzlich ist. Es ist, als wäre da eine Barriere zwischen ihnen, die Hannah offenbar nicht durchdringen kann. Liza ist immer auf der Hut, und Hannah vermutet, dass Sophia der Grund dafür ist. Sie nimmt sich fest vor, mit ihrer Mutter zu reden und sie zu bitten, weniger spröde zu sein, Liza mehr das Gefühl zu geben, willkommen zu sein. Sophia hat ihre Macken, aber sie ist nicht immer unfreundlich. Sie kann auch warmherzig und witzig sein. Vielleicht fühlt sie sich durch Liza bedroht, obwohl Hannah sich nicht vorstellen kann, warum das so sein sollte.

Sie schaut sich noch einmal im Wohnzimmer um und spürt diese Leere, die Unterströmung von Traurigkeit, die den Feiertagen anscheinend immer anhaftet, weil man weiß, dass nichts, was funkelt und glitzert, Bestand haben kann. Stets folgt darauf die Dunkelheit. Hannah versucht, nicht an die Geschenke zu denken und daran, von wem sie sind. Es muss jemand sein, der sich in diesem Raum befindet, so viel ist klar. Aber was soll dieses Spielchen?

Sie wirft ihrem Bruder erneut einen Blick zu, aber sein Gesicht ist ausdruckslos. Sie schaut zur abgeschlossenen Haustür, zu den Fenstern, hinter denen Dunkelheit liegt. Es ist schon seltsam.

Hannah steht auf, um weiter aufzuräumen, während Mako und Liza ihre Sachen zusammensammeln. Hannah und Bruce werden hier übernachten, was Liza und Mako niemals tun. Hannah versteht das. Ihre Mutter sorgt nicht gerade für einen angenehmen Aufenthalt. Sogar Bruce würde es vorziehen, nicht hier zu schlafen. Aber sie werden bleiben. Und Gigi schläft tief und fest in ihrem Körbchen in der großzügigen, schön eingerichteten Gästesuite.

Es ist eben ihre Familie. Bruce hat außer seiner Mutter kaum Angehörige. Eigentlich gar keine. Also wird Hannahs Familie alles sein, was Gigi hat. Sie ist nicht perfekt.

Aber welche Familie ist schon perfekt?

Draußen in der Auffahrt umarmt Mako sie fest.

»Warum hast du diese Geschenke mitgebracht?«, fragt sie leise.

»Warum sollte ich das tun?«

»Richtig«, sagt sie. Ja, warum sollte er?

»Lass dich nicht vom Mama ärgern«, flüstert sie und drückt ihn fest an sich.

»Du hast recht. Sie ist eben, wie sie ist.«

»Das gilt für uns alle, oder? Niemand ist vollkommen.«

Er legt die Hand an ihre Wange. »Außer dir.«

Hannah bedeckt seine Hand mit ihrer. Sie kann von Glück sagen, einen Bruder wie Mako zu haben.

»Bleibt es bei unserem langen Wochenende im Sommer?«, fragt er im Gehen. »Das Ferienhaus ist schon gebucht.«

Sie hat keine Ahnung, warum er so versessen auf diese Idee ist. Er hat es bereits mehrfach angesprochen. Es soll sein Geburtstagsgeschenk für Hannah sein und gleichzeitig ein Bonus für Bruce, ein Dankeschön für die harte Arbeit, die er geleistet hat. Mako ist so, setzt sich irgendwas in den Kopf und hält daran fest. Sicher steckt noch irgendwas anderes dahinter, Hannah weiß aber nicht, was.

Allerdings ist die Wahrscheinlichkeit hoch, dass er die Sache absagen wird, wenn es so weit ist, oder dass Bruce dann unabkömmlich ist. Nur Erwachsene, darauf hat Mako bestanden. Also werden Hannah und Bruce eine Betreuung für Gigi organisieren müssen – die sie bislang noch nicht mal für einen einzigen Abend alleingelassen haben. Hannah weiß nicht genau, ob sie schon dazu bereit ist.

Aber Mako schwärmt begeistert von diesem fantastischen Ferienhaus tief in den Wäldern von Georgia, eine Art Wellness-Oase mit Wandern, Yoga und Massagen. Er hat so eine Art, mit Worten ein Bild zu malen – ein idyllisches Wochenende in der Natur, ein Kamin, sie und Bruce könnten ihr Paar-Sein neu entdecken, und vielleicht würde sich eine Gelegenheit ergeben, Liza näherzukommen. *Wir laden auch Cricket ein* – Hannahs beste Freundin, die praktisch zur Familie gehört.

Hannah hat zugesagt und den Termin in ihren Kalender eingetragen. Es ist noch ein halbes Jahr hin. Eine Ewigkeit. Bis dahin kann alles Mögliche passieren. Die Wahrscheinlichkeit, dass dieses verlängerte Wochenende tatsächlich stattfinden wird, ist praktisch gleich null.

»Klar«, sagt sie und schaut zu Bruce, der stirnrunzelnd auf sein Handy starrt. Hannah spürt ein vertrautes Aufflackern von Unbehagen. »Sicher.«

»Lass es dir bloß nicht von ihm ausreden«, sagt Mako mit einem Blick auf Bruce, der aufsieht und liebenswürdig die Achseln zuckt. Das Stirnrunzeln ist verschwunden.

»Wir sind dabei«, bekräftigt er, und Mako nickt zufrieden.

»Das Haus ist abgelegen, aber es gibt WLAN«, fährt Mako fort. »Wir können also ins Internet, wenn wir arbeiten müssen. Und du kannst diesen Baby-Monitor im Auge behalten.«

»Ich könnte Gigi doch mitbringen«, sagt sie.

»Aber dann wäre es für dich und Bruce kein Urlaub, oder?«

Das stimmt. Aber seine Äußerung ärgert sie. Wenn man erstmal Kinder hat, sieht man, dass die Welt zweigeteilt ist. Es gibt Leute mit Kindern, und es gibt Leute ohne Kinder. Die frischgebackenen Eltern wissen, wie es vorher war. Aber die Nicht-Eltern haben keine Ahnung, wie es mit Kindern ist. Dadurch ist eine Kluft zwischen ihr und Mako entstanden, die sich erst schließen wird, wenn er selbst Kinder hat, und vielleicht noch nicht mal dann.

Hannah blickt zu Liza, die neben dem Auto steht und unbeteiligt zu ihnen hinübersieht. Hannah kann sich ihre zierliche, dünne Schwägerin nicht als Schwangere oder Mutter vorstellen. Was natürlich albern ist, vorurteilsbeladen und nicht nett. Manchmal hat Hannah mehr von Sophia, als sie sich selbst eingestehen möchte.

»Wie bist du denn auf das Haus gekommen?«, fragt sie. Normalerweise mietet Mako keine Ferienhäuser.

»Ich schicke dir den Link. Es ist wirklich fantastisch.«

Natürlich. Irgendein Schuppen mitten im Nirgendwo wäre nicht Makos Stil. Immer nur vom Feinsten, das ist sein Motto.

Offensichtlich wird Liza fahren. Als Hannah zu ihr tritt, zieht ihre Schwägerin sie in eine rasche Umarmung.

»Danke für alles«, sagt Liza.

»Ohne dich hätte ich das nie geschafft«, erwidert Hannah. Und Liza lächelt, ein liebes, warmherziges Lächeln. Hannah beschließt, dass sie sich im neuen Jahr erneut bemühen wird, ein besseres Verhältnis zu ihrer Schwägerin aufzubauen.

Liza setzt sich hinter das Steuer des neuen Tesla.

»Pass auf dich auf«, sagt Hannah zu Mako und tritt vom Auto weg. »Arbeite nicht zu viel.«

Er lacht, fährt sich mit den Fingern durchs Haar und sieht Bruce an, der neben ihr steht. »Ich versuch's.« Er klopft Bruce auf die Schulter. »Seit dein Mann mir den Arsch gerettet hat, ist es sehr viel weniger stressig.«

Sie weiß nicht genau, was er damit meint. Irgendein Computer-Glitch im neuen Spiel, den Bruce entdeckt und beseitigt hat. Manchmal sprechen die beiden eine Sprache, die sie nicht versteht. Sie weiß, die beiden werden rund um die Uhr arbeiten, bis das neue Spiel auf den Markt gekommen ist. So ist das nun mal in der IT-Branche.

Das Auto gleitet davon, leise und schnittig wie ein Hai, und sie und Bruce winken, bis es außer Sicht ist. Es ist kühl, aber mild, die Palmwedel rascheln. Irgendwo knallt eine Bootsleine – das Boot der Nachbarn, das an der Anlegestelle hinter den Häusern liegt. Weihnachten in Florida.

Ihr Mann starrt einen Moment hinter dem Auto her, einen sonderbaren Ausdruck im Gesicht.

»Was ist?«, fragt Hannah.

Er schüttelt den Kopf, offenbar aus seinen Gedanken gerissen. »Nichts. Alles gut.«

Später, ihre Eltern und Gigi schlafen fest, Bruce sitzt vor seinem Laptop, »um kurz ein paar Sachen zu überprüfen«, nimmt Hannah sich einen Moment Zeit, sich vor den Weihnachtsbaum zu setzen. Die Lichter strahlen und funkeln. Sie betrachtet den Baumschmuck – einiges haben sie und ihr Bruder als Kinder gebastelt, anderes stammt aus Familienurlauben. Jetzt hängen auch ein paar winzige gerahmte Fotos von Gigi daran, ein Geschenk von Hannah für ihre Eltern. Es ist friedlich. Jetzt, wo sie älter wird, begreift sie es: Die Stille nach dem Sturm kann ein Segen sein.

Sie greift nach der Origins-Schachtel. Wahrscheinlich war es doch Mako. Sieht ihm ähnlich, Geschenke zu machen, die nur Ärger bereiten. Er war schon immer ein Unruhestifter. Und mal ehrlich, wer sollte es sonst gewesen sein?

»Warst du das?«, fragt sie ihren Mann, der an der Kücheninsel sitzt, das Gesicht von Bildschirm bläulich erleuchtet. Er blickt verständnislos.

»Was denn?«

Sie greift nach der Schachtel und hält sie hoch. »Sind die von dir?«

»Von mir? Nein. Nein, ich finde, man sollte keine schlafenden Hunde wecken.«

»Was soll das denn heißen?«

»Nur ... du weißt schon.« Er hebt die Schultern und wirft ihr einen unschuldigen Blick zu. »Es gibt Dinge, an die man besser nicht rührt, sonst könnte es Ärger geben.«

Irgendwas ist komisch an der Art, wie er das sagt. Sie will nachhaken, aber er erklärt: »Nur noch eine Minute, okay? Ich bin fast fertig.«

Als sie aufsteht, um ins Bett zu gehen – Bruce arbeitet noch –, wirft sie die letzten Geschenkpapierreste in den Müll. Sie sucht nach der Schachtel, die Liza weggeworfen hat. Das ist schließlich Verschwendung, oder? Diese Dinger sind teuer. Wenn Mako sie gekauft hat, kann er sie vielleicht zurückschicken. Aber da ist nichts.

Die Origins-Schachtel ist weg.

Hannah grübelt kurz darüber nach und geht dann zur Haustür. Abgeschlossen. Bruce hat die Alarmanlage angestellt. Sie weiß, dass ein Bewegungsmelder ein Signal auf das Smartphone ihres Vaters schickt, wenn jemand vor der Tür steht. Unmöglich können die Päckchen ohne sein Wissen angeliefert worden sein. Niemand kann hier eindringen, während alle schlafen.

Sie sind in Sicherheit, denkt Hannah. Sie war immer schon sehr sicherheitsbewusst. »Captain Safety« war früher ihr Spitzname in der Familie. Seit sie ein Kind hat, hat sich diese Eigenschaft (dieser Fehler?) noch verstärkt. Als sie hinausschaut, sieht sie einen schwarzen BMW, der auf der gegenüberliegenden Straßenseite parkt. Auch andere Autos parken dort, sie gehören Leuten, die hier Weihnachtsbesuche machen. Die Häuser in der Straße haben alle aufwendige Weihnachtsdekorationen – aufblasbare Weihnachtsmänner, Lichterketten in den Palmen, glitzernde Rentiere in den Vorgärten. Einen Moment beobachtet Hannah die Straße. Alles ist ruhig. Alles leuchtet.

Sie tritt zu ihrem Mann, schlingt die Arme um ihn und drückt ihre Lippen auf seinen Nacken. Er klappt den Laptop zu – ein wenig zu schnell vielleicht? Sie tut so, als hätte sie nichts bemerkt. Bruce dreht sich auf dem Stuhl zu ihr herum, und sie schmiegt sich an ihn. Er legt die Hand an ihre Wange und küsst sie.

»Wirklich?«, flüstert er, als ihre Hände sich an den Knöpfen seiner Hose zu schaffen machen. »Ich dachte, du magst es nicht, wenn wir – du weißt schon, im Haus deiner Eltern ...«

Aber heute ist ihr das egal. Ihr Bruder, der Abstammungs-Test, der Wein, den sie getrunken hat, Liza, ihre Mutter, die Anspannung der Feiertage, die Familie – all das kommt zusammen. Die Traurigkeit darüber, dass ein Glücksmoment vorbei ist. Sie will das alles wegschieben. Sie will mit dem Menschen zusammen sein, den sie sich für dieses Leben erwählt hat, ihrem Mann. Sie will ihm zeigen, was er ihr bedeutet.

Sie sinkt auf die Knie.

»Hannah«, stöhnt er und wirft einen unbehaglichen Blick in Richtung ihres Schlafzimmers. »Deine Eltern.«

Sie schenkt ihm ein spitzbübisches Lächeln, bevor sie ihn in den Mund nimmt. Er stöhnt und packt den Rand der Kücheninsel.

Diskussion beendet.

In der Familie war Hannah immer das brave Mädchen, die Verantwortungsvolle, die Vermittlerin, diejenige, die alles richtet.

Aber manchmal fühlt es sich gut an, auch mal unartig zu sein.

1
HANNAH

Juni 2018

Das Nachtlicht warf Sterne an die Decke, und Hannah lag auf dem flauschigen Teppich und sah zu, wie sie funkelten und sich langsam drehten. Sie lauschte auf Gigis regelmäßige Atemzüge. Das Baby – mit fünfzehn Monaten jetzt fast ein Kleinkind –, war gerade in seinem Bettchen eingeschlafen.

Hannah rührte sich nicht, obwohl ihr Arm, den sie unter den Kopf gelegt hatte, unangenehm zu kribbeln begann. Eine falsche Bewegung, und diese engelhaften Augenlider würden sich öffnen. Dann müsste Hannah mindestens noch eine halbe Stunde auf dem Boden liegenbleiben.

Sie atmete. Gigi atmete.

Bruce war in seinem Arbeitszimmer am anderen Ende des Flurs, und sie konnte seine tiefe Stimme hören. Er hing am Telefon, arbeitete wie gewöhnlich zu lange. Hannah lauschte. Klang seine Stimme nicht ein wenig gepresst? Schwang da Ärger mit? Oder eine leise Verzweiflung, ein Flehen?

Doch dann wurde es still. Nach ein paar Minuten hörte sie, wie er nach draußen ging. Man hörte ein Klingeln, wie immer, wenn die Hintertür geöffnet wurde.

Das Unbehagen, das Hannah überkam, war ihr inzwischen nur zu vertraut.

In letzter Zeit war ihr Mann immer sehr spät nach Hause gekommen. Zweimal war sie nachts aufgewacht, um festzustellen, dass er wieder aufgestanden war und an seinem Schreibtisch saß. Als sie hereinkam, hatte er schnell den Laptop zugeklappt. Es hatte Anrufe gegeben, die er annahm, um dann vom Tisch aufzustehen oder das Wohnzimmer zu verlassen.

Hannah war nicht der eifersüchtige Typ. Und ihr Mann war liebevoll und hingebungsvoll, ein wunderbarer Vater.

Aber.

Sie hörte ihn wieder ins Haus kommen und widmete ihre Aufmerksamkeit erneut ihrer schlafenden Tochter, die sich auf die Seite gedreht hatte.

Hannah und Gigi hatten eins dieser unguten Einschlafrituale entwickelt, vor denen Kinderärzte und Elternratgeber immer warnten. Angefangen hatte es mit einem schweren Gewitter im letzten Monat, Donner hatten gekracht, Blitze gezuckt. Bruce war geschäftlich unterwegs gewesen, und Gigi hatte geschrien wie am Spieß.

Hannah war auf dem Boden liegengeblieben, bis das Gewitter weitergezogen war und die Kleine endlich eingeschlafen war.

Bleib hier, Mama, hatte Gigi sie am nächsten Abend gebeten.

Dann musste sie natürlich auch am Abend danach bleiben, und am folgenden. Mittlerweile war es zu einer festen Routine geworden, die schwer wieder abzuschaffen war. Alle Eltern wussten, welche enorme Energie nötig war, um mit einer schlechten Gewohnheit zu brechen. Eine Energie, die Hannah einfach nicht besaß. Manchmal war es leichter, es einfach laufen zu lassen.

Und überhaupt – wen interessierte es?

Was war denn so schlimm daran, auf dem Teppich zu liegen, während ihre kleine Tochter sie unverwandt anschaute, bis ihre Augenlider flatterten und sich schlossen, dann wieder aufklappten, um sicherzugehen, dass sie noch da war? Wer hatte sie je so geliebt? Und wie lange würde es dauern, bis Gigi ihre Mutter gar nicht mehr in ihrem Zimmer haben wollte? Dieser dämmrige Raum mit den funkelnden Sternen und den Regalen voller Spielsachen und Bücher, den Wänden, die sie und Bruce selbst gestrichen hatten. Er war einer ihrer liebsten Orte auf der ganzen Welt.

Wieder die Stimme ihres Mannes, lauter diesmal. Doch, sein Tonfall war irgendwie merkwürdig. So sprach er normalerweise nicht mit Kunden.

Sie musste beschämt zugeben, dass sie vor ein paar Tagen, als er unter der Dusche war, an sein Arbeitshandy gegangen war. Er hatte zwei Telefone – sein Leben-Handy, wie sie es nannten, das immer irgendwo herumlag, nicht passwortgeschützt – ein offenes Buch. Und sein Diensthandy – sie hatten eine unausgesprochene Vereinbarung, dass sie das nicht anrührte. Er hatte Kunden – Auftraggeber aus Militär, Regierung, Security – deren Angelegenheiten geheim waren. Und ihr wäre zuvor nie in den Sinn gekommen, diese rote Linie zu überschreiten.

Als Fan der Inbox-Zero-Methode hatte er die Angewohnheit, alle Nachrichten sofort zu löschen. Da war also nichts zu holen. Doch in der Anrufliste standen Kontakte, die ihr größtenteils unbekannt waren, aber auch ein paar bekannte Namen – das Büro, Mako, Bruces virtueller Assistent –, und in letzter Zeit hatte es drei Anrufe von einem unbekannten Anrufer gegeben. Keine Nummer. Keine Möglichkeit zurückzurufen. Fast hätte sie Bruce darauf angesprochen, zugegeben, dass sie herumgeschnüffelt hatte. Aber sie wusste bereits, dass er sagen würde, was er immer sagte: »Schwieriger Kunde.«

Über viele seiner Kunden durfte er nicht reden, und wahrscheinlich war das auch wirklich der Grund.

Aber.

Hannah versuchte immer achtsam zu sein, *freundlich zu sich selbst*, wie es heutzutage von einem erwartet wurde. *Selbstfürsorge* und all das. Aber mit ihrer Nach-dem-Baby-Figur Freundschaft schließen konnte sie nicht. (Obwohl ihr das mit der Vor-Baby-Figur auch schon nicht richtig gelungen war.) Zudem war sie manchmal noch im Schlafanzug, wenn Bruce zur Arbeit fuhr, und trug ihn immer noch, wenn Bruce abends nach Hause kam. Der Sex war immer gut, doch in letzter Zeit schnell und hastig, dazu oft durch Gigi unterbrochen. Zudem waren sie beide aus unterschiedlichen Gründen überarbeitet und so erschöpft, dass sie sofort danach einschliefen.

Vielleicht gab es im Büro eines seiner Kunden ein junges, heißes Ding.

Eine Frau, die nicht im Schlafanzug war.

Die täglich duschte.

Ihr Mann sah – man musste es so sagen – wahnsinnig gut aus. Er war breitschultrig und groß, mit seinen über eins achtzig überragte er ihren Bruder bei weitem. Eine wie gemeißelte Kieferpartie und große Augen, die vor Intelligenz und Wärme sprühten. Er grübelte manchmal ein bisschen viel, war vielleicht ein bisschen streng. Aber er hielt sich durch Laufen in Topform, war stets gut angezogen und gepflegt. Er war ein guter Fang.

Das war ihr schon an dem Abend klargewesen, als sie sich kennenlernten. Obwohl sie gerade dabei gewesen war, sich von einer hässlichen Trennung zu erholen, hatte sie es sofort gewusst. Mako hatte in einem angesagten neuen Restaurant in St. Petersburg, in das er investiert hatte, eine seiner Mega-Partys veranstaltet, zu der auch Bruce eingeladen war. Das war noch vor Liza gewesen. Ihr Bruder hatte sie einander vorgestellt. »Das ist meine Schwester, die zufällig auch meine beste Freundin ist«, hatte er verkündet und beschützend den Arm um sie gelegt. »Und das ist Bruce – vielleicht der intelligenteste Mensch, den ich kenne. Und der ehrlichste.«

Bei ihm ist man sicher. Hannah erinnerte sich, dass sie das gedacht hatte, als sie sich die Hand gaben. Sein Handschlag war warm und fest, aber nicht so fest wie bei manchen Männern, die ihren Händedruck als Statement zu betrachten schienen. Sie war noch stark mitgenommen nach der Trennung von einem Mann, der sie betrogen und grenzwertig beschimpft und beleidigt hatte. Danach hatte er ständig nachts angerufen und Nachrichten hinterlassen, die abwechselnd verzweifelt und beleidigend waren. Chad. Auch ein Freund ihres Bruders, aber jetzt natürlich nicht mehr, nachdem er Hannah so behandelt hatte. FVMs, so nannte ihre beste Freundin Cricket sie gern, Freunde von Mako. Alles intelligente, erfolgreiche Spitzenkräfte auf ihrem Gebiet, aber viele davon auch veritable Arschlöcher. Dieser besondere Charakterzug stellte sich offenbar oft bei Menschen ein, die Macht bekamen.

Doch dieser Mann schien anders zu sein. Was ihr auffiel, war seine nüchterne Gelassenheit, seine Eleganz. Und diese Augen.

Er trug eine puristische Armbanduhr, analog mit blauem Zifferblatt und silbernen Zeigern, reines Understatement. Sie fing das Licht ein und glitzerte. Hannah gefiel sie, weil es nicht die übliche Rolex war, die Männer gern trugen, um allen zu signalisieren, wie reich sie waren. Wie sie später erfuhr, liebte Bruce Uhren, Präzisionsinstrumente mit nur einem Zweck, nämlich dem, das Verstreichen der Zeit zu messen. Eine seltsame Leidenschaft für einen IT-Mann.

Sie waren ins Gespräch gekommen und unterhielten sich angeregt, und irgendwann traten sie auf die Terrasse hinaus in die kühle Nachtluft. Die Bucht glitzerte, und auf der anderen Seite des Beach Drive lag das kleine Museum of Fine Arts, hell angestrahlt.

»Du kannst unmöglich mit Mako verwandt sein«, hatte er nach einer Weile gesagt.

»Nicht?«

»Du bist zu ... echt.«

Sie fragte nicht, was er damit meinte. Sie wusste es. Die Mako-Show. Sie lief ununterbrochen.

An dem Abend, an dem sie ihren Mann kennenlernte, kam sie frisch vom Friseur, war frisch maniküft und gewaxt. Alle ihre Vorzüge kamen bestens zur Geltung. Damals hatte sie für Mako gearbeitet: Events geplant, Kunden betreut, Firmenretreats gebucht, die besten Hotels und Restaurants für Makos Geschäftsreisen ausfindig gemacht, Reservierungen getätigt. Es war nicht die berufliche Karriere, die sie sich eigentlich vorgestellt hatte. Aber.

Bruce redete wieder, seine Stimme drang durch den Flur zu ihr. Hannah lauschte, konnte aber die Worte nicht verstehen.

Bei ihrem kurzen und wenig hilfreichen Besuch letzte Woche hatte ihre Mutter dezent angedeutet, dass Hannah dringend mal wieder zum Friseur müsse, vielleicht zur Maniküre. *Wir dürfen uns auf keinen Fall vernachlässigen, Liebes, auch nicht, wenn ein Baby da ist.*

Sophia hatte nicht angeboten, auf Gigi aufzupassen, damit Hannah das erledigen konnte. Nein, bei ihren Besuchen machte Sophia immer nur ein Foto von sich und dem Baby, das sie ihren Freundinnen schicken konnte, und drückte Hannah das Kind danach sofort wieder in den Arm. Hannah spürte, dass ihre Mutter gern mehr Nähe zu ihrer Enkelin gehabt hätte, sich aber nicht traute. »Sie ist so winzig«, hatte sie mehr als einmal gesagt. »So zerbrechlich.«

Selbst wenn der Besuch gut verlief und Sophia ein bisschen putzte oder kochte, fühlte Hannah sich danach noch unsicherer, erledigter und erschöpfter als vorher.

Als Bruce am Abend nach Sophias letztem Besuch laufen gegangen war, hatte Hannah versucht, an seinen Laptop zu gehen, aber feststellen müssen, dass er passwortgeschützt war. Sie hatte es mit Gigis Geburtstag und ihrem Hochzeitstag versucht, sich aber nicht getraut, es ein drittes Mal zu probieren, weil sie wusste, dass der Laptop nach zwei Fehlversuchen gesperrt wurde.

War er immer schon passwortgeschützt gewesen? Sie wusste es nicht, weil sie nie zuvor versucht hatte, ihren Mann auszuspionieren.

Sie war auf dem besten Weg, zu einer dieser Frauen zu werden.

Endlich, nach einem kritischen Blick in den Spiegel, hatte Hannah letzte Woche ihre Schwiegermutter gebeten, eine Weile auf Gigi aufzupassen. Lou war das genaue Gegenteil von Hannahs Mutter; sie bestand darauf, dass Hannah sich mal hinsetzte und die Füße hochlegte, während sie selbst Kaffee kochte, eine Ladung Wäsche wusch und mit Gigi spielte. Sie machte Fotos von dem Baby, aber keine Selfies. Lou war nicht auf Facebook. Es gab keine Posts, die Hannah sich dann verärgert ansah: *Heute gab es nur die kleine Gigi und ihre Oma! Sie ist das Licht meines Lebens!*

Lou hatte sehr gern auf Gigi aufgepasst, während Hannah sich mit Warmwachs die Bikinizone enthaaren ließ, was so sehr wehtat, dass sie Sterne sah. Dann Maniküre und Pediküre. Haare schneiden, tönen und föhnen. Sie kaufte sich neue Dessous und etwas gehobene Loungewear.

Gut, ja, sie hatte eine kleine Rundumerneuerung dringend nötig gehabt.

Jetzt wandte sie den Kopf und schaute Gigi an.

Das geliebte Gesichtchen. Sie hatte eindeutig Bruces Augen, groß und unschuldig, und auch ihre hohe, intelligente Stirn hatte sie vom Vater. Aber ansonsten war sie mit ihren vollen, geschwungenen Lippen, der Stupsnase, dem breiten Lächeln und den hohen Wangenknochen Hannah wie aus dem Gesicht geschnitten. Hannah, die nach ihrem Vater Leo kam. Das sagten alle. Sie hatte sich ihre Tochter in den letzten Wochen sehr genau angesehen, ihre Gesichtszüge analysiert.

Sie hatte verwundert die ungepflegte Frau im Spiegel angestarrt und sich gefragt, ob sie wirklich eine so große Ähnlichkeit mit Leo hatte. Jedenfalls hatte sie viel von ihrer Mutter, auch wenn sie sich in Haar- und Augenfarbe unterschieden.

Hannah war ganz in diese Überlegungen versunken, als Bruce leise die Tür aufschob. Er lächelte nachsichtig, als er sie auf dem Boden liegen sah. Dann machte er eine Geste, als hielte er sich ein Glas an die Lippen.

Ja, dachte sie. Das wäre schön. Sie nickte, und er verschwand in der Dunkelheit.

Ihr Arm tat weh, als sie auf allen vieren aus dem Kinderzimmer kroch – ja, kroch, und sie schämte sich nicht dafür. Erst vor der Tür kam sie auf die Füße. Sie konnte den Cabernet schon fast schmecken, den Bruce ihnen vermutlich gerade einschenkte.

Sie blieb im schwach beleuchteten Flur stehen, wartete mit angehaltenem Atem.

Gigi gab ein leises Glucksen von sich und drehte sich auf den Rücken. Eins. Zwei. Drei. Stille.

Mission erfüllt.

Das Kind schlief.

Hannah seufzte so, wie Mütter es nur tun, wenn das Baby eingeschlafen ist und sicher in seinem Bettchen liegt.

Als freie Frau tappte sie in den offenen Wohnbereich. Bruce hatte das Licht gedimmt, leise Musik spielte. Sein Jazz-Sender. Er stand in der Küche, hatte zwei Gläser bereitgestellt und den Cabernet in eine Karaffe gefüllt.

»Schläft sie?«, fragte er.

Sie nickte. »Fertig mit der Arbeit für heute?«

Er lächelte sie an und schenkte den Wein ein. »Hab früh Schluss gemacht.« Es war fast neun Uhr abends.

Er reichte ihr ein Glas, und sie schlenderten ins Wohnzimmer, wo er den falschen Kamin anstellte, der nur Licht spendete und keine Wärme. Schließlich lebten sie in Florida. In einem Haus, in dem in zehn von zwölf Monaten die Klimaanlage lief, wäre ein echter Kamin albern gewesen. Hannah ließ sich auf die Sitzlandschaft sinken. Am liebsten hätte sie den Fernseher angestellt und eine Weile abgeschaltet.

»Mit wem hast du denn so spät am Abend noch telefoniert?«, fragte sie leichthin. »Du klangst verärgert.«

Er verdrehte die Augen. »Schwieriger Kunde.«

Sie versuchte, in seinem Gesicht einen Hinweis darauf zu entdecken, dass er sie täuschte, sah aber nur Müdigkeit.

»Willst du darüber reden?«

»Ich würde lieber über alles andere reden, um ehrlich zu sein«, seufzte er und stellte sein Weinglas auf dem Couchtisch ab.

Sie massierte ihm den Nacken, die Stelle, an der sich immer seine ganze Anspannung sammelte.

»Meinst du, dass du am Wochenende mal abschalten kannst?«, fragte sie.

Sie bezweifelte es stark. Sogar in ihrem Hawaii-Urlaub letztes Jahr war er nicht fähig gewesen, seine Firma sich selbst zu überlassen; vormittags hatte er meistens gearbeitet, während sie mit Baby Gigi im Kinderbecken plantschte. Sie hatte sich nie beschwert oder ihm eine Szene gemacht, schließlich hatte sie gewusst, wie er war, als sie ihn heiratete.

»Ich werde es versuchen«, sagte er, zog sein Handy aus der Tasche und warf einen schnellen Blick darauf. »Was ist mit dir?«

Sorge stieg in ihr auf. »Es ist das erste Mal, dass wir ohne Gigi wegfahren.«

»Meine Mutter kommt gut mit ihr zurecht.« Er legte ihr beruhigend die Hand aufs Bein.

»Ja«, bestätigte Hannah. Gigi betete ihre Oma Lulu an. »Nur deshalb habe ich es überhaupt in Erwägung gezogen.«

»Nur deshalb?«

Er rückte näher, nahm ihr Glas und stellte es auf der antik gebürsteten und gekälkten Tischplatte ab. Sie schmiegte sich an ihn.

Eigentlich war ihr nicht nach Rummachen zumute, aber sie wollte ihn auf keinen Fall wegschieben. Sie brauchten die Verbundenheit, die Nähe. Seine Lippen liebkosten ihren Hals. Sie spürte die Stärke seiner Arme. Roch den leichten Duft seines Aftershaves.

Hmm. Vielleicht war ihr doch nach Rummachen. Schließlich hatte sie eine frisch enthaarte Bikinizone. Beim letzten Mal hatten sie das Licht ausgemacht. Sie erwiderte seinen Kuss und ließ sich von dem Moment mitreißen, von seinem Begehren.

Gigi stieß ein leises Wimmern aus. Beide erstarrten und blickten zum Monitor des Babyfons, der auf der Küchenarbeitsplatte stand. Hannah wollte aufstehen, aber Bruce hielt sie sanft zurück.

»Warte einen Moment, vielleicht beruhigt sie sich wieder.«

Stille. In der Ferne rollte der Donner, Blitze zuckten. Dann kamen leise Atemgeräusche aus dem Babyfon. Hannah, die die Schulter hochgezogen hatte, entspannte sich.

»Ich schwöre, sie hat einen siebten Sinn dafür«, meinte er, griff nach seinem Glas und lächelte schief.

Das Baby war ohne Zweifel eine Sexbremse. Jedes Begehren, das sich geregt hatte, erlosch. Kein Wunder, dass Bruce es mit der heißen Frau aus dem Büro irgendeines Kunden trieb. Nein, das tat er nicht. Natürlich tat er das nicht. Sie kannte doch ihren Mann. Oder nicht?

Hannah griff nach ihrem Weinglas, kuschelte sich in seine Armbeuge, starrte auf die tanzenden falschen Flammen und nahm einen tiefen Schluck. Er drückte einen zärtlichen Kuss auf ihren Scheitel.

»Im Ferienhaus werden wir jede Menge Zeit für uns haben«, sagte sie, als Trost für ihn ebenso wie für sich selbst.

»Bist du dir da sicher?«

»Wir werden dafür sorgen.«

»Das Programm, das dein Bruder uns geschickt hat, sieht ziemlich voll aus. Wandern, Ziplining, Yoga, Massagen, Kosmetikbehandlungen.«

»Er ist nicht unser Boss.« Aber in der Tat konnte Makos Enthusiasmus manchmal fast gebieterische Züge annehmen. Und ja, manchmal fühlte Hannah sich machtlos, wenn er mal wieder seinen Willen durchsetzte. Doch im Grunde war er ein lieber Kerl, meistens, auch wenn er so seine Momente hatte. Er war einfach eine starke Persönlichkeit, das war sicher nicht jedermanns Sache.

»Im Grunde ist er mein Chef«, sagte Bruce und fuhr sich mit der Hand durch die Locken. »Momentan jedenfalls.«

Bruce war selbstständig, ein Programmiergenie mit einer eigenen Firma. Mako war der Gründer einer wachsenden Gaming-Firma und Entwickler des erfolgreichen Spiels Red World. Ihr Mann hatte eine Nische für sich in der IT-Branche gefunden: Er reparierte, entdeckte Viren, Sicherheitslücken, Fehler im Programmiercode, die sogar den Entwicklern der Software entgangen waren und Glitches verursachten. Zu Hause war er genauso. Immer war er am Kontrollieren und Reparieren – sei es die Toilettenspülung, eine abgesplitterte Stelle in der Fußleiste, das kaputte Licht in der Dusche. Hannah hatte ihn noch nie darum bitten müssen, irgendwas in Ordnung zu bringen. Er sah immer sofort, was getan werden musste.

Er ist eine Art Computerflüsterer, hatte Mako einmal gesagt. *Lebt innerhalb des Codes, der Code spricht zu ihm.*

In den fünf Jahren, die Hannah und Bruce jetzt verheiratet waren, hatte er einige Aufträge für Mako erledigt, und vor kurzem hatte er ihren Bruder unmittelbar vor dem wichtigen Release eines Spiels vor einem Fiasko bewahrt. Mako wollte, dass er ganz bei Red World anfing; das Thema war seit Weihnachten einige Male zur Sprache gekommen. Er hatte Bruce sogar offiziell eine hochbezahlte Stelle als sein Technischer Geschäftsführer angeboten. Aber ihr Mann zog gern sein eigenes Ding durch, er hatte sich eine eigene Firma aufgebaut und war nicht bereit, sie zu verkaufen, um für Mako zu arbeiten. Möglich, dass es deswegen leichte Spannungen zwischen den beiden gab, weil Mako normalerweise bekam, was er wollte. Aber es war eine freundschaftliche Spannung. Die beiden Männer waren befreundet, seit Jahren schon. Also hielt Hannah sich da raus.

»Du bist der Chef«, erinnerte sie ihn.

»Eigentlich bist *du* das«, sagte er und küsste sie auf den Scheitel.

Ein Krähen von Gigi kam aus dem Monitor. Sie blickten einander an und lachten. Jeder wusste, wer hier der Chef war.

»Es ist schlechtes Wetter angekündigt«, sagte sie. »Über dem Atlantik braut sich ein Sturm zusammen, der am Freitag die Küste erreichen soll. Wenn er bei uns im Binnenland ankommt, sollte er sich abgeschwächt haben. Aber trotzdem, Wanderwetter wird das nicht. Wir sollten reichlich Zeit zum Faulenzen haben.«

Bruce griff nach seinem Telefon und sah auf der Wetter-App nach. »Hier soll das Wetter gut werden. Gigi und Lou werden keine Probleme haben.«

»Andere Küste. Wie es aussieht, soll unser tropischer Sturm um St. Simons Island herum auf Land treffen.«

Viele Meilen entfernt von ihrem Ferienort Sleepy Ridge.

Ihr Handy meldete sich. Mako.

Schon fertig gepackt? Das wird echt mega.

Das war Makos Lieblingswort. Alles war »mega«.

Wann fahrt ihr los?

Sie schrieb: Bruces Mutter kommt gegen sieben. Das Gepäck ist schon im Auto, wir können dann also sofort los.

Ein plötzlicher Anflug von Sorge. Drei Nächte weit weg von Gigi. Sie unterdrückte den Impuls. Es war alles okay. Sie brauchte mal eine Auszeit. Bruce auch. Und für Gigi und Lou war es eine gute Gelegenheit, ihre Beziehung zu vertiefen. Es war für alle gut.

Warum war ihr dann so mulmig zumute?

Wunderbar. Cricket und ihr derzeitiger Freund – wie hieß er noch mal? – kommen ungefähr um dieselbe Zeit an. Wir werden alle rechtzeitig zum Essen da sein, das unser Privatkoch für uns zaubern wird.

Bruce, der über ihre Schulter mitgelesen hatte, stieß die Luft aus. »Ein Privatkoch? Ich dachte eigentlich, es würde entspannter zugehen und wir würden grillen: Burger, Spare Ribs.«

Hannah spürte den vertrauten Drang zu vermitteln und versuchte, ihren Bruder anzurufen, aber es meldete sich nur die Mailbox. Mako ging fast nie ans Telefon. Er schätzte es, seine Kommunikation möglichst effizient zu gestalten – sagte er wenigstens. Hannah vermutete, dass er einfach keine Lust auf die chaotischen Unwägbarkeiten eines echten Gesprächs hatte.

Wieder piepste ihr Handy: Sag Bruce, der Koch wird grillen. Ich weiß doch, was für ein Fleischesser unser Großer ist. Aber du kennst ja Liza.

Keine Erwähnung davon, dass Hannah gerade versucht hatte, ihn anzurufen.

Hannah wusste nicht genau, wie Mako das meinte. Deutete er an, dass Liza sich gegen einen gemütlichen Grillabend ausgesprochen hatte? Es stimmte, sie war nicht der Typ, der Bier aus der Flasche trank und von Papptellern aß. Aber sie lebte größtenteils vegan, und wenn Fleisch aufgetischt wurde, knabberte sie an einem Salat oder aß Burger aus schwarzen Bohnen. Wenn sie das Sagen hätte, würden sie kein Fleisch grillen. Hannah vermutete, dass das von Mako kam. Er war es, der einen Privatkoch wollte. Das Protzige sprach ihn an, während es Bruce Unbehagen bereitete. Die beiden Männer hätten wirklich nicht unterschiedlicher sein können.

Hannah und Bruce wechselten einen Blick. Familie. Was sollte man machen?

Alles gut, schrieb sie. Danke noch mal.

Dieses ganze »private Wellness-Retreat« in einem riesigen, stilvoll eingerichteten und total abgelegenen Ferienhaus war Makos Idee, und er bezahlte auch. Eine derart großzügige und großspurige Geste sah ihm ähnlich.

Ist doch das Mindeste, nach allem, was ihr für mich getan habt.

Hab dich lieb, schrieb sie. Wir sehen uns morgen.

Hab euch auch beide lieb. Kann es kaum erwarten. Nur relaxen und Zeit füreinander haben.

Fast hätte sie geantwortet: Können wir mal reden? Allein?
Aber wenn sie das tat, würde er keine Ruhe geben, bis er erfuhr, was los war. Er war kein geduldiger Mensch. Und sie wusste noch nicht mal, ob sie wirklich mit ihm reden wollte. Ob das eine gute Idee war.

»Was ist los?«, fragte Bruce, der wie immer ihren Gesichtsausdruck korrekt gedeutet hatte.

»Nichts«, antwortete sie. »Ich bin nur müde.«

Wahrscheinlich war es tatsächlich nichts.

»Wir sollten unseren Anteil übernehmen. Ist ja nicht so, als könnten wir es uns nicht leisten«, sagte Bruce.

»Er möchte das gern für dich tun, für uns. Lass ihn«, erwiderte Hannah.

Bruce grunzte zustimmend. Sie kuschelte sich an ihn. Die falschen Flammen tanzten, Gigi atmete.

»Aber du wirst es ihm doch sagen, oder?«, fragte Bruce.

Sie blickte zu ihm hoch, total überrascht. Wusste er Bescheid? »Ihm was sagen?«

Er runzelte die Stirn. »Das mit dem Haus.«

Im Moment wohnten sie in Makos früherem Haus zur Miete.

Sie waren noch nicht bereit gewesen, sich etwas Eigenes zu kaufen, als Mako sich vergrößern wollte. Also waren Bruce und Hannah kurz nach ihrer Hochzeit in das geräumige Haus direkt am Wasser gezogen, Makos alte Junggesellenbude, die sogar mit Badetonne und Outdoor-Küche ausgestattet war. Aber jetzt wollten sie sich ein eigenes Haus kaufen, das Zuhause, in dem Gigi aufwachsen würde. Es lag in derselben Gegend, jedoch an der Spitze des Insel-Fingers mit einem wunderbaren Blick auf das offene Meer. Ihr Angebot war akzeptiert worden, und sie hatten den Vertrag unterschrieben. Hannah empfand Unbehagen bei dem Gedanken, es ihrem Bruder zu erzählen. Aber dazu bestand doch kein Grund, oder? Er würde dieses Haus einfach verkaufen und ein Vermögen verdienen.

»Ja«, versprach sie. »Ich sage es ihm am Wochenende.«

Bruce sah sie an. Er schien ihr irgendetwas mitteilen zu wollen, schwieg dann aber.

Seine ruhige Art gehörte zu den Eigenschaften, die sie von Anfang an für ihn eingenommen hatten. Er dachte immer erst nach, bevor er etwas sagte, hörte ihr zu. Aber er neigte dazu, alles zu lange für sich zu behalten, zu viel zu grübeln. Er hatte eine schwere Kindheit gehabt – sein Vater hatte ihn und Lou verlassen, als er noch klein war. Hannah wusste, dass Lou zwei Jobs gehabt hatte, um sich und ihren Sohn über Wasser zu halten. Und Bruce hatte das Gefühl gehabt, immer stark sein und sich um seine Mutter kümmern zu müssen. Er hatte nie die Chance gehabt, wirklich Kind zu sein. Hannah versuchte, es wiedergutzumachen – sie feierte seinen Geburtstag immer ganz groß, hatte ihm eine Xbox für sein Arbeitszimmer geschenkt. Er war stoisch. Es hatte keinen Zweck, ihn zu bedrängen; sie musste abwarten, bis er sich ihr öffnete.

Was er irgendwann tun würde.

Hoffte sie.

Es sei denn ...

»Es wird bestimmt toll«, sagte sie und betrachtete sein markantes Profil – kantige Kinnpartie, Adlernase. Wie müde er aussah. Sogar im orangeroten Schein der Flammen konnte sie erkennen, wie erschöpft er war.

Er brauchte diesen Kurzurlaub. Und sie ebenfalls.

Aber irgendetwas störte sie.

Sie führte das wachsende Gefühl von Unbehagen darauf zurück, dass sie Gigi zum ersten Mal allein lassen würden. Das war normal, oder nicht? Natürlich. Vollkommen normal.

Schweigend tranken sie ihren Wein aus.

2
TRINA

Ich beobachte. Ich bin die Beobachterin. Von meinem Platz im Schatten sehe ich alles.

Die Luftfeuchtigkeit ist heute brutal, treibt mir den Schweiß auf die Stirn. Eins nach dem anderen gehen die Lichter aus, bis das Haus schlafend daliegt.

Ihr habt morgen alle eine lange Fahrt vor euch.

Ich ebenfalls.

Ich stehe neben einer hohen Kokospalme und verschmelze mit der Nacht. Ich habe diese Sache in Bewegung gesetzt wie einen großen Felsbrocken, gegen den ich all mein Gewicht gestemmt habe, und der jetzt zu Tal poltert, bereit, alles in seinem Weg zu zermalmen. Es hat Zeit gekostet und intensive Planung. Mehr als sechs Monate. Viele Variablen, viele Unwägbarkeiten.

Ich seufze und lausche dem Quaken der Frösche, dem Rascheln der Palmwedel im Wind.

Erinnerst du dich noch an den Tag, an dem wir uns das erste Mal begegnet sind? Ich ganz bestimmt. Es war einer dieser perfekten Morgen in Florida, weder zu heiß noch zu kalt, der Himmel war von einem frischen Hellblau, und die Wolken sahen aus wie fröhliche weiße Berge in der Luft. Diese unangenehme Glocke aus schwüler Hitze, die sich im späten Frühjahr über das Land senkt und bis in den Spätherbst dort bleibt, war noch nicht da.

Die Welt fühlte sich sauber an.

Ich fühlte mich sauber. Elektrisiert. Ich hatte ein Ziel.

Viele Vögel sangen an diesem Tag, wenn ich mich recht erinnere. Mehr als sonst vielleicht. Ja. Ich erinnere mich, dass mir dieser Gedanke kam, als ich im Morgengrauen aufwachte. Wie glücklich die Vögel draußen vor meinem Fenster sich anhörten. Eine Spottdrossel trillerte, ein Vorspiel für die übrigen Vogelstimmen. Es erschien mir wie ein gutes Omen.

An dem Morgen sprang ich aus dem Bett und ging sofort unter die Dusche. Ich wollte auf keinen Fall zu spät zu dem Vorstellungsgespräch kommen, das nicht leicht zu ergattern gewesen war. Ich war entschlossen, es zu schaffen.

Ich wollte, dass du mich ebenso sehr wolltest wie ich dich.

Und so kam es.

Sobald wir in deinem schicken Büro ganz oben in einem der wenigen Hochhäuser der Gegend allein waren, konnte ich es dir von deinem markanten Gesicht ablesen: Ich war genau dein Typ.

Die Wände deines Büros sind aus Glas, und die Stadt, die glitzernde Bucht, der Hafen und das Terminal für die riesigen Kreuzfahrtschiffe lagen vor uns ausgebreitet. Im Westen, in der Ferne, konnte man gerade noch die weißen Strände und das juwelengrüne Meer ausmachen.

Die Leute machen sich gern lustig über Florida, und über diese Gegend ganz besonders. Vielleicht, weil ihr der Glanz und Glamour und die Kulturangebote des bunten, lebendigen Miami fehlen. Doch es gibt eine heimliche Schönheit hier, etwas, das am Morgen atmet und bei Sonnenuntergang singt. Eine fast gewaltsame Wildheit. Frieden. In Florida sind die Raubtiere gut versteckt, sie verbergen sich tief im stillen Wasser der Seen, im hohen Gras, unter den Schaumkronen der Wellen. Die üppige Vegetation blüht und wuchert. Die Sterne funkeln, Musik tönt aus der Ferne, Alkohol fließt in Strömen. Man sieht sie nie kommen, die Dunkelheit.

Aber ich schon. Ich sah das Dunkle in dir, verborgen unter deinen funkelnden Sternenaugen, deinem Lächeln. Unter dem überschwänglichen Charme, dem schallenden Lachen und dem gewinnenden Lächeln. Das ist der wichtigste Trick eines Raubtiers, es bezaubert sein Opfer, um ganz dicht an es herankommen zu können. Wenn es dann zuschlägt, hat das Opfer keine Chance.

Du hast dich begeistert über meinen Lebenslauf geäußert. Über meine Berufserfahrung, die glühenden Empfehlungen. Wir lachten zusammen – über deine albernen Witze, deine selbstironischen Kommentare. Ich wollte mich nicht von dir beeindrucken lassen, ehrlich. Aber ich war beeindruckt. Von deiner Intelligenz, deiner offensichtlichen Leidenschaft für Umweltschutzprojekte in der Region, die du dank deines Reichtums fördern kannst.

»Im Herzen bin ich immer noch ein Junge aus Florida, der über die Strände streift und mit dem Kajak durch die Mangroven gleitet. Ich will, dass dieses saubere, wilde Florida für meine Kinder erhalten bleibt.«

Deine Ernsthaftigkeit. Die hatte ich nicht erwartet.

Du hast mich herumgeführt, von den Entwicklern zu den Testern, vom Marketing zur Pressestelle. Du warst wie die Sonne, und die Angestellten an ihren Schreibtischen waren wie Sonnenblumen, die dir bei unserem Rundgang durch das Unternehmen anbetend die Gesichter zuwandten. Als wir in den Pausenraum kamen – sehr gemütlich, ausgestattet mit farbenfrohen Sofas, einer großzügig bestückten Snack-Ecke, einem Sub-Zero-Kühlschrank, der eine große Auswahl an Erfrischungsgetränken enthielt, einer Espresso-Maschine, die mehr wert war als ein Gebrauchtwagen, Tischtennisplatte und Gaming-Konsolen – hattest du bereits leicht die Hand auf meinen Arm gelegt. Federleicht nur.

Wir kommunizieren so viel mit so wenig. Es war nur eine minimale Überschreitung der Grenzen, die im Berufsleben üblich sind. Ich achtete darauf, meinen Arm nicht zurückzuziehen oder anders als freundlich lächelnd zu reagieren, obwohl deine Berührung mir aus hundert Gründen zuwider war.

Die Büroräume waren weitläufig, mit hohen Decken, heller Beleuchtung, weißen Büromöbeln, teuren ergonomischen Bürostühlen. Große iMacs glänzten, ich sah gläserne Konferenzräume mit Monitoren an den Wänden. Die meisten Angestellten schienen jung zu sein, keine Falte und kein graues Haar erkennbar. Die Frauen sahen fast alle umwerfend aus: groß und schlank oder vollbusig, stylish oder exzentrisch. Doch alle hatten sie glänzendes Haar und die taufrische Haut der Jugend. Wie ich. Fast alle trugen AirPods oder große Beats Studio Buds, die sie aussehen ließen wie Fluglotsen.

»Hast du Verwandte in der Gegend?«, fragtest du.

Es war eine achtlos dahingeworfene Frage, die man hier häufig zu hören bekommt, als gäbe es keine anderen Gründe hierherzuziehen. St. Petersburg, Florida, ist nicht New York, San Francisco oder Los Angeles, keine der Städte, in die Leute ziehen, um zu ackern und zu rackern, damit ihre Träume Wirklichkeit werden.

»Ein paar.«

Ich führte es nicht weiter aus, und du hast nicht nachgehakt.

»Und, was meinst du?«, fragtest du. Und ich sah dein jungenhaftes Bedürfnis nach Lob, den Wunsch, dass die Leute beeindruckt sind von dem, was sie hier zu sehen bekommen.

»Es ist ... einfach fantastisch«, antwortete ich, angemessen atemlos, und hob den Kopf in der Hoffnung, dass meine Augen strahlten.

Der männliche Blick. Er gleitet über alles hinweg, nimmt selten wahr, was da wirklich ist, sondern sieht nur die Bestätigung dessen, was er für wahr hält. Der Mann sieht nur das, was er begehrt, bemerkt nur das, was seinen Appetit weckt.

»Du musst sehr stolz sein auf das, was du hier aufgebaut hast«, sagte ich.

»Ich hatte Glück, mehr nicht. Und viel Hilfe.«

Das überraschte mich.

Du hast mich zum Mittagessen in die Firmen-Cafeteria geführt, die überraschend gehobene Küche anbot. Wir hatten Sushi mit Algensalat und saßen draußen in der frischen Luft, während du über Red World sprachst, und Gaming, und dass du im Herzen nur ein Computerfreak bist, der das Privileg hat, mit der Sache Geld verdienen zu können, die er liebt.

Du sprachst davon, dass du nach dem Studium überall hättest hingehen können, um deine Firma aufzubauen, aber du wolltest »nach Hause zurück«. Bei dir klang das bedeutungsvoll, zutiefst emotional.

Und ich verstand, warum Frauen sich zu dir hingezogen fühlen. Ich spürte deine Anziehungskraft sogar selbst. So gut bist du. So attraktiv. Sehr männlich, dabei aber auch jungenhaft. Intelligent, aber freundlich.

»Was ich von meiner persönlichen Assistentin vor allem erwarte, ist etwas, das ich gern die ›drei Is‹ nenne.« Du hast mit den Fingern Anführungszeichen in die Luft gemalt. »Intelligenz, Integrität und Initiative. Deine Vorgängerin war intelligent, aber es mangelte ihr an Vorausblick. Sie hat es nie geschafft, mit mir Schritt zu halten oder mir sogar ein wenig voraus zu sein.«

Du willst eine Assistentin, die deine Gedanken liest, jede deiner Launen vorausahnt, dich gut dastehen lässt, über deine Witze lacht. Mit anderen Worten, du willst eine Assistentin, die dein enormes Ego streichelt, Tag für Tag, und zwar so, dass du es nicht mal merkst.

»Ich verstehe«, sagte ich. »Engagement ist der Schlüssel. Du trägst eine gewaltige Verantwortung, und deine Assistentin muss wie ein zweites Gehirn sein, scharf denken und sich einfühlen.«

Ich hatte das Richtige gesagt. Dein Lächeln war breit und aufrichtig. »Genau.«

Das Jobangebot kam später am Abend per E-Mail, mit einem

Gehaltsvorschlag, der ein bisschen zu hoch war für eine Assistentinnenstelle, mit guten Sozialleistungen, einer Option auf Aktienerwerb. *Wir bieten unseren Angestellten die beste Vergütung und beste Zusatzleistungen, weil wir uns ihre Loyalität verdienen möchten. Wir wollen, dass sie bei uns bleiben, damit wir zusammenwachsen können.*

Wie nett.

Ich akzeptierte das Angebot bereitwillig.

Direkt danach schrieb ich meinem Halbbruder: Ich bin drin.

Gab es da je einen Zweifel?

Das ist das letzte Mal.

Das sagst du immer.

Diesmal meine ich es ernst.

Und das stimmt, ich meine es ernst. Ich bin diese Unternehmung leid. Tatsächlich weiß ich noch nicht einmal, ob ich genug Energie habe, um sie durchzuziehen. Das Leben, die Entscheidungen, die wir treffen, unsere Taten – das alles ist sehr viel komplexer, als wir es uns vorstellen, wenn wir jung sind. Menschen bestehen aus Schichten von Licht und Dunkel. Es gibt nur wenige echte Bösewichte, und die Gerechtigkeit ist ein Gestaltwandler. Aber hier stehe ich nun. Noch ein letztes Mal.

Jener Tag scheint mir sehr lange her zu sein.

Aber das stimmt nicht.

Ich bleibe noch eine Weile auf der anderen Straßenseite stehen und setze meine Beobachtung des Hauses fort. Dann setze ich mich in mein unbeleuchtetes Auto und lehne mich im Sitz zurück; ich bin noch nicht bereit, von hier wegzufahren.

Wie lautet es gleich noch mal? Dieses Zitat über glückliche und unglückliche Familien? Glückliche Familien gleichen einander, aber jedes Unglück ist einzigartig? Das ergibt durchaus eine Art Sinn. Nehmen wir die Leute, die ihre Familie lieben und wiedergeliebt werden, die geschätzt und respektiert werden, angesehen sind – ein bisschen langweilig ist das schon, oder? Ich meine, mehr ist da nicht. Man wird geboren, man wird geliebt, man stirbt. Wo bleibt da die Spannung, das Drama? Die hochemotionalen Ehekräche, die zögernden Versöhnungen? Die Entfremdungen? Die schwelende Bitterkeit? Das Dysfunktionale?

Glückliche Familien. Unglückliche Familien.

Eigentlich allesamt ziemlich langweilig, oder?

Interessant sind die Familien, die nur so tun, als wären sie glücklich. Die eine Fassade aufgebaut haben, die durch Geheimnisse und Lügen notdürftig aufrechterhalten wird.

Man braucht nur zu pusten, und alles stürzt über ihnen ein. Ich kann es kaum erwarten, deine Fassade bröckeln zu sehen.

3

HANNAH

Bruce schlief tief und fest. Der Vollmond, der durch die dünnen Vorhänge fiel, tauchte den Raum in Silber. Aus dem Babyfon drangen Gigis tiefe, regelmäßige Atemzüge. Doch Hannah wälzte sich schlaflos im Bett herum – sie konnte keine bequeme Lage finden, ihr gingen zu viele Gedanken durch den Kopf. Die Anrufe von der unbekannten Nummer, ihre Sorgen, weil sie ohne ihr Kind fahren würde, die Affäre, die sie ihrem Mann andichtete, alles drehte sich wie im Schleudergang in ihrem übermüdeten Kopf. Endlich gab sie es auf, einschlafen zu wollen, und verzog sich mit ihrem Laptop aufs Sofa.

Sie klickte auf den Link zu dem Ferienhaus, das sie gemietet hatten, es nannte sich »Elegant Overlook«. *Dieses Cottage, abseits gelegen, bietet Platz für sechs Personen. Es ist friedlich und luxuriös, jedes Detail – von den Originalkunstwerken bis hin zur bestens ausgestatteten Küche – zeigt einen hohen gestalterischen Anspruch.*

Klick. Klick. Klick. Sie blätterte durch die Bilder. Das Haus war atemberaubend – zumindest auf den Fotos –, mit drei Schlafzimmern, einem riesigen Wohnbereich, offenen Kaminen, einer Badetonne für ein entspannendes Bad in freier Natur, Wanderwegen vor der Haustür, einer weiteren Hütte.

Doch gestern hatte sie es auf Google Maps aufgerufen und mit einem Anflug von Panik festgestellt, dass es total isoliert lag. Die Satellitenaufnahmen zeigte ein großes Haus auf einer Lichtung, umgeben von unendlich viel Wald. Lediglich eine schmale, gewundene, kilometerlange Straße führte zum Haus. Keine Nachbarn, kein anderes Gebäude in Sicht – abgesehen von der kleineren zweiten Hütte. Der nächste Ort war mehr als dreißig Kilometer entfernt.

Sie hatte nach Bewertungen gesucht, aber das Haus wurde auf keiner der üblichen Ferienhausvermietungsseiten angeboten. Also gab es keinen beruhigenden Katalog von Sterne-Bewertungen mit Kommentaren über die gute Bettwäsche, Beschwerden über laute Nachbarn, Urteilen zu Sauberkeit und Komfort, Entfernung zu Sehenswürdigkeiten und sonstigen Attraktionen.

Verwaltet wurde das Haus von der Firma »Luxury Cabin Rentals of Sleepy Ridge«. Die Website war schick und teuer aufgemacht, man sah die fünf Ferienhäuser, die sie im Angebot hatten, ein weiteres war gerade im Bau. »Elegant Overlook« war das größte – selbstredend. Es gab ein kleineres Ferienhaus, »Peaceful Retreat«, das nur halb so teuer war und völlig ausreichend gewesen wäre. Aber die Fotos der Wanderwege in der Nähe des Grundstücks, der blubbernden Badetonne, der tanzenden Flammen im Elektrokamin waren schon sehr verlockend. Zudem konnte man noch Leistungen dazu buchen: einen Privatkoch, eine Masseurin, die ins Haus kam, private Yogastunden. Diese Angebote hatten Mako – oder Liza – ganz offensichtlich zu ihrem Tagesprogramm inspiriert.

Jede Menge Fünf-Sterne-Bewertungen waren auf der Website aufgeführt.

Perfekt für eine kleine Auszeit!
Erlesen und gemütlich!
Abgeschiedene Alleinlage, sehr ruhig und friedlich!

Doch die Bewertungen wirkten kuratiert. Überhaupt kein negativer Kommentar. Irgendwas war doch immer negativ, oder? Heutzutage taten die Leute doch nichts anderes, als sich zu beschweren, jedenfalls im Internet.

Hannah blätterte durch die Website und klickte auf »Über uns«. Ein attraktiver bärtiger Mann im Holzfäller-Look sah sie lächelnd an:

Bracken Jameison, Eigentümer und Betreiber von Luxury Cabins of Sleepy Ridge, hat all diese Ferienhäuser mit eigenen Händen erbaut, unter Verwendung heimischer Materialien und mit der Hilfe von Handwerkern aus der Region. Alle bieten größtmöglichen Komfort, Luxus und Abgeschiedenheit. Ein Erleben der Natur ermöglicht Erholung und Revitalisierung. Bracken betrachtet jeden Besucher als ganz besonderen VIP-Gast, und tut alles dafür, jedem einen großartigen Aufenthalt in seinen Ferienhäusern zu bieten.

Hannah merkte, dass sie das Foto anstarrte – rundes Gesicht, frische Gesichtsfarbe. Der Mann wirkte wie einer dieser Salz-der-Erde-Typen: nett, ehrlich, freundlich. Genauso, wie man sich einen Ferienhausvermieter wünschte.

Sie gab seinen Namen in die Suchmaske ein. Doch es gab kaum etwas über ihn. Keine Profile in den Sozialen Medien, die sonst immer als Erstes auftauchten. Nichts auf ConnectIn, was für einen Geschäftsmann merkwürdig war. Als sie weitersuchte, stieß sie auf einen kurzen Artikel über ihn und seine Ferienhäuser in der *Sleepy Ridge Gazette*. Er war schon ein paar Jahre alt und hinter einer Bezahlschranke versteckt. Alles, was man zu sehen bekam, war die Überschrift: »Junge von hier saniert leerstehende Immobilien und wandelt sie in Ferienhäuser um. Ein schöner wirtschaftlicher Aufschwung für die Region Sleepy Ridge.«

Draußen vor den Glastüren krächzte ein Kanadareiher lautstark, verärgert über irgendetwas. Sie blickte gerade noch rechtzeitig auf, um ihn von dem Rumpf eines Bootes in der Nachbarschaft auffliegen zu sehen. Seine Flügel und die langen Beine zeichneten sich vor dem silbergrauen, vom Mond erhellten Himmel ab, als er ungelenk davonflog.

Hannah klickte sich zu den Fotos vom Ferienhaus zurück, betrachtete die Farbpalette von Grün- und Brauntönen, die hoch aufragenden alten Bäume. Fast konnte sie die frische, kühlere Luft riechen. In St. Petersburg herrschte bereits eine Gluthitze. Als sie kleiner gewesen war, hatten sie, ihr Vater und ihr Bruder oft in der Gegend von Sleepy Ridge gezeltet. Vielleicht wollte Mako deswegen unbedingt dorthin. Eine Rückkehr zu diesen friedlicheren Zeiten, als sie zu dritt an einem knisternden Lagerfeuer gesessen hatten (Sophia war eindeutig nicht der Camping-Typ). Kühle Luft, grüne Bäume. Doch, es würde schön werden. Oder?

Als sie den Benachrichtigungston ihres Handys hörte, wusste Hannah, wer ihr eine Nachricht geschickt hatte – schließlich war es nach ein Uhr morgens. Es konnte nur ihre langjährige beste Freundin Cricket sein, die ebenfalls unter Schlaflosigkeit litt.

Bist du wach?

Ja. Alles in Ordnung?

Ich packe für das große Wochenende! Kann es kaum erwarten!

Ich ebenfalls.

Sie klickte auf Crickets Instagram-Profil und sah einen Post von ihrem heutigen Mittagessen: ein Cobb Salad mit Hühnchen, Avocado und Blauschimmelkäse, der sehr lecker aussah. Hannah erwog, sich einen Snack zu holen, entschied sich aber dagegen. Sie versuchte, zumindest in den zwölf Stunden zwischen Abendessen und Frühstück zu fasten.

Wie ist dein neuer Freund so?

Ich wage es kaum zu sagen: Ein Traum. Bin hin und weg!
Er könnte etwas ganz Besonderes sein, Han!

Hannah suchte in Crickets Feed nach einem Foto des geheimnisvollen neuen Freundes. Die beiden trafen sich jetzt schon eine Weile, und trotzdem hatte Cricket noch nichts gepostet. Sonst teilte sie praktisch alles sofort mit, aber bei diesem Mann hielt sie sich bedeckt. Vielleicht war das ein gutes Zeichen.

Ich bin gespannt darauf, ihn kennenzulernen! LG

Macht es dir Sorgen, ohne Gigi zu fahren?

Ein bisschen.

Braucht es nicht. Ich habe es im Gefühl. Das wird ein großartiges Wochenende – für uns alle. Schlaf besser noch ein wenig, damit wir morgen bis spät aufbleiben und Party machen können. Diese Badetonne lockt mich!

Mich auch!

Wir sehen uns morgen, beste Freundin!

Hannah lächelte beim Gedanken an Crickets ausgelassenes Lachen, ihre ansteckende Begeisterung für Essen, Musik, Spiele, Hasch-Gummidrops und Cocktails – alles, was Spaß versprach. Sie hatte ihre langjährige Freundin eine Weile nicht mehr gesehen und freute sich auf einen langen Plausch mit ihr. Hoffentlich war der neue Freund keine Klette, kein Schwachkopf oder ... was auch immer. Allerdings standen die Chancen nicht gut, denn Crickets schlechter Männergeschmack war legendär.

Aber wie dem auch sei, sie würden das Beste daraus machen. Das taten sie immer.

Aus einer Laune heraus gab sie »Elegant Overlook Ferienhaus in Sleepy Ridge Georgia« in die Suchmaske ein.

Es kam eine lange Liste von Einträgen, die nichts mit dem Haus zu tun hatten, das sie gemietet hatten – Angebote von Unterkünften auf anderen Ferienhausvermietungs-Seiten. Sie sah die erste Seite durch, dann die zweite und dritte, so wie ihr Bruder es ihr beigebracht hatte. *Manchmal ist das, was du wissen willst, tief vergraben – Webseiten-Optimierer sind mittlerweile sehr gut darin, schlechte Presse so weit hinten zu verstecken, dass niemand sie findet, weil längst alle abgesprungen sind – so lang ist unsere Aufmerksamkeitsspanne nicht mehr.*

Auf der vierten Seite von Einträgen stieß sie auf einen privaten Reise-Blog: »Bens Urlaubsabenteuer«. Sie klickte den Blog an. Die Website sah selbstgemacht aus, kein gutes Layout, Fotos und Grafik von schlechter Qualität, als Hintergrund ein langweiliges Grau. Der Eintrag war schon ein paar Jahre alt. Schlechtes Web-Design, würde Bruce sagen. Eine Website, die irgendjemand mal eingerichtet und dann vergessen hatte.

Es gab einen kurzen Eintrag über eins der kleineren Ferienhäuser, dazu ein paar schlechte Fotos von Innenräumen und Gartenanlagen.

Wir hatten das Haus gemietet, um wandern zu gehen. Aber der Vermieter war eigenartig, und das Haus war ... wie soll ich es formulieren? ... irgendwie unheimlich. Der Vermieter war geradezu versessen darauf, uns Geistergeschichten über ein anderes Ferienhaus zu erzählen, das er gerade baute, was meine Frau ehrlich gesagt verstört hat. Sie fühlte sich in dem Haus nicht wohl und sagte, sie habe das Gefühl, beobachtet zu werden.

Wir sind nur eine Nacht geblieben. Er hätte uns das Geld nicht wiedergeben müssen, hat es aber trotzdem getan. Ich fand das okay; meine Frau ist sensitiv, sie kann Energien spüren. Aber es versteht sich von selbst, dass wir da nicht noch mal hinfahren.

Ein leises Unbehagen überkam Hannah. Unheimlich? Das Gefühl, als würde man beobachtet?

Rasch unterdrückte sie das Gefühl. Was sollte sie auch machen? Unzählige positive Bewertungen, dazu ihr Bruder, der wie eine Dampfwalze sein konnte und der dieses Wochenende unbedingt wollte – wie sollte sie da auf die schlecht geschriebene, uralte Bewertung eines Möchtegern-Reise-Bloggers hinweisen, bei der es zudem um ein ganz anderes Ferienhaus ging?

Nein. Das würde sie nicht tun.

Wenn sie ehrlich war, dann hatte sie nach Gründen gesucht, sich vor dieser Reise zu drücken. Aber jetzt war es zu spät. In wenigen Stunden würden sie losfahren, und sie würde das Beste daraus machen. Sie würde die Zeit dazu nutzen, ihren Mann daran zu erinnern, wie es war, wenn er im Zentrum ihrer Aufmerksamkeit stand.

Sie würde sicherstellen, dass es »mega« für sie beide werden würde, um Makos Lieblingswort zu benutzen.

Sie klappte den Laptop zu und beschloss, wieder ins Bett zu gehen. Aber erst schaute sie nach Gigi, die friedlich in ihrem Bettchen schlief. Das schwache Nachtlicht tauchte den Raum in ein buttergelbes Licht.

Als sie das Kinderzimmer verließ, hörte sie ein Brummen.

Es kam aus Bruces Arbeitszimmer, dessen Tür leicht offenstand.

Sein Arbeitshandy.

Sie sollte das nicht tun, das war ihr klar.

Trotzdem schob sie die Tür auf und trat ein.

4
LIZA

»Mein Hotspot ist weg!«

Mako hatte fast die ganze Fahrt über entweder am Laptop gearbeitet oder am Smartphone gehangen. Sie waren vor Sonnenaufgang aufgebrochen, und Liza, die sehr gerne Auto fuhr, war fast die ganze Strecke nach Sleepy Ridge durchgefahren, eine siebenstündige Tour.

Das Telefonat, das Mako gerade geführt hatte, war abrupt beendet worden.

»Hallo? Hallo? Jess, kannst du mich hören? Verdammt.«

Liza fand immer einen gewissen Frieden, wenn sie hinter dem Steuer saß, besonders auf dem Highway, wo sie sich eins fühlte mit dem Auto und der Straße. Ihre Eltern waren gern mit ihrem alten Jeep Wrangler durchs Land gereist, während sie und ihr Bruder auf dem Rücksitz durchgeschüttelt wurden. Sie hatten nicht viel Geld gehabt, also hatten sie gecampt. Es war magisch gewesen, diese Nächte unter einem sternenübersäten Himmel in der Wüste oder mitten im Wald, um sie herum nur die Laute der Natur, plätschernde Bäche und die Rufe der Eulen. Sie vermisste diese Ruhe. Jetzt, wo sie mit einem Tech-Mogul verheiratet war, war es nie ruhig, es sei denn, sie zog sich in ihr Yoga-Studio zurück, was sie oft tat.

»Vielleicht ist das ein Zeichen, dass du mal eine Pause von der Arbeit einlegen solltest«, sagte sie sanft.

Er legte ihr eine Hand auf das Bein. »Tut mir leid«, sagte er. »Du bist die ganze Strecke gefahren und musstest dir auch noch mein Genörgel und Gejammer anhören.«

Sie sah zu ihm hinüber, lächelte ihn an und richtete den Blick wieder auf die Straße. »Ich versteh schon. Es ist viel zu tun. Aber sieh doch, wir sind fast da. Und es ist so schön hier. Du hast uns hierhergebracht. Versuch jetzt, es auch zu genießen, ja?«

Hohe Bäume ragten zu beiden Seiten der abgelegenen, gewundenen Straße auf. Der Vermieter hatte Liza vorgewarnt, dass die Computernavigation irgendwann aufhören würde zu funktionieren, und so war es auch. Aber er hatte ihr eine gute Wegbeschreibung geliefert, und ihr Vater hatte ihr beigebracht, den Weg auch ohne technische Hilfsmittel zu finden.

Sie hatte immer das Gefühl zu wissen, wo sie sich auf der Landkarte gerade befand und wie sie an ihr Ziel gelangte.

Mako tippte auf ihr Smartphone, das in seiner Halterung am Armaturenbrett hing. »Funktioniert das auch nicht?«

»Nein. Aber ich kenne den Weg.«

Er lächelte sie wissend an. »Du benutzt deine magischen Yogi-Kräfte, um mit dem Universum zu kommunizieren.«

»Nicht direkt. Ich habe gestern mit dem Ferienhausvermieter gesprochen.«

Sein Lachen klang fröhlich.

Er sprach mit leiser, sanfter Stimme. Das war ihr Mako – nicht der Mann, der er im Büro war, nicht der Philanthrop oder gar das Mann-Baby, das er bei seiner dysfunktionalen Familie war. Nicht der Mako, um den sich Gerüchte und Spekulation rankten. Ihr zeigte er sein wahres Ich unter all den anderen Schichten – er war freundlich, witzig, nachdenklich, romantisch. Dieser Mako gehörte ihr allein.

Er legte seine warme Hand auf ihren Nacken, und sie schmiegte sich dagegen und warf ihm ein Lächeln zu.

»Was würde ich nur ohne dich tun?«, sagte er, und einen Augenblick wirkte er traurig. Ein Gefühl durchzuckte sie – Reue, Besorgnis. Wie alle Paare hatten sie so ihre Probleme gehabt.

»Das wirst du nie herausfinden müssen.«

Er würde es natürlich herausfinden müssen. Irgendwann. Sie würden alle erfahren müssen, was es hieß, alles zu verlieren. So war das Leben, auch wenn die wenigsten Leute sich dieser Wahrheit stellen wollten.

Aber nicht heute. Heute würde sie ihrem Mann dabei helfen, ein wenig herunterzufahren, zur Ruhe zu kommen. Zumindest für dieses Wochenende. Sie wusste, dass in der Firma nicht alles rund lief – das neue Spiel erfüllte die Erwartungen noch nicht ganz, und es gab noch andere Schwierigkeiten, die Mako nachts wachhielten. Was genau los war oder wie schlimm es war, wusste sie nicht. Natürlich hatte sie danach gefragt, aber nur die üblichen Mako-Antwort bekommen: »Alles läuft bestens. Nur ein paar kleinere Problemchen. Wir kriegen das schon in den Griff.«

Liza versuchte, sich aus seiner Arbeit herauszuhalten, sein sicherer Hafen zu sein. Sie konnte ihn dazu bringen, Yoga zu machen und ein wenig zu meditieren. Aber nur gelegentlich. Er war ein Energiebündel und sprühte Funken. Das hatte sie von Anfang an geliebt, seinen Elan, seinen Schwung, seine Tatkraft. Wo sie kühl war – Flusswasser über Felsen –, war er ein Feuer, das hell und heiß brannte. Sie ergänzten einander.

»Oh, Wahnsinn!«, rief Mako. »Ich kann's nicht fassen!«

Sie waren um die letzte Kurve gebogen, die Bracken ihr beschrieben hatte, und zwischen den Bäumen kam das Ferienhaus in Sicht. Endlich bogen sie auf die kreisrunde Auffahrt ein. Die Fotos waren dem Haus nicht ganz gerecht geworden – das war wohl kaum ein Cottage. Es war ein Design-Traum aus Holz und Glas mit einer umlaufenden Veranda, dreistöckig, umgeben von altem Baumbestand, Kiefern, Ahorn, Birken. Der Landschaftsgarten war mit rosa blühenden Azaleen gestaltet. Durch die großen Fenster konnte Liza das erlesene, geräumige Innere erkennen: hohe Decken, Möbel aus Leder und Holz.

Mako sprang aus dem Wagen, sobald sie angehalten hatte, und stieß ein begeistertes Juchzen aus. Diese Reise. Warum war ihm dieser Wochenendtrip so wichtig? Sie kannte ihn gut genug, um zu wissen, dass immer irgendwas dahintersteckte. Irgendwas hatte er vor, aber er hatte ihr nicht anvertraut, um was es ging.

Sie blieb noch einen Augenblick sitzen, holte tief Luft und ließ die Schönheit dieses Ortes auf sich wirken.

Ich atme ein. Ich atme aus.

Kurz beschlich sie eine leise Sehnsucht nach den Campingreisen mit ihren Eltern – die natürlich nicht mit dem hier zu vergleichen waren. Luxus, etwas, worauf Mako bei allen Reisen höchsten Wert legte, war für ihre Eltern, die beide Lehrer waren, nicht drin gewesen. Sie hatten gezeltet und über einem Lagerfeuer Hot Dogs gegrillt, ihr Vater schnarchte und ihr Bruder trat sie, wenn er sich neben ihr in seinem Schlafsack hin und her warf. Ihre Mutter hatte vor sich hin geträllert, wenn sie morgens Kaffee machte. Sie hatte eine hübsche Stimme, auch wenn sie den Ton nie ganz traf. Liza hatte nie irgendwas vermisst, es war genug gewesen.

Mako öffnete den Kofferraum, schnappte sich ein paar Gepäckstücke und lief zur Veranda.

Sie wartete noch einen Moment, denn sie bewegte sich gern langsam und bewusst, damit nicht alles an ihr vorbeirauschte. *Ich atme ein. Ich atme aus.*

Während sie im Auto saß und zusah, wie Mako versuchte, den Türcode einzugeben, spürte sie es. Ein heftiger Schmerz im Unterleib, gefolgt von leichter Übelkeit.

Nein.

Das Licht um sie herum schien plötzlich zu hell zu sein, und dann setzte das Pochen in ihrem Nacken ein. Weiße Punkte tanzten vor ihren Augen.

Die Fruchtbarkeitsbehandlung. Dadurch war die Migräne zurückgekehrt, die sie auf dem College immer heftig überfallen hatte. Liza schloss die Augen, atmete tief in den Schmerz hinein, bat ihn, durch sie hindurchzufließen. Er weigerte sich. Offenbar konnte man eine Migräne nicht wegmeditieren. Bestenfalls ein wenig hinauszögern, wie sie festgestellt hatte. Aber schließlich würde der Schmerz kommen wie ein Übeltäter, gegen den sie absolut machtlos war, und sie zu Fall bringen. *Was willst du mir beibringen?*, hatte sie den Schmerz beim letzten Mal gefragt. *Wie lautet die Lektion, die ich hier lernen kann?*

Sei still, schien er sie anzuzischen. *Lieg einfach da, bis ich mit dir fertig bin.*

Mako stand fluchend vor der Tür. Es war so still, dass seine Stimme weit trug. Er war der intelligenteste Mensch, dem sie je begegnet war, und doch konnten die einfachsten Dinge ihm Probleme bereiten. Sie blieb noch einen Augenblick sitzen und konzentrierte sich auf ihren Atem. Endlich vergingen Schmerz und Übelkeit. Nein, weg waren sie nicht. Sie hatten sich nur in den Hintergrund zurückgezogen. Der Schmerz lauerte.

Bitte. Nicht dieses Wochenende. Nicht jetzt.

Ihr auf dem Armaturenbrett montiertes Handy piepste. Okay. Sie hatten also doch Netz. Wahrscheinlich Hannah, die mitteilen wollte, dass sie unterwegs waren, oder die wissen wollte, ob sie noch etwas mitbringen sollten. Ihre Schwägerin, die, wie Makos ganze Familie, immer ein wenig distanziert schien. Immer höflich, das ja. Mit einem Anschein von Wärme. Doch Liza fühlte sich nicht herzlich aufgenommen. Aber vielleicht lag es ja auch an ihr. Vielleicht war sie diejenige, die Hannah auf Abstand hielt. An diesem Wochenende würde Liza sich mehr bemühen. Es war jetzt wichtiger denn je, dass sie sich gut verstanden.

Aber es war nicht Hannah.

Es war eine Textnachricht von einer Nummer, die sie nicht kannte, und sie spürte, wie ihr ganzer Körper sich versteifte.

Du hast etwas, das mir gehört.

Sie starrte auf das Display ihres Telefons. Die Worte schienen vor Bosheit zu glühen.

»Liza! Der Code funktioniert nicht!«

Mako schaute zu ihr hin wie ein enttäuschtes Kind. Er konnte ein Unternehmen leiten, das an der Börse mit fast einer Milliarde Dollar bewertet wurde, schaffte es aber nicht, die Tür zu seinem Ferienhaus aufzukriegen?

Wenn du glaubst, du kannst davor davonlaufen – vor mir –, dann irrst du dich. Ich bin direkt hinter dir.

Liza blickte in das dichte Dunkel der Bäume, die sie von allen Seiten umgaben. Rasch blockierte sie die Nummer und löschte die Nachricht. Sie schlang den Arm um ihre Mitte.

Nein.

Das, was sie hatte, gehörte ihr und ihr allein.

»Liza!«

Sie öffnete die Autotür, schob die lastenden Geheimnisse und die Reue beiseite und stieg aus, um ihrem Mann zu Hilfe zu eilen. Sie würde den Schmerz der drohenden Migräne wegschieben, und vielleicht würde sie Mako an diesem Wochenende die große Neuigkeit verkünden. Es war an der Zeit.

Wieder dieses Stechen, leichter diesmal, weniger erschreckend. Das war normal. Das passierte, wenn der Körper sich veränderte, oder? Sie spürte ihrem Atem nach, verankerte sich in der Erde unter ihren Füßen, zog Energie aus ihr. Die Luft war kühl, die Bäume flüsterten. Die Bäume, hatte ihr Vater immer gesagt, kennen alle Geheimnisse des menschlichen Herzens. Sie sind Zeugen all unserer Torheiten, aber sie verurteilen uns nicht. Sie beobachten nur.

Hoffentlich stimmte das. Sie hoffte, dass sie wegen der Dinge, die sie getan hatte, nicht verurteilt werden würde.

Sie holte die Tasche mit ihrem Technik-Equipment und ihre Yogamatte aus dem Kofferraum. Sie würde sich noch einen Platz für ihre morgendliche Livestream-Yogastunde suchen müssen. Dann gesellte sie sich zu ihrem Mann auf die Veranda.

»Es blinkt noch«, sagte sie. »Du musst ihm ein wenig Zeit geben.«

Sie hatte den Türcode auswendig gelernt, und als das Tastenfeld wieder dunkel wurde, gab sie ihn ein. Die Tür entsperrte ohne Probleme und schwang auf. Ein Duft nach Holz und Blumen stieg ihnen in die Nase.

»Ich bin so ein Idiot«, sagte Mako und zog sie an sich. »Entschuldige.«

Er gab ihr einen langen, leidenschaftlichen Kuss. Sie schlang die Arme um ihn, sog seinen Duft ein, genoss die Wärme und Stärke seiner Umarmung. Dann, eine Sekunde später, hob er sie hoch, und sie lachte, als er sie über die Schwelle trug, hinein in das magische Wochenende, das sie geplant hatten.

5

HENRY

1997

Henry wusste, dass seine Mutter anders war als die anderen Mütter. Er hätte nur nicht sagen können, worin der Unterschied genau bestand.

Die übrigen Frauen, die sich auf dem Gehweg vor der Schule versammelt hatten, plauderten munter miteinander, gelegentlich erklang Gelächter. Alle waren auf ihre Weise hübsch, hatten glänzendes Haar und gesunde Körper – nicht jede war ultraschlank, aber alle waren fit, und ihre Haltung bewies Selbstsicherheit. Sie trugen Jeans und farbenfrohe Tops oder bunte Sportkleidung, wenn sie ins Fitnessstudio wollten, nachdem ihre Kinder in der Schule verschwunden waren. Sie hielten Kaffeebecher zum Mitnehmen oder Wasserflaschen in den Händen, hatten große Taschen umgehängt. Sie strahlten sorglose Leichtigkeit aus, jedenfalls schien es so.

Henrys Mutter war nicht wie diese Frauen. Sie stand außerhalb, konnte sich nicht mit irgendeiner freundlichen Bemerkung vorstellen und damit in die Gruppe einfügen: *Ich bin Henrys Mutter. Wir sind neu hier, und wir finden es wunderbar!*

Auch er stach hervor, genau wie sie.

»Hast du alles?«, fragte Alice, seine Mutter. Sie hatte ihr mausbraunes Haar im Nacken zusammengebunden, trug eine große Brille, trotz der Wärme eine Strickjacke, einen Rock – einen zu großen Jeansrock mit durchgehender Knopfleiste –, und hatte eine Tornistertasche aus Leder über der Schulter hängen. Alles falsch.

»Die Hausaufgaben? Dein Pausenbrot?«, hakte sie nach, als von ihm nichts kam.

Er nickte und fühlte sich ein wenig schuldig, weil er wollte, dass sie ging.

»Na gut«, sagte sie und senkte den Kopf. »Sei ein braver, ruhiger Junge.«

Er nickte wieder.

Hinter ihm auf dem Spielplatz tobten die anderen Kinder. Genau wie seiner Mutter gelang es ihm nicht, sich nahtlos einzufügen. Er war mehr oder weniger unsichtbar, genau wie sie. Graue Gespenster an diesem farbenfrohen, sonnigen und warmen, fast schon heißem Morgen in Florida. Bereits jetzt stiegen Hitzewellen vom Asphalt auf, die Sonne stand als brennender Ball am Himmel. Die Hitze machte ihm nichts aus; er hatte die Abneigung gegen Kälte von seiner Mutter geerbt.

Ruhig und unauffällig. Das war Alice am wichtigsten. Sie war schreckhaft, blickte sich ständig um, als könnte ihnen jemand folgen, sie beobachten. Aber da war nie jemand.

»Wovor hast du solche Angst?«, hatte er sie einmal gefragt.

Sie hatte ihn auf diese bestimmte Art angeschaut, die sie manchmal hatte. Erst ausdruckslos, dann nachdenklich. »Vor der Welt, Henry. Ich fürchte mich vor der ganzen Welt.«

»Wieso?«

»Weil sie voller Ungeheuer ist. Und ich muss dafür sorgen, dass sie uns nichts tun.«

Was für Ungeheuer denn, hatte er sich gefragt. Aber er hatte nicht nachgehakt. Eigentlich wollte er es gar nicht wissen.

»Henry!«, sagte sie und riss ihn aus seinen Gedanken.

»Ja«, antwortete er. »Das werde ich. Ich werde brav und ruhig sein.«

»Gut.«

Sie schien noch etwas hinzufügen zu wollen, vielleicht »Ich hab dich lieb« oder »Du bist mein Schatz«. Aber sie musste spüren, dass er das nicht wollte, denn sie presste die Lippen zusammen. Abends war es ja okay, wenn sie ihn ins Bett brachte. Aber nicht hier, nicht vor der Schule, wenn die anderen Kinder bereits spielten und ihre Mütter vergessen hatten. Henry merkte, wie verzweifelt er sich danach sehnte, frei von ihr zu sein – nur für eine kleine Weile. Er bewegte sich in Richtung Schultor.

Sie schien es zu merken und wandte sich zum Gehen. »Wir sehen uns um drei?«, sagte sie noch.

»Okay.«

Jetzt wandte sie sich ab und ging.

Als sie an der Müttergruppe vorbeikam, hob eine von ihnen zögernd die Hand zum Gruß. Aber Alice schien es nicht zu bemerken, sondern setzte ihren Weg fort. Die Frau, eine Rothaarige mit grünen Augen, rundem Gesicht und einem netten Lächeln, blickte ein wenig verlegen drein.

»Hat mich wohl nicht gesehen«, hörte Henry sie sagen.

»Vielleicht ist sie schüchtern«, bemerkte die schlanke Brünette.

Nicht unfreundlich, gar nicht. Als Henry in die Richtung blickte, in die seine Mutter gegangen war, war sie verschwunden. Obwohl er sich gewünscht hatte, dass sie ging, überkam ihn der vertraute Anflug von Panik. Es war eine komplizierte Gefühlsmischung. Er wollte unbedingt, dass sie ging, und wenn sie weg war, bekam er Angst, dass sie nicht zurückkommen würde.

Er unterdrückte die Angst, wie er es gelernt hatte. Dann drehte er sich um und ging zielstrebig auf den Schulhof zu, wo die anderen Jungs wild herumtobten. Die Mädchen standen in Grüppchen zusammen, wie ihre Mütter, redeten und kicherten. Nur eins der Mädchen schien die Gesellschaft der Jungs vorzuziehen: sie spielte mit ihnen Fußball am anderen Ende des Schulhofs. Sie war schnell, beweglich, zäh. Er schaute ihr eine Weile zu. Ihr blondes Haar flatterte, ihr Gesicht war gerötet.

Es war keine Schwere an ihnen. Sie waren nicht wachsam, diese Kinder, keins von ihnen. Nicht ständig auf der Hut, so wie er. Offenbar hatte niemand ihnen je gesagt, sie sollten brav und ruhig sein. Er staunte kurz darüber, während er so am Schulzaun stand.

Als es klingelte, drängten alle ins Gebäude, und er wurde im Strom mitgerissen. Er war neu hier. Der Neue. Schon wieder. Es war nicht sein erster Tag, der immer am schlimmsten war. Aber immer noch seine erste Woche an dieser Schule.

Er passte hier nicht hin, das war ihm bewusst. Falscher Haarschnitt. Falsche Sachen. Die Jungs hier trugen Levi's-Jeans und Chuck Taylors, dazu Poloshirts oder T-Shirts. Nicht die Khaki-Hosen, gebügelten Karohemden und steifen No-Name-Turnschuhe, die seine Mutter für ihn besorgt hatte. Wenn er hier reinpassen sollte, musste er so angezogen sein wie die anderen Kinder. Selbst dann würde er noch hervorstechen, das war ihm klar. Aber nicht mehr ganz so stark.

Was ihn davor bewahrte, schikaniert zu werden wie andere Jungs, die nicht hineinpassten, waren seine Größe und seine Sportlichkeit. Er konnte fangen, werfen und laufen. Er war stark. Er konnte mit Höchstgeschwindigkeit an einem Seil hochklettern und die meisten anderen im Wettlauf besiegen. Im Sport konnte er sich beweisen und sich zumindest den Respekt der anderen Jungen verdienen. Er wusste, wie das lief. Er war in der achten Klasse, und das hier war die vierte – oder fünfte? – Schule, die er besuchte.

In der ersten Stunde hatten sie Mathe, und er setzte sich auf den Platz am Fenster, der ihm zugewiesen worden war, direkt hinter dem hübschen Mädchen, das gern mit den Jungs herumtobte. In Mathe war er gut. Es lag eine beruhigende Einfachheit darin, ein Trost – man konnte klar festgelegte Regeln befolgen und alles richtig machen. Zahlen waren das Gegenteil von Menschen. Menschen waren rätselhaft.

Der Junge neben ihm nickte ihm zu, und er nickte zurück.

Die Lehrerin stand an der Tafel. Ohne es zu wollen, registrierte er ihren Körper, die Bluse, die eng über ihren Brüsten saß, die Waden unter dem Saum ihres Rocks. Sein Sitznachbar warf ihm einen wissenden Blick zu, und Henry spürte, wie ihm die Röte in die Wangen stieg. Er blickte auf sein Heft und schrieb ab, was die Lehrerin an die Tafel schrieb.

Nach einer Weile blickte er aus dem Fenster und war peinlich überrascht, als er Alice auf der anderen Straßenseite entdeckte. Sie hatte beide Hände um einen Kaffeebecher gelegt und stand gegen die Hauswand gelehnt, fast verborgen im Schatten.

Sie passte auf.

6
HANNAH

Juni 2018

Sie schaute kurz auf ihren Mann, der den Blick auf die Straße gerichtet hielt, eine Hand auf zwei, die andere auf zwölf Uhr am Lenkrad. Er fuhr so Auto, wie er alles andere tat – gut, vorsichtig, präzise. Die Stimmung war angespannt; sie hatten sich gestritten, bevor Lou kam, und danach waren sie sofort ins Auto gestiegen. So hatte sie sich den Beginn der Reise nicht gewünscht. Es war ihre Schuld. Sie musste sich entschuldigen. Aber.

»Ich ...«, begann sie und berührte den leeren Kaffeebecher, der in dem Fach in der Mittelkonsole stand. Aber die Worte blieben ihr im Hals stecken.

Bruce atmete tief durch und veränderte seine Sitzhaltung.

»Ich versteh schon«, sagte er und warf ihr einen entschuldigenden Blick zu.

»Nein«, sagte sie. »Ich meine, es war falsch von mir. Wirklich falsch. Es tut mir leid.«

Gestern Nacht, als Bruce schlief, nachdem sie nach Gigi gesehen hatte und sein Arbeitshandy in seinem Arbeitszimmer brummen hörte, hatte sie etwas Schändliches getan. Sie hatte sich wie magnetisch hingezogen gefühlt zu diesem piepsenden Gerät. Auf dem Display würde zumindest ein Teil der Nachricht für wenige Minuten zu sehen sein, also ging sie rasch, ohne darüber nachzudenken, in sein Arbeitszimmer, setzte sich an den Schreibtisch und nahm das Handy aus der Schublade.

Es war eine Textnachricht von jemandem, der in seinen Kontakten unter »Angel« gespeichert war: R-61818200. Wenn alles läuft wie geplant.

Ein Passwort, eine Seriennummer, irgendein Code? Sie spürte, wie sie rot anlief. Wer war Angel? Es klang nicht wie der Name eines Kunden, und er hatte den Namen ihr gegenüber noch nie erwähnt. Aber es hatte doch sicher irgendwas mit seiner Arbeit zu tun. Oder? Es war ja nicht so, als wäre sie über irgendwelche Sex-Nachrichten oder heimliche Verabredungen gestolpert. Warum fühlte sie sich dann so schlecht? Weil sie ihrem Mann hinterherspionierte.

»Hannah.«

Sie war praktisch von seinem Bürostuhl aufgesprungen und wäre am liebsten im Boden versunken. Ihr Mann stand in der Tür, mit bloßem Oberkörper und Sweathose.

»Was tust du da?«, fragte er milde, fast amüsiert.

Sie schwieg einen Moment und überlegte, ob sie lügen sollte. »Ich, äh, habe dein Telefon gehört. Und ...«

»Und?«

»Und ... du warst in letzter Zeit so seltsam. Ich ...«

Sie konnte seinen Gesichtsausdruck nicht deuten, hätte nicht sagen können, ob er zornig oder enttäuscht von ihr war. Nein, es war etwas anderes – eine Art ruhige Wachsamkeit.

»Wer ist Angel?«, fragte sie. »Und sag jetzt bitte nicht, ein schwieriger Kunde.«

Er runzelte die Stirn. »Wir können darüber reden. Aber könntest du jetzt bitte mein Telefon zurücklegen und mein Arbeitszimmer verlassen?«

So ruhig, so besonnen. Sie kam sich vor wie ein Schulmädchen, das man beim Rauchen neben den Mülltonnen ertappt hatte. Ihr Gesicht brannte, und ihr Herz hämmerte.

»Wer ist Angel?«, hatte sie wiederholt und sein Handy umklammert.

»Hannah. Ich kann es dir nicht sagen, okay? Du willst nicht, dass ich sage, es ist ein Kunde. Und ich kann dir nicht verraten, wer es ist oder was ich für diese Leute tue. Tut mir leid.«

Sie legte das Handy wieder in die Schublade und schloss sie. Bruce trat zur Seite, um sie durchzulassen. Sie schob sich an ihm vorbei und setzte sich mit einem Glas Wein draußen an den Pool. Ihre Gedanken drehten sich wie wild, erschufen Szenarien, Möglichkeiten, und sie malte sich die schlimmsten Dinge aus. Endlich kam er zu ihr, nachdem er sich ein T-Shirt übergezogen hatte.

»Ich dachte, wir würden einander vertrauen«, sagte er und zog sich einen Stuhl heran.

Die Küstenwasserstraße glitzerte, silbern auf schwarz. Auf der anderen Seite des Kanals standen ebenfalls Häuser, eine bunte Mischung wie überall in Florida am Wasser, kleine Ranchhäuser, große neue Protzbauten, kleine Eigentumswohnanlagen. Die größeren, neueren Gebäude überragten die Altbauten, versperrten ihnen den Blick aufs Wasser.

»Das tun wir«, sagte sie. »Aber ... mit dir ist doch irgendwas.«

Da. Sie hatte es ausgesprochen. Und es stimmte, welche Gründe auch immer es dafür geben mochte. Sie kannte ihren Mann, und diesen Eindruck hatte sie eben. Sie war keine unsichere, paranoide Ehefrau.

»Angel ist ein sehr schwieriger Kunde. Ich kann nicht darüber sprechen. Tut mir leid. Ich wünschte, ich könnte es. Ich werde dich einfach bitten müssen, an mich zu glauben.«

Was würde Cricket sagen, wenn sie ihr von diesem Gespräch erzählte? Oder ihre Mutter? Keine Frau würde das als Antwort hinnehmen, oder? Monate später, wenn sie herausgefunden hätte, dass er tatsächlich mit einer anderen Frau schlief, würde sie zurückblicken und sich denken: Wie konntest du ihm nur glauben?

Aber er hatte gar nichts abgestritten. Sie nicht gebeten, ihm zu glauben. Er hatte sie gebeten, *an ihn* zu glauben. Das war etwas anderes. Sie schaute ihn an. Sein Gesicht war ernst, seine dunklen Augen waren auf sie gerichtet. Um den Mund herum und auf der Stirn zeigten sich die ersten feinen Fältchen. Er drehte an seinem Ehering.

»Gut«, hatte sie erwidert.

Er hatte nach ihrer Hand gegriffen, aber sie war aufgestanden und weggegangen, ins Haus.

»Hannah«, hörte sie ihn noch sagen, als sie die Terrassentür zuschob.

Und heute Morgen – eigentlich nur wenige Stunden später – hatten sie sich darüber gestritten, was sie mitnehmen sollten. Sie hatte zu viel eingepackt, er wollte mit leichtem Gepäck reisen. Sie hatte die falsche Zahnpasta-Marke gekauft. Er hatte den Wagen gestern Abend nicht aufgetankt, sie würden also unterwegs tanken müssen. Gigi saß auf ihrem Hochstuhl und sah ihre Eltern verwirrt an, vielleicht bemerkte sie den gereizten Ton. Sie wurde unruhig und fing an, mit ihrem Haferbrei zu werfen.

Als Lou kam, spielten sie ihr die glückliche Familie vor. Hannah gab Lou und Gigi einen Abschiedskuss und wollte möglichst schnell das Haus verlassen. Sie versuchte, nicht zu klammern, aber Gigi war in Tränen aufgelöst, als sie zur Tür gingen.

Mamama. Keine anderen Silben auf Erden klangen so herzzerreißend wie diese. Fast hätte Hannah die ganze Sache auf der Stelle abgesagt.

Aber Lou tröstete Gigi und lenkte sie ab wie ein Profi. »Oooh! Gigi, was ist denn das?«

Als Lou und die Kleine zufrieden auf dem Boden hockten und mit Gigis Spielzeug beschäftigt waren, verließen Hannah und Bruce unauffällig das Haus, stiegen ins Auto und fuhren los. Hannah weinte leise auf dem Beifahrersitz.

»Es ist schon gut«, sagte Bruce. »Alles wird gut.«

Jetzt, wo schon viele Meilen zwischen ihnen und ihrer Tochter und der gestrigen Nacht lagen, war Hannah beschämt.

»Es tut mir wirklich leid, dass ich auf dein Handy geschaut habe und dass ich mich in dein Arbeitszimmer geschlichen habe, während du schliefst. Es war ... einfach grässlich von mir.«

»Ich verspreche dir ...«, sagte er, griff nach ihrer Hand und blickte zu ihr herüber. Diesmal nahm sie seine Hand und drückte sie. »Für mich gibt es niemanden auf der Welt außer dir, Hannah. Du und Gigi – ihr bedeutet mir alles.«

Sie spürte, dass seine Worte sie durchzuckten wie ein leichter Stromschlag. Der Körper erkannte die Wahrheit, oder?

»Ich weiß«, sagte sie. »Ich weiß.«

»Ich werde versuchen, offener zu dir zu sein, okay?«

Sie nickte. Doch als sie gestern wachgelegen hatte, hatte sie einen Entschluss gefasst: Ohne Vertrauen gab es keine Ehe. Sie musste daran glauben, dass er treu und gut war, bis er mit einer anderen Frau zur Tür hinausspazierte. Sie würde keine herumschnüffelnde, ängstliche Ehefrau werden, die ihrem Mann ständig Vorwürfe machte. So war sie doch nie gewesen. Sie würde nicht zulassen, dass ihr Babyhirn, die Ängste einer frischgebackenen Mutter oder was auch immer es war, sie in einen Menschen verwandelten, der sie nicht sein wollte.

Sie blickte auf ihr Smartphone.

»Du beobachtest sie doch nicht immer noch«, bemerkte Bruce, den Blick wieder auf die Straße gerichtet, beide Hände wieder am Lenkrad.

Es schien Stunden her zu sein, dass sie zuletzt durch eine Ortschaft gefahren waren, und jetzt befanden sie sich auf einer schmalen Landstraße, die sich durch den Wald schlängelte. Hannah bemerkte durchaus die Schönheit, die friedliche Stille des Waldes. Aber nur am Rande. Sie hatte kaum noch Netz, nur ein Balken. Die Verbindung war instabil und langsam, die Videobilder ruckelten.

»Gigi bekommt gerade ihr Mittagessen. Sie liebt es, wenn Lou ihr das Käse-Sandwich in kleine Quadrate schneidet.«

Schuldbewusst verfolgte sie auf den Bildern der Sicherheitskamera, wie Gigi in ihrem Hochstuhl saß und zufrieden ihr Sandwich verzehrte, während Lou an der Arbeitsplatte einen Apfel in Stücke schnitt. Ihre Schwiegermutter wusste natürlich Bescheid über die Kameras – eine war im Wohnbereich, eine im Kinderzimmer, eine überwachte die Vorderseite des Hauses und eine die Rückseite. Aber wahrscheinlich war Lou nicht klar, dass Hannah auf der langen Fahrt nach Georgia obsessiv immer wieder ihren Zugriff darauf nutzen würde.

»Hannah«, sagte Bruce mit einem geduldigen Lächeln.

Sie beneidete ihn um seine Ruhe, seine Entspanntheit. In all den Jahren, die sie zusammen waren, hatte sie ihn erst zweimal wirklich wütend erlebt, und nie auf sie. Er schien eine endlose Geduld für ihre und Gigis Macken und Marotten aufzubringen. Offenbar galt das sogar dann, wenn seine Frau in seinem Arbeitszimmer herumschnüffelte.

»Du bist eine gute Mutter, die allerbeste«, sagte er.

Erbärmlich, wie sehr sie es brauchte, das zu hören.

»Gute Mütter lassen ihre Babys nicht allein«, versetzte sie.

Bruce verdrehte leicht die Augen. »In der Obhut einer liebevollen, kompetenten Großmutter? Doch, tun sie. Ständig.«

»Stimmt, das tun sie. Natürlich.«

Zögernd beendete sie die Kamera-App, verstaute das Smartphone in der Seitentasche der Autotür und blickte aus dem Fenster.

Baumriesen ragten auf beiden Seiten auf. Ihre Kronen bildeten ein Dach über der Straße und ließen so wenig Licht durch, dass die Autoscheinwerfer sich eingeschaltet hatten.

»Wow«, sagte sie. »Mitten im Nirgendwo, was?«

»Ja«, sagte Bruce. »Es ist schön. Ich weiß nur nicht, ob wir noch Empfang haben.«

Er warf einen Blick auf sein Smartphone, das am Auto-Cockpit angebracht war. Er hatte die Karten-Navigations-App geöffnet, und sie waren nur ein kleiner blauer Punkt in einem Meer von Grün.

Sie schaute auf ihr Smartphone. Kein Empfang mehr. Eben hatte sie noch Netz gehabt.

»Ich glaube, wir sind jetzt offiziell außer Reichweite«, bemerkte er.

Sie unterdrückte die Panik, die in ihr aufstieg. Mako hatte geschworen, dass sie im Haus WLAN haben würden. Er wusste genau, dass sie ihre kleine Tochter nicht gern allein ließ und sich nicht wohlfühlen würde, wenn sie keine Möglichkeit hatte, Lou zu erreichen. Er selbst würde ja auch arbeiten müssen, zumindest ein bisschen; undenkbar, dass er ein ganzes Wochenende lang auf eine Internetverbindung verzichtete. Darauf würde er sich nie einlassen. Es konnte doch wohl nicht sein, dass er das nur versprochen hatte, um Hannah hierher zu locken, in diese Wildnis, weil er unbedingt seinen Willen durchsetzen wollte, seine Fantasie von dem Instagram-tauglichen Wochenende mit Freunden und Familie, zu dem er sie alle gedrängt hatte?

Sie zwang sich, sich zu entspannen, im Hier und Jetzt zu sein.

Bruce folgte weiter der gewundenen Straße. Hannah ließ das Fenster hinunter und wurde von einer kühlen Frische begrüßt. Etwas in ihr löste und entspannte sich. Sie atmete tief ein und blickte in den Wald. Ihr fiel wieder ein, wie sehr sie die Einsamkeit und die Ruhe liebte, die in der Natur zu finden waren, so ganz anders als das hektische Leben in einer lärmenden Großstadt. Wie sie sich selbst denken hören konnte, wenn alles um sie herum still wurde. Ihr gefiel der Klang ihrer eigenen inneren Stimme.

Bruce blieb gelassen; er schien immer zu wissen, wo es langging. Selbst wenn er an einem Ort noch nie gewesen war, kannte er den Weg. Sie nannten es BPS, *Bruces Positionierungssystem*. Sie nahm die Hand ihres Mannes, beugte sich hinüber und küsste ihn auf die Wange. Er war zuverlässig. Der Fels in ihrem Leben.

»Alles gut«, erklärte er. »Liza sagte schon, dass wir vielleicht zwischendurch kein Netz haben werden, sie hat uns eine Wegbeschreibung geschickt. Alles kein Problem.«

Und tatsächlich, nach einer Weile sahen sie Licht durch die Bäume schimmern.

Als sie um die letzte Kurve bogen, ragte ein Riesenbau am Ende der Auffahrt auf. Der Himmel wölbte sich tiefblau über dem dunklen, fast schwarzen Grün des Waldes dahinter.

Mako hatte das Ferienhaus als »Cottage« bezeichnet. Die Fotos, die sie im Internet gesehen hatte, wurden der Wirklichkeit nicht gerecht. Das Haus war aus Holz erbaut, ja, doch auf den Fotos auf der Website hatte es heimelig und gemütlich gewirkt.

»Wow«, bemerkte sie.

Das hier war ein Traum aus einem Hochglanzmagazin für zeitgenössische Architektur. Hohe Fenster, ein gewölbtes Dach. Da Haus war von einer riesigen Veranda umgeben, und im ersten Stock gab es noch einen großen Balkon, beides mit bequemen Gartenmöbeln ausgestattet. Die Büsche in dem elegant gestalteten Landschaftsgarten warfen Schatten auf die kreisrunde Auffahrt, als Bruce anhielt. Durch die hohen Eingangstüren aus Glas konnte man in den erlesen gestalteten Wohnbereich sehen. Aber war das ein Bärenkopf, der da über dem Kamin angebracht war?

»Wow«, wiederholte Bruce. »Typisch Mako.«

Jetzt wirkte er angespannt, hatte die Schultern leicht hochgezogen. Es hatte irgendwas mit ihrem Bruder und seinen Eigenheiten zu tun, so viel wusste sie. Sie legte Bruce die Hand auf die Schulter und spürte, wie er sich entspannte.

»Hannah.« Er drehte sich zu ihr um, auf seinem Gesicht ein Ausdruck, den sie noch nie gesehen hatte. Etwas in ihr krampfte sich zusammen. Alle ihre Zweifel und Ängste meldeten sich lautstark zu Wort.

»Ich …«

Ich habe eine Affäre.
Ich brauche mal eine Auszeit.
Ich hasse deine Familie.

Doch dann kam Mako zur Vordertür aus dem Haus gestürzt, gefolgt von Liza, die ihnen zuwinkte. Hannah fühlte sich unwiderstehlich zu ihnen hingezogen und wäre am liebsten sofort ausgestiegen, um Abstand zwischen sich und das dunkle Geheimnis zu legen, das Bruce gerade hatte enthüllen wollen.

»Was ist los?«, flüsterte sie, als er ihr die Hand auf den Arm legte.

Doch der finstere Ausdruck war verschwunden. Da saß wieder ihr vertrauter Bruce, ein schwaches Lächeln auf den Lippen. Lippen, die sie an diesem Wochenende sehr oft zu küssen plante. Weil es das war, was sie brauchten – mehr Küsse, weniger Gerede, weniger Sorgen.

»Nichts«, antwortete er. »Es tut mir leid, dass ich dir Grund zur Sorge gegeben habe. Es tut mir leid, dass ich dir nicht immer alles sagen kann.«

»Ist schon gut«, versicherte sie, und sie meinte es so. »Ich vertraue dir.«

»Unglaublich, dieses Haus, was?«, dröhnte Mako, öffnete ihr die Wagentür, bot ihr die Hand und zog sie in seine Umarmung. »Na, was habe ich gesagt?«

»Es ist fantastisch.« Sie spürte seine Stärke, seine Stabilität. Ihr Bruder.

Sie schaute sich um, betrachtete das tiefe Dunkelgrün des Nadelwalds, das sich von der Helligkeit des tiefblauen Himmels abhob, die atemberaubenden purpurnen Berge, die sich hinter dem Haus erhoben. Sie ließ die frische, saubere Luft in ihre Lunge strömen. Plötzlich fühlte sie sich unendlich weit entfernt von ihrem Alltagsleben, ihren Problemen und Sorgen.

Wenn Gigi bei ihnen wäre, könnte sie sich vorstellen, für immer an diesem friedlichen Ort zu bleiben.

7
BRACKEN

Bracken genoss es, sie einzuschätzen. Er war gut darin. Er achtete auf ihre Körpersprache, darauf, welche Bekleidungsmarken sie bevorzugten, in welchem Tonfall sie sprachen, die Autotypen. Applewatch oder Fitbit? Gefärbte Haare? Wie viel Make-up? Von seinem Platz unter den Bäumen hatte er den Tesla vorfahren sehen. Schwarz und schnittig, leise, aber leistungsstark. Wie ein Hai. Am Telefon hatte Liza ihren Mann Mako genannt. Wie der Hai, hatte sie gesagt. Aber auf seiner Kreditkarte stand Michael. Aufschlussreich.

Sie waren früh dran.

Bracken war die Wanderwege hinter dem Haus abgegangen, um sicherzustellen, dass sie begehbar waren, falls die Gäste beschlossen, eine Erkundungstour zu machen. Seinen Truck hatte er ein Stück die Straße hinunter abgestellt. Er hielt sich außer Sicht.

Auf der Beifahrerseite stieg ein Mann aus, schaute sich um und stieß einen Begeisterungsschrei aus. Hochgewachsen, breitschultrig. Er trug eine Sporthose mit Streifen, ein blaues T-Shirt, einen hellgrauen Hoodie und teure Laufschuhe – von Nike, die kosteten dreihundert Dollar, wie Bracken zufällig wusste, da er selbst vor kurzem neue Laufschuhe gekauft hatte. Der Gast hatte sein dickes, tintenschwarzes Haar zu einem losen Pferdeschwanz gebunden und war attraktiv auf jungenhafte Weise.

»Wow!«, rief er mit dröhnender Stimme. »Schau dir das an. Der WAHNsinn, oder?«

Stolz stieg in Bracken auf. Ja, es war atemberaubend. Das unberührte Land, das Haus, das er mit eigenen Händen erbaut hatte.

Die schmale Frau hinter dem Lenkrad blieb noch eine Weile sitzen. Sie hatte die Haare zu einem straffen Pferdeschwanz gebunden und war kaum oder gar nicht geschminkt. Ihre Haare waren rötlichbraun, ihre natürliche Haarfarbe, soweit Bracken das aus der Ferne beurteilen konnte. Sie hatte ihm schon gefallen, als sie gestern telefoniert hatten. Sie besaß eine ruhige Energie.

Die Energie ihres Mannes war alles andere als ruhig.

»Das Haus ist fantastisch«, rief er. »Was meinst du, Babe?«

Seine Stimme dröhnte durch die Stille und hallte von den Bäumen wider. Eine laute Stimme für einen wichtigen Mann.

Babe. Aus irgendeinem Grund hasste Bracken diesen Kosenamen. Er war so ... gewöhnlich. Und jeder konnte sehen, dass diese Frau alles andere als gewöhnlich war. Bracken hätte sie nie Babe genannt. Schatz vielleicht. Oder Liebling.

Doch sie starrte mit finsterem Gesichtsausdruck auf ihr Handy. Die Leute schafften es nie, diese verdammten Geräte mal wegzulegen. Egal, wie viel Aufregung sie verursachten. Und dabei war sie doch angeblich Yogalehrerin.

Sein Gast schaute sich um, hinauf zum Himmel, zu den Bäumen hinüber, in deren Schatten Bracken sich versteckt hielt. Er hätte einfach vortreten und sich vorstellen können, aber er tat es nicht. Er hörte den Mann einatmen und die Luft langsam wieder ausstoßen. Da war ein Ausdruck in seinem Gesicht, den Bracken nicht erwartet hatte. Tiefe Sorge. Nicht die arrogante Leere, die er erwartet hatte. Und noch etwas. War das Angst? Er schien den Wald zu mustern, die Straße, die zum Haus führte. Wonach hielt er Ausschau?

Der Kofferraum des Wagens ging auf, als der Mann sich ihm näherte, und wie sich zeigte, war er bis oben hin vollgepackt. Koffer, Rucksäcke, Kühlboxen, alles hochpreisige, teure Markenprodukte, aber im Grunde derselbe Schrott aus China wie alles andere auch.

Wer bezahlte vierhundert Dollar für eine Kühlbox, wenn man für sechzig Dollar eine bekam, die genauso gut funktionierte, ein besseres Produktdesign hatte und praktischer war? Ausgesprochen typisch für eine bestimmte Gruppe von Leuten. *Seht mich an! Schaut nur, was ich mir leisten kann!* Das war allerdings etwas, worüber Bracken sich nicht beklagen sollte. Genau diese Leute waren es, die das Ferienhaus mieteten, das er hier auf seinem acht Hektar großen Grundstück erbaut hatte. Er verdiente seinen Lebensunterhalt mit ihnen.

Der Gast griff sich ein paar Koffer und ging zum Haus. Er stieg die Verandatreppe hinauf, stellte das Gepäck ab und blickte auf sein Handy. Er gab den Türcode ein und versuchte, die Tür zu öffnen, aber es funktionierte nicht.

»Was zum Teufel ...«, sagte er. Ein kurzer Augenblick der Verzögerung, und schon geriet er in Wut. Er kehrte zur Treppe zurück und rief nach seiner Frau, wobei er den Eindruck eines hilflosen Kleinkinds erweckte. Sie kam nicht sofort. Der Mann seufzte und rief noch einmal nach ihr.

Endlich stieg sie aus dem Auto. Sie trug teure Yoga-Klamotten. Nachdem sie eine Tasche und ihre Yoga-Matte aus dem Kofferraum geholt hatte, ging sie zu ihrem Mann auf die Veranda.

Von dort, wo Bracken stand, konnte er ihre Stimmen nicht hören. Aber ihm fiel auf, dass ihre Outfits farblich aufeinander abgestimmt waren. War das Absicht? Ihre Hose war taubengrau, etwas heller als sein grauer Kapuzenpullover mit Reißverschluss, ihr Tank-Top war himmelblau, sein Shirt königsblau. Bracken fiel auf, wie schlank ihre bloßen Arme waren, wie definiert die Muskeln.

Dann hob ihr Mann sie hoch, als würde sie gar nichts wiegen, und sie lachte, als er sie über die Schwelle trug. Wieder fühlte Bracken Stolz in sich aufsteigen. Es gefiel ihm, wenn die Gäste in seinen Ferienhäusern glücklich waren. Das war schließlich der Sinn des Ganzen.

Vorhin hatte Bracken den Lebensmittellieferanten selbst eingelassen. Berge von Lebensmitteln, bio, vegan, glutenfrei, Freilandhaltung, Fair-Trade, hormonfrei. Teure Produkte, die, wie er wusste, vier- oder fünfmal so viel kosteten wie ihre Gegenstücke im Supermarkt.

Kühlschrank, Speisekammer und Vorratsschränke waren bestens bestückt. Mit dem, was seine Gäste für ein langes Wochenende einkauften, hätte Bracken die Tafel in der Stadt für Wochen ausrüsten können. Tatsächlich würde alles dorthin gehen, was noch nicht angebrochen war. So hielt er es bei allen seinen Ferienhäusern. Es gab so viel Lebensmittelverschwendung. Die Leute wussten nicht, wie es war, Hunger zu leiden.

Kein Urteil.

Nur eine Beobachtung. Er betrachtete sich als Beobachter der sehr unterschiedlichen Arten, wie Menschen ihr Leben lebten und ihr Geld ausgaben.

Er rief die App auf seinem Handy auf, durch die er Zugriff auf die Kamera im Wohnbereich hatte.

»Was ist mit dem Alkohol?«, fragte der große Mann gerade. Er öffnete und schloss Schranktüren.

»Ich dachte, du wolltest mal entgiften«, sagte seine Frau und sah ihn an. »Die anderen bringen die Getränke ihrer Wahl mit – mit und ohne Alkohol. Cricket bringt Gummidrops mit.«

»Ich sagte, ich wollte mich entspannen«, entgegnete er mit einem leisen Lachen. »Nicht entgiften. Großer Unterschied.«

»Hmm. Verstehe.«

Sie lächelte nachsichtig, als wäre er ein liebenswertes, aber unartiges Kind. Konnte eine erwachsene Frau tatsächlich einen Mann lieben, den sie bemuttern musste?

»Ich fahre schnell in die Stadt«, verkündete er.

»Das ist doch nicht nötig.« Sie trat zu ihm. »Ruf doch einfach Hannah an, und sie bringt mit, was du noch brauchst.«

»Wird nicht lange dauern.« Er gab ihr einen raschen Kuss. Es war klar, dass er tun würde, was ihm passte, und dass sie absolut nichts dagegen tun konnte. »Soll ich noch was mitbringen?«

»Offenbar habe ich den Kale vergessen«, sagte sie nachdenklich und spähte in den Kühlschrank.

Mit vorgetäuschter Bestürzung warf er die Hände hoch. »Das geht natürlich nicht. Gott verhüte, dass wir ohne Grünkohl auskommen müssen.«

»Du trinkst meine Smoothies doch gern«, konterte sie mit einem weiteren liebenswerten Lächeln. Sie gefiel Bracken sehr.

Der Hai-Mann drückte einen Kuss auf ihren Scheitel. »Ich liebe deine Smoothies. Und ich liebe dich. Wir sehen uns gleich.«

»Sei vorsichtig«, sagte sie. »Fahr nicht zu schnell um diese nicht einsehbaren Kurven.«

»Oh, sieh doch. Bruce und Hannah sind da!«, rief er.

Ja. Ein robuster schwarzer Volvo-SUV war vorgefahren, in dem noch ein junges, gutbetuchtes Paar saß. Der Volvo war in jeder Hinsicht das Gegenteil des Tesla – zuverlässig, sicher, ein Understatement. Ein teurer Wagen, aber keiner, der Prestigekauf oder Geltungskonsum herausschrie. Ein Auto, das gekauft worden war, weil es ein gutes Auto war, nicht wegen dem, was es über seinen Besitzer aussagte.

Umarmungen, ein fröhliches Hallo. Bracken schaute zu und spürte das vertraute sehnsüchtige Ziehen im Herzen, in das sich leichter Zorn mischte. Wie es wohl war, Teil einer Familie zu sein, willkommen geheißen und umarmt zu werden? Er wusste es nicht. Aus irgendwelchen Gründen war ihm das verwehrt geblieben. Die Welt war kein fairer Ort und nichts – weder gutes Aussehen noch Reichtum oder Liebe – wurde gleichmäßig verteilt. Das wusste er doch, natürlich wusste er das. Warum hörte es dann nie auf wehzutun?

Im Haus wurde darüber diskutiert, wer in die Stadt fahren

sollte. Bruce bot an, es zu übernehmen. Hannah wies darauf hin, dass sie reichlich Alkoholika mitgebracht hatten – Wein, Wodka, Gin. Aber Mako bestand darauf zu fahren. Für Bracken war offensichtlich, dass der Hai-Mann seine eigenen Pläne verfolgte. Endlich war er zur Tür hinaus.

Der Hai-Mann schaute auf sein Handy, bevor er rückwärts aus der Auffahrt fuhr. Tja, viel Glück dabei. Handyempfang würde er erst wieder haben, wenn er näher an der Stadt war. Im Haus war ein Router, also würden sie ihre Handys mit WLAN benutzen können, aber das Mobilfunknetz war auf den Straßen lückenhaft, an manchen Orten gab es gar keinen Empfang.

Den meisten Leuten machte das nichts aus. Deshalb kamen sie ja in diese Kleinstadt in den Bergen, um mal auszuspannen, Natur zu erleben, zu wandern, Ruhe zu finden. Um sich wieder daran zu erinnern, was wirklich von Bedeutung war, um das ganze Geplapper zum Schweigen zu bringen. Manche liebten das, wurden durch die Auszeit gestärkt. Aber es gab auch Leute, die es nicht ertragen konnten, wenn das Geplapper verstummte und sie nur noch ihre eigenen Gedanken hören konnten.

Er vermutete, dass Mako zur letzten Gruppe gehörte. Ein Hai-Mann in einem Hai-Auto. Hör auf zu schwimmen, und du stirbst.

Bracken wandte seine Aufmerksamkeit wieder dem Kamera-Livestream zu.

»Kann ich noch irgendwas tun?«, fragte Hannah, die sich offenbar nützlich machen wollte.

»Ich glaube, alles ist fertig«, antwortete Liza. War da nicht ein wenig Ungeduld in ihrem Ton? »Geht doch nach oben und seht euch euer Zimmer an. Die Treppe hoch und dann links.«

Interessant. Sie waren gerade erst angekommen, und Liza wusste schon, welches Zimmer sie wollte. Das größte Schlafzimmer, das mit dem spektakulärsten Blick. Das Zimmer, das sie Hannah und Bruce zugewiesen hatte, war nur geringfügig kleiner und genauso gut ausgestattet. Die Aussicht war ein bisschen weniger spektakulär. Trotzdem, es sagte etwas aus, oder? Wurde da eine Hierarchie festgelegt?

Bracken schloss die App und wartete, bis der Tesla eine Weile fort war, bevor er zur Tür ging, um sich vorzustellen, den Gästen alles zu zeigen und sie wissen zu lassen, dass er in der Nähe war, für den Fall, dass sie während ihres Aufenthalts noch irgendetwas brauchten.

Zudem wollte er sie vor dem Hurrikan warnen, der die Küste heraufzog und, wie es aussah, um St. Simons Island herum auf Land treffen würde. Wenn er hier ankam, sollte er sich bereits stark abgeschwächt haben. Trotzdem konnte ein Sturm in dieser Gegend gefährlich sein: umgestürzte Bäume, überflutete Straßen, Flüsse, die über die Ufer traten und die Straßen für eine Weile unpassierbar machten. Das war einer der Gründe dafür, dass die Grundstückspreise hier so niedrig waren. Die Infrastruktur schaffte es nur mit knapper Not, den Naturgewalten zu trotzen.

Bracken sah das eher als Vorteil dieser Gegend. Er genoss es, in einer wilden, ungezähmten, natürlichen Umwelt zu leben. In einer Stadt, von Menschen geschaffen, brauchte es komplexe Systeme, um die Natur in Schach zu halten. In New York City liefen rund um die Uhr Pumpen, damit das Wasser nicht die ganze Insel flutete, sie verschlang. Wie hieß es noch mal? Wenn die Pumpen auch nur achtundvierzig Stunden ausfielen, würden alle U-Bahn-Tunnel geflutet sein. Weitere vierundzwanzig Stunden, und die Straßen wurden zu Flüssen. Hier konnten sich die Straßen binnen Stunden in Flüsse verwandeln, und ein einziger Blitzschlag konnte einen heftigen Waldbrand auslösen. Die Natur wartete stets darauf, sich zurückzuholen, was ihr gehörte, mit allen Mitteln. Etwas daran gefiel ihm: die Grausamkeit, die Ehrlichkeit.

Doch heute Nachmittag schien die Sonne, und der Himmel war klar. Die Vögel sangen – er hörte das hübsche Pfeifen der Meisen, das wilde, fröhliche Zirpen einer Rotspottdrossel, das Krächzen von Krähen. Irgendwo oben in den Bäumen hämmerte ein Helmspecht. Bracken schaute hoch und entdeckte zwischen den Zweigen einer Fichte den roten Schopf, der einen rhythmischen Trommelwirbel veranstaltete.

Er erklomm die Treppe zur Veranda, die er eigenhändig renoviert hatte, und klopfte an das dicke Glas der Tür, die er selbst angebracht hatte – was eine wirklich schwierige Aufgabe gewesen war. Es hatte vier Männer dazu gebraucht, ihn und drei Mitglieder seiner Crew.

Als Liza auftauchte, sah er sofort, dass sie geweint hatte: gerötete Augen, rote Flecken auf den Wangen. Was war passiert? Ihr Mann war erst vor wenigen Minuten weggefahren.

Im Glas sah er sein eigenes Spiegelbild – stämmige Gestalt, Vollbart, abgetragene Jeans, Henley-Arbeitshemd. Er sah aus wie ein Holzfäller, rau und ungehobelt. Vielleicht ein wenig ungewaschen, bedrohlich? May sagte immer, dass er finster dreinblickte und dass er die Leute mit seiner Schweigsamkeit einschüchterte. Er merkte, dass das Yoga-Mädchen zögerte, ihm die Tür zu öffnen.

»Kann ich Ihnen helfen?«, fragte sie durch die geschlossene Tür hindurch.

»Ich bin Bracken, Ihr Vermieter«, sagte er. »Sind Sie Liza? Wir haben telefoniert.«

»Oh!«, sagte sie erleichtert. Sie entriegelte die Tür, öffnete sie und trat einen Schritt zurück. Er ging ins Haus.

»Alles in Ordnung mit Ihrer Unterkunft?«, fragte er. Ein Duft hing in der Luft. Salbei.

Sie legte die Hand aufs Herz. »Oh, lieber Himmel, es ist einfach fantastisch. Und vielen Dank dafür, dass Sie den Lebensmittellieferanten reingelassen und alles eingeräumt haben. Das war sehr freundlich von Ihnen, und hilfreich. Das hätten Sie nicht zu tun brauchen.«

»War mir ein Vergnügen«, sagte er. »Große Runde an diesem Wochenende?«

»Wir sind zu sechst«, antwortete sie und rieb sich die Schläfen, als habe sie Kopfschmerzen. »Wird bestimmt lustig.«

Er schaute sich um, sah die teuren Gepäckstücke am Fuß der Treppe, die hinauf zum großen Schlafzimmer führte.

»Soll ich das für Sie hochbringen?«

»Wenn es Ihnen nichts ausmacht? Mein Mann ist weggefahren, er hat noch was zu erledigen. Und wir haben wie immer viel zu viel eingepackt.«

Er hielt nach dem zweiten Paar Ausschau, aber die beiden waren nirgends zu sehen.

»Aber natürlich.«

Die Leute packten fast immer zu viel ein. Sie dachten immer, sie müssten all ihr Zeug mitschleppen, wohin sie auch gingen. Und sie besaßen so viel. Bracken betrachtete sich als Minimalisten. Seine eigene Hütte, die er ebenfalls mit eigenen Händen gebaut hatte, war nur halb so groß wie diese hier. Er hatte sich eine Grenze von genau fünfzig Besitztümern gesetzt und hielt immer Ausschau nach Dingen, die er noch aussortieren konnte.

Sie nahm die leichteren Taschen und folgte ihm nach oben.

Er trug das Gepäck ins große Schlafzimmer und stellte es direkt hinter der Tür ab. Auf der anderen Seite des Flurs hörte er die Stimmen der anderen Gäste durch die geschlossene Tür. Die Frau – Hannah – lachte entzückt.

»Oh, wie schön das ist. Einfach umwerfend«, sagte Liza zu ihm.

Er war stolz auf diesen Raum mit den Eichendielen und großen Fensterfronten, den Kamin. Es gab ein Kingsize-Doppelbett und einen Schreibtisch mit einem atemberaubenden Blick auf die Berge.

»Auf Ihrer Website stand, dass Sie all Ihre Ferienhäuser selbst gebaut haben?«

»Mit Hilfe von Handwerkern«, sagte er. »Aber ja, ich war der Bauherr und habe einen Großteil der Arbeiten selbst erledigt – Fundamente gegossen, Wände gestrichen.«

Sie nickte und sah ihn forschend an, schien in seinem Gesicht nach irgendwas zu suchen.

»Das muss sehr befriedigend sein«, meinte sie schließlich und ging ins Bad, um eine kleine Tasche dort zu deponieren. Ihre Bewegungen waren anmutig, und ihr Körper wirkte stark und geschmeidig.

»Das ist es«, bestätigte er.

Es stimmte, es war befriedigend, etwas Solides zu bauen, sich körperlich anzustrengen und ein handfestes Ergebnis vorweisen zu können. Wie oft strengte man sich im Leben an, ohne dass etwas dabei herauskam.

Nachdem sie wieder nach unten gegangen waren, zeigte er ihr die Küche, obwohl er wusste, dass sie einen Privatkoch gebucht hatten. Er zeigte ihr, wo der Staubsauger stand, wie man die Badetonne anheizte.

Als er fertig war, standen sie im Eingangsbereich.

»Noch eine Sache. Es ist ein Sturm angesagt, also seien Sie vorsichtig.«

»Ich habe davon gehört«, entgegnete sie mit einem Stirnrunzeln.

»Es kommt vor, dass hier draußen bei Sturm Telefon und Internet nicht mehr funktionieren und der Strom ausfällt. In dem Fall müsste ein Notstromaggregat anspringen. Sollte das passieren, werde ich vorbeischauen, sobald es mir möglich ist. Wenn die Straßen überflutet sind, sind sie für eine Weile unpassierbar. Was für ein Auto fahren Sie?«

Er wusste es, aber sie sollte schließlich nicht merken, dass er sie beobachtet hatte.

»Einen Tesla«, sagte sie mit gerunzelter Stirn. »Der macht zwar was her, aber ob er mit überschwemmten Straßen zurechtkommt, weiß ich nicht genau.«

»Nun, im schlimmsten Fall komme ich mit dem Truck vorbei und sehe nach Ihnen, sobald es geht. Also bleiben Sie einfach, wo Sie sind. Ich will nicht, dass Sie irgendwo liegenbleiben oder dass jemand verletzt wird.«

Sie nickte nachdenklich und blickte nach draußen. Sein GMC-Pick-up, ein geländegängiges Nutzfahrzeug, stand am Startpunkt des Wanderwegs weiter unten an der Straße. Sie überlegte zweifellos, wo sein Wagen denn war, fragte aber nicht nach, und er bot keine Erklärung an.

»Das machen wir, wenn ein Unwetter kommt. Wir bleiben im Haus. Vielen Dank für alles.«

Sie hielt ihm einen gefalteten Geldschein hin, aber er winkte ab. »War mir ein Vergnügen.«

Trinkgeld. Die Leute meinten es nicht herabsetzend. Aber das war es. Er war der Eigentümer, keine Hilfskraft. Was er tat, tat er wegen seiner sehr persönlichen Vorstellung von Gastfreundschaft.

Sie schob den Schein wieder in die schmale Tasche ihrer Leggins. Wahrscheinlich würde sie ihn vergessen, ihn vielleicht mitwaschen.

Wenn die Gäste zu Gesprächen aufgelegt waren, erzählte er ihnen manchmal etwas von der Geschichte dieses Grundstücks und des Hauses, das früher darauf gestanden hatte. Einige waren fasziniert, andere eher abgestoßen. Also gab er die finstere Geschichte nur noch zum Besten, wenn der Gast den Eindruck machte, als wüsste er eine gute Geistergeschichte am Lagerfeuer zu schätzen.

Liza wirkte nicht wie dieser Typ Mensch. Sie machte den Eindruck einer sensiblen, angespannten Frau, die alles sehr ernstnahm. Sie rieb sich wieder die Schläfen.

»Dieser Ort ...«, erklärte sie, als hätte sie seine Gedanken gelesen. »Er hat eine bestimmte Energie.«

Er hatte sie gegoogelt, nachdem sie die Anzahlung geleistet hatte, und rasch ihr Instagram-Profil und ihren YouTube-Kanal entdeckt. Sie war Yoga- und Meditationslehrerin.

»Gut oder schlecht?«, fragte er mit einem Lächeln.

Sie schien zu überlegen. »Unruhig«, sagte sie endlich.

»Kommen Sie erstmal an. Wenn Sie alle gemütlich mit einem Glas Wein am Feuer sitzen, fühlt sich das bestimmt schon ganz anders an.«

Sie nickte und schlang die Arme um ihre Mitte. »Ganz bestimmt.«

Er gab ihr seine Karte, obwohl er wusste, dass sie seine Nummer bereits hatte. Aber manchmal war es einfacher, wenn eine Karte aus Papier im Haus lag, damit jeder der Gäste ihn bei Bedarf anrufen konnte.

»Melden Sie sich gern jederzeit, wenn irgendwas ist«, sagte er.

Sie nahm seine Karte und lächelte ihn an. »Danke. Das werden wir, aber ich bin sicher, es wird alles perfekt sein.«

Nichts ist je perfekt, hätte er am liebsten entgegnet. Wer unbedingt will, dass alles perfekt ist, ist auf dem besten Weg, unglücklich zu werden. Aber er schwieg. Ihre Haut war so taufrisch, ihr Körper so durchtrainiert und geschmeidig. Wie es wohl war, sie in den Armen zu halten, ihre Lippen auf seinen zu spüren? Er verlor sich einen Moment in Tagträumereien, beobachtete, wie die Sonnenstrahlen auf ihrem Haar tanzten, wie sie nervös ihr Schlüsselbein berührte.

War da etwas zwischen ihnen? Würde sie ihm entgegenkommen?

Er merkte selbst, dass er zu lange verharrte, und die Energie zwischen ihnen veränderte sich. Er wollte noch nicht gehen, aber sie verschränkte die Arme und trat etwas zurück, warf einen Blick auf die Treppe und dann auf die Haustür, als suche sie nach einem Fluchtweg.

»Vielen Dank noch mal«, sagte sie energisch. Es war eine Entlassung. Und diesmal folgte er dem Hinweis.

Er verbeugte sich kurz und ging.

Später würde er noch mehr von ihr zu sehen bekommen.

8
CRICKET

»Wir haben uns verirrt«, stellte Cricket fest und versuchte, die aufkeimende Besorgnis zu unterdrücken. Eigentlich war sie schon seit Stunden nervös – okay, seit Tagen. Dieser Wochenendtrip. Wahrscheinlich keine besonders gute Idee. Aber wie so viele schlechte Ideen schien sie sich verselbstständigt zu haben, und jetzt waren sie hier. Auf dem Weg. »Haben wir uns wirklich verirrt?«

»Es ist praktisch unmöglich, sich zu verirren«, versicherte Joshua mit weltmännischer Zuversicht. »Die moderne Infrastruktur lässt das nicht zu.«

Wochenend-Stoppeln, obwohl erst Donnerstag war, ein zerknittertes, aber irgendwie trotzdem stylishes blaues Gingham-Hemd, ausgeblichene Jeans, Halbschuhe. Mit seinem langen, sehnigen Körper, der Haarsträhne, die ihm immer wieder in die Stirn fiel, und den tiefliegenden Augen gehörte er zu den Männern, die einfach immer gut aussahen. Direkt nach dem Aufwachen, nach dem Laufen, wenn er den Müll rausbrachte. Als wäre er aus den Seiten eines Abercrombie & Fitch-Katalogs direkt in ihr Leben gefallen. Cricket versuchte, ihn nicht anzustarren wie ein Schulmädchen, das die Jungs entdeckt.

»Aber der Punkt«, beharrte sie und blickte auf ihr Smartphone. »Der Punkt, der wir sind. Er schwebt einfach im Nirgendwo.«

Sie widerstand dem Drang, auf den Bildschirm zu klopfen, um sie aus der Leere herauszuschütteln. Joshua wandte den Blick von der Straße ab und schaute auf ihr Handy, dann fuhr er auf den Seitenstreifen. Die Reifen knirschten über Erde und Kies.

Um sie herum nur fruchtbares, leuchtendes Grün. Und Stille. Die Straße lag im Schatten der turmhohen Bäume, durch deren verwobenes Geäst kaum ein Lichtstrahl drang. Cricket wusste nicht, was für Bäume es waren – Kiefern, Eichen, Ahorn, Birken? Spielte das eine Rolle? Irgendwelche normalen Waldbäume.

Hannah würde es sicher wissen. Sie würde die Bäume benennen können, ihre Heilkräfte kennen und wissen, welcher das beste Feuerholz abgab. Sie würde mit dem Holz einen Unterschlupf bauen oder einen gebrochenen Knochen schienen. Hannah war ein Outdoor-Typ.

Cricket hatte den Verdacht, dass ihre eigene spirituelle Heimat das Luxuskaufhaus Neiman Marcus war.

Und das hier war weit entfernt von der Art Ort, an dem sie sich wohlfühlte – blitzende Einkaufspassagen voll mit schönen, teuren, käuflich zu erwerbenden Dingen. Die Leute schwärmten immer so von der Natur. Wollten in die Natur, zurück zur Natur. Warum nur? In Crickets Augen war die Natur unheimlich und gefährlich. Da war immer dieser Niemand-kann-dich-schreien-hören-Vibe. Seit einer Ewigkeit war ihnen kein Auto mehr entgegengekommen.

Joshua griff nach ihrem Smartphone und starrte darauf. »Ähm. Ja. Wir haben kein Netz.«

Vor einer Weile hatten sie in einer Kleinstadt gehalten, um noch ein paar Dinge zu besorgen – Snacks, Kondome, Wein –, obwohl sie wusste, dass Mako bestimmt genug teure Flaschen mitgebracht hatte, um einen ganzen Weinkeller zu bestücken. Dazu Blumen für Liza und Hannah. Cricket wollte nicht mit leeren Händen ankommen.

Als sie durch die Stadt fuhren, war sie ein bisschen überrascht gewesen. Sie hatte etwas Pittoreskes erwartet, ein paar exklusive Geschäfte vielleicht, etwas für die Feriengäste. Doch eine ganze

Reihe von Läden war verrammelt, und die Straßen wirkten verlassen. Es gab ein schäbiges Diner, einen traurigen Gemischtwarenladen, einen Eisenwarenladen, einen schmuddelig wirkenden Waschsalon.

Die Regale im Gemischtwarenladen waren praktisch leer – es gab nur noch Erdnussbutter, Weißbrot und Süßigkeiten. Das hochwertigste Produkt, das Cricket beim Durchsuchen des staubigen Ladens aufgestöbert hatte, war eine Dose Planters-Cocktail-Erdnüsse. Der Laden führte allerdings jede Menge Bier und Zigaretten sowie Lottoscheine und Dörrfleisch. Joshua, der sich nach der Paleo-Methode ernährte – daher die Wahnsinnsmuskeln –, hatte sich mit Bio-Wild-Dörrfleisch eingedeckt.

Der Mann an der Kasse hatte ihr anzügliche Blicke zugeworfen. Joshua, der neben diesem zahnlosen, unrasierten Kerl mit roter Kappe und schmutzigem Hemd wirkte wie ein Supermodel, wurde mit offenem Argwohn beäugt.

»Übers Wochenende hier?«, fragte der Mann, als sie mit ihren kümmerlichen Einkäufen, unter anderem einer Schachtel Kondome, zur Kasse kamen. Er hatte nach der schwarzen Packung gegriffen und sie hochgehalten, sie zu lange betrachtet. Seine Nägel waren dreckig, die Nagelhäutchen zerfetzt.

»Richtig«, hatte sie kühl erwidert. Normalerweise war sie immer freundlich, zum Plaudern aufgelegt. Cricket kannte ihre Vorzüge; sie war eine hübsche, vollbusige Blondine, kokett und liebenswürdig, wenn sie wollte. Aber bei solchen Männern? Die mussten die Botschaft schnell begreifen: Komm bloß nicht auf die Idee, mit mir ins Bett zu wollen.

Sie sah ihn scharf an, bis er die Kondome hinlegte und anfing, die anderen Produkte einzutippen. Vor dem Fenster summte eine Fliege, warf sich immer wieder gegen die Scheibe. In einem wackeligen Zeitschriftenständer steckten das *Waffen-Journal*, *Jagen und Angeln* und *Preppers Haushaltsplaner*.

»Da ist ein Sturm im Anmarsch. Ein großer.«

Das hatte sie im Radio gehört, es aber ignoriert. Die Natur würde es nicht wagen, Makos Pläne zu durchkreuzen. Er hatte diese Ferienhaus-Auszeit gewollt und alles arrangiert, ihnen in den Ohren gelegen, bis sie zugestimmt hatten, ständig daran erinnert, alles bezahlt. Zweifellos aus irgendeiner Laune heraus, einer Geschichte, die er sich selbst erzählte. Nicht einmal Mutter Natur hatte eine Chance gegen ein Mako-Narrativ.

»Wir kommen schon klar.«

»Gut möglich, dass die Straßen unpassierbar werden«, sagte der Verkäufer und schnalzte mit der Zunge. »Kann sein, dass Sie festsitzen.«

O mein Gott. Halt bloß die Klappe.

»Danke für die Warnung, Kumpel«, sagte Joshua und trat vor.

Kumpel. Das Wort benutzte er oft. Manchmal auch *Bro*, je nach Situation und Person. Es schien den Umgang mit anderen Männern tatsächlich zu erleichtern. Der Verkäufer nickte und wich etwas zurück, als Joshua einfing, ihre Einkäufe einzupacken.

»Schöne Zeit da oben«, sagte er, als sie den Laden verließen, aber es klang unangenehm, wie eine Warnung. Wieso »da oben«?, fragte sie sich. Sie hatten ihm gar nicht gesagt, wo ihr Ferienhaus lag.

»Schönen Tag noch, Bro«, hatte Joshua liebenswürdig erwidert, und als sie draußen waren, hatte er ihr einen Blick zugeworfen und einen Banjo-Riff angestimmt, und Cricket hatte gelacht, als sie wieder in sein Auto stiegen.

Doch die Begegnung hatte ein unangenehmes Gefühl in ihr hinterlassen und ihre Nervosität wegen des Wochenendes vertieft. Mit ihrer besten Freundin und ihrem neuen Liebsten. Und mit ihrem *Ex*. Samt seiner umwerfend schönen Frau. Wessen Idee war das noch mal gewesen?

Ach ja. Die von Mako.

»Äh«, sagte Joshua jetzt, der immer noch auf das Smartphone

starrte, als wollte er das Signal zwingen, wieder aufzutauchen. Schließlich blickte er mit einem schiefen Grinsen auf. »Doch. Ja. Wir haben uns verirrt.«

Beide begannen zu lachen. Er verflocht seine Finger mit ihren und beugte sich vor, um sie zu küssen. Ein inniger Kuss, und leidenschaftlich. Genau wie er selbst. O mein Gott. Er war so wahnsinnig heiß mit diesem Schlafzimmerblick, schlank, aber muskulös und viel größer als sie. Was toll war, denn sie war ziemlich groß und konnte manchmal keine High Heels tragen, wenn sie mit Männern ausging. Und sie trug wirklich gern High Heels. Ihre Beine sahen damit einfach fantastisch aus.

»Ich wüsste niemanden, mit dem ich mich lieber verirren würde«, sagte er leise und ließ seine Hand ihr Bein hinaufwandern.

Ehrlich? Sie liebte ihn.

Sie wollte ihn nicht lieben. Und sie hatte es ihm nie gesagt.

Aber er ließ sie innerlich leuchten wie niemand sonst, den sie je gekannt hatte. Gleichzeitig fühlte sie sich bei ihm ruhig und sicher. Wenn sie mit Mako oder einem ihrer anderen Ex-Freunde in eine solche Situation geraten wäre, hätte es Gebrüll gegeben, Frustration, hochgradigen Stress. *Warum haben wir uns verirrt? Wessen Schuld ist das? Warum gibt es verdammt noch mal kein Netz?*

Aber Joshua? Nein. Sie hatte noch nie erlebt, dass er ausgerastet wäre, hatte noch nie ein hartes Wort von ihm gehört. Er war entspannt, lässig, freundlich, immer nett zu allen. Liebevoll, zärtlich. Und wahnsinnig gut im Bett.

Spielerisch flüsterte er ihr ins Ohr: »Findest du jetzt, dass ich kein echter Kerl bin, nachdem du weißt, dass ich uns ohne technische Hilfsmittel nicht ans Ziel bringen kann?«

»Nein«, entgegnete sie ganz ernsthaft. »Du hast dich als echter Kerl erwiesen, weil du nicht gleich durchdrehst, wenn wir mitten im Nirgendwo stehen, keinen Handyempfang haben und nicht wissen, wie wir unser Ferienhaus finden sollen.«

Sie überlegte, ob sie vorschlagen sollte, doch lieber umzukehren.

»Hmm«, machte er und schob die Hand unter ihren Rock. Sie musste an den unheimlichen Typen denken, der die Packung Kondome in der Hand gehalten hatte, verdrängte es aber. Sie drückte die Lippen an Joshuas Hals und sog seinen Duft ein. Ihre Berührung entlockte ihm ein Stöhnen.

Und dann kletterten sie auf den Rücksitz, um diesen schönen Moment totaler Abgeschiedenheit für einen Quickie zu nutzen. Seine heruntergelassene Hose lag um seinen straffen Po, sie schob ihren Rock hoch und streifte ihr Höschen ab.

O Gott.

Alles mit ihm war so gut.

Zu gut.

Eindeutig zu gut, um wahr zu sein, dachte sie, als sie einen seismischen Orgasmus erlebte, der sie schwach und atemlos machte. Sie lag unter ihm und starrte auf die grünen Blätter der Bäume über ihnen, als er in ihr kam. So viel zu den gerade gekauften Kondomen, die noch in der Packung waren. Sie liebte es, obwohl es auf hundert verschiedene Arten ein Roulettespiel war. Sie nahm die Pille, aber sie kannte viele Frauen, die trotz der Pille schwanger geworden waren.

Die Bäume schwankten und ächzten, während er heftig atmend auf ihr lag.

Wie hieß diese Sache noch mal? Waldbaden. Die beruhigende Kraft der Natur. Ja, aus diesem Blickwinkel gesehen war da vielleicht doch was dran. Für einen kurzen Augenblick hatte sie das Gefühl, eins zu sein mit den Bäumen, mit ihrer Stille. Als gäbe es nur Joshua und sie, als würden sie immer so bleiben, befriedigt, im Frieden mit sich. Als hätten sie alles Dunkle und Beschissene des modernen Lebens für immer hinter sich gelassen. Alle schlechten Erinnerungen, den alltäglichen Ärger. Ihren Public Relations-Job, der zu einer freudlosen Plackerei geworden war, seinen Beruf als ITler, der es mit sich brachte, dass er häufig Nachtschichten einlegen musste, wenn es irgendwo einen Stromausfall oder sonstige Pannen gab. Vielleicht konnten sie einfach alles hinter sich lassen, hinaus in die Wälder ziehen, vom Land leben. Es gab Leute, die das taten.

Ja, klar doch.

Er vergrub sein Gesicht an ihrem Hals, während sie die Arme um seinen breiten Rücken schlang. Ich liebe dich, dachte sie, sprach es aber natürlich nicht aus.

»Du bist ein Engel«, flüsterte er. Das war sie wohl kaum. Sehr weit davon entfernt. Aber sie küsste seine Wange und genoss seinen Geruch und seinen Geschmack.

Eindeutig zu gut, um wahr zu sein.

Nein, hatte ihre beste Freundin Hannah gesagt, als sie ihr von Joshua erzählte, und von ihren Ängsten, dass er einfach zu toll war. *Denk nicht so. Es ist okay, glücklich zu sein, verliebt zu sein. Genieß es und hör auf, darauf zu warten, dass irgendwas Schlimmes passiert.*

Cricket hatte nicht erwidert: *Aber es passiert immer irgendwas Schlimmes.* Weil sie beide wussten, dass es so war, oder häufig so war, oder so sein konnte. Insbesondere bei bösen Mädchen, so wie Cricket es war oder sein konnte. Es brauchte nicht ausgesprochen zu werden. Half ja doch nichts. Das raubte einem nur die Energie, wie Liza es sicher ausdrücken würde. Liza, die sie als Mensch mochte (auch wenn sie Mako geheiratet hatte, Crickets Ersten – bei allem: Küssen, Liebe, Ficken). Sie folgte ihr sogar auf Instagram und nahm an ihrem Online-Yogakurs am Donnerstagmorgen teil. *Yoga mit Liza. Zen für jeden Tag.* »Wohlbefinden und Ruhe sind für alle erreichbar, egal, wie unvollkommen sie sein mögen.« Dieser Gedanke gefiel Cricket. Und sie hoffte inständig, dass es stimmte.

Joshua stieg mit einem letzten Kuss von ihr herunter. Auf der Rückbank war es ein wenig beengt für zwei hochgewachsene Leute, und er zog unbeholfen seine Jeans hoch und kletterte aus dem Auto. Dabei schenkte er ihr dieses Lächeln, das sie liebte. Als wäre er allein schon durch ihren Anblick zutiefst befriedigt.

»Wahnsinn«, sagte er, als er draußen stand. »Wie schön es hier ist.«

Sie schlüpfte wieder in ihr Höschen, zog den Rock runter und gesellte sich zu ihm. Es war wirklich schön. Die Luft roch ... grün. Frisch und feucht, sauber und klar. Cricket atmete sie tief ein.

Es gab vieles an dieser Kurzreise, das vielleicht nicht ideal war, aber jetzt, wo sie angelangt waren, oder zumindest fast, schien es ihr plötzlich genau das zu sein, was sie brauchte. Die Gelegenheit, mal abzuschalten, mitten in der Natur zu sein, in Gesellschaft guter Freunde und des Mannes, den sie vielleicht liebte. Okay, den sie liebte. Und *vielleicht* liebte er sie ja auch. Konnte doch sein. Vielleicht würde sie bald diejenige sein, die einen Ring am Finger trug und ihre Hochzeit plante, die auf dem Brautparty-Wochenende die Schärpe mit der Aufschrift »Braut« trug. Hannah würde dann ihre Brautjungfer sein. Mako derjenige, der schmollend in der Ecke saß und zu viel trank.

Sie hörte Joshuas Handy brummen.

»Du hast Empfang!«, rief sie mit törichter Begeisterung.

Joshua langte in die Tasche, zog sein Handy hervor und warf einen Blick darauf. Er machte ein finsteres Gesicht und runzelte die Stirn.

»Was ist los?«, fragte sie.

»Mist«, sagte er und sah sie an. Plötzlich wirkte er gestresst und zog die Augenbrauen zusammen. »Nur die Arbeit. Typisch, dass wir kein Netz haben, wenn wir eine Wegbeschreibung brauchen, sie mich aber trotzdem immer finden kann.«

Sie. Seine Chefin.

Irgendetwas an der Art, wie er das sagte, ließ ihren Magen vor Sorge flattern. Er war so ein unbeschwerter, leichtherziger Mensch, aber seinen IT-Job bei einer großen Cyber-Sicherheitsfirma schien er wirklich zu hassen. Seine Chefin war offenbar eine Tyrannin. Wahrscheinlich eine nicht mehr ganz so attraktive Silberlöwin mittleren Alters, die Joshua unter der Knute hielt, weil sie insgeheim auf ihn stand. Aber das war reine Spekulation.

Cricket wusste nicht viel über seine Arbeit, weil er nicht gern darüber sprach. Was sie wunderbar fand, denn die meisten Männer, mit denen sie ausgegangen war, redeten über kaum etwas anderes. Doch sie wusste, dass er Ingenieur war, verantwortlich für die Hardware, und dass er zu jeder Tages- und Nachtzeit weggerufen werden konnte, wenn dies oder das ausfiel, und dazu lange Fahrten zu irgendeinem Rechenzentrum irgendwo in der Pampa nötig waren.

Im Grunde bin ich ein Computer-Mechaniker, hatte er erklärt. Schien es nicht manchmal, als würde er sich absichtlich bedeckt halten, wenn es um seine Arbeit ging, und schnell das Thema wechseln, wenn sie darauf zu sprechen kamen? Vielleicht.

»Geh nicht ran«, sagte sie. »Du hast Urlaub.«

Er nickte, und etwas von seiner unbesorgten Leichtigkeit kehrte zurück. »Du hast recht. Ja, ich rufe sie morgen früh zurück.«

»Oder auch nicht.«

Sie schlang die Arme um seine Taille und schaute zu ihm hoch. »Wir wollten doch mal abschalten, oder? Jeder hat das Recht, mal richtig Urlaub zu machen. Mal nicht an die Arbeit zu denken.«

Er nickte und lächelte. »Richtig.«

Dann küsste er sie, unerwartet und sanft.

Er löste sich von ihr und legte seine weiche Hand an ihre Wange.

»Cricket«, begann er mit heiserer Stimme. O mein Gott. Würde er es jetzt aussprechen? Sie hatte eindeutig nicht vor, es zuerst zu sagen. Sie schaute ihm die Augen und versuchte, ermutigend dreinzublicken. »Ich glaube ...«

Ich glaube, ich liebe dich.

Er war so kurz davor.

Doch das Hupen eines Autos unterbrach den Moment. Joshua löste den Augenkontakt und blickte an ihr vorbei. Sie drehte sich um und sah einen nagelneuen schwarzen Tesla, der hinter ihnen auf den Seitenstreifen fuhr und anhielt. Natürlich Model S, das teuerste.

Letzte Woche war sie noch in diesem Auto mitgefahren. Mako hatte sichergestellt, dass sie auch wirklich alle Feinheiten der Ausstattung vorgeführt bekam.

Mako stieg aus. »Na, ihr Turteltäubchen«, sagte er.

Als er näher kam, fielen ihr seine dunklen Augenringe auf. Aber er sah trotzdem gut aus, männlich und vital. Gegen ihren Willen fühlte sie sich zu ihm hingezogen. Wie immer.

Sie hielt nach Liza Ausschau, aber es saß niemand auf dem Beifahrersitz.

»Hi«, sagte sie und umarmte ihn fest. Er fühlte sich stark an, vertraut, sicher, wie Familie. Er *war* ihre Familie, genau wie Hannah. Sie waren die Familie, die sie sich ausgesucht hätte, hätte sie die Wahl gehabt. Als sie und Mako auf der High School zusammen gewesen waren, hatte sie sich ihre Hochzeit ausgemalt und sich vorgestellt, dass Hannah dann sein würde wie eine richtige Schwester. Und Sophia und Leo würden sie behandeln wie ihre Tochter. Ihre eigene Familie war so … kaputt. Sie war das einzige Kind eines unglücklichen Paars, das eine hässliche Scheidung hinter sich hatte und einander auch noch zehn Jahre später aus tiefstem Herzen hasste. Sie wohnte abwechselnd bei ihren unglücklichen Elternteilen und hatte sich verzweifelt gewünscht, zum Maroni-Clan zu gehören. Und das tat sie ja auch. Nur nicht so, wie sie es erwartet hatte.

»Und du musst Josh sein«, sagte Mako und ließ los, eine Millisekunde früher, als sie es tat. Männlicher Handschlag, Schulterklopfen. »Der Mann, der unsere Cricket so glücklich macht.«

Unsere Cricket. So nannte er sie immer. Besitzergreifend auf eine Art, die sie genoss.

»Ach«, meinte Joshua mit einem frohen Blick auf Cricket. »Ich bin ein Glückspilz.«

»Joshua, nicht Josh«, warf Cricket ein. Er mochte es nicht, Josh genannt zu werden, war aber zu höflich, das zu sagen. Irgendwann hatte sie angefangen, das für ihn zu übernehmen.

»Joshua«, korrigierte Mako sich.

Joshua hob die Hand. »Alles gut, Mann.«

Mako fixierte ihn mit diesem Blick, den er immer einsetzte, um Leute einzuschüchtern, sie abzuschätzen und seinen Platz in der Hierarchie klarzustellen. Doch Joshua drückte nur die Schultern durch und lächelte noch breiter. Da fand irgendein Kräftemessen zwischen Männern statt, das Cricket nicht ganz verstand und ihr auch ziemlich egal war. Aber sie war sich ziemlich sicher, dass Joshua als Gewinner daraus hervorging.

»Habt ihr euch verirrt? Fahrt mir nach. Hier gibt es kein Netz. Ich habe das Haus nur gefunden, weil ich mir die Route vorher auf der Karte angesehen habe«, sagte Mako und kehrte zu seinem Tesla zurück. Ihr fiel auf, dass er »ich« gesagt hatte, nicht »wir«.

»Wo ist Liza?«, fragte Cricket. Kurz empfand sie leise Schadenfreude, auf die sie nicht stolz war. Ärger im Paradies? War Mako etwa ohne seine Frau gekommen?

»Im Ferienhaus«, sagte er. »Ich bin nur rasch noch mal in die Stadt gefahren, um ein paar Sachen zu holen, die der Lieferant vergessen hat. Bruce und Hannah sind auch gerade angekommen.«

Er rieb sich mit Daumen und Zeigefinger die Augen, was, wie Cricket aus eigener bitterer Erfahrung wusste, ein Zeichen dafür war, dass er log. Aber auch das brauchte sie nicht zu interessieren. Weil Mako nicht ihr Problem war. Sondern das von Liza.

»Leute«, rief Mako, bevor er die Wagentür zuschlug, »Haus und Umgebung sind einfach *mega*. Zum Sterben schön.«

9
HANNAH

»Sag Bescheid, wenn ich noch irgendwas tun kann, Liza«, sagte Hannah, die sich gern irgendwie nützlich gemacht hätte. Mako war in den Ort abgedüst, Bruce lud das Gepäck aus. Wie immer hatte sie das Gefühl, als wäre da eine Glasscheibe zwischen ihr und Liza, die sie darin hinderte, ihrer Schwägerin wirklich nahe zu kommen.

Liza schüttelte nur erneut den Kopf und lächelte sie warm an.

»Nicht nötig«, meinte sie leichthin. »Entspann dich einfach und genieß es. Darum geht es doch bei diesem Wochenende.«

Hannah wollte gern noch etwas sagen. Die Wahrheit war, dass Liza schlimm aussah, blass und grau um die Augen. So zerbrechlich.

»Alles in Ordnung mit dir?«, wagte sie sich vor. »Du siehst ...«

»Ich sehe schrecklich aus, ich weiß«, seufzte Liza. »Ich habe Kopfschmerzen, ziemlich schlimm.«

Hannah empfand den mütterlichen Drang, ihre Schwägerin zu trösten, sich um sie zu kümmern, und streckte die Hand nach ihr aus. Liza ergriff sie und drückte sie leicht; ihre Finger waren eiskalt.

»Migräne?«

Liza nickte. Sie wirkte verlegen, als hätte sie nicht zugeben wollen, dass es ihr nicht gut ging. »Ich fürchte, ich werde mich vor dem Essen etwas hinlegen müssen. Tut mir leid.«

»Das macht doch nichts«, sagte Hannah. »Was kann ich tun? Soll Mako Medikamente mitbringen, wo er schon mal in der Stadt ist? Hast du irgendwas gegen die Schmerzen?«

»Ja, aber das sind echte Hämmer.«

Hannah wusste nicht viel über Migräne, aber sie wusste, dass man nicht viel dagegen tun konnte, wenn die Schmerzen erstmal eingesetzt hatten.

»Bitte sag Bescheid, wenn ich irgendwie helfen kann.«

Sie standen in der Küche, einer Traumküche, die höchsten Ansprüchen genügte. Die Geräte, ein doppeltüriger Edelstahl-Kühlschrank von Sub Zero und ein Wolf-Herd, hatten Profiküchen-Niveau. Es gab teure Quarzstein-Arbeitsplatten und eine Spüle aus rostfreiem Stahl. An der Küchenrückwand hing eine Riesenauswahl von Messern an einer Magnetleiste, rasiermesserscharfe Klingen, ein Hackbeil. Das Arbeitswerkzeug eines Chefkochs. Hannahs Blick kehrte immer wieder zu den Messern zurück. Sie blitzten im Licht.

»Das werde ich«, versprach Liza mit einem schwachen Lächeln.

Durch das große Vorderfenster konnte Hannah ihren Mann sehen, der immer noch dabei war, das Gepäck auszuladen.

»Also.« Liza wechselte das Thema. »Was wissen wir über Crickets neuen Freund?«

Hannah zuckte die Achseln. »So gut wie nichts. Aber sie ist total hin und weg, so viel kann ich sagen.«

»Wirklich? Du weißt gar nichts?«

»Ich weiß nur, dass sie glücklich zu sein scheint, wirklich glücklich. Nicht außer sich oder total aufgedreht. Nur ... glücklich und zufrieden. Mit ihm.«

Lizas Lächeln vertiefte sich. »Das ist gut. Wie schön.«

Hannah warf wieder einen Blick nach draußen. »Sie müssten eigentlich bald eintreffen. Dann können wir uns selbst ein Bild machen.«

Liza rieb sich mit den Zeigefingern die Schläfen, und ihr Lächeln verblasste. »Ich werde kurz duschen und mich dann hinlegen, vielleicht hilft das ja. Wir sehen uns beim Essen?«

Fast hätte Hannah den Reiseblog erwähnt, den sie gelesen hatte, aber dann hielt sie doch den Mund. Warum negative Dinge ansprechen? Sie drückte noch einmal Lizas Hand und trat einen Schritt zurück.

Arme Liza. Selbst zu den besten Zeiten wirkte sie so durchscheinend und kaum präsent, schien neben dem übermächtigen Mako zu verblassen. Jetzt machte es fast den Eindruck, als könnte sie verschwinden wie eine ausgeblasene Kerzenflamme.

»Ruf einfach, wenn du was brauchst«, sagte Hannah und ging zur Treppe. Wie hieß das noch mal im Jugendslang? *Tryhard?* Wenn man sich praktisch ein Bein ausriss, damit eine andere Person einen mochte?

Liza hatte ihr Handy aus der Tasche gezogen, starrte darauf und schien sie nicht zu hören.

Hannah stieg die freischwebende Treppe hinauf, wobei sie an gerahmten Fotos von Wildtieren vorbeikam – ein Hirsch auf einer Anhöhe, eine Schwarzbärin mit ihren Jungen, ein Berglöwe, der auf sein Spiegelbild in einer Pfütze starrte. Oben bedeckte ein Teppichläufer die Hartholz-Dielen.

Alles wirkte makellos und wie neu, die Wände wie frisch gestrichen, nirgends ein Staubkörnchen oder Schmutzfleck in Sicht. Die meisten Ferienhäuser waren ziemlich abgewohnt. Aber dieses nicht.

Hannah lehnte sich an die Brüstung und blickte in den großen Wohnbereich hinab. Von der hohen Gewölbedecke hing ein gewaltiger Kronleuchter aus Schmiedeeisen herab. In der Nähe des Esstischs war eine seltsame Skulptur angebracht – es sah aus wie ein Tierschädel, umgeben von bleichem Holz. Das würde sie sich einmal näher ansehen müssen, wenn sie wieder unten war.

Neben der Tür zu ihrem Zimmer stand ein langer Tisch aus gemasertem, klar lackiertem Holz, auf dem drei geschnitzte weiße Tierfiguren standen: ein Hirsch, eine Hirschkuh und ein Kitz. Hannah griff nach der kleinsten Figur; sie fühlte sich glatt und kühl an. Als sie die Figur näher betrachtete, stellte sie fest, dass das Material porös war und seltsam gemasert. Das war weder Stein noch Holz.

Knochen, begriff sie plötzlich. Das war Knochen. Sie stellte das Kitz rasch wieder hin, wobei sie fast die beiden anderen Figuren umgestoßen hätte.

Als Bruce mit ihrem Gepäck hinter ihr auftauchte, schrak sie zusammen.

»Alles gut?«, fragte er mit einem Lächeln. Sie war sehr schreckhaft, das war beiden bekannt.

»Diese Figuren sind aus Knochen geschnitzt.«

Er warf im Vorbeigehen einen Blick darauf. »Ah. Eigenartig.«

»Macht man das? Figuren aus Knochen schnitzen?«

Er zuckte die Achseln. »Vermutlich.«

Hannah beschloss, das Thema fallenzulassen, verspürte aber den Drang, sich die Hände zu waschen.

Sie hörte, wie es an der Tür klingelte. Ihr Herz machte einen Satz, denn sie dachte, dass vielleicht Cricket schon angekommen war. Doch als sie über die Brüstung blickte, sah sie Liza, die zögernd vor der Eingangstür stand. Schließlich öffnete sie und ließ einen hochgewachsenen Mann ein, der nach Outdoor-Typ aussah.

Es entspann sich ein leises Gespräch; Hannah konnte nicht hören, was gesagt wurde. Als er in ihr Sichtfeld trat, erkannte sie den Mann, der die Ferienhäuser gebaut hatte, ihren Vermieter.

Liza wirkte direkt winzig neben ihm, und er schien zu dicht bei ihr zu stehen. Sollte sie lieber hinuntergehen?

»Wow!«, rief Bruce, der ins Zimmer gegangen war, und lenkte Hannah von dem Problem ab.

Sie trat über die Schwelle und schnappte nach Luft.

Ein riesiges Himmelbett, auf dem sich weiche Kissen stapelten, ein Kamin, eine gemütliche Sitzecke, davor ein eigener Balkon, farbenfrohe Teppiche, noch mehr Tierfotos und zum Glück keine ausgestopften Tierköpfe. In dem geräumigen Bad glänzten die Fliesen, und es gab eine Dampfdusche, eine Badewanne und stapelweise dicke weiße Handtücher. Wenn es nach ihr ginge, würden sie das Zimmer für die nächsten zweiundsiebzig Stunden nur zu den Mahlzeiten verlassen. Ein schwacher Duft nach Salbei und Zitrone hing in der Luft.

Hannah merkte, wie sie sich entspannte. Na gut. Das war vielleicht schließlich doch genau das, was der Doktor verordnete. Vielleicht lag doch Methode in Makos Wahnsinn.

Bruce schloss die Tür und setzte sich kurz auf das Polstersofa, dann stand er wieder auf und öffnete die Schiebetür, die auf den großen Balkon hinausführte.

Sie ging zu ihm, atmete tief die kühle Luft ein, hörte das leise Rauschen der Bäume. Der Nachmittag war schon weit fortgeschritten. Das Licht begann zu schwinden, und in der Ferne lagen purpurn die Berge.

»Das ... hat was«, sagte Bruce.

»Typisch Mako«, bemerkte sie. »Alles nur vom Feinsten.«

Sie fühlte sein Stirnrunzeln eher, als dass sie es sah.

Es fiel ihm immer schwer, sich zu entspannen; sein Kopf lief stets auf Hochtouren, das wusste sie. Seine Arbeit war komplex und zeitintensiv, und ja, er hatte viele schwierige Kunden. Mit Programmcodes kam er besser zurecht als mit den meisten Menschen. Das akzeptierte sie. Ein Wochenende inmitten von anderen war nicht gerade das, was er sich ausgesucht hätte. Selbst wenn er Hannah nicht beim Herumschnüffeln erwischt hätte, selbst wenn sie sich nicht gestritten hätten.

»Ich glaub dir ja, dass du keine Affäre hast«, flüsterte sie, da sie nicht wusste, ob man sie auf der Terrasse unter ihnen hören konnte. »Also was ist dann los? Rede mit mir, lass mich dir helfen, ja?«

Mit einer Geste bedeutete er ihr, wieder ins Zimmer zu gehen, und sie folgte ihm. Er drückte auf einen Schalter, und im Elektrokamin loderten Flammen auf. Dann setzte er sich auf das Sofa, und sie schmiegte sich an ihn, spürte, wie seine Arme sich um sie schlossen. Er atmete langsam aus.

»Findest du nicht, dass das alles ... ein bisschen viel ist?«, fragte er.

»Wie meinst du das?«

»Ich meine, er hat uns monatelang bearbeitet und darauf bestanden, alle Kosten zu übernehmen. Wir sind hier mitten im Nirgendwo. Auf unserem Bett liegt ein *Programmplan*.«

Mako. Ja, so war er, überlebensgroß. Große Ideen, großer Appetit, große Gesten. Das war seine Art. »Er versucht doch nur, uns seine Dankbarkeit zu beweisen.«

Aber es war mehr als das, das war sogar ihr klar. Er verfolgte irgendeine Absicht. Aber welche? Es konnte mit ihm selbst zu tun haben, oder mit der Familie. Es konnte sein, dass er irgendwas von ihnen wollte. Unmöglich zu sagen, bis die große Enthüllung kam.

»Familien sind nie vollkommen«, sagte sie. »Aber er liebt uns.«

Sie fühlte, wie Bruce nickte. Dann sagte er ernst: »Hannah, ich glaube, ich kann nicht länger für deinen Bruder arbeiten.«

Sie blickte zu ihm hoch. Sein Gesicht war angespannt.

»Okay«, sagte sie. »Und warum nicht?«

Er wandte den Blick ab und rieb sich die Schläfen. »In der Firma gehen Dinge vor, die ich ... mit denen ich nicht leben kann.«

Seine Worte hatten eine seltsame Wirkung auf sie: Sie ergaben auf eine merkwürdige Art Sinn, machten ihr aber auch Angst.

»Was denn für Dinge?«, fragte sie und spürte, wie sich ihr die Kehle zuschnürte.

Sie hatte auch bei Red World gearbeitet. Im Internet kursierten Hassreden und schlimme Gerüchte über Mako, über die Firma. Aber Macht und Erfolg zogen eben Hass und Eifersucht auf sich. Das sagte Mako jedenfalls immer. Und ihr Bruder hatte so etwas an sich. Sogar in der Schule waren Gerüchte und Lügen über ihn im Umlauf gewesen ... dass er bei einer Prüfung geschummelt hätte. Und anderes. Hannah spürte, wie sich ihr Magen zusammenkrampfte.

»Was für Dinge, Bruce?«, wiederholte sie, als ihr Mann nicht antwortete.

»OOO MEIN GOTT! Seht euch dieses Haus an!«, schallte Crickets Stimme von unten herauf. »Hannah! Hannah! Wo steckst du?«

Ihre Blicke trafen sich. Bruce sah so ... traurig aus.

»Ich komme!«, rief Hannah, aber ohne den Blick von ihrem Mann zu wenden. Bruce sah sie noch einen Augenblick an und schaute dann zu Boden.

»Es tut mir leid, ich hätte nicht ... vergiss einfach, was ich gesagt habe, ja?« Seine Stimme klang angespannt. »Hier können wir nicht reden.«

Am liebsten hätte sie ihn gedrängt, aber ihr war klar, dass es stimmte – sie würden später darüber sprechen müssen, wenn sie allein waren. Sie konnte sich unmöglich anhören, was Bruce zu sagen hatte, um dann zu ihrem Bruder hinunterzugehen und so zu tun, als wäre alles in bester Ordnung.

Man merkte Bruce an, unter welcher Belastung er stand – um was auch immer es gehen mochte, es war keine Kleinigkeit.

»Was immer es ist«, sagte sie. »Es ist okay. Wir werden schon eine Lösung finden. Ich liebe dich.«

Ihm schien noch etwas auf der Zunge zu liegen.

Doch als sie den Kopf hob, küsste er sie, statt etwas zu sagen, langsam und liebevoll. Manchmal vermisste sie die Leichtigkeit, die die Anfänge ihrer Zeit als Liebespaar geprägt hatte, aber sie wusste, dass ihre Bindung jetzt fester und tiefer geworden war. Ihre Liebe, ihre Freundschaft war gewachsen. Und jetzt gab es Gigi, das kleine Leben, das aus ihrer Liebe entstanden war, ihre Tochter, die sie für immer verband. Egal, was geschehen mochte.

Cricket rief wieder nach ihr, und sie hörten Makos dröhnende Stimme. Offenbar war auch ihr Bruder wieder zurück.

»Hey, ihr Turteltäubchen. Kommt runter.«

Dann tat sie das, was sie immer tat, und wozu sie immer schon in der Lage gewesen war: Sie schob alles weg. Das, was Bruce bei Red World solche Bauchschmerzen bereitete, was auch immer es war. Und ihre eigenen Sorgen, Ängste und Zweifel. Damit würde sie sich später befassen. Jetzt waren sie hier, und sie würden den Moment genießen, alle Freuden auskosten, die sich boten. Und wenn sie wieder zu Hause waren, würden sie sich dem stellen, was als Nächstes kam.

Hand in Hand gingen sie nach unten.

10
HANNAH

Und dann schloss ihre Kindheitsfreundin, die immer noch nach Zitrone und sehr leicht nach Marihuana duftete, sie in die Arme. Cricket, das bedeutete Pyjamapartys, Maniküren, Martinis und Tage am Strand. Sie war der Mensch, der alles – wirklich alles – über Hannah wusste. Und umgekehrt genauso.

»Du siehst toll aus!«, rief Cricket.

Das war gelogen; Hannah wusste, dass sie so müde und abgekämpft aussah wie jede Mutter eines Kleinkinds, aber sie liebte ihre Freundin für ihre unerschütterliche Freundlichkeit.

Cricket sah ausgeruht aus und schön wie immer mit ihrer makellosen Haut und dem glänzenden Haar – als käme sie frisch aus dem Urlaub, aus der Dusche, einer Wellness-Behandlung. Sie trug ein enges Jeans-Hemdkleid, das ihre Kurven betonte. »Du bist die Schöne von uns beiden«, sagte Hannah. »Warst du immer schon.«

Sie waren Freundinnen geworden, als Cricket und Mako in der High School ein Paar gewesen waren. Dann hatte Cricket sich von ihm getrennt, oder er sich von ihr, wen kümmerte das jetzt noch, aber Hannah als Freundin behalten. Jetzt, als Erwachsene, waren sie alle befreundet.

Cricket zog sie erneut an sich und flüsterte ihr ins Ohr: »Ich glaube, ich bin verliebt.«

Sie lächelte strahlend, und Hannah sah sich nach dem neuen Freund um. Doch dann schloss Mako sie in die Arme.

»Das wird ein Wahnsinns-Wochenende! Ich bin so froh, dass ihr gekommen seid. Ich dachte schon, du würdest kneifen. Ich weiß, wie ungern du Gigi allein lässt.«

Automatisch tastete sie nach ihrem Handy, als sie den Namen ihrer Tochter hörte, aber dann fiel ihr ein, dass es noch im Auto lag. Sie würde es holen müssen.

»Es gibt hier doch WLAN, oder?«

»Natürlich«, sagte er. »Ich meine, es ist ein bisschen instabil. Aber ja, natürlich gibt es WLAN.«

Sie hatte nicht die Zeit, ihn zu fragen, was er mit »instabil« meinte, denn Cricket zog sie mit zur Besichtigung des »Cottages«, beziehungsweise des lächerlich großen Ferienhauses, staunte über den weitläufigen Wohnbereich, der doppelte Raumhöhe hatte, eine gewölbte Decke und bodentiefe Panoramafenster. Frische Blumen standen in riesigen Vasen. Die Sonne ging bereits unter und malte den Himmel orange, purpurn und rosa. Der Ausblick über riesige Waldflächen, die blauen Schatten der fernen Berge und den wie ein Aquarell getönten Himmel war atemberaubend.

Und ja, über dem Kaminsims hing doch ein ausgestopfter Bärenkopf. Warum bloß fanden die Leute, dass es in Ordnung war, ein Tier umzubringen, um sich dessen Kopf an die Wand zu hängen? Die Glasaugen schienen sie anklagend anzustarren. Die Bewertung, die sie im Internet gelesen hatte, fiel ihr ein. *Meine Frau hatte das Gefühl, beobachtet zu werden.*

Ein hochgewachsener, schlanker Mann mit dunklen Haaren stand auf der Terrasse in der Nähe der Schiebetüren und sah einem anderen Mann zu, der sich am Grill zu schaffen machte. Vermutlich der gebuchte Privatkoch, wie Hannah aus seiner weißen Kochjacke und der gefälteten Kochmütze schloss. Wann war der denn eingetroffen? So lange waren sie und Bruce doch gar nicht oben gewesen.

Der schlanke Mann sagte etwas, aber der Koch schien ihn nicht zu hören. Sein stilles, bleiches Gesicht wurde von den Flammen des Grills erhellt. Endlich nickte der Dunkelhaarige und ging wieder ins Haus. Der Koch schaute ihm nach, einen Ausdruck im Gesicht, den Hannah nicht deuten konnte. Sie ertappte sich dabei, den Koch anzustarren, bis ihre Blicke sich trafen. Er nickte ihr kurz zu, und Hannah wandte sich ab. Sie hätte nicht sagen können warum, aber es war ihr peinlich, dass er sie beim Anstarren ertappt hatte.

Cricket stellte mit einer schwungvollen Handbewegung vor: »Hannah, das ist Joshua. Liebling, das ist meine allerbeste Freundin Hannah.«

Als Joshua sie warm anlächelte, spürte Hannah, wie sich ihr Magen zusammenkrampfte. Unwillkürlich wich sie einen Schritt zurück. Er war so ... vertraut. Diese dunklen, stark bewimperten Augen, die hohen Wangenknochen, seine steife Haltung.

»Moment«, sagte sie. »Kennen wir uns?«

Er blickte sich um, schüttelte den Kopf und lächelte verwirrt.

»Nein«, antwortete er. »Ich glaube nicht.«

Was auch immer Cricket in Hannahs Gesicht sah, es ließ ihr strahlendes Lächeln ein wenig verblassen.

»Kennt ihr euch?«

Joshua ergriff Hannahs Hand und schüttelte sie fest, aber behutsam. »Nein«, wiederholte er. »Ich erinnere mich an alle schönen Frauen, denen ich je begegnet bin.«

»Oh«, machte Cricket und hob in gespieltem Ernst die Augenbrauen. »Wirklich?«

Er drehte sich zu ihr. »Bevor ich dich traf, natürlich«, sagte er schmeichelnd. »Jetzt sind alle verblasst. Geister der Vergangenheit.«

Hannah versuchte, sich zu erinnern, wo sie ihn schon einmal gesehen hatte. Aber ... nein. Als er sich wieder ihr zuwandte, ins Licht trat, erkannte sie ihren Irrtum. Vielleicht war sie einfach nur müde und hungrig. Sie hatte miserabel geschlafen und den ganzen

Tag kaum etwas zu essen bekommen, und es war schon spät. Nein. Bei näherer Betrachtung war klar, dass sie ihn nicht kannte.

»Nein«, bestätigte sie. »Aber einen Moment lang kamst du mir bekannt vor.«

»Vielleicht habe ich ein Allerweltsgesicht«, meinte er.

»Tut mir leid.« Sie lachte entschuldigend. »Schön, dich kennenzulernen.«

Sein Lächeln war herzlich, freundlich, verständnisvoll.

»Ich habe schon so viel Gutes über dich gehört, Hannah. Cricket sagt, du bist eher eine Schwester für sie als eine Freundin.«

Er drückte Cricket einen sanften Kuss auf die Stirn. Es war eine so liebevolle, intime Geste, dass Hannah spürte, wie sie errötete. Ihre Freundin wirkte glücklich. Und das war gut, wunderbar, großartig. Sie hatte es verdient. Sie hatten es alle verdient, oder? Sie hatten es alle verdient, eine kleine Weile entspannt und glücklich zu sein.

Eine blonde junge Frau mit scharfen Gesichtszügen und brennenden blauen Augen, die eine schwarze Jacke aus Oxfordstoff und enge Servicehosen trug, bot Hannah einen Drink auf einer Cocktailserviette an. Die beiden Fremden mussten gekommen sein, als Bruce und sie oben gewesen waren, sich eingerichtet und geredet hatten. Sie hatte die Klingel nicht gehört, sie hatte nicht einmal gehört, wie der Vermieter gegangen war.

Bruces Worte drängten sich in ihr Gedächtnis. *Dinge, mit denen ich nicht leben kann.* Hannah verdrängte den Gedanken.

»Wodka Soda«, sagte die junge Kellnerin leise. Hannah bemerkte, dass die Fingernägel ihrer kleinen Hände kurz gefeilt waren. Die rechte Hand schmückte das zarte Tattoo einer schwarzen Spinne. Ihr Gesicht war taufrisch und rund – sie war noch so jung, höchstens Anfang zwanzig.

»Oh, hallo«, sagte Hannah und nahm den Drink entgegen. »Vielen Dank.«

»Profikoch Jeff und Ingrid werden uns heute aushelfen«, erklärte Mako, der unbemerkt hinter sie getreten war. »Laut unserem Vermieter ist Jeff ein Spitzenkoch, der Beste weit und breit.«

Versteht sich, dachte Hannah.

Typisch für Mako, dass er Personal angeheuert hatte. Es veränderte die Situation völlig. Was gemütlich hätte sein können, familiär, bekam nun etwas von einem Aufenthalt in einem Restaurant oder Hotel. Was auch okay war – zumindest würde der Abwasch dann nicht an ihr und Liza hängenbleiben.

»Wo ist denn Liza?«, fragte Cricket.

»Sie hat Migräne«, antwortete Mako und kniff mitfühlend die Augen zusammen. »Es hat angefangen, kurz nachdem wir angekommen sind. Sie hat sich hingelegt.«

Hannah erwähnte, dass Liza hoffte, zum Essen herunterkommen zu können.

»Das bezweifle ich«, sagte Mako.

Hannah und Cricket wechselten einen Was-zum-Kuckuck-ist-denn-hier-los-Blick. Und überhaupt – Migräne? Seit wann hatte Liza Migräne?

»Was bedeutet«, fuhr Mako mit falscher Munterkeit fort, »dass wir das Fleisch von den Rippchen nagen können, die Jeff für uns zubereitet, ohne uns vorzukommen wie Barbaren.«

»Fleischesser, vereinigt euch!«, sagte Cricket, ein wenig zu munter.

»Arme Liza«, sagte Hannah, aber niemand hörte sie. Die andern steuerten die Sitzecke beim Grill draußen an, in dem das Feuer loderte und knisterte. Sie würde vor dem Essen hochgehen und nach ihrer Schwägerin sehen, wenn sie nicht herunterkam.

»Und was will der große Mann trinken?«, fragte Mako.

Hannah hielt nach Bruce Ausschau, sah ihn aber nicht.

»Bourbon pur«, erklärte sie, sicher, dass das sein Getränkewunsch war.

Mako sah die Servicekraft an. »Wären Sie so nett, Ingrid?«

»Aber natürlich.«

Auch die Kellnerin verhielt sich steif, zeigte keine Spur von Wärme oder der Bereitschaft, ein wenig zu plaudern. Vielleicht sollte das ihre Professionalität betonen. Hannah hingegen suchte immer nach Wärme bei anderen Menschen, einer Verbindung, und fühlte sich unbehaglich, wenn sie keine Nähe herstellen konnte. Vielleicht sollte sie die Kellnerin später nach dem Tattoo fragen. Die Leute liebten Fragen zu ihrer eigenen Person.

Ingrid verschwand in die Küche, die in den offenen Wohnbereich integriert war.

An der Küchenrückwand blitzte die Reihe riesiger Messer. Es schien Hannah eine seltsame Zurschaustellung, gefährlich und irgendwie bedrohlich. Nicht sicher. Wer brauchte schon so viele verschiedene Arten von Küchenmessern? Und was war, wenn Kinder mit von der Partie waren?

Sie bemerkte auch die große Auswahl an alkoholischen Getränken: Grey Goose, Blanton's, Bombay Blue Sapphire, mindestens fünf Flaschen Rotwein, noch mehr Weißwein. Und das zusätzlich zu den Flaschen, die sie und Bruce mitgebracht hatten und die nicht hier aufgestellt waren. Vermutlich entsprachen sie Makos Ansprüchen nicht. Wie viel sollten sie denn heute Abend trinken?

Hannah wanderte in den Essbereich, um sich die Skulptur genauer anzusehen. Als sie nahe genug herangekommen war, stellten sich ihr die Nackenhärchen auf.

Ja, das war ein Schädel, aber nicht der eines Tiers. Das war unverkennbar ein Menschenschädel. Wie gebannt vom Anblick der dunklen Augenhöhlen trat sie näher.

Und der Rest war kein gebleichtes Holz, sondern ebenfalls Knochen. Sie war keine Expertin, aber sie erkannte Rippen, Teile von Wirbeln, Hüftknochen, Schlüsselbein, Splitter und Fragmente, scharfkantig und spitz. Hannah stieß einen leisen Schrei aus, wich zurück und prallte gegen den Koch.

»Interessantes Stück, nicht wahr?«, sagte der Koch.

Hannah fehlten die Worte. »Sind die echt? Sind das ... Menschenknochen?«

Jeff lächelte kühl. In den Händen hielt er eine Grillzange, seine Schürze war mit etwas Dunklem beschmiert. Es sah aus wie Blut. Sein Blick war stählern. Hannah spürte, wie sich ihr der Magen umdrehte.

»Ja«, bestätigte er. »Das sind Menschenknochen. Das Stück wurde von einem lokalen Künstler geschaffen, einem Freund des Vermieters. Sind Sie vertraut mit dem Gedanken des *Memento mori*?«

Hannah schüttelte den Kopf und wünschte, sie könnte einfach zu den anderen zurückgehen, wollte aber nicht unhöflich sein.

»Stammt aus dem Lateinischen«, fuhr er fort. »*Bedenke, dass wir sterben müssen.*«

Bei seinen Worten und seinem Tonfall lief es ihr kalt den Rücken hinunter.

»Ähm, ja. Wow«, sagte Hannah.

»Klingt grimmig«, fuhr der Koch fort. »Aber in Wahrheit ist es eine Erinnerung daran, dass jeder Moment kostbar ist und nichts so wichtig ist, wie man glaubt. Denn der Tod kommt bestimmt, nur der Zeitpunkt ist ungewiss.«

»Oh.« Hannah kam sich ungebildet vor, und ihr war unbehaglich zumute. Wieder hielt sie nach Bruce Ausschau, in der Hoffnung, von ihm gerettet zu werden. Aber sie konnte ihn nirgends entdecken.

»Die meisten Menschen denken nicht gern an den Tod. Aber je öfter man es tut, desto glücklich ist man darüber, am Leben zu sein.«

Das leuchtete tatsächlich irgendwie ein.

»Und wo hat der Künstler die Knochen her?«, fragte Hannah.

Plötzlich lachte Jeff, tief aus dem Bauch heraus, und sie fuhr erschrocken zusammen. »Keine Ahnung. Grabräuberei vielleicht?«

»Oh«, wiederholte Hannah, während der Koch in die Küche zurückkehrte, immer noch glucksend.

Sie blickte noch einmal auf die Skulptur und spürte, wie sie erschauderte. *Bedenke, dass wir sterben müssen.*

Gruselig, entschied sie. Das Haus war wunderschön, aber auch verdammt unheimlich.

Crickets Lachen lenkte ihre Aufmerksamkeit von den Knochen ab. Sie saß mit ihrem Freund Joshua auf dem Sofa, und die beiden tuschelten miteinander.

Überrascht stellte Hannah fest, dass sie so etwas wie Eifersucht empfand. In letzter Zeit stellte sie bei sich einen gewissen Neid auf Paare fest, die nur einander im Sinn hatten – während Bruce immer nur an seine Arbeit zu denken schien (oder an was auch immer), während Hannahs Gedanken um ihr Kind oder ihre paranoiden Ängste kreisten.

Sie vermisste die Unbeschwertheit dieser Lebensphase – der Zeit vor der Ehe, vor dem gemeinsamen Haus und dem Kind. Nur gelegentlich. Ihr Job bei Red World war hektisch und stressig gewesen, aber hatte Spaß gemacht. Unzählige Partys, Reisen, der Umgang mit wichtigen Persönlichkeiten – das alles beherrschte sie hervorragend, schließlich hatte sie es ihr Leben lang geübt. Es war nicht die berufliche Karriere gewesen, die sie im Sinn gehabt hatte; sie hatte Wirtschaftswissenschaften an der University of South Florida studiert und als eine der Besten ihres Jahrgangs abgeschlossen.

Aber es war so einfach gewesen, als Mako ihr nach dem Studium einen Job anbot.

Auf Wunsch ihres Mannes hatte sie die Stelle mit Freuden aufgegeben, als sie im achten Monat schwanger war. »Bleib eine Weile mit dem Baby zu Hause. Überleg dir die nächsten Schritte. Du willst doch nicht dein ganzes Leben lang für deinen Bruder arbeiten.«

Doch damit war sie noch nicht groß weitergekommen, mit den

nächsten Schritten. Vielleicht lag es an Gigi. Im Moment war sie nur Mutter. Was war so falsch daran?

Hannah ging zur Vorderseite der Veranda, wo sie Bruce entdeckte. Er steckte gerade sein Handy in die Tasche und holte dann noch eine Tasche aus dem Auto. Mit wem hatte er telefoniert? Sie wollte es gar nicht wissen.

Sie ging zu ihm und gab ihm einen Kuss, anstatt ihn einer Befragung zu unterziehen.

»Ich hab nur meinen Laptop vergessen, Liebling«, erklärte er. »Gehen wir rein.«

Da fiel ihr ein, dass ihr Handy noch im Auto lag.

»Ich ruf nur mal schnell bei Lou und Gigi an.«

»Grüß sie ganz lieb von mir«, sagte er und strebte zur Haustür.

Es war ihm nicht egal. Aber er ging von der sehr männlichen Annahme aus, dass alles gut war, solange man nicht das Gegenteil hörte. Dass es reichte, einfach Grüße zu bestellen. Auch das war eine Leichtigkeit, die sie selbst seit Gigis Geburt nicht mehr kannte. Warum war es für ihn so anders? Er liebte seine Tochter. Aber anders als Hannah war er nicht völlig von Gigi und ihrem Wohlergehen in Anspruch genommen.

Hannah stellte dankbar fest, dass sie ein starkes Signal hatte, während der Empfang vorhin schlecht gewesen war. Instabil, hatte Mako gesagt.

Sie sah auf die Uhr. Neunzehn Uhr, Zeit für die Gutenachtgeschichte. Sie wählte Lous Nummer.

»Mama«, sagte Gigi, als Lou sie ans Telefon holte. »Tute Nacht?«

Für andere wäre das vielleicht unverständlich gewesen, aber Hannah sprach fließend Gigi.

»Ja, Häschen«, sagte sie. »War es schön mit Lulu?«

»Ja. Geschichte jetzt.« Gigis Stimme klang schläfrig. »Lulu liest.«

»Schlaf gut, mein süßes Baby. Ich ruf dich morgen früh an.«

»Schlaf süß, Mama.«

Hannahs Herz schmerzte ein wenig.

»Uns geht's gut«, versicherte Lou, als sie wieder am Telefon war. »Seid ihr sicher angekommen?«

»Ja«, sagte sie. »Hier ist alles gut. Hast du uns getrackt?«

»Ja, habe ich. Und hast du uns durch die Kamera beobachtet?«

»Ja.«

»Tja, Gott sei Dank, dass es diese Technik gibt«, sagte Lou mit einem leisen Lachen. »Früher gab es so etwas nicht. Man musste darauf vertrauen, dass alles in Ordnung war und man nur etwas hören würde, wenn irgendwas schiefging. Einfachere Zeiten.«

Besser oder schlechter? Hannah hätte es nicht sagen können.

»Entspannt euch mal und habt Spaß, ihr zwei. Wenn ihr aufeinander achtet, ist das mit das Beste, was ihr für eure Tochter tun könnt, vergiss das nicht.«

Das stimmte.

Hannah hörte Gigi fröhlich im Hintergrund krähen, als Lou den Anruf beendete. Sie blieb noch einen Moment stehen, atmete tief durch und genoss die kühle Abendluft. Als sie zum Haus blickte, sah sie Mako, der den Arm um Bruce gelegt hatte. Cricket lachte.

Gerade wollte sie sich zu ihnen gesellen, als eine Bewegung zwischen den Bäumen ihre Aufmerksamkeit erregte. Blätter raschelten, Zweige schwankten. Sie stellte die Handy-Taschenlampe an und leuchtete auf die Stelle.

Nichts. Keine glühenden Augen im Dunkeln.

Sie dachte an den Bärenkopf, der über dem Kamin hing, an die Knochenskulptur, und wich zur offenen Haustür zurück. Als sie sich umdrehte und die Verandatreppe hinaufhastete, spürte sie ein Kribbeln im Nacken.

Sie drehte sich um, aber da war nichts. Da war niemand.

11
HENRY

1997

Piper hieß sie, das Mädchen, das auf dem Schulhof gern mit den Jungs herumtobte. Sie war schneller, klüger und ehrgeiziger als jeder Junge, der ihm je begegnet war. Im Unterricht saß sie direkt vor ihm, und als sie sich umdrehte und ihm ein Lächeln zuwarf, wurde er daran erinnert, dass sie ihn gestern im Sportunterricht beim Hundertmeterlauf locker abgehängt hatte. Auch da hatte sie ihn mit einem solchen Blick bedacht. Er fand es aufregend, und es brachte ihn zum Lächeln, obwohl die meisten Jungs vor Wut rasten, wenn ein Mädchen sie in irgendetwas schlug.

Es gefiel ihm – ihre Schnelligkeit, ihre Selbstsicherheit.

Sie streckte den Arm aus, und er nahm den Zettel entgegen, den sie ihm zusteckte.

Loser, stand da.

Pfeife, schrieb er zurück. Er legte den Zettel in ihre wartende Hand und hörte sie kichern, als sie ihn las.

Er half ihr bei Mathe und in ein paar anderen Fächern. Sie war keine sonderlich gute Schülerin, sah ständig aus dem Fenster und wartete nur darauf, dass sie wieder nach draußen durfte, um zu toben und zu spielen. Aber sie war sehr intelligent, was man merkte, wenn sie sich mal konzentrierte.

»Würdest du uns gern etwas mitteilen, Piper?«, fragte Miss Banks, die vorne stand. Da sie nicht gemein war, bestand sie nicht darauf, dass sie den Zettel vorlasen.

»Nein, Miss Banks«, sagte Piper. »Entschuldigung.«

Später würden sie sich in der Bibliothek treffen, um zusammen zu lernen, bis Henrys Mutter ihn abholen kam. Piper ging allein nach Hause, sie hatte es nicht weit.

»Okay, Leute«, sagte Miss Banks. »Wir schreiben einen unangekündigten Test.«

Alle außer Henry stöhnten auf. Piper legte den Kopf auf ihr Pult. Sie stand bei einer schwachen Drei.

Miss Banks gab ihm den Test, und er machte sich an die Arbeit.

Allmählich gefiel es ihm hier, so gut es ihm eben irgendwo gefallen konnte. Und das machte ihm Sorgen. Denn immer, wenn er gerade angefangen hatte, sich irgendwo einzuleben, packten sie plötzlich ihre Sachen und verließen die Wohnung, die seine Mutter gemietet hatte, oft mitten in der Nacht und stets ohne Kündigung. Alice nannte nie einen Grund dafür, sondern sagte immer nur, es wäre an der Zeit. Manchmal wirkte sie wütend oder ängstlich. Er hatte nie dagegen protestiert.

Es war eben so, dass er irgendwann von der Schule nach Hause kam und erfuhr, dass er am nächsten Tag nicht mehr hingehen würde. Bevor sie hierherkamen, hatte er eigentlich nie Freundschaften geschlossen, sodass niemand ihn vermisste und sich fragte, was aus ihm geworden war.

Er war früher als alle anderen mit dem Test fertig, und dann saß er eine Weile nur da und betrachtete Pipers wilde goldene Mähne, ihren konzentriert gesenkten Kopf.

Draußen herrschte eine brutale Schwüle, die Sonne brannte vom Himmel, Hitzewellen stiegen vom Schulhof auf. Die Palmen schwankten leicht im Wind. Seine Mutter hatte über die Temperaturen geklagt – oft. Er fragte sich, ob das ein Zeichen dafür war, dass sie bald wieder umziehen würden. Ihm selbst gefiel die Hitze, er mochte es, wenn die Luft schwer war und man die Sonne auf der Haut fühlen konnte. Sie waren nicht weit vom Ozean entfernt; er konnte zu Fuß hingehen und tat es auch oft. Die Rufe der Seevögel, das Rauschen der Wellen und der Sand zwischen den Zehen wirkten irgendwie beruhigend auf ihn. Es erinnerte ihn an ... irgendetwas. Es war eine Erinnerung, die er nicht zu fassen bekam, ein Gefühl, das er gerne wiederhaben wollte, das sich ihm aber entzog. Da waren auch Gesichter in dieser Erinnerung – ein Mann, ein Kind. Aber sie blieben formlos und seltsam, wie Gesichter in einem Traum.

Es klingelte, und er wartete neben Pipers Platz.

»Wie ist es gelaufen?«

»Vielleicht ganz okay«, meinte sie unsicher und kräuselte die Nase.

»Ganz bestimmt.« Er war sich da überhaupt nicht sicher, obwohl sie den Stoff eigentlich beherrschte. Sie war ein Draußen-Geschöpf, zum Umherrennen und Spielen gemacht, nicht dazu, eingesperrt zu sein und Informationen wiederzugeben, die sie vermutlich später nie wieder brauchen würde.

»Wenn nicht, lässt meine Mutter mich nicht mehr zum Fußball. Ich muss unbedingt eine Drei schreiben.«

»Das wirst du.«

»Pfeife«, sagte sie und stieß ihn an.

»Loser.«

Sie teilten sich eine Tüte Doritos unter dem Tisch in der Bibliothek, in der man eigentlich nicht essen durfte. Er half ihr bei den Bio-Hausaufgaben. Sie informierte ihn darüber, dass er beim Rennen den rechten Fuß leicht nach außen drehte, was ihn langsamer machte.

Um drei verließen sie die Schule, und Piper ging nach Hause.

»Bis dann«, rief sie und winkte. Sie war sich völlig sicher, dass sie sich wiedersehen würden. Dass er morgen wieder in der Schule sein würde und sie auch.

»Ja«, sagte er. »Bis dann.«

»Wo ist denn deine Mutter?«, fragte sie und warf einen Blick zurück. »Sonst wartet sie doch immer schon.«

Er zuckte die Achseln und versuchte gleichmütig zu wirken. »Sie wird schon auftauchen.«

Er schaute Piper nach, bis sie um die Ecke verschwand.

Er wartete eine Viertelstunde. Zwanzig Minuten. Blickte die Straße hinauf und hinunter. Etwas entfernt, auf dem Sportplatz hinter der Schule, konnte er die Pfeife des Football-Trainers hören. Die Luftfeuchtigkeit war hoch, und er schwitzte unter seinem Rucksack.

Es war Frühling, die Tage waren bereits lang und würden noch länger werden. Er kannte seinen Nachhauseweg. Er würde nicht lange brauchen, obwohl er den Weg noch nie allein gegangen war.

Früher, in seinen anderen Schulen, hatten die Lehrerinnen gewartet, bis alle Schüler abgeholt worden waren. Aber jetzt, in der Middle School, taten sie das nicht mehr. Er konnte einfach nach Hause gehen. Aber was war, wenn seine Mutter herkam und ihn nicht mehr antraf? Sie würde ausrasten. Aber was, wenn er wartete und wartete und sie nicht kam?

Sein Magen rebellierte. Es war schon vorgekommen, dass sie ihn nicht von der Schule abgeholt hatte. Einmal war sie zu spät von der Arbeit gekommen, und er hatte mit einem Lehrer warten müssen, der nicht allzu begeistert davon gewesen war. Ein anderes Mal hatte eine nette Mutter sich seiner erbarmt und ihn mitgenommen. Da hatte er seine Mutter schlafend auf dem Sofa vorgefunden.

»Ach, du meine Güte!«, hatte sie ausgerufen, als sie ihn sah. »Ich bin eingenickt!«

Sie entschuldigte sich nicht und tat so, als wäre nichts gewesen. Aber er hatte es anders empfunden.

Doch jetzt war er älter, fast vierzehn.

Schließlich verließ er seinen Platz vor der Schule und ging nach Hause.

Er würde an dem Einkaufszentrum mit dem Waffengeschäft und dem Strip-Club vorbeimüssen, wo immer eine Gruppe zwielichtiger Gestalten herumlungerte. Manchmal riefen sie seiner Mutter etwas zu, wenn sie an ihnen vorbeikamen.

»Ignorier sie einfach«, sagte sie dann und zog ihn weiter. »Männer sind Schweine.«

Er wusste, dass seine Mutter nicht hübsch war. Ihre Nase war zu lang und ihre Haut gezeichnet durch alte Aknenarben. Selbst wenn sie sich schminkte, schien es nicht viel zu bewirken. Wenn sie ihren Pferdeschwanz löste, hing ihr Haar schlaff herab. Aber sie hatte ein paar Freunde gehabt. Männer, die eine Zeitlang da waren, dann nicht mehr. Er erinnerte sich kaum noch an sie.

Heute ignorierten ihn die Männer beim Einkaufszentrum, sie schienen ihn überhaupt nicht zu bemerken.

Der Mietshauskomplex, in dem sie wohnten, lag neben einem grünen See mit einem rostigen Springbrunnen in der Mitte. Das Haus war leuchtend weiß gestrichen, und die offenen Flure waren den Elementen ausgesetzt wie in einem alten Motel. Er stieg die Treppe hinauf. Er hatte einen Schlüssel und schloss auf, dann ließ er seinen schweren Schulrucksack fallen und genoss die kühle Luft in der Wohnung.

»Mami?«

Er ging durchs Wohnzimmer in ihr Zimmer. Dort war sie nicht, auch in seinem Zimmer war niemand. Alles war sauber und aufgeräumt, die Betten gemacht, die Küche geputzt. Er wärmte sich in der Mikrowelle eine Portion Makkaroni mit Käse auf und aß sie vor dem Fernseher, was er nicht hätte tun können, wenn seine Mutter zu Hause gewesen wäre.

Er guckte SpongeBob, was albern und kindisch war, aber immer witzig.

Dabei schlief er auf dem Sofa ein, einen Knoten im Magen und Schmerz hinter den Augen. Als er aufwachte, dämmerte es bereits, graues Licht sickerte in den Raum. Seine Kehle war trocken, und in seinen Ohren dröhnte es.

»Mami?«

Sie war nicht nach Hause gekommen.

Wen sollte er anrufen? Ihm fiel niemand ein. Es gab niemanden – keine Großeltern, Tanten oder Onkel. Sollte er die Polizei rufen? Was sollte er sagen? *Meine Mutter. Sie ist nicht nach Hause gekommen.*

Seinen Vater kannte Henry nicht. Lange Zeit hatte Alice schlicht behauptet, dass er keinen hatte, wenn er nach ihm fragte.

Aber nach dem Sexualkunde- und dem Biologieunterricht in der sechsten Klasse hatte er auf Antworten bestanden. *Es muss einen Vater geben. Rein naturwissenschaftlich gesehen.*

»Hör zu«, hatte sie da gesagt und war rot angelaufen. »Ich war bei einer Samenbank. Ich wollte ein Kind, keinen Mann.«

»Wer ist er?«, fragte Henry und versuchte, diese Information zu verdauen. *Eine Samenbank?*

»Ich habe keine Ahnung, und die Unterlagen sind unter Verschluss. Wer es auch war, der da seinen Samen gespendet hat, wollte anonym bleiben. Wahrscheinlich hat er es nur des Geldes wegen getan.«

Ein Gefühl hatte Henry beschlichen, das sich immer weiter ausbreitete. Eine Art Scham. Ein Gefühl von Anderssein. So, als wäre irgendetwas an ihm zutiefst unzureichend, irgendwie falsch. Das Gefühl verstärkte sich noch, als er älter wurde.

»Es ist schon gut«, hatte Alice sanft gesagt; vielleicht hatte sie das Entsetzen in seinem Gesicht gesehen. »Manche haben eine Mutter und einen Vater, eine große Familie. Andere haben vielleicht zwei Väter, oder zwei Mütter, oder nur einen Vater. Und du hast nur mich. Wir haben nur einander. So ist es eben.«

Alice war eine große Befürworterin des Mottos: »Man muss alles nehmen, wie es kommt, und das Beste daraus machen.« Henry hatte das hässliche, dumpfe Gefühl unterdrückt, das in ihm aufgestiegen war, aber von jenem Tag an war er sich dessen stets bewusst.

Er wusste nicht, wo Alice arbeitete. Sie waren noch nicht lange hier, und das Thema war noch nie zur Sprache gekommen. An den anderen Orten, wo sie gelebt hatten, hatte sie die unterschiedlichsten Jobs gehabt: Kellnerin, Kassiererin in einem Supermarkt. Einmal hatte sie eine alte Frau gepflegt, die Faith hieß. Sie hatte in einem Buchladen gearbeitet und in einer Boutique. Aber wo arbeitete sie jetzt? Noch eine Frage, auf die er keine Antwort wusste.

In der Schule gab es Berufswahltage, bei denen Eltern etwas über die wichtigen Berufe erzählten, die sie selbst ausübten: Arzt, Anwältin, Feuerwehrmann. Einige Eltern kamen in die Klasse, um ihre besonderen Kenntnisse vorzuführen, wie etwa Kochen, Malen oder Häkeln. Andere sprachen über ihre Religion. Seine Mutter hatte an solchen Projekten nie teilgenommen. Doch sie hatten immer alles, was sie brauchten: ein Dach über dem Kopf, Essen, Kleidung, Videospiele, Bücher. Sie sprach nie über Geld, und er dachte nie darüber nach.

Zum ersten Mal dämmerte ihm, dass er zu wenig über seine Mutter wusste – wo sie sein könnte, woher sie stammte. Auch sie musste Eltern gehabt haben. Sie waren tot, mehr wusste er nicht über sie. *Sie waren niederträchtig und gemein, alle beide. Wir können von Glück sagen, dass wir sie los sind.*

Der Himmel war fast völlig dunkel, als er die Wohnung wieder verließ, den Schlüssel in der einen Hosentasche, den Zwanziger aus seiner Geburtstagskarte in der anderen. Er lief zur Schule zurück. Die Welt war ganz verändert, die Leuchtreklamen der Geschäfte brannten, auf den Straßen waren viele Autos unterwegs, ein Strom verschwommener roter und weißer Lichter. Doch als er zur Schule kam, lag sie verlassen da. Nicht einmal die Flutlichter beim Spielfeld waren eingeschaltet; an diesem Abend fanden keine

Spiele statt. Das Schulgebäude ragte wie ein schwarzer Schatten vor ihm auf. Am Himmel türmten sich Haufenwolken, groß wie Berge. Die Luft war schwül.

Er wusste, wie man von der Schule aus zu Piper kam. An einem Nachmittag hatte sie ihn eingeladen, und ihre Mutter hatte gegrillte Käsesandwiches gemacht. Sie waren im Pool geschwommen. Ihre Familie hielt Pferde auf ihrem ausgedehnten Grundstück; neben dem Haus führte ein schmaler Weg zu einem kleinen Stall. Piper war mit ihm hingegangen, und er erinnerte sich an den Geruch von Pferdeäpfeln, der irgendwie gar nicht so unangenehm war, wie er gedacht hatte. Und er hatte es wunderbar gefunden, wie die Stute ihn mit der Nase anstupste.

Als er an ihrem Haus angekommen war, klingelte er, und Pipers Mutter kam an die Tür. Sie war füllig und lächelte oft und gern, ihre Nägel waren manikürt, ihr Gesicht leicht gerötet.

»Oh«, sagte sie. »Henry? Bist du gekommen, um Piper bei den Hausaufgaben zu helfen?«

Er schüttelte den Kopf, wusste nicht, was er sagen sollte, und er hätte seiner Stimme sowieso nicht getraut.

Besorgnis zeichnete sich auf ihrem Gesicht ab, und sie öffnete die Tür ein Stück weiter. »Junge, was ist denn los? Komm doch rein.«

Später, als die Polizei kam, stellten sie Fragen, die er nicht beantworten konnte. Wo arbeitete seine Mutter? Gab es weitere Angehörige? Einen Freund, Freundinnen? Wo hatten sie vorher gewohnt? An der Art, wie sie ihn ansahen, merkte er, dass er diese Dinge hätte wissen müssen. Wie merkwürdig es war, dass er sie nicht wusste.

Die Polizisten fuhren mit ihm zur Wohnung zurück. Er saß auf dem Rücksitz eines Streifenwagens, was unter anderen Umständen cool hätte sein können. Aber Henry fühlte sich steif und spröde, als könnte er jeden Moment in Stücke brechen. Pipers Mutter folgte ihnen in ihrem eigenen Auto.

Alice war in der Zwischenzeit nicht zurückgekehrt. Henry schloss die Tür auf und ließ die beiden Polizisten in die Wohnung, und sie liefen mit schweren Schritten überall herum, schauten in Schränke und hinter den Duschvorhang.

Pipers Mutter stand dicht bei ihm, eine Hand auf seiner Schulter.

»Du übernachtest heute bei uns, Henry. Hol deine Sachen, und wir legen deiner Mutter einen Zettel hin. Sicher wird sie sofort anrufen, wenn sie zurückkommt. Es gibt bestimmt eine gute Erklärung für das alles.«

Die beiden Polizisten tauschten einen Blick. Als Henry seine Sachen zusammensuchte, hörte er sie mit Pipers Mutter reden. »Wenn die Frau morgen nicht wieder zurück ist, rufen Sie diese Nummer an.«

Mehr als an alles andere erinnerte er sich, wie schwer in der Luft lag, was die Erwachsenen vor ihm nicht aussprechen wollten. Diese Schwere lastete auf seinen Schultern, und er trug sie mit sich, als Pipers Mutter ihn in das sichere, schöne Haus ihrer Familie brachte, in dem keine schlimmen Dinge geschahen und überall Fotos von lächelnden Gesichtern hingen.

In der Nacht kam die Kriminalpolizei zum Haus von Pipers Familie. Henry, der im Gästezimmer schlief, schreckte aus dem Schlaf hoch.

»Schatz«, sagte Pipers Mutter. Das Licht im Flur schien hell durch die geöffnete Tür. Ihre Hand lag warm und sanft auf seinem Arm. Eine Sekunde lang dachte er, es wäre Alice.

»Mami?«

»Nein, Schatz«, sagte sie leise. »Komm mit nach unten.«

Ihre Stimme bebte, und ihr sonst stets lächelndes Gesicht war ernst. Er folgte ihr durch den Flur, in dem die ganzen Familienfotos hingen, mit einem Gefühl, als hätte er einen Stein im Magen.

Der Raum war voller Erwachsener, und Henry fühlte sich klein und zittrig. Der Detective, mit graumeliertem Haar und Falten im Gesicht, war schon älter. Er hatte einen grimmigen Zug um den Mund und auf der Stirn eine tiefe Furche; man konnte ihm sein Entsetzen vom Gesicht ablesen, gepaart mit Mitgefühl.

»Ich fürchte, ich habe schlimme Neuigkeiten.«

Später, als Henry gebeten wurde, die Leiche seiner Mutter zu identifizieren, bildete er sich ein, auf ihrem stillen, grauen Gesicht denselben Ausdruck zu sehen.

12
HANNAH

Juni 2018

Mako saß selbstverständlich am Kopf der Tafel, Hannah und Bruce zu seiner Rechten, Cricket und Joshua zu seiner Linken. Der König und seine Untertanen. Der Tisch war beladen mit Brot in Körben, einer Fleisch- und einer Käseplatte, Caymus Cabernet, Makos und Lizas Lieblingswein, und Cakebread Chardonnay, Crickets Lieblingswein. Silber funkelte, Wassergläser glänzten. Kerzenschein, leiser Jazz aus Lautsprechern.

Liza, die am anderen Ende des Tisches saß, hatte ein schlichtes schwarzes Etuikleid an und trug die glänzenden Haare offen. Sie plauderte mit Joshua. Wie versprochen schien sie wenigstens so weit wiederhergestellt, dass sie am Essen teilnehmen konnte, wirkte aber immer noch angegriffen – ein bisschen grau um die Augen herum, und ihre Wangen hatten weniger Farbe als sonst. Aber offenbar hielt sie sich tapfer.

»Und jetzt die Tischrede.«

Gleich geht's los, dachte Hannah. Die Mako-Show.

»Alle an diesem Tisch sind mir lieb und teuer«, begann er. »Hannah, du bist die beste Schwester, die ein Mann sich nur wünschen kann. Bruce, ich betrachte dich nicht als Schwager. Du bist mein Bruder und einer der klügsten Menschen, die ich kenne.«

Bruce erhob steif sein Glas und warf einen Blick auf Hannah. Sie legte die Hand auf sein Bein.

»Cricket, du gehörst zur Familie, hast es schon immer getan.

Und Joshua, du machst sie glücklich, und damit gehörst auch du zur Familie.«

»Für immer beste Freunde«, sagte Cricket und strahlte Mako und Hannah an.

»Und Liza – einfach ausgedrückt, du bist die Liebe meines Lebens. Was wäre ich ohne dich? Ich mag es mir gar nicht vorstellen.«

Liza lächelte und blickte schüchtern auf die Tischplatte.

Hannah fühlte sich, als würde sie alles von oben betrachten. Das Eingeständnis ihres Mannes hallte in ihrem Kopf wider. Ihre Schwägerin sah aus, als würde sie gleich umkippen. Joshua beobachtete Mako mit einer Art amüsiertem Staunen, Bruce machte ein ausdrucksloses Gesicht. Lediglich Cricket schien glücklich und entspannt. Selbst Mako wirkte irgendwie daneben. Da war eine untypische Düsterheit in seinem Ton.

»Das Leben ist nicht immer einfach, oder?«, fuhr er fort. »Eine Firma zu leiten hat eindeutig Höhen und Tiefen.«

Unter dem Tisch drückte Bruce ihre Hand, und sie schaute ihn an. Er lächelte matt. Was waren das für Dinge, mit denen ihr Mann nicht mehr leben konnte? Vielleicht hätte sie ihn doch drängen sollen, es ihr zu sagen. Vielleicht konnte es nicht warten.

»Aber eins der großartigen Dinge am Erfolg ist, dass man ihn mit den Menschen teilen kann, die man liebt. Wir beide, Liza und ich, heißen euch willkommen zu einem ruhigen Wochenende mit gutem Essen, Zeit in der Natur und guter Gesellschaft. Jeff, ein Spitzenkoch, hat uns ein Festmahl gezaubert. Cheers! Lasst uns essen!«

Er hob sein Glas, und alle folgten seinem Beispiel.

»Cheers!«, riefen alle, Cricket lachte.

Gerade als sie nach Messer und Gabel greifen wollten, flackerten die Lichter und gingen aus. Sie saßen im Dunkeln. Als sich Hannahs Augen langsam an die Lichtverhältnisse gewöhnten, sah sie lediglich Umrisse aus Schatten und Mondlicht.

»Oh nein«, sagte sie.

Doch so schnell die Lichter ausgegangen waren, gingen sie auch wieder an, und alle Küchengeräte begannen zu piepsen. Es gab einen allgemeinen Stoßseufzer der Erleichterung.

»Müssen wohl die Geister sein«, sagte der große, breitschultrige Koch, der aus der Küche gekommen war und sich vor dem Tisch aufgebaut hatte. Die Kochmütze hatte er abgenommen, sodass man seine kurzgeschorenen blonden Haare sah.

Hannah fragte sich, ob er vorhatte, einen weiteren Vortrag über *Memento mori* zu halten. Als ob eine Mutter je an den Tod erinnert zu werden bräuchte. Vielleicht waren es nur Männer, die daran erinnert werden mussten, wie gefährdet und unsicher das Leben war, und dass es nicht ewig dauern würde.

»Ach ja«, sagte Mako mit grimmigem Gesicht. »Im Haus spukt es also, ja?«

Hannah musste an den Blog-Eintrag denken, den sie gelesen hatte. Was hatte da noch mal gestanden? Irgendwas von der dunklen Geschichte eines der Ferienhäuser.

»Richtig.« Jeff sagte das mit diesem strengen Lächeln, das er perfektioniert zu haben schien. Allmählich fing Hannah an, ihn ein wenig zu hassen.

Er stellte eine riesige Fleischplatte auf den Tisch: Rippchen, Steaks, Hühnerbrust. Dann kehrte er mit den Beilagen zurück: Makkaroni mit viel geschmolzenem Käse, kross gebratener Rosenkohl, Kartoffeln, Salat. Die schweigsame junge Frau half ihm beim Servieren. Hannah starrte auf ihr Spinnen-Tattoo, als sie ihnen Wasser aus einem Krug nachschenkte.

Hannahs Magen knurrte, und sie wollte jetzt wirklich nichts von Geistern hören.

»Vor mehr fast dreißig Jahren«, sagte der Koch, »hat ein Mann seine Familie ermordet. Hier auf diesem Grundstück.«

Liza schnappte überrascht nach Luft und legte die Hand auf ihr Herz.

Hannah hätte es nicht für möglich gehalten, dass ihre Schwägerin noch kränker aussehen könnte. Doch jetzt wich alle Farbe aus Lizas Gesicht, und ein leichter Schweißfilm trat ihr auf die Stirn. Die Frau gehörte ins Bett. Sie brauchte Ruhe und Pflege.

Hannah wollte das gerade offen sagen, als der Koch, der nichts bemerkt hatte, weiterredete.

»Es heißt, dass die ermordete Ehefrau durch die Wälder streift und nach ihren Kindern sucht. Und es gibt Leute, die gesehen haben wollen, wie das kleine Mädchen in den See watet.«

Der Koch schien stolz auf sich zu sein und das alles für sehr unterhaltsam zu halten.

Mako lachte schallend. »Schau nicht so verängstigt drein, Hannah«, sagte er. »Jeff verarscht uns nur.«

»Ich glaube nicht an Geister«, sagte der Koch, immer noch dieses seltsame Nicht-Lächeln im Gesicht. Es war routiniert und eisig. Überhaupt nicht nett. »Sie etwa?«

Hannah hatte das Gefühl, dass er sich direkt an sie gewandt hatte.

»Natürlich nicht«, erwiderte sie, aber sogar in ihren eigenen Ohren klang es steif und abwehrend. »Aber stimmt es, dass hier eine Familie ermordet wurde?«

Der Koch zuckte die Achseln. »Möglich. Es ist ein Gerücht, das ich von Leuten aus der Gegend gehört habe. Die Immobilie stand jahrelang leer, weil sie wegen dieser Geschichte niemand kaufen wollte.«

Alle schwiegen und starrten Jeff an. »Guten Appetit«, sagte der Koch mit einer leichten Verbeugung. »Genießen Sie Ihr Festmahl.«

»Natürlich ist es nicht wahr«, sagte Bruce, legte den Arm um Hannah und warf dem Koch einen verärgerten Blick zu.

Hannah und Cricket tauschten über den Tisch hinweg einen Blick voller Unbehagen.

Das Fleisch, das eben noch so appetitlich gewirkt hatte, sah jetzt fettig und zu stark gebraten aus. Hannah saß mit dem Rücken zu der Knochenskulptur, aber sie konnte den Blick der leeren Augenhöhlen im Nacken spüren.

»Auf unsere Gastgeber«, sagte Joshua und erhob sein Glas, ganz offensichtlich bemüht, von den negativen Themen Mord und Spuk wegzukommen, was Hannah sehr für ihn einnahm. »Danke für die liebenswürdige Einladung und dafür, dass ihr mich in euren Clan aufgenommen habt. Es ist mir wirklich eine Ehre, hier zu sein.«

Hannah konnte sich vorstellen, wie sie auf einen unbeteiligten Beobachter wirken mussten. Glücklich, privilegiert, Menschen, die das Leben genossen. Und das stimmte doch auch, oder nicht?

Mako dankte mit einem hoheitsvollen Nicken. »Okay«, sagte er. »Und jetzt lasst uns essen!«

Hannah tat ihrem Mann gerade ein paar Kartoffeln auf den Teller, als Liza sich rasch erhob. Der Stuhl schrammte über den Fußboden.

»Ihr entschuldigt mich«, sagte sie. »Ich muss mich hinlegen.«

Sie huschte die Treppe hinauf und verschwand.

Mako erhob sich, um ihr nachzugehen. »Ihr entschuldigt mich. Sie fühlt sich nicht wohl.«

Mord, Geistergeschichten, an der Wand angebrachte Schädel, die Geheimnisse ihres Mannes. Eine kränkelnde Gastgeberin. Die erste Trennung von ihrer kleinen Tochter. Die Grübeleien über sich selbst, über Dinge, die tief vergraben gewesen waren und jetzt eine dunkle Unterströmung bildeten, die sie in die Tiefe zu ziehen drohte.

Sie schob den Strudel aufgewühlter Gedanken beiseite und trank einen großen Schluck Wein. Verlegene Stille hatte sich am Tisch ausgebreitet.

Selbst Cricket hatte ihre gute Laune eingebüßt.

Die am Tisch verbliebenen Gäste begannen schweigend zu essen.

13
TRINA

Es ist schön hier. Das Haus, die Bäume. Perfekt für eine kleine Auszeit, genau wie es in der Online-Bewertung stand. Es gibt derartig viele Fenster, dass es an ein Puppenhaus erinnert. Von dort, wo ich stehe, kann ich problemlos hineinsehen. Familie und Freunde sind um den großen Tisch versammelt, ein Festmahl wird vorbereitet.

Sie lächeln und lachen, der große Koch und die Kellnerin servieren ihnen das Essen. Es gibt die, die bedient werden, und die, die bedienen. Ich versuche mir vorzustellen, mit ihnen am Tisch zu sitzen, vielleicht neben Hannah. Es gelingt mir nicht. Die Geschichte meines Lebens.

Ich bin das Puzzleteil, von dem man glaubt, dass es das richtige sein könnte, das aber nirgends reinpasst. Die Leute versuchen immer, meine Nationalität zu erraten. Sie fragen: »Sind Sie Italienerin?« Oder ich bekomme ein »Habla español?« zu hören.

Die Wahrheit ist: Bis vor kurzem war das auch für mich ein Rätsel.

Meine Mutter, halb Französin, halb Türkin, ist in Paris aufgewachsen, das war mir immer bekannt. Doch ihre Eltern starben jung, und sie hat sich immer als Amerikanerin betrachtet, seit sie mit Anfang zwanzig nach New York zog, um Künstlerin zu werden. Dort lernte sie Scott kennen, die Liebe ihres Lebens; beide wohnten damals im East Village. Nach der Heirat wurde meine Mutter

Giselle US-Bürgerin, und bevor sie mich bekam, arbeitete sie als Kunstlehrerin an einer Grundschule. Mittlerweile spricht sie kaum noch Französisch, sogar ihr Akzent ist wenig ausgeprägt.

Mein biologischer Vater – tja, der war ein Fragezeichen, sogar für meine Mutter.

Mein Dad, Scott, der Mann, der mich großgezogen hat und den ich stets als Vater betrachtet habe, hatte sich schon früh sterilisieren lassen. Er kam aus einer von Gewalt geprägten Familie und wollte auf gar keinen Fall Kinder. Als er dann meine Mutter kennenlernte und die beiden heirateten, wollte er die Sterilisation rückgängig machen, es hat aber nicht geklappt. Also wurde meine Mutter von einem Samenspender schwanger. Einem anonymen Samenspender. Die Unterlagen sind unter Verschluss.

Sie gingen ganz offen damit um, so wie mit allem anderen auch. Ich erinnere mich an keine Zeit, in der ich das nicht über mich wusste, und ich fand es nie sonderbar. Meine Mutter sagte immer Sachen wie: *Die Liebe kommt auf allen möglichen geheimnisvollen Wegen in unser Leben.* Oder: *Jeder Mann kann Vater werden, aber nur ein ganz besonderer Mensch kann ein guter Daddy sein.* Wie ich zu ihnen kam, war eben eine einzigartige Besonderheit unserer Familie.

Wenn Scott nicht gestorben wäre, wäre ich nie neugierig auf meinen Samenspender-Vater geworden. Denn mein Dad genügte mir, er genügte mir voll und ganz. Er war ein großer, liebevoller Bär von einem Mann mit einem herzlichen Lachen, und steckte voller Geschichten. Der Geruch von Old Spice kann ihn immer noch heraufbeschwören, seine Bärenpapa-Umarmungen, die kratzenden Bartstoppeln.

Ich denke immer, dass es seine Traurigkeit war, die ihn umbrachte, ein tiefes, unheilbares Unglück, das er in sich trug. Es war ein Unterton in seinem Lachen, ein Sog zerrte an jedem glücklichen Moment. Diese Sache, die er seit seiner Kindheit in sich trug, war wie eine Stimme in seinem Kopf, ein Schatten in seinem Sichtfeld.

Um die Stimme zum Schweigen zu bringen, trank er zu viel, und er fuhr zu schnell, um ihr zu entkommen.

Er hat dagegen angekämpft, unseretwegen, sagt meine Mutter immer. Aber es war zu viel für ihn.

Ich war fünfzehn, als er sein Motorrad zu Schrott fuhr, die Indian, die er restauriert und an der er endlos geschraubt hatte, die er poliert und wie sein Baby behandelt hatte. Wir fuhren oft zu Tauschbörsen, auf der Suche nach irgendwelchen Ersatzteilen. Das waren große, belebte Märkte, staubig und heiß, wo Leute, die leidenschaftlich an alten Maschinen interessiert waren, kauften und verkauften. An solchen Tagen war er glücklich, das weiß ich. Ich erinnere mich an sein Lächeln, die Lachfältchen um seine Augen.

Aber das reichte nicht.

Wir waren ihm nicht genug.

Ich war nicht genug.

Vielleicht lag es daran, dass ich nicht wirklich seine Tochter war. Wenn ich sein leibliches Kind gewesen wäre, hätte ein stärkeres Band ihn an diese Welt gebunden. Ich habe meiner Mutter diese Theorie nur einmal vorgelegt. Sie hat geweint.

»Er hat dich geliebt. Mehr als alles andere«, versicherte sie mir mit ihrem leichten französischen Akzent. Ihre dunklen Augen leuchteten. »Du verstehst nicht, was Depressionen sind, sie sind Trickbetrüger und Diebe, die einem die Freude am Leben rauben. Diese Krankheit lockt Menschen weg, lässt sie glauben, dass die Welt ohne sie besser dran wäre.«

Sie hatte recht. Damals habe ich es nicht verstanden, aber heute verstehe ich es.

Er hat es für uns getan. Er glaubte, er würde es für uns tun. Seine Lebensversicherung.

Er war nicht mehr da, und wir hatten für unser ganzes Leben ausgesorgt. Er hielt das für wichtig. Geld.

Und wir hätten gern alles zurückgegeben, um nur noch einen

einzigen Tag mit dem Mann verbringen zu können, der in jeder wichtigen Hinsicht mein Vater war.

Ich denke an ihn, als ich verfolge, wie der Koch der Tischrunde große Berge von Fleisch serviert. Warum weiß ich nicht, nur dass ich eigentlich immer an ihn denke. Ich frage mich, was er wohl zu dieser Unternehmung sagen würde.

»Dad«, sage ich laut. »Ich habe schlimme Dinge getan.«

Wenn die Welt auf dem Kopf steht, sind schlimme Taten vielleicht gute Taten.

Jedenfalls bilde ich mir ein, dass er das antworten würde. Aber vermutlich würde er genau das sagen, was meine Mutter auch sagt: *Ich mache mir Sorgen um dich, Kätzchen. Komm nach Hause.*

Meine Eltern. Es sind gute Menschen. Sie haben mich geliebt und ihr Bestes getan. Meine Mutter und mein Dad, meine ich.

Mein biologischer Vater, tja, das ist eine andere Geschichte. Das müssen wir jetzt nicht vertiefen.

Mein Dad hat mir beigebracht, Schach zu spielen. Er war ein guter Schachspieler, hatte am College an Turnieren teilgenommen. Auf einem Regal im Wohnzimmer standen seine Pokale.

»Schach ist ein Tanz. Deine Züge beeinflussen den nächsten Zug deines Gegners. Wenn du das Schachbrett und den Spieler verstehst, kannst du vorhersehen, was er tun wird. Manchmal.«

Ich habe festgestellt, dass das auch im Leben so ist.

Sie sind jetzt alle versammelt. Sie ahnen es nicht, aber meine Züge haben ihre Handlungen beeinflusst.

Vorhin stand ich unter den Bäumen verborgen und hörte zu, wie Hannah telefonierte. Ich konnte ihre leise Stimme hören, und die blechernen Stimmen am anderen Ende der Leitung.

»Schlaf süß, Mama.«

Ihre kleine Tochter. Ich verspüre eine plötzliche Anwandlung von Schuldgefühlen. Zweifel. Natürlich tue ich das. Schließlich bin ich auch nur ein Mensch.

Als wäre er mit mir verbunden, als könnte er über Zeit und Raum hinweg meine Energien spüren, kommt in diesem Moment eine Nachricht von ihm:

> Ich habe die Aufnahmen der Überwachungskameras in diesem Gebäude in Miami gesehen. Ich weiß, was du getan hast, was du vorhast. Das muss aufhören.

Ich mache mir nicht die Mühe, ihm zu antworten.

Seit unserem letzten Zusammentreffen antworte ich ihm nicht mehr. Aber ich kann mich auch nicht dazu durchringen, ihn zu blockieren. Mir gefällt der Gedanke, dass er irgendwo da draußen ist. Ein guter Mensch in einer schlechten Welt. Ich schiebe das Handy in die Tasche.

Bevor Hannah ins Haus ging, blieb sie auf der Veranda stehen und drehte sich um, als könnte sie spüren, dass ich sie beobachtete. Alle Mütter sind ein klein wenig hellsichtig, nicht wahr? Jetzt sitzt sie zwischen ihrem Mann und ihrem Bruder am Tisch. Glücklich oder entspannt wirkt sie nicht. Sie sieht besorgt aus, und eine Falte auf ihrer Stirn straft ihr Lächeln Lügen.

Von meinem versteckten Standort zwischen den Bäumen aus wirken sie wie der Inbegriff einer perfekten Familie. Instagramtauglich. Aber ich weiß es besser. Das, was Menschen der Welt zeigen, ist selten die ganze Wahrheit, besonders heutzutage, wo alles kuratiert und zurechtgestutzt werden muss, gefiltert und aufgehübscht. Das wahre Leben ist schmutzig und kompliziert. Hässlich.

Eine Woche nach seinem Tod fand ich sein Tagebuch. Ich ging seine Sachen durch, während meine Mutter unterwegs war. Der Motorradunfall war als Unfall eingestuft worden – eine nasse Straße, die zu schnell genommene Kurve.

Aber wir, die wir ihn liebten, wussten Bescheid. Er wurde zum

Opfer seiner Traurigkeit. Er musste es wie einen Unfall aussehen lassen, wenn wir das Geld von der Versicherung bekommen sollten. Motorradunfälle waren in seinem Vertrag nicht ausgeschlossen, dafür hatte er gesorgt.

Das Notizbuch steckte auf seiner Bettseite zwischen der Matratze und dem Rand des Boxspringbetts. Meine Mutter ahnte vermutlich nichts davon. Alle Seiten waren bis zum Rand gefüllt mit Zeichnungen und Gedichten. Traurige Gesichter mit erschöpften Augen, Zeichnungen von kahlen Wäldern, leeren Räumen, zerbrochenen Fenstern.

Sein letzter Eintrag lautete:

Es gibt einfach zu viel Dunkelheit.

Ich ertrinke.

Dazu die Skizze eines müden, großen Mannes mit Stoppelbart, der mit weit aufgerissenem Rachen eine vom Himmel stürzende Tintenflut in sich aufnimmt.

Ich habe die Zeichnung behalten. Ich trage sie immer bei mir, sogar jetzt. Es ist das Einzige von ihm, das ich besitze.

Nach seinem Tod machte ich mechanisch weiter: Ich beendete die High School, schrieb mich für Technische Informatik auf einem kleinen College im Norden des Staates New York ein, machte meinen Abschluss, lernte zu programmieren. Ich tat alles, was von einem erwartet wird.

Aber auch in mir war Dunkelheit.

Erst, als ich den DNA-Test zur Herkunftsanalyse machte, begriff ich, warum.

14
BRACKEN

Bracken fuhr mit seinem Truck die lange Auffahrt zu seinem anderen Ferienhaus hinauf. Es war viel bescheidener als das, das er auf seiner Website »Elegant Overlook« nannte und in dem gerade der Hai-Mann samt Anhang wohnte.

Das kleinere Haus – er nannte es »Luxurious Stillness« –, hatte nur zwei Schlafzimmer, einen geräumigen Wohnbereich und eine große Veranda mit schöner Aussicht, die aber nicht so spektakulär war wie die von Elegant Overlook. Er vermarktete es als Rückzugsort für Paare oder für eine kreative Auszeit: *Schreiben Sie Ihren Roman zu Ende. Machen Sie einen Neubeginn mit Ihrem Partner. Oder Sie können einfach SEIN, Ruhe finden und die Kolibris und den Sonnenuntergang betrachten.*

Vor dem Haus parkte der weiße Toyota, den May fuhr, seine aus einer Person bestehende Putzcrew. Der Kofferraum stand offen, man sah Eimer und sonstige Putzutensilien, einen Staubsauger, einen Behälter mit Putzlappen. Es war schon spät. Die Sonne war bereits unter den Horizont gesunken, nur die letzten Spuren des Lichts hielten sich am Himmel.

Er ging ins Haus, wo es nach einer Mischung aus Zitrone und Essig roch. Er verwendete nur biologische Putzmittel (außer in den Bädern, wo nur das harte Zeug gegen Schimmel ankam), die beste Bettwäsche, dicke, flauschige Handtücher, ganze Stapel davon, handgemachte Naturseifen, Shampoos und Conditioner, die er von einer Firma aus der Region bezog. Wenn die Gäste es wünschten, konnten sie ihre Lebensmittel vorweg bestellen, sie konnten einen Privatkoch und täglichen Reinigungsservice buchen oder eine Massage im Haus. Die Leute, die Overlook mieteten, nahmen diese Angebote oft in Anspruch. Aber die Gäste, die Stillness mieteten, wollten meistens nur ihre Ruhe.

Er konnte May singen hören, was sie oft beim Putzen tat. Sie war eine gute Sängerin mit einer schönen, rauchigen Stimme. Wahrscheinlich trug sie Earbuds und war voll auf die Arbeit konzentriert. Mindestens drei Mal pro Woche jagte er ihr einen Heidenschrecken ein, obwohl sie wirklich mittlerweile mit ihm rechnen sollte. Aber sie war völlig vertieft. Das gehörte zu den vielen Dingen, die er an ihr mochte.

Er stand da und bewunderte die Aussicht. Das letzte buttergelbe Licht verblasste am Horizont und schwand aus dem leuchtenden Grün der Blätter, dem silbrigen Blau der Berge. Er sah sich in der Küche um. Die Mülleimer waren geleert, die Arbeitsflächen abgewischt, die Papierhandtücher nachgefüllt.

»Ein ordentliches Paar«, sagte May, die unbemerkt hinter ihn getreten war. Jetzt war er es, der zusammenschrak. »Sie haben alles so zurückgelassen, wie sie es vorgefunden haben. Sie haben sogar die Betten abgezogen.«

Er drehte sich um und sah sie an. Feines braunes Haar, muskulöse Arme, die Schlüsselbeine straff unter der gebräunten Haut. Als sie lächelte, blitzten weiße, gerade Zähne auf.

»Das ist schön«, sagte er. Als sie sich umdrehte, um wieder in den Küchenbereich zu gehen, bewunderte er die Rundung ihres Pos, ihre vollen Hüften.

Er wusste bereits, dass das Paar die Betten abgezogen hatte.

Er hatte die beiden dabei beobachtet.

Gestern Abend hatte er ihnen beim Kochen zugesehen. Er hatte zugesehen, wie sie sich auf der Veranda vor dem Feuer liebten. Er hatte die Frau unter der Dusche beobachtet; ihr Körper war weich, aber hübsch, jugendlich und füllig. Sie hatte vor sich hin gesummt, sich zufrieden eingeseift, mit leerem und friedlichem Blick. Er hatte zugesehen, wie sie eng aneinandergekuschelt eingeschlafen waren.

Vorhin hatte er Liza unter der Dusche beobachtet. Sie hatte ihren zarten Körper gegen die Kacheln gelehnt und geweint. Am liebsten wäre er hingeeilt, um sie zu trösten und in Ordnung zu bringen, was sie so schrecklich traurig machte. Aber das war eine Grenze, die er nicht überschreiten durfte. Später hatte sie sich in die Toilettenschüssel übergeben und danach alles sorgfältig saubergewischt.

Seitdem hatte er immer wieder an sie denken müssen. Ihre Zerbrechlichkeit. Ihre Verwundbarkeit. Die Grenze zwischen ihnen. Was würde es erfordern, sie zu überschreiten? Um Liza zu halten? Sie zu *haben*?

Sie gehörten ihm, während sie in seinen Häusern wohnten, oder nicht? Er bekam es nie satt, Menschen zu beobachten, all ihre unterschiedlichen Verhaltensweisen. Ihre Stimmen und Gesten, ihre Gespräche, wie sie miteinander umgingen, was sie taten, wenn sie sich unbeobachtet wähnten. Aber er wahrte ihre Geheimnisse. Er blieb auf Abstand. Meistens.

»Sie haben dir ein Sixpack Craft-Bier im Kühlschrank dagelassen. Von der Tall-Elk-Brauerei in der Stadt«, sagte May. »Mit einem netten Dankeschön-Brief.«

Das war eine Überraschung. Es kam selten vor, dass seine Gäste sich bedankten oder Geschenke dalließen. Im großen Haus kam es niemals vor. Anspruchsdenken. Das war es, was er bei den meisten seiner Gäste sah. Sie hatten bezahlt und erwarteten den entsprechenden Service, zu Recht vielleicht.

Privilegien. Ein Wort, das plötzlich Eifersucht in ihm auslöste, Groll und Wut. Manche Leute wurden damit geboren – sie besaßen diese gewisse Leichtigkeit, die Aura von Menschen, die sich nie hatten sorgen müssen, ob sie es schaffen, ob sie überleben würden. Während andere auf der anderen Seite der Glasscheibe standen und sich die Nasen plattdrückten. Selbst wenn unermüdliche Anstrengungen oder außerordentliche Leistungen ihnen die Tür zu dieser glanzvollen Welt öffneten, erschien es ihnen immer noch wie ein Wunder. Leute, die privilegiert geboren worden waren, ahnten nicht mal, dass es noch etwas anderes gab. Die Übrigen wussten, was sie erwartete, wenn der Zerstörer kam. Und der Zerstörer wartete immer irgendwo, nicht wahr?

»Willst du ein Bier?«, fragte er, nahm zwei Flaschen aus dem Kühlschrank und reichte ihr eine.

»Gern«, sagte sie. »Ich bin so gut wie fertig. Während der Arbeit darf ich nicht trinken, weißt du. Mein Boss ist ein echtes Arschloch.«

Sie zwinkerte ihm zu.

Er nickte ernsthaft. »Habe ich auch gehört.«

Er trat auf die Veranda, stellte die kalten Bierflaschen auf den Tisch und ließ sich auf das Loungesofa fallen. Nach einer Weile kam May und setzte sich auf den Schaukelstuhl neben ihm. Insekten summten in der warmen Abendluft, Vögel zwitscherten in den Bäumen. Ein leichter Wind fuhr durch das Laub.

Er nahm einen tiefen Schluck von dem kalten Bier, May ebenfalls.

Sie sah ihn nachdenklich an.

»Willst du heute zum Essen kommen?«, fragte sie. Ihre Augen waren haselnussbraun, fast bernsteinfarben. Und er mochte die Art, wie sie ihn anschaute. Sie hatten schon dreimal miteinander geschlafen. Sie hatte eine kleine Tochter, Leilani, eine frühreife Zehnjährige, die die Hälfte der Zeit bei May war und die andere Hälfte bei ihrem Vater, Mays Ex. Es war ein freundschaftliches Arrangement, das meistens gut funktionierte. Leilani war ein süßes Mädchen mit einer leichten Lernschwäche.

»Mit Leilani?«, fragte er. Es war gut, wenn sie dabei war. Aber es war noch besser, wenn sie nicht da war.

»Sie ist heute bei ihrem Vater.« May warf ihm einen Blick zu und biss sich leicht auf die Lippen.

Mit May war es einfach. Bei ihr konnte er ganz er selbst sein; sie schien nichts von ihm zu erwarten oder zu wollen, dass er sich auf eine bestimmte Weise verhielt. Normalerweise kam er nicht gut mit Menschen klar; er fand sie verwirrend, es fiel ihm schwer, ihre Signale zu deuten. Aber mit May war es okay.

»Klar. Wann?«

»Um acht? Ich habe ein Chili im Schongarer, und heute Morgen habe ich Maisbrot gebacken.«

Sie war eine gute Köchin, was ihn verblüfft hatte. Er hatte noch nie jemanden kennengelernt, der gut kochen konnte.

»Ich bringe Wein mit.« Er trank selten Alkohol, hatte aber in der Speisekammer all die Flaschen stehen, die Gäste zurückgelassen hatten, weil sie viel zu viel mitgebracht hatten. Bei der Tafel nahmen sie keinen Alkohol, aber er war dazu übergegangen, Weinflaschen als Geschenk mitzubringen, damit nichts verschwendet wurde.

Sie nickte und trank ihr Bier aus. »Oh«, sagte sie, als sie aufstand. »Das hier habe ich gefunden. Ich weiß nicht genau, was es ist. Es lag im großen Bad in der Dusche.«

Sie zog etwas aus der Tasche und reichte es ihm. Er tat so, als würde er es genau betrachten. »Hm.«

»Keine Ahnung, was das sein soll«, wiederholte sie. »Aber vielleicht rufen die Gäste ja an und wollen es wiederhaben.«

»Ja«, sagte er. »Eigenartig.«

»Wir sehen uns nachher.« Sie lächelte ihm einladend zu, und er spürte, wie sich etwas in ihm regte, ein Ziehen, eine Sehnsucht.

Er erinnerte sich, wie sie sich anfühlte, wie sie schmeckte. Er bezweifelte, dass sie viel Zeit mit Essen verschwenden würden. Und während er sie liebte, würde er vielleicht an Liza denken.

Als May wieder ins Haus gegangen war, blickte er erneut auf den Gegenstand in seiner Hand. Es war die winzige Linse einer seiner Mini-Kameras. Sie musste aus dem Duschkopf gefallen sein. Verdammt.

Er sah sich nach May um, die drinnen ihre Sachen zusammensuchte. Wenn ihr klar war, was sie da gefunden hatte, zeigte sie es nicht. Sie fing seinen Blick auf und winkte ihm zu, und dann war sie fort.

Was sie wohl von ihm denken würde, wenn sie es wüsste? Wenn sie wüsste, wie viel Zeit er damit zubrachte, heimlich die Menschen zu beobachten, denen er seine Hütten vermietete? Zu was machte ihn das? Zu einem Stalker? Einem Spanner?

Die Abenddämmerung war vorbei, die silberblaue Nacht war hereingebrochen. Er blieb noch eine Weile sitzen und genoss die Stille. Dann holte er sein Handy heraus und öffnete die Livevideo-App. Die große Gruppe in Overlook setzte sich gerade zu Tisch.

15
LIZA

Ihr Kopf. Ein Dröhnen wie von tausend Presslufthämmern. Ein blendendes, grelles Licht. Sirenengeheul, das nicht verstummen wollte. Seit sie angefangen hatte, ernsthaft Yoga und Meditation zu praktizieren, hatte sie keine Migräne mehr gehabt. Bis vor kurzem, nach der anstrengenden In-Vitro-Fertilisation, ihrem Versuch, ein Baby zu bekommen, eine Familie zu gründen. Mako hatte das unbedingt gewollt. Offenbar unterzogen sich heutzutage alle einer Fruchtbarkeitsbehandlung, das war die neue Norm. Es reichte nicht mehr, es einfach zu probieren und abzuwarten, bis es auf natürliche Weise so weit war. Klar, vorher hatten sie es über ein Jahr lang versucht. Zu lange, fand Mako. Sie brauchten Hilfe.

Und die hatten sie bekommen. Nur nicht so, wie sie es erwartet hatten.

Liza lag ganz still, denn sie wusste, jede plötzliche Bewegung würde eine neue Schmerzwelle auslösen und diese schreckliche Übelkeit. Sie versuchte, mit purer Willenskraft dagegen anzugehen.

Sie konnte immer noch den Rauch vom Grill riechen, das bratende Fleisch. Ihr drehte sich der Magen um, und sie vergrub die Nase in der Bettdecke. Sie beschwerte sich nie und zwang sich sogar, gelegentlich ein bisschen Fisch oder Fleisch zu essen, weil sie wusste, dass es Mako glücklich machte, aber der Geruch von gebratenem Fleisch widerte sie an. Und dann dieser merkwürdige Koch mit seinen grässlichen Geschichten. War etwa sonst niemandem diese Skulptur aufgefallen, die aus Knochen bestand? Alles war einfach nur furchtbar.

Sie hörte Gelächter und laute Rufe aus dem Esszimmer, und der Lärmpegel stieg stetig an, während der Abend fortschritt.

Mako und Cricket waren laute Menschen. Hannah und Bruce weniger.

Die Badetonne stand direkt unter dem Fenster des großen Schlafzimmers. Wie lange würde es dauern, bis sie da alle drinsaßen? Und sich wahrscheinlich irgendwas einwarfen?

Sie sollte wirklich versuchen, sich wieder aufzurappeln.

Wie sah das denn aus, wenn sie hier im Bett lag, immerhin war sie die Gastgeberin.

Aber der Schmerz, und die Übelkeit! Er zwang sie, still und reglos im Dunkeln zu liegen, obwohl sie gern dabei gewesen wäre und Spaß gehabt hätte. Auch wenn sie natürlich nie wirklich zur Gruppe gehören würde. Richtig dazu gehörten nur Mako, Hannah und Cricket. Alle anderen standen ein wenig außerhalb, sogar Bruce. Doch das war in Ordnung. Die drei hatten eine gemeinsame Geschichte. Und Liza wusste selbst, dass sie sich immer ein wenig distanziert verhielt, obwohl sie das eigentlich gar nicht wollte.

Sie hatte eigentlich vorgehabt, bei Sonnenaufgang einen ganz besonderen Yoga-Morgenkurs auf der Veranda anzubieten, mit dieser atemberaubenden Aussicht. Aber sie bezweifelte, dass sie dazu in der Lage sein würde. Vielleicht konnte Hannah als Gast-Lehrerin einspringen; sie praktizierte Yoga schon länger und konnte das.

Liza versuchte, sich in eine sitzende Position hochzustemmen, aber alles drehte sich um sie, und sie sank wieder zurück.

Vorhin hatte Mako nach ihr gesehen. Er hatte sich eine Weile neben sie gelegt und ihr einen kalten Umschlag auf die Stirn gedrückt.

»Ich hasse es, dich so zu sehen«, hatte er geflüstert.

»Es tut mir leid.«

»Nein«, hatte er leise entgegnet. »Mir tut es leid. Was kann ich tun?«

»Geh ruhig und amüsier dich«, versicherte sie ihm. »Es geht schon vorbei. Morgen früh ist es wieder gut. Sobald die Tabletten wirken.«

Sie hatte die Tabletten nicht genommen. Es ging nicht, aber sie konnte ihm nicht sagen, weshalb. Noch nicht.

Als sie ihn anschaute, stellte sie fest, dass er sie mit diesem typisch intensiven, eindringlichen Blick musterte, so als könnte er durch all ihre Schichten sehen, direkt bis zum Kern. An dem Abend, an dem sie sich kennengelernt hatten, hatte dieser Blick sie dahinschmelzen lassen, und selbst jetzt noch, Jahre später, verfehlte er nie seine Wirkung. Doch in letzter Zeit lag noch etwas anderes darin – Traurigkeit, Bedrücktheit.

»Und was ist mit dir? Alles in Ordnung?«

»Ja.« Er nahm ihre Hand und drückte seine Lippen darauf, mied aber ihren Blick.

»Was ist los?«

Er war nicht er selbst. Schon seit einer Weile nicht. Weiß er es?, fragte sie sich. Weiß er auf irgendeiner Ebene Bescheid? Es war denkbar, dass er irgendwas auf ihrem Handy oder ihrem Laptop entdeckt hatte. Sie war vorsichtig, aber die digitale Welt war sein natürlicher Lebensraum. Er kannte sämtliche Schleichwege und geheimen Türen.

»Erinnerst du dich an diese Tests?«

»Tests?« In der Kinderwunschklinik hatten sie sich beide einem ganzen Reihe von Untersuchungen unterziehen müssen. Und Mako war vor kurzem zum Check-up beim Arzt gewesen, der zu hohe Cholesterinwerte festgestellt und ihm geraten hatte, etwas abzunehmen. Ihr Herz geriet aus dem Takt. War er etwa krank?

»Diese DNA-Abstammungstests, die wir vom Weihnachtsmann bekommen haben.«

»Oh«, sagte sie. »Richtig.«

Sie hatte ihren Test weggeworfen, aber Mako beichtete ihr später, dass er ihn wieder aus dem Müll gefischt hatte. Er hatte gewollt, dass sie den Test machte, aber sie hatte sich geweigert. Sie wollte nicht, dass irgendein kommerzielles Labor Zugang zu ihren genetischen Informationen bekam. Wer wusste schon, wozu solche Daten in Zukunft verwendet werden konnten – von der Regierung, Versicherungskonzernen, Unternehmen, die versuchten, dies oder jenes zu verkaufen? Wenn irgendwas Problematisches in ihren Erbinformationen lag, würde sie es bald genug erfahren. Sie hatte nicht vor, ohne Not daran zu rühren. Aber Mako hatte in das Röhrchen gespuckt und den Test eingeschickt.

»Hast du die Ergebnisse bekommen?«

Sie hatte ein bisschen recherchiert, nachdem Mako darauf bestanden hatte, seinen Test einzuschicken. Statistisch gesehen war die Wahrscheinlichkeit hoch, dass man irgendetwas Überraschendes herausfand. Etwas, das Zweifel an der eigenen Identität weckte, daran, wer man war. Und ob das etwas Gutes war oder etwas Schlechtes, erfuhr man erst, wenn es zu spät war.

Mako hielt immer noch ihre Hand und mied ihren Blick. Sie wartete auf seine Antwort, und als es keine kam, hakte sie nach: »Was ist dabei herausgekommen, Mickey?« Manchmal, in ihren intimsten Momenten, nannte sie ihn so. Er hasste es, wenn seine Familie das tat, aber er mochte es, wenn Liza ihn so nannte.

Er schüttelte den Kopf. »Es ist komisch. Ich habe ein paar Nachforschungen angestellt.«

»Was für Nachforschungen?«

Ihr Kopf hämmerte, aber plötzlich war der Schmerz weniger wichtig als ihre Sorge um ihn. Er hatte sämtliche Informationen über seine Familiengeschichte, medizinische Daten und mögliche entfernte Angehörige angefordert, die an einer Kontaktaufnahme interessiert waren.

»Es ist nur so ... du weißt ja, dass mein Vater aus Italien stammt. Er ist rein italienischer Abstammung.«

»Ja ...«

»Laut Testergebnis bin ich nicht italienischstämmig. Und zwar überhaupt nicht. Null Prozent.«

»Oh«, sagte sie erleichtert. »Das könnte doch ein Fehler sein, oder?«

»Ja«, sagte er. »Hab ich zuerst auch gedacht. Aber es ist nicht das erste Mal, dass ich einen solchen Test gemacht habe. Vor ein paar Jahren, als ein Kumpel von mir in diese Technologie investiert hat, habe ich meine DNA schon einmal untersuchen lassen. Bei einer anderen Firma, und die Technologie war noch in der Entwicklung, also habe ich mir nichts dabei gedacht, als die Ergebnisse nicht so ausfielen, wie ich es erwartet hatte.«

»Hast du mit deinen Eltern darüber gesprochen?«

Er lachte. »Ich hab's versucht. Nach dem ersten Mal. Aber es ist nicht besonders gut gelaufen, du kennst ja meine Mutter. Sie taten so, als wollte ich versuchen, ihnen wehzutun. Also habe ich das Thema fallengelassen. Meine Mutter hat etwas echt Seltsames gesagt ...« Er machte Sophia nach, klimperte mit den Augenlidern und legte eine Hand an seine Kehle. »Familie ist keine Frage der Biologie, Michael. Wichtig ist nur das, was wir tun.«

»Okay«, sagte Liza.

»Ist schon eine Weile her«, fuhr er fort. »Ich hab's irgendwie vergessen. Oder verdrängt, wie auch immer. Und dann hat dieser DNA-Abstammungstest auf dem Weihnachtstisch das Thema wieder akut gemacht.«

Sie strich die Sorgenfalten auf seiner Stirn glatt. Sein Kopf fühlte sich warm an.

»Was ist denn mit Hannahs Ergebnissen?«

»Ich habe sie nicht gefragt.« Er rollte sich auf den Rücken und starrte an die Decke. »Ich weiß nicht mal, ob sie den Test gemacht hat. Vermutlich will ich es im Grunde auch gar nicht wissen. Ich dachte, vielleicht ergibt sich an diesem Wochenende Gelegenheit, darüber zu reden.«

Das war typisch Mako – ignorieren, von sich abprallen lassen, verdrängen, bis es nicht mehr ging.

»Glaubst du, es stimmt?«, fragte er. »Dass es bei Familie nicht um Blutsverwandtschaft geht, sondern um das, was wir tun?«

Sie überlegte. »Ich glaube, in gewisser Weise schon. Ich meine, wenn man mal darüber nachdenkt, entsteht eine Familie durch Entscheidungen. Man sucht sich einen Partner und entscheidet sich, mit dieser Person Kinder zu haben. Man beschließt, eine gute Mutter oder ein guter Vater zu sein, für seine Kinder zu sorgen. Man kann biologisch verwandt, aber trotzdem keine Familie sein. Und man kann eine Familie sein, ohne biologisch miteinander verwandt zu sein – Ehepartner zum Beispiel.«

Er nickte und schien noch etwas hinzufügen zu wollen, als Crickets Lachen von unten heraufdrang.

»Ich gehe besser mal wieder nach unten.«

Er stand auf, aber sie griff nach ihm und hielt ihn fest.

»Mako.«

Das Düstere war verschwunden. Er war wieder einfach Mako, putzmunter und bestrebt, sich zu amüsieren. »Es ist wahrscheinlich nichts«, sagte er. »Ich hätte das Thema jetzt nicht ansprechen sollen. Wir reden später ausführlich darüber.«

»Ganz sicher?«

»Ganz sicher.« Er küsste sie auf den Scheitel. »Versuch einfach, dich zu erholen.«

»Okay«, sagte sie. Sie war nur froh, dass er nicht die genetischen Marker für irgendeine Krankheit oder Störung in sich trug. Viele Leute irrten sich, was ihre Abstammung anging, oder? Und wie zuverlässig waren diese Tests überhaupt?

Dann war er fort, und sie hörte ihn die Treppe hinunterpoltern.

Und sie war allein im Dunkeln, mit diesen Kopfschmerzen, die immer schlimmer wurden statt besser.

Und jetzt hörte sie von unten sein Lachen heraufschallen.

Er würde sich betrinken und sie vergessen. So war er eben. Er konnte sich nur auf die Dinge konzentrieren, die er vor sich hatte, und die nahmen ihn ganz in Anspruch. Bekamen seine ganze Aufmerksamkeit, seine gesamte Energie. Es war, als würde er in Trance verfallen, wenn er programmierte oder feierte, eigentlich bei allem, was er tat. Und die Welt um ihn herum verschwand. Wenn man im Bannstrahl seiner Aufmerksamkeit stand, gab es für ihn nichts anderes. Wenn nicht, dann existierte man für ihn nicht. So schien es jedenfalls. Sie beneidete ihn um diese Fähigkeit, sich so zu fokussieren.

Das ist keine Fokussierung, flüsterte ihr geringeres Ich. *Sondern Egoismus. Alles, was nicht im Moment sein Ego füttert, existiert für ihn nicht und ist ihm egal.*

Sie hörte Schritte auf der Treppe, langsame, gemessene Schritte. Das Holz knarrte.

Manchmal überraschte er sie, indem er sich an Gedenktage erinnerte, bei denen sie sicher gewesen war, dass er sie vergessen würde. Überraschte sie mit einer Rücksichtnahme und Freundlichkeit, die sie nicht erwartet hatte. Kam früher nach Hause und brachte ihnen etwas zu essen mit, damit sie sich einen Film ansehen konnten, oder entführte sie zu einem romantischen Wochenende.

Ja. Wieder diese leise Stimme. *Gelegentlich denkt er auch mal an etwas anderes als an sich selbst, und dann fällt ihm ein, dass er eine Frau hat. Eine Frau, die vor drei Monaten ihre letzte Fehlgeburt hatte. Die zum ersten Mal seit zehn Jahren wieder unter Migräne leidet.*

Eine Frau, die einen furchtbaren Fehler gemacht hat, den sie tief bereut. Irgendwie.

Dieser Schmerz. Er pulsierte hinter ihren Augen. Wenn sie die

Augen schloss, sah sie ein Feld zu heller Sterne, die herumwirbelten wie eine Galaxie.

Die Schritte kamen auf ihre Tür zu.

Wahrscheinlich war es Hannah, die nach ihr sehen wollte. Liza wünschte, sie würden sich näherstehen. Aber Hannah schien sie auf Abstand zu halten – sie war immer freundlich, immer höflich, aber die Schwelle zu echter Freundschaft wurde nie überschritten. Vielleicht lag es aber auch an ihr selbst. Vielleicht hielt sie Hannah auf Abstand, weil ... ja, vielleicht weil sie nicht wusste, wie man enge Frauenfreundschaften pflegt. Das war die Wahrheit, oder? Ihre Mutter war nicht mehr da, und sie hatte keine Schwestern. Die wenigen Frauen, die sie für echte Freundinnen gehalten hatte, hatten sich als falsch erwiesen.

Alles war wieder still. Sie hörte Makos dröhnendes Lachen von unten, es drang durch die Dielenbretter. Was auch immer ihn vorhin belastet hatte, er hatte es vergessen oder verdrängt. Liza glaubte, auch Hannahs Stimme zu hören. Aber vielleicht war es auch Cricket. Vielleicht hatte sie sich getäuscht, und es war überhaupt niemand auf der Treppe gewesen.

Liza schloss wieder die Augen, achtete auf ihren Atem, ließ die Anspannung in Schultern und Stirn in den Boden fließen. Die Migräne schien ein wenig nachzulassen. Vielleicht würde es ihr morgen tatsächlich wieder besser gehen.

Erst hörte sie es gar nicht, als die Tür langsam aufging. Als sie die Augen öffnete, sah sie eine schattenhafte Gestalt dort stehen.

»Hallo?«, sagte sie und kniff schmerzerfüllt die Augen zusammen, um im Dunkeln besser sehen zu können. »Wer ist da?«

Träumte sie? Manchmal spielten die Kopfschmerzen ihrer Wahrnehmung Streiche, sie hatte lebhafte Träume oder bildete sich seltsame Dinge ein.

Als sie erneut hinsah, war da niemand, aber die Tür stand leicht offen. Eben war sie doch noch geschlossen gewesen, oder?

Ihr Handy, das neben ihr lag, leuchtete auf. Sie griff danach.
Als sie die Worte in der Chatblase auf dem Display las, blieb ihr fast das Herz stehen.

Ich bin hier.

Eine unbekannte Nummer, kein Name. Nicht die Nummer der Nachricht von vorhin. Die hatte sie blockiert.
Wer ist da?, tippte sie mit zitternden Fingern. Die Kopfschmerzen wurden wieder stärker.

Ich bin hier.

Wo?

In der Gästehütte nördlich vom Haus.

Was? Verdammt, war das überhaupt möglich? Sie zwang sich aufzustehen und wankte zum Fenster. Die Gästehütte. Sie hatte dem Vermieter gesagt, dass sie die vermutlich nicht brauchen würden. Er hatte sie ihr gezeigt, als er ihr das Gepäck hochgetragen hatte. Sie blickte aus dem Fenster in die Dunkelheit.
Da.
Durch die Fenster drang Licht. Mein Gott. Sie zitterte am ganzen Körper.

Ich rufe die Polizei.

Nein, wirst du nicht. Du hast etwas, das mir gehört. Du wirst herkommen und mit mir reden, Liza.

Wut flammte in ihr auf, und Trotz. Das hatte sie nicht verdient. Nicht für einen einzigen Fehler. Das, was sie hatte, gehörte ihm nicht. Es gehörte ihr.

Übelkeit überschwemmte sie, und ein saures Brennen stieg in ihrer Kehle auf.

Oder was?, schrieb sie.

Die Pünktchen pulsierten. Sie sah genau hin, mit schmerzenden Augen; von unten drang Gelächter herauf. Sie starrte auf das Handy. Und da spürte sie es, den mittlerweile vertrauten Schmerz im Unterleib. Es war, als würde ein gemeiner, wütender Finger gnadenlos in ihr herumstochern.

Nein. Nein!

Sie krümmte sich vor Schmerz, während das Handy immer wieder piepste und eine Nachricht nach der anderen ankam.

Oder ich
PUSTE
dir
dein
Haus
ZUSAMMEN
Schlampe.

16
HENRY

1997

»Also, da wären wir«, sagte Miss Gail.

Sie legte ihre pummelige Hand auf Henrys Arm und drückte ihn leicht.

Das Zimmer war groß und sonnig. An den Wänden standen zwei Einzelbetten, und jede Raumhälfte war mit Nachttisch, Schreibtisch und Stuhl sowie einem Kleiderschrank ausgestattet. Die rechte Raumhälfte war offensichtlich bereits belegt; an den Wänden hingen Poster mit Anime-Figuren und ein paar Fotos. Aber es war alles ordentlich, das Bett gemacht, die Bücher auf dem Schreibtisch aufgestapelt. Ein abgegriffener Teddybär lag unter der Bettdecke, den Kopf auf dem Kissen.

»Es ist nicht das Plaza«, sagte sie und schaute ihn an. Sie hatte große, freundliche Augen, die durch die dicke Brille noch vergrößert wurden, und ein schiefes Lächeln. »Aber ich verspreche dir, dass du hier sicher bist und ich mich um dich kümmern werde, Henry. Kommt dir vielleicht nicht viel vor nach dem, was du verloren hast. Aber so ist es nun mal.«

Er nickte. Nachdem er Alices Leiche identifiziert hatte, hatte er kaum noch etwas gesagt. Die Worte schienen ihm in der Kehle steckenzubleiben oder von seinem Atem gestohlen zu werden, der zu schwach schien, um ihr Gewicht zu tragen. Er hatte alles, was seit jener Nacht geschehen war, nur verschwommen wahrgenommen, die tausend Fragen, Umarmungen und mitleidigen Blicke von

Fremden. *Gibt es denn gar keine Angehörigen, mein Junge, irgendjemanden, den wir anrufen können?*

Aber es gab niemanden. Jedenfalls hatte er nie Verwandte getroffen oder auch nur von welchen gehört.

Was ist mit deinem Vater?

Er wollte nicht wiederholen, was Alice ihm erzählt hatte. Dass sein Vater ein Samenspender war. Es klang so ... klinisch. Als wäre irgendwas so verkehrt mit ihm, dass er irgendwie nicht natürlich war, nicht real.

Ich habe ihn nie kennengelernt. Meine Mutter wusste nicht, wer er war.

Einer der Polizisten versuchte ein paar Tage lang, Alices Ursprungsfamilie ausfindig zu machen. Henry blieb bei Pipers Familie, bis das Jugendamt ihn schließlich bei Miss Gail unterbrachte.

Nachdem er ein paar Tage bei Pipers Familie verbracht hatte, in ihrem großen, aufgeräumten Haus, mit Pipers freundlichen, großzügigen Eltern, die für ihn kochten, seine Wäsche wuschen und ihn zur Polizeiwache chauffierten, war endlich Miss Gail gekommen, um ihn abzuholen.

Du wirst hier immer willkommen sein, Henry, hatte Pipers Mutter gesagt, als ihn zu Miss Gails altem, aber gut gepflegtem Minivan begleiteten. *An den Wochenenden, in den Ferien, wann immer du willst.*

Piper umarmte ihn fest und lief ins Haus zurück.

Er hoffte, dass er sich angemessen bei ihnen bedankt hatte, aber es war, als hätte sich ein seltsamer Nebel über ihn gesenkt. Er konnte nicht klar denken und schien nichts empfinden zu können.

»Richte dich ein bisschen ein«, sagte Miss Gail jetzt. »Nach dem Mittagessen müssen wir noch mal zur Polizei. Sie haben noch weitere Fragen zu deiner Mutter. Es tut mir so leid, Jungchen.«

Er sah, dass sie den Tränen nahe war, nickte aber nur.

Sie zog ihn in eine weiche Umarmung, die ihm nichts ausmachte, aber er konnte sich nicht dazu bringen, sie zu erwidern.

Als sie gegangen war, legte er sich aufs Bett und starrte auf einen großen Riss an der Decke. Die Tasche mit seinen wenigen Habseligkeiten stand vor dem Bett. Dann blickte er aus dem Fenster auf die große Eiche im Garten. Er fühlte sich, als würde er schweben, losgelöst, nirgendwohin gehören.

Auf der Polizeiwache wartete der Mann von der Kriminalpolizei auf ihn, der gekommen war, um ihm mitzuteilen, dass seine Mutter tot war. Er hatte noch weitere Fragen, die Henry nicht beantworten konnte. Dieselben Fragen.

Wo bist du geboren?

Wo habt ihr vorher gelebt?

Wo hat deine Mutter gearbeitet? Kannst du dich an irgendeine ihrer Arbeitsstellen erinnern?

Er stöberte in seinem Gedächtnis, und ja, er erinnerte sich, dass seine Mutter einmal in einem Lokal im Staat New York gearbeitet hatte, das Lucky's hieß. Ein Diner mit richtig guten Fritten und großen, cremigen Schokoladenshakes.

»Das ist gut«, sagte der Polizist, der Detective West hieß, und fuhr mit seiner großen Hand durch sein graumeliertes Haar. Er hatte dunkle Ringe unter den Augen.

»Denn ich muss dir eins sagen. Du und deine Mutter ...«

Er schien nicht zu wissen, wie er fortfahren sollte. Henry schaute ihm ins Gesicht, sah seine gerunzelte Stirn. West holte tief Luft.

»Ihr seid Phantome.«

»Phantome«, wiederholte Henry.

Ja, das passte. Sie waren kaum vorhanden. Nun war Alice ganz fort, und er spürte, wie er selbst immer mehr verblasste.

»Deine Geburtsurkunde und deine Sozialversicherungsnummer gehören jemand anderem. Einem Kind, das starb, bevor es ein Jahr alt war.«

Die Information kam an, aber ergab keinerlei Sinn. Was sollte das bedeuten?

»Und deine Mutter, Alice? Wir haben keinerlei Ausweispapiere gefunden. Keinen Führerschein, keine Sozialversicherungskarte, keinen Reisepass. Weder in ihrer Brieftasche noch irgendwo in eurer Wohnung. Die Sozialversicherungsnummer, die sie in der Schule angegeben hat, gehört einer Frau aus Tucson. Ebenfalls verstorben.«

Sie hatten tatsächlich eine Weile in Tucson gelebt, er erinnerte sich vage. Alice hatte dort für eine ältere Frau gearbeitet, Besorgungen erledigt, ihr den Haushalt gemacht, sie zum Arzt gefahren. Faith hieß sie. Sie hatte nach Zitrone geduftet und immer etwas für Henry gebacken. Er erinnerte sich daran, wie freundlich sie gewesen war. Sie hatten oft Dame gespielt. Er erzählte Detective West davon, und der Polizist machte sich Notizen.

»Weißt du, wie Faith mit Nachnamen hieß?«

Henry schüttelte den Kopf. In dem Moment erkannte er, wie begrenzt die Welt eines Kindes war. Anfangs bestand sie nur aus dem, was die Mutter dem Kind erzählte, was sie für wahr und wichtig hielt. Erst später, wenn das Kind hinaus in die Welt ging, fing es an, in Frage zu stellen, was ihm erzählt worden war. Es war ein furchtbarer Schock, wenn man erfuhr, dass die Welt ganz anders war als das kleine Stück davon, das man von der Mutter kannte.

»Sie hatte Angst«, sagte Henry. Er hatte nicht vorgehabt, das zu erzählen. Aber jetzt, wo seine Mutter ermordet worden war, schien es ihm wichtig zu sein.

Der Detective fixierte ihn mit erwartungsvollem Blick. »Angst vor wem oder was?«

»Sie hat immer gesagt, dass es Leute gibt, böse Menschen, die hinter uns her sind und versuchen würden, mich mitzunehmen. Deshalb mussten wir ständig umziehen.«

Lichtstäbe fielen durch die Ritzen der Jalousie und auf Wests unaufgeräumten Schreibtisch. Staubkörnchen tanzten darin. Es roch nach eingebranntem Kaffee, ein angebissenes Sandwich lag auf dem Schreibtisch. Das Stirnrunzeln des Detectives vertiefte sich.

»Hat sie gesagt, wer hinter euch her war? Oder warum?«

Henry schüttelte wieder den Kopf. »Aber sie hatte recht, oder nicht? Jemand war hinter ihr her. Und hat sie umgebracht.«

Immer wieder sah er Alice vor sich, still und grau, das Gesicht ernst, aber friedlich. Er versuchte, sich an ihr Lächeln zu erinnern, aber es gelang ihm nicht.

»Hast du eine Ahnung, wer deiner Mutter etwas antun wollte, Henry? Hat vielleicht jemand vor eurem Haus herumgelungert, oder vor der Schule? Hatte sie irgendwo einen Freund, jemanden, der ihr wehgetan hat?«

Henry überlegte, aber ihm fiel niemand ein, kein Name, nicht einmal ein Gesicht. Vielleicht war da irgendwann einmal ein Mann gewesen, irgendwo. Ein lächelnder Mann mit markanter Kieferpartie und blauen Augen. Aber das war wie die blonde Frau, die er manchmal in seinen Träumen sah, die Frau, die *You are my sunshine, my only sunshine* sang. Eine Fantasievorstellung, nicht real.

»Jemand ist gekommen und hat sie umgebracht. Aber niemand hat mich geholt.«

Detective West sah Henry an, und wieder schienen ihm die Worte zu fehlen. »Es ist schwer, mein Junge. Das Schwerste überhaupt. Es tut mir leid, dass dir das passieren musste.«

Irgendwas passiert einem immer, pflegte Alice zu sagen. Man kann es sich nicht immer aussuchen. Aber man kann das Beste daraus machen. Bleib einfach in Bewegung.

»Sie sagte etwas von einem Samenspender.« Henry hatte das eigentlich für sich behalten wollen. Es war, als würden all die kleinen Teilstücke, das, was er über sich selbst und das Leben mit seiner Mutter wusste, versuchen, sich zusammenzufügen.

Der Detective legte den Kopf schief. »Wie bitte?«

»Mein Vater«, erklärte Henry. »Einmal hat sie erzählt, dass es ein Samenspender war. Dass sie keine Ahnung hatte, wer er war.«

»Glaubst du, das stimmt?«

Henry zuckte die Achseln. »Vermutlich.«

»Hat sie gesagt, bei welcher Samenbank sie war?«

»Nein.«

»Nein«, wiederholte West. »Natürlich nicht.«

»Tut mir leid.«

Der Mann stieß die Luft aus und rieb sich den breiten Nacken. Henry bemerkte einen kleinen Fleck auf seiner Krawatte, es sah nach Ketchup aus.

»Dir braucht nichts leid zu tun, mein Junge. Ich werde das für dich herausfinden. Wer du bist, wer deine Mutter war, was mit ihr passiert ist. Okay?«

»Okay«, sagte Henry. Aber er glaubte dem Detective nicht. Denn Henry war ein Phantom, und er wusste es.

»Gibt es sonst noch irgendetwas, Henry? Irgendeine Kleinigkeit, irgendwas über deine Mutter, das uns helfen könnte?«

Er schüttelte den Kopf. Es gab Tausende kleiner Details – manchmal blieb sie über eine Stunde unter der Dusche, sie mochte alte Filme, sie brachte ihn jeden Abend ins Bett, las ihm aus der Zeitung vor, sorgte immer dafür, dass er ein gutes Frühstück bekam, seine Hausaufgaben machte und alles hatte, was er brauchte. Aber irgendetwas war ... falsch gewesen. Irgendetwas, was zwischen ihnen hätte sein sollen, fehlte. Er konnte es nicht in Worte fassen.

Als er nichts weiter sagte, reichte der Detective ihm eine Visitenkarte. »Manchmal fällt einem hinterher noch was ein. Wie der Name von diesem Diner. Solche Dinge könnten hilfreich sein, okay?«

Er versprach dem alten Polizisten, dass er nachdenken und ihn anrufen würde, wenn ihm noch etwas einfiel, denn er konnte sehen, wie bemüht Detective West war, das Rätsel zu lösen, vor das dieser Fall ihn stellte. Und das wollte Henry auch wirklich tun, er würde anrufen.

Als er bei Miss Gails Haus ankam, saß Piper auf der Vordertreppe und wartete auf ihn. Sie wohnte ganz in der Nähe. Er konnte weiter seine alte Schule besuchen, hatte Miss Gail gesagt, wenn er so weit sei. Er war so weit. Am Montag würde er wieder in die Schule gehen. Alice würde sagen: *Hat keinen Zweck, rumzusitzen und sich selbst leidzutun.*

Er setzte sich neben Piper auf die Treppe.

»Wie ist es hier?«

Sie warf einen Blick auf die viktorianische Villa, die ein wenig heruntergekommen war, aber trotzdem gepflegt und fröhlich wirkte mit den blühenden Sträuchern in großen Pflanzkübeln, den Schaukelstühlen mit den roten Kissen auf der Veranda, den karierten Vorhängen und der Buntglasscheibe in der Eingangstür.

»Gar nicht mal so schlecht.«

Sie nickte. Ihr Haar schimmerte in der Nachmittagssonne. Sie rieb sich die Nase, die ebenso sommersprossig war wie ihre Wangen. Piper war hoch aufgeschossen, niemand in der Schule lief schneller als sie, sie war kühn und voller Lachen. Und sie war das hübscheste Mädchen, das er je gesehen hatte.

»Du hast nicht geweint«, sagte sie. »Kein einziges Mal. Meine Mutter meint, du frisst alles in dich hinein. Du musst es rauslassen – die ganze Traurigkeit. Sie sagt, es macht dich krank, wenn du es nicht tust.«

Am liebsten hätte er ihr anvertraut, dass er gar nichts fühlte. Ihre Mutter irrte sich. Er fraß nichts in sich hinein. Es war nichts da. Doch er spürte, dass er ihr damit Angst machen würde. Ihm machte es selbst Angst.

»Ich habe geweint. Ein wenig«, log er.

Damit schien sie zufrieden zu sein.

»Du bist jetzt Waise.« Sie sagte das mit einem Anflug von Staunen, überhaupt nicht bedeutungsschwer. Es war die Wahrheit und daher nichts, was schmerzen konnte. Sie war ein praktisches Mädchen; er verstand sie. Aber stimmte es denn überhaupt? Möglicherweise lebte sein Vater noch. Waise zu sein bedeutete vielleicht nur, dass es niemanden gab, dem man wichtiger war als alles andere. Und das war wirklich so, jetzt, wo Alice nicht mehr da war.

»Ja, das bin ich.«

Piper streckte ihm ihre Hand hin, und er nahm sie. »Keine Sorge. Du wirst immer mich haben.«

Er fragte sich, ob *das* wirklich so war.

17
HANNAH

Juni 2018

Sie trank zu viel. Vorhin zwei Wodka Soda, und der Rotwein, den es zum Essen gab, süffelte sich so weg; ihr Glas war schon fast leer. Wie hieß der Spruch noch mal? Schnaps vor Wein, das geht fein? Hoffentlich stimmte das. Seit Gigi auf der Welt war, trank Hannah kaum Alkohol, und auch davor hatte sie schon ewig nicht mehr so viel gehabt. Und stand nicht auf dem ausgedruckten *Programmplan*, den sie auf ihrem Bett vorgefunden hatten, dass morgen früh jemand kommen würde, um sie zu einer Wanderung abzuholen? Um sieben?

Ihr war warm, und sie spürte, dass sie gerötete Wangen hatte. Bruce, der bereits ein paar Bourbons intus hatte, war gelöst und locker, deutlich weniger angespannt als eben noch. Sie gab sich ihrem Schwips hin und gestattete sich, mal all ihre Sorgen zu vergessen.

Nachdem Mako zum Tisch zurückgekehrt war und versichert hatte, dass Liza nur etwas Ruhe brauche und es ihr morgen wieder besser gehen werde, hatten alle eifrig zugegriffen. Die Gespenstergeschichte und die unheimliche Online-Bewertung verblassten, wurden fortgespült von Wein, gutem Essen und Gelächter.

Das Essen hatte sich absolut köstlich erwiesen. Das Fleisch war perfekt gegrillt, die Kruste schön kross, innen saftig. Die Beilagen waren eine Geschmacksexplosion. Und nachher würde es noch ein Überraschungsdessert geben. Der Koch werkelte in der Küche herum, während seine schweigsame Assistentin die Teller abräumte. Hannah dankte ihr, aber sie schien es nicht zu hören.

Mako erzählte gerade lautstark vom Kauf seines Tesla und wie dringend er den Steuernachlass für das E-Auto brauchte, und Cricket hing praktisch an seinen Lippen. *Ich habe letztes Jahr so viel Geld gemacht*, sagte er, als wäre das ein Problem. Cricket hatte ihr Kinn in die Hand gestützt und sah ihn an wie ein liebeskrankes Schulmädchen. Joshua, der besitzergreifend den Arm um ihre Schultern gelegt hatte, ein leichtes Lächeln im Gesicht, schien weniger beeindruckt.

Hannah hatte ein- oder zweimal Joshuas Blick auf sich gespürt, ihn aber ignoriert. Jetzt musterte sie ihn unauffällig. Elegante hohe Wangenknochen, kurzgeschorene dunkle Locken, eine gute Haltung, schlank. Er wirkte angespannt; vielleicht war er mit den Gedanken woanders, vielleicht bekam er auch mit, was zwischen Mako und Cricket ablief.

Vielleicht wird sie immer ein wenig verliebt in Mako bleiben, dachte Hannah. Der Gedanke kam wie aus dem Nichts, für sie selbst überraschend. Nein, das stimmte doch nicht. Oder?

Joshua zog sein Handy aus der Tasche und blickte stirnrunzelnd darauf.

»Ihr entschuldigt mich kurz«, sagte er und erhob sich.

»Aber natürlich«, sagte Hannah und lächelte ihn an. Er erwiderte das Lächeln und entfernte sich rasch.

Cricket und Mako achteten nicht auf ihn. Der leicht betrunkene Mako redete einfach immer weiter. Hannah kannte die Geschichte bereits. »Und der Typ meinte: ›Warte Alter, du willst bar bezahlen‹?«

Anfang des Monats hatte ihre Mutter angedeutet, Mako habe geschäftliche Probleme; er hatte ihren Vater gebeten, erneut in seine Firma zu investieren. Doch Sophia und Leo hatten abgelehnt, mit der Begründung, sie hätten Mako schon genug Geld gegeben. Und doch redete er ununterbrochen darüber, was er sich alles gekauft hatte oder noch kaufen wollte. Also, was war da los?

Hannah spürte die Hand ihres Mannes auf ihrem Bein, und als sie zu ihm schaute, trafen sich ihre Blicke.

»Sieht aus, als würde das Feuer im Grill ausgehen«, sagte er. »Ich geh mal und kümmere mich darum.«

»Lass den Koch das machen«, sagte Mako, der wohl ungern noch einen Teil seines Publikums verlor. War sein Ton nicht ein wenig scharf?

Hannah blickte abwechselnd ihren Mann und ihren Bruder an und fragte sich, was da für Machtspielchen abliefen, doch dann stand Bruce auf und verließ die Tafel, und Hannah folgte ihm kurz darauf.

»Hannah, wo willst du hin?«, fragte Mako.

Aber dann setzte er seinen betrunkenen Monolog fort, und sie ging auf die Terrasse hinaus. Bruce beugte sich über das fast erloschene Feuer, stocherte mit der Feuerzange in der Glut herum und warf noch ein Holzscheit darauf. Die Flammen loderten wieder auf.

»Wie männlich«, bemerkte sie. »Wenn wir Höhlenmenschen wären, müsste ich dich dafür belohnen, dass du uns während der Nacht mit deinen tollen Feuerkünsten am Leben erhältst.«

Er richtete sich auf und zog sie an sich. »Hast du etwa einen Schwips?« Er vergrub das Gesicht an ihrem Hals, und sie begann zu lachen, als eine Welle von Lust und Begehren in ihr aufwallte.

»Und wenn?«, sagte sie.

Vorhin hatte sie unauffällig die Babymonitor-App aufgerufen und gesehen, dass Gigi friedlich schlief. Sie fühlte sich leicht und frei. Sie wollte jetzt nicht grübeln. War das nicht ihr größtes Problem? Immer dachte sie zu viel nach.

»Das ist gut«, flüsterte er ihr ins Ohr. »Ich bin's auch.«

Seine Lippen fanden ihren Mund, und sie fuhr mit den Fingern durch sein seidiges Haar. Sie begehrte ihren Mann; sie wusste nicht, wie viele Frauen ihre Männer noch begehrten, besonders, wenn kleine Kinder da waren. Viele ihrer Freundinnen nahmen es ihren Ehemännern übel, dass deren Leben beinahe gleichgeblieben war, während sich ihr eigenes Leben durch die Kinder stark verändert hatte. Hannah ging es nicht so. Sie liebte Bruce dafür, dass er für sie und Gigi sorgte und es ihr ermöglichte, ganz für ihre Tochter da zu sein.

»Ich habe vorhin eine Gartenlaube gesehen. Dort hinten«, flüsterte er. »Komm mit.«

Er ergriff ihre Hand und zog sie vorwärts.

War es unhöflich, einfach so zu verschwinden? Hannah schaute durch die großen Fenster auf den Tisch, wo Mako immer noch schwafelte und Cricket ihn anhimmelte. Joshua war noch nicht zurückgekehrt.

»Du hast hier keine Verpflichtungen«, sagte Bruce. »Du musst dich nicht um sie kümmern.«

Das stimmte. Und Cricket war, genau wie Hannah es befürchtet hatte, so mit den Männern beschäftigt, erst mit Joshua und jetzt mit Mako, dass sie kaum ein Wort miteinander gewechselt hatten. Also gab es eigentlich nichts, was Hannah lockte, zum Tisch zurückzukehren. Sie hatte sich sogar ein wenig gelangweilt, als sie dort gesessen und verfolgt hatte, wie sich die bekannte Dynamik entfaltete.

Sie folgte ihrem attraktiven Mann in die Dunkelheit hinein, einen schmalen Pfad zwischen Bäumen entlang. Er führte zu einer Lichtung, und ja, da stand eine reizende kleine Gartenlaube. Am Himmel leuchteten die Sterne. Es war warm, aber nicht heiß oder schwül. Zikaden zirpten, und als sie in den Wald blickte, sah sie das matte Leuchten von Glühwürmchen.

»Das ist ja magisch«, hauchte sie. »Wann hast du das hier entdeckt?«

Aber er antwortete nicht, sondern zog sie in die Holzlaube und küsste sie, auf die Lippen, den Hals, die Kuhle an ihren Schlüsselbeinen, bis Hannah ganz schwach vor Begehren war. Er legte sie auf eine der gepolsterten Bänke, die an den langen Seitenwänden standen, und seine Hände glitten über ihren Körper, sein Atem strich über ihr Ohr.

Sie spürte, wie sie losließ, sich entspannte, genoss das gesegnete Geschenk der Lust und die angenehm prickelnde Wirkung des Alkohols. Gigi war weit weg und lag sicher in ihrem Bettchen, und nicht einmal Atemgeräusche aus dem Babymonitor erinnerten Hannah an ihr Mutter-Ich.

»Ich liebe dich«, flüsterte sie.

»Du bist mein Ein und Alles«, antwortete er mit seiner tiefen Stimme, die fast wie Donnergrollen klang. »Du und Gigi, ihr seid mein ganzes Herz. Bitte denk immer daran.«

Das klang irgendwie seltsam, wie eine Entschuldigung oder ein Abschied. Aber sie war zu versunken in ihrer Lust, um ihn zu fragen, was er meinte.

Er schob ihren Rock hoch, sie zerrte seine Jeans herunter. Dann war er hart und tief in ihr, und sie verlor sich an ihn, an die Lust. Obwohl sie den Körper des anderen mittlerweile so gut kannten, ließen sich irgendwie immer noch Entdeckungen machen. Und das hier, an diesem unbekannten Ort, nach der verbotenen Flucht vom Esstisch, während die Sterne über ihnen funkelten – das war neu. Sie beide waren neu. Hannah schlang die Arme fest um ihn und zog ihn so tief in sich hinein, wie sie konnte.

Sie nahm seine muskulösen Schultern wahr, seine Augen, die wie schwarze Seen waren. Dann kam ein Feuerwerk der Lust, und dann waren sie nur noch ihr Atem und die Nacht. Hannah schloss die Augen, verzehrt von Leidenschaft.

Aber als sie zum Höhepunkt kam, öffnete sie die Augen, um Bruce anzuschauen. Und da sah sie ein mattes Leuchten zwischen den Bäumen schweben, wie von einem hellen, fließenden Tuch. Dann war es fort. Hannah schnappte nach Luft und starrte auf die Stelle. Aber da war nichts als Dunkelheit.

»Wow«, stieß Bruce hervor, und sie spürte sein Gewicht auf sich. »Wow.«

»Da ist etwas«, flüsterte sie und setzte sich auf.

Bruce folgte ihrem Blick. »Was denn?«

»Es sah aus wie ... ein Geist.«

Bruce streichelte ihr Haar und lachte leise. »Du hast wohl vor Lust halluziniert.«

»Nein«, versicherte sie, ohne den Blick von der Stelle zu wenden. »Ich meine, ja, es war atemberaubend. Aber ich habe irgendwas gesehen.«

»Vielleicht die Glühwürmchen?«, meinte er, als er ihre Ernsthaftigkeit spürte.

»Ja, vielleicht.«

Sie starrte weiter in die Dunkelheit und wartete darauf, dass das leuchtende Weiß noch einmal auftauchte. Die Worte des Kochs fielen ihr ein: *Es heißt, dass die ermordete Ehefrau durch die Wälder streift und nach ihren Kindern sucht. Und es gibt Leute, die gesehen haben wollen, wie das kleine Mädchen in den See watet.*

»Das liegt nur an diesem Typen mit seinen absurden Geistergeschichten«, sagte Bruce, als hätte er ihre Gedanken gelesen.

»Ja, bestimmt«, erwiderte sie. Sie wollte gern, dass er recht hatte. Die Vorstellung einer Mutter, die herumwanderte, um nach ihren toten Kindern zu suchen, war beunruhigend. Nein, eher herzzerreißend.

Da hörten sie Stimmen. Bruce zog grinsend seine Jeans hoch. Hannah zog ihren Rock herunter, ohne den Blick von der Stelle zu wenden. Aber da war nur Dunkelheit.

Wieder Stimmen, näher diesmal. Würde es an diesem Wochenende etwa nur gestohlene Momente für sie geben? Doch dann war es wieder still. Sie glaubte zu hören, dass jemand ihren Namen rief, aber dann entfernten die Stimmen sich.

Sie verpassten das Dessert.

»Wir sollten lieber zurückgehen«, sagte sie. Immer wieder schaute sie in den Wald, war sich aber plötzlich nicht mehr sicher, was sie gesehen hatte.

Bruce setzte sich neben sie. »Lass uns mal eine Minute einfach die Seele baumeln lassen.«

Er legte den Arm um sie, und sie lehnte sich an ihn und sog tief die Nachtluft ein. Irgendwo hörte man jemanden kreischen. Cricket. Sie wurde immer laut, wenn sie getrunken hatte.

»Dieser Mann«, sagte Bruce. »Er hat dich angestarrt.«

»Joshua? Nein. Er ist bis über beide Ohren in Cricket verknallt.«

Sie berichtete, dass sie geglaubt hatte, ihn zu kennen, als sie ihn zum ersten Mal sah. Es beunruhigte sie immer noch, um ehrlich zu sein. Aber sie war zu müde, um weiter ihr Gedächtnis zu durchforsten.

»Eine deiner vielen Eroberungen?«

»Das muss es sein.«

»Nein«, sagte Bruce und stieß sie leicht mit der Schulter an. »Aber er hat dich angesehen, auf ganz seltsame Weise. Fast traurig.«

Bruce war ein sensibler Mensch, fast empathisch. Er schien immer zu wissen, was sie dachte, und im Gegensatz zu den meisten Vätern, die sie kannte, wusste er instinktiv, was Gigi gerade brauchte.

»Er hat wirklich eine seltsame Ausstrahlung«, gab sie zu.

»Hannah!« Cricket.

»Zieht euch besser was über!« Mako. Seine Stimme kam näher. »Wir werden euch schon fiiiinden.«

»Oh nein«, sagte Bruce. »Sie haben uns entdeckt.«

»Dachtest du, das würden sie nicht?«

Mako tauchte vor der Laube auf und hielt sich die Hand vor die Augen. »Seid ihr anständig angezogen?«

»Selbstredend«, sagte Hannah und zupfte an ihrem Rock. »Wir

sind ein altes Ehepaar. Wir machen nicht in Gartenlauben rum wie zwei Teenager.«

»Nicht mehr«, fügte Bruce hinzu, und Mako lachte schallend.

»Du warst immer schon eine Schlampe«, warf Cricket ein, die hinter Mako aufgetaucht war. Sie trat zu Hannah und umarmte sie.

»Du redest von meiner Frau«, sagte Bruce mit gespielter Entrüstung.

»Und von meiner Schwester«, ergänzte Mako, die Hand aufs Herz gelegt. »Aber ja – eine echte Schlampe.«

Das war nur witzig, weil Hannah grundanständig war, sich immer an die Regeln hielt, das ewige brave Mädchen. Diejenige, die gebeten wurde, sich nach einer Feier ans Steuer zu setzen – ihr Leben lang. Damit hatte sie kein Problem. Es machte ihr nichts aus, diejenige zu sein, die sich um die wilden Kids kümmerte, die dafür sorgte, dass niemandem etwas passierte.

»Ich habe den Deckel der Badetonne zurückgeklappt«, sagte Mako. »Setzen wir uns doch rein.«

»Und rauchen was«, fügte Cricket hinzu und zog mit spitzbübischem Grinsen einen Joint aus der Tasche. Sie war eine wandelnde Apotheke – sie hatte immer Joints, Gummidrops und alle möglichen Tabletten dabei.

»Wo ist denn Joshua?«, fragte Hannah und blickte auf den dunklen Pfad hinter den beiden.

Cricket verdrehte die Augen. »Muss noch arbeiten. Vielleicht gesellt er sich nachher zu uns. Aber vermutlich geht er einfach ins Bett. Er steht immer sehr früh auf.«

»Dann sind wir im Moment nur zu viert. Die *Original Gangstas*, so wie früher«, sagte Mako, zog Cricket an sich und führte sie zurück zum Haus. »Chillen wir.«

»Privatparty?«, fragte Bruce, als Cricket und Mako hinter einer Wegbiegung verschwunden waren. Hand in Hand folgten sie den beiden, hörten sie lachen. Eine Badetonne, ein Joint, beide Partner abwesend. Da war es praktisch vorprogrammiert, dass Cricket und Mako sich verleiten ließen. Was war das nur mit diesen beiden?

Hannah runzelte die Stirn und dachte an die arme kranke Liza, die mit Migräne im Bett lag, während sie alle in lustiger Runde weiterfeierten. »Nicht, solange ich es verhindern kann.«

18
HENRY

2001

Der Tag der Schulabschlussfeier brach an, kühl und grau.

Miss Gail hatte Henry einen Anzug gekauft, und das war das Erste, was er sah, als er die Augen öffnete. Sein neuer marineblauer Anzug hing an einem Haken an der Rückseite der Tür. Henrys erster Gedanke galt Alice, auch wenn er nicht mehr so oft an sie dachte wie früher. Etwas an dem Anblick des Anzugs und der rot-blaugestreiften Krawatte, die Miss Gail über die Schulter des Sakkos gelegt hatte, rührte ihn zutiefst. Alice wäre so glücklich gewesen, so stolz auf ihn.

Wir suchen uns nicht immer aus, was mit uns geschieht. Aber wir können entscheiden, wie wir damit umgehen.

Das stimmte. Seine Mutter war ermordet worden. Die Polizei hatte den Täter nie gefunden. Henry war bei Miss Gail aufgewachsen, in einer kleinen, sicheren Wohngruppe. Nichts davon hatte er sich ausgesucht. Aber er hatte sich entschieden, weiter zur Schule zu gehen, den Komfort und die Sicherheit anzunehmen, die Miss Gail ihm bot, zu lernen und gute Noten zu bekommen. Und nun hatte er die High School abgeschlossen. Im Herbst würde er aufs College gehen, ans Massachusetts Institute of Technology. Er hatte ein volles Stipendium bekommen, wobei der Bewerbungs-Essay, in dem seine schwere Kindheit und Jugend erwähnt wurde, sicher auch eine Rolle gespielt hatte.

Seelische Widerstandskraft. Resilienz. Ein Lieblingsausdruck von Miss Gail. *Wenn du sieben Mal hinfällst, steh acht Mal wieder auf. Das ist das ganze Geheimnis.* Manchmal glaube ich, es ist das Einzige, was über Erfolg und Versagen entscheidet.

Ein leichtes Klopfen an der Tür.

»Bist du wach, Schulabsolvent?«, fragte Miss Gail in singendem Tonfall.

»Ja«, antwortete er. »Ich komm gleich runter.«

Er war der Einzige, der noch bei Miss Gail wohnte. Es hatte andere Jungen gegeben, sie kamen und gingen. Waisen oder Jungen, die wegen Misshandlung oder Missbrauch aus ihren Familien genommen worden waren. Manchmal kehrten sie nach einer Weile in diese Familien zurück. Manche liefen weg, und manche bestahlen Miss Gail. Es kam vor, dass mitten in der Nacht jemand gebracht wurde. Henry hatte oft wachgelegen und gehört, wie die Neuankömmlinge weinten. Einige wurden kriminell und wegen Drogenbesitz oder Körperverletzung festgenommen. Henry war geblieben. Mittlerweile half er Miss Gail beim Kochen und bei der Hausarbeit, half den Neuen, sich einzugewöhnen, und diente als Rollenvorbild, wenn er konnte. Doch seit mehr als einem halben Jahr gab es nur noch sie beide.

Unten im Flur richtete Miss Gail seine Krawatte und versuchte, sich nicht anmerken zu lassen, dass sie weinte. Sie trug ein blaues Etuikleid und hatte ihre wilde rote Mähne zu einem Knoten gebändigt.

»Ich bin stolz auf dich, mein Sohn«, flüsterte sie und legte ihre warme, pummelige Hand an seine Wange. »Das hätte nicht jeder geschafft.«

»Ohne Sie hätte ich es nie geschafft«, sagte er.

Sie winkte ab, und Röte stieg ihr in die Wangen. Sie ging zur Haustür und öffnete sie. »Gehen wir und holen uns dein Abschlusszeugnis.«

Er blieb kurz stehen und sah Miss Gail an, die in der offenen

Tür stand. Er spürte, wie seine Gefühle ihn übermannen wollten, beherrschte sich aber.

»Irgendwann werde ich Ihnen alles vergelten, was Sie für mich getan haben.« Das war alles, was ihm einfiel.

Sie schüttelte den Kopf, und Tränen stiegen ihr in die Augen. »Das hast du doch längst. Tausendmal hast du mir alles vergolten. Nur dadurch, dass du bist, wie du bist.«

Aus dem grauen Morgen war ein strahlender Tag geworden.

Als sie bei der Schule ankamen, war der Himmel leuchtend blau, und die Sonne schien. An der im Freien aufgebauten Bühne waren Luftballons befestigt, und auf einem großen Banner wurde den Absolventen gratuliert. Autos fuhren vor, Eltern, Schülerinnen und Schüler stiegen aus. Alle lächelten, eine allgemeine Freudenstimmung brach sich Bahn mit Lachen und Freudentränen. Aufregung lag in der Luft, Vorfreude auf die Zukunft.

Aber Henry hielt nur nach einem einzigen Menschen Ausschau, und wie immer hüpfte sein Herz, als er sie entdeckte. Piper. Piper in einem festlichen hellblauen Kleid mit enger Taille und ausgestelltem Rock, die Haare aufgesteckt, rosa Lipgloss auf den Lippen, schon mehr Frau als Mädchen. Aber er wusste, dass ihre Knie vom Fußballturnier am Wochenende zerschrammt waren.

»Du siehst sehr gut aus, Henry«, sagte ihre Mutter, Gretchen, und legte ihm die Hand auf die Schulter. »Wir sind sehr stolz auf dich.«

»Danke für alles, das Sie für mich getan haben.«

Pipers Vater Paul, hager, zurückhaltend und bebrillt, hielt sich ein wenig im Hintergrund. Er hatte sich nie wirklich für Henry erwärmen können, obwohl er ihm stets freundlich begegnete.

»Meinen Glückwunsch, Henry«, sagte er. »Das Massachusetts Institute of Technology passt gut für einen klugen Kopf wie dich.«

Sie schüttelten sich die Hände. Einen klugen Kopf wie dich. Die Formulierung kam Henry seltsam vor, aber Paul lächelte und hatte den Arm um seine Tochter gelegt. Piper löste sich von ihm, um Henry zu umarmen, und für einen kurzen Augenblick sahen er und Pipers Vater sich in die Augen. Schließlich wandte Paul den Blick mit einem resignierten Nicken ab.

Der Abschlussjahrgang nahm Platz. Piper saß neben Henry und nahm seine Hand, und mit ineinander verschlungenen Fingern lauschten sie der Ansprache der Schuldirektorin über den Weg, der vor ihnen lag, und dass sie lernten sollten, offen für Veränderungen zu sein und ihrem Herzen zu folgen.

»Vielleicht bist du ja doch nicht so ein Loser«, sagte Piper leise.
»Du auch nicht.«
Erst als er sein Abschlusszeugnis entgegengenommen hatte und zusammen mit Piper und ihren gemeinsamen Freunden für Fotos posierte, sah er Detective West, der ganz hinten am Rand des Football-Feldes stand.

West hatte sich alle paar Monate bei Henry gemeldet, um ihn wissen zu lassen, dass er immer noch ermittelte, immer noch nach Antworten suchte, obwohl der Fall längst als ungeklärt zu den Akten gelegt worden war. Henry mochte ihm nicht sagen, dass er selbst damit abgeschlossen hatte, dass er das hatte tun müssen, um sein Leben weiterzuleben. Er musste einfach akzeptieren, dass er vielleicht nie erfahren würde, wer sein Vater war, wer Alice umgebracht hatte oder wer sie wirklich gewesen war. Und damit auch, wer er war.

Es war eine wahre Herkulesarbeit gewesen, aber es war Miss Gail und Detective West gelungen, ihm eine Sozialversicherungsnummer zu besorgen. Er erinnerte sich, wie Miss Gail einmal die Geduld verloren hatte. »Ja, ich weiß, dass er keine Geburtsurkunde hat, aber es gibt ihn! Er steht direkt vor Ihnen!«

Mit seiner Sozialversicherungsnummer hatte er seinen Führerschein machen können. Seine ursprüngliche Geburtsurkunde war nie aufgetaucht. Die Suche nach Antworten war wie ein schwarzes Loch, das ihn fast verschluckte. Wenn er sah, wie West vor dem Haus hielt oder nach dem Football-Training auf ihn wartete, oder, wie jetzt, auf seiner High School-Abschlussfeier auftauchte, stieg keine Hoffnung in ihm auf, nicht einmal Neugier, sondern kaltes Grauen.

Miss Gail unterhielt sich mit Pipers Eltern, und Henry ging zu dem alten Polizisten.

»Ein großer Tag«, sagte West, als Henry zu ihm trat. »Gut gemacht, Junge. Du hättest sehr leicht andere, dunklere Wege einschlagen können.«

»Ich hatte Hilfe.« Er sah zu Pipers Eltern und Miss Gail hinüber.

»Sicher. Aber es war dein Verdienst. Vergiss das nie.«

Henry nickte. Es stimmte, dass da etwas in ihm war, eine Art eiserner Wille, der ihn weitermachen ließ, ihn das Richtige tun ließ, das sich weigerte, in Angst oder Traurigkeit zu versinken. Vielleicht hatte er das von Alice, ihren Stoizismus, ihre Art, immer nach vorne zu schauen, nie zurückzublicken.

Der Wind hatte aufgefrischt und fuhr unter das Sakko des älteren Mannes, sodass sein Bierbauch zum Vorschein kam, über dem der Stoff seines Hemdes spannte und der nur mühsam von einem Gürtel in Form gehalten wurde. Am Himmel zogen die Wolken rasch dahin. Ein Falke kreiste und suchte nach Beute.

»Sind Sie wegen der Schulabschlussfeier gekommen?«, fragte Henry und hoffte, dass das der ganze Grund war.

»Nicht nur.«

West zögerte kurz, dann zog er etwas aus der Innentasche seines Jacketts. Er blickte auf den länglichen weißen Umschlag und hielt ihn gut fest, damit der Wind ihn nicht wegwehte.

»Ich habe eine Spur. Nicht zum Mörder deiner Mutter, aber zu ihrer Identität.«

Frohe Stimmen erklangen. Henry sah sich nach Piper und ihren Eltern um, nach Miss Gail, seinen und Pipers Freunden und Freundinnen, die alle hier versammelt waren. Der ganze Sommer lag vor ihnen, ein Sommer voller Verheißungen im sonnigen Florida. Dank Pipers Mutter hatte Henry einen guten Job im örtlichen Yachtclub bekommen. Er und Piper würden beim Sommerlager der Kinder aushelfen und als Rettungsschwimmer arbeiten. Es würde Katamaransegeln geben, faule Tage am Strand, Partys. Im Herbst würde Henry dann aufs MIT gehen. Piper, die auf der High School nicht nur Starsportlerin, sondern inzwischen auch Einserschülerin geworden war, hatte sich an der New York University eingeschrieben. Die Trennung würde hart sein, aber sie würden es schaffen. Sie hatten miteinander geschlafen, für beide war es das erste Mal gewesen, und jetzt gehörte Henry ganz und gar ihr. Ihr Lachen, die Kurve ihres weichen Halses, ihre rosa Lippen, das Lächeln in ihren Augen. Es würde keine andere Frau für ihn geben. Niemals.

Er schaute wieder Detective West und den Umschlag an, der Informationen enthielt, von denen er nicht wusste, ob er sie haben wollte.

»Du hast eine Tante, sie wohnt oben im Norden«, sagte West. »Die Schwester deiner Mutter. Sie hat all die Jahre nach ihr gesucht. Durch die Fortschritte der Technologie jetzt mit Erfolg.«

Henry stand wie erstarrt. West fuhr fort:

»Ich hatte Alices Foto und Angaben zu ihrer Person in eine neue Datenbank für vermisste Personen eingegeben, und es gab eine Übereinstimmung mit einem jahrzehntealten Vermisstenfall. Deine Tante hat sie nach den Fotos identifiziert. Alle Informationen findest du hier.«

Eine Tante.

Detective West hielt Henry den Umschlag hin.

»Wenn du willst.«

Er wollte nicht. Er wollte nicht wissen, wer er wirklich war, wer Alice in Wirklichkeit gewesen war. Ihn interessierte nur seine Zukunft. Die Vergangenheit war ein Sumpf, ein Morast. Welche Finsternis, welche Ungeheuer mochten ihn erwarten, wenn er ihn betrat? Würde er auf den schlammigen Grund des Sumpfes sinken? Würde er je wieder aus ihm hinausfinden?

Er hörte Pipers Lachen. Ihre Freundin Beck kreischte. Henry wollte zu ihnen zurück.

Und doch – es war ein Ur-Bedürfnis, nicht wahr? Schon in den Zellen angelegt. Der Wunsch, zu wissen, von wem man abstammte, woher man kam. Warum man so ist, wie man ist.

Henry nahm den Umschlag entgegen und steckte ihn in die Innentasche seines Sakkos. Vielleicht sollte er Fragen stellen. Aber seine Kehle schien trocken wie Sandpapier und wie zugeschnürt. Detective West blickte auf die Bäume, die das Spielfeld säumten.

»Ich habe nie aufgehört, nach ihrem Mörder zu suchen, Henry. Aber ich muss ehrlich sein. Es gibt keine einzige Spur, keinen neuen Ermittlungsansatz. Natürlich entwickelt sich die DNA-Technologie immer weiter, und das hat Auswirkungen auf alte, ungeklärte Fälle wie diesen – also, wer weiß. Ich werde nicht aufhören, das verspreche ich dir.«

Warum ist Ihnen das so wichtig?, hätte Henry gern gefragt. Warum hatte sich der alte Mann so in diesen Fall verbissen? Henry wollte nur eines, nämlich loslassen. Wenn es möglich gewesen wäre, eine Tablette zu schlucken, die ihn Alice und seine Vergangenheit völlig vergessen ließ, hätte er es getan.

»Ich danke Ihnen«, sagte er.

West schenkte ihm ein trauriges Lächeln. »Viel Glück, mein Junge.«

Die Worte erschienen gewichtig, das taten sie immer, egal, von wem sie kamen. So als wüssten diejenigen, die diesen guten Wunsch aussprachen, nur zu gut um die Fallgruben und Haarnadelkurven auf dieser scheinbar so strahlenden Straße in die Zukunft.

»Vielen Dank, Detective West«, wiederholte er.

»Was wollte er?«, fragte Piper, als Henry zu ihrer Gruppe zurückgekehrt war. Sie bekam immer eine kleine Falte zwischen den Brauen, wenn sie sich Sorgen machte. Ihr Kleid betonte ihre vollen Brüste und ihre schmale Taille, und die Farbe brachte ihre Haut zum Strahlen. Sie hatte die Haare hochgesteckt, und hübsche Strähnen umwehten ihr Gesicht. Er schob ihr eine Haarsträhne hinters Ohr.

»Nichts. Er wollte mir nur Glück wünschen.«

»Er hat dir irgendwas gegeben.«

»Ein Geschenk.« Vielleicht. Vielleicht auch nicht. Eine Tante, irgendwo im Norden. Familie.

Piper nickte unsicher, aber dann zog ihre beste Freundin Beck ihn in eine Umarmung, und alle lachten und strebten auf die Autos zu, bereit für den nächsten Programmpunkt. Heute Abend würde es eine große Feier bei Piper geben. Und Henry hatte das Gefühl, das Leben, das wahre Leben, würde gerade erst beginnen. Er ließ zu, dass das Gefühl größer wurde und ihn forttrug, weg von Detective West und den deprimierenden Dingen, für die er stand.

Es sollte noch viel Zeit vergehen, bevor Henry den Umschlag öffnete.

19
BRACKEN

Juni 2018

May lag schlafend neben ihm, und er konnte spüren, dass der Sturm kam. Irgendwas lag in der Luft, ein Sirren, eine Art Elektrizität. Die Geschäfte waren heute brechend voll gewesen, weil alle Leute sich mit Wasser, haltbaren Lebensmitteln und anderen Vorräten versorgten. Er staunte immer wieder darüber. Er war ja Minimalist, aber sogar er hatte einen Notvorrat angelegt. Wenn man an einem Ort lebte, wo immer mit schweren Unwettern und Wetterkapriolen zu rechnen war, mit unpassierbaren Straßen, die einen von der Außenwelt abschnitten, war es da nicht sinnvoll vorauszuplanen, anstatt noch in letzter Minute zu besorgen, was man brauchte?

Der letzte Sturm hatte zu tagelangen Stromausfällen und unpassierbaren Straßen geführt. Die Familie, die Overlook gemietet hatte, hatte ihren Aufenthalt um drei Tage verlängern müssen. Wenn er nicht seinen großen Truck gehabt hätte, wäre er nicht zu ihnen durchgekommen, um ihnen Vorräte zu bringen und sie ihre Handys in seinem Truck aufladen zu lassen. Sie hatten angeboten, ihn dafür zu bezahlen, aber er hatte abgelehnt. Das verstieß gegen seinen persönlichen Verhaltenskodex als Vermieter. Man half, wann immer es möglich war, und zwar umsonst. Im Gegenzug bekam er von ihnen die überschwänglichste Bewertung, die er je erhalten hatte: *Bracken, unser Vermieter, war ein wahrer Held. Er hat sich trotz unpassierbarer Straßen zu uns durchgeschlagen, brachte uns Vorräte und ließ uns bleiben, bis die Straße für unseren Wagen wieder passierbar war, und das ohne Bezahlung. Ich wünschte, alle Leute wären so wie er, dann wäre die Welt ein besserer Ort. Er hat dem Begriff »Superhost« eine ganz neue Bedeutung verliehen.*

Die Frau, wie hieß sie noch mal, Lara? Sie hatte ein Libellen-Tattoo auf der Hüfte gehabt. Sehr hübsch, sehr geschmackvoll. Wenn sie sich unter der Dusche einseifte, rieb sie immer darüber, als wäre es ein Glücksbringer.

»Bleibst du heute Nacht hier?«, flüsterte May, als er versuchte, sich von ihr zu lösen, und legte die Hand auf seinen Arm.

Er ergriff ihre Hand und küsste sie. »Heute kann ich nicht.«

»Du könntest, wenn du wolltest.« Es sah ihr nicht ähnlich, mehr zu verlangen als das, war er von sich aus zu geben bereit war. Sonst rührte sie sich nicht einmal, wenn er mitten in der Nacht ihr Bett verließ. Er blieb nie bis zum Morgen. Es war ein Kind im Haus, da war das einfach nicht richtig. Selbst wenn Leilani nicht da war, war sie präsent – ihr Spielzeug, ihre Bücher, alles zeigte, dass hier ein kleines Mädchen lebte.

»Ich bleibe noch eine Weile«, sagte er und legte sich wieder hin. Draußen stand der volle Mond hoch am Himmel.

May schmiegte sich an ihn, und er legte den Arm um sie.

»Gut«, sagte sie.

Er spielte damit. Mit der Idee, noch zu bleiben. Bei May zu bleiben. Aber er konnte nicht, seine anderen Gelüste waren wie ein unablässiger Juckreiz. Ein Appetit, den er nie befriedigen konnte. Er wartete, bis sie ruhig und gleichmäßig atmete, dann schlüpfte er aus dem Bett.

In Mays kleiner, aufgeräumter Küche griff er nach seinem Handy und rief die Kamera-App auf. Mako, Cricket und Hannah waren in der Badetonne. Liza war offenbar früh schlafen gegangen, man sah nur ihre reglose Gestalt im Bett. Im zweiten großen Schlafzimmer saß Bruce am Schreibtisch, das Gesicht bläulich erleuchtet vom Computerbildschirm.

Als er sah, wie Bruce nach seinem Handy griff und es sich ans Ohr hielt, schaltete er den Ton ein.

»Ja«, sagte Bruce. »Das ist richtig. Okay.«

Er war sehr ernst, fast grimmig. Die Leute gingen immer so in ihrer Arbeit auf, fanden sie wahnsinnig wichtig. *Geh endlich nach draußen*, hätte Bracken ihm gern zugerufen. *Erfreu dich an deiner Frau und am Sternenhimmel.*

Aber wenn er eins gelernt hatte, dann, dass man Menschen nur bis zu einem gewissen Punkt unter die Arme greifen konnte. Irgendwann mussten sie sich selbst helfen.

»Ich will nur ganz sicher sein, dass niemand verletzt wird.«

Moment. Was war das denn?

»Meine Frau«, fuhr Bruce fort. »Es wird sehr hart für sie werden.«

Er nickte zu dem, was am anderen Ende der Leitung gesagt wurde. Bracken bemühte sich, etwas zu verstehen, aber die Stimme, möglicherweise die einer Frau, war gedämpft. »Ja, ich weiß. Richtig. Es wird Zeit.«

Der Mann beendete das Gespräch und vergrub das Gesicht in den Händen. Bracken beobachtete ihn einen Moment. *Was geht da vor, Bruce?*

Er rief die Live-Videos der übrigen Räume auf.

Wo war der dritte Mann?

Ein rascher Wechsel zur Auffahrts-Kamera zeigte, dass eins der Autos fehlte. Eigentlich sollten sie alles haben, was sie brauchen, dachte er leicht verärgert; es gab keinen Grund, in angetrunkenem Zustand in die Stadt zu fahren.

Joshua. Der Geheimnisvolle.

Die übrigen Gäste waren problemlos im Internet zu finden. Es hatte weniger als eine Stunde gedauert, bis er so ziemlich alles über sie erfahren hatte, was er wissen wollte. Hannah, Ehefrau und Mutter; darum drehte sich bei ihr alles. Cricket, das Single-Party-girl mit großen Ambitionen. Mako, Technik-Mogul mit unzähligen Twitter-Followern. Liza, Yoga-Influencerin mit einem populären YouTube-Kanal. Bruce hielt sich bedeckter, er hatte nur ein ConnectIn-Profil, in dem seine beruflichen Fähigkeiten, sein Lebenslauf und glühende Empfehlungen von früheren Arbeitgebern sowie von Kunden seiner Firma aufgeführt waren. Keine persönlichen Social-Media-Plattformen für Bruce. Bei ihm drehte sich alles um den Beruf.

Bracken wusste, welche Schulen sie besucht hatten, wer ihre Freunde waren, wo sie gern einkauften. Er wusste, was sie an den Wochenenden unternahmen. Er wusste, was jedem Einzelnen von ihnen wichtig war, denn die Leute gaben so viel von sich preis, ohne es auch nur zu merken. (Er hatte sogar einen Online-Yogakurs bei Liza besucht, was seinem Rücken sehr gutgetan hatte.) Hannah war wichtig: Haushalt, Mutterschaft, Familie. Liza: Achtsamkeit, die Umwelt, Wohlbefinden für Körper, Leib und Seele. Mako: Ruhm, Erfolg, Reichtum. Cricket: Aussehen, Spaß, Partys. Aber eigentlich war sie auf der Suche nach Liebe. Bruce war wichtig: seine Arbeit.

In dieser Kultur der ständigen Selbstentblößung stellten die Leute zahlreiche Informationen über sich ins Netz, gaben mehr preis, als sie glaubten, vielleicht ohne zu ahnen, wie leicht sie es damit Betrügern aller Art machten. Zum Glück für seine Gäste hatte Bracken nur ihr Bestes im Sinn.

Aber über Joshua Miller gab es nichts. Im Anmeldeformular mussten die Namen aller Gäste angegeben werden, die in seinen Ferienhäusern wohnen würden. Und in den zehn Jahren, die er das jetzt machte, hatte sich noch nie jemand geweigert, diese Information preiszugeben. Schließlich hatte jeder das Recht zu wissen, wer sich in seinen Ferienhäusern aufhielt, oder?

Doch als er Joshuas Namen in die Suchmaschine eingegeben hatte, waren nur sehr wenige Informationen gekommen. Lediglich sein Name und sein Foto auf der ziemlich rudimentären Homepage einer IT-Firma, die sich »Razor« nannte. Joshua war der Sicherheitschef. Aber es war kaum etwas über die Firma zu finden oder darüber, was sie machte. Sie war nicht börsennotiert, und in den Medien war nie über sie berichtet worden.

Die Homepage blieb sehr vage: System-Consulting, irgendein Managementkauderwelsch, man helfe Unternehmen, die Effizienz ihrer Prozesse zu maximieren. Was zum Teufel sollte das bedeuten? Joshua Miller war nicht auf Social Media. Oder, genauer gesagt, es gab so viele Joshua Millers in den sozialen Medien, dass Bracken einen wahren Sumpf uninteressanter Personen hätte durchwaten müssen.

Bracken hatte einen einfachen Hintergrunds-Check laufen lassen; er kannte Joshuas Sozialversicherungsnummer nicht und konnte sie auch kaum anfordern. Das wäre eine zu ungewöhnliche Anforderung für das Anmieten eines Ferienhauses gewesen. Vielleicht für die Person, die die Miete bezahlte, aber nicht für jeden einzelnen Gast, besonders nicht in dieser Zeit, wo sich so viele Leute Sorgen über Identitätsdiebstahl machten. Es war schon witzig. Niemand hatte ein Problem damit, sich durch sein Smartphone orten zu lassen und selbst die intimsten Details seines Lebens im Netz zu veröffentlichen. Aber sobald man nach dieser Nummer fragte, wurden die Leute argwöhnisch.

Wieder gab es zu viele Joshua Millers, und ihm sprang nichts in Auge, als er die Informationen des Online-Dienstes überflog, den er monatlich dafür bezahlte, dass er den Hintergrund seiner Gäste überprüfte. Datensparsamkeit war kein Verbrechen. Von Bracken selbst gab es im Netz lediglich seinen Lebenslauf auf der Website, auf der er seine Ferienhäuser vermietete, mehr nicht.

Wo bist du hingefahren, Joshua Miller?, fragte er sich jetzt.

Und dann Bruce, Hannahs Mann. Auch er war ein bisschen rätselhaft. In den sozialen Medien tauchte er nur in Hannahs Feed auf – man sah seine Arme, die das Baby hielten, sein Profil beim

Betrachten des Sonnenuntergangs, ihre ineinander verschlungenen Hände mit blitzenden Eheringen. Es gab jede Menge Hochzeitsfotos sowie Familienschnappschüsse von der »spirituellen, nicht religiösen Segnungszeremonie« des Babys. Bruce besaß eine eigene Firma, ein Consulting-Unternehmen, das »maßgeschneiderte EDV- und IT-Systemlösungen« entwickelte und »Softwarefehler bereinigte«. Doch die Sprache auf der Website war offenbar für Eingeweihte bestimmt, eine Klientel, die mit Begriffen wie »Debugging« und »Stacktrace« etwas anfangen konnte. Bracken hatte ihn als klassischen Computerfreak eingestuft, der alles auf einem Computerbildschirm interessanter fand als die wirkliche Welt, wie zum Beispiel seine schöne Frau, die gerade unten in der Badetonne plantschte.

Ein Wimpernschlag, und alles war vorbei. *Du wirst noch alles verpassen*, hätte er dem Mann am liebsten zugerufen. Was für ein Drama du auch am Laufen hast – eine andere Frau, irgendeine geschäftliche Krise –, vergiss es mal und sei im gegenwärtigen Moment!

Nebenan drehte May sich im Bett um; er hörte sie seufzen und die Matratze quietschen. Er war versucht, sich wieder zu ihr zu legen, aber stattdessen zog er seine Stiefel an. Als er draußen stand, wurde der Himmel kurz hell, und wenige Sekunden später ertönte das ferne Grollen des Donners.

Der Wirbelsturm raste auf die Küste zu und wurde durch die hohe Oberflächentemperatur des Meeres immer stärker. Vielleicht würde er vorbeiziehen. Aber selbst die Ausläufer eines Hurrikans konnten schwere Schäden verursachen. Bracken hatte noch Vorkehrungen zu treffen, bevor der Sturm da war – Holzstapel sichern, Gartenmöbel und Pflanzkübel reinbringen. Schließlich war er verantwortlich für seine Ferienhäuser und für die Leute, die sie gemietet hatten.

Vielleicht war es an der Zeit, seinen Gästen in Overlook einen Besuch abzustatten.

20
HANNAH

Tu's nicht, ermahnte Hannah sich selbst. *Lass es einfach auf sich beruhen.*

Sie war immer noch beschwipst, aber nicht mehr so sehr. Müdigkeit zerrte an ihr – die schreckliche Schlaflosigkeit der letzten Nacht, die lange Fahrt. Aber sie wusste, Cricket erwartete sie unten; sie wollten zusammen in die Badetonne steigen.

Sie und Bruce waren in ihr Zimmer gegangen, um Badesachen anzuziehen, und natürlich hatte er dann sofort seinen Laptop aufgeklappt, um noch »ein paar Dinge zu überprüfen«. Jetzt saß er am Schreibtisch, das Kinn auf die Hand gestützt, und starrte auf den Bildschirm. Sollte sie ihn an sein Versprechen erinnern, mal abzuschalten oder es zumindest zu versuchen? Vielleicht sollte sie ihn drängen, ihr zu erzählen, was mit Mako los war. Doch dann hielt sie den Mund. Sie zehrte innerlich noch von ihren gestohlenen schönen Momenten.

Sie schlüpfte in ihren schwarzen Einteiler und griff sich einen der luxuriösen, flauschigen Bademäntel, die im Bad hingen. Er war himmlisch weich und duftete leicht nach Lavendel. Sie stellte sich vor den großen Spiegel im Bad, bürstete sich die Haare, die voll und weich aussahen, und band sie hoch.

»Geh einfach runter und genieß es«, flüsterte sie ihrem Spiegelbild zu. Das Wasser in der Badetonne. Einen Joint.

Lass alles los.

»Sagtest du etwas?«, fragte Bruce.

»Nein«, antwortete sie und kehrte ins Zimmer zurück. »Du kommst doch auch bald, oder?«

»Klar«, versicherte er, aber er hatte bereits diesen abwesenden Tonfall, sein Blick nahm sie nicht mehr wahr. »Dauert nicht lange.«

Doch seine angespannte Kiefernpartie verriet ihr, dass er bereits hochkonzentriert und abgetaucht war. Jetzt konnten Stunden vergehen, das Haus konnte niederbrennen, ohne dass er es merkte.

Sie holte ihr Smartphone aus der Tasche und zögerte. Doch sie konnte nicht widerstehen. Sie ließ sich aufs Sofa sinken, ging ins Internet und gab »Familie ermordet« und »Sleepy Ridge« ein.

Und tatsächlich gab es zahlreiche Artikel über die Familie Anderson. Vor mehr als dreißig Jahren hatte ein Polizist aus der Gegend mit einer Vorgeschichte von häuslicher Gewalt seine Frau und die beiden Kinder umgebracht. Danach hatte er das Haus angesteckt und sich in den Kopf geschossen.

Sie klickte Artikel an, Fotos der Familie – sie sahen so jung aus, lächelten, der Inbegriff des »Normalen«. Kirchgänger, die Kinder spielten in der Baseball-Liga. Er, männlich und dunkel in seiner Uniform. Sie, zart und blond. Die Kinder Flachsköpfe mit Engelsgesichtern. Alle beliebt in der Gemeinde, und es hatte nie einen Hinweis darauf gegeben, dass irgendetwas zwischen ihnen nicht stimmen könnte.

Ein Foto des kleinen Mädchens in den Armen der Mutter ließ Hannah die Tränen in die Augen steigen. Wie die junge Frau lächelte, wie der Kopf der Kleinen an ihrer Brust ruhte – so zärtlich, so liebevoll. Heftige Sehnsucht nach Gigi stieg in ihr auf, als sie einen Artikel nach dem anderen mit detaillierten Beschreibungen der schrecklichen Tat anklickte. Versteckte häusliche Gewalt. Eine Frau, die versuchte, mit ihren Kindern zu fliehen. Ein brutaler Kampf, der damit endete, dass eine ganze Familie ausgelöscht wurde. Hannah saß da und spürte, wie ihre Haut kribbelte. Genau hier war es passiert, auf diesem Grundstück. Sie las weiter.

Endlich stieß sie auf einen Artikel jüngeren Datums über ihren Vermieter Bracken, der heruntergekommene Immobilien sanierte und mit seinen Ferienhäusern neues Leben in das ruhige Städtchen brachte.

Ein Klopfen an der Tür ließ sie aufschrecken und holte sie in die Gegenwart zurück. Die Finger ihres Mannes glitten immer noch klackernd über die Tastatur. Sie wischte sich die Tränen ab. Sie hatte nicht einmal bemerkt, dass sie weinte.

Eine leise Stimme vor der Tür. »Han?«

Sie zog die Tür auf und sah Cricket im Flur stehen, die ihr Handy umklammert hielt.

»Sieh dir das mal an«, sagte sie und zog Hannah in den Flur hinaus. Sie hielt ihr Smartphone hoch und zeigte Hannah einen der Artikel, die sie auch gerade gelesen hatte.

Sie hielt Cricket ihr eigenes Handy hin, und die Freundin packte sie am Arm, die Augen weit aufgerissen. »Ist das nicht einfach furchtbar?«, sagte sie. »Unglaublich, dass es genau hier passiert ist, oder?«

»Ich glaube, ich habe sie gesehen«, flüsterte Hannah.

»Wen?«

Hannah deutete auf das Foto der ermordeten Mutter. Amanda hatte sie geheißen, von ihren Freundinnen Mandy genannt. »Als ich draußen in der Laube war. Ich habe so ein seltsames, schwebendes weißes Licht gesehen. Genau, wie der Koch es beschrieben hat.«

Cricket starrte sie an. »Wirklich?«

»Ich schwöre es bei Gott. Das Licht schwebte da für einen Augenblick, dann verschwand es zwischen den Bäumen.«

Sie erinnerte sich wieder. Vielleicht nur eine Sinnestäuschung. Aber ... nein. Irgendetwas war da gewesen.

Cricket blickte auf ihr Handy, vergrößerte etwas und zeigte es Hannah. Es war ein Plan des Grundstücks, eine Karte. Sie deutete auf eine Wasserfläche. »Dort hat man die Leiche des kleinen Mädchens gefunden, in diesem See – Tearwater Lake. Ich glaube, er liegt ein kleines Stück hinter der Laube, den Weg entlang.«

Hannah warf einen Blick auf Bruce, der immer noch auf seine Tastatur einhackte.

»Wollen wir hin und es suchen?«, fragte Cricket, die ebenfalls einen der flauschigen Bademäntel trug.

Hannah dachte an den dunklen Wald, die bleierne Stille. Sie fühlte sich wohler damit, Geister auf dem Smartphone zu jagen.

»Wo ist denn Joshua?«, fragte sie und hoffte, die Sache damit abwenden zu können, ohne direkt abzulehnen.

Cricket verdrehte die Augen. »Arbeitet immer noch. Irgendein Notfall, der nicht warten konnte. Könnte noch eine Weile dauern.«

Hannah blickte Bruce an, der unverändert auf den Bildschirm starrte. Was war nur los mit diesen Typen? Waren es einfach nur hart arbeitende Männer in wichtigen Positionen? Oder steckte etwas anderes dahinter, der Wunsch, sich auszuklinken, sich abzusondern? Vielleicht war es ein bisschen von beidem.

»Und Mako?«

Ein Schatten huschte über Crickets Gesicht, Schuldbewusstsein vielleicht, Traurigkeit. »Ich glaube, er sieht noch mal nach Liza. Er ist in ihr Zimmer gegangen und noch nicht wieder rausgekommen.«

»Wir sollen im Bademantel in den Wald gehen?«

Cricket zuckte die Achseln. »Warum nicht? Wer soll uns denn sehen? Wir sind hier mitten in der Pampa. Und danach sofort ab ins Wasser.«

Es war nicht real für sie, merkte Hannah. Das, was sie gelesen hatte, war für Cricket nur eine Gespenstergeschichte, irgendetwas aus der fernen Vergangenheit. Im Wald auf Geisterjagd zu gehen war nur ein Spiel für sie, eine Möglichkeit, Spaß zu haben, so wie man sich am Lagerfeuer Geschichten erzählt. Aber Hannah konnte das Bild von Mandy nicht abschütteln, die ihre kleine Tochter in den Armen hielt. Es war echt – oder war es gewesen. Diese Liebe. Der entsetzliche Mord.

Cricket langte in ihre Tasche, dann streckte sie die Hand aus.

Zwei dicke rosa Gummidrops lagen auf ihrer Handfläche, mit Zucker bestäubt. Oh, Hannah war seit Ewigkeiten nicht mehr high gewesen. Sie zögerte.

Cricket hob die Hand höher und lächelte ihr spitzbübisches Lächeln. »Komm schon, Han. Leb mal ein wenig.«

Hannah sah ihrer besten Freundin in die zwinkernden Augen.

Das böse Mädchen. Die Hübsche. Die Wilde. Die Hannah oft hatte retten müssen. Die immer viel mehr Spaß zu haben schien als Hannah.

Ein letzter Blick auf ihren Mann. Er merkte es nicht mal, als sie die Tür schloss. »Warum nicht?«

Sie griff sich eins und steckte es in den Mund. Cricket folgte ihrem Beispiel und grinste noch breiter.

»Gehen wir auf Geisterjagd.«

Eine Viertelstunde später, als sie in Bademantel und Flipflops den felsigen Weg hinunterstiegen, erschien ihr das Unternehmen nicht mehr spaßig, sondern eher verantwortungslos. Ganz zu schweigen von beängstigend. Und die angenehme Wirkung des Hasch-Gummis hatte noch nicht eingesetzt.

»Ich merke gar nichts, und du?« Hannah war nicht mehr high gewesen, seit – ja, seit wann? Sie konnte sich nicht mal mehr daran erinnern. Auf dem College vielleicht? Vielleicht hatte sie vergessen, wie es sich anfühlte. Oder ihr Mutter-Hirn ließ es nicht zu. Es wirkte einfach nicht. Oder so.

»Es dauert ein bisschen«, sagte Cricket und hakte sich bei Hannah ein. »In dem Artikel stand, dass Mandy ihn verlassen wollte. Ihre Eltern haben auf sie gewartet, auf sie und die Kinder.«

Hannah hatte das auch gelesen und sich dieses arme Ehepaar

vorgestellt, das lange auf seine Tochter und die Enkel wartete, die nie kamen.

»Der Gerichtsmediziner hat festgestellt, dass er zuerst Mandy umgebracht hat«, sagte sie. »Ihr Mann hat sie erwürgt. Der kleine Junge wurde in seinem Bett gefunden. Aber das kleine Mädchen muss weggelaufen sein. Er hat sie bis zum See verfolgt.«

»Vielleicht auf genau diesem Weg«, bemerkte Cricket und schaute sich um.

Es war verwerflich, was sie da taten, oder? Genau wie diese Leute, die sich ständig True-Crime-Podcasts anhörten, sich ausführlich mit den Details alter Fälle beschäftigten, mit all den verschiedenen Möglichkeiten, wie Menschen einander foltern und töten können. Wenn man sich das anhörte und mitknobelte, erschienen einem diese Fälle wie ausgedachte Krimis, Geschichten, die erzählt wurden, um eine Erklärung zu suchen und für ein angenehmes Gruseln zu sorgen. Aber diese Geschichten waren tatsächlich passiert. Eine Mutter und ihre Kinder waren gestorben, unter Schmerzen und voller Entsetzen, und ihr zutiefst gestörter Mörder, der Mann, der sie eigentlich hätte beschützen sollen, hatte sich danach das Leben genommen. So viel Schmerz. Es gab so viel Schmerz auf der Welt. Hannah klammerte sich an Crickets kräftigen Arm. Der Wald war so finster, und sie fühlte sich ganz klein.

»Wir müssten eigentlich gleich da sein.«

Wenn sie zurückblickte, konnte Hannah die Lichter auf der Veranda schimmern sehen. Über ihnen leuchteten die Sterne wild und hell am samtigen Schwarz des Himmels. Der Große Wagen. Der Kleine Bär. Der Oriongürtel. Der Mars glomm rot. Venus, immer der hellste Stern am Himmel, funkelte.

Einmal hatte ihr Vater ihr ein riesiges Teleskop zu Weihnachten geschenkt. Mickey und Sophia hatten kein Interesse am Nachthimmel. Aber Hannah und ihr Vater saßen oft bis spät in die Nacht mit dem Riesengerät und Stapeln von Büchern auf der Veranda. Das war gewesen, bevor es die ganzen Apps gab. Jetzt konnte man einfach das Smartphone zum Himmel halten und bekam alle galaktischen Geheimnisse enthüllt. Früher hatte man selbst recherchieren müssen. Sie hatten Stunden damit zugebracht, Sternbilder zu entdecken und zu benennen, nach Meteoritenschauern oder anderen astronomischen Ereignissen Ausschau zu halten.

»Wir sind so klein. Winzig«, hatte Leo eines Abends gesagt. Es war schon spät, Mickey war unterwegs, und Sophia sah fern. Hannah hatte ihren Vater ganz für sich allein. »Wir sind Ameisen. Nicht einmal das.«

Er sagte es leise, mit einer Art Staunen. Hannah war klar, dass sie selbst klein war. Die Jüngste in der Familie, die Ruhigste, die am wenigsten schwierige Persönlichkeit. Aber er doch nicht. Nicht ihr Vater. Er verkörperte Stärke und Sicherheit. Er wusste alle Antworten, seine Umarmungen verbannten alle Monster, er würde sie immer huckepack tragen können. Er war riesengroß.

»Du bist doch nicht winzig, Papa.«

Er sah sie an, dann zog er sie in seine Armbeuge und drückte sie an sich.

»Es ist alles gut«, sagte er. »Schau nur, da draußen, alle diese Lichtpunkte. Gewaltige Explosionen, Lichtjahre entfernt. Daher kommen wir, wir alle. In unseren Knochen ist Sternenstaub.«

Das Teleskop war jetzt bei ihnen zu Hause. Sie konnte es gar nicht abwarten, es mit Gigi auszuprobieren.

Da. Eine Sternschnuppe. Sie wünschte sich etwas. Das, was sie sich jeden Tag wünschte: Mögen alle Menschen glücklich, in Sicherheit und frei sein.

Daher kommen wir, wir alle.

Der Abstammungstest.

Auch das rumorte in ihrem Unterbewusstsein.

Bruce hatte abgelehnt. Aber Hannah hatte in das Röhrchen

gespuckt und es abgeschickt, ohne groß darüber nachzudenken. Es war nur etwas, über das sie in der Familie reden konnten, wenn die Ergebnisse da waren. Vielleicht würden sie irgendwelche unbekannten Angehörigen ausfindig machen oder einen Familienzweig entdecken, von dem sie sonst nie erfahren hätten. Sie kreuzte das volle Programm an: Herkunft, Risiko für erblich bedingte Krankheiten, sonstige genetische Merkmale. Sie hatte sogar angekreuzt, dass Menschen, die nach unbekannten Angehörigen suchten, sich durch die App mit ihr in Verbindung setzen durften. Warum auch nicht?

Es war Neugier, mehr nicht. Schließlich kannte sie ihre Familie. Sie wusste, woher sie kam. Mütterlicherseits gab es jede Menge Onkel und Tanten, Cousins und Cousinen, die im ganzen Land verteilt waren. Ihre Mutter war schottisch-irischer Abstammung. Ihre Eltern waren in den dreißiger Jahren in die USA ausgewandert und hatten sich in Brooklyn niedergelassen. Hannahs Großmutter war Näherin gewesen, ihr Großvater Chauffeur. Irgendwann hatte das warme Klima in Florida sie gen Süden gelockt, und Sophia war hier geboren worden und geblieben. Hannahs Vater war italienischstämmig. Beide Großelternpaare stammten aus Neapel. Er war ein Einzelkind, und seine Eltern waren gestorben, als er noch ein Kind war. Er war bei Verwandten aufgewachsen und dann zur Armee gegangen. Er hatte Tanten und Onkel, Cousins und Cousinen. Hannah und ihr Bruder kannten sie weniger gut als Sophias Familie, aber sie kannten sie – sie schrieben sich gegenseitig Weihnachtskarten, es gab gelegentliche Besuche und einmal sogar ein großes Familientreffen in Disneyland.

Doch, sie war neugierig gewesen. Was würde sie über ihre Herkunft und über sich selbst erfahren? Würde sich irgendjemand melden, der behauptete, ein entfernter Verwandter zu sein? Irgendwo hatte sie gelesen, dass die DNA aller Menschen zu neunundneunzig Prozent identisch war. Es war also weniger als ein Prozent der

Gene, das einen von anderen unterschied, einzigartig machte und mit den Menschen verband, die man seine Familie nannte. Etwas daran gefiel ihr: der Gedanke, dass alle Menschen, ganz gleich, was sie dachten oder glaubten, im Grunde gleich waren.

Doch als dann die Ergebnisse kamen, waren sie ... verwirrend gewesen.

»Erde an Hannah.«

Sie fuhr zusammen, in die Gegenwart zurückgerissen. »Was ist?«

»Du hast diesen Blick.«

»Welchen Blick?«

Cricket tippte sich an die Schläfe. »Diesen Blick. Grüblerisch, tief in Gedanken versunken. Dein Bruder macht das auch. Blendet seine Umwelt aus und geht auf irgendeine innere Reise.«

»Tut das nicht jeder?«

Cricket, die mittlerweile vor ihr auf dem schmalen Waldweg ging, lachte. »Nein, nicht jeder. Joshua zum Beispiel wälzt überhaupt keine tiefen Gedanken. Das liebe ich so an ihm. Bei ihm geht's immer nur um Essen, Sex und Spaßhaben.«

Hannah schnappte nach Luft. »Hast du etwa gerade wieder das L-Wort ausgesprochen?«

Cricket schlug sich die Hand vor den Mund und sah Hannah mit großen Augen an. »Kann schon sein.«

Irgendetwas raschelte im Unterholz, etwas Großes. Beide kreischten auf, sehr laut in der tiefen Stille, die sie umgab. Als Hannah sich umdrehte, war das Haus nicht mehr in Sicht.

»Was war das?«

Wieder das Rascheln, und diesmal liefen sie los. Hannah verlor einen ihrer Flipflops, kehrte aber nicht um, um ihn zu holen. Kreischend rannten sie den Waldweg entlang.

Und dann brachen sie in Gelächter aus. Ja, da war sie, diese Leichtigkeit, dieses prickelnde Glücksgefühl, an das sie sich aus ihren Party-Tagen erinnerte. Das sie wegbrachte von allen Grübeleien, allen Sorgen, aller Dunkelheit in dieser Welt.

»Großer Gott«, keuchte Cricket atemlos und verlangsamte ihr Tempo. »War dahinten irgendwas?«

»Wenn ja«, sagte Hannah, »haben wir es verscheucht.«

Als sie um die nächste Kurve bogen, sahen sie den See, der eher ein großer Teich war. Er lag still und tintenschwarz da, wie mit silbernem Mondlicht übergossen. Die hohen Bäume, die ihn umstanden, rauschten leise.

»Tearwater Lake«, flüsterte Hannah, als sie ans Seeufer traten.

Sie starrte auf die stille Wasserfläche und dachte an das kleine Mädchen, das hier gestorben war. Sie konnte nicht anders, sie begann zu weinen.

»Hannah«, flüsterte Cricket.

»Schon okay, mir geht's gut.«

Cricket packte sie am Arm. »Nein, Hannah. Da ist jemand. Auf der anderen Seeseite, zwischen den Bäumen.«

»Was?«

»Da, sieh, direkt gegenüber.«

Hannah starrte auf die Stelle, und ja, dort bewegte sich etwas. Als ihre Augen sich auf die Entfernung und die Dunkelheit eingestellt hatten, sah sie es: eine große Gestalt, die zwischen den Bäumen stand. Mit gespreizten Beinen, die Arme ausgestreckt.

Angst durchfuhr sie. »Mein Gott.«

»Da ist jemand«, hauchte Cricket. »Jemand ... beobachtet uns.«

»He, Sie!«, rief Hannah. »Wer ist da? Das ist Privatbesitz.«

Stimmte das überhaupt? Sie wusste es nicht.

Die Gestalt stand so festgewurzelt wie die Bäume um sie herum, reglos, ungerührt.

Hannah starrte auf die seltsame Gestalt auf der anderen Seeseite und hatte das Gefühl, als würde die Welt stillstehen. Wer war das? *Was* war das? Ein Mann? Eine Frau? Ein Geist?

»He, Sie!«, rief sie erneut. Cricket zog sie am Arm, und sie machte ein paar Schritte rückwärts, spürte den kalten Waldboden unter ihrem nackten Fuß. »Hören Sie mich?«

Keine Antwort, vielleicht eine ganz leichte Bewegung. Dann, während sie noch hinsah, schien die Gestalt mit der Dunkelheit zu verschmelzen wie Tinte, die in Stoff sickert.

»Hannah.« Cricket zerrte jetzt heftiger an ihrem Arm. »Lass uns von hier verschwinden.«

Sie rannten los. Als sie an ihrem verlorenen Flipflop vorbeikamen, bückte Hannah sich, um ihn aufzuheben. Sie blickte zurück in den nächtlichen Wald, aber da war nichts.

21
HANNAH

Mako war bereits in der Badetonne, als sie atemlos auf die Terrasse stürmten.

»Was zum Teufel?« Er hatte den Kopf auf den Wannenrand gelegt und die Augen geschlossen, aber als sie die Stufen hochkamen, setzte er sich auf und sah sie an. »Wo wart ihr denn?«

»Da ist jemand. Dort draußen, beim See«, stammelte Cricket und sah zurück in die Richtung, aus der sie gekommen waren.

Mako folgte ihrem Blick, machte aber keine Anstalten, sich aus seiner entspannten Haltung im blubbernden Wasser zu erheben. Der Geruch von Bromid stieg aus dem erleuchteten blauen Kreis auf.

»Wo draußen?«, fragte er und folgte Crickets Blick, aber ohne sonderliche Besorgnis.

»Am Tearwater Lake«, keuchte Hannah. »Dort, wo man die Leiche von dem kleinen Mädchen gefunden hat.«

Mako lachte, laut und hart. »Der Typ hat dich doch nur verarscht, Hannah.«

»Nein«, widersprach Cricket. »Das ist wirklich passiert. Wir haben es gegoogelt.«

»Ach ja«, sagte er und riss mit gespieltem Erschrecken die Augen auf. »Wenn es bei Google zu finden ist, muss es ja wahr sein.«

Von irgendwo kam Musik aus Lautsprechern, leiser Jazz. Soweit

Hannah es von hier aus erkennen konnte, war niemand mehr im offenen Küchen- und Wohnbereich. Jeff und Ingrid hatten offenbar alles aufgeräumt und waren gegangen. Sie dachte an den Koch mit dem stahlblauen Blick, an die Knochenskulptur, an seine Assistentin mit der Spinne auf der Hand. Könnte einer der beiden zurückgeblieben sein, um sie zu beobachten?

»Da draußen war jemand«, wiederholte Hannah fest.

»Warte mal«, sagte Mako. Er ließ sich näher herantreiben und musterte Cricket scharf. »Seid ihr beide etwa bekifft?«

Cricket, die sich etwas beruhigt hatte, lächelte. »Ein bisschen vielleicht.«

Mako streckte seine fleischige Hand aus. »Her damit.«

Mit kokett geneigtem Kopf holte sie einen dritten Gummidrop aus der Tasche und gab ihn Mako, der ihn sich ohne Zögern in den Mund steckte.

»Ich finde, wir sollten jemanden anrufen«, erklärte Hannah, die immer noch in die Dunkelheit starrte.

»Und wen?«, fragte Mako aufreizend kühl.

»Ähm, die Polizei vielleicht«, sagte Hannah. Ihr Herz hämmerte immer noch. »Oder den Vermieter.«

»Um was zu sagen?«

»Dass wir glauben, jemanden auf dem Grundstück gesehen zu haben. Dass jemand uns beobachtet.«

Dann sprudelte der Rest aus ihr heraus – die alte Bewertung, auf die sie im Internet gestoßen war, und dass sie vorhin das Gefühl gehabt hatte, beobachtet zu werden.

Mako hatte diese Miene aufgesetzt, die ihr absolut verhasst war – ein wissendes, typisch männlich-überhebliches Grinsen. »Hannah, ist das dein Ernst?«, fragte er leichthin. »Und sollen wir ihnen auch mitteilen, dass du angetrunken bist und noch dazu bekifft?«

Sie wollte das bestreiten, doch dann merkte sie, dass es stimmte.

Sie war angetrunken und bekifft, und zwar ziemlich. Die Welt erschien ihr verschwommen und wackelig.

Sie und Cricket schauten sich an. Ein Herzschlag verging, und dann bekamen beide einen Lachkrampf

Was hatten sie da draußen gesehen? Hatten sie überhaupt etwas gesehen? Doch, eindeutig. Aber was?

»Wer weiß, wer das war. Könnte ja auch ein Nachbar gewesen sein«, meinte Cricket.

»Es gibt hier im weiten Umkreis keine anderen Häuser.«

»Oder es waren doch nur die Bäume. Schließlich war es dunkel, und wir sind beide ziemlich hinüber.«

Vielleicht. Wahrscheinlich. Wie auch bei dem Schimmer, den sie von der Laube aus gesehen hatte. Die Geistergeschichten hatten ihre Fantasie angeregt. Dazu neigte sie schließlich, oder?

»Vielleicht hast du recht«, gab sie zu. Trotzdem sah sie immer wieder in den dunklen Wald hinein. Ein Gefühl von Unbehagen beschlich sie, eine böse Vorahnung.

Cricket ging ins Haus; für sie war das Ganze vergessen, als wäre es nie passiert.

»Ich komme gleich wieder«, erklärte sie. »Ich will nur mal nach meinem arbeitssüchtigen Freund sehen.«

Hannah sah den beleidigten Zug um Makos Mund, als er ihrer Freundin nachsah. Sie ignorierte es, warf den Bademantel ab und stieg ins Wasser. Oh, es war himmlisch. Wie gut sich das anfühlte.

Sie warf einen Blick auf die Wanduhr drinnen im Zimmer. Noch nicht einmal Mitternacht. Es kam ihr viel später vor.

Und war das Donner, was sie da hörte? Sie lauschte, aber bei dem lauten Blubbern der Whirlpool-Funktion war das schwer zu sagen. Sie hielt nach Blitzen Ausschau, die den Nachthimmel durchzuckten, sah aber nichts.

Die Leute aus Florida starrten ständig zum Himmel, warteten auf diese typischen dunklen Wolkenballungen, auf die Abkühlung der Luft, bevor ein Gewitter losbrach. Den Kindern wurde eingebläut: Wenn es donnert, geht ins Haus. Aber als Kinder hatten sie das immer hinausgezögert, noch auf das nächste Donnergrollen gewartet oder auf das Zucken eines Blitzes am sich verdunkelnden Himmel, bevor sie eilends aus dem Pool oder dem Ozean stiegen und sich in Sicherheit brachten.

Jetzt, wo sie Mutter war, ging sie schon beim kleinsten Donnergrollen rein. Aber sie waren ja nicht in Florida, sondern tief in den Wäldern von Georgia. Gigi war zu Hause in Sicherheit. Und mit einem hatte Mako recht, sie war angenehm angesäuselt. Sie ließ sich vom blubbernden Wasser beruhigen, alles wegwaschen.

»Wo ist denn der Große?«, fragte Mako.

Sie verdrehte die Augen. »Wo schon? Arbeiten. Er hat versprochen, nicht zu lange zu machen. Muss wohl am Trinkwasser liegen. Man kann die Männer hier nicht dazu bringen, sich mal zu entspannen.«

»Ich bin da«, sagte Mako. »Voll und ganz. Bereit, die Frauen vor Geistern und schattenhaften Gestalten auf dem Grundstück zu beschützen.«

Er legte den Kopf auf den Wannenrand und schloss wieder die Augen. Hannah musste an das denken, was Bruce vorhin gesagt hatte. Sie versuchte, sich ihre Schuldgefühle nicht anmerken zu lassen, ihre Besorgnis. Sie wollte gerade nicht über reale Sorgen nachdenken – Geister und unbekannte Personen im Wald waren immer noch besser als die real existierenden Dynamiken innerhalb der Familie.

»Er ist ein guter Kerl, Hannah«, sagte Mako. Als sie aufblickte, schaute er sie an. »Du scheinst glücklich mit ihm zu sein.«

Hannah sah ins Gesicht ihres Bruders und entdeckte dort etwas, das sie bei ihm nicht kannte und das ihr nicht gefiel: Traurigkeit. Das war der richtige Moment, ihn zu fragen, ob er den Test gemacht hatte, und wie die Ergebnisse aussahen. Vielleicht würden sie so bald keine Gelegenheit mehr haben, allein miteinander zu sprechen.

»Wie geht's Liza?«, fragte sie stattdessen.

Hoffentlich konnte ihre Schwägerin bald wieder zur Gruppe stoßen. Die arme Liza, sie war so rasch vom Tisch aufgestanden, hatte sich ganz offensichtlich unwohl gefühlt. Ihre Migräne, die Geschichte des Kochs, die große Fleischplatte. Es war eindeutig zu viel für sie gewesen; Hannah hatte ihr die nervliche Belastung angemerkt.

Und Hannah gefiel nicht, was sich da zwischen Cricket und Mako abspielte. Ärgerlich war es immer. Die Cricket-und-Mako-Show. Zudem taten sie einander nicht gut. Hatte Liza auch diese Energien aufgefangen? Sie war sehr sensibel.

»Schläft tief und fest«, antwortete Mako. »Sie hat sich nicht mal gerührt, als ich reinkam, um mich umzuziehen, und ich war möglichst leise, um sie nicht zu stören. Diese Tabletten sind echte Hämmer. Morgen früh wird es ihr wieder besser gehen.«

Hannah erinnerte sich, dass Liza die Tabletten nicht hatte nehmen wollen. Aber vielleicht hatte sie ihre Meinung geändert, vielleicht war der Schmerz einfach zu stark geworden.

»Ich wusste gar nicht, dass sie unter Migräne leidet.«

»Eigentlich schon seit Jahren nicht mehr. Sie hat zuletzt auf dem College Migräne gehabt, hat sie gesagt.«

»Ist alles in Ordnung?«

Sie erwartete die großspurige Versicherung, dass natürlich alles bestens sei und Liza einfach perfekt. Aber stattdessen blickte er zur Seite. Das war immer ein verräterisches Zeichen bei Mako.

»Es gab ziemlichen Stress. In der Firma. Und, weißt du, wir versuchen ...«

Freude stieg in Hannah auf. Das war ein Traum von ihr – eine große Kinderschar in der Familie, noch ein paar mehr von ihr und Bruce, mindestens zwei von Liza und Mako. Sie würden ihre

Kinder gemeinsam großziehen und glücklich sein, es würde Übernachtungsbesuche geben, Familienabende, die großen Ferien, zueinander passende Weihnachts-Schlafanzüge.

»... ein Baby zu bekommen?«

Der Ausdruck auf seinem Gesicht dämpfte ihre Freude, und die Freude verwandelte sich in Sorge.

Er nickte. »Ja, aber ...«

»O mein GOOOTTTT! Was für eine wunderbare Nacht!« Cricket war wieder aufgetaucht. In einem weißen Bikini. Gertenschlanker, straffer Körper, gebräunte Haut.

Plötzlich war Hannah ihr Mama-Badeanzug peinlich, ein schlichter schwarzer Einteiler, den sie im Internet bestellt hatte.

Vor ein paar Jahren hatte Cricket sich die Brüste machen lassen, von Körbchengröße A zu Körbchengröße C. Und, ganz ehrlich? Ihre Brüste waren atemberaubend, hoch, rund und fest. Seit der Schwangerschaft hatte Hannahs Körper eine rundliche Weichheit angenommen. Sie hatte Gigi ein ganzes Jahr lang gestillt. Und Bruce überlegte bereits laut, ob es nicht an der Zeit war, an ein zweites Kind zu denken. In unmittelbarer Zukunft war straff und gertenschlank also nicht drin. In fernerer Zukunft wohl auch nicht. Und eigentlich war es auch in der Vergangenheit nicht so gewesen.

Cricket joggte und ging mindestens viermal die Woche zum Yoga oder Pilates. Während Hannah kaum genug Zeit für eine Dusche blieb.

Makos Blick wanderte über Crickets Körper, als sie anmutig ins Wasser stieg. Hannah trat ihm gegen das Schienbein, versteckt durch die aufsteigenden Bläschen, und er zuckte reumütig die Achseln, wie um zu sagen: Ich bin auch nur ein Mensch. Cricket bekam nichts mit oder tat jedenfalls so.

Hannah räusperte sich und ließ sich ein wenig tiefer ins Wasser sinken. »Wo ist denn Joshua?«

»Weißt du«, sagte Cricket, ohne Hannah anzusehen, »offenbar ist er in die Stadt gefahren. Weil das WLAN hier nicht mehr funktioniert, und es gibt irgendwelche Probleme in der Firma. Er hat mir einen Zettel hingelegt. Anscheinend hat er nach uns gesucht, aber da müssen wir gerade auf Gespensterjagd gewesen sein.«

Na schön. Das war sonderbar. Hannah musste an ihre erste Begegnung mit Joshua denken. Ihr Eindruck, ihn von irgendwoher zu kennen, die Art, wie er sie beim Essen heimlich angesehen hatte. Irgendwas war merkwürdig an dem Mann.

»Er ist bald zurück, hat er geschrieben«, fuhr Cricket fort.

»Kein WLAN mehr?«, sagte Hannah. Bruce war doch oben und hatte Internetzugang, oder etwa nicht?

»Ja«, bestätigte Mako mit einem Achselzucken. »Aber ich habe ein ganz gutes Netzsignal. Ich konnte meinen mobilen Hot Spot nutzen, um ins Internet zu kommen. Gerade habe ich meine Mails gecheckt.«

Hannah sagte nichts von Bruce. Entweder hatte er gelogen, als er behauptete, er würde sich ins Firmennetz einloggen, oder er hatte ebenfalls seinen mobilen Hot Spot genutzt. Müsste Joshua nicht auch einen Hot Spot haben? Warum musste er dazu in die Stadt fahren? Hatte da überhaupt noch irgendwas geöffnet?

Aber Hannah schwieg. Der Tonfall ihrer Freundin und die Falte auf ihrer Stirn verrieten ihr, dass sie verärgert war, aber versuchte, cool zu bleiben. Cricket würde nicht zugeben wollen, dass etwas an Joshuas Verhalten seltsam war, schon gar nicht vor Mako.

»Ich weiß nicht«, sagte Cricket mit einem Achselzucken und seufzte. »Aber wenn er lieber durch die Gegend fährt, um irgendwo nach einer WLAN-Verbindung zu suchen, anstatt mit mir hier in dieser fantastischen Wanne zu sitzen, was soll ich machen?«

Dasselbe hätte Hannah über Bruce sagen können.

Sie schaute auf ihr Handy, das sie auf den Wannenrand gelegt hatte. Es gab eine gute Signalstärke. Wenn es ein Handysignal gab, konnte sie Lou und Gigi erreichen, und Lou konnte sie auch erreichen. Also war alles gut.

»Warum haben wir keine WLAN-Verbindung mehr?«, fragte sie.

»Weil wir da sind, wo sich Fuchs und Hase gute Nacht sagen«, antwortete Mako. »Und ich habe gehört, dass ein Unwetter aufziehen soll. Erstaunlich, dass wir überhaupt Netz haben.«

Erneut schaute Hannah auf ihr Handy. Jetzt war da nur noch ein Balken.

Cricket wechselte das Thema. »Dieses Haus ist einfach toll. Danke dafür, Mako. Es ist so großzügig von dir und Liza.«

Er winkte ab. »Hey, weißt du noch, als wir uns auf der Jubiläumsfeier deiner Eltern im Yachtclub betrunken haben und ertappt wurden, als wir auf ihrem Boot in der Kabine rumgemacht haben?«

Cricket warf den Kopf zurück und lachte, kehlig und tief. Dann schlug sie spielerisch nach ihm.

»O mein Gott, ich habe für den Rest des Sommers Hausarrest bekommen.«

Und dann lief wieder die Cricket-und-Mako-Show, die ihre gegenseitige Anziehung kaum verbarg. Sie lachten über gemeinsame Jugenderinnerungen – Erinnerungen, die im Laufe der Zeit idealisiert und aufgebauscht worden waren, und obwohl Hannah fast immer dabei gewesen war, wurde sie fast nie erwähnt. Weil sie diejenige gewesen war, die die beiden decken musste, die hinter ihnen aufräumte, Cricket tröstete, wenn Mako mal wieder ein Arschloch gewesen war, ihr die Haare aus dem Gesicht hielt, wenn sie sich übergeben musste, oder die ihre Eltern anlog.

Hannah hörte nicht mehr zu, ließ die beiden weiterreden.

Mako holte drei Bier aus einem Kühler hinter der Badetonne, den Hannah noch nicht bemerkt hatte, ließ die Verschlüsse aufpoppen und reichte ihr und Cricket je eine Flasche. Hannah nahm einen tiefen Schluck, obwohl sie sowieso schon zu viel getrunken hatte.

Sie schaute durch die großen Glastüren in den hohen, geräumigen Wohnbereich.

Wo Bruce nur blieb? Sie erwartete jeden Moment, dass er in der neuen Badehose, die sie für ihn gekauft hatte, die Treppe herunterkam.

»Also, erzähl doch ein bisschen mehr von Joshua«, sagte sie.

Aber Cricket und Mako lachten gerade so heftig über irgendwas, dass ihre Worte ungehört verhallten.

Sie blickte in den Wald und bemerkte einen Lichtschein zwischen den Bäumen.

»Was ist denn das?«

Mako drehte sich um. »Ja«, sagte er. »Das ist komisch.«

»Was ist das?«, fragte Cricket.

»Da drüben liegt noch eine Hütte«, antwortete er. »Aber da dürfte eigentlich niemand sein.«

»Wann ist das Licht angegangen?«, fragte Hannah.

»Keine Ahnung«, sagte Mako.

Genau in diesem Moment erlosch das Licht wieder.

22
LIZA

Wie war sie nur in diese Lage geraten? An diesen dunklen Ort?

Liza schlich leise die Treppe hinunter und lehnte sich dabei immer wieder schwer gegen die Holzvertäfelung. Sie hatte solche Schmerzen. Schmerzen im Kopf, Schmerzen im Unterleib. Sie glaubte eigentlich nicht, dass sie es schaffen würde, ungesehen aus dem Haus zu schlüpfen.

Aber vielleicht spielte das auch gar keine Rolle mehr.

Ihr Leben würde bald in Scherben liegen, und das durch ihre eigene Schuld. Sie hatte immer gedacht, wenn sie und Mako sich je trennen sollten, würde es seinetwegen sein. Wegen seiner Vergehen und Fehler.

Aber nein. Es lag an ihr, an dem, was sie getan hatte. Sie hatte eine Affäre gehabt und sich schwängern lassen ... vielleicht von einem anderen Mann. Jetzt erhielt sie die Strafe dafür. Eine brutal harte Strafe. Es war einer dieser Momente gewesen, an denen man etwas hätte besser machen können, sich klüger verhalten. Aber es nicht getan hatte.

Sie erinnerte sich deutlich an diesen Tag. Ihren größten Fehler. Es war in der Adventszeit gewesen, und sie hatte Weihnachtseinkäufe erledigt, Geschenke für Mako und seine Familie besorgt.

In der klimatisierten Kühle des Einkaufszentrums war sie von einem elektronischen Remix von Elton Johns »Tiny Dancer« begrüßt worden. Sie streifte durch die Läden, wobei sie die Babyabteilungen mied – es hatte ja keinen Sinn, sich selbst zu quälen, auch wenn sie etwas für Gigi brauchte. Sie schaute die Designer-Handtaschen durch und suchte ein schönes Modell für Sophia aus – das ihr zweifellos nicht gefallen würde, denn ihre Schwiegermutter schien nichts und niemanden zu mögen. Dann ein Parfüm für Hannah, die freundlich sein würde und immer dankbar für die kleinste nette Geste war. Ein paar schöne Krawatten für Leo, über die er sich auf seine zerstreute Art freuen würde. Und Mako? Mako hatte schon alles; es gab absolut nichts zu kaufen, was er sich nicht schon selbst gekauft hätte.

Also besorgte sie ihm etwas von seiner Lieblingsunterwäsche und Socken, dazu ein cooles Paar Stiefel (die er wahrscheinlich umtauschen würde, er war so furchtbar wählerisch). Doch im Grunde spielte es keine Rolle, wie die Geschenke entgegengenommen wurden, wichtig war nur, dass man mit Liebe schenkte. Das war auch das Thema der geführten Meditation gewesen, die sie vor wenigen Stunden auf YouTube angeboten hatte. *Wir schenken, weil wir lieben, nicht aus Furcht. Wenn wir mit Liebe geben, können wir uns von der Frage lösen, wie unsere Geschenke bei den Empfängern ankommen. Wichtig ist nur der reine Akt des Schenkens.*

Einige ihrer Zuschauer schienen das nicht zu begreifen. *Aber schenkt man denn nicht, um den Leuten, die man liebt, eine Freude zu bereiten?*, war der Einwand einer Frau gewesen, die immer mit den schwierigsten Fragen kam.

Es ist schön, wenn die Beschenkten die Gabe mit Dankbarkeit annehmen, aber das liegt nicht in unserer Macht. Kontrollieren können wir nur unsere eigenen Absichten.

Schweigen. Keine Likes. Keine Reaktionen.

Also hatte sie sich an ihren eigenen Ratschlag halten müssen, wie so oft – besonders, wenn es um YouTube und Kommentare auf Social Media ging. Das war nun wirklich etwas, was man nicht kontrollieren konnte; die ganze bunte Vielfalt des Menschengeschlechts war dort unterwegs, und alle fühlten sich bemüßigt, ihre Meinungen zu äußern. Es konnte echt brutal sein.

Als sie ihre Einkäufe erledigt hatte, merkte sie, dass sie Hunger hatte. In der Nähe von Tiffany gab es ein schönes Bio-Bistro, also machte sie sich auf den Weg dorthin. Sie könnte Mako anrufen. Sein Büro war ganz in der Nähe, aber manchmal war sie eben lieber allein. Sie musste Tagebuch schreiben und nachdenken. Und wenn Mako auftauchte, lief die Mako-Show. Nicht immer, aber unter der Woche garantiert. Er würde hereingefegt kommen, voller großer Ideen oder Klagen, sich über dieses oder jenes aufregen. Ohne es zu wollen, würde er ihre ganze Energie aufsaugen.

Sie wurde an einen Fenstertisch platziert und stapelte ihre Einkaufstüten auf der leeren Sitzbank gegenüber. Sie bestellte den Kale-Salat mit Äpfeln, Walnüssen und Zitronenvinaigrette, dazu ein großes Glas gekühltes Wasser. Dann holte sie ihr Tagebuch hervor und saß einen Augenblick nur da, um sich zu zentrieren. Sie sog die Aromen des Lokals ein – frisch gebrühter Kaffee, Salbei, der in einem kleinen Glasgefäß auf dem Tisch stand, von irgendwo kam der Duft von frischgebackenem Brot. Die Hintergrundmusik war leise und beruhigend.

Sie sah ihn hereinkommen und nach einem Tisch fragen. Er war groß und athletisch, und ihr fiel die elegante Großspurigkeit seines Gangs auf, als er der Kellnerin folgte. Liza erkannte etwas in ihm wieder, das ihr auch an Mako gefiel, eine ungezwungene Sicherheit. Er war dunkelhäutig und breitschultrig, mit dem gelenkigen, fitten Körper eines erfahrenen Yogis oder Tänzers. Als er an ihr vorbeiging, fing sie einen leichten Hauch von Patschuli auf und bemerkte den teuren Schnitt seiner Jeans.

Er merkte, dass sie ihn angesehen hatte, und lächelte sie an. Sie spürte, wie sie dummerweise rot wurde, und schlug ihr Notizbuch auf. Diese Augen. Sie fühlte sich an ihre Mutter erinnert, die oft gut aussehende Männer bewunderte, selbst wenn sie viel jünger waren als sie. Wenn Liza sie deswegen rügte, sagte sie immer: *Ich mag eine verheiratete ältere Dame sein, aber ich bin nicht tot, Liza.* Was Liza immer witzig fand.

Sie begann zu schreiben und vergaß ihn, obwohl er nur zwei Tische entfernt saß.

»Verzeihen Sie.«

Sie blickte auf und stellte fest, dass er sich an den Nebentisch gesetzt hatte. Er strahlte eine angenehme Energie aus, sanft und unbefangen. Sie konnte die feinstofflichen Energien von Menschen spüren. Manche Leute erweckten in ihr den Wunsch, die Arme schützend um ihre Mitte zu schlingen oder zurückzuweichen – ihre Schwiegermutter beispielsweise. Doch dieser Mann hatte etwas an sich, was sie zu ihm hinzog.

»Kann ich Ihnen helfen?«

Er lächelte und beugte sich etwas weiter vor. »Sind Sie Liza? Von Yoga mit Liza?«

Sie fuhr leicht zusammen. Sie war noch nie zuvor erkannt worden, nicht von einem Fremden. Viele Bekannte von ihr nahmen an ihren Yoga- und Mediationsstunden teil. Aber sie war noch nie von jemandem angesprochen worden, der kein Freund oder der Freund einer Freundin war.

»Ja«, sagte sie.

»Ich habe Ihren Montags-Onlinekurs ›Yin-Yoga mit Affirmationen‹ belegt. Er ist großartig.«

»Oh«, sagte sie und klappte ihr Notizbuch zu. »Das ist toll. Vielen Dank.«

»Die Schmerzen in meiner Lendenwirbelsäule sind weg – ich glaube, es war halb physisch, halb psychisch, wissen Sie.« Er lachte leicht, auf selbstironische Weise, und rieb sich die rechte Augenbraue.

Ja, sie wusste Bescheid, und nickte bestätigend. »Es ist meistens irgendeine Kombination davon.«

»Wo haben Sie Ihre Ausbildung gemacht?«

Danach kamen sie ins Gespräch, und sie erzählte, dass sie eigentlich Ärztin hatte werden wollen, aber erkannt hatte, dass sie auch an den Weltreligionen interessiert war. Auf dem College hatte sie Yoga und Meditation entdeckt. Sie hatte an einer berühmten Schule im Norden des Staats New York studiert und war danach nach Indien gegangen, um ihre Ausbildung als Yogalehrerin abzuschließen. Er hatte auf dem College Football gespielt, war nie gut genug gewesen, um weiterzukommen, litt jedoch jetzt an den Folgen der zahlreichen Verletzungen, die er sich beim Spielen zugezogen hatte. Er sah nicht aus wie ein Football-Spieler oder jemand, der an den Spätfolgen von Verletzungen litt. Meistens konnte sie an der Haltung der Menschen erkennen, wo sie Schmerzen hatten – hochgezogene Schultern, ein leichtes Humpeln oder ein nach innen gedrehter Fuß. Er hatte irgendetwas an sich – seine Stimme, die Art, wie er ihr zuhörte, sein Blick. Es war hypnotisch. Mako hing ständig am Telefon. Und wenn nicht, war er abgelenkt von seinen eigenen Gedanken. Es war nicht so, dass er sie nicht liebte, und oft kam es zu einem echten Austausch zwischen ihnen. Aber es war eine ganz neue Erfahrung, dass jemand praktisch an ihren Lippen hing.

Als ihr Essen kam – er hatte auch den Kale-Salat bestellt –, lud sie ihn ein, sich an ihren Tisch zu setzen.

So leicht war es gewesen, so völlig unerwartet. Wie das Leben eben spielt.

»Bieten Sie auch Präsenzkurse an?«, fragte er, als er bezahlte. Er hatte darauf bestanden, die Rechnung zu übernehmen: *Schließlich habe ich Ihnen praktisch das Ohr abgekaut, obwohl Sie eigentlich Tagebuch schreiben wollten.* Aber hatte sie nicht meistens geredet? Er hatte ihr sehr wenig über sich selbst erzählt, oder?

Sie zögerte. War das irgendwie komisch? Aber nein, ihre Kurspläne standen auf ihrer Website, jeder konnte sie einsehen. Sie sagte ihm das.

»Dann sehen wir uns dort«, sagte er. Und sie spürte, wie sie leichtes Herzflattern bekam. Albern.

Erst als er gegangen war, fiel ihr auf, dass er sich gar nicht vorgestellt hatte, und sie hatte nicht nach seinem Namen gefragt. Aber das war in Ordnung. Sehr wahrscheinlich würde er nicht beim Kurs auftauchen, und sie würde ihn nie wiedersehen. War auch besser so.

Und selbst wenn. Es war keine große Sache. Dann würde er eben ihren Yogakurs besuchen. Sie war verheiratet. Und das war das Ende der Geschichte. Richtig? Richtig.

Aber nein. Das war erst der Anfang gewesen.

Der Schmerz wühlte grausam in ihrem Unterleib. Vermutlich hatte sie das einzige Gute, das möglicherweise bei der Sache herausgekommen war, bereits verloren.

Als sie fast unten war, blieb sie ein wenig atemlos stehen und lauschte. Jetzt war alles ruhig.

Wo steckten sie alle?

Auf der Terrasse erklang Crickets helles Lachen. Dann Makos tiefe, raue Brummstimme.

Am Esstisch saß niemand mehr. Servietten lagen auf den Tellern, das Besteck kreuz und quer abgelegt, die Weingläser halb leer. Sie waren nach draußen gegangen.

Eine neue Schmerzwelle. Liza lehnte sich gegen die Wand. Sie sah nur noch verschwommen, ihr Gesichtsfeld löste sich an den Rändern auf.

Sollte sie die anderen um Hilfe bitten? Oder die Polizei rufen? Oder Mako holen?

Sie konnte ihm sagen, dass sie gestalkt wurde. Das stimmte ja auch. Aber sie brachte es nicht über sich, sich alldem zu stellen. Makos Zorn. Hannahs Missbilligung. Crickets überlegener Schadenfreude. Der ausdruckslosen Distanziertheit von Bruce. Und wenn die Polizei kam oder Mako ihren Stalker stellte? Brandon würde ihm alles erzählen. Von ihrer Affäre, dass Liza schwanger war, wahrscheinlich von ihm. Mako würde es nicht ertragen können, oder? Wenn sie das Kind eines anderen Mannes trug. Das würde er ihr nie verzeihen. Niemand könnte das.

Und so fehlerhaft und kaputt Mako auch sein mochte, sie konnte es nicht ertragen, ihn zu verlieren.

Nein. Sie würde das selbst regeln. Sie würde Brandon geben, was immer er wollte – Geld wahrscheinlich –, und damit wäre die Sache erledigt. Dann würde sie sich wieder ins Haus schleichen, und es würde sein, als wäre das alles nie passiert.

Sie schlich die restlichen Stufen hinunter, durch den Flur und zur Vordertür hinaus. Offensichtlich wollte er etwas. Vermutlich Geld. Nicht sie, so viel war klar. Nachdem sie es beendet hatte, hatte er sich nie mehr gemeldet. Es war gewesen, als hätte es ihn nie gegeben. Die Erinnerung an ihn verblasste, und sie wusste kaum noch, was ihr an ihm so gefallen hatte.

Und dann, als Liza entdeckt hatte, dass sie schwanger war, schien er plötzlich Bescheid zu wissen. Er schrieb ihr Textnachrichten, tauchte auf ihren Social Media-Plattformen auf – likte ihre Posts und gab kryptische Kommentare ab.

Du hast etwas, das mir gehört, schrieb er ihr ständig.

Wie konnte er davon erfahren haben? Sie hatte es niemandem erzählt. Es war unmöglich, wie sollte er es herausgefunden haben? Folgte er ihr? Hatte er gesehen, wie sie den Schwangerschaftstest kaufte? Oder durchwühlte er ihren Müll?

Ihr Handy piepste: *Ich warte.*

Liza ließ die kühle Nachtluft über sich streichen, ihr Kraft geben. Sie fühlte sich stärker, der Schmerz in ihrem Kopf ließ ein klein wenig nach.

Sei stark, ermahnte sie sich selbst. *Sei stabil und klar.*

Sie entdeckte den schmalen Pfad an der Seite des Hauses und

folgte einem weißen Schild, auf dem in urigen Buchstaben stand: *Gästehaus*.

Wie um alles in der Welt hatte er sie hier aufgespürt? Sich Zugang verschafft? Sie ging noch einmal alle Details durch. Es war Trina gewesen, Makos frühere Assistentin, die das Haus für sie gebucht hatte. Liza hatte sie nie gemocht, aber sie war sehr kompetent gewesen. Jetzt war sie eine verärgerte Ex-Mitarbeiterin, eine von vielen. Hatte Brandon es irgendwie geschafft, Kontakt zu ihr aufzunehmen? Oder hatte er sich in ihren Computer gehackt? Er arbeitete im IT-Bereich. Man hörte doch immer, wie leicht es war, Spyware auf den Geräten anderer Leute zu installieren.

Wieder schallte Gelächter durch die Nacht, und Liza fühlte sich herausgehoben. Als ob sie sich auf einer anderen Ebene befand als der Rest der Welt. Wenn sie auf dem geraden, schmalen Pfad der Tugend geblieben wäre, würde ihr das nicht passieren. Die anderen waren im Licht. Sie war in einer finsteren Unterwelt voller Schmerz und Angst.

Aber sie war stärker, als sie aussah.

Sie umklammerte die kleine Pistole in ihrer Jackentasche. Eine Yogini mit einer Waffe! Unvorstellbar, was? Die Waffe gehörte Mako. Er bewahrte sie in einem verschlossenen Kasten hinten im Kleiderschrank auf, neben dem Safe, in dem ihr guter Schmuck, ein großer Stapel Bargeld und ihre Vorräte an Cannabis-Gummidrops lagen. Sie hatte die Pistole vor einem Monat herausgeholt, als Brandon angefangen hatte, sie online zu stalken, und trug sie überall mit sich herum. Schließlich war es vermutlich nur eine Frage der Zeit, bis er irgendwo auftauchte, vielleicht sogar versuchte, ihr etwas anzutun. Selbstverständlich war sie Pazifistin. Aber sie war kein Opfer.

Die Hütte lag im Dunkeln, aber die Tür stand einen Spalt offen. Liza mobilisierte all ihre Kräfte, unterdrückte ihren Schmerz, die Angst, die Traurigkeit. Sie wartete kurz und schaute sehnsüchtig zum großen Haus zurück.

Dann ging sie den Weg hinauf und schob die Tür der Hütte auf.

Eine schattenhafte Gestalt stand im schwach erhellten Wohnzimmer.

»Liza.«

Brandon. Nach seiner ersten Yoga-Stunde hatten sie eine heiße Affäre angefangen. Fast fünf Monate lang hatten sie sich gelegentlich getroffen, meist in schönen Hotels, einmal in seiner Wohnung, einmal spät in der Nacht am Strand. Dann hatte sie die Sache abrupt beendet.

Sie wusste, dass Mako ihr oft untreu war. Es war ihr egal. Ihre Liebe zu ihm war allumfassend und nicht besitzergreifend. Sie verzieh ihm diesen Makel, weil es die Kehrseite seiner Macht war, die sie ungeheuer anturnte. Viele mächtige Männer teilten diese Schwäche und waren unfähig, ihren liebenden Frauen treu zu bleiben.

Also hatte sie erst gar kein so schlechtes Gewissen gehabt, als sie selbst eine Affäre begann.

Bis sie sich dann doch schuldig fühlte.

Und ihr klar wurde, dass sie nicht mit ihrer Untreue leben konnte. Sie ertrug es, dass Mako sie betrog, konnte einen solchen Makel aber nicht an sich selbst ertragen.

Und dann war da die Sache mit dem positiven Schwangerschaftstest. Wessen Kind war es? Sie hatte bereits zweimal eine Fehlgeburt gehabt und Mako daher noch nicht erzählt, dass sie schwanger war.

Und jetzt, dachte sie voller Trauer, hatte sie das Kind vielleicht bereits verloren.

»Was tust du hier?«, fragte sie. »Was willst du?«

Aber als die Person ins Licht trat, war es gar nicht Brandon.

Es war Joshua. Crickets neuer Freund.

Sie versuchte, es zu begreifen. Was sollte das? Was war hier los?

»Du siehst blass aus«, sagte er und kam auf sie zu. Es klang ehrlich besorgt.

»Was willst du?«, fragte sie, ließ ihre Stimme hart klingen. »Was soll das Ganze?«

Der Raum drehte sich um sie, schwankte. Der Schmerz kam in Wellen. Ihr Kopf tat unerträglich weh, schien zu schrillen wie eine Sirene, die sie nicht zum Schweigen bringen konnte. Vielleicht war das alles ein Alptraum? Gleich würde sie in ihrem Bett oben im Haus aufwachen, mit Mako neben sich. Bitte.

»Wir wollen nur das, was alle wollen.«

Die Stimme erklang hinter ihr.

Liza fuhr herum und sah eine Frau vor sich, die ihr bekannt vorkam. Woher nur? Moment. Verschiedene Puzzleteile und Ideen versuchten sich zusammenzusetzen, aber vergebens.

Und dann machte es klick: Trina. Makos frühere Assistentin.

Da fügten sich einige der Teile zusammen.

»Du«, sagte sie. »Wo ist Brandon?«

Trina lachte ein wenig, und Liza erinnerte sich an ihre falsche Freundlichkeit und an das Dunkle, das immer in ihrem Blick gelegen hatte.

»Dein Brandon ist längst weg.«

»Ich verstehe nicht.« Sie kämpfte mit den Tränen. Die Textnachrichten, das Online-Stalking. Wer war das denn gewesen? Dann endlich begriff sie.

Trina. Trina steckte dahinter. Aber wieso?

»Du hast etwas, das ich will, Liza. Brandon ist schon längst weitergezogen. Er erinnert sich vermutlich nicht mal mehr an eure kleine Affäre.«

Trina hielt ihr Handy hoch, und Liza sah den Chatverlauf, den sie für Brandons gehalten hatte.

»Und was willst du?«, fragte Liza und schlang die Arme um ihre Mitte. »Ist das ein Erpressungsversuch? Was immer du willst, du kannst es haben. Nur lass uns in Ruhe.«

Ihre Hand lag auf der Pistole. Sie wusste eigentlich gar nicht ge-

217

nau, wie man sie benutzte. War die Waffe gesichert? Liza wusste, sie sollte die Waffe ziehen. Auf Trina zielen. Aber sie war so schwach, fühlte sich so krank. Sie zitterte vor Angst.

»Weißt du, was für ein Mensch dein Mann ist? Was er alles getan hat?«, fragte Trina.

Liza antwortete nicht. Sie wusste sehr wohl, wie Mako war, sie kannte seine vielen Fehler. Sie kannte die Gerüchte über ihn, die bei Red World in Umlauf waren. Aber ganz ehrlich, es war ihr egal, wie er in der Welt da draußen war. Sie interessierte nur, wie er zu ihr war, alles andere verzieh sie ihm.

»Warum bleibst du bei ihm? Er ist ein Betrüger und ein Lügner«, sagte Trina. »Er schläft immer noch mit ihr, weißt du das? Mit Cricket.«

Eine neue, heftige Welle von Schmerz und Übelkeit überrollte sie. Ja, das wusste sie. Natürlich.

»Was hat er dir angetan, Trina?«, fragte sie. Denn darum ging es doch wohl, oder? »Wie können wir es wiedergutmachen?«

Trina schüttelte den Kopf. »Warum beschützt du ihn? Warum müssen Frauen es solchen Monstern immer ermöglichen, ihre Taten zu begehen, warum entschuldigen sie alles und decken sie? Du, Cricket, Hannah. Warum?«

Liza blieb keine Zeit für eine Antwort. Endlich fand sie genug Kraft, um die Waffe zu ziehen. Aber Trina war sofort bei ihr und schlug sie ihr aus der Hand. Die Pistole fiel nutzlos zu Boden, und Joshua packte Liza von hinten. Alles schien schwebend, unwirklich – seine Kraft, die Kälte in den Augen der Frau. Was würden sie ihr antun?

Als Joshua das Wort ergriff, hörte Liza die Angst in seiner Stimme.

»Warte«, sagte er. »Nicht, Trina. Du hast es versprochen.«

Ihre Schmerzen waren so heftig, ihre Angst so groß, dass sie das Messer zuerst gar nicht spürte, das ihr in den Bauch gestoßen wurde. Bis sie dann vor Schmerz schrie und Joshua ihr mit seiner großen, schwieligen Hand den Mund zuhielt. Die Welt begann zu verblassen, und der Schmerz war wie eine Sirene, die alles andere übertönte.

Jemand musste ihre Schreie gehört haben. Sie würden kommen und sie retten, sie und ihr Baby.

»Niemand wird kommen«, sagte Trina, als hätte sie Lizas Gedanken gelesen. »Ich habe deine Sachen gepackt und mitgenommen und einen Zettel für Mako hingelegt. Er wird denken, dass du ihn verlassen hast. Weil du den ganzen Scheiß endgültig satthast.«

»Nein«, stieß sie hervor.

Sie lehnte sich schwer gegen Joshua, ihre Beine konnten ihr Gewicht nicht mehr tragen.

»Es tut mir leid, es tut mir so leid«, sagte er, die Lippen dicht an ihrem Ohr.

Sie schmeckte seine Haut. Und fiel und fiel. »Ich verstehe nicht. Was wollt ihr von mir?« Ihre eigenen Worte klangen schwach, wie weit entfernt.

Es musste eine Antwort geben. Trina hatte sie gestalkt und sich als Brandon ausgegeben. Sie wusste von Lizas Affäre, von ihrer Schwangerschaft. Sie hatte Liza von der Gruppe weggelockt. Ganz offensichtlich hatte sie sie alle unbemerkt beschattet, sie heimlich beobachtet, seit Monaten oder noch länger. Sie hatte diese Reise gebucht. War es die ganze Zeit ihr Plan gewesen, sie an diesen abgelegenen Ort zu bringen und einen nach dem anderen auszuschalten? Ging es ihr nur um Rache an Mako? Nein, sie wollte auch Liza etwas antun. Ihr das Baby wegnehmen. Sie umbringen. Warum?

Sie war verrückt. Eine Zerstörerin.

Der Raum wurde dunkler, jedenfalls schien es so. Die Geräusche um sie herum wurden undeutlicher.

Es tut mir leid, sagte sie zu ihrem Baby. *Ich war nicht stark genug,* um dich zu beschützen. *Ich wäre keine gute Mutter geworden, wenn ich nicht einmal das geschafft habe.*

Joshua ließ sie behutsam zu Boden sinken.

Blut. Da war so viel Blut. Und die Welt um sie herum verblasste. Doch, es tat ihr leid. Sie bereute, was sie getan hatte, sie bereute alles, was zu diesem Moment geführt hatte. Sie schlang die Arme um ihren Bauch, rollte sich zusammen und ließ die Dunkelheit kommen.

»Warum?«, flüsterte sie.

»Ich versuche nur, den Müll dieser Familie zu beseitigen«, sagte Trina.

Das Letzte, was Liza hörte, war Trinas höhnisches Lachen.

23

TRINA

»Mach das Licht aus.«

Joshua steht wie angewurzelt da und starrt auf Lizas reglose Gestalt auf dem Boden. Er ist ganz blass geworden, seine Augen sind glasig. »D-d-du hast gesagt, es geht nur um ihn.«

»Es geht doch um ihn.« Wie kann er das nicht erkennen?

Sein Gesicht. Eine anklagende Maske, eine Maske der Angst. Ich kenne diesen Blick. Ich hätte wissen müssen, dass er zusammenbrechen würde. »Du ... hast sie umgebracht.«

Als wäre er überrascht, dass es dazu kommen konnte.

Ich werfe einen Blick auf Lizas leblosen Körper. »Vielleicht.« Blut sickert aus ihr heraus, bildet eine schwarze Lache.

Ich entferne mich von ihr und schalte das Licht aus, während Joshua sich auf das Sofa sinken lässt und das Gesicht in den Händen vergräbt. »Was habe ich nur getan?«

Niemand wird gern mit der Wahrheit über sich selbst konfrontiert und will herausfinden, wie weit er aus Angst zu gehen bereit ist. Doch es ist nur menschlich, aus Eigeninteresse zu handeln. Der Hang ist rutschig, und darunter gähnt ein Abgrund. Die Moral, an die man sich klammert, wenn alles gut läuft, verlässt einen. Erst wenn man den Boden unter den Füßen verliert, erkennt man, wer man wirklich ist.

»Und was wird jetzt?«, fragt er. Ich weiß nicht genau, ob er mit mir spricht.

»Hängt davon ab.«

Er hebt den Blick, sieht mich fragend an, schüttelt den Kopf.

Ungewissheit. Wir mögen keine Ungewissheiten.

Aber dank meiner Achtsamkeits- und Meditationsübungen habe ich begriffen, dass nichts im Leben sicher ist außer dem Tod. Wir leben in dem Irrglauben zu wissen, was der Tag uns bringen wird, die nächste Stunde. Aber das tun wir nicht. Wir glauben gern, dass unser Tod zwar unvermeidlich ist, doch in ferner Zukunft liegt, weit weg, wie eine Insel, die wir vielleicht nie besuchen werden.

Aber manche erwartet er hier und jetzt, in diesem Moment.

Gib acht. Du kannst seinen kalten Hauch im Nacken fühlen.

Ich bin die Architektin der Ungewissheit.

Joshua erhebt sich vom Sofa und richtet sich zu seiner vollen Größe auf. Die Trauer ist verschwunden, ersetzt durch Zorn. Nicht gut.

»Setz dich«, befehle ich mit meiner besten Löwenbändigerinnen-Stimme. Ich kenne alle seine kleinen Eigenheiten, Ticks, Gewohnheiten und Gelüste. Seine Geheimnisse. Ich verstehe mich darauf, die Schichten zu entfernen, hinter denen die Menschen sich verstecken, und das schlagende Herz im Inneren zu finden. Ich lasse dieses Wissen in meiner Stimme mitschwingen.

Die Wahrheit. Das ist es, was ihn an mich bindet, auch wenn ich spüren kann, dass er sich von mir entfernt.

Ich hole tief Luft und spüre, wie der Atem meine Lunge füllt. In der Ferne höre ich Donnergrollen. Ein Unwetter zieht herauf.

Das Piepsen meines Handys unterbricht unsere Konfrontation. Ich unterdrücke meinen Ärger, als ich die Nachricht lese.

Das muss aufhören.

Da stimme ich voll und ganz zu. Das Ganze hat sich als sehr viel schwieriger erwiesen, als ich erwartet hatte.

So ist das eben, wenn man eine große Idee hat, etwas Gewaltiges, von dem man überzeugt ist, dass es das eigene Leben verändern wird, und die Welt. In dieser Denkweise liegt immer auch ein Element von Größenwahn. Muss es auch, sonst würde nie jemand zu den großen Reisen aufbrechen.

Doch wenn man mittendrin steckt, so viele Fehler hinter einem liegen und so viele Unwägbarkeiten vor einem, ist es unvermeidlich, dass irgendwann die dunkle Nacht der Seele kommt und man in einem Sumpf aus Selbstzweifeln versinkt.

Und bei dieser Unternehmung gibt es so viele Schichten, so viele gut konstruierte Masken, die nur abgenommen werden, um eine neue zu enthüllen. Es ist kompliziert geworden. Und die Wahrheit ist, ich bin müde. Ich habe mich verirrt. Fast hätte ich auf die Nachricht geantwortet, mein Finger schwebt schon über der Tastatur, als erneut der Signalton ertönt.

Lass mich dir helfen, ja?

Mist.

Fast hätte ich geantwortet: Komm und hol mich ab. Ich bin in die Irre gegangen.

Aber natürlich tue ich es nicht.

Irgendwann nach dem Tod meines Vaters habe ich angefangen, mich selbst zu verletzen. Ich weiß nicht einmal genau, wie es eigentlich anfing. Mein Kummer, meine Trauer war wie ein Ballon in mir, und manchmal schwoll er so stark an, dass ich das Gefühl hatte, er würde mich erdrücken, mich von innen ersticken. Ich bekam keine Luft mehr.

Im Badezimmer fand ich eine der alten Rasierklingen meines Vaters und fühlte mich genötigt, mich auf der Innenseite eines Oberschenkels ins Fleisch zu ritzen. Der Schmerz war eine Erleichterung, ein Tausch. Ein sichtbarer Schnitt, dick und rot, stark blutend, zog meine Aufmerksamkeit von meinem inneren Elend ab und zu der äußerlichen Wunde hin. Körperlicher Schmerz ist leichter zu ertragen als seelischer Schmerz, viel leichter. Er ist eine wunderbare Ablenkung von dem inneren Sumpf unserer Gedanken. Es dauerte ein paar Monate, bis meiner Mutter auffiel, was ich da machte. Erst ein Tropfen Blut auf den Fliesen im Bad, dann an der Innenseite meiner Jeans, dann die Konfrontation.

Nach dieser tränenreichen Entdeckung musste ich eine Therapie machen. Was half. Ein wenig.

»Du kannst dich jederzeit aus deinen Gedanken lösen und in deinem Körper sein«, sagte Dr. Rowen. »Dazu brauchst du dich nicht selbst zu verletzen.«

»Und wie?«

»Wenn du dich auf deine Atmung konzentrierst, lässt die gedankliche Aktivität nach.«

Anfangs klang es wie reiner Blödsinn. Aber wie sich herausstellte, stimmte es. Es dauerte eine Weile, erforderte Disziplin. Es kostete einige Mühe zu lernen, wie man das macht.

»Zähl deine Atemzüge. Nimm jeden Gegenstand in deinem Umfeld wahr. Was riechst du, was hörst du? Spür in deine Füße hinein, mit denen du fest auf dem Boden ruhst, sammle dich im Augenblick.«

Ich sage mir das immer noch vor, wenn der Stress zu groß wird. Ich rufe mir seine beruhigende Stimme in Erinnerung, seine freundlichen Augen, die Art, wie er sein goldfarbenes rundes Brillengestell zurechtrückte. Ich tue es jetzt. Ich betrachte die welligen Poster an den Wänden, die wackeligen Stühle, das beschlagene Fenster. Ich hole tief Luft und atme langsam aus.

Es war Dr. Rowen, der vorschlug, dass ich einen Abstammungstest machte. Er dachte, das würde mir ein paar zusätzliche Informationen über meine Herkunft verschaffen. Etwas Interessantes. Er hielt es für möglich, dass dieses neue Wissen über mich selbst mir dabei helfen würde, die Trauer um meinen Vater zu verarbeiten.

Die Technologie war damals noch ziemlich neu. Heutzutage haben schon Abermillionen Menschen ihre DNA an Origins und vergleichbare Firmen übermittelt. Selbst wenn jemand das noch nicht getan hat, ist die Wahrscheinlichkeit hoch, dass irgendein Verwandter bereits seine DNA eingeschickt hat. Man kann unmöglich wissen, wie die Daten, die von privaten DNA-Analyse-Firmen gesammelt werden, in Zukunft verwendet werden. Es ist praktisch der Wilde Westen.

Aber damals, als ich in Dr. Rowens Praxis saß, war das neu. Es war lange vor dem Spenderkinder-Register, der Facebook-Seite »DNA-Detektive«, forensischer Genealogie.

Natürlich konnte Dr. Rowen nicht ahnen, auf welchen Weg mich das führen würde. Er dachte, er würde einfach einem trauernden Mädchen helfen. Er wusste nicht, welches Gift ich in meinen Genen entdecken würde, oder wozu dieses Wissen mich inspirieren würde.

Joshua und ich starren uns an. Es gibt da eine Verbindung zwischen uns, eine tiefe, starke Verbundenheit. Er ist aus allen möglichen Gründen an mich gefesselt, aber diese Verbindung, die weit in die Vergangenheit zurückreicht, ist der wichtigste.

Er will etwas sagen, schweigt dann aber und wirft lediglich gehetzte Blicke um sich. Draußen zuckt ein Blitz, noch weit entfernt. Es wird ein Unwetter geben. Niemand ist in der Lage, es regnen zu lassen, aber ich bin sehr gut darin vorherzusagen, wann der Regen kommt.

Mein Handy piepst wieder. Ich werfe einen Blick auf die Nachricht auf dem Display.

Du musst das nicht tun.

Das stimmt vielleicht. Aber dafür ist es jetzt zu spät.

»Ich habe nachgedacht«, sagt Joshua.

»Lass das lieber«, sage ich. »Es steht dir nicht.«

Ich spüre seinen brennenden Blick.

»Was soll das alles?«, fragt er. »Wie sieht dein Plan aus? Wie kommen wir hier heil wieder raus?«

»Mach dir jetzt keine Gedanken deswegen«, entgegne ich.

Bis zu der Stelle, wo ich meinen Wagen abgestellt habe, ist es ein Fußmarsch von fünf Meilen. So habe ich meinen Abgang geplant. Wobei ich Joshua nicht unbedingt mitnehmen werde, hängt davon ab, wie es läuft. Aber es besteht keine Notwendigkeit, jetzt darauf einzugehen.

»Ich meine nur«, sagt er. »Das sind keine schlechten Menschen.«

»Das denkst du nur, weil du ein schlechter Mensch bist. Deine Perspektive ist verzerrt.«

»*Meine* Perspektive ist verzerrt?«

Bisher hat er mir noch nie die Stirn geboten, und jetzt ist ein sehr schlechter Zeitpunkt dafür. Ich durchbohre ihn mit meinem drohendsten Blick, und er sieht weg. Aber statt sich zu ducken, kommt er auf mich zu.

»Ich gehe«, sagt er. »Ich verschwinde von hier.«

Fast hätte er mir leidgetan. Er ist kein guter Mensch, aber auch nicht wirklich schlecht. Er hat große Fehler gemacht, er ist ein Krimineller. Aber sein Herz ist nicht unrettbar verloren, nicht so wie bei einigen Leuten, die ich kenne. Mal ehrlich, er ist gerade böse genug, dass ich ihn für meine Zwecke einspannen konnte. Er wird angetrieben von der Angst vor den Dingen, die ich über ihn weiß, wie die meisten, und das macht ihn formbar, leicht zu steuern.

Wieder ein Anflug von Selbstzweifel. Vielleicht hat er das nicht verdient. Vielleicht hat niemand das verdient.

Ist es Schwäche, die mich bewegt, nichts zu tun, als er entschieden an mir vorbeistiefelt? Oder nur Erschöpfung? Oder diese Textnachrichten, die mich mit meinem besseren Ich verbinden? Denn ich habe eins, ein besseres Ich.

An der Tür bleibt er stehen.

»Komm mit«, sagt er. »Gehen wir. Du weißt doch noch, worüber wir gesprochen haben?«

Ich ignoriere ihn und hebe Lizas Pistole auf. Sie liegt kühl und schwer in meiner Hand.

Ich drehe mich zu ihm um, richte die Waffe aber nicht auf ihn. Eine Art wortloser Austausch findet zwischen uns statt, und dann verschwindet er in der Nacht. Kurz darauf höre ich ein Auto starten. Er ist fort.

24

HENRY

2006

Henry saß in seinem Wagen und beobachtete das Haus. Sein Rücken tat weh, und er merkte selbst, wie nervös er war. Er sollte nicht hier sein. Das war ein Fehler.

Die Straße wurde von gewaltigen Eichen gesäumt, die Blätter tanzten im leichten Sommerwind. Man hörte das an- und abschwellende Zirpen der Singzikaden. Durch das einen Spalt geöffnete Autofenster drang ein frischer Duft herein. Es roch sauber. Gesund. In eine solch sichere, schöne Wohngegend zogen Leute, um Kinder großzuziehen. Es war idyllisch. Zumindest von außen betrachtet.

Es war eins dieser Viertel, von denen er als Junge immer geträumt hatte. Basketball-Netze in den Auffahrten, Kinderfahrräder kreuz und quer auf den gepflegten Rasenflächen. Er stellte sich vor, dass die Anwohner an Halloween große Kürbislaternen aufstellten und gruselige Glitzerskelette an die Türen hängten. In der Adventszeit standen bestimmt erleuchtete Weihnachtsbäume in den großen Erkerfenstern, und draußen hingen Lichterketten. Im Sommer würden die Kinder auf der Straße spielen – Kickball, Fangen mit Taschenlampen. Sie fuhren mit dem Fahrrad herum und besuchten sich gegenseitig.

Als er mit Alice in irgendwelchen Apartments wohnte, hatte er solche Viertel nur im Fernsehen oder im Kino gesehen und sich gefragt, wie es wohl wäre, sich zu einer echten Gemeinschaft zugehörig zu fühlen. Ein Zuhause zu haben.

»Könnten wir nicht auch so wohnen?«, hatte er eines Abends gefragt.

Er wusste nicht mehr, was sie sich angesehen hatten – irgendeinen Fernsehfilm, in dem alle Häuser schön eingerichtet und alle Frauen hübsch und wohlfrisiert waren.

»Bei den ganzen Normalos?«, hatte sie höhnisch erwidert. »Du willst auf Straßenfeste gehen, wo ich Small Talk mit den *Hausfrauen* mache?«

Sie sprach das Wort verächtlich aus. Aber was war so falsch daran, hatte er gedacht, sich um seine Familie zu kümmern?

Alices Geringschätzung für diese Art zu leben war so deutlich, dass er das Thema nie wieder ansprach. Aber er sehnte sich danach, wie nach vielen Dingen, die er nicht bekam.

Das ist das Gute am Leben, pflegte Miss Gail zu sagen. *Wenn man erwachsen ist, kann man sich neu erschaffen. Egal, unter welchen Umständen man aufgewachsen ist und mit welchen Problemen, man kann eine neue Geschichte für sich selbst und die Familie schreiben, die man gründet.*

Vielleicht würde er seinen eigenen Kindern ein solches Haus bieten können. Der Gedanke ließ eine so intensive Sehnsucht in ihm aufsteigen, dass er den Schmerz wegatmen musste.

»Bist du sicher, dass du das machen willst?«, hatte Piper ihn heute Morgen gefragt. »Was ist mit *nach vorne schauen und nie zurückblicken*?«

»Das ist es ja gerade«, hatte er erwidert. »Vielleicht kann ich nicht nach vorne schauen, ohne vorher zurückzublicken.«

Piper legte eine Hand auf ihren Bauch und warf ihm diesen Blick zu. Man sah noch nichts. »Ob du nun dazu bereit bist oder nicht, wir werden den nächsten Schritt machen.«

Sie waren zu jung, um zu heiraten, und zu jung, um ein Baby zu bekommen. Das sagten alle, besonders Pipers Eltern. Besonders Pipers Vater, der nie aufgehört hatte, Henry schräge Seitenblicke zuzuwerfen.

Piper hatte ihren Bachelor in Anglistik an der New York University gemacht, eine ungeheuer kostspielige Ausbildung, die sie für keinen Beruf qualifizierte, wie ihr Vater gern klagte, besonders jetzt, wo ein Baby unterwegs war.

Im Herbst würde Henry sein Graduiertenstudium beginnen, nachdem er am MIT seinen Bachelor als Jahrgangsbester gemacht hatte. Er wollte im Abendstudium an der Columbia University seinen Master in technischer Informatik machen und tagsüber in einem Start-up arbeiten, einer Cyber-Sicherheits-Firma.

»Ich möchte, dass er weiß, wer er ist«, hatte Henry erklärt. Sie saßen in ihrer winzigen Wohnung in Riverside. Die Fenster standen offen, Sonnenlicht strömte herein. Die Wohnung war klein, in einem Haus ohne Fahrstuhl und in einer nicht gerade tollen Wohngegend. Aber sie gehörte ihnen, und sie liebten sie.

»Oder sie.«

»Oder sie«, bestätigte er.

Piper trat zu ihm, nahm seine Hände und legte sie auf ihren Bauch. »Unser Kind wird wissen, wer es ist, ob Junge oder Mädchen, weil es uns kennt. Weil es weiß, wer *wir* sind.«

Sie hatte recht. Natürlich hatte sie recht. Aber wenn er auf seine Vergangenheit zurückblickte, erschien sie ihm so gewaltig und geheimnisvoll wie ein Blick zu den Sternen. Unendlichkeit – einem wurde schwindelig beim bloßen Gedanken. Woher er kam, von wem er abstammte – da gab es unendliche Möglichkeiten. Wer Alice gewesen war. Diese seltsamen, verschütteten Erinnerungen, die in seinen Träumen auftauchten. Piper hatte Großeltern, Onkel und Tanten, Geschichten darüber, woher sie kamen, wie sie ihren Weg durch die Welt gemacht hatten. All das konnte sie ihrem Baby mitgeben, Familientraditionen, eine Herkunft. Henry hatte nichts als Fragen und ein dunkles Geheimnis, das noch nicht geklärt war.

Er machte Anstalten, aus dem Auto zu steigen, die von schönen Stauden gesäumte Auffahrt hinaufzugehen und an die rote Haustür zu klopfen. Er wurde erwartet. Aber sein Herz begann zu rasen, und er ließ sich wieder zurücksinken.

Er gab sich noch einen Augenblick Zeit und dachte an sein letztes Gespräch mit Detective West zurück.

Auch so viele Jahre später hatte der Detective Alices Fall noch nicht zu den Akten gelegt.

Der alte Polizist hatte nur noch ein Jahr bis zur Pensionierung, ermittelte aber noch. Seiner derzeitigen Theorie zufolge war es denkbar, dass jemand Alice und Henry gefolgt war, als sie aus Tucson hierherkamen. Tom Watson, der Sohn von Faith Watson, für die Alice als Pflegerin gearbeitet hatte.

»Aufgrund der Informationen, die Sie mir gegeben haben, und der neuen Informationen, die ich von Ihrer Tante bekommen habe, konnte ich die Familie von Alices alter Arbeitgeberin aufspüren, als ich in Tucson Urlaub gemacht habe«, hatte West am Telefon gesagt.

Wie es schien, hatte Alice Miss Watson Geld gestohlen. Und nach Aussage seiner Schwester hatte Tom den Verdacht gehabt, dass Alice auch für den Tod der alten Frau verantwortlich war – eine falsche Medikamentengabe. Vielleicht aus Versehen. Vielleicht aber auch nicht.

Henry hatte leichte Gewissensbisse verspürt. West, der Alice gar nicht gekannt hatte, nutzte seinen Urlaub, um ihren Mörder zu jagen, während Henry alles getan hatte, was in seiner Macht stand, um nicht mehr an sie denken zu müssen. Er hatte sich in sein Studium gestürzt und war jeden Freitagabend mit dem Zug nach New York gefahren, um Piper zu besuchen und das ganze Wochenende mit ihr im West Village zu feiern. Abends jobbte er in der Buchhaltung der Uni und digitalisierte Unterlagen. Es waren gute Jahre gewesen; er war immer so beschäftigt, dass er selten an etwas anderes dachte als an das, was direkt vor ihm lag.

Aber Detective West hatte nicht vergessen.

»Laut Faith Watsons Tochter Corinne hatte ihr Bruder den Verdacht, dass Alice die Medikamente der alten Dame falsch dosiert hatte, um dann ihre Konten leerzuräumen. Aber Tom war eine ziemlich zwielichtige Gestalt – Drogengeschichten, ständig arbeitslos. Corinne glaubte ihm nicht. Sie hatte sogar den Verdacht, dass Tom und Alice etwas miteinander hatten.«

»Das klingt doch nach einer echten Spur.«

»Haben Sie Ihre Mutter je mit einem Mann aus Tucson gesehen?«

Henry durchforstete sein Gedächtnis. War da jemand gewesen? Ein bärtiger Mann, der lächelte und einen Strauß Wildblumen in der Hand hielt. Es hatte Männer gegeben, hier und da. Keiner hatte einen bleibenden Eindruck bei ihm hinterlassen.

»Tom gibt zu, dass er Alice aufgespürt hat, leugnet aber, dass er ihr etwas angetan hat. Er wollte nur das Geld zurück. Im Gegenzug würde er sie nicht bei der Polizei verpfeifen.«

»Wenn er glaubt, dass Alice seine Mutter umgebracht und ihr Geld gestohlen hatte – warum wollte er dann nicht zur Polizei gehen?«

Der alte Mann räusperte sich. Im Hintergrund konnte Henry den Lärm der geschäftigen Polizeidienststelle hören. Er warf einen Blick auf seine Armbanduhr, ein Geschenk von Pipers Eltern zum Studienabschluss. Am liebsten hätte er das Gespräch möglichst bald beendet. Er kam zu spät zur Arbeit, und eigentlich wollte er nicht über Alice reden.

»Gute Frage. Die habe ich mir auch gestellt. Aber es gab keine Beweise. Nur seinen Verdacht. Und offenbar lag ihm gar nicht so viel an seiner Mutter oder daran, wie sie gestorben war. Ich glaube, alles, was ihn interessierte, war das Geld.«

»Wie viel war es?«

»Ungefähr fünftausend.«

»Hatte Alice das Geld? Hat sie es ihm gegeben?«

»Er sagt nein. Soweit ich feststellen konnte, hatte Ihre Mutter kein Bankkonto. Möglich, dass sie eins unter einem anderen Namen eröffnet hat. Sie besaß nicht einmal eine Kreditkarte. Vielleicht hatte sie irgendwo Bargeld versteckt.«

»Wir hatten immer genug Geld für alles«, erinnerte Henry sich. »Aber ich habe nichts gefunden, als wir die Wohnung geräumt haben.«

»Also hat der Täter vielleicht das Geld mitgenommen.«

Henry hatte diese Information gedanklich gedreht und gewendet und versucht, sie in seine bruchstückhaften Erinnerungen einzufügen. Doch, ja, es ergab eine Art Sinn. Oft hatten sie eine Stadt mitten in der Nacht verlassen. Alice schien ständig auf der Flucht zu sein, blickte immer über die Schulter. Wenn sie Leute beraubt hatte, um dann zu fliehen, hatte sie sich natürlich Sorgen gemacht, dass jemand hinter ihr her sein könnte.

Also war es wahrscheinlich dieser Tom Watson gewesen. Er hatte sie umgebracht und ihr alles Geld abgenommen, das sie besaß. Oder gab es noch andere Leute, die sie ausgenommen hatte, an anderen Orten? Und irgendjemand hatte sie aufgespürt, genauso, wie sie immer befürchtet hatte?

»Es war also dieser Tom Watson, richtig? So muss es gewesen sein.«

Der Laut, den Detective West von sich gab, war eine Art verbales Schulterzucken. »Es gibt keine Vorstrafen. Keine Vorgeschichte von sexuellen Übergriffen oder Gewalt gegen Frauen.«

»Was ist mit den DNA-Spuren? Sie sagten doch, dass es auf dem Gebiet ständig Fortschritte gibt.«

»Da Tom Watson nie festgenommen wurde, sind weder seine Fingerabdrücke noch seine DNA in den polizeilichen Datenbanken gespeichert.«

Henry hatte eine Weile geschwiegen und dann gesagt: »Ich meine ... da Sie ihn jetzt aufgespürt haben, könnten Sie ihn nicht fragen, ob er einer DNA-Probe zustimmt?«

Detective West grunzte. »Habe ich getan. Und raten Sie mal, was? Er hat abgelehnt.«

»Können Sie ihn nicht zwingen?«

»Dazu würde ich einen richterlichen Beschluss brauchen, von einem Gericht aus der Gegend. Aber dafür habe ich nicht genug Beweise in der Hand.«

»Sie haben also nicht genug Beweise, um weitere Beweise zu sammeln?«

»So in der Richtung. Tut mir leid, mein Junge.« Nach einer kurzen Stille fuhr West fort: »Tom Watson ist letzte Woche gestorben, kurz nachdem ich ihn und seine Schwester befragt hatte. Herzinfarkt.«

Es war nicht witzig, aber Henry hätte fast gelacht. In sämtlichen Fernsehfilmen, die er sich zusammen mit Alice angesehen hatte, und all den Dokumentationen über ungeklärte Kriminalfälle, die er sich gern mit Piper ansah, gab es immer irgendetwas, und sei es noch so unbedeutend, das die Wahrheit ans Licht kommen ließ, und sei es viele Jahre später. Doch die Realität sah anders aus. Viele Verbrechen wurden nicht aufgeklärt, viele Fragen blieben unbeantwortet. Menschen taten schreckliche Dinge und starben, ohne je dafür bestraft worden zu sein. Was war, wenn er, Henry, eines Tages starb, ohne je erfahren zu haben, wer er wirklich war? Würde das bedeuten, dass er nie wirklich gelebt hatte?

»Ich suche immer noch nach dem Täter, Henry.«

»Ich weiß, Detective.«

»Was ist mit Ihrer Tante? Haben Sie sich schon bei ihr gemeldet?«

West fragte ihn das jedes Mal. Normalerweise hatte Henry irgendeine Ausrede dafür parat, dass er das noch nicht getan hatte. Die Frau, Alices Schwester, hatte ihm einige Mails geschickt, auf die er nie geantwortet hatte. Es waren nette Mails. *Wir sind für dich da*, hatte sie geschrieben. *Wir wollen, dass du ein Teil unserer Familie wirst.*

»Ja«, log er. »Wie stehen in Kontakt.«

»Gut. Das ist gut.« Wests Stimme hatte erleichtert geklungen. »Es ist wichtig, eine gute Beziehung zu seiner Familie zu haben.«

War es das?

Oder war es nur das, was die Leute eben sagten? Er und Piper hatten sehr engen Kontakt zu Pipers Familie, und das war nicht immer leicht oder erfreulich. Auf ihrer Hochzeit, die sie im kleinen Kreis hinten im Hof feierten, hatten Pipers Eltern sich in der Küche so laut gestritten, dass es draußen zu hören gewesen war. Ein paar entfernte Verwandte, die Henry zum ersten Mal traf, hatten ihn direkt gefragt: *Und wo kommst du her?* Seine dunkle Hautfarbe und die Massen schwarzer Locken hatten offenbar Misstrauen in ihnen geweckt, was seine Herkunft betraf.

Rassistische Arschlöcher, hatte Piper gesagt. *Keine Sorge, wir sehen sie nicht oft.*

Es fiel ihm schwer, Rassismus zu begreifen. Menschen waren einfach Menschen, oder nicht? Sie unterschieden sich vielleicht in der Hautfarbe, den Gesichtszügen oder ihrer Kultur, aber unter der Haut waren sie alle gleich. Er hatte gelesen, dass die DNA bei allen Menschen zu 99 Prozent identisch war. Nur ein Prozent war für die oberflächlichen Unterschiede verantwortlich.

Miss Gail war für ihn Familie, sehr viel mehr, als Alice es je gewesen war. Und sie war nur eine fremde Frau, die ihn aufgenommen und ihn großgezogen hatte, so gut sie konnte. Er wusste nicht genau, ob er für Alice je eine solche Liebe empfunden hatte.

All diese Gedanken schwirrten ihm durch den Kopf, als er im Auto saß und dem Wind in den Bäumen lauschte. Schließlich sah er, wie die Haustür aufging, eine Frau auf die Veranda trat und winkte.

Sie ähnelte Alice ein wenig, war aber fülliger und hübscher. Sie hatte weiches blondes Haar und trug ein geblümtes Kleid mit flachen Schuhen.

Er winkte zurück. Jetzt konnte er nicht mehr einfach wieder wegfahren, was er in Erwägung gezogen hatte, bevor sie aus dem Haus getreten war. Die Gedanken an Detective West und Alice, an Pipers Familie und das Baby, die Frage, wer er früher gewesen war oder später einmal sein würde, waren wie ein Hurrikan durch seinen Kopf gefegt, der sich immer weiter hochpeitschte, bis Henry nichts anderes mehr hören oder denken konnte.

Sie ging ihm entgegen, als er die stille Straße überquerte. Auf dem Bürgersteig legte sie beide Hände aufs Herz, begann zu weinen und zog ihn in eine warme, enge Umarmung. Er stand steif da und ließ sich halten – gleichzeitig gerührt und überrascht, auch ein wenig ängstlich. Er schätzte Umarmungen eigentlich nicht sonderlich. Endlich legte er doch die Arme um sie.

»Ich bin Henry«, sagte er, obwohl sie offensichtlich wusste, wer er war.

Sie löste sich von ihm und schaute ihn an, legte beide Hände an seine Wangen.

»Ich sehe sie in dir«, sagte sie, und Tränen strömten ihr über das Gesicht. »Oh, es tut mir so leid, ich bin ein Wrack. Es ist nur, dass ich so lange darauf gewartet habe, etwas von ihr wiederzusehen. Ich bin so froh, dass du gekommen bist, Henry. Danke dafür. Du hast es nicht leicht gehabt, das weiß ich.«

Sie ergriff seine Hand und führte ihn ins Innere des Hauses, das genauso warm und freundlich war, wie es von außen gewirkt hatte – voller Fotos, geschmackvoll eingerichtet. Sie hatte Kekse gebacken, der Duft hing noch in der Luft.

»Ich will dich auf keinen Fall überfahren«, sagte sie, als sie sich am Tisch niedergelassen hatten. Auf der Arbeitsfläche standen weiße Tulpen in einer Kristallvase. Alles war sauber und blitzblank.

Da fiel ihm der Stapel Fotoalben ins Auge, Notizbücher, ein paar Akten. Er wusste von Detective West, dass seine Tante Familienforschung betrieb und den Stammbaum ihrer Vorfahren sehr weit zurückverfolgen konnte. Der Gedanke, dass es all diese Informationen über ihre Familie gab, über *seine* Familie, war ebenso aufregend wie beängstigend.

»Ich möchte, dass du etwas weißt, Henry. Wir hätten dich nach ihrem Tod aufgenommen. Ich hätte dich wie mein eigenes Kind aufgezogen. Aber Margaret ... wollte uns nicht. Ihre Familie. Sie wollte immer nur weg.«

»Margaret.«

»Du kanntest sie als Alice, hat Detective West gesagt. Aber das ist der Name, den unsere Eltern ihr gegeben haben. Sie hat dieses Buch immer geliebt ... *Alice im Wunderland*. Sie ist wirklich im Kaninchenbau verschwunden, oder?«

Seine Tante hatte wieder zu weinen begonnen. Er hätte sie gern getröstet, wusste aber nicht wie. Verlegen streckte er die Hand nach ihr aus, und sie ergriff sie.

»Als Detective West Verbindung mit mir aufnahm, warst du schon erwachsen, kurz davor, aufs College zu gehen. Und du hast nie auf meine Mails geantwortet.«

»Es tut mir leid«, sagte er. »Es war einfach ... ich weiß nicht, warum ich es nicht getan habe. Ich hätte dir antworten sollen.«

»Ist schon gut.« Ihr Lächeln war herzlich und verständnisvoll. »Es gibt keine Verhaltensregeln für den Umgang mit einem solchen Kuddelmuddel, oder? Wir versuchen alle nur, uns irgendwie durchzuwursteln, nicht wahr?«

Sie stand auf und kehrte mit einer Tasse Tee und einem Teller Kekse zurück.

»Detective West sagt, dass ich die Geburtsurkunde und die Sozialversicherungsnummer eines toten Kindes hatte«, sagte Henry. »Weißt du irgendwas darüber?«

Sie stieß die Luft aus und rieb sich die Augen. »Margaret ... wir nannten sie Maggie ... wurde in ihrem letzten High School-Jahr schwanger. Das war eine Katastrophe. Unsere Eltern waren am

Boden zerstört, weißt du. Sie wollten so viel für sie, für uns beide. Aber sie haben die Babybetreuung organisiert, damit Maggie die Schule beenden konnte.«

Sie schlug eins der Fotoalben auf, schob es in die Mitte des Tisches, und sie blätterten die dicken Seiten durch. Ein Foto von Alice als Kind – sie hatte den Rock ihres gelben Kleidchens leicht angehoben und lächelte kokett. Dann als Teenie, nicht hübsch, aber geschmeidig, eine auffallende Erscheinung, umarmt von einem jüngeren Mädchen, Henrys Tante. Die Familie vor einem grauen Hintergrund versammelt, alle steif und lächelnd. Alice trug ein blaues Kleid und blickte finster drein. Es gab unzählige Fotos der beiden Mädchen – am Weihnachtsmorgen, beim Urlaub auf Hawaii, beim Reiten, beim Tennis. Seine Tante verweilte bei jedem Bild und erzählte von ihren Erinnerungen. *Ach du meine Güte, Maggie hasste Pferde. Aber Papa wollte, dass wir beide reiten lernten. Was es da immer für einen Streit gab!*

Unsere Eltern haben sich an Weihnachten immer gestritten. Papa warf Mama immer vor, dass sie zu viel Geld ausgab.

Auf einem Foto hatte Alice ihr Haar kurz geschnitten und trug ein hautenges gestreiftes Kleid. *Oh, der Pat-Benatar-Look. Unsere Eltern waren fuchsteufelswild, weil sie sich die Haare abgeschnitten hatte. Aber sie hat immer ihr eigenes Ding durchgezogen. Immer.*

Dann endlich ein Foto von einem Baby, das in eine blaue Decke gehüllt war. Nicht Henry. Dieses Kind hatte rotblondes Haar und helle Augen.

»Ehrlich, als Kind fand ich es aufregend, einen Neffen zu haben, ein Baby im Haus. Ich war vier Jahre jünger als Maggie.«

Sie lächelte bei der Erinnerung, aber dann verdüsterte sich ihr Gesicht. »Aber das Baby, es hieß auch Henry, ist gestorben. Plötzlicher Kindstod.«

Sie strich sanft über das Foto.

»Wir waren alle am Boden zerstört. Danach ist Maggie abgehauen. Im Laufe der Jahre kam immer mal wieder eine Postkarte aus dieser oder jener Stadt. Aber ich habe sie nie wiedergesehen.«

Sie schüttelte den Kopf und schwieg. Irgendwo hörte Henry eine Uhr ticken, sie schlug die Viertelstunde. Dann sagte seine Tante: »Unsere Eltern sind gestorben – jung für heutige Verhältnisse. Mein Vater hatte einen Herzinfarkt; alle Männer auf seiner Seite der Familie starben jung. Und meine Mutter ... Ja, sie hatte einen Autounfall. Aber wenn du mich fragst, hatte sie aufgegeben, sie hing nicht mehr am Leben. Sie hat den Verlust ihrer Tochter, ihres Enkels und ihres Mannes nie verwunden. Sie litt unter Depressionen, und am Abend des Unfalls hatte sie getrunken.«

Es waren nur Sätze. Ein kurzer Bericht über den Niedergang einer Familie. Aber man sah seiner Tante den Schmerz und den Verlust an.

»Es tut mir so leid«, sagte er. Und das stimmte. Es tat ihm leid für sie und für sich selbst. Wie es schien, hatte Alice ziemlich vielen Menschen wehgetan.

»Das Leben«, sagte sie. »Es macht einen fertig, nicht wahr?«

»Nicht alle«, erwiderte er. Manche Menschen schienen wahre Glückskinder zu sein, auch wenn sie es vielleicht selbst nicht wussten. Sie stammten aus einer intakten Familie, hatten das Privileg zu wissen, von wem sie abstammten, die sichere Erwartung einer bestimmten Art Zukunft, ein Sicherheitsnetz.

Ihr Lächeln war freundlich. »Doch, alle. Irgendwann.«

Henry wies auf das Babyfoto. »Das bin nicht ich.«

»Nein«, sagte sie mit einem Kopfschütteln.

»Wer bin ich dann? Woher komme ich? Ich dachte immer, ich würde es lieber gar nicht wissen wollen. Aber meine Frau und ich, wir bekommen ein Kind.«

Ihr Gesicht erhellte sich. »Wie wundervoll, Henry. Was für eine schöne Neuigkeit.«

»Also kommt es mir plötzlich wichtig vor, mehr über meine Herkunft zu erfahren.«

Seine Tante nickte. Trotz der kleinen Fältchen und der schlaffen Haut am Kinn war sie immer noch hübsch mit ihren strahlenden, lächelnden Augen, ihrer sahnigen Haut und den zarten Zügen. Gut erhalten. Etwas an ihrem Lächeln und ihren Gesichtszügen erinnerte an Alice. Aber sie hatte nichts von deren Dunkelheit, ihrer Intensität.

»Natürlich tut es das. Natürlich.«

Sie klopfte auf den Stapel von Fotoalben, Notizbüchern und Akten. »Ich bin so etwas wie eine Freizeit-Genealogin«, sagte sie. »Was die Vergangenheit angeht – die ist hier zu finden. Ein Großteil davon jedenfalls. Und mithilfe der neuen Technologien wird es leichter sein, Antworten für dich zu bekommen, als es je zuvor war. Wenn du willst, kann ich dir helfen. Ich kann dir helfen zu verstehen, wer du bist. Vielleicht können wir sogar deinen Vater aufspüren. Möchtest du das, Henry?«

Er war erstaunt über die Flut von Emotionen, die in ihm aufstiegen, Gefühlen, die er nie zugelassen hatte. Ein verzweifelter Wunsch, irgendwohin zu gehören, zu jemandem zu gehören.

»Ja«, brachte er heraus, und seine Stimme brach beinahe. »Das möchte ich sehr gern.«

Nach dem Mittagessen folgte er seiner Tante Gemma hinauf in den ersten Stock.

»Tritt ein in mein Büro, sagte die Spinne zur Fliege«, scherzte sie, als sie die Doppeltür zu einem Zimmer aufriss, in dem Bücherregale standen und ein großer Schreibtisch mit zwei Computer-Bildschirmen. Vor einem gemütlichen Sofa stand ein Couchtisch, auf dem Fotoalben, Notizbücher und Akten gestapelt waren.

Sie drängte ihn Platz zu nehmen, und er setzte sich und versank fast in den weichen geblümten Sofakissen.

»Unser Vater hat mit diesem Projekt schon vor Maggies und meiner Geburt begonnen. Er konnte seine Abstammung bis zu britischen Grundbesitzern zurückverfolgen, obwohl die Familie aus Händlern und Handwerkern bestand, als seine Eltern in die USA kamen. Mein Großvater war Schneider, meine Großmutter war vor der Ehe Gouvernante gewesen.«

»Unsere Mutter stammte von russischen Juden ab«, fuhr sie fort. »Schon komisch, aber über Leute, die früher privilegiert waren, gibt es sehr viel mehr Unterlagen. Es hat mich Jahre gekostet, den Namen der Stadt herauszufinden, in der meine Großmutter mütterlicherseits vermutlich geboren wurde. Dazu waren zwei Reisen nach Utah nötig, wo die Kirche Jesu Christi der Heiligen der Letzten Tage die weltweit größte Dokumentensammlung zur Genealogie aufgebaut hat, und unzählige Stunden Online-Recherche. Wir hatten eine Reise nach Russland geplant, aber dann verstarb mein Mann.«

»Das tut mir leid.«

Sie schwieg einen Moment. »Danke. Er war ein wundervoller Mann, und wir hatten dreißig gute Jahre zusammen. Ich versuche, dafür dankbar zu sein und nicht in Trauer zu versinken.«

»Habt ihr Kinder?«

Röte stieg ihr in die Wangen, Tränen traten ihr in die Augen. Sie schüttelte den Kopf, offenbar traute sie ihrer Stimme nicht.

Er griff erneut nach ihrer Hand, und sie sah ihn dankbar an. »Das ist der größte Kummer meines Lebens«, sagte sie. »Wir haben es immer wieder versucht. Aber ...«

Sie schwiegen eine Weile, bis sie bereit war fortzufahren. Dann saßen sie zusammen und redeten, und sie erzählte von den Ergebnissen ihrer Forschungen, während der Himmel draußen dunkel wurde. Sie erzählte von entfernten Verwandten mütterlicherseits und väterlicherseits, Informationen, die sie in alten Briefen gefunden hatte, in Zeitungsartikeln, Geburts- und Todesurkunden. Sie zeigte ihm körnige Fotos und zerknitterte Kopien von Hochzeitsankündigungen, handgeschriebene Briefe von Kirchen, die sie und ihr Mann in Großbritannien besucht hatten.

Es war eine Reise in die ferne Vergangenheit, lebendig gemacht durch die akribischen Recherchen seiner Tante. Und etwas in Henry wurde ruhiger, eine endlose ruhelose Frage wurde beantwortet. Er hatte doch eine Geschichte, eine Familie. Er schwebte nicht nur verbindungslos in der Zeit, ein Fremder sogar für sich selbst. Möglicherweise.

»Ich habe immer noch so viele Fragen«, sagte er.

»Ja.«

»Ich meine, Miss Gail musste Himmel und Hölle in Bewegung setzen, um mir eine eigene Sozialversicherungsnummer zu beschaffen. Aber meine ursprüngliche Geburtsurkunde konnten wir nie ausfindig machen. Vielleicht bin ich ja gar nicht Alices Kind. Was ist, wenn sie mich entführt hat oder so etwas?«

Das war nur eine von tausend Möglichkeiten, die er immer im Kopf hin und her gewälzt hatte. Hatte sie ihn entführt? Waren sie deshalb immer auf der Flucht gewesen? Waren die verschwommenen Bilder, die gelegentlich auftauchten, Erinnerungen an seine richtige Familie?

Aber seine Tante schüttelte den Kopf. »Nein«, erklärte sie. »Du hast etwas von ihr, vor allem die Form der Augen. Und du hast sogar das Grübchen im Kinn, das alle auf der väterlichen Seite der Familie haben. Ich kann es spüren, Henry. Wirklich.«

Er legte seine Hand neben ihren Arm. Seine Haut war viel dunkler als ihre. Er warf ihr einen bedeutungsvollen Blick zu.

»Das bedeutet gar nichts. Wir müssen deinen Vater finden, um die restlichen Teile des Puzzles zu bekommen. Und das ist alles. DNA. Es ist nur ein großes Puzzle, und wir sind alle kleine Puzzleteilchen, die da irgendwo hineinpassen.«

Er merkte, dass er lächelte, was er selten tat. Piper lag ihm ständig damit in den Ohren. *Sei mal ein wenig heiterer, Loser.* Seine Frau war der einzige Mensch, der ihn immer zum Lachen bringen konnte, jedenfalls bis er seine Tante traf. Er mochte die Energie, die Gemma ausstrahlte, herzlich, praktisch, liebevoll. Es stimmte, was sie sagte. Auch er spürte es, eine tiefe Verbundenheit.

»Aber wie finden wir dieses Puzzleteil?«

Sie stand auf, ging zu ihrem Schreibtisch und kehrte mit einer Hochglanzbroschüre zurück. Sie reichte sie ihm.

»Zum Glück entwickelt sich die Technologie in diesem Bereich in Riesensprüngen«, sagte sie und setzte sich wieder neben ihn. »Noch vor ein paar Jahren hätten wir vielleicht gar keine Antworten bekommen.«

Es war die Verkaufsbroschüre einer Firma, die sich Origins nannte. Darauf abgebildet waren lächelnde Menschen, die um einen Esstisch herumsaßen, Händchen hielten, Babys auf dem Arm trugen oder auf einem sonnigen Spazierweg ältere Leute anstrahlten. Das kleine s am Ende des Firmennamens war als DNS-Helix gestaltet.

Jede Familie hat ihre eigene Geschichte, stand da in Fettdruck. *Wir möchten Ihnen dabei helfen, die Geschichte Ihrer Familie zu erzählen.*

25
CRICKET

Juni 2018

»Also ist doch jemand auf dem Grundstück.« Hannahs Stimme klang ein wenig schrill. Sie griff nach ihrem Handy.

Mako legte ihr die Hand auf den Arm. »Das ist wahrscheinlich nur eine Zeitschaltuhr. Pot hat dich schon immer paranoid gemacht, Hannah. Das ist bekannt.«

Das stimmte, obwohl Cricket nicht vorhatte, in der Sache Makos Partei zu ergreifen. Das wäre ein Verstoß gegen den Schwestern-Kodex. Hannah war der sicherheitsbewusste Typ, praktisch Captain Safety: *kein Gerenne am Rand des Schwimmbeckens, such Schutz vor dem Regen, stell dich bei Gewitter nicht unter die Dusche.* Hannah war diejenige, die man anrief, wenn man einen guten Rat brauchte oder ein Rezept für Sauerteigbrot, oder wenn man gerettet werden musste. Aber ja, wenn sie high war, wurde sie total paranoid.

»Wenn das Licht noch mal angeht, rufen wir den Vermieter an«, sagte Cricket. Hannah und Mako nickten beide. Cricket, sehr zufrieden mit der Art, wie sie die Krise abgewendet hatte, belohnte sich mit einem großen Schluck Bier. Die Welt schwankte.

Alle drei blickten unverwandt zu der Stelle, wo sie das Licht gesehen hatten, aber alles blieb dunkel. Die Bläschen blubberten, das THC strömte durch ihre Adern. Selbst wenn da draußen jemand sein sollte, war sie zu entspannt, um etwas zu unternehmen. Und so wie Mako aussah, würde es schon einen messerschwingenden Kerl brauchen, der auf die Veranda stürmte, um ihn zum Handeln zu bewegen. Sie kannte diesen Blick unter halbgeschlossenen Lidern, dieses halbe Lächeln.

Warum begehrte sie ihn bloß immer noch so sehr?

Seine Anziehungskraft war fast magnetisch, zog sie dichter zu ihm heran.

Er begann von einer Reise nach Indien zu erzählen, wo er sich mit seinen Programmierern treffen wollte. Am Flughafen sei ihm schlecht geworden, und das Sicherheitspersonal habe seine Sachen durchsucht und nichts als einen großen Vorrat an Kurkuma gefunden, das er Liza mitbringen wollte. Die Geschichte war zu groß aufgemacht, klang irgendwie falsch. Und er wirkte total unsympathisch, als er sie erzählte, es war das klassische Angeberheulen: *Diese unangenehme Sache ist mir passiert, aber nur, weil ich ein so wahnsinnig erfolgreicher Geschäftsmann bin, der sich auf internationalem Parkett bewegt.* »Ich musste immer noch würgen, als ich zu meinem Sitz in der ersten Klasse kam. Die Flugbegleiterin sah mich an, als hätte ich Lepra, und versuchte, mir möglichst nicht zu nahe zu kommen, als sie mir mein Glas Champagner reichte.«

Dennoch hatte er etwas Faszinierendes an sich, hatte er immer schon gehabt. Von der ersten Minute an, als sie ihn auf den Gängen der Privatschule sah, die sie alle besucht hatten, den Arm um irgendein Mädchen geschlungen, breites Lächeln, strahlendes Selbstvertrauen, war sie ihm verfallen gewesen.

Er war in seinem zweiten Jahr gewesen, sie eine Klasse unter ihm, genau wie Hannah. Cricket gab nicht gerne zu, dass sie sich nur mit Hannah angefreundet hatte, um in die Nähe von Mickey zu kommen, wie er damals genannt wurde. Aber es war die Wahrheit, teilweise, obwohl die Freundschaft, die sich dann entwickelt hatte, echt war. Machte es ihre Freundschaft weniger wunderbar, weniger wichtig, dass Cricket Hannah benutzt hatte, um an Mickey ranzukommen? Sie fand nicht. Hannah hatte ihr das längst verziehen. Oder nicht?

Mickey war nicht der Typ athletischer Football-Star gewesen. Eher die charmante Intelligenzbestie, der Ballkönig, der Schulsprecher. Er war der Schüler mit dem fast perfekten Notendurchschnitt. Das charismatische Genie. Seine Anziehungskraft war weniger körperlich als vielmehr intellektuell, energetisch. Auf seinem Abschlussball entjungferte er sie. Er servierte sie ab, bevor er aufs College ging. Seit damals hatten sie etwa ein Dutzend Mal Sex gehabt, nach Trennungen, nach Lizas erster Fehlgeburt: es gab mitternächtliche Überraschungsbesuche, Verabredungen zum Essen, »um über alte Zeiten zu plaudern«, die wenig überraschend bei ihr im Bett endeten.

Hannah wusste nichts von diesen Tête-à-têtes, es sei denn, Mickey hatte es ihr erzählt. Und Cricket war sich ziemlich sicher, dass er das nicht getan hatte. Hannah wäre nicht erfreut darüber, dass er Liza betrog. Sie wäre nicht erfreut zu wissen, dass Cricket mit einem Mann schlief, der sie offensichtlich nur benutzte, und das seit ihrer Schulzeit – selbst wenn dieser Mann Hannahs Bruder war. Besonders dann nicht.

»Also erzähl uns etwas über Joshua«, sagte Hannah von ihrem Platz ihnen gegenüber.

Cricket merkte, dass sie Mako auf geradezu lächerliche Weise anhimmelte, das Kinn auf die Hand gestützt, wie ein verknalltes Schulmädchen. Und Hannah billigte das nicht. Sie hatte diesen Blick aufgesetzt, der besagte: Ich kenne euch zwei. Ich kenne euch besser als jeder andere, besser, als ihr euch selbst kennt. Und doch lag keine Verurteilung darin. Als wäre Hannah die geliebte Babysitterin und Mako und Cricket unartige Kleinkinder. Selbst wenn sie ungezogen waren, würde sie ihnen gegrillte Käsesandwiches machen und ihnen vorm Einschlafen eine Geschichte vorlesen. Sogar ihre Frage nach Joshua war nur ein sanfter Appell an das Gute in Cricket.

Joshua. Ja. In ihn hatte Cricket sich verliebt. Mako war wie eine schlechte Angewohnheit, die man zu seinem eigenen Besten lieber aufgeben sollte. Wie das Rauchen. Oder zu viel Gras am Wochenende. Kohlenhydrate. Man hörte nie auf, es zu wollen, selbst wenn man genau wusste, wie schlecht es für einen war. Man würde sich immer zwingen müssen, darauf zu verzichten.

Sie rückte etwas von Mako ab und schob sich hoch auf den Wannenrand, um sich abzukühlen. Ihre Haut dampfte in der kühlen Nachtluft; irgendwo rief eine Eule, leise und unheimlich. Sie nahm einen Schluck von dem Bier, das Mako ihr gegeben hatte. Wasser wäre besser, um wieder etwas nüchterner zu werden. Erwachsen. Ja, sie sollten beide erwachsen werden. Und heute Abend würden sie damit anfangen.

Sie merkte, dass Hannah immer wieder zu der Stelle hinsah, wo das Licht angegangen und dann wieder erloschen war. Es musste eine Zeitschaltuhr sein, zu diesem Schluss waren sie gekommen. Sie waren hier mitten im Nirgendwo. Wer sollte noch hier draußen sein? Sie hätten es gehört, wenn jemand sich dem Haus genähert hätte.

»Ja«, sagte Mako und ließ den Blick über ihren Körper wandern. »Erzähl uns von deinem geheimnisvollen Freund. Der ja irgendwie verschwunden zu sein scheint.«

Er schnippte mit den Fingern, um das Wort zu betonen.

»Tja, zum einen ist er echt heiß«, sagte Cricket. Sie und Hannah stießen mit ihren Bierflaschen an, während Mako spöttisch die Luft ausstieß.

»Und zudem ist er wahnsinnig rücksichtsvoll und romantisch – Blumen, schönes Essen bei Kerzenschein, und vor dem Schlafengehen ruft er immer an, wenn wir nicht zusammen sind.«

»Das klingt gut«, sagte Hannah mit einem Lächeln.

»Er ist intelligent«, fuhr Cricket fort.

»Wo arbeitet er noch mal?«, wollte Mako wissen. Er sah gelangweilt aus.

»Razor.«

Er schüttelte den Kopf, nahm einen Schluck Bier und leerte dann die Flasche. »Noch nie gehört.«

Es war eine ziemlich große Firma. Die meisten Leute im Technik-Bereich hatten davon gehört, auch wenn niemand zu wissen schien, was die Firma genau machte.

»Cyber-Security. Regierungsaufträge«, erklärte sie. »Wir reden nicht viel über seine Arbeit. Einige seiner Projekte unterliegen der Geheimhaltung.«

»Hmm«, meinte Mako. »Interessant. Na, solange er dich glücklich macht. Das ist alles, was zählt.«

Er wandte den Blick ab.

»Das tut er«, sagte Cricket.

Sie warf einen Blick zur Tür und dann zu ihrem Handy, das in der Nähe der Wanne lag. Ja, wo steckte Joshua? War es nicht ziemlich merkwürdig, dass er mitten in der Nacht einfach davongefahren war? Wenn sie nicht so angeheitert und high gewesen wäre, hätte sie sich vielleicht Sorgen gemacht oder sich geärgert. Aber so fühlte sie sich einfach nur angenehm benebelt.

Mako stemmte sich aus dem Wasser, das in gewaltigen Kaskaden über die Seiten schwappte. »Ich glaube, es ist an der Zeit, dass ich mal nach meiner Frau sehe.«

Er machte das, um sie zu bestrafen, weil sie den Zauber gebrochen hatte, oder weil Hannah es getan hatte. Und jetzt gab er den treu ergebenen Ehemann.

»Was ist mit diesem Licht?«

»Vergiss es, Han. Es ist nichts.« Sein Ton war barsch, ein wenig herrisch. So war er eben.

Hannah warf ihrem Bruder einen Blick zu, schwieg aber.

Es war okay, dass er ins Haus ging. Es war sogar gut. Mako und Cricket taten einander nicht gut. Manchmal spielte er nach ihren gelegentlichen heimlichen Treffen die Rolle des guten Ehemanns.

Cricket bekam eine Textnachricht von ihm, sie trafen sich in einer Bar, er war wegen irgendwas down. Sie munterte ihn wieder auf. Dann kam er mit in ihre Wohnung. Und danach führte er sich oft total blöd ihr gegenüber auf, als wäre das alles allein ihre Schuld. *Ich muss nach Hause zu Liza*, sagte er dann etwa, wobei er den Namen seiner Frau mit sanfter Ehrerbietung aussprach, obwohl er gerade Cricket wund gevögelt hatte. Wie um zu sagen, *ich ficke dich, aber ich liebe sie.* Er hatte Cricket schon so oft verletzt, auf Arten, von denen nicht einmal Hannah etwas ahnte. Und trotzdem kam sie jedes Mal angerannt, wenn er rief. Warum nur?

Hannah, die immer schon klüger gewesen war, als es ihrem Alter entsprach, hatte sie als Sechzehnjährige gewarnt: *Mein Bruder ist nicht immer ein netter Mensch. Sei vorsichtig.*

Aber Cricket war nicht vorsichtig gewesen.

Ihr Handy piepste.

Eine Textnachricht von Joshua. **Sorry!**, schrieb er. **Bin auf dem Rückweg!**

Sie schämte sich, wie sie und Mako sich verhalten hatten, war erleichtert, und dann schwor sie sich, den Rest des Wochenendes weniger zu trinken und darauf zu achten, nie allein mit Mako zu sein.

Sie würde diese schlechte Angewohnheit endgültig aufgeben.

Und keine Hasch-Gummidrops mehr. Die waren einfach zu stark.

»Cricket?«

Sie blickte von ihrem Telefon auf. Mako, der nasse Fußspuren auf der Terrasse hinterlassen hatte, verschwand gerade im Haus. Hannah sah sie forschend an. »Alles okay?«

»Joshua ist auf dem Rückweg.«

»Ah, gut.« Hannahs Blick wanderte zum ersten Stock hinauf, zum Fenster des zweiten Schlafzimmers, das sie und Bruce bezogen hatten. Es war kaum weniger luxuriös als das von Mako und

Liza. Cricket und Joshua hatten das Zimmer im Untergeschoss bekommen, das eindeutig eigentlich für Kinder gedacht war. Sie hatten die beiden Einzelbetten zusammengeschoben. »Wir werden heute Nacht unseren Spaß haben«, hatte Joshua mit einem Lächeln gesagt. Der Mann hatte kein Ego. Welche Botschaft Mako ihm auch hatte vermitteln wollen, sie war nicht angekommen.

»Und Bruce?«

»Er kommt bald runter – vielleicht. Wenn er erstmal ganz in die Arbeit vertieft ist ...«

»Wie geht es dir damit?«, fragte Cricket.

Hannah und Bruce konnten kein so perfektes Paar sein, wie es schien. So etwas gab es nicht. Sie gingen locker miteinander um, nahmen einander so, wie sie waren, verhielten sich liebevoll, rücksichtsvoll. Beim Essen hatte Cricket gesehen, wie er Hannah Wein nachgeschenkt hatte, wie sie einen Fussel von seinem Hemd gewischt hatte. Sie waren *zusammen* auf eine Weise, wie Cricket es noch nie mit einem Mann erlebt hatte. Vielleicht lag es an dem Baby. Sie waren eine Familie, nicht nur ein Paar. Das war ein starkes Band, das nicht gelöst werden konnte. Cricket beneidete sie darum.

Hannah zuckte leicht mit den Achseln. »Ich wusste, wie er ist, als ich ihn geheiratet habe. Er ist ein Workaholic. Ein Stoiker. Solide. Ich hatte nie vor, ihn zu ändern.«

Sie warf erneut einen Blick in Richtung See und dann dorthin, wo das Licht erschienen war. Immer auf der Hut.

»Hätte auch nicht geklappt, wenn du es versucht hättest. So heißt es doch immer, oder?«

»Sehr wahr.«

Hannah rutschte zu ihr herüber. »Und du und Joshua?«

Cricket ließ sich ins Becken zurückgleiten und genoss das warme Wasser, das ihre Haut erwärmte. »Ganz im Ernst, ich glaube, ich habe mich in ihn verliebt.«

»Na, er ist eindeutig in dich verliebt«, sagte Hannah mit breitem Lächeln. »Er hängt praktisch an deinen Lippen und sieht dich an, als wärst du gleichzeitig eine Prinzessin, ein Engel und eine Göttin.«

»Das tut er nicht ...«, sagte sie und stieß ihre Freundin mit der Schulter an. Oder doch?

»Doch«, sagte Hannah. »Das tut er.«

»Magst du ihn?«

Es gab nur den Hauch eines Zögerns. Cricket beschloss, es zu ignorieren. Die erste Begegnung zwischen Hannah und Joshua war eindeutig eigenartig gewesen; Cricket hatte sich unbehaglich gefühlt, direkt eine Gänsehaut bekommen. Aber sie hatten alle beschlossen, es zu vergessen. Es war bloß ein seltsamer Irrtum gewesen. Nicht der Rede wert.

»Er macht einen netten Eindruck, scheint intelligent zu sein. Er ist witzig. Er macht dich glücklich. Warum sollte ich ihn nicht mögen?«

Früher hatte sie Hannahs Freundschaft als selbstverständlich hingenommen. Erst jetzt, da sie älter waren und sie gesehen hatte, was Freundschaft für andere Menschen bedeutete, wusste sie Hannahs Loyalität und unbeirrbare Unterstützung so richtig zu schätzen. Sie versuchte, Hannah eine ebenso gute Freundin zu sein, wusste aber, dass sie diesem Anspruch sehr oft nicht gerecht wurde.

»Und was macht mein kleines Mädchen?«, fragte sie.

»Gigi.« Hannahs Blick wanderte zu ihrem Handy. »Sie ist ein kleiner Engel. Wirklich. Eine süße kleine Seele. Wir können von Glück sagen.«

»Ist es dir schwergefallen, ohne sie zu fahren?«

»Furchtbar schwer. Ich schaue bestimmt hundert Mal am Tag auf die App.«

»Würde ich bestimmt auch machen«, sagte Cricket.

Aber wahrscheinlich stimmte das gar nicht. Wahrscheinlich würde sie eine dieser egoistischen Mütter sein, die es gar nicht abwarten konnten, das Baby bei hingebungsvollen Großeltern abzugeben, um allein loszuziehen. Sie hatte den Verdacht, dass sie nicht wirklich zur Mutter bestimmt war, auch wenn sie Joshua das verschwiegen hatte. Er wollte eine große Familie, viele Kinder. Das hatte er mehr als einmal gesagt. Meistens reagierte sie nur mit einem zustimmenden Laut oder ihrem üblichen »Das wäre toll!«. Und dann küsste sie ihn, was meistens das Gespräch im Keim erstickte. Hannah war die geborene Mutter. Vielleicht war nicht jede Frau so. Bestimmt nicht.

»Aber es ist doch gut, dass ihr mal ein bisschen Zeit für euch habt, du und Bruce.«

»Und Lou ist einfach großartig.«

»Aber …?«

»Aber«, sagte Hannah und runzelte die Stirn. »Es ist nur so ein Gefühl.«

»Du bist eine junge Mutter und hast Gigi zum ersten Mal alleingelassen. Ist doch klar, dass du da nervös bist. Aber es ist schon gut. Es geht ihr gut. Das alles hier« – sie machte eine weit ausholende Geste, die das Haus, die Bäume, die Sterne einschloss – »ist doch toll. Von Geistern und fremden Leuten im Wald mal abgesehen.«

Hannah schloss die Augen und lehnte sich zurück. »Ja«, stimmte sie zu. »Das ist es. Aber was haben wir da vorhin am See gesehen, Cricket?«

»Ganz ehrlich? Vermutlich gar nichts. Wir haben uns nur selbst einen Heidenschrecken eingejagt, wie damals mit dem Ouija-Brett.«

»Und das Licht in der Hütte?«

»Nur eine Zeitschaltuhr?«

Hannah lachte und legte den Kopf auf den Wannenrand. »Wahrscheinlich hast du recht.«

Cricket hatte nichts gegen ein wenig Drama, rätselhafte Vorkommnisse, harmlosen Grusel wie ihre Geisterjagd vorhin. War da am See irgendwas gewesen? Sie hätte es nicht sagen können. Aber sie wollte auf keinen Fall, dass tatsächlich irgendwas nicht stimmte. Joshua würde bald zurück sein. Sie wollte nicht einmal darüber nachdenken, was ihn bewogen hatte, in die Stadt zu fahren. Warum hatte er das getan? Es war eindeutig sonderbar. Sie wusste genau, dass das WLAN funktionierte. Und es war nicht zu übersehen, dass irgendetwas an seiner Beziehung zu seiner Chefin merkwürdig war. Aber in dem Bereich konnte sie kaum mit Steinen werfen, chronische Ehebrecherin, die sie war. Doch diese Fragen würde sie ein anderes Mal klären. Er würde zurückkommen. Sie würde high werden – noch higher – und morgen würden sie alle viel Spaß haben.

Ein Blitz zuckte über den Himmel, was Hannah nicht sah, weil sie die Augen geschlossen hatte. Cricket sagte nichts. Hannah würde wollen, dass sie ins Haus gingen. Und Cricket fand das alles wunderbar, das blubbernde warme Wasser, das leichte Berauschtsein vom Alkohol, den Sternenhimmel. Sie wollte nicht, dass es schon endete.

»War das Donner?«, fragte Hannah, ohne die Augen zu öffnen. Auf keinen Fall konnte sie den Donnerschlag gehört haben, dazu waren die Whirlpool-Düsen zu laut. Mama-Ohren.

»Ich glaube nicht«, sagte Cricket. »Entspann dich.«

»Ich glaube, die Temperatur ist gefallen«, sagte Hannah. »Ein Sturm zieht auf.«

Cricket legte den Kopf auf Hannahs Schulter; Hannah seufzte. Cricket starrte in den sternenübersäten, samtigen Nachthimmel. Es sah tatsächlich so aus, als würden Wolken aufziehen und den Himmel verdecken. Aber sie schwieg.

Mako kam auf die Terrasse.

Klasse. Er war wieder da.

Aber als sie den Ausdruck auf seinem Gesicht sah, erschrak sie. »Was ist los?«, fragte sie. Hannah öffnete die Augen und setzte sich auf.

»Mickey? Was ist?«

»Liza«, sagte er. Er hielt einen Zettel in der Hand und starrte mit verzweifeltem Staunen darauf. »Sie ... äh. Sie ist weg.«

26
HANNAH

Im Wald um sie herum zirpten Insekten, Frösche quakten. Glühwürmchen blinkten langsam und träge in der Schwärze der Nacht.

»Weg? Was meinst du damit?«

Hannah stieg aus dem Wasser, griff sich eins der Handtücher von dem großen Stapel und schlang es um sich. Die Luft war kalt auf ihrer Haut. Ihr Bruder sah blass aus. Er ließ sich auf das große Sofa beim Grill sinken.

»Ich meine ...«, sagte er und blickte zu ihr hoch. »Sie hat mir diesen Zettel hingelegt.«

»Was schreibt sie?« Hannah setzte sich neben ihn, und er gab ihr den Zettel. Sie trocknete sich die Hände ab und nahm ihn entgegen. Cricket setzte sich auf den Sessel ihnen gegenüber. Hannah las laut vor.

»Es tut mir leid, dass ich das tun musste.

Ich brauche momentan einfach ein wenig Abstand von dir.

Es war überfällig, das weißt du. Bleib das Wochenende über hier. Ruf mich nicht an.

Ich liebe dich.

Liza«

»Hattet ihr Streit?«, fragte Hannah.

Die Schrift sah komisch aus, wie eilig hingekritzelt. Hannah wusste, dass Liza eine schöne Handschrift besaß, denn im Lauf der Jahre hatte sie etliche Karten von ihrer Schwägerin bekommen. Hannah hatte ihre Handschrift immer bewundert, sie war so elegant und geschwungen. Aber wenn man aufgebracht genug war, um seinen Mann zu verlassen, machte man sich vielleicht keine Gedanken über kalligraphische Feinheiten.

»Nein«, sagte Mako gedehnt. »Sie fühlte sich nicht gut, sie hatte starke Kopfschmerzen. Wir haben ein wenig geredet, vor dem Essen und nachdem sie vom Tisch aufgestanden war. Sie wollte sich ausruhen, um morgen wieder fit zu sein.«

»*Es war überfällig?* Was meint sie damit?«, fragte Cricket, die sich ebenfalls in ein Handtuch gehüllt hatte. Sie zitterte ein wenig, und auf ihrer Stirn stand eine kleine Sorgenfalte.

»Keine Ahnung«, sagte Mako und vergrub das Gesicht in den Händen. »Ich meine, keine Ehe ist perfekt, oder? Wir hatten so unsere Probleme.«

Das war Hannah neu. Auch sie und Bruce hatten ihre Probleme – Dinge, worüber man als Paar eben stritt. Er ließ seine dreckige Wäsche immer auf dem Badezimmerboden liegen, statt sie in den Wäschekorb zu werfen, sie warf gebrauchte Teebeutel in die Spüle, statt sie in den Müll zu tun. Sie benutzte seinen Rasierer. Bruce war ein Workaholic. Hannah machte sich immer zu große Sorgen um das Baby. Und in letzter Zeit gab es da ihre Paranoia und ihr Herumgeschnüffel. Aber deswegen würde doch keiner von ihnen mitten in der Nacht abhauen, oder?

»Was für Probleme?« Sie hörte selbst, dass ihre Stimme ein wenig schrill klang, ein bisschen wie die von Sophia.

»Ich weiß es doch auch nicht, Hannah«, sagte Mako mürrisch, ohne sie anzusehen. »Probleme eben. Ich weiß es nicht.«

»Rufen wir sie an«, sagte Hannah. »Das ist doch verrückt.«

»Sie will nicht, dass ich sie anrufe.«

»Das ist doch Blödsinn.« Hannah stand auf, griff nach ihrem

Handy, das auf dem Terrassentisch lag, suchte Lizas Nummer heraus und rief an. Der Anruf ging sofort auf die Voicemail.

Hallo. Ich kann gerade nicht ans Telefon gehen, aber hinterlasst doch bitte eine Nachricht. Namaste.

Cricket und Mako starrten sie an, beide wirkten jung und betroffen. Warum machte Cricket einen so schuldbewussten Eindruck?

»Hallo, Liza, hier ist Hannah. Hör zu, ich weiß ja nicht, was los ist, aber könntest du bitte zurückrufen, damit wir reden können?«

Bruce schob die Schiebetür auf betrat die Terrasse.

»Was ist hier los?«, fragte er, sah erst Mako an und dann Hannah und Cricket. Cricket gab ihm eine kurze Zusammenfassung.

»Okay«, sagte Bruce, langsam und gemessen wie üblich. »Wow. Hattet ihr Streit?«

Mako schüttelte unglücklich den Kopf, und Hannah sah, dass er den Tränen nahe war.

»Es sieht ihr einfach nicht ähnlich, oder?«, sagte Hannah. »Einfach so abzuhauen.«

Hannah und Liza hatten zwar kein sonderlich enges Verhältnis, aber Liza war jetzt seit mehr als fünf Jahren mit Mako zusammen. Hannah kannte ihre Schwägerin, so viel konnte sie mit Sicherheit sagen. Liza war geduldig, immer freundlich und höflich, rücksichtsvoll. Ein solches Verhalten war eindeutig untypisch für sie.

Es sei denn ...

Vielleicht hatte sie vom Schlafzimmerfenster aus Cricket und Mako beim Flirten oder vielleicht noch mehr beobachtet, als sie allein waren, weil Hannah und Bruce ihr Stelldichein im Wald hatten?

Es passte alles nicht zusammen. Und Mako schien es nicht gut zu gehen, ein dünner Schweißfilm stand ihm auf der Stirn. Was zum Teufel war hier los?

Hannah ging in den hohen, geräumigen Wohnraum. Auf der Kücheninsel standen kleine Teller mit Schokoladenkuchen bereit –

ihr Dessert, das sie vergessen hatten. Alles glänzte und blitzte vor Sauberkeit.

Wann waren der grässliche Koch Jeff und seine unerfreuliche Assistentin gegangen? Hatten sie gesehen, wie Liza ging? Die beiden waren wie Geister, sie waren aufgetaucht, ohne dass Hannah es mitbekommen hatte, um dann ohne ein Wort zu verschwinden.

Sie stieg die Treppe hinauf, zitternd in der klimatisierten Kühle. Am Ende des langen Flurs oben betrat sie das große Schlafzimmer.

Sie hörte, wie die anderen ihr folgten, Bruce sprach leise mit jemandem.

Ein riesiges Himmelbett dominierte den Raum, und für einen Moment sah es so aus, als läge eine schlafende Gestalt auf der linken Bettseite. Aber als Hannah nähertrat, sah sie, dass Kissen der Länge nach unter die Bettdecke geschoben worden waren.

»Ich dachte, sie wäre es«, sagte Mako, der hinter sie getreten war. »Als ich hier war, um meine Badesachen anzuziehen. Ich habe sie nicht geweckt, ich wollte sie schlafen lassen. Aber offenbar hat sie die Kissen so hingelegt, um mich zu täuschen.«

Makos Koffer lag auf dem Boden, Kleidungsstücke quollen unordentlich daraus hervor, wahrscheinlich, weil er nach seiner Badehose gesucht hatte.

Mako sah sich um »Ihre Sachen sind nicht mehr da«, stellte er fest. »Ihr Koffer fehlt und die Tasche mit der Kameraausrüstung für ihren Yogakurs, ihr Laptop. Sie hat gepackt und ist weg.«

»Das ergibt doch keinen Sinn. Wir hätten es doch gesehen, wenn sie das Haus verlassen hätte, oder nicht?«

Vielleicht auch nicht, wenn sie alle draußen gewesen waren.

»Hat sie den Wagen genommen?«, fragte Bruce.

»Ich habe noch nicht nachgesehen«, antwortete Mako, hilflos und unglücklich.

Hannah ging ins Bad, und sofort fiel ihr Lizas Kulturtasche ins Auge – Make-up, Hautlotion, Cremes, ein umgekipptes Pillenfläschchen auf der Ablage. Wenn sie ihre anderen Sachen gepackt hatte, hatte sie das hier vergessen. Was ihr ebenfalls nicht ähnlich sah. Liza war eine Ordnungsfanatikerin. Hannah hatte sie immer um ihre Küche beneidet, picobello sauber, wie geleckt, alles darin ein Stilobjekt: die besten Messer, der absurd teure Kaffeebereiter, die handgefertigten Schneidebretter aus Akazienholz. Stielgläser und Geschirr aufgereiht und auf Hochglanz poliert hinter Glas. Auch Lizas Badezimmer daheim war so, praktisch eine Ausstellungsfläche hochwertiger Bioprodukte, flauschige weiße Handtücher zusammengerollt auf Teakregalen, glänzende Fliesen. Alles nach Design und hoher Qualität ausgewählt. So mochte sie es.

Hannah ließ die Kulturtasche unangetastet und kehrte ins Schlafzimmer zurück. Alles wirkte ein wenig unordentlich, als wäre Liza in aller Eile aufgebrochen. Da fiel ihr auf, dass die Nachttischlampe ein wenig schräg stand, der Schirm war schief, als wäre sie umgekippt und wieder aufgestellt worden.

»Warum sollte sie das getan haben?«, fragte Cricket.

Mako schwieg, stand einfach in der Tür und wirkte wie betäubt. Hannah hätte erwartet, dass er ausflippte, denn das war seine normale Reaktion, wenn irgendwas nicht so lief wie geplant. Sein perfektes Wochenende war ruiniert. Normalerweise hätte er jetzt getobt und gewütet. Sämtliche Bekannte angerufen, um zu fragen, ob jemand wusste, wo Liza stecken könnte. Aber stattdessen sah er ganz krank aus, noch bleicher als eben, als sie unten gewesen waren, und lehnte sich schwer gegen den Türrahmen. Was verschwieg er ihnen? Sie merkte, dass sie ihren Bruder anstarrte. Sein Blick huschte zu ihr herüber und dann wieder weg.

Bruce ging zum Bett und zog die Bettdecke zurück, unter der die Kissen drapiert waren.

»Hey«, sagte er und wich etwas zurück. »Ist das Blut?«

»Was zum Teufel?«, sagte Cricket und kam näher. Hannah trat hinter sie.

Und sah drei große rote Flecken auf den reinweißen Laken, wie Rosenblüten.

»O mein Gott«, stieß Hannah hervor. Sie brachte es nicht über sich, sich umzudrehen und ihren Bruder anzusehen, so wie Cricket und Bruce es taten.

Sie war erstaunt über die Wucht der Gefühle, die in ihr aufstiegen – Wut und Angst. Bei näherer Betrachtung stellte sie fest, dass die Flecken noch feucht waren und sich auf die Bettdecke übertragen hatten.

Dieser Augenblick, dieses Gefühl.

Es erinnerte sie an eine hässliche Geschichte, die sie einmal mit ihrem Bruder erlebt hatte. Sie spürte, wie ihr ein Schauer über den Rücken lief.

Da stimmte doch etwas ganz und gar nicht.

»Also hat sie ihre Sachen gepackt und ist gegangen, ohne dass irgendjemand sie gesehen hätte?«, fragte Hannah. »Aber ihre Kulturtasche hat sie vergessen. Sie hat dir diesen Brief hinterlassen – geschrieben in einer Schrift, die so gar nicht nach ihrer Handschrift aussieht?«

»Was willst du damit sagen?«, fragte Mako.

»Gar nichts. Ich stelle Fragen. Findest du, dass dieses Verhalten Liza irgendwie ähnlichsieht?«

Mako sah sie ausdruckslos an. »Nein – nicht wirklich.«

»Also was?«, fragte Cricket. »Glaubst du, ihr ist etwas zugestoßen? Dass jemand sie entführt hat?«

»Nun mal langsam«, sagte Bruce. Er mochte kein Drama und schätzte Crickets Wunsch nicht, ein Drama aus der Sache zu machen. »Lasst uns nicht überreagieren.«

»Dieser Koch war echt unheimlich«, sagte Cricket. »Diese grässlichen Geschichten, die er erzählt hat. Das Blut auf seiner Kochschürze. Und die beiden haben sich einfach weggeschlichen.«

»Und vorhin habe ich unseren Vermieter gesehen.« Eine dunkle

Angst stieg in Hannah auf. »Der war auch irgendwie komisch. Ich hatte den Eindruck, dass er zu dicht bei ihr stand.«

»Was?« Mako war alarmiert. »Wann war das?«

»Als du in die Stadt gefahren bist.«

»Und dann haben wir draußen am See jemanden gesehen«, fügte Cricket hinzu und griff nach Hannahs Hand.

Bruce sah Hannah fragend an, und sie erklärte es ihm. »Wir können uns nicht sicher sein. Wir hatten was genommen.«

Hannahs Schwips war längst weg. Dieses abgelegene Ferienhaus, das so friedlich gewirkt hatte, kam ihr jetzt vor wie ein Horrorkabinett.

Ein Blitz erhellte den Raum und riss sie wie mit grellweißen Scheinwerfern aus dem Dunkel. Dann folgte ein gewaltiger Donnerschlag, so laut, dass das Haus bebte. Cricket stieß einen verängstigten Schrei aus.

Mit einem Schlag wurde es stockfinster.

27
CRICKET

Was zum Teufel?

Ernsthaft?

Cricket tastete nach dem Türpfosten, während ihre Augen sich langsam an die Dunkelheit gewöhnten. Ein zweiter Blitz tauchte den Raum in grellweißes Licht. Hannah stand an der Badezimmertür, eine Hand auf der Brust. Bruce stand am Bett und sah zum Fenster hinaus. Eine Sekunde lang wirkten alle starr und weiß wie Statuen.

Sie wappnete sich. Ein gewaltiger Donnerschlag erschütterte das Haus. Irgendwas war eindeutig getroffen worden. Regen begann gegen die Fenster zu prasseln.

»Cricket? Alles in Ordnung?« Mako trat neben sie und legte ihr die Hand auf den Arm. Sie spürte, wie sie sich versteifte, und rückte etwas von ihm ab.

»Mir geht's gut«, sagte sie. »In den Nachttischschubladen müssten Taschenlampen sein. Jedenfalls sind welche in unserem Zimmer unten. Da lag auch ein Info-Zettel. Offenbar fällt hier bei Gewitter häufig der Strom aus, er ist dann aber schnell wieder da.«

Ihre Augen gewöhnten sich langsam an die Dunkelheit, und sie sah, wie Bruce zum Nachttisch ging, eine Taschenlampe herausholte und einschaltete. Er richtete sie auf das Bett. Das Blut sah schwarz aus, drei große, hässliche Flecken, die nie wieder rausgehen würden und wahrscheinlich bis zur Matratze durchgesickert waren.

»Was ist hier passiert?«, fragte sie, an niemand Bestimmten gewandt. Ihr Atem stockte.

Sie sah Hannah an, die noch kein Wort gesagt hatte. Ihre stoische Miene verriet ihr, dass die Freundin zutiefst verstört war. Wenn Cricket durchdrehte, bekam sie hysterische Anfälle und kreischte herum. Hannah ließ sich nichts anmerken. Das wussten sie beide voneinander. Hannah blieb ruhig, wenn die Kacke am Dampfen war. Vielleicht würde sie später zusammenbrechen, nachdem sich alles beruhigt hatte. Aber im kritischen Moment bewahrte sie ruhig Blut.

»Jemand sollte noch mal versuchen, Liza anzurufen«, sagte Hannah ruhig.

»Oder die Polizei«, fügte Bruce hinzu.

»Wow.« Mako. »Die Polizei? Warum zum Teufel sollten wir das tun? Sie hat mich verlassen.«

Er hielt ihnen den Zettel entgegen, den er immer noch umklammert hielt. Und Cricket fiel etwas ein, das sie immer wieder vergaß. Mako war ein Lügner. Ein richtig guter Lügner. Er log kreativ und mühelos. Er hatte sie schon so oft angelogen, im Großen und im Kleinen, manchmal bei Dingen, die sie selbst miterlebt oder gehört hatte, und auch wenn sie es besser wusste, glaubte sie ihm fast immer. Manche Leute waren einfach so. Sie waren so magnetisch, so charismatisch, dass man gar nicht mitbekam, dass man hinters Licht geführt wurde, und wenn man es doch merkte, war es einem egal. Oder hatten sie einfach ein Händchen dafür, sich die Leute auszusuchen, die ihnen glauben würden?

»Obwohl sie so stark blutete? Was ist, wenn ihr etwas fehlt?«, fragte Hannah. »Wenn sie krank ist oder verletzt? Oder wenn noch jemand hier ist?«

Da schluchzte Mako auf. Alle drehten sich zu ihm um. Bruce richtete die Taschenlampe auf ihn wie einen Scheinwerfer.

»Sie hat es mir noch nicht gesagt.« Eine Träne lief ihm über die

Wange. »Aber ich glaube, sie war schwanger. Ich habe letzte Woche im Bad den Test gefunden.«

Der Regen prasselte gegen die Fenster, der Wind wurde stärker. Alle Blicke richteten sich auf das blutbefleckte Laken.

»Warum sollte sie dir verschweigen, dass sie schwanger ist?« Hannahs Stimme war eisig.

»Ich weiß es doch nicht, Hannah. Aus Angst vielleicht. Wir hatten eine Fruchtbarkeitsbehandlung. Sie hatte eine Fehlgeburt – schon zweimal. Es war wirklich ... schlimm für uns.«

Es herrschte fassungsloses Schweigen, nur unterbrochen von Makos Schluchzen. Wieder zuckte ein Blitz, aber der folgende Donnerschlag war schwächer, eher ein Grollen.

Cricket war das nicht neu, auch wenn Hannah es offensichtlich zum ersten Mal hörte.

Um die Wahrheit zu sagen, hatte sie sich vor einigen Wochen an einer Hotelbar mit Mako getroffen. Nach ein paar Drinks hatte er gesagt, dass er sich ein Zimmer genommen hatte, und sie war mit ihm hochgegangen. Er hatte geweint, als er von Lizas zweiter Fehlgeburt erzählte. Sie hatte ihn getröstet. Dann hatte er sie von hinten genommen und war gegangen, während sie schlief. Sie hatte sich benutzt und billig gefühlt und sich geschworen, dass das jetzt endgültig das letzte Mal gewesen war. Aber sie wusste, wenn er anrief, würde sie ihn wieder treffen.

»Warum weiß ich nichts davon?«, fragte Hannah schließlich. »Von den Fehlgeburten?«

»Sie wollte nicht, dass es irgendjemand erfährt.« Mako wischte sich die Augen. Cricket hatte ihn im Laufe der Jahre ein paarmal weinen sehen. Meistens dann, wenn er bei einer Lüge ertappt wurde. »Du weißt ja, wie sie ist. Sie schätzt ihre Privatsphäre.«

»Okay.« Bruce, der ruhige Autorität ausstrahlte, hob die Hände. Als Hannah sie einander vorstellte, hatte Cricket ihn für einen Langweiler gehalten, nichts Besonderes. Aber mittlerweile erkannte sie den Reiz daran. Ein verlässlicher, solider Mann, der seine Frau nicht hinterging und belog. Mal was ganz Neues.

»Gehen wir runter und rufen den Vermieter an«, fuhr Bruce ruhig fort. »Mako, du versuchst noch mal, Liza zu erreichen. Dann kommen wir zusammen und entscheiden, wie wir weiter vorgehen. Kein Grund zur Panik. Niemandem ist etwas passiert.«

Außer Liza, dachte Cricket.

Das ganze Blut.

Cricket verfolgte, wie er zu Hannah trat, schützend den Arm um sie legte, sie zur Tür und dann den Flur hinunterführte.

»Wir sollten abreisen«, hörte sie ihre Freundin flüstern. »Ich will von hier weg.«

Cricket zog die Schublade des zweiten Nachttischs auf und fand eine zweite Taschenlampe. Der Lichtstrahl flackerte, ging aus und dann wieder an. Na klasse. Eine störanfällige Taschenlampe in einem Gewittersturm. Toll.

Sie richtete den Lichtstrahl auf Mako, und irgendetwas an seinem Gesichtsausdruck führte dazu, dass ihr Magen sich zusammenkrampfte.

»Was hast du getan, Mako?« Die Worte waren heraus, bevor sie es verhindern konnte.

Seine Miene wurde kalt. »Gar nichts, Cricket. Ich hab ihr verdammt noch mal nichts angetan.«

Die Erinnerung an eine Nacht vor einigen Jahren blitzte in ihr auf, seine starken Hände, die sie gepackt hielten, das Gewicht seines Körpers.

Hör auf, Mako. Ich will das nicht.

Ich habe nie jemanden getroffen, der es so sehr will wie du, Cricket.

Aber das war lange her und ebenso sehr ihre Schuld wie seine, oder? Weil sie dagewesen war? Ihn verführt hatte? Sie schob sich an ihm vorbei und folgte Hannah und Bruce nach unten. Wo zum Teufel steckte Joshua? Wie lange war es her, dass er geschrieben hatte, er sei auf dem Weg? Ging es ihm gut? Sollte er bei diesem Unwetter Auto fahren?

Ein finsterer Gedanke kam ihr. War Liza etwa bei ihm? Nein. Auf keinen Fall. Das war unmöglich.

Als sie nach unten kam, waren Hannah und Bruce über den dicken Ordner mit den detaillierten Gästeinfos gebeugt und suchten nach der Telefonnummer des Vermieters.

»Ich hab's gefunden«, sagte Hannah. »*Rufen Sie gern jederzeit an, Tag oder Nacht, wenn Sie irgendetwas brauchen.*«

»Ich habe nur einen Balken«, sagte Bruce. »Das Handynetz hier ist Schrott. Und so lange es keinen Strom gibt, haben wir auch kein WLAN.«

Er griff nach seinem Handy und wählte die Nummer, die sie entdeckt hatten. Cricket stellte sich zu Hannah, und die Freundin legte die Arme um sie.

»Alles in Ordnung?«, fragte Cricket.

»Ich meine ...«, sagte Hannah. »Ich weiß nicht ... Das ist alles so ... seltsam.«

»Lass mich hier nicht allein«, flüsterte Cricket.

Hannah strich ihr übers Haar. »Wenn wir fahren, kommst du mit.«

Offenbar hinterließ Bruce dem Vermieter eine Nachricht: »Der Strom ist ausgefallen, alles ist dunkel. Könnten Sie beim Stromversorger anrufen und mal nachfragen, wann es wieder Strom gibt? Wenn das nicht bald passiert, müssen wir wahrscheinlich abreisen.«

Ein Blitz erhellte die Aussicht draußen, die schwarzen Bäume hoben sich wie Kohlezeichnungen vor dem grellen Weiß ab. Cricket spürte den krachenden Donnerschlag in den Fußbodendielen. Aber der Regen schien etwas nachzulassen. Dann streifte das Licht von Autoscheinwerfern über die rückwärtige Wand.

Cricket lief zur Tür und sah Joshuas Auto in die Auffahrt einbiegen. Die Heckscheibe war zerborsten, der Kofferraum eingedrückt.

Joshua stieg auf unsicheren Beinen aus. War das eine Schnittwunde über seinem rechten Auge, lief ihm Blut übers Gesicht? Mein Gott, war er verletzt?

Sie rannte in den Regen hinaus und zu ihm. Er nahm sie in die Arme und lehnte sich an sie, und sie führte ihn aus dem Regen unter den Schutz des Verandadachs.

»O mein Gott«, stieß sie hervor. »Was ist passiert? Du blutest. O mein Gott.«

Cricket wischte ihm mit dem Ärmel das Blut aus dem Gesicht. Hannah und Bruce kamen herbeigeeilt.

»Der letzte Blitzschlag hat einen Baum getroffen«, sagte Joshua. Er war ganz bleich im Gesicht, seine Hände zitterten. »Es war unglaublich laut, wie eine Explosion. Dann gab es einen ohrenbetäubenden Knall, und ein Riesenbaum stürzte einfach um. Er hat den Kofferraum getroffen und blockiert jetzt die Straße.«

»Was ist mit deinem Kopf?«

Er tastete nach der Verletzung, verzog das Gesicht und ließ die Hand wieder sinken.

»Ich muss wohl auf das Lenkrad geprallt sein oder so.«

»Die Airbags haben nicht ausgelöst?«, fragte Bruce und blickte zwischen Joshua und seinem Auto hin und her.

Joshuas Gesicht war weiß wie eine Wand, sein Blick verwirrt. »Ich ... ich weiß nicht. Nein, vermutlich nicht.«

»Ist die Straße vollständig blockiert?« Hannahs Stimme klang angespannt.

»Ja«, bestätigte Joshua. »Ein riesiger Baum liegt quer über der Straße. Man braucht vermutlich schweres Gerät, um ihn wegzuräumen. Und in manchen Straßen stand bereits das Wasser.«

»Du hättest sterben können«, sagte Bruce mit einem Blick auf den Wagen. »Du hast wirklich Glück gehabt.«

»O mein Gott«, jammerte Cricket erneut und klammerte sich an Joshua.

»Ich hätte nicht einfach so losfahren dürfen«, sagte er zu ihr. »Es tut mir leid. Ich hätte meiner Chefin sagen sollen, dass sie das Problem allein regeln soll. Ich ... war so dumm. Ich habe viele Fehler gemacht.«

Er wirkte völlig aufgelöst und war aschfahl. Cricket hielt ihn ganz fest, und er schloss die Arme um sie. Er küsste sie auf den Scheitel, und sie begann ein wenig zu weinen, aber so, dass niemand es mitbekam.

»Hier gibt es auch eine Krise«, sagte Bruce. »Der Strom ist ausgefallen. Und Liza ist weg.«

»Weg?«, wiederholte Joshua. Sie spürte, wie er sich versteifte. »Wie denn?«

Da fiel Cricket auf, dass Makos Tesla noch in der Auffahrt stand. Wenn Liza gegangen war, wie war sie von hier weggekommen? Zu Fuß? Oder hatte sie sich ein Uber-Taxi gerufen? Liza hatte doch den Aufenthalt hier organisiert, oder? War das Ganze geplant gewesen? Es war durchaus ein guter Zeitpunkt, Mako zu verlassen, wenn sie das vorgehabt hatte. Vor ihnen allen konnte er nicht auf die üblichen Taktiken zurückgreifen, die er sonst anwandte, um Frauen zu manipulieren.

Aber das Blut.

»Gehen wir rein. Sehen wir uns die Wunde mal an«, sagte Bruce.

Mako stand in der offenen Küche und starrte auf sein Handy. Sie konnten schwach das Freizeichen hören, offenbar machte er gerade einen Anruf. Cricket klammerte sich immer noch an Joshua, und er stützte sich schwer auf sie. Sie führte ihn zum Sofa, und er ließ sich darauf niedersinken. Wie schlimm war diese Kopfverletzung?

»Ich hole etwas Eis«, erklärte sie und ging in die Küche. Vielleicht gab es auch irgendwo einen Erste-Hilfe-Kasten. Sie warf einen hilfesuchenden Blick auf Hannah. Hannah war gut in so etwas – früher war sie bei den Pfadfinderinnen gewesen, bei den

Rettungsschwimmern, kannte sich mit Herz-Lungen-Wiederbelebung aus. Aber sie stand nur wie erstarrt da und sah ihren Bruder stirnrunzelnd an. Mako blickte auf sein Handy.

»Was tust du da?«, fragte Hannah ihn scharf.

Er warf ihr einen raschen Blick zu und sah dann wieder auf das Telefon. »Ich rufe Liza an und orte sie über die ›Meine Freunde finden‹-App.«

»Wo ist sie?«

»Psst. Das Netz ist beschissen.«

Der Augenblick dehnte sich aus, alle warteten. Aber endlich hörten sie, wie die Mailbox ansprang, man hörte schwach Lizas Stimme.

Hallo. Ich kann gerade nicht ans Telefon gehen, aber hinterlasst doch bitte eine Nachricht. Namaste.

Er beendete den Anruf. »Verdammt.«

»Mako. Wo ist sie?«, wiederholte Hannah.

Mako drehte das Handy um, sodass alle es sehen konnten. Ein blauer Punkt blinkte in einem Meer aus Grün. Makos Punkt war direkt daneben.

»Sie ist hier«, erklärte er und sah sie alle der Reihe nach an. »Irgendwo auf diesem Grundstück.«

TEIL II
FREMDE FAMILIE

Wer mit Ungeheuern kämpft, mag zusehn,
dass er nicht dabei zum Ungeheuer wird.

– Friedrich Nietzsche

28
HANNAH

»Was meinst du damit?«, fragte sie ihren Bruder und wollte nach seinem Handy greifen. Er hatte diesen hilflosen, überwältigten Blick, den er immer bekam, wenn nicht alles so lief wie geplant. Ein Mann-Baby, das war er.

Wieder hielt er sein Telefon hoch. Das Display erhellte ihre Gesichter. »Ihr Handy ist hier, irgendwo auf diesem Grundstück.«

Hannah starrte ihn an und versuchte vergebens zu begreifen, was das bedeuten könnte. Sollte das ein Streich oder Witz sein?

»Das ergibt doch keinen Sinn«, sagte sie.

»Nichts von alledem ergibt irgendeinen Sinn, Han«, sagte er.

Der Regen prasselte heftig herab, trommelte wie mit Tausenden von Fingern auf das Dach, lief in Sturzbächen die Fenster hinunter. Sie hatten die Badetonne nicht wieder abgedeckt, und Hannah sah, wie das Wasser überquoll und auf die Terrasse strömte. Ein Blitz zuckte, Donner grollte – nicht mehr fast gleichzeitig, und weniger laut. Das ließ sie hoffen, dass das Gewitter bald abziehen würde.

Cricket kümmerte sich um Joshua, der auf dem Sofa saß. Sie hatte seine Schnittwunde am Kopf mit Küchentüchern und Geschirrspülmittel gereinigt. Ganz offensichtlich war sie weit besorgter um ihn als um Liza. Sie hatte nach einem Erste-Hilfe-Kasten gesucht, aber keinen gefunden. Joshua sah gar nicht gut aus, zittrig und ... verängstigt. Ja, das traf es. Er schien Angst zu haben.

Auch Mako sah nicht gut aus, er war blass und schwitzte.

Bruces Handy klingelte. Er ging ran und stellte den Anruf auf Lautsprecher.

»Hallo, hier ist Bracken, Ihr Vermieter. Alles in Ordnung soweit?«

Bruce erzählte eine abgekürzte Version: Eine Frau aus ihrer Gruppe habe mitten im Gewitter das Haus verlassen, es gab keinen Strom, einer aus der Gruppe habe einen Autounfall gehabt, ein Baum sei auf die Straße gestürzt, sodass sie hier festsaßen. Das Blut im Bett und den Ehestreit erwähnte er nicht. Das würde er nie tun. Mako war leicht reizbar, aber Bruce reagierte immer wohlüberlegt. Bedächtig und ruhig. Gott sei Dank.

Denn die Panik in Hannahs Brust flatterte wie ein Vogel. Sie hätte Gigi nie alleinlassen dürfen. Sie hatte deutlich gespürt, dass diese Reise ein Fehler war. Wie immer hatte sie ihrem eigenen Instinkt nicht vertraut. Warum lernte sie diese Lektion bloß nie? Und was war jetzt? Liza wurde vermisst, Joshua war verletzt, und sie saßen alle hier fest.

»Es gibt ein Notstromaggregat.« Brackens Stimme klang schwach und blechern, offenbar war die Verbindung schlecht. »Es hätte anspringen müssen, als der Strom ausfiel.«

»Ist es aber nicht«, sagte Mako. »Offensichtlich. Ich führe ein Unternehmen. Da muss ich erreichbar sein.«

Meine Güte, er klang wie ein Arschloch, jemand, der überzeugt war, dass sich die Welt nur um ihn drehte. Hannah gefiel die Art nicht, wie ihr Mann Mako ansah, gereizt, fast schon mit Abscheu. Ihr wurde klar, dass Bruce ihrem Bruder oft solche Blicke zuwarf. Und sie stellte fest, dass sie ihm daraus keinen Vorwurf machen konnte, besonders jetzt nicht.

»Okay«, sagte Bracken. »Ich verstehe. Sie sitzen fest und haben keinen Strom. Das ist ärgerlich.«

Mako trat näher an das Telefon heran und fuchtelte erbost mit einem Finger davor herum, während er lospolterte. »Reden Sie nicht so herablassend mit mir, Mann! Was werden Sie jetzt unternehmen?«

»Er hat keinen Einfluss auf das Wetter, Mickey«, sagte Hannah.

Mako warf ihr einen elenden Blick zu und ließ sich schlaff auf das Sofa sinken.

»Hören Sie.« Brackens Ton war härter geworden. »Die schlechte Nachricht ist, dass das Wetter noch schlechter werden wird, bevor es besser wird. Ich werde versuchen, jemanden zu finden, der mir hilft, diesen Baum von der Straße zu räumen, aber wir werden abwarten müssen, bis der Sturm ein wenig nachlässt.«

Hannah und Cricket sahen einander an.

Wir sitzen hier fest, dachte Hannah. Wir sind gefangen. Crickets Augen weiteten sich, als hätte sie Hannahs Gedanken gelesen.

Mako ergriff wieder das Wort. »Wenn jemand bereit ist, jetzt sofort in den Sturm rauszugehen, um diesen Baum wegzuräumen, biete ich ihm eine Belohnung von tausend Dollar.«

»Mako«, sagte Hannah. Was sollte denn dieser Mist?

Eine längere Pause entstand. Hannah konnte den Vermieter atmen hören, aber er schwieg.

Würde er sich weigern, ihnen zu helfen? Hannah dachte an all die Bewertungen, die davon geschwärmt hatten, wie bemüht er war, dass er immer weit mehr getan hatte, als von ihm erwartet werden konnte. Aber die waren alle auf der Firmen-Website. Auf den anderen Booking-Apps gab es keine Bewertungen. Waren sie hier von der Außenwelt abgeschnitten, der Gnade dieses Unbekannten ausgeliefert? War er es gewesen, den sie beim See gesehen hatten? Wenn ja, war er gerade irgendwo auf dem Grundstück? Ihr Blick fiel auf die Knochenskulptur beim Esstisch. *Memento mori. Bedenkt, dass ihr sterben müsst.*

»Sie klingen aufgebracht. Handelt es sich um einen Notfall?«, fragte Bracken. »Ist sonst noch etwas passiert?«

Was sollte das denn bedeuten? Hannah trat zur Schiebetür und blickte in die Finsternis hinaus.

»Ich weiß nicht genau, ob ich es als Notfall bezeichnen würde«, sagte Bruce und sah Hannah unsicher an.

War es ein Notfall? Wo war Liza? Woher kam das ganze Blut auf dem Bettlaken? Und was war mit Joshua? Sie blickte zu ihm hinüber. Er hatte den Kopf zurückgelegt und drückte den Eisbeutel dagegen, den Cricket im Gefrierfach gefunden hatte. Er hatte beteuert, dass es nichts sei. Aber wie schlimm war seine Verletzung? Sie steckten in diesem absolut einsam gelegenen Haus fest, sie konnten nicht wegfahren, selbst wenn es nötig sein sollte. Vielleicht brauchte er doch medizinische Versorgung? Was war, wenn Lou anrief, weil es irgendein dringendes Problem mit Gigi gab? Sie würden nicht nach Hause fahren können. Hannahs Brustkorb verkrampfte sich.

Atme, sagte sie zu sich selbst. Atme. Sie wollte gerade etwas sagen, als Bruce fortfuhr: »Aber meine Frau und ich haben ein kleines Kind zu Hause, und da die Dinge hier etwas aus dem Ruder gelaufen sind, würden wir gern möglichst bald abreisen.«

»Meine Frau wird vermisst«, sagte Mako. »Zählt das nicht als Notfall, Bruce?«

»Und Joshua ist verletzt«, warf Cricket ein.

»Augenblick mal«, sagte die blecherne Stimme am anderen Ende der Leitung. »Es wird jemand vermisst? Jemand ist verletzt?«

»Nun«, antwortete Bruce. »Eine Frau aus unserer Gruppe hat beschlossen, früher abzureisen. Es scheint Unklarheit darüber zu bestehen, wo sie sich aufhalten könnte. Und wie bereits erwähnt, war jemand aus unserer Gruppe mit dem Auto auf der Straße, als der Baum umstürzte. Es gab einen kleinen Unfall, und er hat eine Schramme am Kopf.«

Klang das nicht so, als würde er alles herunterspielen? Aber warum sollte er das tun? Schön, Bruce schätzte Dramen nicht, aber trotzdem ...

»Im Ernst«, versicherte Joshua. »Es geht mir gut.«

Wieder entstand eine Pause. »Okay«, sagte Bracken und zog dabei die Silben in die Länge. »Sollen wir die Polizei verständigen? Einen Rettungswagen rufen?«

Es konnte eigentlich nicht sein, aber klang das nicht fast sarkastisch, irgendwie höhnisch?

»Was zum Teufel sollte das bringen?«, fragte Mako. »Es kann sowieso niemand zu uns gelangen, oder? Räumen Sie einfach diesen gottverdammten Baum von der Straße, damit wir von hier wegkönnen.«

Hannah starrte ihren Bruder an, und eine bange Besorgnis überkam sie. Sie hasste es, wenn er so war.

Sie erinnerte sich an einen anderen Abend, an dem sie mit ihm in einem dunklen Raum gestanden hatte, an die Wut und Angst in seinem Gesicht. Es war das Schlafzimmer ihrer Eltern gewesen. Sophia und Leo waren übers Wochenende weggefahren, und Mako und Hannah sollten aufeinander und auf das Haus aufpassen. Ihre Eltern gingen davon aus, dass sie alt genug dazu waren – Hannah war sechzehn gewesen, Mako achtzehn, in wenigen Wochen sollte er aufs College gehen.

Sie erinnerte sich an das Mädchen im Bett ihrer Eltern, nackt, so dünn, dass sie aussah wie ein Kind, so betrunken, dass sie sich übergeben hatte, der Boden war voll von ihrem Erbrochenen. Sie lag zusammengerollt da und weinte. Von unten dröhnte die Musik einer Party hinauf, die aus dem Ruder gelaufen war.

Blut. Auch damals war auf den Laken Blut gewesen.

Was hast du getan, Mickey?

Sie wollte es. Sie hat gesagt, dass sie es wollte.

Sie schüttelte die Erinnerung ab. Das war lange her, längst vorbei.

»Okay.« Die Stimme ihres Vermieters klang angespannt und verärgert. »Ich sehe mal, was ich tun kann.«

Wieder Stille, dann das Piepsen, das das Ende des Anrufs anzeigte.

»Du bist ein solches Arschloch«, zischte Hannah mit einer Wut, die sie selbst überraschte. »Ging's noch etwas unhöflicher?«

»Ha, *ich* soll ein Arschloch sein?«, protestierte Mako. »Der Typ war doch nutzlos. Weißt du, wie viel Miete ich für dieses Haus bezahlt habe?«

Sie fühlte die vertraute Verärgerung über ihren Bruder in sich aufsteigen, über seinen Egoismus, seine Überzeugung, dass ihm alles einfach zustand, die Art, wie er ständig alle um sich herum daran erinnern musste, was er alles besaß und wie viel er dafür bezahlt hatte, wie ein unsicherer kleiner Junge. Deshalb hatte Bruce ihren Anteil an der Ferienhausmiete selbst übernehmen wollen; weil er nicht wollte, dass es ihm nachher ständig unter die Nase gerieben wurde. Deshalb wollte er auch unbedingt aus dem Haus raus, das sie von Mako gemietet hatten. Mako berechnete ihnen nur einen Bruchteil der Monatsmiete, die er sonst hätte fordern können. Aber er spielte ständig darauf an, beiläufig, im Scherz. *Ihr wohnt ja praktisch mietfrei*, haha, witzelte er vielleicht bei einem Essen mit ihren Eltern. *Ich sollte wirklich mehr Miete verlangen*, sagte er jedes Mal, wenn er zu Besuch kam.

»Hör einfach auf damit, Mickey«, sagte sie.

»Womit denn?«, fragte er schrill.

Als sie sich von ihm abwandte, sah sie zufällig den Gesichtsausdruck ihres Mannes, die Verachtung in seinen Augen, bevor er merkte, dass sie ihn anschaute. Es überraschte sie. Hatte er etwa einen richtigen Hass auf Mako entwickelt? Plötzlich begriff sie: seine Bemühungen, aus Makos Projekt auszusteigen, seine Begeisterung über ihr neues Haus. Und dass er diesen Wochenendtrip eigentlich gar nicht gewollt hatte. Das hatte sie doch gewusst, oder? Er wollte nicht mehr unter Makos Fuchtel stehen. Das war es, damit konnte er nicht mehr leben. Mako war das Problem.

Es tut mir leid, hätte sie am liebsten gesagt. Ihre Blicke trafen sich; es war alles da. Sie kannten einander so gut. Wie kam es, dass sie das nicht schon längst erkannt hatte? Weil sie blind war, wenn es um ihren Bruder ging, weil sie absichtlich die Augen verschloss. So war es schon immer gewesen. Sie wünschte sich so sehr, dass sie sich alle nahestanden und dass ihre Vorstellung einer gemeinsamen Zukunft wahr wurde.

In der Beziehung war sie genau wie Mako, der sie alle gezwungen hatte, in dieses abgelegene Ferienhaus zu fahren, nur um ein paar Instagram-taugliche Familien- und Freundeskreis-Momente zu bekommen und damit sein Ego zu füttern.

Aber das Gewitter, Lizas Verschwinden und Joshuas Verletzung, und die Tatsache, dass sie alle hier festsaßen, ließ sie irgendwie klarer sehen. Zu klar. Mein Gott, dachte sie. Armer Bruce.

Mako, der zusammengesunken dagesessen hatte, richtete sich rasch auf, als wäre er zu einem Entschluss gekommen, trat zur Schiebetür und öffnete sie.

Der Wind pfiff heulend herein, der Regen prasselte herab.

»Was machst du da?«, schrie Hannah.

»Mako!«, rief Cricket und löste sich von Joshua.

»Ich gehe jetzt da raus und suche meine Frau. Die Gästehütte dahinten. Dieses Licht, das wir gesehen haben, erinnert ihr euch? Vielleicht ist sie dort. Sie hat nicht den Wagen genommen. Ganz bestimmt ist sie nicht mitten in diesem Unwetter zu Fuß losgezogen, mit ihrem ganzen Gepäck.«

»Mako«, sagte Hannah. »Warte mal.«

Aber er war schon draußen und schob die Tür mit einem Ruck hinter sich zu.

»O mein Gott«, stieß Hannah hervor, als er die Verandatreppe hinunterlief und verschwand.

»Ich gehe mit ihm«, sagte Bruce, griff nach seiner Jacke, die an einem Haken neben der Tür hing, und trat zu Hannah.

»Nein«, flehte sie und packte ihn am Arm. »Lass ihn gehen. Was ist, wenn da draußen jemand ist?«

»Hör zu, uns geht es gut.« Bruce drückte ihr einen Kuss auf den Scheitel und strebte zur Schiebetür. »Gigi geht es gut, sie ist bei meiner Mutter in Sicherheit. In der Hinsicht besteht also kein Grund zur Sorge. Mako und Liza hatten Streit, das ist offensichtlich. Wer weiß, was du da gesehen hast. Du sagtest selbst, dass deine Wahrnehmung beeinträchtigt war. Der Sturm wird bald vorbei sein, dann räumen sie die Straße, und wir fahren nach Hause.«

So wie er es darstellte, klang alles ganz einfach. Vielleicht hatte er recht, und sie sah Gespenster.

»Aber da war jemand.« Ihr kleiner Rausch, dieses angenehm prickelnde Gefühl, war längst weg. Ja, vielleicht war sie ein wenig high gewesen, aber sie wusste, was sie gesehen hatte.

»Ich bin vorsichtig. Lass mich deinem Bruder nachgehen.«

»Na gut«, sagte sie, lief hinter ihm her und küsste ihn auf den Mund.

»Bruce«, flüsterte sie. »Es tut mir leid. Alles.«

Er legte seine warme Hand an ihre Wange und lächelte.

»Du brauchst dich nicht bei mir zu entschuldigen. Niemals.«

»Bruce ...«

»Ich bin gleich wieder da.«

Dann verschwand auch er im Sturm, der noch stärker zu werden schien, als er weg war. Hannah starrte auf die Wipfel der Bäume, die im Wind schwankten wie wilde Tänzer vor dem Nachthimmel.

Cricket saß neben Joshua auf dem Sofa und hielt ihm den Eisbeutel an die Stirn.

»Das ist der schlimmste Urlaub, den ich je hatte«, bemerkte sie mit leicht zittriger Stimme.

Hannah tat immer so, als wüsste sie nichts von Crickets und Makos heimlichen Treffen, dieser On-Off-Sache zwischen ihnen. Beide hatten ihr versichert, dass es endgültig vorbei war, aber ganz offensichtlich stimmte das nicht. Wieder fragte sie sich, ob die beiden irgendwas angestellt hatten und Liza sie dabei erwischt hatte. Wie oft hatte Mako seine Frau mit Cricket betrogen? Mit anderen Frauen? Hatte es aufgehört, als Cricket ihren neuen Freund Joshua kennenlernte?

Wieder musste Hannah an die Blutflecken oben auf dem Laken denken, und sie spürte, wie ihr ein kalter Schauer über den Rücken lief.

»Was ist los?«, sagte Cricket. »Warum siehst du mich so an?«

»Wie sehe ich dich denn an?«

»Als wäre es meine Schuld.«

Hannah ließ sich auf einen der übergroßen Polstersessel sinken und stützte den Kopf mit der Hand ab.

Ihr Kopf tat weh, und Schmerz pochte hinter ihren Augen, als sie ihre alte Freundin ansah. Cricket war nicht nur mit Hannah und Mako befreundet, im Laufe der Zeit war sie Teil der Familie geworden. Sie hielt Kontakt zu Sophia, unabhängig von den Geschwistern, und es war sogar Tradition, dass sie an Weihnachten vorbeikam, um ihre Geschenke unter den Weihnachtsbaum zu legen. Sie war die Schwester, die Hannah sich ausgesucht hätte, wenn man sich solche Dinge aussuchen könnte. Aber genau wie Mako hatte Cricket etwas Wildes, einen selbstsüchtigen Zug. Man konnte sich nicht immer darauf verlassen, dass sie das Richtige tat.

»Erinnerst du dich an Libby?«, fragte sie.

Crickets Blick huschte zu Joshua, dann sah sie Hannah an. »Warum fängst du jetzt damit an?«

»Wer ist Libby?« Joshuas Stimme klang benommen. Ihr Wissen aus der Erste-Hilfe-Ausbildung meldete sich. Man sollte dafür sorgen, dass Leute mit Kopfverletzungen wach blieben, oder? Sie musterte Joshua genauer und fragte sich, ob nicht doch ein echter Notfall vorlag. Mako schien nicht mal aufgefallen zu sein, dass Joshua verletzt war. Weil er sich nur für sich selbst interessierte.

»Ein Mädchen, das wir mal gekannt haben, vor Ewigkeiten«, antwortete Cricket rasch.

»Sie hat Mako beschuldigt, sie vergewaltigt zu haben«, sagte Hannah.

Crickets Augen weiteten sich, als könne sie nicht glauben, dass Hannah so etwas laut aussprach. Aber es war allgemein bekannt, eine leicht zugängliche Information für jeden, der eine Google-Suche startete.

»Sie hat gelogen«, sagte Cricket. »Jeder weiß, dass sie eine Schlampe war. Sie hat versucht, sein Leben zu zerstören, weil er sie abgewiesen hat.«

Das war nicht ganz richtig, und Cricket wusste das. Hannah hätte nie gedacht, dass die Freundin sich zum Schlampen-Shaming herablassen würde, so etwas tat schließlich keine gebildete Frau. Libby. Im Lauf der Jahre hatte Hannah oft an das Mädchen denken müssen. Und jedes Mal stieg eine komplizierte Mischung aus Wut und Scham in ihr auf.

»Aber das war, bevor man jemandem mit solchen Vorwürfen das Leben ruinieren konnte«, sagte Hannah. »Im Gegenteil, wenn eine Frau damals einen Mann der Vergewaltigung beschuldigte, war ihr Leben ruiniert.«

»Und hat er? Sie vergewaltigt?«, fragte Joshua. Er schien jetzt wacher. Hannah fühlte sich plötzlich schuldig und empfand den Drang, ihren Bruder zu schützen.

Sie hob die Schultern und schüttelte den Kopf. »Nein«, sagte sie. »Ich weiß es nicht.«

»Jedenfalls ist es lange her, wir waren da noch Kids«, sagte Cricket.

Kids. Dabei waren sie bereits junge Erwachsene. Aber ja, es war besser, man ließ die Vergangenheit ruhen.

Hannah stand auf und suchte in der Küche nach einer Taschenlampe.

»Kann ich mir mal deine Augen anschauen?«, sagte sie und trat zu Joshua. »Um zu sehen, ob die Pupillen reagieren.«

Er nickte. Sie leuchtete ihm mit der Taschenlampe ins Gesicht, und da war es plötzlich wieder, das starke Gefühl, ihn zu kennen, ihn wiederzuerkennen. Seine Pupillen zogen sich zusammen, als der Lichtstrahl auf sie fiel, und weiteten sich wieder, als sie die Taschenlampe senkte.

»Das ist gut, oder nicht?«, sagte Cricket.

»Ich glaube schon«, antwortete Hannah. »Leidest du an Übelkeit, Schläfrigkeit, spürst du ein Dröhnen in den Ohren?«

»Ich meine, ich fühle mich nicht gerade toll. Aber nein, nichts davon. Ich glaube, ich bin okay.«

Sie untersuchte die Schnittwunde. Sie sah tief aus, klaffte wie ein offener Mund. Das musste genäht werden. Hannah würde in ihrer Handtasche nach Heftpflastern schauen und versuchen, die verletzte Stelle zumindest abzudecken.

Sie trat ein Stück zurück, ohne den Blick von ihm zu wenden. Cricket hatte ihre Finger mit Joshuas verflochten. »Ich hole noch mehr Eis«, erklärte sie jetzt und stand auf.

»Hast du irgendwann das Bewusstsein verloren?«, fragte Hannah. »Erinnerst du dich an den Unfall?«

»Ich glaube nicht, dass ich bewusstlos war.«

»Erzähl mir, was genau passiert ist.«

»Ich war auf dem Rückweg von der Stadt, und wahrscheinlich bin ich ein wenig zu schnell gefahren. Ich hatte ein schlechtes Gewissen, weil ich weggefahren war, und wollte möglichst schnell zurück zu Cricket. Die Straßen waren nass, an manchen Stellen schon überflutet, und ich machte mir Sorgen um den Motor. Es stürmte ziemlich heftig.«

Vorsichtig berührte er die Verletzung an seiner Stirn. »Oh, ich glaube, da war etwas auf der Straße und verschwand dann im Wald. Erst dachte ich, es wäre ein Mensch, ich sah etwas Weißes aufblitzen. Aber vielleicht war es auch ein Hirsch. Ich bin scharf ausgeschert, um ihn nicht anzufahren. Dann gab es einen gewaltigen Blitzschlag, und der Baum stürzte um.«

»Moment«, sagte Hannah. »Du hast jemanden auf der Straße gesehen?«

Hannah erinnerte sich an das Aufblitzen von Weiß, das sie selbst vorhin gesehen hatte. Ein seltsamer Schauder durchlief sie, und sie bekam eine Gänsehaut.

Joshua runzelte unsicher die Stirn. »Ich weiß es nicht genau. Wahrscheinlich war es ein Hirsch.«

Oder die Person, die sie am See gesehen hatten? Oder die Person, die das Licht in der Gästehütte eingeschaltet hatte? Was ging hier vor?

»Niemand würde bei diesem Unwetter die Straße entlanglaufen«, sagte Cricket. »Du hast recht, es muss ein Hirsch gewesen sein.«

»Hätte es Liza gewesen sein können?«, fragte Hannah. Sie stellte sich vor, dass ihre zierliche, verletzte Schwägerin mitten im Sturm die verlassene Straße entlangmarschierte. Was könnte sie bewogen haben, das zu tun?

Dann dachte sie wieder an die Geister, die gruselige Geschichte, die der Koch erzählt hatte. Die Mutter, die auf der Suche nach ihren Kindern durch die Wälder streifte.

Hör auf. Hör auf damit.

Sie trat wieder an die Fensterfront und spähte in das Unwetter hinaus. Das zweite Haus auf dem Grundstück. Sie hatte es sich auf der Website angesehen, deren Link Liza ihr geschickt hatte. Es war eine Hütte, noch ein Stück weiter entfernt als die Gartenlaube, perfekt für Jugendliche oder die Schwiegereltern oder so. Ein richtiges Haus mit Küchenzeile, kleiner, aber ebenso schön ausgestattet wie das Haupthaus, mit einem Schlafzimmer auf dem Dachboden. Jedenfalls hatte es auf den Fotos so ausgesehen.

Vielleicht war Liza losgezogen und dann umgekehrt, weil sie erkannte, dass sie nicht weit kommen würde, dass es gefährlich war. Das würde das Licht erklären, das sie gesehen hatten. Der Zeitpunkt passte.

»Würde Liza das tun?«, fragte Cricket, die wie immer Hannahs Gedanken gelesen hatte. Ihre Freundin stellte sich neben sie und starrte in die Nacht hinaus. »Kann sie einfach in die andere Hütte gegangen sein?«

»Vielleicht. Wenn das Unwetter tobte und sie unbedingt wegwollte, es aber nicht konnte. Wenn sie nichts mehr mit Mako zu tun haben wollte oder mit uns.«

Hannah schaute ihre Freundin an. Joshua lag mit geschlossenen Augen auf dem Sofa.

Sie flüsterte: »Hat sie euch zwei gesehen? Was habt ihr angestellt, als Bruce und ich uns weggeschlichen hatten?«

Erneut weiteten sich Crickets Augen – sie hatte die Unschuldsmiene perfektioniert. Sie öffnete den Mund und warf einen schnellen Blick auf Joshua. Als sie antwortete, war ihre Stimme noch leiser als Hannahs.

»Gar nichts! Glaubst du wirklich, ich würde so etwas tun? Hier?«

Hannah argwöhnte, dass Cricket alles tun würde, was Mako von ihr wollte. So war das eben. So war es immer gewesen. Trotz ihrer Party-Girl-Rolle war Cricket eine intelligente Frau. Doch wenn es um Mako ging, war sie absolut unbedarft. Er führte. Sie folgte ihm. Liza war die erste Frau, die eine gewisse Kontrolle über ihren Bruder ausgeübt hatte, was zu den Dingen gehörte, die Hannah am meisten an ihrer Schwägerin gefielen. *Sie weckt in mir den Wunsch, ein besserer Mensch zu werden*, hatte Mako ihr an seinem Hochzeitstag anvertraut. Hannah hatte gehofft, dass es so kommen würde.

Zu schade, dass es nicht zu funktionieren schien.

Cricket blickte verletzt drein, Tränen traten ihr in die Augen. »Was traust du mir eigentlich alles zu, Han?«

»Es tut mir leid«, versicherte sie und umarmte die Freundin. »Ich habe nur gefragt. Ihr beide habt schließlich ... eine gemeinsame Vergangenheit.« Sie hatten früher etwas miteinander gehabt und vermutlich auch heute noch. Aber die Sache hatte keine Zukunft. Das sollte Cricket eigentlich wissen.

Sie spürte, wie Cricket nickte. »Wir haben nichts gemacht.«

Das hatte Hannah schon öfter gehört.

Joshua schnarchte mittlerweile auf dem Sofa. Sollte sie ihn schlafen lassen? Oder ihn lieber aufwecken? Sie hatte keine Ahnung. Die Wahrheit war, dass der Großteil ihrer Rettungsschwimmer-Ausbildung nur noch eine ferne Erinnerung war, wie fast alles vor Gigi eine ferne Erinnerung war. Sie sollte mal einen Online-Auffrischungskurs belegen, in ihrer Freizeit. Und es ging ihr einfach zu viel im Kopf herum. Hauptsächlich die Frage, wie sie von hier wegkam, um wieder nach Hause zu Lou und Gigi zurückzukehren. Automatisch warf sie einen Blick auf die Kamera-App. Cricket lehnte sich immer noch an sie.

Sie sah es direkt vor sich, Gigi wie ein kleiner Engel auf einer Wolke, die Ärmchen erhoben, mit Mützchen und Body, die pummeligen Beine angewinkelt. Wenn sie lauschte, konnte sie das Baby atmen hören. Aber es gab kein Netz. Die App teilte mit, dass Hannah keine Internetverbindung hatte.

»Es geht ihr gut, Han. Es wird alles gut werden.«

Hannah war es nicht gewöhnt, von irgendjemandem außer Bruce getröstet zu werden. Normalerweise war sie diejenige, die die Leute in ihrem Umfeld tröstete.

»Ich weiß«, sagte sie leise. Auch wenn das nicht stimmte.

In diesem Augenblick nahm der Regen wieder zu, und der Sturm warf einen der Lounge-Stühle auf der Terrasse um und schleuderte ihn krachend gegen die Schiebetür. Cricket fuhr zusammen, und Joshua schreckte aus dem Schlaf hoch.

»Was ist los?«, fragte er.

Hannah ging zur Tür. Als ein gewaltiger Blitz den Himmel erhellte, schnappte sie nach Luft. Dort draußen war er, der Fremde. Eine schwarze schmale Gestalt bewegte sich rasch in Richtung Gartenlaube.

Ein Donnerschlag krachte. Alles war wieder dunkel.

»Was ist?«, fragte Cricket.

Hannah legte die Hände auf die Glasscheibe und spähte in die Dunkelheit hinaus. Dort ... ein Schatten bewegte sich.

»O mein Gott«, stieß sie hervor und sah ihre Freundin an. »Da draußen ist wirklich jemand.«

29
TRINA

Hast du dich je gefragt, was dich zu dem Menschen gemacht hat, der du bist? Ich bezweifle es. Leute wie du tun das fast nie. Sie *sind* einfach. Von Geburt an privilegiert, von wohlmeinenden Eltern mit übertriebenem Lob überhäuft, aufgewachsen mit Geschichten über dich selbst, über die Familiengeschichte, die du nie in Frage gestellt hast. Es ist, als wärst du in voller Rüstung dem Kopf des Zeus entsprungen. Du, das sind deine Gelüste und Begierden, der Hurrikan aus Gedanken, Meinungen und Vorstellungen von dir selbst. Was vor dir kam, wer dich geschaffen hat, was deine Rolle in der Kette des Menschengeschlechts sein könnte, interessiert dich nicht im Geringsten.

Ich beobachte, wie du und Bruce den nassen Weg entlangstapfen. Ich bin direkt hinter euch, keine sechs Meter entfernt. Aber du bist ja das Raubtier, nicht die Beute. Du kommst gar nicht auf die Idee zurückzuschauen, um festzustellen, ob dir jemand auf den Fersen ist. Ihr trampelt den Weg entlang, ohne ein Wort zu wechseln, Wasser glänzt auf euren Jacken. Es riecht nach Laub und Feuchtigkeit. Das Prasseln des Regens und das Brausen des Sturms in den Bäumen übertönen alle anderen Geräusche, und ich bin nur ein Schatten.

Manche von uns sind Suchende. Zerbrochene Kettenglieder. Wir versuchen immer herauszufinden, wie wir hineinpassen könnten.

»Deine Familie kommt also von hier?«

Diese Frage hast du mir gestellt, als wir zum ersten Mal bis spät in den Abend gearbeitet haben. Du warst hinter deinem Schreibtisch, und ich saß auf dem Sofa, auf dem sich Bewerbungen stapelten. Ich half dir, neue Testspieler zu suchen. Was für ein Job. Kids, die in einem dunklen Raum sitzen und die Spiele spielen, die du entworfen hast, um Feedback zu geben, Glitches und Bugs zu entdecken, Fehlfunktionen innerhalb des Spiels. Ich hielt die Bewerbung eines jungen Mannes in der Hand, der im fünften Semester an der University of South Florida studierte und sich um ein Sommerpraktikum bei Red World bewarb. *Ich bin ein Gamer*, schrieb er in seinem Brief. *Auf YouTube habe ich 10K Follower.* So definieren wir uns mittlerweile, unser Wert wird daran bemessen, wie viele Leute uns folgen, unsere Beiträge liken, darauf reagieren.

»Eigentlich habe ich keine Familie«, antwortete ich.

»Jeder hat eine Familie«, hast du geistesabwesend erwidert, ohne den Blick vom Bildschirm zu wenden. Dein Gesicht war in dieses hässliche bläuliche Licht getaucht. Es ließ dich kränklich aussehen, mit Schatten als Augen und einer harten Linie als Mund.

»Ich nicht«, sagte ich. »Ich meine, ja, sicher, biologisch gesehen. Aber manche Leute sind auf sich gestellt. Ich bin Waise.«

Du hast mich angesehen, mit schiefgelegtem Kopf.

»Mein Vater ...« fuhr ich fort. »Ich habe keine Ahnung, wer er ist. Meine Mutter hatte Probleme und starb bei einem Autounfall, als ich klein war. Ich habe mir einen Job besorgt, damit ich die Schule beenden konnte, und tja, hier bin ich.«

Alles Lügen, Halbwahrheiten, beinahe real, aber nicht ganz so, wie es wirklich war. Aber dicht genug dran. Das Wesentliche ist nahe genug an der Wahrheit, um es überzeugend klingen zu lassen.

»Das ist übel.« Ich hörte echte Empathie in deinem Ton, und für einen Moment hatte ich dich fast gern.

Ich zuckte die Achseln; ich stehe nicht auf Selbstmitleid. »Es ist, wie es ist. Ich habe einen Halbbruder. Aber wir reden nicht oft.«

Die Wahrheit ist, dass wir alle im Grunde allein sind. Die Glücklichen haben eine Mannschaft, mit der sie die Last von der Geburt bis zum Tod gemeinsam tragen können. Aber letztendlich gehen wir alle so, wie wir gekommen sind – als Einzelwesen, die nur auf der Durchreise sind. Aber das ist nichts, was die Leute gerne hören. Das Narrativ, dass man von nahestehenden Menschen umgeben ist, geliebt und unterstützt wird, ein Teil von etwas ist, die ganze, fast heilige Vorstellung, dass die Familie alles ist, wird aggressiv vermarktet und unbesehen geglaubt.

»Familie ist auch nicht immer einfach«, sagtest du in die Stille hinein.

»Nein«, erwiderte ich. »Das ist sicher wahr. Wie wär's mit dem hier?«

Ich reichte dir die Bewerbung des Informatikstudenten, und du hast sie durchgesehen, das Anschreiben und den Lebenslauf überflogen. »Ja, ja. Schick ihm eine Mail. YouTuber sind gut, kostenlose Werbung. Und der hier auch.«

Du gabst mir eine weitere Bewerbung, die ich auf den Stapel der Bewerbungen legte, die ich am nächsten Tag positiv beantworten würde.

Draußen verdunkelte sich der Himmel, Kumuluswolken türmten sich wie unmöglich weiße, graue und blaue Berge am Himmel. Die orangefarbene Sonne, die dabei war, hinter dem Horizont zu versinken, ließ sie rosa erglühen. Es war ein brütend heißer Tag gewesen, mit Temperaturen von bis zu fünfunddreißig Grad, aber schwül, sodass es gefühlt achtunddreißig Grad waren. Manchmal scheint es, als versuche Florida, seine Bewohner umzubringen. Das Land will, dass wir verschwinden, damit es wieder so werden kann, wie es früher war, ein ausgedehntes Sumpfgebiet. Es will mit seiner Dunkelheit allein sein – mit Alligatoren, Schlangen und

Kakerlaken, befreit von Straßenpflaster und Eigentumswohnungskomplexen, von Wildtier-Wanderkorridoren neben Super-Highways.

Als ich dich wieder ansah, bemerkte ich deinen Blick auf mir. Es war unheimlich, ich bekam eine Gänsehaut. Zu dem Zeitpunkt arbeitete ich ein wenig mehr als einen Monat bei Red World und begann mich allmählich zu fragen, ob es stimmte, was ich über dich gehört hatte. Ich hatte weder illegale Geschäfte noch irgendwas Unethisches mitbekommen. Deine Angestellten wirkten zufrieden, von dir gab es weder Gegrabsche noch anzügliche Blicke, du warst respektvoll. Was ich über dich wusste, waren Gerüchte, vage Anschuldigungen, zusammengetragen aus Zeitungsartikeln, Reddit-Chats und Firmenbewertungen auf Jobbörsen, dazu eine Anschuldigung aus deiner Jugendzeit.

Red World ist ein toxischer Arbeitsplatz.

Mein Chef wollte, dass ich die Zahlen für die Investoren frisiere.

Er kann die Finger nicht von den jungen Praktikantinnen lassen. Eine sagt, dass er sie auf einer Konferenz betäubt hat.

Spätabends kamen Männer in die Firma, die aussahen wie Ganoven. Ich glaube, RW leiht sich Geld von ganz üblen Typen.

Ich habe gehört, dass RW in einem Jahr Insolvenz anmelden könnte. Alle werden ihren Job verlieren, wenn das neue Spiel nicht die Firma rettet.

Aber Menschen logen und dachten sich Dinge aus. Das Internet ist voll von Trollen und Saboteuren, Leuten, die Einträge löschen und Menschen, die auf Rache aus sind, voll von Bots und Konkurrenten, die versuchen, zu untergraben und zu zerrütten.

Ich fing schon an, mich zu fragen, ob ich mich in dir getäuscht hatte.

Aber dem war nicht so.

Jetzt trete ich zurück und schlüpfe zwischen die Bäume, als du und Bruce zur Hütte kommen.

»Sieht nicht so aus, als wäre da jemand drin«, sagt Bruce mit seiner tiefen Stimme. Er wirft einen Blick hinter sich, aber ich bin mir sicher, dass er mich zwischen den Bäumen nicht ausmachen kann.

»Es gibt keinen Strom.« Du klopfst heftig gegen die Tür. »Liza! Liza! Bist du da drin? Sag mir doch, was los ist!«

Du versuchst, die Tür zu öffnen, und stellst fest, dass sie nicht abgeschlossen ist. Während ihr beide in der Hütte verschwindet, kehre ich zum Haupthaus zurück. Als ich durch die Dunkelheit laufe, höre ich den Klageschrei, den du ausstößt, einen tierischen Laut, völlig verzweifelt. Es geht mir durch Mark und Bein; fast bekomme ich ein schlechtes Gewissen.

Wenn ich denn überhaupt etwas fühlen könnte.

Man muss zuerst die Frauen ausschalten. Weil die Frauen die Kämpfer sind. Sie werden ihre Familie mit Zähnen und Klauen verteidigen.

Liza hat sich kaum gewehrt. Als Nächste ist Cricket dran und dann Hannah. Deine kleinen Liebessklavinnen, die Frauen, die dir deine Taten ermöglichen, die angerannt kommen, wenn du rufst, die dir helfen, deine Verbrechen zu vertuschen. Bruce sollte kein Problem darstellen, er ist ein Computer-Fuzzi, der wahrscheinlich noch nie in eine Schlägerei geraten ist.

Und er hat selbst so seine Geheimnisse.
Und dann gibt es nur noch uns zwei.
Nur dich und mich, kleines Schweinchen.

Ich bin der große böse Wolf, der gekommen ist, um dir dein Haus zusammenzupusten.

30

HENRY

2010

Bist du heute überhaupt schon aus dem Bett gekommen?

Was kümmert dich das?

Es kümmert mich, Loser. Immer noch.

Die Wohnung war ein Schlachtfeld, seit Piper gegangen war. Er hatte sie allmählich vergammeln lassen. Seit einer Woche hatte er nicht mehr abgewaschen; das Geschirr stapelte sich in der Spüle und begann allmählich zu stinken. Im Wohnzimmer standen überall leere Take-out-Behälter herum. Und nein, er war heute noch nicht aus dem Bett gekommen. Es war nach Mittag, und er lag immer noch im abgedunkelten Schlafzimmer und lauschte dem Dröhnen und Rumpeln, dem Hupen und den Rufen der Stadt draußen. Was okay war, schließlich war Samstag. Er schaffte es durchaus noch, zur Arbeit zu gehen. Schließlich hatte er Rechnungen zu bezahlen. Aber hauptsächlich ging er ins Büro, weil er sich dort verlieren konnte, in seine Arbeit abtauchen.

Seine Daumen tanzten über die Tastatur: Komm nach Hause. Bitte. Klang das zu verzweifelt? Egal. Er *war* verzweifelt.

Das kann ich nicht. Ich liebe dich. Aber wir können nicht zusammen sein. Nicht so.

Es war die Fehlgeburt, die sie fertiggemacht hatte. Der herzzerreißende Schmerz, die darauffolgende Depression. Er war so tief in seiner Trauer versunken, dass er nicht fähig gewesen war, Piper zu trösten. Ihre Schwangerschaft war schon so weit fortgeschritten, dass es angefangen hatte, ihm real vorzukommen. Da würde ein echter Mensch kommen, ein Leben, das durch ihre Liebe entstanden war.

Und dann doch nicht.

Das Baby war ihre Zukunft gewesen, das, was Henry an Piper band, an die Welt. Dieser kleine Mensch würde sie zu einer richtigen Familie machen, verbunden durch biologische Verwandtschaft. Er hatte sich das so sehr gewünscht; wie sehr, merkte er erst, als es ihm entrissen wurde. Der Verlust erschien ihm wie eine Strafe für ein Verbrechen, das er nicht begangen hatte.

Aber das war nicht der einzige Grund dafür, dass Piper ihn verlassen hatte.

Als er nicht antwortete, kam noch eine Nachricht: Und ich habe dich nicht verlassen. Du hast mich verlassen.

Das ist nicht wahr.

Ein Lastwagen polterte über die große Metallplatte auf der Straße vor ihrem Fenster, es schepperte laut. Henry hörte den Hund des Nachbarn als Reaktion darauf jaulen.

Aber in gewisser Weise stimmte es. Als seine Tante ihm ein Tor in die Vergangenheit geöffnet hatte, war er hindurchgegangen und verschwunden. Woher komme ich? Eine Frage, der er den Großteil seines Lebens ausgewichen war, aber die jetzt zur Besessenheit wurde.

Was machst du heute?

Er antwortete nicht, starrte nur auf die Worte auf dem Display.
Blöde Frage, schrieb sie, als von ihm nichts kam.

Der Februar war der Monat gewesen, den Alice am meisten gehasst hatte. Für ihn war sie immer Alice geblieben, obwohl seine Tante Gemma sie stets Maggie nannte. Alice hasste den trostlosen zweiten Monat des Jahres, der so kalt und grau war; die Ferien nichts als eine ferne Erinnerung, der Frühling nur ein Traum. Wohl aus diesem Grund waren sie immer Richtung Süden gefahren – um dem Februar zu entkommen. Und dieser Tag in New York City war typisch für Februar; es war bitterkalt, und der Himmel lag wie eine graue Decke über der Stadt.

Er eilte die Avenue A hinauf. Die Winterkälte kroch in die Ärmelaufschläge und unter den Kragen seiner zu dünnen Jacke, und er zog die Schulter hoch zum Schutz vor dem eisigen Wind, der trockenes Laub und Papierfetzen über den Bürgersteig trieb.

Endlich sah er sein Ziel vor sich: Ian's Pub, eine typische Alphabet-City-Kneipe. Er brauchte nicht mal reinzugehen, um zu wissen, wie es drinnen aussah. Betonboden, ein altmodischer langgezogener Tresen mit davor am Boden verschraubten Barhockern, dahinter irgendein bärtiger, tätowierter Kerl. Vielleicht ein Billardtisch im hinteren Teil.

Als er eintrat, stellte er überrascht fest, dass das Lokal viel netter war, als er erwartet hatte. Schwarzweiß gefliester Boden, gepolsterte Sitzbänke aus Leder an einer Seite, ein Bartresen aus poliertem Holz. Es gab eine nagelneue Jukebox, Frank Sinatra schmachtete aus Bluetooth-Lautsprechern, die in den Ecken der Decke angebracht waren: *Fly Me To The Moon*.

Es war erst drei Uhr nachmittags, und die Kneipe war leer bis auf eine Frau, die allein im hinteren Teil des Lokals saß.

Zu Henrys Erleichterung war es warm, obwohl er immer noch leicht zitterte. Es war nicht sein erstes Treffen dieser Art. Aber er hatte sich geschworen, dass es das letzte sein würde, wenn es ebenso deprimierend verlief wie die ersten beiden. Manchen Menschen war es eben bestimmt, allein durch die Welt zu gehen. Und es war sehr wahrscheinlich, dass er zu ihnen gehörte.

»Cat?«, fragte er und trat an den Tisch.

»Henry?« Ihr Lächeln. Ihre Augen. Es durchfuhr ihn wie ein Stromschlag, er empfand Vertrautheit. Er kannte sie – seine Zellen erkannten sie.

Sie stand schnell auf, und bevor er sie aufhalten oder zur Seite treten konnte, zog sie ihn an sich und umarmte ihn fest. Er war kurz verblüfft, genau wie damals, als Gemma fast dasselbe getan hatte, aber dann legte er steif die Arme um sie und erduldete die Umarmung, weil er nicht unfreundlich sein wollte. *Deine Mutter mochte es auch nie, wenn andere Menschen ihr ihre Zuneigung zeigten*, hatte Gemma sanft gesagt. *Sie sträubte sich immer, wenn andere Leute sie berührten.*

Der einzige Mensch, dessen Berührungen ihm kein Unbehagen bereiteten, war Piper. Er sehnte sich nach ihrer Berührung. Sein ganzer Körper schmerzte, so sehr vermisste er sie. Im Moment war sie nicht einmal bereit, mit ihm zu reden. Nur Kurznachrichten.

Cat löste sich von ihm, nahm ihre dicke schwarze Brille ab und wischte sich über die Augen.

»Es tut mir leid«, sagte sie mit einem verlegenen Lachen. »Du musst mich für einen Freak halten.«

»Nein«, sagte er. »Nein. Es ist ... die ganze Situation. Sie ist sonderbar, sehr emotional.«

Sie setzte ihre Brille wieder auf und nahm wieder Platz, und er rutschte auf die Bank ihr gegenüber. Der Barmann kam an ihren Tisch, und Henry bestellte einen heißen Tee und dazu einen Bourbon, um sich aufzuwärmen und seine angespannten Nerven zu beruhigen.

Cat hatte eine vollgestopfte Segeltuchtasche neben sich stehen, angefüllt mit Notizbüchern und Aktendeckeln. Das war normal für Leute wie sie beide. Suchende. Menschen, die auf der Suche nach den verlorenen Teilen ihrer selbst waren, nach ihrer Vergangenheit. Gemma nannte sie Seelen-Bergarbeiter, Menschen, die die Frage umtrieb, was sie zu dem machte, was sie waren.

Manchmal glaube ich, dass nichts von alldem irgendeine Rolle spielt, hatte seine Tante vor kurzem müde zugegeben, als sie knietief in der Geschichte eines Großonkels väterlicherseits steckten und einen Brief lasen, den sie auf dem Dachboden eines Cousins gefunden hatte. Es war ein gestelztes Liebesgedicht an eine Frau namens Sylvia, die nicht seine Ehefrau war. *Manchmal glaube ich, wir sind alle nur wie Schnittblumen in einer Vase. Was vorher war oder was danach sein wird, bedeutet gar nichts. Wir haben unsere Zeit hier, und das war's.*

Aber das kam Henry nicht richtig vor. Es gab all diese Geschichten – von Menschen, die lebten, liebten, träumten, arbeiteten, hofften, sich verliebten, Kinder bekamen und starben –, und diese Geschichten verbanden sich über die Zeit hinweg mit anderen Geschichten. Seine Geschichte war nur ein Kapitel in einem Buch, das ständig fortgeschrieben werden würde. Und ohne Kenntnis der Kapitel, die vorher kamen, ergab alles keinen Sinn.

»Also, wie viele solcher Treffen hast du schon hinter dir?«, fragte Cat. Er versuchte, nicht auf ihre glänzenden schwarzen Locken zu starren, ihr schmales Gesicht, ihre leuchtenden Augen, die heller waren als seine. Seine Augen waren so tiefbraun, dass sie fast schwarz wirkten, aber etwas an der Form von Cats Augen erinnerte ihn an das, was er im Spiegel sah.

Er wusste, dass Cat fünf Jahre jünger war als er und eine Art Wunderkind-Programmiererin, in Harvard Technische Informatik studiert hatte und im Village lebte. Sie hatten bereits festgestellt, dass sie vermutlich beide schon dieselben Konferenzen besucht hatten.

»Einige«, antwortete er auf ihre Frage.

»Wen hast du getroffen?«

Sie fischte einen Ordner aus der Segeltuchtasche. Obenauf war ein Ausdruck des Berichts, den man von Origins bekam, wo aufgeführt wurde, zu welchem Prozentsatz man zu welcher ethnischen Gruppe gehörte. Ein kurzer Blick über den Tisch hinweg bestätigte, was er bereits wusste.

Als Henrys Ergebnisse gekommen waren, hatten er und Gemma sie ausgedruckt und studiert. Wie vermutet konnte siebenundvierzig Prozent seiner DNA auf Großbritannien zurückverfolgt werden, was auch Schottland und Irland einschloss. Gemmas Vorfahren kamen zu fast hundert Prozent aus dieser Region, mit einer kleinen Beimischung von Skandinavien, Osteuropa, Italien und Griechenland. Henrys übrige Vorfahren stammten von der iberischen Halbinsel, also Spanien und Portugal, sowie dem Kaukasus, eine Region, zu der unter anderem Teile von Südrussland, Georgien, Armenien und der Türkei gehörten. Als sie die Ergebnisse studierten, sah er sein Spiegelbild im Glas des Geschirrschranks neben Gemmas Esstisch. Sie benutzte den Raum selten als Esszimmer, es sei denn, sie teilten sich spätabends Essen, das sie sich hatten liefern lassen, wenn sie »in den Kaninchenbau gestürzt« waren, wie Gemma es nannte. Stattdessen stapelten sich hier Bücher, Kisten, ein zweiter Computer – alles Dinge, die oben in ihrem Arbeitszimmer keinen Platz mehr gefunden hatten.

Seine dunkle Haut, sein dichtes schwarzes Haar. Die Form seiner Augen. Es ergab Sinn. Tatsächlichen genetischen Sinn. Das sagte er zu Gemma.

»Cool, oder?«, sagte sie. »Zu wissen. Zu verstehen.«

In der Liste seiner Verwandten war Gemma aufgeführt und eine kleine Gruppe sonstiger gemeinsamer Verwandter, die angekreuzt hatten, dass neu entdeckte Angehörige sie kontaktieren durften. Aber es gab auch eine lange Liste von Leuten, die nichts mit Gemma zu tun hatten.

»O mein Gott«, sagte Gemma, die die Liste durchblätterte.

»Was ist?«

»Diese Leute ... Bei einigen gibt es eine fünfundzwanzigprozentige Übereinstimmung.«

»Was bedeutet das?«

Sie starrte ihn mit offenem Mund an. »Das bedeutet, es sind enge Verwandte, wie Tanten, Onkel oder Halbgeschwister. Die meisten dieser Leute sind sehr jung.«

Er starrte über ihre Schulter hinweg auf die kleinen Fotos. Einige dieser Gesichter sahen ein wenig aus wie das Gesicht, das er im Spiegel sah. Andere überhaupt nicht. Halbgeschwister.

»Der Samenspender«, sagten beide gleichzeitig.

Die Leute auf den Fotos hatten sehr wahrscheinlich alle denselben Samenspender-Vater.

»Ich habe Ted in Pennsylvania getroffen«, antwortete er jetzt.

»Der ist ein Schwachkopf«, meinte Cat und trank einen Schluck. »Mal ehrlich, ich glaube, er hat versucht, mich anzubaggern. Ich so: Mann, im Ernst? Du bist mein Halbbruder.«

»Wahnsinn«, sagte Henry. »Ja, wir haben ein Bier zusammen getrunken. Wir hatten nicht dieselbe Wellenlänge.«

»Ja«, sagte sie. »Weil du kein Perversling bist.«

»Mit Clarice in Atlanta habe ich telefoniert.«

Cat verdrehte die Augen. »Man kann sich seine Familie nicht aussuchen, heißt es ja immer. Das ist wohl so.«

Clarice hatte sich nach langem Zögern schließlich zu einem Telefongespräch bereiterklärt. Sie hatte erst vor kurzem erfahren, dass ihr Erzeuger ein Samenspender war, und ihre Neugier über ihre wahre Herkunft war nicht sonderlich ausgeprägt. Aber sie hatte die DNA-Probe abgegeben und das Kästchen angekreuzt, das es anderen erlaubte, sie zu kontaktieren.

»Ich wünschte, meine Mutter hätte es mir nie erzählt«, hatte Clarice ihm anvertraut. »Ich wünsche, ich hätte es nie erfahren.«

Man kann sich seine Familie nicht aussuchen. Aber das stimmte nicht ganz, oder? Was war Familie denn, wenn nicht eine Folge von Entscheidungen – wen lieben, wie empfangen, das Kind behalten oder weggeben, lügen oder die Wahrheit sagen. Wenn er irgendwas aus seinem Streifzug durch die Genealogie gelernt hatte, dann das.

Nach dem Telefonat mit der sich sträubenden Clarice hatte er sich einsamer gefühlt denn je. Offenbar war sie vor allem enttäuscht, weil sie jetzt die Voraussetzungen für eine Mitgliedschaft bei den *Töchtern der amerikanischen Revolution* nicht mehr erfüllte.

»Man guckt sich all diese Videos über tränenreiche Begegnungen zwischen Halbgeschwistern an und denkt, so wird es sein. Aber in Wahrheit ist es eher wie Online-Dating. Manche Leute sind cool. Aber eine Menge sind einfach Arschlöcher. Man sucht nach einer Verbindung, aber es gibt keine.«

»Das tut mir leid«, sagte Henry.

Der Barmann brachte seinen Tee und den Bourbon, und Henry legte die Hände um den Keramikbecher, um sie zu wärmen.

»Bist du ein Arschloch, Henry?«

Er kippte den Bourbon herunter. Die Hitze rann seine Kehle hinab und löste dieses angenehme Kribbeln aus. »Kann sein.«

Darüber lachte Cat, und er ebenfalls. Und dann lachten sie so richtig, und er spürte etwas Wahres und Tiefes. Eine Verbundenheit mit dem Menschen, der ihm gegenübersaß. Es war nicht nur das Erbgut, es war die Chemie. Entweder stimmte die oder nicht, wie Gemma immer sagte. Alice hatte nie das Gefühl gehabt, zu ihrer Ursprungsfamilie zu gehören, sie hatte sich immer als das schwarze Schaf gesehen. Bei der Geburt vertauscht, hatte sie geglaubt. Aber nein. Laut Henrys Ergebnissen war er mit Gemma verwandt. Folglich war Alice in ihrer genetisch richtigen Familie aufgewachsen, sie hatte sie nur einfach komplett abgelehnt. Eine Entscheidung.

»Ich beschäftige mich schon eine ganze Weile damit«, sagte

Cat. »Ich habe einiges herausgefunden. Merkwürdige Dinge. Bist du interessiert?«

War er interessiert? Er hatte Piper versprochen, es aufzugeben. Dass er mit ihr in die Gegenwart zurückkehren würde. Sie würden mit der Fehlgeburt abschließen und es noch einmal versuchen, das Leben führen, das er geplant hatte, das sie beide geplant hatten. Ein einfaches Leben, mit einer Arbeit, die sie liebten, Kindern, die wussten, wer sie waren. Er hatte jetzt Gemma, ein bisschen Familie, das er beisteuern konnte, und zumindest ein wenig Wissen über seine Herkunft. Es gab ein Haus in der Nähe ihrer Eltern, in Florida, das Piper sehr gut gefiel; sie wollte ein Angebot abgeben. Wenn er bereit war, mit ihr dorthin zu ziehen, würden sie einen Neuanfang machen. Ein neues Kapitel aufschlagen, ein Leben führen, das jetzt begann und nicht irgendwann vor langer Zeit auf anderen Kontinenten mit unbekannten Personen, die nur einen kleinen Teil zu seinem Gen-Mix beigesteuert hatten.

Cat winkte dem Barmann, und als er an ihren Tisch kam, bestellten beide noch mal dasselbe.

»Ja«, sagte er. »Ich bin interessiert.«

»Ich weiß vielleicht, wer er ist.«

Seine Kehle wurde trocken, sein Magen krampfte sich zusammen.

»Er. Du meinst ... unseren Vater.«

Henry und Gemma hatten diese spezielle Nuss nicht knacken können.

Die Halbgeschwister, die gefunden werden wollten, hatten den Origins-Test gemacht und das Spenderkinder-Register besucht; sie waren auf der Suche nach Verbindungen. Es gab eine Facebook-Seite, die *DNA-Detektive*, wo eine Reihe seiner Halbgeschwister versuchten, ihren gemeinsamen Samenspender-Vater durch die sonstigen gemeinsamen Verwandten auf ihren Listen aufzuspüren. Henry hatte sich im Hintergrund gehalten, aber alles verfolgt.

Doch ihr biologischer Vater blieb für sie alle eine schattenhafte Gestalt. Ein Mann, der für eine Samenbank gespendet hatte, mit der er eine Anonymitätsvereinbarung abgeschlossen hatte. Die Gesetze hatten sich mittlerweile geändert und änderten sich ständig weiter, aber niemand war in der Lage gewesen, irgendwas über ihn herauszufinden.

»Damals wurde Samenspendern absolute Anonymität zugesichert«, schrieb sein Halbbruder William, der ein persönliches Treffen abgelehnt hatte, ja sogar ein Telefonat. »Sie haben nicht erwartet, dass irgendjemand nachforschen würde. Vielleicht ist es besser so. Ich liebe die Menschen, die mich großgezogen haben. Ich führe ein gutes Leben. Vielleicht sollte man es einfach auf sich beruhen lassen.«

Tja, schön für dich, Bro.

Cat schlug einen der Aktendeckel auf, die sie vor sich liegen hatte. »Eine unserer Halbschwestern, Bethany aus Connecticut, schrieb auf DNA-Detektive, dass in ihrer Verwandtenliste diese Frau mit einer fünfundzwanzigprozentigen Übereinstimmung aufgetaucht ist. Ich habe sie auch. Und du?«

Sie drehte die Seite um und schob sie ihm hin. Es gab kein Miniatur-Foto, nur eine androgyne weiße Gestalt auf grauem Hintergrund. Marta Bennett. Der Name kam ihm bekannt vor.

»Ich glaube schon. Ja, vielleicht.« Er trug seine Akten nicht mit sich herum.

»Wie es aussieht, ist sie eine enge Verwandte, aber sie ist viel älter. Vielleicht eine Tante?«

»Die Schwester unseres Vaters?«

»Möglich«, sagte Cat. »Sie hat den Origins-Test gemacht und das Kästchen angekreuzt, das eine Kontaktaufnahme ermöglicht. Aber sie hat nicht auf Nachrichten reagiert. Etliche Leute haben versucht, Kontakt zu ihr aufzunehmen, ihr Freundesanfragen auf Facebook geschickt. Aber sie hat nie geantwortet.«

»Vielleicht hat sie ihre Meinung geändert und will jetzt doch keinen Kontakt mehr. Vielleicht haben die Testergebnisse sie überrascht.«

Das passierte relativ häufig, wie er bei seinen Recherchen erfahren hatte. Manche wünschten, sie hätten ihre Speichelprobe nie eingeschickt. Sie hatten geglaubt, über sich Bescheid zu wissen, und mussten dann feststellen, dass sie jemand ganz anderes waren. Und sie konnten nicht wieder vergessen, was sie über sich und ihre Familie in Erfahrung gebracht hatten.

»Also, ich habe ein wenig nachgeforscht und bin auf eine Marta Bennett gestoßen, die oben in der Bronx lebt, in Riverdale. Ich bin hingefahren.«

Er fand das erstaunlich. Die Frau, die ihm gegenübersaß, diese neu entdeckte Schwester, hatte seidiges dunkles Haar, genau wie er, und den gleichen brennend intensiven Blick. Piper bemerkte ständig: *Schalt mal einen Gang runter, Liebling. Du machst die Leute nervös.* Sie hatten die gleichen hohen Wangenknochen, die lange Nase. Cats Gesichtszüge waren wie Puzzleteile, die zu seinen passten, und er empfand diese Ähnlichkeit mit einem anderen Menschen als seltsam tröstlich. Aber sie hatte auch etwas an sich, das Henry beunruhigte. Eine Art Unverfrorenheit, eine entschlossene Intensität.

»Tatsächlich? Du bist hingefahren?«

»Ja«, sagte Cat. Sie nahm ihre Brille ab und rieb sich die Augen. »Im Grunde habe ich sie gestalkt. Ich lungerte vor ihrem Wohnhaus herum und hielt Ausschau nach einer Frau, die mir vielleicht ein bisschen ähnlich sah.«

Der Barmann kam und brachte die neue Runde, einen frischen Tee und noch einen Bourbon für Henry und einen Wodka-Soda für Cat.

»Geht aufs Haus«, sagte er und lächelte Cat an. Wie Henry vermutet hatte, war er muskulös, bärtig und hatte von oben bis unten tätowierte Arme. Eine echte Type.

»Danke, Max«, sagte sie. »Du bist der Beste.«

»Bist du Stammkundin hier?«, fragte Henry, als er wieder hinter den Tresen stand.

»Max und ich sind ... Freunde. Ich habe ihn auf einer Spenderkinder-Konferenz kennengelernt.«

»Er ist doch nicht ...«

»Mit uns verwandt? Nein«, sagte sie. »Aber sein Vater war ein Samenspender. Er hat ihn sogar kennengelernt, aber das war kein Erfolg. Manchmal stimmt die Biologie, aber die Chemie eben nicht, oder? Jedenfalls gibt es viele von uns, und alle sind auf der Suche nach Antworten.«

Das hatte er allmählich mitbekommen. Vielleicht gab es in Sachen Familie für manche Leute eben mehr Fragen als Antworten. Vielleicht würden sie damit leben müssen.

»Also, du hast Marta gestalkt. Habt ihr euch getroffen?«

Cat holte tief Luft und schüttelte den Kopf.

»Sie wollte nicht mit mir reden. Ich habe sie angesprochen, als sie eines Abends von der Arbeit kam. Ich habe mich höflich vorgestellt und sie gefragt, ob sie vielleicht einen Kaffee mit mir trinken und mir ein paar Fragen beantworten würde.«

»Aber sie hat abgelehnt?«

Etwas huschte über Cats Gesicht – Wut, Frustration. Aber es verschwand schnell wieder, und übrig blieb nur ein trauriger Ausdruck in ihren Augen.

»Mehr als das. Sie war ... praktisch in Panik. Sie sagte, sie habe einen schrecklichen Fehler gemacht, sie hätte diesen Test nie machen dürfen. Und wenn ich wüsste, was gut für mich wäre, würde ich aufhören, nach meinem Vater zu suchen.«

Henry versuchte, es sich vorzustellen. Eine graue Straße in der Bronx, Cat, die eine fremde Frau auf der Straße ansprach, sich ihr in den Weg stellte. Er hätte das nie getan, dazu hätte er nie den Nerv gehabt.

»Hm«, meinte er. »Was könnte das zu bedeuten haben?«

Cat zuckte die Achseln und blickte in ihr Glas. Er dachte schon, sie würde nicht antworten, aber dann sagte sie: »Dann kam noch etwas, so etwas wie: ›Dein Vater ist ein böser Mensch, und du willst ihn nicht kennenlernen. Was auch immer du von ihm haben magst – exorziere es‹.«

»Exorzieren?«

»Ja, so wie man Dämonen austreibt. Sie schob sich an mir vorbei, aber ich folgte ihr bis zu ihrer Haustür. Ich habe sie angefleht, mir mehr zu sagen, mir wenigstens seinen Namen zu verraten, und es ist mir nicht peinlich, dass ich das getan habe. Aber sie ging ins Haus und sagte, wenn ich mich noch mal blicken lasse, ruft sie die Polizei.«

Cat verstummte, nahm wieder ihre Brille ab und wischte sich zornig über die Augen. Henry wartete. Drängte sie nicht. »Ich bin noch eine Weile geblieben«, fuhr sie fort. »Es war kalt, und es sollte Schnee geben. Ich dachte, vielleicht sieht sie mich ja hier stehen und ich tue ihr leid, und sie kommt wieder raus. Aber es wurde immer später und immer kälter, und schließlich bin ich gegangen.«

»Okay. Wow«, sagte Henry, der nicht wusste, was er sonst sagen sollte.

»Am nächsten Tag war ihr Facebook-Profil gelöscht. Und es war nicht mehr möglich, ihr über die Origins-Seite eine Nachricht zukommen zu lassen.«

Die Traurigkeit war aus Cats Gesicht gewichen und von einer Art verschlossener Härte ersetzt worden.

»Vielleicht sollte ich es mal versuchen«, schlug Henry vor.

Cat schüttelte den Kopf und blickte in ihren Drink. »Nein.«

»Oder meine Tante Gemma, die Schwester meiner Mutter. Sie kann gut mit Menschen umgehen, sie reden gern mit ihr.« Das stimmte; Gemma besaß eine Wärme, eine freundliche Vorurteilslosigkeit, die Menschen dazu brachte, sich ihr gegenüber zu öffnen. Wenn irgendjemand diese Frau zum Reden bringen konnte, dann war es seine Tante. Als er darauf drängen wollte, hob Cat ihre schmale Hand.

»Marta Bennett«, begann sie, verstummte dann und nahm einen tiefen Schluck Wodka-Soda. »Sie ... ähm ... ist gestorben.«

»Wart mal, was? Wie denn?«

»Offenbar hat sie sich umgebracht. Sie ist vom Dach ihres Wohnhauses gesprungen, ein paar Tage, nachdem ich bei ihr war. Es könnte auch ein Unfall gewesen sein, meint die Polizei.«

Henry wusste nicht, was er sagen sollte, also starrte er auf seine Hände. Er spürte, dass ihm das Herz bis zum Hals klopfte.

»Und sie ist nicht die Einzige«, fuhr Cat fort.

Henry sah sie stirnrunzelnd an. »Okay.«

»In den letzten fünf Jahren sind fünf unserer Halbgeschwister gestorben. Sie hatten angefangen, Fragen über ihre Herkunft zu stellen, und irgendwann danach waren sie tot.«

Sie zog eine Akte aus ihrem Beutel, schlug sie auf und schob sie zu ihm hinüber. Sie war prall gefüllt mit Ausdrucken aus dem Internet. Ein Paar war bei einem verdächtigen Hausbrand umgekommen. Ein junger Schauspieler war an einer Überdosis gestorben, ein anderer durch versehentliche Strangulation – ein autoerotischer Unfall. Und es gab noch weitere. Henry erkannte alle Namen wieder, sie standen auf seiner Origins-Liste und im Spenderkinder-Register.

Henry kippte den zweiten Bourbon hinunter. Aber der Alkohol beruhigte ihn nicht, ihm wurde nur übel.

»Was hat das zu bedeuten?«

»Es bedeutet, dass all diese Leute angefangen haben, nach Antworten zu suchen und jetzt tot sind. Die Polizei betrachtet all diese Todesfälle als verdächtig. Es gibt keine Spuren. Keine Ermittlungsansätze. Das Einzige, was sie alle gemeinsam haben, ist, dass sie einen Origins-Test machten und herausfanden, dass ihr Vater ein Samenspender ist.«

»Unser genetischer Vater.«

»Richtig.«

Henry drehte sich der Magen um. Er sprang auf und lief zum Männerklo. Dort übergab er sich heftig in die Toilettenschüssel. Als er fertig war, setzte er sich auf den kalten Fliesenboden, der Gott sei Dank erstaunlich sauber war, und legte den Kopf auf die Knie. Er wusste nicht genau, wie lange er dort blieb. Aber während er dort saß, entschied er, dass nun endgültig Schluss war. Er war fertig mit Origins, er würde nicht länger nach Geschwistern suchen, nach Verbindungen.

Die Klotür ging auf, und Max kam herein. Seine bullige Gestalt füllte den Türrahmen aus. »Alles okay, Mann?«

Er wollte ihm aufhelfen, aber Henry winkte ab.

»Ja«, sagte er und stand verlegen auf. Er zog die Spülung, aber sein Erbrochenes war auf die Toilettensitze und die Wände der Kabine gespritzt. »Ja, mir geht's gut. Danke. Entschuldige die Bescherung. Lass mich helfen, alles wieder sauberzumachen.«

Der Barmann lächelte geduldig. »Passiert ständig. Mach dir keine Gedanken.«

Henry kehrte zu ihrem Tisch zurück, um Cat zu sagen, dass er gehen müsse. Aber sie war schon weg. Sie hatte ihre Telefonnummer auf eine Serviette gekritzelt. *Entschuldige, dass ich dich so verstört habe. Ruf an, wenn du reden willst.*

Er nahm die Serviette und schob sie in die Tasche, aber er hatte nicht die Absicht, sie je anzurufen. Am Montag würde er sich bei der Arbeit krankmelden, den nächsten Flug nach Tampa nehmen und Piper bitten, ihn zurückzunehmen. Er würde mit der genealogischen Erforschung der Vergangenheit aufhören und mit dem einzigen Menschen, den er je wirklich geliebt hatte, in die Zukunft gehen. Das Rätsel um seinen Vater und seine toten Halbgeschwister? Er würde es hinter sich lassen, eine weitere unerzählte Geschichte aus seiner Vergangenheit, und zwar eine, die keine Rolle spielte.

31
CRICKET

Juni 2018

»Du bleibst hier«, bestimmte Hannah. Sie hatte eine Regenjacke übergezogen und sich eine Taschenlampe gegriffen.

»Was?«, rief Cricket und packte sie am Arm. »Auf keinen Fall. Du gehst da nicht raus. Ich meine – warum? Was hast du vor?«

Doch sie kannte diesen Blick, eine Art stählerne Entschlossenheit. Sie hatte ihn schon viele Male gesehen.

Es war der Ich-bring-das-in-Ordnung-Blick.

Hannah hatte ihn an dem Abend aufgesetzt, als sie sich hinausschleichen und praktisch den Wagen ihrer Eltern klauen musste, um Mako und Cricket von einem Rave abzuholen, bei dem sie eigentlich nicht sein durften. So hatte sie dreingeschaut, als Mako Cricket nach seinem Abschlussball abserviert hatte: *Ich geh in ein paar Monaten weg, Cricket. Ich mag dich sehr, aber es wird nicht funktionieren.* Hannah hatte ihren eigenen Tanzpartner im Stich gelassen, um sie zu trösten. Und sie hatte diesen Blick gehabt, als sie beide Libby, die weinend auf dem Rücksitz saß, von Hannahs und Makos Elternhaus weggebracht hatten.

»Bruce und Mako sind da draußen«, sagte Hannah. »Ich werde den Sicherungskasten und das Notstromaggregat kontrollieren, vielleicht kann man ja auf den ersten Blick erkennen, was los ist. Und dann gehe ich zu dieser Hütte und bringe sie hierher zurück. Es wird schon gutgehen. Der Sturm scheint etwas nachzulassen.«

»Aber es ist jemand da draußen.«

»Und das müssen sie erfahren.«

»Ruf an.«

Hannah verdrehte die Augen. »Glaubst du, ich hätte das nicht versucht?«

»Ich komme mit«, erklärte Cricket. »Zu zweit sind wir sicherer.«

Hannah zögerte und runzelte dann besorgt die Stirn; beide blickten zu Joshua hinüber.

»Du solltest bei Joshua bleiben. Er gefällt mir gar nicht.«

Aber es war nicht nur das. Ihre beste Freundin wusste natürlich, dass Cricket in Krisensituationen keine besondere Hilfe war. Ja, es würde schneller gehen, wenn Hannah allein ging, dass musste sogar Cricket zugeben.

»Was soll ich tun?« Cricket war auch nicht sonderlich versiert darin, Leute zu pflegen.

»Sorg einfach dafür, dass er wach bleibt. Und versuch weiterhin, einen Anruf abzusetzen. Ich glaube, Joshua braucht einen Arzt. Wenn du ein Signal hast, ruf 911. Das ist ein echter Notfall, wir brauchen Hilfe.«

Joshua, der das Gesicht in den Händen vergraben hatte, wirkte benommen. Sie hatten ihn aufgeweckt, aber es war nicht leicht gewesen, ihn wachzuhalten. Das war nicht gut, oder? Das Tuch, das sie um den Eisbeutel gewickelt hatte, war bereits durchgeblutet. Auch auf seinem Hemd war ziemlich viel Blut. So viel Blut von der Schnittwunde am Kopf. Nein, sie wollte ihn auf keinen Fall alleinlassen. Sie wollte aber auch nicht, dass Hannah allein in die Dunkelheit hinausmarschierte.

»Versuchen wir doch erst noch mal, den Vermieter anzurufen«, schlug sie vor. »Und dann gehst du.«

Vielleicht würden die Männer ja vorher zurückkommen, wenn sie auf Zeit spielte.

»Es gibt kein Netz, Crick. Ich hab's versucht.«

Hannah trat durch die Schiebetür auf die Terrasse. Der Regen hatte nachgelassen, man hörte nur noch ein leises Rieseln durch die offene Tür. Wahrscheinlich hieß das, dass sie bald wieder Strom haben würden. Vielleicht konnte die Straße ja schnell geräumt werden, und sie konnten von hier verschwinden. Cricket wollte weg von hier, weg von Mako und seiner toxischen Wirkung auf ihr Leben. Und Joshua musste dringend in die Notaufnahme.

»Verschließ die Tür hinter mir«, sagte Hannah.

»Warum?«

»Da ist ein Fremder auf dem Grundstück. Wer weiß, wer er ist oder was hier los ist.«

Cricket versuchte zu lächeln, aber es gelang ihr nicht. »Okay, Captain Safety.«

Hannahs alter Spitzname – renn nicht am Beckenrand, geh nicht allein zur Damentoilette, geh nie mit jemandem in sein Hotelzimmer. Cricket wünschte, sie hätte den letzten Ratschlag befolgt. Da hatte sie zum letzten Mal Gelegenheit gehabt, diesen Ausdruck auf Hannahs Gesicht zu sehen. Nach einem mitternächtlichen Anruf ihrer alten Freundin war Hannah nachts zu einem Hotel in Downtown gefahren, um eine weinende, total betrunkene Cricket abzuholen.

Ich hab's total versaut, Hannah.

Ach, Crick.

Was taten Leute nur, die keine Hannah hatten? Wer beseitigte ihren Mist und löste ihre Probleme, wer redete ihnen gut zu, wenn sie deprimiert waren, wer holte sie ab, wenn sie mal wieder irgendwas so richtig verbockt hatten?

»Sei vorsichtig«, mahnte Cricket.

Und wurde plötzlich von Panik ergriffen, dem starken Gefühl, dass sie lieber zusammenbleiben sollten. War das nicht immer der größte Fehler der Leute in Horrorfilmen?

Sie trennten sich.

Sie wollte dieses Argument gerade vorbringen, als Hannah schon die Tür zuschob, und Cricket versperrte sie und schaute Hannah nach, die die Terrassenstufen hinunterging und verschwand.

Ein Donnergrollen, weit entfernt, aber irgendwie bedrohlich.

Natürlich wusste Hannah, was sie tat. Sie war verheiratet und Mutter, all das, was einen zu einer richtigen Frau machte, oder? Cricket fühlte sich immer noch eher wie ein Mädchen, nicht richtig erwachsen. Wann begann ein Mensch, sich wie ein Erwachsener zu fühlen, verantwortlich für das eigene Leben, tapfer? Wie hieß noch mal das Wort, das sie ständig hörte? Selbstwirksamkeit. Vertrauen in die eigene Kompetenz, die Fähigkeit, Erfolg zu haben, Probleme zu lösen. Sie besaß nicht genug davon.

Sie tat, um was Hannah sie gebeten hatte, holte ihr Handy und versuchte 911 zu wählen. Aber der Anruf ging nicht durch. Sie versuchte es erneut. Und noch einmal.

Nichts als diese frustrierenden Pieptöne, die bedeuteten, dass es kein Netz gab.

»Komm schon«, sagte sie. »Bitte.«

»Es gibt kein Netz, Cricket. Lass es einfach.«

Als sie sich umdrehte, sah sie, dass Joshua aufgestanden war.

»Oh«, sagte sie überrascht. »Geht es dir besser?«

Er stand groß und aufrecht neben dem Sofa und wirkte stark. Den Eisbeutel hatte er hingelegt. Die Wunde sah gar nicht mehr so schlimm aus, seit sie gesäubert war. Und Joshua schien nicht im Mindesten benommen oder desorientiert.

Er hatte einen Ausdruck im Gesicht, den Cricket noch nie an ihm gesehen hatte. Seine Miene war hart, und in seinem Blick lag eine seltsame Kälte. Sie schaute zur Schiebetür, in der Hoffnung, Hannah oder die Männer zurückkehren zu sehen. Aber da war nichts als Dunkelheit.

Wie lange war Hannah schon weg? Nicht mal eine Viertelstunde. Die Männer nicht viel länger.

Ihre Kehle wurde ein wenig trocken. Was, wenn ihnen etwas zugestoßen war? Wenn sie nicht zurückkamen?

»Was ist los?«, fragte sie, von Angst gepackt. »Was geht hier vor?«

Sie wollte auf ihn zugehen, aber irgendwas hinderte sie daran. Instinktiv griff sie nach ihrem Handy. Es lag auf der Kücheninsel, sie nahm es und wählte erneut die Notrufnummer. Wieder nur diese Pieptöne. Verdammt. Wie sie die Natur hasste. Die Wälder waren echt das Hinterletzte.

»Cricket.« Joshua kam langsam auf sie zu. »Ich muss dir etwas sagen. Ich war nicht ganz ehrlich zu dir.«

Sie sah ihn mit zusammengekniffenen Augen an, versuchte zu lächeln und wich einen Schritt zurück, dann noch einen. In der Küche hing eine Magnetleiste mit großen Messern. Sie war ihr vorhin aufgefallen, und sie hatte sich gedacht, wenn sie mal ein eigenes Haus mit einer richtigen Küche hatte, würde sie sich genau so etwas zulegen.

»Ookaay«, sagte sie und wich weiter zurück, während er weiter vorrückte. »Warum so ernst? Geht es dir gut?«

»Setz dich einfach hin, ja? Wir müssen reden.«

»Joshua«, sagte sie. »Du machst mir Angst.«

Etwas huschte über sein Gesicht, Traurigkeit, Bedauern. Aber dann war es weg.

»Hast du je etwas getan, das du zutiefst bereut hast?«, fragte er.

Sie lachte auf. »Oft.«

»Weißt du, wie es ist, wenn du etwas Schlimmes tust und dann andere schlimme Dinge tun musst, damit es nicht rauskommt?«

Wenn man mit dem Bruder der besten Freundin schlief beispielsweise, seine Frau und den eigenen Freund betrog und dann lügen musste. Oder eine Schwangerschaft beenden musste, die das Resultat dieser Affäre war, was nie jemand erfahren durfte – er nicht, die beste Freundin nicht –, etwas, was man am liebsten verdrängt hätte? Ja, sie wusste Bescheid über Reue, Geheimnisse und Lügen.

»Glaubst du, dass es möglich ist, sich jemandem aus finsteren Motiven zu nähern, sich dann aber wirklich in ihn zu verlieben? Und sich zu wünschen, man könnte noch einmal ganz von vorn anfangen?«

Sie spürte, dass ihr die Tränen in die Augen stiegen. »Was sagst du da, Joshua?«

Sein Blick wanderte an ihr vorbei, und als sie sich umdrehte, sah sie eine hochgewachsene Frau mit Kapuze auf der Terrasse stehen. Nicht Hannah. Niemand, den sie kannte. Kalte Angst packte sie. Es war die Gestalt, die sie am anderen Seeufer gesehen hatte.

»Was ist hier los?«, fragte sie. Ihr gefiel gar nicht, wie mädchenhaft und ängstlich ihre Stimme klang. »Wer ist das?«

Als sie sich wieder zu Joshua umdrehte, stand er direkt neben ihr. Er legte ihr die Hand auf die Schulter und drückte einen Finger auf ihre Lippen.

Plötzlich war er ein Fremder, ein starker, bedrohlicher Fremder.

Die Kapuzenfrau klopfte beharrlich gegen die Scheibe.

»Was ist hier los?«, wiederholte Cricket. Urplötzlich war alles so anders, als sie erwartet hatte, als sie gedacht hatte, dass ihr nichts anderes einfiel.

»Still«, sagte er. »Bleib einfach ruhig, ja? Schrei nicht. Mach keine Szene. Und wir stehen das durch.«

Seine Worte ergaben keinen Sinn. Was sollten sie durchstehen? Wer war dieser Mann? Wie kam es, dass sie nie das Dunkle in ihm gesehen hatte, seine Kälte? Jetzt war er nur noch das, als wäre ein Schalter umgelegt worden. Ein furchteinflößender Fremder. Sie versuchte, sich an den Mann zu erinnern, der sie noch vor wenigen Stunden im Auto geliebt hatte. Er erschien ihr wie eine Fantasievorstellung.

Sein Griff um ihre Schulter war so fest, dass es wehtat. Sie versuchte, sich loszuwinden, aber er ließ es nicht zu, er war unglaublich stark. Grob packte er ihren Arm, während er sie mit der anderen Hand dichter an sich heranzog.

Am liebsten hätte sie ihn angefleht, den Joshua zurückzubringen, den sie kannte. Der sie zum Lächeln gebracht hatte, bei dem sie sich sicher gefühlt hatte. Was war mit ihm passiert?

Sie hatte also doch recht gehabt.

Im tiefsten Herzen hatte sie gewusst, dass er zu gut war, um wahr zu sein.

»Tu einfach, was ich sage, dann braucht sonst niemand verletzt zu werden. Okay, Cricket?«

»Warum sollte irgendjemand verletzt werden?« Verwirrung und Angst rangen miteinander, verhinderten klares Denken. »Was meinst du mit *sonst niemand*?«

Ohne sie loszulassen, entriegelte Joshua die Tür und ließ das Unwetter, das sich wieder verschlimmerte, ein. Und die Fremde.

32

BRACKEN

Der Regen prasselte auf das Dach seines Trucks. Der Sturm war früher und heftiger losgebrochen, als er erwartet hatte.

Er war auf dem Weg zu Overlook gewesen, als der Anruf von den verärgerten Gästen kam. Verärgert oder verängstigt? Das war manchmal schwer festzustellen. Wenn Leute Angst hatten, wurden sie manchmal unhöflich oder gedankenlos oder beides.

Kein Strom.

Eine Vermisste.

Ein Verletzter.

Kein Strom bedeutete, dass die Kameras nicht funktionierten, ihre Signale nicht durch den Router schicken konnten. Er hatte also nicht die Möglichkeit, per App nach der Gruppe zu sehen. Er war von ihnen abgeschnitten, und das gefiel ihm nicht.

Und was war mit dem Notstromaggregat passiert? Er hatte es noch vor kurzem überprüft. Anfang der Woche war es noch völlig in Ordnung gewesen. War sonst noch jemand da oben?

Ihn beschlich das seltsame Gefühl, dass die Finsternis nach Overlook gekommen war. Erneut.

Seinem großen Truck bereiteten die überfluteten Straßen keine Probleme. Ein paar kleinere Bäume waren umgestürzt, und Äste lagen über der geteerten Straße verteilt, aber der Pick-up rollte über sie hinweg, als wären es Zweige. Windstöße erfassten den Wagen und rüttelten daran.

Als er sich seinem Ziel näherte, sah er den umgestürzten Baum. Eine junge Eiche, verkohlt und zersplittert, die über beiden Fahrspuren lag, tauchte im Strahl der Scheinwerfer auf. Er hielt an. Die Räder sirrten im Wasser.

Bracken hatte versucht, ein paar Männer anzurufen, die bereit waren, bei jedem Wetter loszufahren, wenn es Probleme zu lösen gab. Man brauchte eine Mannschaft für Notfälle, wenn man in einer so abgelegenen Gegend Ferienhäuser vermietete. Aber es hatte sich immer nur die Mailbox gemeldet, was entweder bedeutete, dass alle in Deckung gegangen waren oder dass der Handyempfang heute schlecht war.

Er musterte den umgestürzten Baum, ohne sich die Mühe zu machen, aus dem Truck zu steigen. Er war zu groß, um ihn allein wegzuräumen. Dazu war schweres Gerät nötig. Er würde Hilfe brauchen.

Bracken kannte nur einen Menschen, der einen Räumpflug besaß und einen Truck, der groß genug war, um diesen Baum von der Straße zu schieben.

Er blieb einen Moment sitzen und dachte nach, hörte den Regen aufs Wagendach prasseln und sah das Wasser die Windschutzscheibe hinunterströmen.

Er erwog, zu May zurückzukehren, die er schlafend im Bett zurückgelassen hatte. Wie viele Jahre hatte er damit zugebracht, Menschen zu beobachten, wie viele Jahre hatten sich ihre Leben und ihre Dramen vor ihm abgespielt? Und dabei hatte er es versäumt, sein eigenes Leben zu leben.

Er wollte gerade wenden, als er eine große Gestalt zwischen den Bäumen verschwinden sah. Rotwild.

Er beobachtete weiter. Rotwild trat selten allein auf. Kurz darauf trabten ein großer Bock und eine kleinere Hirschkuh gemächlich durch den Strahl seiner Scheinwerfer. Beide blieben stehen und schauten in seine Richtung, die Augen leuchtend im Scheinwerferlicht, das samtbraune Fell schimmernd vor Nässe, bevor sie davonsprangen.

Er dachte über die Leute im großen Ferienhaus nach. Die hübsche Yogini. Das Party-Girl. Die junge Mutter. Der IT-Mogul. Der Computer-Streber. Der geheimnisvolle Mann. Alle Spieler auf seiner Bühne. In was waren sie da nur hineingeraten?

Er würde ihnen helfen. Das war seine Aufgabe als ihr Vermieter, oder nicht? Das war der Codex, den er sich selbst auferlegt hatte.

Die Straße zu Old Bobs abgelegenem Haus war überflutet, aber er schaffte es die gewundene Einfahrt hinauf. In der kleinen Hütte brannte Licht. In Nächten wie dieser war es eine gute Sache, nicht ans Stromnetz angeschlossen zu sein und seinen eigenen Strom zu erzeugen. Old Bobs Truck stand im Carport, der Räumpflug war bereits angekuppelt. Wahrscheinlich rechnete er schon mit Räumungseinsätzen.

Die Haustür schwang auf, und eine hochgewachsene Gestalt stand im Türrahmen. So alt war Bob gar nicht, nur vorzeitig ergraut. Und Bracken war sich ziemlich sicher, dass er auch nicht Bob hieß. Er war vor ein paar Jahren in die Stadt gezogen und blieb gern für sich. Bracken war bekannt, dass er Tierarzt war und im Mittleren Osten gekämpft hatte. Gerüchten zufolge war er Witwer. Er hatte den ausdruckslosen Blick eines Soldaten und war gebaut wie ein Schwergewichtler, die schiefergrauen Haare trug er schulterlang. Er erledigte zuverlässig die Arbeiten, für die man ihn anheuerte, und war nicht gerade redselig.

Jetzt trat er auf die Veranda hinaus, das Gewehr in der Hand.

Bracken stieg aus und ging zu ihm. Der Regen hatte sich zu einem leichten Nieseln abgeschwächt.

»Hallo, Bob«, sagte er und erklomm die Verandastufen.

»Bracken.« Der Mann ließ das Gewehr sinken und stellte es neben sich. »Was bringt dich hier raus?«

»In Overlook ist der Strom ausgefallen. Ein Baum ist auf die Straße gestürzt, und ich komme nicht zu meinen Gästen durch.«

»Hast du kein Notstromaggregat da oben?«

»Ist nicht angesprungen. Keine Ahnung warum.«

Bob runzelte die Stirn. Die Wahrheit war, dass niemand aus der Gegend gern zu diesem Ferienhaus rauffuhr. Bracken hatte immer Probleme mit Bauleuten, Handwerkern und Hausmeistern. Sogar May war dort nicht gern allein, sondern nahm immer eine zweite Kraft mit, wenn jemand zur Verfügung stand. Sie behauptete, das Haus sei zu groß, um es schnell genug allein zu putzen. Aber Bob war nicht der Typ, der sich leicht erschrecken ließ.

Es war schon ewig her, aber vor vielen Jahren war dort eine Familie ermordet worden. Ein gestörter Mann hatte seine Frau und seine Kinder ermordet. Der Makler hatte es ihm erzählt, weil er von Gesetzes wegen dazu verpflichtet war. Das Haus hatte zwanzig Jahre leergestanden, als Bracken das riesige Grundstück für ein Butterbrot kaufte. Er hatte das kleine Haus abgerissen, das längst baufällig war, den Bauschutt weggekarrt und sich darangemacht, das Haus zu bauen, in dem er leben wollte. Er hatte keine Angst vor Gespenstern.

Es waren Geschichten im Umlauf, Geschichten über eine Frau in Weiß, die durch den Wald streifte und klagend nach ihren Kindern rief. In den neunziger Jahren hatte eine Gruppe Jugendlicher behauptet, ein kleines Mädchen gesehen zu haben, das in den See watete. Sie erklärten der Polizei, sie hätten versucht, das Kind zu retten, aber es wäre plötzlich verschwunden. Es wurde keine Spur von einem kleinen Mädchen entdeckt, es war auch niemand als vermisst gemeldet worden. Doch die Leiche der Anderson-Tochter war ein gutes Stück vom Haus gefunden worden. Offenbar war sie weggelaufen, nachdem sie angeschossen worden war, um dann am See zu sterben.

Bracken hatte nie etwas dergleichen zu Gesicht bekommen,

weder eine Frau in Weiß noch ein ins Wasser watendes Kind. Tot war tot, seiner Meinung nach. Und die Welt war voller schrecklicher Tragödien. Gab es überhaupt irgendwo auf der Welt noch einen Flecken Erde, der nicht von Dunkelheit irgendeiner Art berührt war?

Er dachte über das nach, was das Yoga-Mädchen gesagt hatte, dass sie eine unruhige Energie im Haus gespürt habe.

Es stimmte, dass er mehr Probleme in Overlook hatte als in seinen anderen Ferienhäusern – einige Gäste hatten von seltsamen Geräuschen in der Nacht berichtet. Sehr wahrscheinlich Waschbären. Der Strom fiel ein bisschen zu oft aus, daher das Notstromaggregat. Und jetzt war dieses brandneue Notstromaggregat, das Bracken vor kurzem noch inspiziert hatte, nicht angesprungen. Das Dach war häufig undicht, gelegentlich gab es Probleme mit den Sanitäranlagen. Die banalen Herausforderungen jedes Hausbesitzers. Es spukte dort nicht.

»Können wir warten, bis der Sturm vorbei ist?«, fragte Bob. Bestimmt aus Sorge wegen des Unwetters, nicht, weil er Angst vor Gespenstern hatte.

»Sieht so aus, als hätte das Gewitter gerade ein bisschen nachgelassen«, drängte Bracken.

Bob blickte zum Himmel auf. Die Wolkendecke war so weit aufgerissen, dass man sogar ein paar Sterne sehen konnte. »Nicht für lange.«

»Der Gast bietet eine Riesen-Bonuszahlung, wenn wir die Straße noch heute Nacht räumen können. Da oben scheint irgendwas los zu sein.«

Es war schwer, Bob mit Geld zu motivieren. Er war ein Mann, der wenig brauchte. Aber er sah Bracken ernst an. Schließlich grunzte er und ging ins Haus. Als er wiederkam, trug er ein Regencape mit Kapuze und schwere Stiefel.

»Ich fahr dir hinterher«, sagte er.

»Ich weiß das zu schätzen.« Bracken lief zurück zu seinem Truck.

Er wendete und fuhr los. Endlich tauchten die Scheinwerfer von Old Bobs Truck auf der Straße hinter ihm auf.

33
HANNAH

Vorsichtig ging sie den rutschigen Weg entlang, die Taschenlampe in der Hand, und tastete sich von Baum zu Baum, um nicht im Matsch auszugleiten. Der Lichtstrahl schwankte, es nieselte nur noch.

Schon als Kind hatte sie den Wald geliebt – Camping mit ihrem Vater, Zeltlager mit den Pfadfinderinnen, wo sie lernten, einen Unterschlupf zu bauen, Feuer zu machen und die Himmelsrichtungen zu bestimmen. Dieser Geruch von Holzfeuer und Marshmallows, die Ruhe, die Sterne. Bruce ging nicht gern campen. Doch sie sehnte sich immer noch nach dieser Stille, nach Abstand von der modernen Welt mit all ihrem Lärm und Getöse.

Aber heute war es so finster. Im Haus brannte kein Licht, Mond und Sterne waren hinter einer dichten Wolkendecke verschwunden. Und sie wollte nur noch nach Hause. Alle Wunschvorstellungen von Verbundenheit mit der Natur und Abstand von der modernen Welt waren geplatzt. Das Einzige, was sie jetzt noch wollte, war ihre Tochter.

Sie blickte in die Richtung, in der Bruce und Mako verschwunden waren, in der Hoffnung, sie zurückkehren zu sehen oder ihre Stimmen zu hören. Aber da war nichts. Nur der Wind, Regentropfen, die auf die Blätter der Bäume fielen, fernes Donnergrollen. Die Welt kam ihr sehr groß vor, und der Wald erschien ihr wie ein aufgerissener Rachen, der bloß darauf wartete, sie zu verschlingen.

Hör auf damit. Reiß dich zusammen.

Es gab keine Garage, nur einen Carport. Das Haus war in den Hang hineingebaut, das Untergeschoss war zu einem bequemen Schlafzimmer und einem Spielezimmer ausgebaut.

Also mussten sich der Sicherungskasten und das Notstromaggregat auf der anderen Hausseite befinden. Sie tastete sich den Hang hinunter, an der Terrasse vorbei, und rutschte immer wieder aus. Aber sie fiel nicht hin.

Sie stieß auf eine von Stühlen umgebene Feuerstelle, die Licht und Lachen, Lagerfeuer-Snacks mit gerösteten Marshmallows und heiße Getränke verhieß. An diesem Wochenende würde das nichts mehr werden. Makos Traum war geplatzt.

Egal, was passierte – ob sie wieder Strom hatten, die Straße geräumt wurde, Liza und Mako sich versöhnten, und sich eine gute Erklärung für alles fand –, sie würden so bald wie möglich abreisen. Immer wieder musste sie an den Gesichtsausdruck ihres Mannes denken, seine Verachtung, seinen Zorn. Ja, es war Zorn gewesen. Wie hatte ihr das bisher entgehen können? Und warum hatte er nie mit ihr darüber gesprochen?

Irgendetwas bewegte sich zwischen den Bäumen, und Hannah erstarrte.

»Bruce?«

Sie leuchtete mit der Taschenlampe herum, erhellte nasses grünes Laub und dunkle, leere Räume. Hatte sie tatsächlich vorhin eine Gestalt durch den Wald huschen sehen? Es erschien ihr jetzt wie ein Traum. Wie schnell man doch seinen eigenen Augen misstraute.

Wieder raschelte etwas im Unterholz, irgendwas Kleines – nur ein Tier. Bestimmt ein Kaninchen oder Eichhörnchen.

Hannah war kein mädchenhaftes Wesen. Sie war patent, sie war praktisch. Ihre Mutter hatte ihr beigebracht, wie man einen Reifen wechselt, eine Sicherung austauscht und einen verstopften Abfluss freibekommt.

Du brauchst nicht auf den Märchenprinzen zu warten, pflegte Sophia zu sagen. *Er wird nicht kommen. Selbst wenn er dir am Anfang wie ein Held erscheint, stellt sich garantiert heraus, dass er mehr kleiner Junge als Mann ist.*

Wieder leuchtete Hannah mit der Taschenlampe in einem weiten Bogen in den Wald hinein. Ihr Herz hämmerte. Nichts. Sie war allein.

Wenn du durch die Hölle gehst, bleib nicht stehen. Noch einer von Sophias Sprüchen. Ihre Mutter mochte Haare auf den Zähnen haben, aber in vielen Punkten hatte sie recht.

Noch ein paar Schritte, dann hatte Hannah das Haus umrundet. Da war es.

An der Außenverkleidung hing ein kleiner Kasten, das musste der Sicherungskasten sein, daneben sah sie einen größeren Metallkasten, zweifellos das Notstromaggregat. Hannah glaubte keineswegs, dass es damit getan wäre, einfach einen Schalter umzulegen, aber es konnte nie schaden, etwas zu überprüfen. Computer-Freak Bruce war berühmt für folgende Fragen: Gibt es Strom? Ist das Gerät angeschlossen? Hast du es schon mit Ausschalten und wieder Einschalten probiert? Manchmal waren die einfachsten Lösungen die richtigen.

Sie trat rasch näher, ließ sich vom Strahl der Taschenlampe leiten, suchte festen Halt für ihre Füße.

Die Szene offenbarte sich in Bruchstücken.

Die Tür des Sicherungskastens stand leicht offen. Darunter waren tiefe Fußabdrücke im Matsch. Vielleicht hatten Mako oder Bruce ihn überprüft, bevor sie in die Nacht verschwanden. Aber die Fußspuren waren klein, noch kleiner als Hannahs, und Bruce hatte Schuhgröße 45, Mako Größe 46. Und die Spuren schienen nur von einer Person zu stammen.

Wieder leuchtete sie mit der Taschenlampe die Umgebung aus. Ihre Kehle war wie zugeschnürt, ihr Atem ging flach. Vielleicht sollte sie ins Haus zurückkehren.

Nein. Jetzt war sie schon mal hier. Sie musste nachsehen, ob sie das reparieren konnte.

Aber als sie die Tür des Sicherungskastens öffnete, sah sie, dass der Hauptschalter umgelegt war und die Kabel durchtrennt worden waren. Mit einem scharfen, sauberen Schnitt.

Der Strom war nicht wegen des Gewitters ausgefallen. Jemand hatte die Stromleitungen gekappt.

»Was zum Teufel?«, flüsterte sie.

Eine rasche Inspektion des Notstromaggregats ergab, dass es keinen Kraftstoff mehr hatte, die Anzeige stand fast auf null. Der unverkennbare Geruch von Benzin stieg ihr in die Nase. Also hatte jemand die Stromkabel durchtrennt, das Benzin des Notstromaggregats abgelassen und das Haus in Dunkelheit gestürzt?

Warum?

Konnte Liza das getan haben, um ihnen ihr Wochenende zu ruinieren?

Nein. Hannah kannte ihre Schwägerin als freundlich, respektvoll, immer höflich und rücksichtsvoll.

Aber wie gut kannten sie einander schon? Immer war da ein unüberbrückbarer Abstand zwischen ihnen gewesen. Und wenn ein Rosenkrieg tobte und Liza so richtig wütend auf Mako war, wäre sie vielleicht fähig, das Wochenende für alle zu sabotieren. Oder – der Gedanke kam ungebeten – es war Mako gewesen. Um zu vertuschen, was mit Liza passiert war, was immer es auch sein mochte.

Unwillkürlich dachte sie wieder an Libby. Sie dachte öfter an das Mädchen, als sie wollte. Es war wie eine geheime Wunde, eine tief verschüttete Reue, die in Stresszeiten in ihren Träumen auftauchte und durch den Geruch nach Bier oder bestimmte Songs wachgerufen werden konnte.

»Nein«, sagte sie laut zu sich selbst. »Das ist doch lächerlich.«

Sie starrte auf das Notstromaggregat. Hier konnte sie nichts bewirken. Sie brauchten einen Elektriker. Vielleicht konnten sie etwas

Benzin aus einem der Autotanks abpumpen? Dazu würde sie Hilfe brauchen – einen Schlauch und irgendeinen Behälter, um das Benzin zu transportieren.

Es begann wieder heftiger zu regnen.

Nein, das Klügste war, ihren Mann zu holen und nach Hause zu ihrem Kind zu fahren. Was auch immer hier vorging, sie musste zur Gästehütte, wo Mako und Bruce waren und hoffentlich auch Liza.

Aber als sie sich umdrehte, stand eine schmale Gestalt zwischen den Bäumen, gerade außerhalb der Reichweite ihrer Taschenlampe. Hannah fühlte sich, als wäre sie getasert worden, solche Angst überkam sie. Sie wich in Richtung Haus zurück.

»Wer ist da?«, rief sie.

Doch die Gestalt blieb regungslos stehen und beobachtete sie.

»He!«, rief Hannah mit ihrer besten Rettungsschwimmerinnen-Stimme, tief und mit Autorität. »Wer sind Sie?«

Sie ging auf die Gestalt zu, den Lichtstrahl der Taschenlampe vor sich gerichtet wie ein Schwert.

Aber als sie zu der Stelle kam, war da nichts. Nichts als die Dunkelheit und die Bäume. Nur Einbildung. Eine nächtliche Sinnestäuschung. Einer der Geister, die hier herumspukten.

Erleichterung durchflutete sie, und ihre Knie wurden weich. Geister waren ihr lieber als Eindringlinge.

Verdammt, jetzt reichte es endgültig.

Hannah war fertig mit diesem Haus – mit Geistern und seltsamen Gestalten in der Dunkelheit, Stürmen und Stromausfällen. Sie und Bruce würden abreisen. Jetzt musste sie nur noch ihren Mann finden, und dann würden sie sofort losfahren. Ein umgestürzter Baum blockierte die Straße? Sie würden ihn eigenhändig wegschaffen. Besaßen Mütter nicht angeblich irgendwelche Superkräfte, wenn sie von ihren Babys getrennt waren?

Sie hatte ja gewusst, dass dieses Wochenende ein Fehler war.

Ihr Platz war bei Gigi und Bruce. In Zukunft würden die beiden an erster Stelle kommen, immer. Sie würden aus Makos Haus ausziehen, und Bruce konnte aufhören, für ihn zu arbeiten. Sie hatten jetzt ihre eigene, selbst gegründete Familie.

Hannah spürte es erst gar nicht, als der Schlag ihren Hinterkopf traf.

Sie merkte nur, dass ihr Kopf auf unerklärliche Weise nach vorn geworfen wurde, und empfand einen Schmerz, der in den Nacken ausstrahlte. Sie sackte auf die Knie, griff sich an den Hinterkopf und starrte verwirrt auf das schwarze Blut an ihrer Hand. Angst. Schmerz.

Die Nacht drehte sich um sie.

O Gott. Was war passiert? Die Ränder ihres Gesichtsfelds verschwammen, als sie seitlich in den Matsch stürzte. Sie blickte auf und dachte, sie sähe den Mond.

Aber es war eine Frau, die sie nicht erkannte. Sie ragte über Hannah auf, das bleiche, unbewegte Gesicht umrahmt von einer schwarzen Kapuze.

»Schlaf süß, Mama«, sagte die Fremde.

Gigi, dachte Hannah.

Dann verschwand die Welt.

34

HENRY

2016

Wenn er an dem Morgen nicht die Zeitung gelesen hätte, was manchmal vorkam, hätte er es nie erfahren. Sie hatten eine lange, schlaflose Nacht hinter sich; Piper schlief noch, nachdem sie das Baby drei Mal in den frühen Morgenstunden gestillt hatte – ein Wachstumsschub.

Und jetzt war Henry an der Reihe, auf den kleinen Luke aufzupassen, der fröhlich und munter war, obwohl er sie alle die ganze Nacht wachgehalten hatte, und sich begeistert auf seinen Haferbrei stürzte. Feste Nahrung war neu, und der Haferbrei war überall – auf Lukes Pausbäckchen, zwischen seinen Fingern, am Fußboden, auf dem Tablett des Hochstuhls.

»Kumpel«, sagte Henry. »Landet irgendwas davon auch in deinem Mund?«

Luke wippte fröhlich auf und ab, die pummeligen Beinchen strampelten. »Ma. Ma.«

»Mama schläft. Lassen wir sie noch ein bisschen ausruhen.«

Henry brauchte erst um zehn im Büro zu sein; Piper konnte also ruhig noch ein Stündchen schlafen. Luke schwang seinen lila Plastiklöffel wie ein Schwert.

»Ah«, sagte er, was Henry als Zustimmung wertete. »Haha!« Ein großer Klecks Haferbrei flog durch die Gegend.

Henry wischte ihm den Mund ab und spürte einen wilden Ansturm von Liebe über sich kommen, wie so oft, wenn er seinen

Sohn betrachtete. Eine absolute, ehrfürchtige Ergebenheit hatte ihn ergriffen, als Luke im Entbindungsraum wie durch ein Wunder aus Piper herauskam. Ein blutiges, schreiendes Baby, ein perfektes Menschlein, entstanden aus der Liebe, die er für seine Frau empfand – es hatte ihn einfach umgehauen. Die Leute bekamen ständig Kinder. Warum sprach nie jemand darüber, was für ein wildes, unglaubliches Wunder das Ganze war?

Er legte Luke in Bauchlage auf seine Krabbeldecke und begann, ihm aus der Zeitung vorzulesen – Sport, das Wetter, internationale Nachrichten, den Wirtschaftsteil. Er las immer noch gern die gedruckte Ausgabe, obwohl es vermutlich einfacher war, die Zeitung auf dem Smartphone oder iPad zu lesen.

»Die Aktien sind stark gestiegen, kleiner Mann. Gute Sache, dass wir bereits mit dem 529-Plan in einen Investment-Fonds für deine Hochschulausbildung einzahlen.«

Luke griff nach seinem Stoffelefanten, stopfte ihn in den Mund, sabberte heftig und sah Henry eindringlich an. Die kurzen schwarzen Locken hatte er von Henry. Die Augen von Piper.

Henry wischte ihm mit einem Mulltuch den Mund ab.

Er wusste nicht, wie man Vater war. Er hatte kein Rollenvorbild gehabt. Er hätte nie gedacht, dass es so etwas wie »Vaterinstinkt« gab, aber Piper meinte, er sei ein Naturtalent. Und er war wirklich gern mit seinem Kind zusammen. Er hatte das Gefühl, dass das Vater-Sein vielleicht zu neunzig Prozent darin bestand, einfach mit Freuden anwesend zu sein und sein Bestes zu tun. *Er braucht nichts außer uns,* hatte Piper versichert. *Wir müssen nur dafür sorgen, dass er in Sicherheit ist, ihn lieben und unser Bestes tun, um einen guten Menschen aus ihm zu machen, einen Menschen, der die Welt besser macht und nicht schlechter.*

Die Nachricht stand auf der dritten Seite: *IT-Unternehmer in seinem South-Beach-Penthouse ermordet.*

Vielleicht hätte er weitergeblättert, wenn nicht das Foto gewesen wäre, das lächelnde Gesicht eines Mannes, der ihm auf unheimliche Weise bekannt vorkam. Er las weiter. Der junge Mann, nur ein Jahr jünger als Henry, war praktisch enthauptet worden, so gewalttätig war der Angriff gewesen. Das Material aus Überwachungskameras wurde ausgewertet. Bei Drucklegung des Artikels hatte die Polizei noch keine Verdächtigen gehabt.

Er starrte auf das Foto. Der Mann mit seinem dunklen Haar, den großen Augen und dem schlanken Körperbau hätte sein Bruder sein können. Henrys Herz begann zu hämmern.

»Du hast mich schlafen lassen.« Piper kam ins Zimmer getapst, mit vor Müdigkeit trüben Augen, und hockte sich neben dem Baby auf den Fußboden.

»Du hast den Schlaf gebraucht«, sagte Henry und sah sie an. Er faltete die Zeitung zusammen.

»Mein kleiner wilder Mann«, sagte sie zu dem Baby. Luke strahlte und strampelte mit den Beinen. Wahnsinn, wie Babys ihre Mamas liebten. Luke und Piper waren unzertrennlich. »Du hast die ganze Nacht Party gemacht.«

Luke grinste wild und stieß einen Freudenschrei aus, als wäre er der witzigste Bursche der Welt.

»Kommst du nicht zu spät ins Büro?«, sagte sie, setzte sich auf und gab Henry einen Kuss.

»Ich fahre gleich los. Ich muss sowieso erst ins Rechenzentrum, nicht ins Büro, also habe ich ein wenig Spielraum. Ich dachte, ich lasse dich ein wenig Schlaf nachholen.«

Er nahm die Zeitung mit, was ihr nicht auffiel. Die arme Piper war nicht ganz auf der Höhe, schockverliebt, unter Schlafentzug leidend, den ganzen Tag in Gesellschaft des Babys. Oft fand er sie genauso vor, wie er sie morgens verlassen hatte, wenn er abends nach Hause kam – die Haare hochgebunden, in denselben Klamotten, ein wenig benommen. Er fand es süß, ihre Hingabe, die Art, wie sie in ihrer neuen Rolle aufging. Er löste sie an den Abenden ab, damit sie Sport treiben, duschen oder einfach einen Spaziergang machen konnte. Sie aßen zusammen als Familie, brachten das Baby früh ins Bett und verbrachten noch ein wenig Zeit als Paar zusammen. Es war ein friedliches, schönes Leben, das er sehr schätzte.

»Ich glaube, wir gehen heute mal zu meiner Mutter«, sagte sie. »Sie brennt darauf, vor ihren Freundinnen mit Luke anzugeben.«

»Gute Idee«, meinte er. »Bei mir wird es heute wahrscheinlich etwas später.«

»Dann könnten Luke und ich ja vielleicht dort übernachten?«

Er fand das nicht toll, aber ja, es war gut. Dadurch würde er ein wenig Zeit für Nachforschungen haben. Obwohl er das natürlich nicht tun sollte.

»Klar«, sagte er.

»Komm doch auch hin.«

»Schon gut. Ich werde die Zeit nutzen, etwas Arbeit nachzuholen.«

»Arbeite nicht zu hart, Loser.«

Sie gab ihm einen langen, tiefen Kuss. Sogar mit zerzausten Haaren, ein wenig blass und übermüdet, war sie die schönste Frau, die er je gesehen hatte. Sie hatten ein gutes Leben. Er hatte einen festen, gutbezahlten Job, und Pipers Eltern wohnten in der Nähe, sodass sie Hilfe mit Luke hatten. Das Unterrichten fehlte Piper, aber sie war nicht gewillt, das Baby alleinzulassen. Ihr Haus war bequem und modern. Vielleicht hätten manche Leute mehr gewollt. Aber er wollte nur das hier. Es war genug.

»Alles in Ordnung?«, fragte sie, den Kopf leicht schief gelegt.

»Ja«, sagte er. »Mir geht's gut.«

»Also fahr los und verdien' unsere Brötchen.«

Er fuhr aus der Sackgasse heraus, in der sie wohnten, bevor er eine Nummer anrief, die er lange nicht mehr gewählt hatte. Sie war in all den Jahren immer dieselbe geblieben.

Der alte Polizist, der mittlerweile pensioniert war und nicht weit von Henry entfernt wohnte, ging nach dem ersten Klingeln ran.

»West.«

»Henry Parker.«

»Henry. Was für eine Überraschung. Schön, von Ihnen zu hören.«

»Wie bekommt Ihnen das Rentnerleben?«

»Ah, wissen Sie, ich bin jetzt Privatdetektiv. Wie sich herausgestellt hat, bin ich nicht der Typ, der zum Golf geht, Kreuzfahrten auf die Bahamas unternimmt oder bei Sonnenuntergang am Strand seinen Wein schlürft. Sehr zum Leidwesen meiner Frau.«

Henry lächelte. Das passte.

»Hätten Sie zufällig Zeit für einen Bier und einen Burger?«

»Klar. Wann?«

»Heute Abend?«

Kurze Stille, das Rascheln von Papier.

»Was ist los?«

»Weiß ich nicht genau.«

Sie verabredeten eine Zeit und einen Ort, und Henry fuhr zur Arbeit und dachte dabei an den Mord in Miami, seine Halbschwester Cat, mit der ihn eine komplizierte Beziehung verband, und die düsteren Sorgen, die er beiseitegeschoben hatte, bis es nicht mehr ging.

Das Palm Pavillon war ein Restaurant direkt am Strand, berühmt für sein Grouper-Sandwich und Live-Musik zum Sonnenuntergang. Das schöne blau-weiße Gebäude stand am Ende der Uferpromenade aus Holz und bot einen wunderbaren Ausblick über den Golf von Mexico und die feinen weißen Sandstrände von Clearwater Beach. Der perfekte Ort, um den Sonnenuntergang zu betrachten, wenn man die Spätnachmittagshitze vertragen konnte. In den heißen Monaten spendeten Sonnenschirme Schatten, für zusätzliche Kühlung sorgten Ventilatoren mit Wasserdampf. Heute war die Temperatur eher gemäßigt, die typische Glocke aus schwülwarmer

Luft würde sich zum Glück erst in wenigen Wochen über Florida legen.

Henry wartete an einem Tisch ganz in der Ecke der Veranda, sog die salzige Meeresluft ein, beobachtete die Aztekenmöwen. Es war Dienstagabend und daher relativ ruhig, und der Sänger und Gitarrist spielte Songs von Neil Young und Davie Bowie anstatt der üblichen Country-Musik von Jimmy Buffet. Henry drehte sein betautes Margarita-Glas in den Händen und ließ den Eingang nicht aus den Augen. Er hatte den Tag damit zugebracht, die Punkte zu recherchieren, die ihm auf der Seele lagen, und war froh über den Tequila, der ihm wärmend durch die Kehle rann.

Henry und Cat hatten noch achtzehn weitere Halbgeschwister, von denen er wusste. Sieben davon waren tot. Acht, wenn man den Unternehmer aus Miami mitzählte, obwohl Henry sich da noch nicht sicher sein konnte.

Er hatte seine Arbeitszeit damit zugebracht, Amateurdetektiv zu spielen und die Angaben auf der Origins-Seite mit denen aus dem Spenderkinder-Register abzugleichen. Da er die Suche nach weiteren Verwandten aufgegeben hatte, war er seit Ewigkeiten auf keiner der Websites mehr gewesen.

Seine Arbeit war liegengeblieben, während er sich intensiv mit dem Leben seiner Halbgeschwister beschäftigt hatte. Er hatte das Internet durchforstet, Social-Media-Seiten besucht, ihre Freunde aufgespürt, Nachrufe gelesen. Er war in den Kaninchenbau gestürzt, wie Gemma es gern nannte. Sein Kopf war voller Bilder von Menschen, die durch den Samen eines Fremden mit ihm verwandt waren. Bilder von ihrem Leben, ihren Lieben, ihren Wünschen und Träumen.

Unterschiedlichste Menschentypen, alle Kinder desselben Mannes. Eines Mannes, der ihm immer noch ein Rätsel war.

Kurz darauf betrat der alte Polizist das Restaurant, gebräunt und schlank in Khaki-Shorts, Hawaii-Hemd und Top-Sider-Herrenschuhen, die Uniform der Rentner in Florida. Sein Haar war mittlerweile schneeweiß, und er hatte sich einen breiten Schnurrbart stehen lassen, der ordentlich getrimmt war.

West entdeckte Henry und kam an seinen Tisch. Er setzte sich, bestellte ein Bier bei der blonden, durchtrainierten Kellnerin mit rosa Lipgloss, und schaute in den verblassenden Sonnenuntergang hinaus. Sie kehrte rasch mit der Flasche 3 Daughters Brewing zurück, einem schmackhaften Ale aus der Region.

»Immer wieder ein schöner Anblick, nicht wahr?«, sagte West. »Jeder Sonnenuntergang bietet ein anderes Farbenspiel, eine andere Stimmung, wie eine Art Spiegelung dessen, was einen an einem bestimmten Tag beschäftigt.«

Henry blickte auf den Himmel, der sich rosa gefärbt hatte, das dunkelblaue Wasser, die orangerote Sonnenscheibe, die unaufhaltsam gen Horizont sank. Er hatte nicht viel Zeit für Sonnenuntergänge, und im Grunde fand er die Faszination der Touristen ein wenig ermüdend. *Ja, Leute, die Sonne geht unter. Jeden Tag.*

»Ich hätte Sie gar nicht für einen Dichter gehalten.«

Ein Lächeln, ein tiefer Schluck Bier. »Das Alter verwandelt uns alle in Dichter. Oder Arschlöcher. Entweder, oder.«

Darüber musste Henry lachen. Sein Schwiegervater wurde auch langsam alt. Er war kein Dichter.

Er zog den Artikel aus der heutigen Zeitung aus der Tasche und schob ihn zu West hinüber, der danach griff, eine Lesebrille aus seiner Hemdtasche nahm und ihn studierte.

»Worum geht's darin?«

»Vor ein paar Jahren habe ich mich bei meiner Tante Gemma gemeldet, Alices Schwester, erinnern Sie sich?«

»Natürlich, sehr nette Frau. Wir stehen in Kontakt.«

»Ja«, sagte Henry. »Sie hat mir geholfen. Sie beschäftigt sich viel mit Genealogie, mit unserer Familiengeschichte. Sie hat mich dazu gebracht, den Origins-Test zu machen.«

»Ich erinnere mich. Soweit ich weiß, haben Sie dadurch Ihren Vater nicht gefunden.«

»Das stimmt. Aber durch eine Facebook-Seite und das Spenderkinder-Register habe ich Kontakt zu einigen meiner Halbgeschwister aufgenommen, Leuten, die von demselben anonymen Spender abstammen.«

Er erzählte West von Cat, von ihrem Treffen und dass sie per Mail in Kontakt geblieben waren, gelegentlich auch telefonierten. Er berichtete von der Frau aus der Bronx, die Cat aufgespürt hatte, Marta Bennett, und davon, wie sie gestorben war.

Dann holte er einen Ordner aus dem Rucksack, den er neben sich auf den Boden gestellt hatte. Der Aktendeckel enthielt Artikel über die Halbgeschwister, die gestorben waren. Acht einschließlich des Unternehmers aus Miami, wenn er denn tatsächlich ein Halbbruder war. Auf Henrys Origins-Seite war er nicht aufgetaucht, und er stand nicht im Spenderkinder-Register – was aber auch nur der Fall wäre, wenn er einen DNA-Test gemacht oder Nachforschungen zu seiner Herkunft angestellt hätte. Doch seine Ähnlichkeit mit Henry – und Cat – war verblüffend.

West blätterte die Artikel durch und zwirbelte seinen Schnurrbart.

»Was meinen Sie?«, fragte West.

Henry schüttelte den Kopf und blickte aufs Meer hinaus. Die Glocke läutete, und es gab Applaus. Die Sonne war unter den Horizont getaucht. Unter den richtigen Wetterbedingungen sollte manchmal unmittelbar vor dem Untergang der Sonne ein kurzes grünes Leuchten sichtbar werden. Eine Kombination zweier optischer Phänomene – einer Luftspiegelung und der unterschiedlichen Brechung der verschiedenen Farben durch die Luftmassen. Henry hatte es nie gesehen.

»Es ist schon seltsam, oder?«, fragte er. »Dass so viele von uns gestorben sind – durch Suizid, Mord oder Unfall.«

»Statistisch gesehen ist das beunruhigend, ja.«

Die Kellnerin kam und nahm ihre Bestellungen auf – sie wählten beide den Famous-Palm-Burger und Island Fries. Wenn Piper hier gewesen wäre, hätte Henry ein Grouper-Sandwich bestellt und sie den Sunset Salad mit Lachs.

»Und dieser Mann« – West griff nach dem Artikel aus der heutigen Zeitung – »ist einer Ihrer Halbbrüder?«

»Das weiß ich nicht genau. Ich war schon seit einer ganzen Weile nicht mehr auf Origins oder dem Spenderkinder-Register. Heute habe ich mich wieder eingeloggt. Ich habe ihn nirgends entdeckt.«

Der alte Polizist sah ihn mit geneigtem Kopf an. »Warum haben Sie aufgehört, sich da einzuloggen?«

»Ich habe mich mit ein paar von meinen Halbgeschwistern getroffen. Es war einfach nur ... komisch. Mir wurde klar, dass es nicht nur um Blutsverwandtschaft geht, sondern auch um die Chemie zwischen Menschen. Und ich hatte nicht das Gefühl, mit irgendjemandem auf einer Wellenlänge zu sein.«

Henry trank einen Schluck Bier. Er hatte noch nie mit jemandem darüber gesprochen. Aber er fuhr fort: »Also entschied ich mich für das Hier und Jetzt, für die Gegenwart. Ich habe einen Sohn und eine Frau. Wir sind dabei, uns etwas aufzubauen. Die Vergangenheit – meine Vergangenheit – ist düster, tut weh. Alice. Ich habe jetzt meine Tante Gemma, sie gehört zu meinem Leben. Wir haben Pipers Familie. Es ist nicht perfekt, klar. Aber es ist genug.«

West sah ihn nachdenklich an, nickte langsam und blickte auf die Akte hinunter.

»Und doch sitzen wir jetzt hier.«

Henry leerte sein Bier, während West die Seiten des Ordners durchblätterte. Ja, und doch waren sie jetzt hier. Am liebsten hätte er alles vergessen, was mit seiner Vergangenheit zu tun hatte, und doch träumte er von Cat und ertappte sich dabei, dass er seinen

Halbbruder Dave in San Francisco per Facebook stalkte, ebenso wie seinen Halbbruder Todd in Georgia oder seine Halbschwester Mira in Portland. Und jetzt das hier. Ihr guter alter Erzeuger war ganz schön rumgekommen, oder zumindest sein Sperma.

»Haben Sie sich wegen dieser Sache bei der Halbschwester gemeldet, mit der Sie in Kontakt stehen – Cat?«

Henry schüttelte den Kopf. Das war auch so eine Sache. Ihre Telefonate wurden immer eigenartiger. Letztes Mal hatte sie angedeutet, sie sei jetzt dicht daran, »zu verstehen, wer unser Vater ist«. Er hatte so getan, als müsse er Schluss machen, und versprochen, sie zurückzurufen. Er hatte es nie getan. Die Wahrheit war, dass sie ihm ein wenig Angst machte. Sie war so intensiv. Wütend manchmal, unruhig, heftig. »Ist vermutlich leicht, das alles einfach zu vergessen, wenn man Familie hat«, hatte sie ihm vorgeworfen.

»Nein«, antwortete er jetzt. Es wäre naheliegend, wegen des Unternehmers aus Miami zuerst Cat zu fragen. Aber irgendetwas hielt ihn davon ab, sie anzurufen. »Sie ist ... ich weiß nicht. Sie ist ziemlich besessen von dieser Sache. Möglicherweise sogar psychisch labil.«

West musterte ihn mit zusammengekniffenen Augen. »Labil? Inwiefern?«

Henry erzählte, dass sie manchmal mitten in der Nacht anrief und wirres Zeug redete, manchmal mürrisch war und manchmal ganz aufgekratzt, wenn sie eine neue Verbindung aufgetan hatte.

»Ich würde sie ungern einbeziehen. Sie hat da ein paar ziemlich wilde Theorien.«

»Zum Beispiel?«

»Sie glaubt, dass es irgendeine Art Fluch gibt. Oder nein, keinen Fluch, irgendetwas Böses, das in unseren Genen liegt.«

»Okay. Was zum Beispiel?« West blickte auf die Akte und nahm den Artikel heraus, der obenauf lag. Drew, der sich umgebracht hatte. »Depressionen?«

West reichte ihm den Artikel. Drew hatte keine große Ähnlichkeit mit Henry oder Cat gehabt. Er war schlank und blond, hatte dunkle Augen. Es war ein Schulfoto, auf dem er lächelte, aber er sah trotzdem traurig und geisterhaft aus.

»Ja«, bestätigte Henry. »Irgendwas, das uns verwundbar macht. Wenn man zu Depressionen neigt, trinkt man möglicherweise zu viel. Und weil man zu viel trinkt, hat man einen tödlichen Autounfall.«

West zuckte die Achseln. »Es gibt noch viel, was wir in der Genetik nicht verstehen. Aber ich muss einfach daran glauben, dass unsere freien Entscheidungen wichtiger sind als die Gene.«

Auch Henry musste das glauben. Insbesondere jetzt, da er Vater geworden war.

»Ich kann mal ein paar Anrufe machen, wenn Sie wollen«, erklärte West schließlich. »Mit den zuständigen Ermittlern reden, mal sehen, was sie zu sagen haben.«

Henry spürte, wie eine Last von seinen Schultern fiel. Vielleicht hatte er nur das gebraucht, vielleicht hatte er nur mal mit jemandem darüber reden müssen. Er hatte weder die Mittel noch die Zeit, nach Verbindungen zwischen seinen toten Halbgeschwistern zu suchen.

»Das wäre klasse«, sagte er. »Sie glauben doch nicht ...«

»Was denn?«

»Dass sie recht hat? Dass es da irgendetwas Dunkles in unserem Erbgut gibt?«

West lehnte sich zurück, blickte auf den Strand hinaus und nahm einen Schluck Bier.

»Ich glaube, wir haben keine Kontrolle über das, was wir von unseren Eltern mitbekommen, und wir suchen uns nicht immer aus, was mit uns geschieht. Aber sehen Sie mal sich selbst an, Henry. Sie hätten einen ganz anderen Weg einschlagen können – und doch sitzen Sie hier, erfolgreich, verheiratet, haben ein Baby und ein schönes Zuhause.«

Piper hatte ihn gerettet. Er wusste das. Sie liebte ihn, und das weckte in ihm den Wunsch, ein besserer Mensch zu sein, ein Mann, der eine solche Frau verdient hatte. Das sagte er zu West.

»Sie haben sich für das Licht entschieden. Wir entscheiden uns, Henry. Überlassen Sie die Sache mir. Ich forsche mal ein wenig nach, und Sie vergessen das erstmal, ja? Wenn ich den Eindruck habe, dass mehr dahintersteckt, melde ich mich bei Ihnen.«

Henry überlegte, dann hob er sein fast leeres Glas und stieß mit Wests Bierflasche an.

Irgendwie waren sie im Laufe der Jahre Freunde geworden.

Eine Möwe schrie, und ein tieffliegender Hubschrauber der Küstenwache brachte alles zum Vibrieren.

»Komisch, dass Sie angerufen haben. Ich wollte mich gerade bei Gemma melden.«

»Ach?«

»Es gibt da diese Gruppe, Leute, die moderne Gentests einsetzen, um alte Kriminalfälle aufzuklären. Sie nehmen an Tatorten gesammeltes Genmaterial und schicken es bei Laboren wie Origins ein. Sie suchen nach familiären Verbindungen, die es ihnen ermöglichen, die DNA des Täters zu identifizieren, selbst wenn sie nicht in den Datenbanken der Polizei gespeichert ist. Sie verdienen nichts daran, es sind pensionierte Polizisten, die versuchen, Antworten zu finden. Sie interessieren sich für den Mord an Alice.«

Henry nahm das Gehörte in sich auf, während die Kellnerin ihr Essen brachte, das auf bunten Plastiktellern serviert wurde. Eine Gruppe an der Bar sah sich ein Spiel an; er hörte sie kollektiv aufstöhnen, als eine Torchance verpasst wurde. Der Musiker spielte gerade seine Version von »The Man Who Sold the World.« Es klang eher nach Kurt Cobain als nach Bowie, rau und traurig.

»Gemma wird das sehr interessieren«, sagte Henry. »Sie hat nie aufgehört, sich zu wünschen, dass der Täter gefasst wird. Aber die Spuren deuten auf Tom Watson hin, oder? Und der ist tot.«

Es hatte nicht ganz so unbeteiligt klingen sollen, so interesselos. Der seelische Abstand, den er zu seiner Mutter und dem, was mit ihr geschehen war, zu haben schien, machte Piper Sorgen; sie vermutete ein nicht bewältigtes Trauma und hatte vor Lukes Geburt darauf gedrängt, dass Henry eine Therapie machte. Aber momentan konnte sie an nichts denken als an das Baby, also ließ sie ihn für den Moment damit in Ruhe.

»Mit einem schrecklichen Kapitel aus seinem Leben abschließen zu können ist immer heilsam«, sagte West. »Und das kann man, wenn man Antworten bekommt oder etwas Vergleichbares.«

Henry hatte viel über Alice nachgedacht und den Fall oft mit Piper durchgesprochen. Ockhams-Rasiermesser-Theorie besagte, dass zur Erklärung eines Sachverhalts nicht mehr Annahmen aufgestellt werden sollten als nötig. Mit anderen Worten: Die einfachste Antwort war vermutlich die richtige. Alice hatte ihre verstorbene Arbeitgeberin um Geld betrogen. Tom war ihr gefolgt, um es sich zurückzuholen. Er brachte Alice um, nahm sich das Geld und legte ihre Leiche irgendwo ab. Das war die Geschichte, die Henry sich selbst erzählte. Es war eine finstere Geschichte, aber zumindest bot sie eine Erklärung, die irgendwie einleuchtend schien. Alice war immer besorgt gewesen, dass ihnen jemand auf den Fersen sein könnte. Wahrscheinlich aus diesem Grund. Sie hatte sich des Betrugs schuldig gemacht, vielleicht Schlimmerem.

»Wenn die DNA-Spuren vom Tatort, die bei uns in der Asservatenkammer liegen, zu irgendwelchen Verwandten von Tom Watson führen, können wir uns unserer Theorie sicherer sein«, fuhr West fort.

»Sie haben Alice nie aufgegeben«, sagte Henry. »Vielen Dank dafür.«

»Es ist eben, wie es ist, wissen Sie«, entgegnete West. »Manchmal lässt einen etwas einfach nicht los. Es lässt einem keine Ruhe.«

Das konnte Henry nachvollziehen.

Eine Weile aßen sie schweigend. Die Burger waren saftig und gut, die Pommes heiß und knusprig. Henry zeigte Fotos von Luke. West hatte unzählige Schnappschüsse von seinen vielen Enkelkindern dabei.

»Das ist es, was zählt«, sagte West. »Das, was wir diesen kleinen Menschen geben. Sie sind die Gegenwart und die Zukunft.«

»Wieder sehr poetisch«, sagte Henry mit einem Lächeln.

»Nur die Wahrheit, mein Junge«, sagte West. »Nur die Wahrheit.«

35
CRICKET

Juni 2018

Die Frau, die Joshua ins Haus gelassen hatte, streifte ihre Kapuze ab. Zum Vorschein kam langes dunkles Haar und ein Gesicht, das nicht im eigentlichen Sinne schön war, aber auffallend und ausdrucksstark. Wasser rann an ihr hinunter und bildete Pfützen auf dem Fußboden, als sie ins Zimmer trat. Sie brachte einen leichten Draußen-Geruch mit sich, nach Rauch vielleicht, oder war es Benzin?

»Ich dachte, du wolltest wegfahren«, sagte sie zu Joshua. »Du bist abgehauen.«

»Ein Baum ist umgestürzt«, sagte er. »Die Straße ist blockiert.«

»Ach, du bist also nicht zurückgekommen, um deine Freundin zu retten? Du sitzt hier nur fest, genau wie die anderen.«

»O mein Gott«, schrie Cricket. »Wer ist diese Frau? Wovon redet ihr?«

»Ich wollte dir nie wehtun«, sagte Joshua zu Cricket. »Vergiss das nicht.«

Das war wieder der nette Joshua. Er sah sie mit seinen großen, verständnisvollen Augen an.

Sie hasste es, wenn Männer so etwas sagten. Es war total beschissen – als würde es sie irgendwie zu einem besseren Menschen machen, nur weil sie nicht von vornherein vorgehabt hatten, einem das Herz zu brechen.

»Was soll das bedeuten?«, brachte sie heraus. Sie spürte, wie ihr Herz in tausend Stücke zersprang und in ihrem Magen herumflatterte.

Die Fremde starrte Cricket an. Ihr Gesichtsausdruck war schwer zu deuten, als wäre Cricket ein Rätsel, das sie nicht lösen konnte. Cricket kannte sie von irgendwoher. Ihr verwirrtes Hirn suchte fieberhaft nach der Antwort. Irgendwo hatte sie diese Frau schon einmal gesehen ...

»Wer sind Sie?«, fragte Cricket. »Was soll das? Was ist hier los?«

»Halt's Maul«, sagte die Frau kalt. »Setz dich und halt die Klappe.«

Okay. Nicht okay. Cricket spürte, wie ihr Kleines-Mädchen-Ich mit dem gebrochenen Herzen in den Hintergrund trat und von ihrem Starke-Frau-Ich, ihrem Leg-dich-nicht-mit-mir-an-Ich abgelöst wurde.

»Im Ernst?«, sagte sie und trat einen Schritt näher. »Für wen zum Teufel halten Sie sich?«

Die Frau schlug ihr mit der Faust mitten ins Gesicht, so heftig, dass Cricket taumelte, gegen den Couchtisch fiel, stürzte und sich dabei den Kopf an der Sofalehne anschlug.

Die Welt um sie herum geriet ins Wanken, und Sterne tanzten vor ihren Augen. Sie lag wie gelähmt am Boden, Schmerz strahlte von ihrem Kiefer in den Nacken aus. Sie war in ihrem ganzen Leben noch nie geschlagen worden, von niemandem. Ihre Eltern hatten ihr nie auch nur einen Klaps versetzt. Ihr ganzer Körper bebte vor Schock, vor Schmerz. Sie spürte, wie sie sich zusammenrollte. Der Holzfußboden war staubig.

Die Frau stieß den Couchtisch so heftig beiseite, dass es quietschte, als Holz über Holz schrammte, und wollte wieder auf sie losgehen. Joshua stellte sich zwischen sie.

»Hey, hey, hey! Was zum Teufel?« Er stellte sich der Frau in den Weg. »Du hast gesagt, ihr würde nichts geschehen.«

»Nein«, sagte die Frau. Sie stand hoch aufgerichtet da und reckte das Kinn. Er war einen Kopf größer als sie, aber es war klar, dass er Angst vor ihr hatte. Er hob die Hände und wich zurück, als sie sich vor ihm aufbaute. »Nein, du hast gesagt, ihr würde nichts geschehen, und ich habe dich nicht korrigiert.«

Er senkte den Kopf. »Hör einfach auf. Lass mich ihr aufhelfen. Du musst das nicht tun.«

»Wie zur Hölle willst du wissen, was ich tun muss und was nicht?«

Sie redeten wie Leute, die einander zu gut kannten, die miteinander vertraut waren. Cricket versuchte, die Informationen zusammenzufügen, aber es war nur ein furchtbarer Wirrwarr, absolut alles schien schiefgelaufen zu sein. Worum um alles in der Welt konnte es hier gehen?

»Komm.« Joshua beugte sich zu ihr herunter, und verwirrt und voller Schmerzen ließ sie sich von ihm aufs Sofa helfen.

»Was geht hier vor?«, flüsterte sie ihm ins Ohr. Er war wieder der alte Joshua, der, in den sie sich verliebt hatte. Er sah so besorgt aus, so liebevoll.

Cricket kam sich vor wie ein kleines Kind, verletzt und ängstlich. Sie war keine Kämpferin wie Hannah, sie war im Grunde keine taffe Frau, auch wenn sie so reden konnte, als wäre sie es, wenn es nötig war. In der Schule war Hannah einmal mehrere Tage vom Unterricht ausgeschlossen worden, weil sie ein Mädchen verprügelt hatte, das Cricket schikanierte. Cricket selbst hatte dabei nur weinend am Rand des Sportplatzes gestanden. Es war ihr damals peinlich gewesen, und es war ihr auch jetzt peinlich, aber sie begann zu weinen. Es war dieses hässliche Weinen, das kein Ende nehmen wollte, sie heulte Rotz und Wasser. Ihr Gesicht tat furchtbar weh. O Gott, gleich musste sie kotzen. Sie beugte sich vor und übergab sich auf den Fußboden.

»Lieber Himmel«, sagte die Frau.

»Ganz ruhig.« Joshua hielt ihr die Haare zurück und legte eine Hand auf ihren Kopf. »Es tut mir leid.«

Sie blickte an sich hinunter und sah, dass Blut aus ihrer Nase auf die weißen Tunika lief, die sie sich übergeworfen hatte. Sie schluckte schwer und versuchte, mit dem Weinen aufzuhören, aber sie schaffte es nicht. Sie zwang sich, den erneut aufsteigenden Würgereiz zu unterdrücken. *Sei stark, werde standfest*, hatte Hannah immer gesagt, wenn sie mal wieder vor irgendeiner Toilettenschüssel kniete.

»Es geht nicht um sie, hast du gesagt.« Joshua blickte die Frau an. »Du hast gesagt, es geht um ihn.«

Er griff nach dem Eisbeutel, mit dem sie noch vor kurzem seine Wunde gekühlt hatte. Sie hatte sich um ihn gekümmert, aber jetzt schien es ihm wieder gutzugehen – war alles nur gespielt gewesen?

»Es geht um sie alle«, erwiderte die Frau. »Das musst du doch erkennen. Wie sie ihn verhätscheln, ihm seine Taten ermöglichen. Er ist ein Ungeheuer, und sie sind seine ... seine Handlangerinnen. Seine Dienerinnen.«

Sie war sauer, voller Wut. Cricket kannte den Typ, eine Frau, der jemand Unrecht getan hatte, die verbittert war und daraufhin den Kontakt zur Realität verloren hatte.

Ganz offensichtlich war sie eine der Frauen, die Mako mies behandelt hatte. Sie waren eine ganze Legion.

Irgendwann hatte sie vermutlich einen berechtigten Grund zur Klage gehabt – er hatte sie am Arbeitsplatz belästigt, sie benutzt, sie gefeuert, als sie ihm nicht gab, was er wollte. Im Internet waren alle möglichen Gerüchte über Red World und über Mako im Umlauf, in vielen Chaträumen war die Rede davon, was für ein Schwein er war. Aber niemand hatte je Anzeige erstattet. Und wie so viele mächtige Männer hatte er eine Möglichkeit gefunden, einfach weiterzumachen. #MeToo war vorbei. Nichts hatte sich geändert.

Die Männer waren einfach nur besser darin geworden, sich zu tarnen, zu lügen, einzuschüchtern, zu manipulieren und zu vertuschen.

Aber wie das ursprüngliche Unrecht auch ausgesehen haben mochte, die Wut dieser Frau darüber hatte sich in etwas sehr Hässliches verwandelt. Cricket wusste nicht, wovon die Frau sprach, aber sie merkte, dass unter der Oberfläche etwas lag, das sogar noch hässlicher war. Wie bei dem Spielplatz-Grobian, der zu Hause missbraucht wird. Verletzte Menschen taten anderen Menschen weh.

»Was wollen Sie?«, fragte sie mit tränenerstickter Stimme. »Hören Sie, wenn es um Geld geht, wir haben welches. Mako hat Geld.«

Die Frau sah Cricket an, als wäre sie Dreck unter ihrer Schuhsohle. »Das sagen sie alle. Buchstäblich alle. Als wäre Geld das Einzige, was Menschen antreibt.« Sie schüttelte angewidert den Kopf.

»Was wollen Sie dann?«, fragte Cricket. Es machte sie kühner, Joshua neben sich zu wissen. Er würde nicht zulassen, dass diese Frau sie noch einmal schlug, oder? »Irgendwas wollen Sie doch offensichtlich.«

Die Frau ignorierte sie und wandte ihre Aufmerksamkeit Joshua zu. »Fessle sie und sperr sie irgendwo ein. Wir kümmern uns später um sie.«

Cricket spürte, wie Joshua sich versteifte, und als sie aufblickte, sah sie, dass er die fremde Frau beinahe hasserfüllt anstarrte.

»Die andere liegt bewusstlos beim Notstromaggregat hinten am Haus«, sagte die Frau in die angespannte Stille hinein. »Wenn du diese Idiotin hier gefesselt hast, schaff die auch her.«

Sie fesseln? Was? Wer lag bewusstlos beim Notstromaggregat? Hannah? Mein Gott.

»Hör zu«, sagte Joshua und stand auf. »Hier geht es nicht mehr um ihn. Darum, ihn umzubringen. Ihn zu zerstören, sein Leben und die Menschen, die ihn unterstützen. Nein, hier geht es um dich. Ich glaube, das geht jetzt zu weit.«

»Es hat noch nicht mal richtig angefangen«, bemerkte die Frau und blickte zwischen Cricket und Joshua hin und her.

Er trat auf sie zu, aber sie baute sich vor ihm auf, stieß ihn hart gegen den Brustkorb und sah ihn an.

»Vergiss ja nicht«, sagte sie. »Wenn mir irgendwas zustoßen sollte, erfahren alle alles. Verstehen wir uns?«

Joshua sank in sich zusammen und hob zum Zeichen der Kapitulation die Hände.

»Halt dich einfach an den Plan«, sagte die Frau, warf ihm einen finsteren Blick zu und verschwand wieder in der Nacht.

Cricket blieb allein mit Joshua zurück, der der Fremden nachstarrte.

»Verdammt, verdammt«, fluchte er. »Das ist alles sowas von beschissen.«

»Joshua«, schluchzte sie. »Was geht hier vor? Wer ist diese Frau?«
Sie fühlte sich wie betäubt, machtlos, ihr Kopf hämmerte.

»Sie ist ...«, begann er und schüttelte dann den Kopf. »Sie ist meine Schwester. Meine Halbschwester.«

Cricket versuchte, die Information zu verdauen.

Vielleicht halluzinierte sie ja? Es kam ihr irgendwie vor wie ein wirrer Traum – alles war reiner Unsinn, Hannah erst da, dann weg. Mako, der in den Regen hinausrannte, um nach seiner Frau zu suchen. Der Geist von Libby. Die fremde Frau in der Nacht.

Joshuas Halbschwester? Hatte er je erwähnt, dass er eine Schwester hatte?

Als sie dasaß und darüber nachgrübelte, während Joshua immer noch an der Glastür stand, scheinbar wie gelähmt, fiel ihr plötzlich wieder ein, wer diese Frau war. Diese Stimme, kalt und geschäftsmäßig. Sie hatte sie am Telefon gehört, wenn sie bei Mako im Büro anrief.

Trina, seine Assistentin, die so plötzlich gekündigt hatte. Cricket hatte den Verdacht gehabt, dass Mako sie vögelte, während er auch Cricket vögelte und mit Liza verheiratet war.

Gut, das ergab einen Sinn. Es ging also um Rache. Mako hatte die Frau auf irgendeine Art mies behandelt. Und jetzt war sie gekommen, um sich an ihm zu rächen.

»Nein, das ist nicht deine Schwester«, sagte sie und richtete sich auf. »Das ist Makos Assistentin. Oder sie war es.«

»Richtig.« Joshua rieb sich verzweifelt das Gesicht. »Und zudem ist sie meine Schwester. Also, meine Halbschwester. Es ist kompliziert. Ach Gott, ich habe es wirklich und wahrhaftig vermasselt, Cricket. Es tut mir so leid.«

Er kehrte rasch zu ihr zurück und ging auf die Knie vor ihr. Sie versuchte, die neuen Erkenntnisse einzuordnen. Augenblick mal. Bedeutete das etwa ...

»Unsere Begegnung an dem Abend im Club? Das war kein Zufall? Du hast ... mit ihr zusammengearbeitet? Es ging um eine Möglichkeit, an Mako ranzukommen?«

Er schloss kurz die Augen. »So hat es angefangen, ja. Es war ihr Ding. Mir blieb keine Wahl, ich musste mitmachen. Aber dann hat sich alles geändert, Cricket, bitte glaub mir. Ich wusste nicht, dass ich mich in dich verl-«.

»Hör auf«, sagte sie. »Sprich es nicht aus.«

»Es tut mir so leid«, wiederholte er und ergriff ihre Hände. Sie hatte davon geträumt, dass er sie so ansehen würde, wenn er ihr einen Antrag machte – ernsthaft, voller Liebe.

Gott, war sie erbärmlich. Sie schmeckte immer noch Blut im Hals, hatte begriffen, dass ihre ganze Beziehung nur ein Trick von ihm gewesen war, um an Mako heranzukommen, und doch erging sie sich in Tagträumen darüber, wie er ihr einen Antrag machte. Aber es war besser, wenn sie ihn in der Annahme ließ, es sei alles in Ordnung zwischen ihnen.

»Hör zu«, sagte sie sanft. »Holen wir einfach die anderen und verschwinden von hier.«

Als sie aufstand, wurde ihr schwindelig. Er erhob sich, um sie zu stützen.

»Ich ... kann nicht«, sagte er. »Sie weiß zu viel über mich. Ich muss ihr helfen.«

»Was weiß sie über dich? Erklär es mir, Joshua. Ich möchte dich gern verstehen.«

Draußen ging wieder ein Wolkenbruch nieder, der Regen trommelte auf das Dach und gegen die Fenster. Und Mako, Bruce und Hannah waren da draußen, allein mit dieser Frau.

Was wollte diese Trina? Was würde sie ihnen allen antun?

Sie spürte, wie etwas in ihr hart und fest wurde. Sie musste ihre innere Hannah zur Hilfe rufen. Sie konnte nicht einfach hier stehen, weinend, blutend, und mit Joshua reden. Der was war? Ein Lügner? Der mit irgendwelchen finsteren Hintergedanken hergekommen war. Ein Komplize dieser furchteinflößenden Frau, die sie gerade zusammengeschlagen hatte.

»Sie weiß einiges über mich«, antwortete Joshua. »Ich habe viel falsch gemacht, und sie weiß über alles Bescheid. Wenn ich ihr nicht helfe, könnte ich ins Gefängnis kommen. Das willst du doch nicht, oder, Crick?«

Wollte er wirklich Mitgefühl von ihr? Verständnis?

Sie wich vor ihm zurück und bewegte sich Richtung Küche, wobei sie ihm fest in die Augen sah.

»Cricket«, sagte er und hob erneut die Hände, als wolle er sich ergeben. »Was hast du vor?«

Sie brachte die Kücheninsel zwischen ihn und sich und trat zum Backofen. Die Reihe von Messern hing an einer Magnetleiste. Joshua und sie standen stocksteif da und maßen sich mit Blicken.

Wie schnell konnte sie eins dieser Messer packen?

Wie schnell konnte er zu ihr gelangen?

Ein Atemzug. Noch einer.

Dann griff sie mit einer schnellen Bewegung nach dem größten Messer.

Es hatte einen schweren Holzgriff und eine glänzende Klinge.

Joshua trat hinter sie, und sie wirbelte herum, mit erhobenem Messer. Konnte sie damit zustechen? Würde sie dieses Messer in sein schönes Fleisch stoßen können?

Ja. Ja, das konnte sie.

»Zurück«, befahl sie mit ihrem gebieterischsten Tonfall. »Geh weg von mir.«

»Hey, beruhige dich«, sagte er und machte ein paar Schritte rückwärts. »Ich tu dir doch nichts. Ich kann uns beide hier rausholen. Wir können noch heute Nacht von hier verschwinden.«

»Keinen Schritt weiter«, warnte sie mit zittriger Stimme. »Ich habe dich geliebt. Ich dachte, ich würde dich lieben.«

»Cricket, bitte.« Seine Stimme klang leise und beruhigend, aber er rückte zentimeterweise wieder vor. »Ich liebe dich doch auch.«

»O mein Gott. Halt die Klappe.«

Das Traurige war, es war genau das, was sie hören wollte. Und sie hatte es ihm sagen wollen. *Ich liebe dich.* Aber nicht mit einem Messer in der Hand und blutend von einem Schlag ins Gesicht. Sie war so benommen, so verwirrt. Gleich würde ihr wieder übel werden, Galle mischte sich mit dem Blut, das sie heruntergeschluckt hatte.

»Sie hat gesagt, du wolltest abhauen«, sagte Cricket, der siedend heiß Trinas Worte wieder einfielen. »Du hast bereits versucht, von hier zu fliehen, aber wegen des Baums musstest du umkehren.«

»Ich bin deinetwegen zurückgekommen. Das weißt du.«

Sie wusste, dass er log. Wenn der Baum nicht umgestürzt wäre, wäre er längst über alle Berge.

»Wo warst du, als du verschwunden warst?«, fragte sie. Dann dämmerte ihr noch etwas, etwas Schreckliches. Wahrscheinlich hatte Liza Mako nicht verlassen. Joshua und diese Frau hatten ihr etwas angetan. »Wo ist Liza?«

Er weinte jetzt. »Ich wollte nie, dass irgendjemand verletzt wird.«

Auch Mako pflegte zu weinen, wenn er ertappt wurde, wenn man ihn in die Ecke drängte. Ein bestimmter Typ Mann – einer, der Menschen benutzte und manipulierte, ein Soziopath – nahm als letzten Ausweg immer Zuflucht zu Tränen. Warum landete sie immer wieder bei solchen Männern? Wenn sie diese Nacht überlebte, würde sie das Thema in der Therapie ansprechen. Aber jetzt musste sie hart bleiben.

»Ich muss ... Mako und Hannah helfen.« Ihre Stimme klang zu weich, zu schwach. Sie musste sich gegen die Arbeitsplatte lehnen.

»Hör zu«, sagte Joshua, immer noch in beruhigendem Tonfall. »Leg das Messer weg, und wir verschwinden von hier. Ich werde dir alles erklären, wirklich alles. Ich bringe das in Ordnung.«

Sie sehnte sich zu sehr danach, geliebt zu werden, das war das Problem. Deshalb traf sie so viele katastrophale Entscheidungen. Sie wollte doch nur lieben und geliebt werden! Sie wusste nur einfach nicht, wie Liebe aussah, richtige, echte Liebe wie die zwischen Hannah und Bruce.

»Gehen wir, Cricket. Leg das Messer weg, und wir verschwinden von hier.«

Fast hätte sie es getan. Denn mal ganz ehrlich, diese Art Frau war sie eben. Für die Liebe, für einen Mann, würde sie alles tun. Hannah warf ihr schon lange vor, dass sie bereit war, wegen eines Mannes, wegen Mako, alles andere hintanzustellen, sogar ihre beste Freundin Hannah. Immer wieder hatte Cricket sich etwas vorgemacht, hatte Hannah, Liza und andere Frauen betrogen, wegen Mako und wegen Männern, die es noch weniger wert waren. Aber nicht diesmal. Sie würde nicht zulassen, dass Hannah verletzt wurde, während sie mit diesem Typen davonlief, der ganz offensichtlich große Probleme hatte.

»Keinen Schritt weiter«, schrie sie und richtete das gigantische Messer auf ihn. Es lag schwer und dunkel glänzend in ihrer Hand. Es schien rasiermesserscharf zu sein.

Joshua wich zurück und starrte darauf. Sie schob sich rückwärts Richtung Tür.

Gott, wie ihr Kopf wehtat. Er hämmerte von den Schlägen, die sie eingesteckt hatte, und von ihrem Sturz.

»Cricket«, sagte er, während draußen ein wahrer Sturzregen niederging und Donner in der Ferne grollte. »Geh da nicht raus. Sie ist gefährlich. Bitte, gehen wir doch einfach weg.«

Er streckte die Hand nach ihr aus. Sein liebes Gesicht. Die Kälte, die sie eben gesehen hatte, war verschwunden, und er war wieder so, wie sie ihn haben wollte. Sie wollte sich von ihm trösten lassen, sie wollte, dass er sie festhielt und ihr versicherte, dass das alles ein Riesenfehler gewesen war.

Fast. Fast hätte sie es getan.

Das Messer hingelegt und Mako und Hannah zurückgelassen. Sie wollte es.

Aber was würde Hannah tun? Das fragte Cricket sich immer, wenn sie in der Klemme steckte. Diesmal brauchte sie nicht groß nachzudenken. Hannah würde jetzt in die Nacht hinausrennen und versuchen, sie und Mako zu retten, sie alle zu retten, wie sie es schon hundert Mal getan hatte.

Als Cricket bei der Tür angelangt war, schob sie sie auf und trat auf die Terrasse hinaus. Es schüttete wie aus Eimern, und sie war sofort durchweicht. Aber sie lief ohne zu zögern in die Nacht hinaus.

»Hannah!«, schrie sie. Ein Blitz antwortete, der Wind wurde stärker, und ein ohrenbetäubender Donnerschlag krachte.

»Hannah, wo bist du?«

36
HANNAH

Sommer 2001

Lieber Himmel, wir können uns echt auf was gefasst machen. Im ganzen Haus – dem Haus ihrer Eltern – roch es nach Hasch und verschüttetem Bier. Irgendjemand hatte die Bären-Statue umgekippt, die ihr Vater aus Alaska mitgebracht hatte, sie lag kopflos auf dem Fußboden des Wohnzimmers. Er liebte das Ding. Hannah kämpfte gegen die Tränen an, als sie durch das Haus ging, das ihr überhaupt nicht mehr vorkam wie ihr Zuhause. Das Licht war gedämpft, und es wimmelte von fremden Leuten.

»Sofort raus hier«, rief sie über die dröhnende Musik hinweg. Eminem, der The Real Slim Shady zum Aufstehen aufforderte. Niemand hörte sie, keiner achtete auf sie.

»Es ist mein Ernst«, rief sie noch lauter, aber es klang weinerlich und schrill. »Ich rufe die Polizei.«

»Entspann dich, Tussi«, sagte jemand, und alle, die es hörten, lachten.

Hannah blickte sich um, konnte den Sprecher aber in der Menge sturzbesoffener und bekiffter Loser nicht ausmachen.

In der Eingangshalle drängten sich Leute, die ihr größtenteils völlig unbekannt waren – wo waren die bloß alle hergekommen? Aus anderen High Schools? Ein Pärchen war in der Gästetoilette am Rummachen. Der Junge hatte seine Hand unter den Rock des Mädchens geschoben, sie bearbeitete seinen Hosenstall. Sein Hals war puterrot angelaufen, der Träger ihres rosa BHs war ihr über die

Schulter gerutscht. Sie hatten sich nicht mal die Mühe gemacht, die Tür zu schließen. Im Ernst? Hannah hatte noch nicht mal einen Jungen geküsst.

Sie schob sich zwischen den Leuten durch, die auf der Treppe herumlungerten. Wenn sie Mickey fand, würde sie ihn *umbringen*. Was hatte er sich nur dabei gedacht?

Sie hatte Cricket betrunken und weinend im Keller zurückgelassen. Cricket hatte mitbekommen, wie Mickey ein anderes Mädchen küsste, obwohl die Trennung gerade mal ein paar Tage her war.

Wie konnte er mir das antun?, hatte Cricket geschluchzt.

Das war also eins der Dramen, mit denen sie sich befassen musste. Außerdem war das Haus – obwohl nur die Rede davon gewesen war, »ein paar Freunde einzuladen« – jetzt voller Jugendlicher, die dabei waren, die Bierfässer hinten im Garten zu leeren. Ein paar Möchtegern-Punks hockten auf dem Esstisch ihrer Mutter, Cheerleaderinnen und Sportskanonen lümmelten auf der Couchlandschaft herum. O mein Gott. Wie sollten sie das Haus je wieder sauber kriegen? Hannah wurde ganz übel. Nein, sie würde nicht weinen. Sie würde das in Ordnung bringen. Typisch Mickey, so einen Mist zu bauen.

Oben war es ruhiger, das Licht im Flur brannte nicht. Sie hörte Stimmen hinter verschlossenen Türen, aber in ihrem Zimmer war glücklicherweise niemand. Sie drückte den Verriegelungsknopf herunter und zog die Tür ins Schloss. Sie würde sich später überlegen, wie sie die Tür wieder aufbekam. Aber zumindest würde niemand in ihr jungfräuliches Schlafgemach eindringen können.

Im Zimmer ihres Bruders fand sie eine Gruppe von Leuten vor, die auf seinem Bett und auf dem Sitzsack hockten und Videospiele spielten.

»Raus hier«, sagte sie kategorisch. »Die Polizei kommt.«

»Oh, scheiße«, sagte ein Junge, den sie aus der Schule kannte. Er war groß, lange Nase, Locken, die ihm in die Stirn fielen. Auch einige andere kannte sie aus der Schule, sie hatte sie in den Schulfluren oder in der Cafeteria gesehen. Der pickelige Rotschopf hatte letztes Jahr seinen Abschluss gemacht und arbeitete jetzt im Supermarkt. Der Junge mit dem rasierten Schädel war in ihrem Jahrgang und ging in die Förderklasse. Die beiden anderen waren ihr unbekannt – schlampige Kleidung, zerrissene Jeans, kräftige Augenbrauen. Sie sahen aus, als führten sie nichts Gutes im Schilde.

»Ich glaube, ich höre die Sirenen«, sagte sie und hielt sich die Hand ans Ohr.

Sie hauten alle ab. Hannah hörte, wie sie die Treppe hinunterdonnerten und irgendwas von Polizei riefen. Das brachte offenbar die Leute in Bewegung – Rufe waren zu hören, Türen wurden geöffnet und geschlossen. Hannah hörte Stimmen draußen auf dem Rasen, trat ans Fenster und sah, wie Leute zur Vordertür hinausströmten. Autos wurden angelassen.

Okay. Das war schon mal gut.

Ein Geräusch am anderen Ende des Flurs erweckte ihre Aufmerksamkeit. Es klang, als würde jemand weinen.

Hannah lief zum Schlafzimmer ihrer Eltern. Die Tür war geschlossen.

»Geh weg von mir! Fass mich nicht an!«, schrie eine Mädchenstimme, und darauf folgte ein so jämmerlicher Klagelaut, dass Hannah ins Zimmer stürzte, ohne vorher anzuklopfen.

Die Szene enthüllte sich ihr bruchstückhaft. Ein mageres, nacktes Mädchen lag zusammengekrümmt auf dem Bett ihrer Eltern. Blut auf dem Bettlaken, viel Blut. Ihr Bruder stand nackt über dem Mädchen, die Arme in die Seiten gestemmt.

Er fuhr zusammen und bedeckte sich hastig mit einem Kissen, als Hannah hereinkam.

»Was zum Teufel, Mickey«, sagte sie. »Was ist hier los?«

»Kannst du nicht anklopfen?«, brüllte ihr Bruder.

»Er ... er ... hat mich vergewaltigt«, stieß das Mädchen zwischen Schluchzern hervor.

Mickey sah Hannah wild an, verzweifelt, hob die Hände zu einer Geste der Ergebung. Das Kissen fiel herunter, und sie wandte den Blick ab. »Nein, nein, nein. Sie wollte es. Sie hat mich angebaggert.«

Dann war plötzlich Cricket da und schrie Mickey an. Das Mädchen übergab sich auf den Teppich, würgte und schluchzte. Und Hannah spürte, wie die Welt ins Wanken geriet – das war alles zu viel, das Haus, ihre Eltern, dieses Mädchen in ihrem Bett, ihr Bruder. Und dann brüllte sie los.

»Klappe, allesamt!«

Mickey und Cricket verstummten und starrten sie mit offenem Mund an.

Das Mädchen auf dem Bett – das war Libby. Libby aus der Schule. Sie war in der Oberstufe, wie Mickey, stand immer zusammen mit den Hipstern bei den Mülltonnen und rauchte. Sie gehörte zur Künstler- und Theater-Clique mit ihren asymmetrisch geschnittenen, rosa getönten Haaren, trug immer nur schwarz. Auf Hannah hatte sie immer wahnsinnig cool gewirkt, gut angezogen, stylish. Sie war ein Mädchen mit einer Passion – eine, die wusste, was sie später gern machen, was sie einmal werden wollte. Ihre Bilder wurden immer in den Kunstausstellungen der Schule gezeigt, und Hannah hatte gehört, dass sie zur Cooper Union in New York City gehen würde, einer berühmten Kunstakademie.

Jetzt wirkte sie so schmal und hilflos wie ein Kind. Sie war ja noch fast ein Kind.

Hannah ging zu ihr. Cricket und Mickey begannen wieder zu streiten, leiser jetzt, aber wütend. *Wir haben uns getrennt, Cricket. Ich schulde dir gar nichts.*

Sie gingen auf den Flur hinaus, um dort weiterzustreiten.

»Er hat mich vergewaltigt«, flüsterte Libby. »Ich war noch Jungfrau.«

Das erklärte das Blut – aber so viel? »Ich habe meine Tage«, sagte sie, als Hannah ihr half, sich aufzusetzen. »Ich habe ihm gesagt, dass ich nicht will, immer wieder habe ich das gesagt. Aber er war zu stark.«

Sie war sehr, sehr betrunken, sprach undeutlich, ihr Blick war glasig, die Augen waren vom Weinen fast zugeschwollen.

»Ich bringe dich jetzt nach Hause, okay?«, sagte Hannah und strich ihr die Haare aus dem Gesicht.

»Er hat mir wehgetan. Er hat sich einfach genommen, was er wollte. Es war, als wäre ich gar nicht da.«

Sie war untröstlich, schluchzte heftig, die Worte kamen abgehackt heraus.

»Es ... es tut mir so leid«, sagte Hannah. »Es ist schon gut. Du bist okay.«

Mickey. War er fähig, ein Mädchen zu vergewaltigen? Ihr wehzutun? Tief im Herzen kannte sie die Antwort. Er hatte schon andere schlimme Dinge getan, böse Dinge. Sogar Cricket gab zu, dass er manchmal grausam sein konnte, unangenehm und verletzend wurde, wenn er seinen Willen nicht bekam, dass er sexuell aggressiv war. So hatte sie sich ausgedrückt, *sexuell aggressiv*.

»Ich will die Polizei rufen«, sagte Libby.

Es gab einen Moment, einen kurzen Moment, da hätte Hannah fast zugestimmt. *Klar, natürlich. Machen wir das.*

Aber der Moment ging vorbei, und sie brachte es nicht über sich, Libby zu unterstützen. Mickey war ihr Bruder. Es war auch so schon schlimm genug. Das Haus war ein Sauhaufen. Vielleicht hatte bereits jemand die Polizei gerufen. Ihr Haus lag etwas entfernt von den Nachbarhäusern, die Häuser standen hier nicht so dicht zusammen in den Wohnsiedlungen. Ihr Grundstück war riesig, aber vielleicht hatte einer der Nachbarn die laute Musik gehört oder die vielen Autos gesehen. Ihre nächsten Nachbarn, die Newmans, wussten, dass Sophia und Leo verreist waren.

Wir vertrauen euch. Wir wissen, dass ihr auf das Haus achten und aufeinander aufpassen werdet, hatte ihr Vater gesagt.

Aber klar, Papa. Mach dir keine Sorgen, war ihre ehrliche Antwort gewesen.

Ihre Mutter würde toben – gut, damit konnte sie umgehen. Aber ihr Vater würde so enttäuscht sein, von Hannah, von ihnen beiden, und das konnte sie nicht ertragen. Sie mussten das Chaos beseitigen, alles wieder in Ordnung bringen, so, als wäre es nie passiert. Sie hatten noch vierundzwanzig Stunden, bevor ihre Eltern zurückkamen. Sie musste das bereinigen. Sie würde das in Ordnung bringen.

»Lass mich dich nach Hause fahren«, sagte Hannah.

Libbys Kopf sackte herab. Wie viel hatte sie getrunken? Hannah führte sie in die Dusche des Elternschlafzimmers, half ihr, sich zu waschen, und wurde dabei selbst patschnass. Hannah sah zu, wie das Blut wirbelnd im Abfluss verschwand. Dann half sie Libby in ihr dünnes schwarzes Kleid und half ihr, die Schuhe wieder anzuziehen. Das Mädchen war total hinüber, eindeutig nicht in der Lage zu beurteilen, was zwischen ihr und Mickey passiert war.

»Ich brauch Hilfe«, sagte Hannah zu Cricket, die auf dem Sessel am Fenster saß, das Gesicht in den Händen vergraben hatte und leise weinte.

Von Mickey war selbstredend nichts mehr zu sehen. Sah ihm wirklich ähnlich, einfach abzuhauen und es ihr zu überlassen, mit diesem Schlamassel fertigzuwerden.

»Cricket.« Hannahs Stimme klang hart wie ein Peitschenhieb. »Hilf mir, sie nach Hause zu bringen.«

Cricket nickte und blickte auf. Verschmiertes Mascara lief ihr die Wangen hinunter. Sie stand auf, und dann stützten sie Libby von beiden Seiten und halfen ihr die Treppe hinunter.

Im Haus war es ruhiger geworden. Es waren nur noch ein paar Leute in der Küche, als sie Libby praktisch die Treppe hinuntertrugen.

»Die ist ja total hinüber«, sagte jemand mit einem verächtlichen Lachen.

Mickey stand im Flur, ein frisches Bier in der Hand, und beobachtete, wie sie Libby zur Haustür führten. Er trug frische Sachen und wirkte entspannt und happy, als wäre es nur eine von vielen Partys, wieder ein Samstagabend. Ihre Blicke trafen sich. Der Ausdruck in seinem Gesicht. Hannah hatte ihn nie vergessen – ein teilnahmsloser Blick unter schweren Lidern, fast wie eine dunkle Schadenfreude. Es durchfuhr sie wie ein kleiner Schock.

Er hat es getan, dachte sie. *Er hat sie vergewaltigt.*

Doch dann war der Blick verschwunden, und da war nur Mickey, der verschämt aus der Wäsche guckte. Nein, das würde er doch nicht tun. Das konnte er nicht getan haben.

Als Libby ihn sah, begann sie zu kreischen: »Du hast mich vergewaltigt! Du Arschloch!«

Aber die Partygäste waren betrunken, und die Musik dröhnte, und niemand nahm sie zur Kenntnis oder schaute auch nur etwas länger in Libbys Richtung, als sie von Hannah und Cricket in die Nacht hinausgeschleppt wurde.

»Psst, ganz ruhig, Libby«, sagte Hannah. »Alles ist gut. Du bist nur sehr betrunken, okay?«

Auf dem Rücksitz kippte Libby um und war nicht mehr ansprechbar. Hannah deckte sie mit einem Sweatshirt zu, das im Kofferraum gelegen hatte und Mickey gehörte. Dann fuhren sie das Mädchen nach Hause.

»Er ist ein Ungeheuer«, sagte Cricket. »Wie konnte er mir das antun?«

Hannah stieß die Luft aus. »Dir?«

Cricket starrte sie ungläubig an. »Du glaubst ihr doch nicht etwa? Sie hat sich an ihn *rangeschmissen*. Sie ist seit Jahren hinter ihm her.«

Sie fuhren schweigend auf der dunklen, gewundenen Landstraße, das Radio schwieg, Libby lag schwer atmend auf dem Rücksitz. Direkt hinter einer Kurve sprang eine Hirschkuh auf die Straße und blieb im Lichtstrahl der Scheinwerfer stehen, als Hannah auf die Bremsen stieg. Sie hupte, und die Hirschkuh trabte davon. Danach fuhr sie langsamer. Ein Wildunfall hätte ihr jetzt gerade noch gefehlt.

»Du deckst ihn immer«, sagte Cricket. Sie hatte den Kopf gegen die Scheibe gelehnt. Mit dem verschmierten Mascara und der wirren Mähne sah sie aus wie ein trauriger Clown.

»Das ist doch gar nicht wahr.«

»Er hat mir von Boots erzählt.«

Der Kater ihrer Mutter. Er war uralt gewesen, niemand wusste genau, wie alt. Er war gemein und mochte nur Sophia. Er biss und fauchte und stank.

»Boots ist weggelaufen.«

»Ist er nicht. Mickey hat mir erzählt, was passiert ist.«

Hannah umklammerte das Lenkrad und schwieg.

»Er hat ihn getötet, oder?«, fuhr Cricket fort, als Hannah nichts sagte.

»Es war ein Unfall.«

Sie dachte nicht gern an den Tag zurück, an dem sie Mickey mit seinen Freunden in der Garage gefunden hatte, Blut an den Händen. Und dann dieses Lächeln, der gleiche Blick dunkler Schadenfreude unter schweren Lidern. »Was denn? Es war ein wissenschaftliches Experiment. Jetzt wissen wir Bescheid. Katzen haben keine neun Leben.« Es war besser, wenn Sophia annahm, der Kater sei weggelaufen. Hannah hatte sich fast selbst davon überzeugt, dass es so war.

»Es war kein Unfall«, sagte Cricket. »Und das weißt du.«

Endlich waren sie an Libbys Haus angelangt und bogen in die kurze Einfahrt ein. Hannah half Libby halb beim Aussteigen, halb zerrte sie sie hinaus. Das Haus lag dunkel da, nur auf der Veranda brannte Licht. Hannah wusste, wo Libby wohnte, weil sie früher ihre Pfadfinderinnen-Treffen hier abgehalten hatten: Mrs. Cruz, Libbys Mutter, war die Gruppenleiterin gewesen.

»Hilf mir«, sagte Hannah und riss Cricket aus ihrem Selbstmitleid.

Mit vereinten Kräften gelang es ihnen, Libby den Gartenweg entlangzuschleppen.

»Halt«, flüsterte Libby heiser. »Lasst mich gehen.«

»Du bist jetzt fast zu Hause«, tröstete Hannah.

Sie schwitzten vor Anstrengung in der Frühlingsluft, als sie an der Haustür angelangt waren, die unverschlossen war. Gemeinsam bemühten sie sich, Libby ins Haus zu bugsieren, stießen lautstark gegen einen Konsolentisch, stolperten über einen Läufer. Endlich legten sie Libby aufs Sofa. Da ging oben das Licht an, und Libbys Mutter kam die Treppe herunter. Sogar aus dem Schlaf gerissen sah sie hübsch und gepflegt aus in ihrem geblümten Morgenmantel, das dicke Haar ordentlich frisiert. Mrs. Cruz war Ballettlehrerin in einem Tanzstudio in der Stadt.

»Was ist hier los?«, fragte sie und machte im Wohnzimmer Licht.

»Es tut mir leid, Mrs. Cruz«, sagte Hannah. »Wir waren auf einer Party. Ich glaube, Libby hat zu viel getrunken.«

»Was?« Libbys Mutter legte sich die Hand auf die Brust. »Libby trinkt nicht. Sie ist erst sechzehn.«

Hannah nickte. »Heute hat sie aber getrunken. Vielleicht erklärt das, warum sie es nicht vertragen hat.«

Mrs. Cruz trat zu ihrer Tochter und kniete sich neben sie. »Libby? Libby, Schätzchen?«

»Mama«, sagte Libby und begann zu weinen. Mrs. Cruz nahm ihre Tochter in die Arme.

»Sie hat sich übergeben«, sagte Hannah. Sie war sich nur halb bewusst, dass sie mit der Dusche alle Spuren von Mickey beseitigt hatten. »Wir haben sie gesäubert und nach Hause gebracht.«

Mrs. Cruz warf Hannah einen zornigen Blick zu. »Wessen Party war das? Waren Erwachsene anwesend? Ich dachte, sie wäre bei ihrer Freundin Beth, um Hausaufgaben zu machen.«

»Wir müssen gehen, Mrs. Cruz«, sagte Cricket und zog Hannah zur Tür hinaus. »Wir dürfen nicht so spätnachts noch allein unterwegs sein. Ich hoffe, es geht ihr bald besser.«

Libby übergab sich erneut, und Mrs. Cruz wandte ihre Aufmerksamkeit ihrer Tochter zu. Cricket und Hannah liefen zum Auto, stiegen ein und fuhren rasch los.

Sie fuhren schweigend. In Hannahs Kopf überschlugen sich die Gedanken. Mickey, Libby, Boots, das Haus, die Party, wie verkorkst sie doch waren.

»Ich hasse ihn«, sagte Cricket leise. »Ich war noch Jungfrau, als wir uns kennenlernten. Es war mein erstes Mal.«

»Ich weiß«, sagte Hannah. »Es tut mir leid.«

Das höre ich heute schon zum zweiten Mal, dachte sie, sprach es aber nicht aus.

Am liebsten hätte sie Cricket noch andere Dinge über ihren Bruder erzählt, Dinge, die sie mit sich herumtrug, seit sie klein waren, Dinge, die sie gesehen hatte. Aber sie konnte nicht. Es war alles in einer Kiste verschlossen, auf der stand: REDE NICHT DARÜBER. *Eure Aufgabe als Geschwister ist es, euch gegenseitig zu beschützen und aufeinander achtzugeben. Eines Tages werden euer Vater und ich nicht mehr da sein, und ihr werdet nur noch einander haben.* Das hatte ihre Mutter bestimmt hundert Mal gesagt, tausend Mal.

»Warum machst du das?«, fragte Cricket. »Warum deckst du ihn immer?«

»Er ist mein Bruder«, sagte Hannah.

»Blut ist dicker als Wasser?«

»Was soll das überhaupt bedeuten?«, sagte Hannah und dachte an das blutverschmierte Bett ihrer Eltern.

»Es bedeutet, egal was er tut, du wirst dich immer auf seine

Seite stellen, so wie heute Abend. Hinter ihm aufräumen, alles vertuschen.«

Die Straßen waren still und dunkel. Es war schon spät, nach Mitternacht. Die Scheinwerfer durchschnitten die Nacht, als Hannah in ihre Straße einbog.

»Du hast doch selbst gesagt, dass sie hinter ihm her war. Wir können nicht wissen, was passiert ist«, sagte Hannah.

Sie spürte Crickets Blick. Die Wahrheit war, sie wussten beide, zu was Mickey fähig war. Sie wussten beide, dass Libby nicht log. Aber beide verloren kein Wort mehr über die Sache.

Als sie wieder ins Haus traten, war niemand mehr da, auch Mickey nicht. Hannah und Cricket standen in der Eingangshalle und begutachteten den Schaden. Überall lagen leere Flaschen und Verpackungen herum, Tassen waren als Aschenbecher benutzt worden. Der Boden war klebrig. Im Bad fand Hannah ein benutztes Kondom in der Toilettenschüssel.

»Oh. Wow«, meinte Cricket.

Sie wechselten einen Blick und begannen stumm mit der Aufräumaktion.

Um drei Uhr nachts war das Haus wieder in einem einigermaßen wiedererkennbaren Zustand. Auf dem Teppich war ein Fleck, den Hannah behandelt hatte; sie hoffte, ihn am nächsten Tag entfernen zu können. Da war der zerbrochene Bär. Irgendwas war in der Mikrowelle explodiert. Hannah wusste nicht, was genau, jedenfalls war es rosa und eklig.

Irgendwann schlief Cricket auf dem Sofa im Wohnzimmer ein. Die Bettwäsche vom Bett ihrer Eltern war in der Waschmaschine, der Geruch nach Bleiche erfüllte den Waschraum. Hannah brach das Schloss an ihrer Zimmertür mit einer Haarklemme auf, die sie aus dem Bad ihrer Eltern holte, ließ sich vollständig angezogen aufs Bett fallen und schlief sofort ein. Etwa eine Stunde später wurde sie von Stimmen geweckt.

Als sie oben an der Treppe stand, um nachzusehen, was los war, sah sie Cricket und Mickey, die in der Eingangshalle rummachten. Wie kann sie nur, dachte Hannah. Nach dem, was wir gerade mitbekommen haben. Libby, die auf dem Rücksitz des Wagens weinte. Warum stand Cricket nur so in Mickeys Bann? Und warum um alles in der Welt hatte sie selbst hinter ihm aufgeräumt?

Sie beobachtete die beiden einen Moment. Cricket hatte die Arme um Mickeys Hals geschlungen, er presste sie gegen die Wand. Hannah wandte sich ab und kehrte in ihr Zimmer zurück, erfüllt von einer seltsamen Mischung aus Zorn und Sehnsucht.

37

HANNAH

Juni 2018

Matsch, Regen, Schmerzen.

Als Hannah erwachte, lag sie auf der Erde, den Mund im Dreck, und der Regen prasselte auf sie herunter. Es roch nach Benzin. Ein Blitz zuckte, Donner grollte in der Ferne. Ihr Kopf hämmerte, Schmerz strahlte in den Nacken aus, in den Rücken, in den Arm. Hannah holte tief Luft und blieb ganz still liegen.

Selige Bewusstlosigkeit lockte sie. Es war wie ein See, ein tiefer schwarzer See, sie konnte in ihm versinken, und all der Schmerz wäre verschwunden. Das Gewicht des Wassers drückte sie hinunter, und sie sank zurück in seine Tiefen.

Du bleibst nicht einfach hier liegen und gibst auf, Hannah Gale. Das war Sophia. *Ich habe dich zu einer starken Frau erzogen.*

Aber ich bin so müde, Mama. Ich will einfach nur schlafen.

Schlaf süß, Mama.

Ein kleines Stimmchen, so unschuldig. Gigi liebte ihre Mama so sehr. Diese Stimme brachte Hannah dazu, sich durch die Tiefen der Bewusstlosigkeit wieder an die Oberfläche zu kämpfen. Sie riss die Augen auf und sah Blitze und Regen.

»Gigi.« Sie richtete sich auf. »Ich komme.«

Eine Stimme.

»Hannah! Hannah, wo bist du?«

Was war passiert? Wer oder was hatte sie niedergeschlagen? War sie von einem herabstürzenden Ast getroffen worden?

Sie versuchte, sich hochzukämpfen, ihre Hände rutschten im Matsch aus, im Mund hatte sie den Geschmack von Erde und Blut. Vorsichtig betastete sie die große, schmerzhafte Beule an ihrem Hinterkopf.

Erinnerungsbruchstücke kehrten zurück: Der Sicherungskasten ... das durchtrennte Stromkabel. Das Notstromaggregat – kein Benzin. Der umgestürzte Baum ... die Straße unpassierbar. Liza wurde vermisst. Und sie waren hier gefangen.

»Hannah!«

»Cricket!«, rief sie, fand ihre Stimme wieder, sammelte ihre Kräfte. »Ich bin hier.«

Als Cricket um die Hausecke bog, war ihr Gesicht verzerrt vor Angst. Sie ließ sich neben Hannah in den Matsch sinken.

»Mein Gott, ist das Blut?«, fragte sie und berührte sachte Hannahs Kopf.

Auch Cricket blutete, aus der Nase. Das Blut lief über ihre Tunika, die ansonsten transparent war, völlig durchnässt. Der Regen prasselte in wahren Sturzfluten nieder.

»Bist du verletzt?«, fragte Hannah und ließ sich von ihrer Freundin hochziehen. *Ihr Kopf.*

Ihr war schwindelig, die Welt drehte sich.

Cricket sprudelte Worte hervor, die keinen Sinn ergaben: »Eine fremde Frau, Joshua steckt da mit drin, er hat gesagt, sie ist gefährlich.« Erst jetzt fiel Hannah auf, dass die Freundin ein großes Küchenmesser in der Hand hielt.

»Nun mal langsam, ganz langsam«, sagte sie und legte ihr die Hände auf die Schultern. »Tief durchatmen.«

Ihre Blicke trafen sich. Cricket holte tief Luft und atmete wieder aus. Regen lief ihr übers Gesicht und tropfte aus ihrem Haar.

»Eine Frau schleicht hier ums Haus«, sagte Cricket. »Sie ist Joshuas Halbschwester. Sie war auch Makos Assistentin bei Red World. Trina. Erinnerst du dich an sie?«

Hannah erinnerte sich. Sie hatte die Frau nie gemocht und angenommen, dass Mako sie vögelte, weil sie genau sein Typ war. Aber er vernaschte seine Assistentinnen, als wären sie Leckereien bei einem Firmenpicknick. Er benutzte sie, und danach kündigten sie entweder oder er warf sie raus. Deshalb machte Hannah sich nie die Mühe, eine von ihnen näher kennenzulernen oder sich groß über sie aufzuregen. Aber ... was?

»Trina hat kurz vor Weihnachten gekündigt.«

»Sie ist hier«, sagte Cricket. Mittlerweile waren sie beide so nass, dass es auch schon egal war. Der Regen prasselte auf die Blätter der Bäume, auf das Dach, auf die Erde. »Sie hat noch irgendeine Rechnung mit ihm offen.«

»Joshua ist ihr Halbbruder?«, fragte Hannah.

Durchnässt und blutverschmiert, wie sie war, sah Cricket aus wie eine Horrorfilmversion ihrer selbst. »Ja, das hat er gesagt.«

Hannah schüttelte den Kopf und versuchte, diese Informationen zu sortieren, die sämtlich keinen Sinn ergaben.

Vielleicht bin ich ja immer noch bewusstlos, dachte sie. Ihr war schwindelig, die Übelkeit kam in Wellen. *Vielleicht ist das alles ein Traum. Gleich wache ich neben meinem Mann auf, und im Kinderzimmer schläft meine Tochter. Das alles ist nicht real. Also gut. Gehen wir von dieser Annahme aus.*

Aber: nein. Der Wolkenbruch weichte den Boden auf, und Rinnsale strömten den Abhang hinunter, fast schon eine Schlammlawine.

»Was soll das bedeuten?«, fragte Hannah. »Was will sie?«

Wie passten die Puzzlestücke zusammen? Liza wurde vermisst, der Stromausfall, Bruce und Mako, die nach Liza suchten, Hannah, die niedergeschlagen worden war, als sie versuchte, den Sicherungskasten zu überprüfen. Trina, Makos frühere Assistentin, schlich mit bösen Absichten ums Haus.

Dann sah Hannah im Strahl ihrer Taschenlampe, die auf dem

Boden lag und nach oben leuchtete, dass Crickets Nase geschwollen und blaurot angelaufen war. »Hat sie dir das angetan? Erzähl mir, was passiert ist.«

Cricket berichtete. Als sie fertig war, hielt sie das Messer hoch. »Ich habe mir das Messer geschnappt und bin gegangen, um dich zu suchen. Wir müssen Mako und Bruce finden und von hier verschwinden. Notfalls zu Fuß.«

»Gib mir das«, sagte Hannah, als wäre Cricket ein Kind, und nahm ihr das Messer ab.

Hannah berichtete von dem durchtrennten Stromkabel und dem Notstromaggregat, und dass sie von hinten niedergeschlagen worden war. Wer hatte das getan? Trina? Warum hatte sie das getan und Hannah hier im Matsch liegenlassen? Vielleicht sollte sie nur außer Gefecht gesetzt werden. Damit Trina *was* tun konnte?

Cricket wirkte benommen, als könnte sie die Informationen nicht mehr aufnehmen.

»Sie hat gesagt, wir würden es ihm ermöglichen, seine Taten zu begehen«, sagte sie, umklammerte Hannahs Arm und starrte in die Dunkelheit hinaus. »Wir wären seine Handlangerinnen, seine Dienerinnen.«

Erneut musste Hannah an Libby denken. Sie dachte oft an sie, öfter, als sie je zugegeben hatte. Libby, die Mickey beschuldigt hatte, sie an jenem Abend vergewaltigt zu haben. Sie war zur Polizei gegangen und hatte Anzeige erstattet. In der Schule hatte ihr niemand geglaubt, alle machten sich über sie lustig. Es gab keine verwertbaren Spuren, die ihre Vorwürfe untermauert hätten – vielleicht aufgrund der Dusche. Libby hatte die Schule abgebrochen. Sie wurde depressiv und schaffte es nie an die Kunstakademie. Fünf Jahre später, als Hannah auf dem College war, hatte sie sich umgebracht, indem sie betrunken gegen einen Baum fuhr, nicht weit entfernt von dem Haus, in dem Hannah aufgewachsen war.

»Das zeigt doch, wie kaputt sie war«, sagte Mako, als Hannah ihn anrief, um es ihm zu erzählen. »Die war doch völlig durchgeknallt.«

Hannah schüttelte die Erinnerung ab. Das war lange her. Sie hatten jetzt dringendere Probleme als irgendwelche Fehler, die sie als Jugendliche begangen hatten.

»Also gut«, erklärte sie und hob die Taschenlampe auf, das Messer immer noch in der Hand. »Gehen wir zur Gästehütte. Dort werden Bruce und Mako sein, vielleicht auch Liza. Dann überlegen wir, was wir tun können.«

Cricket blickte in die Dunkelheit. »Sie ist irgendwo da draußen. Joshua hält sie für gefährlich. Und die Straße ist unpassierbar.«

»Behauptet Joshua«, sagte Hannah. »Der offenbar ein Lügner und ein richtig böser Bube ist.«

Cricket nickte rasch. »Ich habe ihn geliebt.«

»Ich weiß«, sagte Hannah mit einem plötzlichen Aufwallen von Mitgefühl. »Das ist echt mies.«

Sie leuchtete mit der Taschenlampe umher. Sie waren allein. Vielleicht hatte Trina sie niedergeschlagen und war dann von Cricket überrascht worden. Vielleicht war sie da irgendwo und wartete, außerhalb des Lichtstrahls der Taschenlampe. Wer war diese Frau? Und warum war sie hinter Hannahs Familie her?

Ihr Kopf klärte sich, und die vertraute tiefe Konzentration setzte ein, die immer in Krisensituationen auftrat. Hannah hatte ein klares Ziel: ihren Mann finden, zu ihrer Tochter zurückkehren.

»Wer immer sie ist«, sagte sie, »sie kann uns nicht alle erwischen.«

38

HENRY

2017

Luke war unruhig, und Pipers Vater stand vom Tisch auf, um ihn herumzutragen, damit Piper ihre Mahlzeit beenden und weiter mit ihrer Mutter plaudern konnte.

Henry folgte dem Älteren aus dem Speiseraum des privaten Clubs. Es war Mittwochabend, ihr Familienabend, eine Tradition, die sie eingeführt hatten, seit Henry und Piper nach Florida zurückgezogen waren. Sie durchquerten gemeinsam die große Eingangshalle, traten vor die Tür und gingen durchs Tor zur Strandpromenade.

Die Luftfeuchtigkeit war hoch, der Himmel bewölkt; Kumuluswolken verdeckten die immer noch niederbrennende Abendsonne. Luke beruhigte sich immer, wenn man ihn nach draußen brachte. Henry und Piper parkten ihn nie vor dem Fernseher, wie so viele Eltern es taten. Wenn sie unterwegs waren und er zappelig wurde, trugen sie ihn draußen herum. Wenn es wirklich schlimm wurde, gingen sie eben. Punkt.

»Oh«, machte Luke, streckte ein pummeliges Ärmchen aus und zeigte auf die Pelikane, die elegant und schnell wie Kampfflugzeuge nur Zentimeter über dem Wasser dahinglitten. »Pelikan.«

»Kluger Junge«, lobte sein Großvater.

Pipers Eltern liebten ihn ebenso abgöttisch wie ihre Tochter. Beide, Mutter und Sohn, konnten in ihren Augen nichts falsch machen. Nach Lukes Geburt schien Pipers Vater sogar angefangen zu haben, sich ein wenig für Henry zu erwärmen.

»Genau wie seine Mutter«, sagte Henry.

Henry und sein Schwiegervater redeten nie viel, aber sie respektierten einander. Piper liebte sie beide, und das wussten sie und verhielten sich entsprechend.

Der Strand war leer. Er war weit entfernt von den belebten öffentlichen Stränden und grenzte an das Naturreservat. Hier oben am North Beach gab es den Club, ein paar lächerlich große Villen und sonst kaum etwas. Es herrschte eine Ruhe, die Henry schätzte.

Sie unterhielten sich – über Henrys Arbeit, darüber, wie Paul mit der Pensionierung zurechtkam, Lukes offensichtliche Intelligenz und erstaunliche Schönheit. *Genau wie unsere Piper – und natürlich du, Henry.*

»Es ist nett von dir«, sagte sein Schwiegervater nach längerem Schweigen. »Dass ihr jeden Mittwoch mit uns zu Abend esst.«

Das kam unvermittelt. Gerade hatten sie noch über Eishockey gesprochen, die Tampa Bay Lightning.

Habe ich denn eine Wahl?, dachte Henry, sprach es aber nicht aus. Wenn es um Pipers Eltern ging, hatte er nicht das Gefühl, viel Mitspracherecht zu besitzen. Insbesondere, da er selbst ja kaum Familie hatte. Nur seine Tante Gemma, die sie meistens zu Ostern sahen, oder wenn sie zu Besuch kam. Mit Miss Gail hatte er immer noch Kontakt. Henry half in ihrer Wohngruppe aus, wann immer er konnte, und hatte schon ein paar ihrer Pflegekinder unter seine Fittiche genommen.

»Es ist uns ein Vergnügen«, sagte Henry.

Es war wirklich nicht so schlimm. Der Club war sehr schön und das Essen köstlich. Seine Schwiegereltern, Paul und Gretchen, waren gute Menschen, freundlich und großzügig. Nur konnte er das Gefühl nicht abschütteln, dass er irgendwie nicht ganz dazugehörte. Aber vielleicht lag das auch nur an ihm; insbesondere Gretchen gab sich immer große Mühe, dafür zu sorgen, dass er sich zugehörig und anerkannt fühlte.

»Ich war nie der Ansicht, dass du der richtige Mann für Piper bist«, sagte Paul. Luke zerrte an der Brille seines Großvaters.

Okay. Gut. Das war keine Überraschung. Aber musste er es unbedingt laut aussprechen?

»Doch ich habe mich geirrt«, fuhr Paul fort. »Du bist ein guter Ehemann und ein liebevoller Vater. Du hattest wirklich nicht die besten Startbedingungen, und trotzdem bist du erfolgreich. Das ist ... schon beachtlich.«

Henry spürte einen Kloß im Hals und wandte den Blick ab. Sein Schwiegervater entwand Luke, der protestierend losschrie, vorsichtig seine Brille.

»Na, ganz ruhig, Kumpel. Gib Opa seine Brille zurück«, sagte Henry sanft.

Luke entspannte sich. Er war ein liebes Kind. Entspannt und pflegeleicht. Er war meistens gut gelaunt und neigte nur zu Brüllanfällen, wenn er müde oder hungrig war. Wahrscheinlich war er reif fürs Bett. An Mittwochabenden blieb er immer länger auf.

»Ich hatte nur das Gefühl, das musste mal gesagt werden«, meinte Paul, als Henry nicht wusste, wie er reagieren sollte. »Wenn nicht jetzt, wann dann? Stimmt's?«

»Ihr wart sehr gut zu mir«, sagte Henry, der gegen seine Verlegenheit ankämpfen musste, schließlich. »Ich weiß nicht genau, ob ich das alles überlebt hätte, wenn eure Familie nicht gewesen wäre. Du hast ganz recht. Piper hätte etwas Besseres verdient. Aber so ist es nun mal.«

»Nein, mein Sohn«, sagte Paul und blickte weg. »Etwas Besseres als stark, loyal und liebevoll gibt es nicht. Du bist das alles. Und wir werden immer für euch da sein. So ist das eben mit Familie.«

Familie.

»Danke, Sir.«

Luke begann wieder zu quengeln, noch leise, aber es steigerte sich eindeutig. Seine Mundwinkel waren zu einem komischen Ausdruck des Missfallens heruntergezogen, und er rieb sich die Augen.

»Er muss ins Bett«, erklärte Henry.

»Dann gehen wir mal besser.«

Piper und Gretchen, die einander sehr ähnlich sahen und Kleider in zusammenpassenden Farben trugen – Piper ein marineblaues Etuikleid, Gretchen ein hellblaues Twinset – standen bereits vor dem Club, die Parkhilfe brachte die Autos. Gerade als Henry seinen Sohn in den Kindersitz setzte, meldete sich sein Handy. Er schaute darauf und sah eine Nachricht, die ihm die Freude verdarb.

Ruf mich an. Wir müssen reden.

Cat.

Da West ihn ermutigt hatte, die Verbindung zu seiner Halbschwester nicht abzubrechen, sie reden zu lassen, wartete er, bis Luke im Bett lag und Piper unter der Dusche war, bis er hinausging, um Cat anzurufen.

Er lief über die Pflastersteine und hinunter zu dem Tor, das zu ihrer Anlegestelle führte. Ihr kleines Boot stand auf der Bootsplattform; sie waren seit Lukes Geburt nicht mehr damit rausgefahren und überlegten, ob sie es verkaufen sollten – was offenbar der natürliche Gang der Dinge war. Man liebte sein Boot, fühlte sich schuldig, weil man es nicht mehr benutzte, und irgendwann verkaufte man es.

Hinter der Glasfront waren ihr großes Wohnzimmer und die Küche sichtbar. Auf der anderen Seite des Küstenwasserwegs standen vergleichbare kleinere Häuser und ein paar Riesenkästen am Uferdamm. Licht brannte hinter den Fenstern, Palmen wurden angestrahlt. Henry blieb einen Moment stehen und lauschte dem Plätschern des Wassers, das gegen den Anleger und das viel größere

Boot ihres Nachbarn schwappte. Eine Festmacherleine knarrte in der leichten Brise, und Henry sog tief die salzige Nachtluft ein.

Bevor er die Nummer wählte, dachte er an seinen Schwiegervater und daran, was seine Worte ihm bedeuteten. Mehr, als er gedacht hätte. Sein ganzes Leben lang war er auf der Suche nach einer Familie gewesen, und jetzt war er Mitglied von einer und trug dazu bei, dass sie wuchs. Vielleicht ging es ja nicht nur darum, woher man kam, sondern auch darum, wo man hinging, was man sich aufbaute durch die Entscheidungen, die man traf.

»Henry«, sagte Cat, als sie ranging. »Pfeif deinen Spürhund zurück.«

»Meinen Spürhund?«

»West, diesen Privatdetektiv, der überall Fragen stellt.«

Henry hatte schon länger nicht mehr mit West gesprochen. Viel herausgefunden hatte er nicht. Bei den meisten Fällen waren die Ermittlungen längst eingestellt, die Todesursache als natürlich, Unfall oder Suizid eingestuft worden. Der IT-Typ aus Fort Lauderdale hatte Schulden bei den falschen Leuten gehabt, der Mord an ihm galt als Auftragsmord des organisierten Verbrechens. West hatte überall nachgeforscht, mit den zuständigen Ermittlern gesprochen, mit Vermietern und Nachbarn geredet. Bislang war er auf nichts gestoßen, was die Todesfälle mit Cat in Verbindung gebracht hätte.

Wissen Sie, Henry, es gibt Hochrisiko-Menschen und Niedrigrisiko-Menschen.

Was soll das bedeuten?

Nehmen wir zum Beispiel Ihre Piper. Ein nettes Mädchen aus einer guten Familie. Sie schnallt sich immer an, setzt sich nicht ans Steuer, wenn sie getrunken hat, achtet auf sich, ist vorsichtig. Niedriges Risiko.

Okay.

Dann gibt es da Leute wie ...

Mich.

Okay, ja. Ihre Mutter wird ermordet. Ihr Vater ist unbekannt. Sie kommen zu einer Pflegestelle. Sie schaffen es, Ihren Weg zu gehen, von jemandem mit Hochrisikofaktor zu einem Menschen mit Niedrigrisikofaktor zu werden. Ein anderer hätte nach einem solchen Verlust vielleicht irgendein Suchtverhalten entwickelt, eine posttraumatische Belastungsstörung oder eine Depression. Was Hochrisiko-Verhalten zur Folge haben kann.

Sie wollen sagen, dass meine Halbgeschwister zu dieser Sorte gehören könnten.

Ist nur eine Theorie. Keiner dieser Leute hat besonders gute Entscheidungen für sich getroffen.

Also nicht die Gene. Sondern die Umstände.

Oder ein bisschen von beidem.

»Er ist nicht mein Spürhund«, sagte Henry. »Er ist nur ein Freund. Ich habe ihn nicht engagiert, wenn du das meinst.«

Interessant, dass sie über West Bescheid wusste. Nein, nicht interessant, besorgniserregend. Woher wusste sie es? Was hatte das zu bedeuten?

»Hör zu«, sagte sie. »Können wir uns treffen?«

Vom Anleger aus konnte er ins Haus sehen. Piper war in der Küche und kochte sich wie jeden Abend ihren Pfefferminztee, die Haare hochgebunden, bequemes Sweatshirt. Sie trat an die Glastür und spähte hinaus. Er wusste, dass sie ihn nicht sehen konnte, hob aber trotzdem grüßend die Hand. Es war kein Geheimnis. Sie wusste Bescheid über Cat, dass er immer noch gelegentlich mit ihr telefonierte. Piper mischte sich nicht ein, aber es war wie mit dem Pokerabend, den seine Kollegen immer donnerstags veranstalteten, oder dem jährlichen Grillfest seines Freundes Tim mit viel rotem Fleisch, gutem Bourbon und guten Zigarren – gelegentlich war in Ordnung. Aber sobald es ausuferte, ungesund und gefährlich wurde, nahm sie kein Blatt vor den Mund. Wie West gesagt hatte, sie war ein Niedrigrisiko-Mensch. Sehr wahrscheinlich war sie der Grund dafür, dass Henry das auch war. Es kam nicht infrage, Cat zu Weihnachten einzuladen. Sie stand auch nicht auf der Liste der Leute, die Weihnachtskarten bekamen.

»Wir reden doch jetzt«, sagte er. »Was ist los?«

»Es gibt Dinge, über die ich mit dir reden will. Aber nicht so.«

»Na schön.«

»Ich habe ihn gefunden, Henry. Ich weiß, wer er ist.«

Henry schwieg. Er mochte sie, spürte eine starke Verbindung zwischen ihnen. Sie war ihm wichtig, obwohl er langsam zu argwöhnen begann, dass sie nicht nur ein wenig labil war, wie er zu West gesagt hatte, sondern psychisch krank. Henry hatte ihr vorgeschlagen, das alles zu vergessen, sich ein Leben aufzubauen, aufzuhören, in der Vergangenheit herumzuwühlen. Aber es war klar, dass sie das nicht konnte.

»Wer ist er, Cat?«

»Treffen wir uns.«

»Bist du in Florida?«

»Ja«, sagte sie, und ihm lief ein leichter Schauer über den Rücken. »Ich bin ganz in deiner Nähe, Henry.«

Piper hatte sich mit einer Decke aufs Sofa gekuschelt und den Fernseher eingeschaltet. Sie wirkte klein und verwundbar auf der ausladenden Sitzlandschaft. Er wollte sie beschützen, sie, Luke und ihr gemeinsames Leben.

Cat war gefährlich.

»Unterhalten wir uns ein letztes Mal«, sagte sie. »Danach lasse ich dich in Ruhe. Ich weiß, dass du das willst. Du bist ein guter Kerl, Henry. Einer von den wenigen Guten.«

»Na gut«, sagte er. »Wo und wann treffen wir uns?«

Am nächsten Tag tischte er Piper eine halbe Lüge auf und erzählte ihr am Telefon, er würde sich nach der Arbeit mit West treffen. Diese forensischen Ermittler, sagte er, hätten neue Informationen über den Mord an seiner Mutter zu Tage gefördert.

»Lad ihn doch ein«, schlug sie vor. »Ich koche.«

»Lieber nicht«, entgegnete er. »Ich will die Vergangenheit und die Gegenwart getrennt halten, verstehst du?«

Es war nicht fair, ihre eigenen Worte gegen sie zu verwenden. Sie seufzte, schließlich konnte sie kaum etwas gegen ihre eigene Logik einwenden.

»Na gut«, sagte sie besorgt. »Willst du, dass ich mitkomme? Meine Mutter kann auf Luke aufpassen.«

»Nein, mach das nicht«, sagte er mit gesenkter Stimme.

Er war ziemlich schnell aufgestiegen in der Cyber-Security-Firma in Tampa, bei der er arbeitete; seit er vor drei Jahren dort angefangen hatte, war er schon zweimal befördert worden. Aber er saß immer noch in einem abgetrennten Kabuff im Großraumbüro.

Das Büro war lichtdurchflutet, die Fenster gingen auf die Tampa Bay und das glitzernde Wasser hinaus. Man hörte Stimmengewirr und die Benachrichtigungstöne eintreffender Mails, Telefone klingelten. Meistens arbeitete er im dunklen, klimatisierten Rechenzentrum inmitten von Servern und Kabeln, dem Summen von Elektrizität, aber heute waren Meetings angesetzt. Er konnte besser mit Maschinen als mit Menschen umgehen, hatte Technische Informatik studiert; Computer waren für ihn logisch, er verstand sie. Menschen waren verwirrend. Das galt immer noch.

»Ich erzähl dir alles, ich verspreche es.«

»Henry«, sagte Piper. »Was ist los?«

Seit dem Telefonat mit Cat war er zerstreut, letzte Nacht hatte er kaum Schlaf bekommen, überhaupt schlief er momentan schlecht. Piper war das aufgefallen, und sie hatte ihn gedrängt, darüber zu reden. Er hatte ihr nichts von dem Mord in Miami erzählt oder davon, dass West die Todesfälle seiner anderen Halbgeschwister untersuchte. Er hatte erwähnt, dass er mit Cat telefoniert hatte, das geplante Treffen aber verschwiegen.

»Es wird höchste Zeit, dass ich gestehe«, flüsterte er ins Telefon. »Ich habe eine Affäre. Mit Dawn.«

Dawn war die Büroleiterin, eine Frau im Großmutteralter.

»Sehr witzig.«

»Nein«, sagte er. »Diese Sache mit meiner Mutter ... es ist nur ... Ich will das alles aus unserem Leben heraushalten. Unserem gemeinsamen Leben, das wir uns aufgebaut haben. Aber ich muss auch irgendwann damit abschließen. Es ist ein dunkles Geheimnis, und ich habe das Gefühl, dass es mich vergiftet.«

Das stimmte, auch wenn es nicht die ganze Wahrheit war.

»Es ist vorbei, Henry. Es kann uns nicht schaden.«

Wie sehr er wünschte, dass das wahr wäre. »Du hast sicher recht.«

Noch ein Seufzer, eine Pause. Dann sagte sie: »Du musst das nicht allein durchstehen.«

»Ich lade West für nächste Woche zum Essen ein.« Henry hoffte, dass dieses Zugeständnis reichen würde. »Wenn es irgendwas Wichtiges gibt, besprechen wir es gemeinsam.«

Er hörte, wie Luke zu quengeln begann. Er war ihr Mini-Ich. Wenn sie aufgewühlt war, merkte er das immer und spiegelte es.

»He, kleiner Mann«, sagte er.

»Pa! Pa!«

»Okay«, sagte Piper resigniert und wandte ihre Aufmerksamkeit Luke zu. »Tu, was du tun musst.«

»Ich sage Dawn, dass ich sie grüßen soll.«

»Loser.«

Jetzt wartete er in der Dunkelheit. Über ihm ragte die Sunshine-Skyway-Brücke auf. Die angestrahlten Zwillingssegel zeichneten sich gelb und weiß vor dem Nachthimmel ab, der voller Sterne stand. Eine dünne Mondsichel hing am Himmel.

Er hatte auf dem South Fishing Pier geparkt, ein Überbleibsel der alten Brücke, die abgerissen werden musste, nachdem 1980 ein Frachter an einen Stützpfeiler gekracht war. Die Brücke war eingestürzt und hatte mehrere Autos mit in die Tiefe gerissen, eine Tragödie, über die man hier immer noch sprach.

Die Sonne war untergegangen, und ein paar Angler standen noch am Rand des Kais, aber ansonsten war er allein. Das Wasser in der Bucht glitzerte.

»Vielleicht taucht sie nicht auf.« Wests Stimme drang blechern durch den Lautsprecher seines Autos.

Cat war schon fast eine Stunde zu spät.

Henry hatte die »Meine Freunde finden«-App auf seinem Handy deaktiviert. Irgendwann würde Piper nachschauen, wo er steckte, und er wollte ihr nicht erklären müssen, warum er am Fishing Pier war und nicht im Frenchy's, wo er sich angeblich mit West treffen wollte. Irgendwann würde ihr auffallen, dass sein Standort nicht angezeigt wurde, aber solche Fehlfunktionen kamen immer wieder vor – das war leichter zu erklären.

»Ich gebe ihr noch ein paar Minuten«, sagte Henry.

»Sie bedeutet Ihnen etwas«, sagte West. Er saß in seinem Auto, der irgendwo im Dunkeln hinter Henry stand. Henry konnte es nicht sehen.

»Ich verstehe sie, glaube ich«, antwortete er. »Sie kommt mir so verloren vor. Sucht an den falschen Stellen und auf die falsche Art.«

»Und wenn sie eine Mörderin ist?«

»Dann ist es ja gut, dass Sie direkt hinter mir sind.«

»Sie haben keine Angst vor ihr.«

»Nein. Wir verstehen uns.«

»Hmm«, meinte West skeptisch. »Und wie kommen Sie mit der anderen Sache zurecht?«

Die forensischen Ermittler, von denen West ihm erzählt hatte, hatten tatsächlich einen Treffer erzielt.

Sie hatten den DNA-Spurensatz vom Tatort in eins der DNA-Testlabore geschickt und waren auf Verwandte des Tatverdächtigen gestoßen: Vettern von Tom Watson. Diese neu entdeckten Vettern hatten bereitwillig erzählt, dass Tom ein übler Bursche gewesen sei, der den Großteil seines Lebens in irgendwelchen Schwierigkeiten steckte, ein Dieb, der oft gewalttätig gegen Frauen wurde, auch wenn er nie wegen irgendeines Delikts festgenommen oder angeklagt worden war.

Es schien wahrscheinlicher denn je, dass er der Mörder von Alice war.

»Ich bin noch dabei, das zu verarbeiten«, antwortete Henry. Er musste unbedingt mit Piper darüber reden. Ihr alles erzählen.

»Dagegen ist nichts einzuwenden«, sagte West. »Die Technologie, was? Kommt mir immer noch ein bisschen wie Science-Fiction vor, das Ganze.«

Sicher, aber es war auch uralt. Die Gene waren die Sprache, die Gott benutzt hatte, um die Menschen zu programmieren. Sie waren wie ein Quellcode – eine Liste von Befehlen, die zu einem ausführbaren Programm kompiliert wurden. Das waren die Karten, die man zugeteilt bekam, und das, was man damit anfing, bestimmte das Leben jedes Einzelnen.

Scheinwerfer durchschnitten die Dunkelheit, und ein schwarzer BMW glitt lautlos auf den Parkplatz vor ihm. Einen Augenblick lief der Motor weiter, dann wurde alles dunkel.

Cat stieg aus, hochgewachsen und schlank in dunklen Jeans, einem engen T-Shirt und Lederjacke. Sie trat zu Henrys Wagen. Er stellte die Lautstärke seines Handys leiser.

»Gehen wir ein Stück?«, sagte sie, als er das Fenster hinunterließ.

Er blickte über die langen Kaianlagen. Es war eine Straße ins Nirgendwo, sie endete an der Stelle, wo die Tampa Bay in den Golf von Mexico mündete. Er blickte zur Brücke hinüber. Schon dreihundert Menschen waren von dieser Brücke gesprungen, um ihrem Leben ein Ende zu machen.

»Ein Mondscheinspaziergang im Fischereihafen?«, sagte er.

Sie lächelte, aber es war ein trauriges Lächeln. Er schob sein Handy in die Hosentasche und stieg aus dem Auto, und sie gingen den Kai entlang. Eine steife, feuchte Brise wehte und ließ Cats Haare wild herumfliegen, wie Schlangen auf dem Kopf der Medusa. Sie zähmte sie mit einem Haargummi und vergrub die Hände in den Taschen.

Als sie den letzten Angler passiert hatten, blieb sie stehen und lehnte sich gegen die Betonbrüstung.

»Als wir uns zum letzten Mal gesehen haben, habe ich dich ziemlich geschockt«, sagte sie nach einem Augenblick unangenehmen Schweigens.

Er erkannte sich selbst in ihrem Gesicht wieder: die lange Nase, die tiefliegenden dunklen Augen, die Form ihres Mundes. Seine Schwester, seine Halbschwester. Was bedeutete das?

Alice war meine Schwester, hatte Gemma vor kurzem gesagt, als sie über die neue DNA-Entdeckung sprachen. *Aber sie war mir auch völlig fremd. Blieb immer für sich, schottete sich ab. Sie ist gegangen, sobald sie konnte, und nie zurückgekehrt.*

»Es lag nicht nur an dir«, erklärte er. »Ich war sowieso ziemlich durch den Wind. Piper hatte mich verlassen. Ich hatte das Gefühl, mich entscheiden zu müssen – zwischen Vergangenheit und Gegenwart.«

Sie nickte langsam. »Und kann man das voneinander trennen?«

»Ich glaube schon«, sagte er. »Vielleicht.«

Sie griff in ihre Tasche und zog ein altes Foto hervor, das zerknittert und verblasst war. Henry holte seine Brille aus der Jackentasche und griff danach.

Ein schlanker Mann im schwarzen Anzug, er rauchte eine Zigarette. Die dunklen Haare waren nach hinten gekämmt und ge-

gelt. Er lehnte an irgendeinem Steinsims, hinter ihm eine Stadt, dunkle Palmen vor grauem Hintergrund. Er hatte die Augen halb geschlossen und lächelte matt. Die Ähnlichkeit war unheimlich; es hätte auch ein Foto von Henry sein können. Laut Datumstempel stammte das Foto aus dem November 1980, vier Jahre vor Henrys Geburt.

»Ist er das?«

»Ja.«

»Wo hast du das Foto her?«

»Von seiner Schwester. Sie lebt im Miami. Sie ist vor einiger Zeit in meiner Verwandten-Gruppe aufgetaucht. Wir haben uns zum Mittagessen getroffen.«

»Liebe auf den ersten Blick?«

»Nicht direkt. Aber sie hatte Informationen über ihn und war bereit, sie mir mitzuteilen. Im Gegensatz zu Marta brannte sie sogar darauf, es loszuwerden. Henry, er war ein böser Mensch.«

»Inwiefern?«

»Erinnerst du dich an den Miami-Mörder?«

Henry schüttelte den Kopf.

»In den achtziger Jahren brach ein Mann in Miami in die Häuser alleinlebender Frauen ein, wartete auf ihre Rückkehr, vergewaltigte und folterte sie und brachte sie schließlich um. Zwischen 1982 und 1989 fielen insgesamt sieben Frauen diesem Täter zum Opfer. Dann wurde er gefasst.«

Henry schwieg. Er überlegte, wie viel West hören konnte, ob er noch in der Leitung war. Er hatte den Anruf nicht beendet, sondern gehofft, dass das Bluetooth-System ihn auf sein Smartphone umleitete.

Das Foto, das er in der Hand hielt, hatte eine andere Energie angenommen, strahlte jetzt eine Art Finsternis aus.

»Unser Vater, Roy Alfaro, wurde vor Gericht gestellt und zum Tode verurteilt«, fuhr Cat fort. »1989 starb er bei einem Kampf im

Gefängnishof der Union Correctional Institution, wo er auf seine Hinrichtung wartete. Ted Bundy saß im selben Gefängnis.«

Die Information war wie ein Schlag in die Magengrube. Übelkeit überkam ihn, wie schon in der New Yorker Kneipe. Er holte tief Luft, atmete aus, versuchte, stabil und klar zu sein.

»Und während er als junger Mann in Miami herumhing, vergewaltigend und mordend, war er als Samenspender aktiv.«

Die Welt geriet ins Wanken. »Bist du dir da sicher?«

»Ziemlich sicher, ja«, sagte sie. »Das hat seine Schwester mir erzählt. Und meine Recherchen bestätigen es. Es gibt kein Genmaterial von ihm, damals war die Technologie noch nicht so weit, also kann die Vaterschaft nicht zu einhundert Prozent bestätigt werden. Aber die DNA seiner Schwester hat eine fünfundzwanzigprozentige Übereinstimmung mit meiner, daher ...«

Die Übelkeit verflog und wurde durch aufwallende Wut ersetzt.

»Bist du jetzt zufrieden, Cat? Du hast nie aufgegeben, du hast immer weiter nachgebohrt, und jetzt endlich hast du es herausgefunden.«

Seine Stimme schallte durch die Nacht. Sie blickte zu Boden.

»Ich frage dich«, fuhr er fort, »was nützt uns dieses Wissen? Was soll uns das bringen?«

Sie sah ihn stirnrunzelnd an. »Wir kennen die Wahrheit.«

»Die Wahrheit wird überbewertet.«

»Du hättest lieber nie erfahren, wo du herkommst?«

»Ja«, sagte er. »Ja, das hätte ich. Ich wünschte, ich hätte das nie erfahren, Cat. Das ist toxisch. Das ist reines Gift.«

Er war peinlich berührt, als ihm zornige Tränen über die Wangen liefen. Er dachte an Piper, an Luke, an die Worte seines Schwiegervaters. Er wischte sich die Tränen ab und starrte in das brodelnde Wasser der Bucht, das schwarz und tief unter ihm lag. Er sollte sich einfach hineinstürzen, sich vom Meer wegspülen lassen.

»Es tut mir leid«, sagte Cat und legte ihm zögernd die Hand auf die Schulter. »Vielleicht hast du recht. Vergiss es einfach. Du bist ein guter Kerl, Henry. Was immer an Bösem in diesen Genen liegt, er hat es nicht an dich weitergegeben.«

Dieses Gefühl, das ihn immer wieder überkommen hatte, seit er ein kleiner Junge war, das Gefühl, nicht gut genug zu sein, dass irgendwas zutiefst falsch mit ihm war. Es war wie ein Tsunami, der in ihm tobte, ihn überschwemmte.

»Genetik«, fuhr Cat fort, als Henry schwieg. »Man weiß schon viel, aber es gibt noch viel mehr, was wir nicht wissen. Wenn jemand die Genvariante trägt, die mit verantwortlich für Gewaltbereitschaft ist, wird er nicht zwangsläufig zum Gewalttäter. Ein Krebs-Gen zu tragen bedeutet nicht, dass man zwangsläufig an Krebs erkranken wird. Es ist komplex.«

»Cat.« Er senkte die Stimme zu einem Flüstern. »Steckst du dahinter? Bist du für den Tod unserer Halbgeschwister und von Marta Bennett verantwortlich? Und für den Tod dieses Mannes in Fort Lauderdale?«

Sie stand an die Betonbrüstung gelehnt, dicht neben ihm. Er rückte nicht von ihr ab. Er hätte sie gern in die Arme genommen und festgehalten, sie getröstet. Er liebte sie, weil sie miteinander verbunden waren. Mehr als das. Er liebte sie als seine Schwester, obwohl sie so kaputt war.

»Ein paar von uns sind in Ordnung, weißt du«, sagte sie. »Du zum Beispiel. Du lebst ein ehrliches Leben, du arbeitest hart. Du trägst etwas zur Gesellschaft bei, es gibt Menschen, die du liebst, du sorgst für deine Familie.«

Niedrigrisiko, so hatte West es genannt. Du setzt dich nicht ans Steuer, wenn du getrunken hast. Du schnallst dich an. Du lügst Leute nicht an, du bestiehlst sie nicht. Du tust niemandem weh. Du spendest für wohltätige Zwecke, du leistest ehrenamtliche Arbeit.

»Aber einige unserer Halbgeschwister sind es nicht«, fuhr sie fort.

Ein großer Frachter hielt auf die Brücke zu, eine Schiffssirene tutete und kündigte die Ankunft des Schiffs im Hafen an.

»Manche Leute.« Sie schüttelte den Kopf und stieß ein leises Lachen aus. »Formulieren wir es mal so: Es ist besser für alle, wenn man sie aus dem Genpool entfernt.«

Ihre Stimme hatte einen zornigen Klang angenommen. Henry starrte auf die harte Linie ihres Profils und versuchte, ihre Worte zu verarbeiten.

»Das ist Eugenik, Cat«, sagte er.

Sie zuckte langsam mit den Achseln. »Ich finde, es ist eher Darwinismus.«

»Darwinismus ist organisch. Natürliche Auslese.« Sie wandte nicht den Kopf, um ihn anzusehen, sondern blickte weiter auf das aufgewühlte Wasser der Bucht. »Eugenik ist etwas anderes. Irgendjemand entscheidet darüber, wer sich fortpflanzen sollte und wer nicht, und normalerweise ist das eine sehr schlechte Entscheidung. Die Nazis haben das gemacht, verrückte Wissenschaftler, die versuchen, eine Superrasse zu erschaffen, machen es. Eugenik, das bedeutet eine vom Staat sanktionierte Sterilisierung der Armen, der psychischen Kranken, der Kriminellen. Das ist schlimm, Cat. Es ist falsch.«

Sie wandte ihren Blick zum Himmel. Er hatte nicht den Eindruck, dass sie ihm antworten würde.

Doch dann sagte sie: »Manchmal weiß die Natur nicht, was gut für sie ist. Sie braucht ein wenig Unterstützung. Es gibt einige von uns, die so empfinden, Henry. Einige unserer Halbgeschwister.«

Er starrte auf ihr Profil, ihre entschlossen zusammengepresste Kieferpartie. Er konnte kaum glauben, was er da hörte.

»Und was heißt das?«, fragte er schließlich. »Versuchst du herauszubekommen, welche von seinen Kindern Ungeheuer sind? Und dann ... bringst du sie um?«

Sie schüttelte den Kopf. »Das habe ich nie gesagt.«

»Hör zu«, sagte er und drehte sich zu ihr um. Er legte ihr die Hände auf die Schultern und sah ihr in die Augen. Sie waren wie schwarze Teiche, kalt und tief. »Du kannst mit dem aufhören, was du da tust. Du kannst immer noch umkehren. Du könntest ein Teil unserer Familie sein, dir ein eigenes Leben aufbauen. Du bist intelligent, du bist eine schöne Frau. Das ganze Leben liegt offen vor dir, du hast alle Möglichkeiten.«

Sie lächelte und legte eine Hand an seine Wange. Für einen Moment wurde ihr Gesicht weicher.

»Siehst du, Henry? Du bist wirklich einer von den Guten. Wir werden einander nicht wiedersehen, okay? Du bist frei. Du kennst die Wahrheit über unseren Vater, aber das spielt keine Rolle. Du hast deine Entscheidungen getroffen, und es waren die richtigen. Genieß dein Leben.«

Sie beugte sich vor und küsste ihn sanft auf die Wange. Er wollte nach ihrer Hand greifen, aber sie entzog sich ihm. Henry sah ihr nach, als sie davonging, in ihren BMW stieg und losfuhr.

Da brach er zusammen, direkt auf dem Kai, als Jahre des Schmerzes und der Trauer einen brutalen Höhepunkt erreichten. Er weinte bittere Tränen um Alice, seine seltsame, unglückliche Mutter, um das dunkle Erbe seines psychotischen Vaters, um seine Frau, die einen besseren Mann verdient hätte, um seinen kleinen Sohn, der ein so hässliches Erbe antreten musste.

Und um Cat, seine Schwester, die zugelassen hatte, dass das alles sie in ein Ungeheuer verwandelte.

Nach einer Weile tauchte West hinter ihm auf und legte ihm die Hand auf die Schulter. Henry riss sich zusammen und wurde ruhiger. Die Nacht, das Wasser und die salzige Luft wirbelten um ihn herum.

»Komm, ich bringe dich nach Hause, mein Sohn«, sagte West. »Es ist Zeit, nach Hause zu gehen.«

39
HANNAH

Juni 2018

Sie gingen den schmalen Pfad entlang, eng aneinandergedrückt und sich an den Händen haltend, wie Hänsel und Gretel, die sich im Wald verirrt hatten. Regen fiel auf das Laub der Bäume und strömte in Rinnsalen den Weg hinunter. In der Ferne zuckte ein Blitz, dann donnerte es, leise und weit entfernt. Der modrige Geruch des feuchten Waldes stieg Hannah in die Nase. Es war ein Geruch, den sie früher immer als seltsam tröstlich empfunden hatte.

Sie hielt das schwere Messer in der Hand, Cricket die Taschenlampe, deren Strahl vor ihnen über den Weg tanzte. Sie kamen an der Laube vorbei, in der Hannah und Bruce erst vor wenigen Stunden so schöne, gestohlene Momente erlebt hatten. Aber es schien ihr, als wäre seitdem eine Woche vergangen.

»Glaubst du, das ist alles wegen Libby?«, fragte Cricket. Ihre Stimme klang unsicher und zittrig. »Will jemand sie rächen?«

»Warum sollte das irgendwas mit Libby zu tun haben?«, entgegnete Hannah. Sie zitterte, vor Kälte, vor Angst.

Crickets Augen waren weit aufgerissen, und ihre Haut war so blass, dass sie fast bläulich aussah. Ihre schönen blonden Locken hingen tropfnass herunter. Sie rutschten immer wieder aus und klammerten sich haltsuchend aneinander.

»Ich mein ja nur, vielleicht hat Trina irgendwas mit ihr zu tun? Und will jetzt Rache für das, was wir getan haben?«

»Wir haben gar nichts getan«, sagte Hannah entschieden. Doch das stimmte nicht. Sie hatten Mickeys Tat ziemlich effektiv vertuscht, auch wenn es keine Absicht gewesen war. Sie hatten Libby ermutigt zu duschen, sie hatten sie nach Hause gefahren. Sie hatten Partei für Mickey ergriffen, obwohl beide auf irgendeiner Ebene schon damals gewusst hatten, dass er nicht immer ein ehrlicher Mensch war. Hannah hatte die Sache mit sich herumgeschleppt, es nie vergessen.

»Wenn irgendjemand irgendetwas getan hat, dann Mickey«, fuhr sie fort. Das stimmte. »Warum sollten wir die Schuld für seine Taten auf uns nehmen?«

»Weil wir ihm geholfen haben.« Crickets Stimme war eine Oktave höher als sonst. »Vielleicht hat sie recht, und wir sind seine Handlangerinnen.«

»Nein«, sagte Hannah und klammerte sich an ihre Freundin. »Wir wissen nicht, was damals wirklich vorgefallen ist.«

»Wissen wir das nicht?«, fragte Cricket. Es war das komplette Gegenteil von dem, was sie vorhin gesagt hatte, von dem, was sie sonst immer sagte. Cricket hatte immer entschieden geleugnet, dass Mickey Libby irgendetwas angetan haben könnte. Aber Hannah wollte sich jetzt nicht damit beschäftigen. Das ging nicht. Sie mussten jetzt stark sein, wenn sie sich wehren wollten, wenn sie kämpfen wollten. Und das würden sie.

Cricket versuchte stehenzubleiben, aber Hannah ließ es nicht zu, sondern zog sie weiter vorwärts. Sie mussten die Gästehütte gleich erreicht haben.

»Wir reden später darüber«, sagte sie. »Aber vergiss nicht ... was immer Mickey getan hat, *er* hat es getan, nicht wir. Frauen nehmen immer die Schuld für die bösen Taten von Männern auf sich. Und weißt du was? Das ist Bullshit.«

Der Weg machte eine Biegung, und dahinter sahen sie die Gästehütte, eine einfache Blockhütte mit einer kleinen Veranda und einer grün gestrichenen Tür. Urig und einladend. Aber die Fenster waren dunkel, und die Tür stand leicht offen.

Sie blieben stehen. Cricket leuchtete mit der Taschenlampe herum und zwischen die vor Nässe triefenden Bäume. Es rascheite, und ein kleines Tier huschte vom Lichtstrahl weg.

»Bruce!«, rief Hannah.

Aber es kam keine Antwort, und die offene Haustür war wie ein schwarzes Loch, hinter dem Dunkelheit lauerte. Jede Nervenendung in ihrem Körper schrie Hannah zu, in die entgegengesetzte Richtung zu fliehen. Doch wenn ihr Mann und ihr Bruder da drin waren, wenn sie verletzt waren, dann musste sie da rein. Sie hatte keine andere Wahl.

Cricket hielt die Taschenlampe wie ein Schwert vor sich und verbannte die Dunkelheit vor ihnen. Sie stiegen die knarrenden Treppenstufen zur Veranda hoch und betraten die Hütte.

40
CRICKET

Es fiel ihr schwer zu begreifen, was sie sah.

Mako saß auf dem Boden und hielt eine beängstigend stille Liza umschlungen. In seinen kräftigen Armen wirkte sie zart und lang wie ein Seidenfaden. Bruce stand vor ihnen und blickte besorgt auf die beiden hinunter. Als er Cricket und Hannah eintreten sah, eilte er zu seiner Frau und nahm sie in die Arme.

»Was tust du hier? Ich habe dir doch gesagt, du sollst im Haus warten«, sagte er. »O Gott, was ist passiert? Blutest du etwa?«

Cricket blieb wie erstarrt in der Tür stehen, unfähig, die Hütte zu betreten, unfähig, sich abzuwenden. Plötzlich wäre sie am liebsten gerannt, weg von hier, weg von diesem Ort. Aber sie stand da wie festgewurzelt. Sie konnte nirgends hin, solange Joshua und Trina irgendwo da draußen waren.

»Oh, Baby, nein-nein-nein«, jammerte Mako. »Verlass mich nicht, bitte, bitte.«

Er schaukelte langsam vor und zurück, den Kopf gesenkt. Das erste Gefühl, das Cricket bewusst wurde, war Eifersucht. Sie liebte Mako schon ihr ganzes Erwachsenenleben lang, aber so wie Liza hatte er sie nie geliebt. Lieber Himmel, das war wirklich erbärmlich. In einem solchen Moment an so etwas zu denken. Aber sie merkte, dass sie zu weinen begann.

Hannah befreite sich aus der Umarmung ihres Mannes, trat zu Mako und Liza und kniete sich auf den Boden. »Ist sie …?«

Sie legte die Finger auf die geisterhaft bleiche Kehle ihrer Schwägerin und seufzte erleichtert auf. »Sie lebt. Sie hat einen Puls.«

»Sie hat so viel Blut verloren«, sagte Mako. Er war bedeckt davon, und Lizas Kleidung war blutdurchtränkt. Sein Blick war glasig, das Gesicht fahl. Schock.

»Was ist mit ihr passiert? Wer hat das getan?« Hannahs Stimme war schrill vor Panik. »Woher kommt das ganze Blut?«

»Ein Messerstich, glaube ich«, sagte Mako, aber es klang eher wie eine Frage. »Jemand hat mit einem Messer auf sie eingestochen. Warum? Was hat sie denn je jemandem zuleide getan?«

Hannah hatte das Messer zu Boden fallen lassen. Jetzt hob sie es auf und schnitt damit Lizas Top auf.

»Cricket«, sagte sie. »Hilf mir.«

Cricket, aus ihrer Erstarrung gerissen, eilte Hannah zu Hilfe, als sie den Stoff aufriss und eine große klaffende Wunde in Lizas Bauch enthüllte, zwischen Nabel und Rippen. Sie pulsierte mit ihrem Herzschlag, dunkles Blut quoll hervor. Cricket kämpfte gegen den Drang an, sich zu übergeben, zu fliehen, von hier wegzukommen. Bleib standfest, sei stark, sagte sie sich. Für Hannah.

Stoisch und grimmig zog Hannah erst ihre Regenjacke aus und dann ihr Shirt, um beides gegen Lizas Wunde zu pressen.

»Wir haben keine Zeit«, sagte sie und schob Mako beiseite. »Wir müssen die Blutung stillen, und sie muss sofort ins Krankenhaus. Ich brauche mehr Tücher. Jemand soll Handtücher aus dem Badezimmer holen.«

»Wie denn?« Mako wirkte hilflos. »Wie sollen wir die Blutung stillen?«

»Wir üben Druck aus und wechseln ständig die Tücher. Und jemand muss diesen Baum wegräumen und einen Rettungswagen holen. Möglichst schnell.«

Wie immer kümmerte Hannah sich um alles, ergriff die Initiative. Sie erzählte Bruce die Kurzversion dessen, was geschehen war, während Cricket versuchte, etwas von ihrer Energie aufzusaugen, ihrer Kraft. Sie entdeckte das kleine Badezimmer, das von dem offenen Wohn-Küchenbereich abging, und holte den Korb mit Handtüchern, der auf einen Teakregal unter dem Waschbecken stand. Hannah griff sich sofort ein neues Tuch, denn ihr Shirt war bereits blutdurchtränkt.

»Wer sind die wirklich? Joshua und Trina? Was wollen sie?«, fragte Bruce.

»Ich habe keine Ahnung«, sagte Hannah.

Cricket konnte den Blick nicht von Liza wenden, die so klein und unirdisch aussah, als würde sie schon wegtreiben, und fühlte sich ganz krank vor Selbsthass und Reue. Wegen Libby, wegen Liza, weil sie so oft sich selbst und andere wegen Mickey betrogen hatte. Es war seltsam still im Raum, Hannah behandelte Liza, Bruce starrte auf die offene Tür. Immer wieder sah er auf sein Handy, um zu überprüfen, ob er wieder Empfang hatte.

Draußen rauschte der Sturzregen nieder. Ein Donnerschlag schien irgendeine Art Bann zu brechen.

»Okay«, sagte Bruce. »Wir nehmen das Auto, suchen nach der Stelle, wo der Baum umgestürzt ist, sehen, ob wir irgendwo Empfang haben, und rufen die Polizei. Hannah und Cricket, geht zum Wagen. Mako und ich werden Liza tragen.«

»Sie sollte nicht bewegt werden«, sagte Hannah und blickte zu ihrem Mann hoch.

»Wir gehen, weil wir nicht hierbleiben und abwarten können, bis diese Leute wiederkommen«, sagte Bruce fest und entschieden. »Jetzt. Auf geht's.«

Hannah nickte, die Logik leuchtete ihr ein. Sie blickte Liza an und drückte ein neues Handtuch auf die Wunde. Dann stand sie auf, trat zu Cricket und zog sie Richtung Tür.

Sie blieben unvermittelt stehen, als urplötzlich Trina in der Tür stand, eine Pistole in der Hand. Die Waffe glänzte im Strahl der Taschenlampe.

Hinter ihr tauchte Joshua auf, der einen ganzen Kopf größer war. Die beiden traten ein und schlossen die Tür.

»Niemand geht irgendwohin«, sagte Trina. »Tut mir leid. Oder auch nicht.«

Bruce stellte sich vor Hannah und Cricket, während Mako weinend auf dem Boden sitzen blieb, Lizas Kopf in seinen Schoß gebettet. Als er aufblickte und Trina sah, war sein Gesicht starr vor Schock.

»Du?«

»Ja, ich, Mako«, sagte sie kühl. »Diesmal wird eine kleine Abfindung nicht reichen, um deine Probleme zu lösen.«

»Du warst das?« Makos Stimme klang gepresst vor Zorn. »Du hast ihr das angetan?«

»Nein, Bruder«, erwiderte sie leichthin. »Das warst *du*.«

41

BRACKEN

Er verfolgte vom Führerhaus des Trucks aus, wie Bob kurzen Prozess mit dem umgestürzten Baum machte und ihn mit dem Räumpflug an den Straßenrand schob. Bracken beobachtete den Regen, den wilden Tanz der Blätter an den Bäumen, die Nacht, die immer wieder kurz von Blitzen erhellt wurde.

Als Old Bob neben ihm hielt, ließ Bracken das Fenster hinunter. Regen fiel ihm ins Gesicht und ins Innere des Wagens.

»Soll ich dir hinterherfahren, falls noch mehr Hindernisse auf der Straße liegen?«, fragte Bob.

Seine Haut war tief gebräunt, er hatte feine Fältchen um die Augen. Heute hatte er das lange graue Haar zu einem Pferdeschwanz zusammengebunden. Es sah ihm nicht ähnlich, mehr Hilfe anzubieten, als angefragt worden war, aber Bracken war ihm dankbar. Irgendetwas lag in der Luft, eine Art Elektrizität, und das nicht nur wegen des Gewitters.

»Nein«, sagte er. »Das schaff ich schon. Ich bezahl dir auf jeden Fall die vereinbarte Summe, egal, ob der Gast an seinem Angebot festhält oder nicht.«

Bob lächelte sein seltenes Lächeln, ein Lächeln, das Bracken nicht deuten konnte, als hüte der Mann irgendein Geheimnis. »Ich habe gern geholfen.«

Bracken ließ den Motor an und fuhr langsam die gewundene Straße entlang. Es kam häufig vor, dass Wild unvermittelt aus dem

Gebüsch sprang und die Straßenseite wechselte, was den sicheren Tod für das Tier bedeuten konnte. Die Straße war überflutet, Wasser spritzte in Fontänen auf. Überall lagen Äste und andere Hindernisse herum, aber die Räder seines Trucks rollten darüber hinweg. Wenn die starken Regenfälle anhielten, würde die Straße in wenigen Stunden unpassierbar sein, so lange, bis das Wasser wieder zurückging.

Normalerweise konnte er von dieser Stelle bereits die Lichter von Overlook sehen, die Fenster im Obergeschoss, die Gartenbeleuchtung. Aber heute war alles dunkel. Er sah auf seiner App nach; einige der Kameras waren kabelgebunden – die im Wohnzimmer und die in der Gästehütte –, der Rest war batteriebetrieben. Aber wenn der Router nicht funktionierte, konnte natürlich keine der Kameras, selbst wenn sie noch in Betrieb war, Videos übertragen.

Das Notstromaggregat war nagelneu und vor kurzem von ihm selbst überprüft worden. Also warum war es nicht angesprungen? Es sei denn ... Es sei denn, jemand hatte daran herumgepfuscht.

Was ging da oben vor? Irgendetwas. Konnte alles sein.

Er beobachtete seine Gäste seit Jahren und hatte dabei alle Facetten des Menschlichen zu Gesicht bekommen.

Er hatte gesehen, wie ein Mann seine Frau verprügelte, wie eine Mutter ihrer Tochter ins Gesicht schlug. Er hatte gehört, wie Leute schreckliche, hässliche Dinge zueinander sagten: *Ich habe dich nie geliebt. Ich wünschte, du wärst tot.* Er hatte aber auch große Zärtlichkeit und Zuneigung miterlebt, herzliches Lachen, große Leidenschaft. Auf seinem Smartphone oder dem Computerbildschirm breitete sich ein Mosaik menschlicher Erfahrungen vor ihm aus. Das Leben, zwischenmenschliche Beziehungen, Verbundenheit, Verstrickungen von Menschen, die einander liebten, verletzten, einander brauchten oder abservierten. Sein eigenes Innenleben war isoliert und still. Keine Familie, nur wenige Freunde. Er hatte sich immer allein gefühlt, abgetrennt, sogar als Kind schon. Das Beobachten war seine Art, Verbindung mit der Welt aufzunehmen. Sogar bei May, für die er große Zärtlichkeit empfand. Er beobachtete sie, seine Gefühle für sie und für ihre Tochter Leilani.

Das Telefon klingelte, und er drückte auf den Schalter am Lenkrad, um den Anruf anzunehmen.

»Hallo«, sagte May. »Warum bist du abgehauen?«

»Probleme in Overlook«, sagte er. »Ich wollte dich nicht wecken.«

»Konnte das nicht bis morgen warten? Das Wetter ist schlecht.«

»Der Strom ist ausgefallen, das Notstromaggregat nicht angesprungen. Die Gäste sind in Sorge.«

»Hast du auf deiner App nachgesehen, was los ist?«, fragte sie. Die Frage schockte ihn ein wenig. Sie wusste Bescheid über die Kameras. Er schwieg.

»Ist schon gut«, sagte sie. »Bracken, es ist gut. Ich weiß, warum du das tust.«

Er fand keine Worte, überwältigt vor Scham.

»Es gibt hier bei uns einen Platz für dich«, sagte sie nach kurzem Schweigen. »Ich möchte, dass du das weißt. Du musst nicht für immer der Beobachter bleiben, der von außen draufschaut. Du kannst bei uns ein Zuhause finden. Leilani und ich – wir mögen dich, du bist uns wichtig.«

»Das ist – nett, May. Vielen Dank.«

»Nett?«, wiederholte sie. Er hörte das Lächeln in ihrer Stimme. Sie war ein Mensch, der nicht verurteilte; bei May konnte man einfach man selbst sein. Sie war schön und klug, arbeitete hart, geriet selten in Wut, sie war eine großartige Köchin, leidenschaftlich und aufmerksam im Bett. Sie war echt, sie war real.

»Ja, ähm … gut«, sagte er, die Kehle wie zugeschnürt. Fast hätte er aufgelegt, so verlegen und angespannt war er. Aber er überraschte sich selbst, indem er ehrlich hinzufügte: »Das würde ich gerne. Ja.«

»Gut«, erwiderte sie leichthin. »Also, wenn du da fertig bist, komm zu mir nach Hause.«

Er gab ein zustimmendes Grunzen von sich. Glücklicherweise legte sie auf, sodass er nichts weiter sagen musste. Mit hämmerndem Herzen saß er im dunklen Führerhaus, und ihm war heiß vor Scham. Er hatte angenommen, die Kameras – seine einzige Möglichkeit, mit der verwirrenden Welt der Menschen in Kontakt zu treten, sie zu verstehen –, wären sein Geheimnis. Aber May wusste Bescheid. Sie wusste davon, und doch hatte sie ihn nicht verurteilt.

Irgendetwas, das in ihm verschlossen gewesen war, löste sich. Seine Mutter war jung gestorben. Sein Vater war ein hart arbeitender Mann, der nicht viel Zeit oder Geduld für ein Kind gehabt hatte. Aber er war immer gekommen, zu den Spielen, in die Schule. Ein stiller, stoischer Mensch, aus dem Bracken nie so richtig schlau geworden war. Nicht einmal jetzt, wo sein Vater ein alter Mann war, der in einem Pflegeheim für Demenzkranke in der nächsten Stadt lebte. Bracken besuchte ihn zweimal die Woche, blieb ein oder zwei Stunden und erzählte ihm von seinen Ferienhäusern, von den Gästen, von dem, was seine Kameras ihm zeigten. Sein Vater starrte nur blicklos ins Leere. Was auch immer er über sein Leben oder seinen Sohn gedacht und empfunden hatte, es war in ihm eingeschlossen. *Wer bist du?*, fragte Bracken sich oft, wenn er aufgehört hatte zu reden und das unvermeidliche Schweigen eintrat. *Hast du vom Leben bekommen, was du wolltest?* Aber diese Frage stellte er nie, und sein Vater hätte ihm sowieso nicht antworten können.

Er dachte an seinen Vater, an May, an seine Gäste, als das Ferienhaus in Sicht kam.

Alles lag dunkel und ruhig da, aber man spürte, dass irgendwas nicht in Ordnung war. Die Autos waren alle da; eins, ein schwarzer Infinity, war am Heck beschädigt, der Kofferraum eingedrückt. Der Tesla und der Volvo standen noch dort, wo sie vorhin abgestellt worden waren.

Bracken parkte, blieb noch einen Augenblick sitzen und beobachtete – die Stille, die Nacht.

Dann ging er zum Sicherungskasten und dem Notstromaggregat, ohne vorher an die Tür zu klopfen. Es überraschte ihn, dass noch niemand herausgekommen war, so aufgebracht, wie sie alle über den Stromausfall und die blockierte Straße gewesen waren.

Er sah sofort, dass das Hauptstromkabel durchtrennt worden war, und nahm einen leichten Benzingeruch wahr. Auf dem Boden war eine Ansammlung von Fußabdrücken. Im Lichtstrahl seiner Taschenlampe sah er einen blutigen Handabdruck an der Hauswand.

Was zum Teufel ging hier vor?

Er kehrte zum Vordereingang zurück.

42

HENRY

Juni 2018

Das schöne Haus lag im Dunkeln, und plötzlich wurde Henry von Zweifeln gepackt. Vermutlich war es keine allzu gute Idee, hier kurz vor Mitternacht an der Tür zu klingeln.

Er musste an Detective West denken. Am Tag nach seinem Treffen mit Cat am Fishing Pier hatten sie ausführlich miteinander gesprochen. Henry hatte all die dunklen, furchtbaren Dinge verarbeiten müssen, die Cat ihm erzählt hatte. Er hatte Piper alles gesagt, genau, wie er es versprochen hatte.

Sie hatte keine Angst bekommen, war nicht vor ihm zurückgewichen, wie er befürchtet hatte.

»Du musst loslassen«, hatte sie schlicht gesagt. »Wir können uns unsere Herkunft nicht aussuchen, aber sehr wohl unsere Gegenwart. Du musst dich von Cats Dunkelheit freimachen, von den Taten deines biologischen Vaters. Es ist nur die Vergangenheit, und die kann uns nichts anhaben. Das lasse ich nicht zu.«

Piper war reine Kraft, ganz Liebe. Er erinnerte sich daran, wie sie auf dem Fußballplatz gewesen war – schneller und intelligenter als jeder Junge, mit einer unglaublichen Kraft in ihren dünnen Armen und Beinen. Jetzt, als seine Frau und Lukes Mutter, war sie ein Motor, eine Batterie, eine Energie, die sie alle in Bewegung hielt und vorantrieb. Sie war wieder schwanger, es war noch ein Kind auf dem Weg. Ihre kleine Familie wuchs.

Luke war ein engelhaftes Kind, ruhig und zufrieden. Es war

nichts Böses an ihm. Das wusste Henry genau. Denn welche Dunkelheit auch immer er in den Gen-Mix eingebracht haben mochte, Pipers Licht war stärker.

»Bleib bei uns«, hatte sie gesagt. »Lass alles andere hinter dir.«

Sie hatte recht. Aber Henry konnte nicht aufhören, an Cat zu denken.

»Sie war es, Henry«, hatte Detective West am Telefon gesagt. »Ich habe sie auf Band. Mein Kumpel in Miami hat mir die Bänder der Überwachungskameras in der Wohnanlage überlassen. Man sieht, wie sie zusammen mit ihm das Gebäude betritt und es ein paar Stunden später allein wieder verlässt. Noch hat man sie nicht identifizieren können. Aber wir wissen, wer sie ist, und ich muss die Information weitergeben. Alles andere wäre Behinderung der Ermittlungen.«

»Geben Sie mir einen Tag«, hatte Henry gebeten. »Ich mache sie ausfindig und überrede sie, sich zu stellen.«

Der pensionierte Detective schwieg eine Weile. »Ich weiß nicht, ob das eine gute Idee ist.«

»Sie ist meine Schwester.«

»Nicht wirklich«, hatte West entgegnet, nicht unfreundlich. »Ich meine, biologisch gesehen schon. Aber mal ganz ehrlich, das war's dann auch, oder? Ihre Familie, Henry, Ihre wahre Familie, das sind Piper und Luke. Sie schulden es ihnen, sich nicht in Lebensgefahr zu begeben. Sie müssen sich selbst schützen, heil und ganz bleiben, damit Sie weiter für Ihre Familie sorgen können.«

Das stimmte. Unleugbar. Doch es war nicht die ganze Wahrheit.

»Ich möchte ihr helfen.« Das klang schwach, und auch das war nicht die ganze Wahrheit.

»Vielleicht ist es schon zu spät für sie.«

Trotzdem war es Henry gelungen, West zu überreden, noch vierundzwanzig Stunden zu warten, und dann hatte er seine Tante Gemma angerufen, die beste Detektivin, die er kannte.

Gemeinsam hatten sie die verschiedenen Datenbanken und Plattformen durchforstet, bei denen Henry registriert war – Origins und Ancestry, die Facebook-Gruppe DNA-Detektive, das Spenderkinder-Register. Sie hatten noch ein paar weitere Halbgeschwister aufgetan, die erst kürzlich hinzugefügt worden waren. Dann hatte Henry eine neue Suche nach Personen gestartet, denen Delikte und Fehlverhalten vorgeworfen wurden, und nach Überschneidungen gesucht. Er brauchte nicht lange, um herauszufinden, wen Cat als Nächstes im Visier haben könnte.

Das muss aufhören, hatte er ihr geschrieben. Bitte lass mich dir helfen.

Komm mir nicht in die Quere, Henry.

Du bist doch eigentlich ein besserer Mensch, Cat.

Nein, bin ich nicht. Wirklich nicht.

Was ist dein Ziel?

Ich werde ausmerzen, so viel ich kann …

Und dann?

Und dann, wenn ich zu müde werde, schreibe ich ein passend dramatisches Ende für meine hässliche Geschichte.

Danach hatte sie nicht mehr auf seine Textnachrichten geantwortet.

Jetzt saß er vor diesem dunklen Haus im Auto und fragte sich, ob er das Richtige tat. Er hatte keine Ahnung, wo Cat war, aber er wusste, dass der Mann, der hier wohnte, mit ihr verwandt war. Weil er auch mit Henry verwandt war, erst vor sechs Monaten hinzugefügt. Ein weiteres fast vertrautes Gesicht auf seiner Origins-Verwandtenliste.

Eine Google-Suche hatte ergeben, dass der neu entdeckte Halbbruder als junger Mann eines Verbrechens beschuldigt worden war. Eine junge Frau hatte ihm Vergewaltigung vorgeworfen. Aber wenn er schuldig war, war er damit durchgekommen. Später hatte die junge Frau sich das Leben genommen.

Der Name tauchte auch in etlichen Online-Foren über IT-Jobs auf. Unter den Posts fanden sich versteckte Kommentare über seine Verderbtheit, seine Unredlichkeit, seine fehlende Moral, seine Gelüste. Bleibt bloß weg von dieser Firma und diesem Mann, warnte jemand.

Er hat mich angefasst.

Er hat mich bedroht.

Er hat mich angemacht, aber als ich zur Personalabteilung ging, wurde ich gefeuert.

Er entsprach genau Cats Beuteschema. Offenbar hatte er die schlimmsten Züge ihres Vaters geerbt.

Das hier war sein Haus, eine beeindruckende Villa direkt am Wasser, weiße Stuckfassade und blaues Glas. Im schön gestalteten Landschaftsgarten ragten Palmen auf, hinten am Anleger lag ein luxuriöser Sportcruiser. Das Haus wurde auf Homes.com auf fast zwei Millionen geschätzt, das nagelneue Boot kostete fast eine halbe Million. Als Gemma und Henry tief im Internet gegraben hatten, waren sie auf eine weitere Information gestoßen: Der Mann war mit den Hypothekenzahlungen im Rückstand und hatte seine Steuern für das Vorjahr noch nicht bezahlt.

Endlich nahm Henry all seinen Mut zusammen, stieg aus und trat in die feuchte Nachtluft. Er hörte das Quaken von Fröschen und das Knallen von Bootsleinen.

Als er den perfekt gepflegten Gartenweg zur Haustür hinaufging, ließen Bewegungssensoren überall das Licht angehen.

Aber als er klingelte, rührte sich nichts. Er stand da und wartete. Überlegte, ob er wieder gehen sollte. Was sollte er denn zu diesem Typen sagen, wenn er öffnete?

Hallo. Ich glaube, unsere Halbschwester versucht, dich umzubringen.

Ich bin übrigens Henry, schön, dich kennenzulernen. Wusstest du, dass unser biologischer Vater, ein Samenspender, ein Serienvergewaltiger und Mörder war, der im Gefängnis starb? Ziemlich verkorkst, oder?

Lieber Himmel. Er hätte nicht herkommen sollen.

Aber er drückte erneut auf die Klingel und sah, wie drinnen das Licht anging.

Durch die Glasscheibe sah er eine ältere Frau mit wildem grauschwarzem Haar und dicker Brille in einem über den Schlafanzug geworfenen Morgenmantel die Treppe hinuntertapsen. Sie sah verschlafen und verwirrt aus.

Sie hielt ein Handy umklammert. Henrys Nerven flatterten, und er trat einen Schritt von der Haustür weg, um ihr zu zeigen, dass er nichts Böses im Schilde führte.

Sie machte Licht und begutachtete ihn durch das dicke Glas der Haustür.

»Kann ich Ihnen helfen?«, fragte sie stirnrunzelnd.

»Es tut mir leid, dass ich so spät noch störe. Aber ich bin auf der Suche nach dem Eigentümer dieses Hauses. Nach Michael.«

Die alte Frau schüttelte den Kopf. »Nein. Mein Sohn und meine Schwiegertochter leben hier.«

War er am falschen Haus gelandet? Er überprüfte die Adresse auf seinem Smartphone.

Nein, die war schon richtig.

»Michael«, wiederholte er. Er hatte das nicht gründlich genug durchdacht. »Ich habe Grund zu der Annahme, dass er in Gefahr schweben könnte.«

Die alte Frau zog den Morgenmantel enger um sich und schien ihn zu taxieren.

Wirkte er wie ein guter Mensch? Schwer zu sagen – wenn mitten in der Nacht ein fremder Mann auf der Türschwelle steht, ist das nie gut, oder? Sie würde nicht die Tür öffnen, ihn hereinbitten und sich seine bizarre Geschichte anhören.

»Was für eine Gefahr?«, fragte sie.

»Es ... ist eine lange Geschichte. Aber ich muss ihn wirklich unbedingt sprechen. Es ist dringend. Sonst wäre ich nicht mitten in der Nacht hergekommen.«

Er spürte, wie die Frau ihn prüfend musterte. Was sie sah, schien sie milder zu stimmen, aber sie trat nicht näher an die Haustür heran.

»Michael«, sagte sie, »ist der Bruder meiner Schwiegertochter – er nennt sich jetzt Mako.«

Ihre Schwiegertochter. Noch eine Halbschwester? Noch jemand, den Cat im Visier hatte?

»Richtig, Mako«, sagte er. »Ihm gehört eine große Gaming-Firma. Red World, und so heißt auch ihr erfolgreichstes Spiel.«

»Sie sind weggefahren. Alle zusammen.« Die ältere Frau wirkte jetzt beunruhigt. »Hannah und Bruce haben dieses Haus von ihm gemietet.«

Henry war bestürzt. »Und wohin sind sie gefahren?«

»Es tut mir leid«, sagte die Frau kopfschüttelnd. Er konnte auf dem Display ihres Handys sehen, dass sie bereits die Notrufnummer eingegeben, aber noch nicht gewählt hatte. »Wer sind Sie? Was wollen Sie?«

Auch das war eine zu lange Geschichte, um sie hier und jetzt zu erzählen. Er versuchte es trotzdem, aber es kam als wirres Durcheinander heraus. Er begann mit seinem Namen und erzählte dann von seiner Mutter, seiner Tante, der Erforschung seiner Abstammung, von Cat. Die Frau, die immer noch ihr Handy umklammert hielt, musterte ihn scharf, und ihre Augen wurden immer größer.

»Das klingt unglaublich, ich weiß«, sagte er, als er fertig war. »Aber es ist die Wahrheit.«

»Ich rufe mal an«, sagte sie nach kurzem Schweigen. »Wie wär's damit?«

Er nickte. »Ja, gut. Machen Sie das.«

Er sah zu, wie sie wählte. Sogar nachts war es heiß, die hohe Luftfeuchtigkeit ließ ihm den Schweiß auf die Stirn treten. Das T-Shirt klebte feucht an seinem Rücken.

Die Frau sprach ins Telefon: »Hannah, hier ist Lou. Hier ist alles in Ordnung, aber kannst du mich bitte so bald wie möglich anrufen? Es ist kein Notfall, Gigi und mir geht's gut, aber es scheint wirklich wichtig zu sein.«

Sie blickte stirnrunzelnd auf ihr Handy und sah dann Henry an. »Die Mailbox ist sofort angesprungen. Sie kennen meine Schwiegertochter nicht; da stimmt was nicht.«

Sie standen immer noch auf entgegengesetzten Seiten der Haustür.

»Ich werde Ihnen sagen, wo sie sind«, erklärte sie. »Aber ich rufe auch die örtliche Polizeidienststelle an.«

Das war nur fair. Er konnte Cat nicht auf ewig beschützen. Außerdem tat er das alles nicht nur, um ihr zu helfen, sondern auch um sie davon abzuhalten, anderen Menschen Schaden zuzufügen. Das war der Grund, der wahre Grund dafür, dass er zu dieser Mission aufgebrochen war, die Piper nicht gebilligt hatte. Wenn sie davon erfuhr, würde er richtig Ärger bekommen. Sie nahm an, er sei im Rechenzentrum, weil es da einen Notfall gegeben habe. Er hatte sie angelogen, was sie vermutlich herausfinden würde, und dann würde sie ihm die Hölle heißmachen. Aber er musste das tun. Nicht nur wegen Cat. Auch für sich selbst, und für Luke. Und für das Baby, das unterwegs war. Er musste beweisen, dass er ein guter Mensch war, jemand, der das Richtige tat. Wenn er eine böse Tat verhindern konnte, schuf er vielleicht einen Ausgleich und bewies, dass nicht seine Gene ihn ausmachten, sondern seine Taten. Er hatte versucht, West das zu erklären.

»Ich weiß nicht genau, ob das so funktioniert, mein Junge«, hatte West gesagt. »Aber ich verstehe Sie. Vierundzwanzig Stunden, mehr nicht.«

»In Ordnung«, sagte er jetzt zu der Frau.

»Warten Sie hier.«

Sie verschwand im dunklen Hausinnern. Henry stand auf der Veranda und lauschte dem Rascheln der Palmwedel und dem Plätschern des Wassers gegen Bootsrümpfe. Der Vollmond stand hoch am Himmel und warf einen silbrigen Schimmer über alles.

Als die Frau zurückkehrte, wirkte sie noch besorgter.

»Die Polizei sagt, dass da oben ein Unwetter tobt. Es gibt Stromausfälle und kein Handynetz, die Straßen sind unpassierbar. Aber sie versuchen, jemanden zu diesem Ferienhaus zu schicken.«

»Ich werde mich dorthin durchschlagen«, sagte er. »Das verspreche ich.«

Sie sah ihn zweifelnd an, schien sich dann aber zu dem Entschluss durchzuringen, ihm zu vertrauen – allerdings nicht genug, um die Tür zu öffnen.

»Wie ist Ihre Nummer?«, fragte sie. »Ich schicke Ihnen die Adresse.«

Er nannte ihr seine Nummer, und als ihre Textnachricht kam, schickte er ihr eine Nachricht zurück mit seinem vollen Namen und seiner Adresse, damit sie ihm vertraute, und damit sie ihn erreichen konnte.

Sie sagte nichts, als er ging, sah ihm nur beunruhigt nach. Irgendwo im Haus weinte ein kleines Kind, und sie lief die Treppe hinauf.

Im Wagen gab er die Adresse in sein Navi ein. Es war eine lange Fahrt, also trat er aufs Gaspedal und betete, dass er nicht zu spät kommen würde.

43
HANNAH

Die Zeit schien sich zu verlangsamen, und Hannah konzentrierte sich auf ihre Atmung.

Der Raum dehnte sich aus, und alle, die hier in der dunklen Hütte versammelt waren, erschienen ihr wie Schauspieler auf einer Bühne. Sie fühlte sich abgehoben und losgelöst, Schock und Ungläubigkeit zogen den Moment in die Länge, ließen alles seltsam erscheinen. Noch seltsamer, als es ohnehin schon war.

Trina und Joshua standen in der Tür. Die hochgewachsene Frau hielt eine Pistole in der Hand. Joshua, der verängstigt und unsicher wirkte, trat von einem Fuß auf den anderen, und seine Blicke huschten zwischen Trina und Cricket hin und her.

Bruce hatte sich zwischen Hannah, Cricket und die Eindringlinge gestellt. Draußen tobte das Unwetter; alle paar Minuten erhellten Blitze den durchnässten Wald, Donnerschläge antworteten.

Hannah hielt das Messer fest umklammert.

Mako kniete auf dem Boden, die reglose Liza in den Armen.

Liza. Starb sie vor ihren Augen? Sie blutete so stark, war es bereits zu spät? Hannah hatte die Blutung verlangsamt, und Lizas Puls war jetzt stärker. Aber vielleicht konnte sie nicht gerettet werden.

Hannah spürte ihr Herz schlagen, ihre Kehle war vor Angst wie zugeschnürt.

Der einzige Gedanke in ihrem Kopf war: Wie kommen wir heil hier raus und zurück zu unserer Tochter?

Sie dachte an ihr Baby, das friedlich schlief. *Bitte, lieber Gott*, betete sie. *Bitte.*

Sie spürte, wie ihr Kopf klarer wurde, eine Fokussierung sich einstellte. Darin war sie immer gut gewesen, sich auf das Wesentliche zu konzentrieren. Auf das, was getan werden musste.

Diese Frau.

Sie wollte irgendwas.

Aber was? Vermutlich Geld, was kein Problem wäre. Aber nein. Sie sah die Wut im Gesicht von Makos früherer Assistentin, ihren Hass. Sie kannte diesen Ausdruck ... das war eine Frau, der man Unrecht getan hatte und die keine andere Möglichkeit mehr sah, die Rechnung zu begleichen. Alle Frauen kannten das – dass sie verletzt wurden oder entlassen, dass ihnen etwas genommen wurde, sie aber nicht die Macht hatten, für Gerechtigkeit zu sorgen. Dass stärkere Kräfte sie umwarfen, sodass sie sich klein und hilflos fühlten. Wenn so etwas geschah, konnte man sehr wohl ein Unrecht begehen, damit man sich wieder stärker fühlte. Ja, das musste es sein. Mako hatte sie belästigt oder Schlimmeres. Und als sie sich beschwerte, hatte er sie gefeuert. Das konnte Hannah in Ordnung bringen.

»Trina«, sagte sie, um einen ruhigen, leisen Tonfall bemüht. »Warum bist du hier? Was hat mein Bruder dir angetan?«

Denn das war es, oder nicht? Mickey hatte wieder mal Scheiße gebaut. Hatte er dieser Frau ein Unrecht angetan? Sie vergewaltigt? Sie verletzt?

»Du solltest sie doch fesseln«, sagte Trina zu Joshua, ohne den Blick von Hannah zu wenden. Ihre Augen waren kühl und dunkel. Mickey hatte auch solche Augen.

Wieso war ihr das vorher nie aufgefallen, wenn sie Makos Assistentin bei Red World gesehen hatte, bei Firmen-Picknicks, auf Partys?

Trina sah Mickey wirklich sehr ähnlich. Ebenso wie Joshua. Der Groschen fiel.

Ja, das war es.

»Bruder«, sagte sie. Trina sah sie an und lächelte.

Deshalb hatte sie gedacht, sie würde Joshua kennen, als sie ihn zum ersten Mal gesehen hatte – weil er Mako so ähnlich sah. Irgendeine Art kognitive Dissonanz hatte sie davon abgehalten, die Verbindung herzustellen.

Dann dämmerte ihr eine wirklich hässliche Wahrheit. Der Abstammungstest. Verdammte Scheiße.

Waren sie etwa alle verwandt? Joshua, Trina, Mako? Sie versuchte, das alles zu begreifen, aber es ergab keinen Sinn.

»Es tut mir leid«, sagte Joshua, der immer noch hinter Trina stand.

Er sah elend aus und schaute Cricket an wie ein geprügelter Hund. Hannah erkannte ihn als das schwache Glied; möglicherweise würde er für sie Partei ergreifen, wenn es hässlich wurde. Noch hässlicher.

Sie wandte sich an die Frau und bemühte sich um den sachlichen Tonfall, den sie immer anschlug, wenn ihre Mutter sich wieder mal aufregte, wenn Cricket einen Nervenzusammenbruch hatte oder wenn Mako wegen irgendwas auf hundertachtzig war.

»Hör zu, Trina, was immer Mako dir angetan hat, wir werden eine Lösung finden«, sagte sie. »Aber Liza ist schwer verletzt. Und worum auch immer es hier geht, sie hat nichts damit zu tun. Lass zu, dass wir sie ins Krankenhaus bringen. Bitte.«

»Sie hat sehr wohl etwas damit zu tun, natürlich hat sie das. Noch eine schwache Frau, die das Böse ermöglicht. Und sie trug sein Kind, eine böse Saat.«

Hannah schüttelte den Kopf und versuchte zu begreifen, was Trina meinte. »Ich verstehe nicht. Du wolltest einem ungeborenen Kind etwas antun?«

Trina wirkte plötzlich traurig. »Ich *wollte* nie irgendjemandem etwas antun. Aber wir sind alle Äpfel, die von demselben giftigen

Baum abstammen. Ich versuche nur, diese Schweinerei wieder zu beseitigen.«

Eine einzelne Träne lief ihr die Wange hinunter.

»Na schön«, sagte Hannah. »Lass mich dir helfen, Trina. Finden wir einen Ausweg aus dieser schwierigen Lage.«

»Es war nicht mein Kind«, sagte Mako, der immer noch weinte. »Vielleicht war es nicht meins.«

»Was redest du da?«, fragte Hannah.

»Liza hatte eine Affäre. Sie hat es beendet. Sie glaubt, ich wüsste nichts davon. Aber ich wusste Bescheid. Ich wollte sie einfach nicht verlieren. Sie ist das einzig Gute in meinem Leben.«

Hannah fehlten die Worte, und sie fühlte sich, als würde ihr der Boden unter den Füßen weggezogen. Wie verkorkst sie doch alle waren. So viele Schichten, so viele Fehler, falsche Entscheidungen, Versäumnisse.

Trina starrte Mako voller Zorn und Abscheu an. »Du bist sowas von erbärmlich«, sagte sie.

Aber Mako schien sie gar nicht zu hören. Er sah nur Liza an und legte ihr zärtlich die Hand an die Wange.

»Fessle sie alle«, befahl Trina mit einem kurzen Blick auf Joshua. Aber sie hielt die Pistole weiter auf Hannah, Cricket und Bruce gerichtet, die wie erstarrt dastanden. »Sofort.«

Hannah suchte in ihren Zügen nach dem Anflug von Menschlichkeit, den sie eben gesehen hatte, aber ihr Gesicht war wie aus Marmor gemeißelt. Kalt und still, unbewegt. *Wir sind ihr alle völlig egal*, erkannte Hannah, *sie interessiert sich nur für das, was sie hier durchzieht, was auch immer das genau ist.*

Joshua trat von einem Fuß auf den anderen, ohne den Blick von Cricket zu wenden. »Ich habe die Tasche oben im Haus gelassen.«

»Männer. Alle völlig nutzlos«, zischte Trina. »Nimm die Kabelbinder aus meiner Tasche.«

Natürlich hatte sie Kabelbinder in der Tasche.

Langsam, zögernd, griff Joshua in ihre Jackentasche, und gleichzeitig machte Bruce einen großen Schritt vorwärts. Hannah packte ihn am Arm. Trina hob die Waffe und trat einen Schritt zurück, stieß dabei gegen Joshua.

»Lass es einfach, Bruce.« Ihre Stimme klang müde. »Du hast nichts mit alldem zu tun. Ich weiß, dass du bemüht warst, das Richtige zu tun.«

Bruce warf einen Blick auf Hannah. Was hatte das zu bedeuten?

»Und ich will dich zwar nicht umbringen, aber ich werde es tun. Darauf kannst du dich verlassen.«

Hannah glaubte ihr aufs Wort. Die Frau gab sich cool und gelassen, aber unter der Fassade lag etwas Zerrüttetes, Labiles, Gebrochenes. »Womit hat er nichts zu tun?«, wagte sie zu fragen.

Aber Trina schien sie nicht wahrzunehmen, es war, als existiere Hannah für sie gar nicht.

Joshua hatte getan, was sie ihm befohlen hatte, und einen länglichen Plastikbeutel aus Trinas Jackentasche gezogen.

Hannah schätzte ab – die Entfernung, die Kraft der Beteiligten. Die Waffe. Wie gut konnte Trina zielen? Wie schnell feuern?

Neben ihr weinte Cricket leise.

Trina richtete die Pistole wieder auf Bruce. »Hilf ihm, Cricket und Hannah zu fesseln. Sorg dafür, dass sie mir nicht in die Quere kommen, dann könnt ihr hier alle heil rauskommen. Okay, Bruce? Du bist hier der anständige Kerl. Der Gute.«

Hannah hielt immer noch fest den Arm ihres Mannes umfasst. Obwohl sie sein Gesicht nicht sah, konnte sie sich seine Miene gut vorstellen – kühl, fast ausdruckslos. Er schätzte die Lage ab, kalkulierte, genau wie Hannah. Glaubte er dieser Frau? Dass sie sie alle freilassen würde, wenn er ihr half, sie und Cricket zu fesseln?

Hannah glaubte ihr nicht.

Nein, sie würde sie alle umbringen.

Sie traf eine Entscheidung. Ohne Kampf würde das hier nicht

gehen. Sie hörte Cricket, die sich an ihr festhielt, hinter sich weinen.

Die Zeit schien wie in Zeitlupe zu vergehen. Draußen bogen sich die Bäume im Sturm, der Wind heulte.

Joshua kam langsam auf sie zu, die Kabelbinder in der Hand, den Blick noch immer auf Cricket gerichtet. Sie schluchzte: »Joshua, bitte tu das nicht. Was immer sie gegen dich in der Hand hat, aus welchem Grund auch immer du ihr hilfst, wir werden es durchstehen. Ich helfe dir. Wir finden einen Weg. Bitte.«

Joshua schien zu zögern, warf einen Blick auf Trina.

»Willst du ins Gefängnis?«, fragte sie. »Denn wenn wir das hier nicht durchziehen und dann von hier verschwinden, wirst du genau dort landen. Glaubst du etwa, dieses Flittchen wird auf dich warten?«

Joshua schien zu einem Entschluss zu kommen und ging weiter.

»Bedaure«, sagte Bruce mit dunkler Stimme und straffte die Schultern. Er räusperte sich, und Hannah hörte, dass seine Stimme zitterte. »Das wird nicht passieren.«

»Sag uns einfach, warum du hier bist, Trina. Was willst du?«, sagte Hannah, dieses Mal lauter.

Sie glaubte Libbys Stimme zu hören, ihr Schluchzen. *Er hat mich vergewaltigt.*

»Leg das Messer hin«, sagte Trina. »Schieb es hier rüber.«

Alle standen wie erstarrt, der Regen trommelte auf das Dach und gegen die Fensterscheiben.

»Tu es!«, kreischte Trina. »Oder ich bringe deinen Mann um, deine dämliche Freundin und deinen Bruder, diesen Vergewaltiger, Betrüger und Geldwäscher.«

Hannah sah ihren Bruder an und dachte an all die Gerüchte, die über ihn und Red World im Umlauf waren.

»Nichts davon ist wahr«, sagte Mako, der Hannah ansah. Aber

er hatte wieder diesen Blick, denselben Blick wie an dem Abend, als sie ihn mit Libby erwischt hatte. Es lag weder Schuldgefühl noch Scham darin. Sondern Selbsterkenntnis.

»Und das ist noch nicht mal alles«, sagte Trina.

Was denn noch?, dachte Hannah. Zu was war Mako noch fähig?

»Du weißt es, Hannah. Das sieht man dir an. Du weißt, was für ein Mensch er ist.«

Ihre Blicke trafen sich. In diesem Moment herrschte eine Art Einverständnis zwischen ihnen – über Mako, die Männer, die Welt.

»Wirst du es denn nie leid, hinter ihm aufzuräumen?«

Trina hielt die Pistole auf Hannah gerichtet. Und Hannah erkannte klar, dass Trina unberechenbar war, zu allem fähig.

Sie ließ das Messer fallen und kickte es zu Trina hin. Es schlitterte über den Holzfußboden, die Klinge blitzte auf. Hannah spürte die Anspannung, dieselbe Anspannung, die sie früher auf dem Sprungbrett gespürt hatte, bevor die Pfeife ertönte und ihr Körper durch die Luft flog, ins Wasser tauchte und sie begann, mit aller Kraft zu schwimmen. Sie trat ein kleines Stück vor, in dem Wissen, dass Bruce es spüren würde. Sie drückte fest seine Hand, und er erwiderte den Druck. Sie waren ein Team: Sie wussten beide, was als Nächstes kommen würde. Sie mussten kämpfen. Für Gigi.

Joshua war jetzt fast bei ihnen angelangt, aber Bruce hob die Hand. Seine Stimme war wie ein tiefes Grollen, als er sagte: »Bleib weg von uns!«

Ein gewaltiger Blitz zuckte, Hannah sah die starke elektrische Entladung durchs Fenster. Als sofort danach der Donner krachte und die ganze Hütte erschütterte, stürzte sie sich auf Trina und stieß sie mit aller Kraft zu Boden.

Es spielte keine Rolle, wer diese Frau war oder was sie wollte. Wichtig war nur, dass Bruce und Hannah heim zu ihrer kleinen Tochter kamen.

Als Hannah gegen die Frau prallte, Knochen auf Knochen,

Fleisch auf Fleisch, löste sich ein Schuss – ihre Ohren dröhnten, der Geruch von Kordit stieg ihr in die Nase. Sie hörte die Pistole zu Boden fallen, als sie und Trina hinstürzten. Hannah landete auf der größeren Gegnerin, ihr Gewicht presste Trina die Luft aus der Lunge.

Und dann brach die Hölle los. Bruce stürzte sich auf Joshua, genau wie Hannah es vorhergesehen hatte, und Cricket schrie aus Leibeskräften. Mako beugte sich weiter über Liza, hielt sie fest umfasst und sah mit glasigem Blick zu, als wäre er hilflos.

»Mako!«, schrie Hannah. »Tu was!«

Aber er schien sie gar nicht zu hören.

Das Messer. Die Pistole. Wo waren die Waffen?

Hannah konnte beide sehen – gerade außerhalb ihrer Reichweite, rechts und links von ihr.

Die andere Frau kämpfte, und Hannah schlug sie hart ins Gesicht. Ein stechender Schmerz fuhr ihr in den Arm, die Haut über ihren Fingerknöcheln platzte auf und brannte. Hannah schlug erneut zu. Dann drückte sie Trina mit ihrem ganzen Körpergewicht zu Boden und griff über sie hinweg nach der Pistole.

Gerade als sie die Waffe fast erreicht hatte, packte Trina sie, und plötzlich war sie oben und drückte Hannah zu Boden, und die Pistole entglitt Hannahs Griff. Hannah wand sich unter ihr und versuchte, das Messer zu fassen zu bekommen, während Trina ihr das Knie hart in den Rücken rammte.

»Lass das bleiben«, zischte Trina mit zusammengebissenen Zähnen. »Lass mich ein Ende machen.«

Hannah sah, wie Bruce Joshua einen Kinnhaken versetzte, und dann packte Trina sie bei den Haaren, um sie daran zu hindern, an das Messer zu kommen.

»Cricket«, schrie Hannah, als Trina ihr erneut schmerzhaft das Knie in die Rippen rammte. »Greif dir die Pistole!«

Bruce und Joshua wälzten sich auf dem Boden und prügelten

aufeinander ein. Hannah spürte, wie ihre Kräfte nachließen. Unter Schmerzen streckte sie sich erneut nach dem Messer aus.

Nur noch einen Zentimeter.

Trina saß wieder auf ihr und packte ihren Arm.

Hannah spürte, wie sie schwächer wurde, wie ihr die Luft wegblieb. Sie merkte, dass Blut aus ihrem Arm quoll. Das Adrenalin sorgte dafür, dass sie den Schmerz nicht spürte.

Doch der Raum begann langsam zu verblassen.

Nein, dachte sie. *Gigi*.

Wieder zuckte ein Blitz.

Ohrenbetäubend krachte der Donner.

Zwei Schüsse fielen. Und die Welt schien zum Stillstand zu kommen.

44
BRACKEN

Im Haus ist niemand. Er hat in allen Räumen nachgesehen. Ihre Sachen sind noch da, aber von den Gästen fehlt jede Spur. In der Küche stehen noch die Teller mit dem nicht angerührten Dessert, auf der Terrasse liegen überall Handtücher verstreut, völlig durchweicht vom Regen. Es gibt Anzeichen dafür, dass ein Kampf stattgefunden hat, eine Lampe ist umgestoßen, ein paar Möbelstücke verrückt. Neben der Tür liegt eine Reisetasche, die Seile enthält, Schaufeln, einen Hammer, ein Jagdmesser. Plastikfolien.

Bracken lauscht, aber die Nacht ist still.

Und dann hört er es, ein tiefes Grollen. Und noch etwas, ein Dröhnen in der Luft.

Plötzlich strömt Licht durch die Fenster, und das Grollen kommt nicht vom Donner, sondern von fünf schwarzen SUVs.

Sie halten auf der kreisförmigen Auffahrt, schwarz gekleidete Bewaffnete mit FBI-Westen springen heraus.

Bracken ist starr vor Entsetzen. Sind sie seinetwegen gekommen? Wegen seiner Kameras?

Er steht sprachlos da, schaut zu, wartet. Kommt er jetzt ins Gefängnis? Was ist mit May? Was wird sie jetzt von ihm denken?

Er verfolgt, wie die FBI-Agenten sich auf dem Gelände verteilen. Sie bewegen sich lautlos wie Gespenster und werden von der Nacht verschluckt, als sie auf den Weg zur Gästehütte einbiegen. Offenbar wissen sie genau, wohin sie wollen. Wie kann das sein?

Bracken rührt sich nicht, er lauscht.

Er dachte immer, er würde seine Gäste kennen. Aber vielleicht kennt man nie jemanden wirklich. Nicht durch die Internetpräsenz. Die verrät nicht allzu viel, und Menschen sind vielschichtig.

Er denkt an May, die auf ihn wartet, ihre ungeschminkte Offenheit, May, die so viel bietet und so wenig fordert.

Laute Stimmen, Schreie, Rufe. Über ihm knattert ein Helikopter. In der Ferne ist Sirenengeheul zu hören.

Und dann ist er allein in seinem Ferienhaus.

Er atmet heftig. Erleichterung durchströmt ihn. Er hat nicht die Absicht, sich in die Machenschaften seiner Gäste verstricken zu lassen.

Und dann macht er sich daran, seine Überwachungskameras abzumontieren. Er braucht das nicht mehr, Leute beobachten. Er hat genug gesehen. Vielleicht ist es jetzt an der Zeit, ein wenig zu leben.

45
HANNAH

Die Stille in der Hütte dehnte sich aus, draußen heulte der Wind. Dieses Heulen. Waren das Sirenen? Oder dröhnten ihr nur die Ohren? Der Augenblick schien erstarrt, als wäre die Zeit stehengeblieben.

Hannah sah zu Bruce hinüber. Er saß rittlings auf Joshua, der blutüberströmt war und benommen wirkte. Ein weiterer Blick zeigte ihr Cricket, die Pistole in den Händen, mit ausgestreckten Armen, das Gesicht eine Maske des Schreckens.

Teile des unerhörten Moments kamen zusammen. Hannah spürte, wie die Luft in ihre Lunge strömte, ihre Haut kribbelte wie elektrisch aufgeladen.

Cricket schluchzte auf, senkte die Waffe aber nicht. »Habe ich irgendwas getroffen? Hannah, sag doch was.«

Trinas Gewicht lastete schwer auf Hannah, die Frau rührte sich nicht. Als Hannah sich unter ihr hervorwand, fiel ihre Angreiferin schwer zu Boden. Hannah krabbelte von ihr weg. Doch ein Blick zurück enthüllte, dass Trinas Gesicht eine blutige Maske war. An ihrem Schädel klaffte eine offene Wunde. Sie starrte mit leeren dunklen Augen, die so bodenlos schienen wie der Tearwater Lake. Hannah spürte den Schock – Entsetzen, Bedauern, Übelkeit. Trina war tot.

Cricket ließ die Pistole fallen und presste die Hände auf den Mund. Nach einem langen Augenblick stieß sie ein Wehklagen aus und sank auf die Knie.

»Ich habe sie getötet«, stieß sie zwischen Schluchzern hervor. »Ich habe sie erschossen.«

Hannah empfand nichts, sie war wie betäubt, der Schock hatte sie erfasst wie eine Grippe. Sie und Bruce sahen einander in die Augen. Da war so viel zwischen ihnen – Liebe, Angst, Erleichterung. Und noch etwas.

Vor der Hütte erklangen Schritte und Stimmen. Oder war das nur der Wind?

Mako hatte sich nicht von der Stelle gerührt; er saß immer noch zusammengesunken über Liza.

Bruce stieg von Joshua hinunter, und der Mann kroch zu Trinas blutiger Leiche. Auch er begann zu jammern, stieß einen lauten Klageschrei aus und zog sie an sich. Hannah hätte nie erwartet, dass er eine solche Zärtlichkeit für Trina empfinden könnte.

»Cat«, schluchzte er. »Catrina.«

Sie hörte seine Trauer, seinen Verlust. Sie spürte sie in den Knochen. Aber alles, woran sie denken konnte, war Gigi, ihre kleine Tochter, zu der sie jetzt würde zurückkehren können.

Memento Mori. Bedenke, dass du sterben musst.

Aber nicht heute. Sie würde zu ihrem Kind heimkehren können.

Sie wollte gerade zu Bruce gehen, als eine schreckliche Explosion aus Licht und Lärm über sie hereinbrach. Der Sturm?

Nein, laute Stimmen und schwere Schritte. Männer, ganz in Schwarz, mit gezückten Waffen. Es war ein Traum. Ein Alptraum.

Cricket begann zu schreien, und Bruce rief allen zu, sie sollten sich hinlegen.

Hannah ließ sich zu Boden fallen und legte die Hände hinter den Kopf. Sie sah zu Mako hinüber, und ihre Blicke trafen sich. Sein Blick war leer und kalt, die Augen halb unter den Lidern verborgen, genau wie nach der Sache mit Libby. Ihr Bruder. Sie hatte ihn von ganzem Herzen geliebt, ehrlich geliebt.

Vielleicht hatte sie nie gewusst, wer er war. Die ganze Zeit über war ihr Bruder ein Fremder gewesen.

46
CATRINA

Ich bin das Puzzleteil, von dem man denkt, dass es das richtige sein könnte, das dann aber doch nicht passt. Der Farbton ist ein wenig anders, es lässt sich nicht richtig anfügen. Man kann es nicht erzwingen, selbst wenn man es versucht.

Ich schwebe über ihnen, sehe meinen armen, reglosen Körper, die Beine gespreizt, die Arme ausgebreitet, als würde ich einen Engel im Schnee machen. Blut strömt aus einer Wunde im Kopf. Ich bin zerschmettert.

Joshua jammert laut, seine Stimme schrillt wie eine Sirene.

Er ist ein Dieb. Der Cyber-Security-Fachmann, der Experte darin war, Gelder von den Konten seiner Kunden abzuzweigen. Immer nur wenig, es fiel kaum auf, läpperte sich aber. Er überwies alles auf ein Bitcoin-Konto. Er war dabei, sehr, sehr reich zu werden mit seinen gestohlenen Geldern, und hatte vor, sich demnächst in Costa Rica zur Ruhe zu setzen oder sonst irgendwo, wo es warm ist und man billig lebt. Ich hatte gehofft, ihn zu begleiten, wenn alles erledigt wäre, jedenfalls rede ich mir das gern ein. Dass es in einem anderen Universum vielleicht ein glückliches Ende für mich gegeben hätte. Dass da etwas war zwischen Joshua und mir, eine Verbundenheit. Wir waren Geschwister, also warum sollten wir uns nicht zu einer Art Familie zusammenschließen? Wie gesagt, Mako sollte meine letzte Unternehmung sein, mein letzter Versuch aufzuräumen, die Saat meines biologischen Vaters auszumerzen.

Manchmal gehen eben auch die besten Pläne schief. Ich habe meine Lektion gelernt, glaube ich. Es lag nie in meiner Hand.

Ah, nun gut.

Crickets Schluchzer werden zu Schreien. Ehrlich, es ist einfach unglaublich, dass diese kleine Schlampe mich erledigt hat. Das hätte ich ihr nie zugetraut.

Bruce stürzt zu Hannah, die einen Schmerzenslaut ausstößt. Nur Mako ist ganz still, er hält die reglose Liza in den Armen. Nach einer Weile blickt er auf, um die Szene vor sich zu betrachten. Ist das ein Lächeln auf seinem Gesicht?

Er gewinnt wieder.

Glaubt er jedenfalls.

Dann stürmt das FBI die Hütte. Und obwohl ich versagt habe und es mir nicht gelungen ist, Mako auszuschalten, ist er erledigt.

Jetzt schwebe ich über allem. Die Beobachterin.

Ich sehe, wie Liza auf einer Trage weggebracht und in einen Rettungswagen gehoben wird.

Mako wird in Handschellen zu einem SUV geführt. Ich hätte erwartet, dass er brüllt und tobt, aber er ist ganz ruhig und folgsam. Erschöpft, vielleicht sogar erleichtert.

Manchmal ist es eine Erleichterung, wenn alles vorbei ist, die ganzen Lügen und bösen Taten, all die Vertuschungen und zwielichtigen Geschäfte. Es erfordert so viel Energie.

Wer sollte das besser wissen als ich.

Hannah kehrt zurück ins Ferienhaus, begleitet von Bruce. Ihre Verletzung ist verbunden worden. Bruce hält ihre gesunde Hand und hat zärtlich den Arm um sie gelegt. Hannah lässt ihren Bruder nicht aus den Augen. Bruce spricht zu ihr, aber sie hört nicht zu. Sie sieht nur Mako, Traurigkeit, Enttäuschung und Zorn im Gesicht.

Joshua sitzt auf dem Rücksitz eines der SUVs, auch er in Handschellen. Sein Gesicht ist zerschlagen und blutig, er lehnt den Kopf gegen die Scheibe.

Cricket steht allein unter den Bäumen, bleich und wie betäubt.

Sie hat mich getötet. Die Handlangerin, die Dienerin. Ich hatte sie als Prinzesschen eingestuft, leicht zu überwältigen. Aber als es hart auf hart kam, griff sie nach der Pistole und schoss.

Wer sagt, dass es keine Überraschungen mehr gibt?

Ich schwebe höher.

Eine Frau in Weiß streift durch den Wald und sucht nach ihren verlorenen Kindern, die sie nie finden wird.

Etwas weiter entfernt watet ein kleines Mädchen in den See und ruft nach ihrer Mutter, die nie kommen wird.

»Wow«, sagt mein Dad. »Wir haben dich immer Kätzchen genannt. Dabei bist du der Wolf.«

»Ja?«

»Du hast in der Tat ihr Haus zusammengepustet, so wie der große böse Wolf die Häuser der drei kleinen Schweinchen.«

Ich schaue hinunter. Sie sind alle beschädigte Puzzleteile, genau wie ich, und versuchen, sich irgendwie passend zu machen.

»Sie haben es verdient«, sage ich. Wir alle haben das verdient, was wir bekommen, nicht wahr?

»Wenn du das sagst.«

Er ist ganz Sternenstaub und Regen, verblasst und verschwindet fast im Nachthimmel, um dann wieder deutlicher zu werden.

Ich sehe ihn an. Er ist schön. Er war ein schöner Mann mit seinen dunklen Augen und den hohen Wangenknochen, dem breiten, lachenden Mund. Ich hätte gerne seine Gene. Ich wünschte, ich wäre ihm ähnlicher gewesen, obwohl auch er nur ein beschädigtes Puzzleteil war.

Und dann, kurz vor Anbruch der Morgendämmerung, sehe ich ihn eintreffen. Er fährt schnell und bremst heftig ab.

Und für einen Augenblick fühle mich wieder zu dieser hässlichen Welt hingezogen, die ich hinter mich gelassen habe.

Henry.

»Meine Schwester«, höre ich ihn sagen. »Sie ist hier. Sie braucht Hilfe.«

Nicht lange danach werde ich auf einer Bahre weggebracht. Die Assistentin des Rechtsmediziners, eine kleine Rothaarige mit Brille, zieht den Reißverschluss des Leichensacks für ihn auf. Henry starrt mich einen Moment an. Dann sinkt er auf die Knie und beginnt zu weinen. Nicht schön. Männer sollten nicht weinen.

Die junge Frau legt ihm die Hand auf die Schulter.

»Das ist sie«, sagt er.

»Es tut mir leid.«

Auch mir tut es leid. Aber er wird darüber hinwegkommen. Er ist einer von den Guten. Einige von uns Halbgeschwistern, die meisten vielleicht, sind trotz ihrer Gene ganz okay. Und die Bösen? Nun, die habe ich ausgemerzt. Ich habe meinen Teil getan. Eine Art Gerechtigkeit wurde geübt.

Boris, der Pädophile, beging Selbstmord.

Marta, die ihrem Bruder seine bösen Taten ermöglicht hatte, starb an einem tragischen Sturz vom Dach.

Brad, der IT-Mogul, wusch Geld für Drogendealer, und als es Konflikte gab, beendeten sie die Geschäftsbeziehung auf die einzige Art, die sie kannten. Durch Enthauptung.

Mickey vergewaltigte ein junges Mädchen und leugnete es. Und das ist noch längst nicht alles.

Das FBI hat mit Hilfe seines Schwagers gegen ihn ermittelt. Sein Spiel Red World war ein Tummelplatz für schlechte Menschen, die versuchten, sich das Vertrauen von Jungen und Mädchen zu erschleichen, damit sie ihnen Nacktfotos von sich schickten, die dann im Darknet verkauft wurden. Mickey, der Betrüger; die Online-Überweisung, die er heute Abend getätigt hat, war alles, was das FBI noch brauchte, um ihn dranzukriegen. Mickey, der in seiner Firma sexuelle Übergriffe begangen hat; mindestens sechs Frauen, ehemalige Angestellte, warten darauf, Anzeige zu erstatten.

Alle sechs haben gegenüber Trina, seiner Assistentin, eine Aussage auf Band gemacht.

Es gibt noch andere. Ich könnte die Liste fortsetzen.

Jedes meiner Projekte war eine subtile, langfristige Unternehmung, die das gewünschte Ergebnis gebracht hat. Es ist mir gelungen, den Schlamassel zu beseitigen, den mein Vater angerichtet hat.

Dieses letzte Projekt lief nicht so wie erwartet. Vorsichtig ausgedrückt.

Aber so ist das eben.

Nun, da mein Einsatz vorbei ist, lasse ich los und gebe die Kontrolle ab.

»Wie wär's mit einer Spritztour, Kleines?«, sagt mein Dad.

Sein Motorrad, die Indian, glänzt und knattert. Wie er das Ding geliebt hat. Er hat auch mich geliebt, so gut er es vermochte. Niemand ist vollkommen. Nicht einmal annähernd.

»Ja, Dad. Fahren wir.«

47
HANNAH

Wieder dieser Moment. Wenn alles vorbei ist. Oder ist es nur die Stille im Auge des Sturms? Jedenfalls ist es ruhig geworden, alle Gewalt liegt hinter ihnen oder vor ihnen.

Jetzt können sie einen Augenblick durchatmen. Der Himmel ist wieder klar, die unmittelbare Gefahr vorüber, und es gibt keinen Hinweis auf das, was kommen wird, nichts außer einer tiefen, beklemmenden Stille.

»Sie sind vor Weihnachten an mich herangetreten«, hat Bruce ihr erklärt. »Ich hatte im Grunde keine Wahl.«

Er sprach vom FBI, davon, dass er ihnen geholfen hat, gegen Hannahs Bruder zu ermitteln und damit seine Festnahme ermöglichte, unter anderem wegen professioneller Geldwäsche für seine Investoren, Betrug und Steuerhinterziehung.

Es gibt auch Vorwürfe, dass Pädophile Red World benutzt haben, um sich das Vertrauen von Kindern und Jugendlichen, die das Game spielten, zu erschleichen, damit sie ihnen Nacktfotos von sich schickten, die dann im Darknet verkauft wurden. Offenbar hat die Führungsriege von Red World davon gewusst und nichts getan, um dem einen Riegel vorzuschieben.

Das Leben, das sie geführt haben, war nur schöner Schein.

Ihr Mann hat sie belogen. Sie hatte es vermutet, aber es wäre ihr fast lieber gewesen, wenn er tatsächlich eine Affäre gehabt hätte. Das erscheint ihr jetzt so simpel.

Und das ist noch das Wenigste.

Henry, ein ihnen unbekannter Mann, der im Morgengrauen eintraf, sitzt an der Kücheninsel und telefoniert.

»Es tut mir leid«, sagt er gerade. »Ich bin bald wieder zu Hause, dann erkläre ich dir alles.«

Hannah hat Dinge von ihm erfahren, die sie nicht glauben kann, obwohl sie auf irgendeiner Ebene weiß, dass sie wahr sind. Catrina, Henry, Mako und Joshua sind Halbgeschwister und stammen von einem Samenspender ab, der sich als wahres Ungeheuer entpuppt hat, ein Serienvergewaltiger und Mörder, der seinen Samen gegen Geld verkaufte. Catrina empfand es als ihre Pflicht, den Genpool zu säubern. Henry hat versucht, sie aufzuhalten. Joshua half ihr, weil sie herausbekommen hatte, dass er Gelder seiner Kunden veruntreute. Als Mako sie als seine Assistentin einstellte, hatte er keine Ahnung, dass sie seine Halbschwester war.

Hannah hatte angenommen, dass ihr Leben auf einem festen Fundament stand, aber es war auf Treibsand erbaut.

Doch sie ist das Kind ihrer Eltern. Das weiß sie. Wie es scheint, stammt auch sie von einem Samenspender ab. Nicht demselben wie Mako, aber von einem Fremden. Auch sie hat Halbgeschwister, die nach Verwandten suchen. Aber diese Tür ist versperrt. Sie hat ihren Origins-Account gelöscht, sobald sie die Wahrheit erkannt hat. Für sie spielt es keine Rolle, dass der Mann, den sie »Papa« genannt hat, nicht ihr biologischer Vater ist. Sie hat alles von ihm bekommen, was sie brauchte. Und sie will nichts weiter. Sophia ist berühmt für den Ausspruch: Ob jemand zur Familie gehört, zeigt sich nicht daran, wer er ist, sondern daran, was er tut.

Leo hat sie beschützt und war immer für sie da. Er hat ihr die Sternbilder gezeigt, und wenn sie bei Schulaufführungen, Abschlussfeiern oder Schwimmwettkämpfen ins Publikum schaute, war sein Gesicht das Erste, was sie sah.

Jetzt versteht sie endlich, was Sophia meint.

Sie werden ein klärendes Gespräch führen müssen, wahrscheinlich viele lange, schwierige und unerfreuliche Gespräche. Die meisten werden sich um Mako drehen, darum, was für ein Mensch er ist, was er getan hat, was aus ihm werden soll. Bei einigen Gesprächen wird es um Sophia und Leo gehen und die Entscheidungen, die sie getroffen haben. Sophia wird trinken. Und Leo emotional abwesend sein. Aber sie werden das, was kommen wird, gemeinsam durchstehen; Hannah glaubt fest daran.

Sie sind immer noch im Ferienhaus. Dieser Schädel, von Knochen umgeben. Die schwarzen Augenhöhlen starren sie an. Wie sie dieses Haus hasst.

Hannah hat sich aufs Sofa gekuschelt, und jetzt kommt Henry und setzt sich ihr gegenüber.

Cricket hat sich im Zimmer von Hannah und Bruce hingelegt. Bald werden sie alle Liza besuchen und für sie da sein. Sie kämpft um ihr Leben. Sie hat alles verloren, und was für Fehler sie auch begangen haben mag, sie gehört zur Familie. Was immer als Nächstes kommt, Hannah wird sich um sie kümmern.

Sie ist selbst verletzt – ein paar Prellungen und Blutergüsse, ein Streifschuss am Arm, der verbunden wurde. Sie hat sich geweigert, ins Krankenhaus zu gehen. Sie kann es sich nicht leisten, das Bett zu hüten; ihre Familie wird sie brauchen. Sie muss nach Hause zu Lou und ihrer kleinen Tochter, zu ihren Eltern.

Die Straße, die vor ihr liegt, ist lang und dunkel.

Der Mann ihr gegenüber, der mit ihrem Bruder verwandt ist, aber nicht mit ihr, leidet, das merkt sie. Seine Arme ruhen auf seinen Oberschenkeln, er lässt den Kopf hängen.

»Es tut mir leid wegen deiner Schwester«, sagt sie. Trina. Die auch Mickeys Halbschwester war.

Als er aufblickt, sieht sie, dass er Makos und Catrinas Augen hat. Ein kleiner Schock des Wiedererkennens durchfährt sie, wie gestern, als sie Joshua zum ersten Mal sah.

»Das ... ist wirklich großmütig. Wenn man bedenkt, was ihr wegen ihr durchmachen musstet.«

»Familie, was?«, sagt sie mit einem leisen Auflachen.

»Ja. Richtig verkorkst.«

Bruce steht am Kamin und starrt in die Flammen. Er hat getan, was er tun musste, das weiß sie. Sie hat einen ehrlichen, hart arbeitenden Mann geheiratet, der für seine Familie sorgt und immer, wirklich immer, das Richtige tut. Wie ihr Vater – Papa. Sie hat keine Ahnung, wie ihr biologischer Vater ist, und will es auch nicht wissen. Als sie Bruce kennenlernte, war ihr erster Gedanke: *Bei ihm ist man sicher.* Sie hat ihn als das Fundament gewählt, auf dem sie ihr Leben aufbauen will, ihre eigene Familie.

Sie ist nicht gerade begeistert davon, dass er sie angelogen und eine so wichtige Sache vor ihr geheim gehalten hat. Es gefällt ihr nicht sonderlich, dass er mit dem FBI zusammengearbeitet hat, um ihren Bruder zu Fall zu bringen. Aber sie versteht es.

Hätte er ihr denn diese Information anvertrauen können? Oder hätte sie versucht, Mako vor dem Schicksal zu bewahren, das er selbst verschuldet hat? Sie kann die Frage nicht beantworten und will es auch nicht.

Aber jetzt ist Schluss damit. Sie wird nicht mehr hinter Mako aufräumen. Tatsächlich gibt es etwas, für das sie selbst Buße tun muss. Wie hat Catrina sie genannt – sie und Cricket? Seine Handlangerinnen, seine Dienerinnen. Das ist eine schmerzliche Wahrheit, der sie sich wird stellen müssen.

Warum hat sie das getan?

Das Dunkle in Mickey vor der Welt verborgen?

Sie könnte vorbringen, dass sie Angst vor ihm hatte oder nicht wusste, zu was er alles fähig war. Aber das wäre nicht die ganze Wahrheit. Da war noch mehr, eine weitere Schicht – eine Treue, eine Liebe, die es ihr erlaubte, durch seine Dunkelheit hindurchzusehen und das schreiende, hilflose kleine Kind in ihm zu erkennen.

Auf gewisse Weise wollte sie sich um ihn kümmern. Er war falsch, dieser Impuls, das weiß sie. Aber er war echt.

Henry erzählt ihr von sich, von Catrina, davon, wie er und ein Privatdetektiv nachgeforscht haben und endlich begriffen, was sie vorhatte. Hannah hört ihm zu und versucht, den verschlungenen Weg zu verstehen, den sie alle gegangen sind, einen Weg, der sie alle miteinander verbunden hat. Als eine seltsame, unglückliche Familie.

Als Bruce kommt und sich neben sie setzt, geht endlich der Strom wieder an. Draußen malt die aufgehende Sonne die nasse Welt golden. Der Sturm ist vorbei.

Ihr Mann lehnt sich an sie, vergräbt das Gesicht an ihrem Hals. Zum ersten Mal sieht sie ihn weinen.

Er hat dem FBI eine Hintertür zu Makos Netzwerk geöffnet und es der Bundespolizei dadurch ermöglicht, Beweise gegen ihn zu sammeln. Eine finanzielle Transaktion, die Mako heute Abend getätigt hat, war der letzte Beweis, den sie noch brauchten, um ihn festzunehmen.

Aber Mako hat sich durch seine Taten selbst zugrunde gerichtet.

Sie liebt ihren Bruder, aber er hat üble Dinge getan. Und wenn er dafür bestraft wird, dann ist das seine eigene Schuld, nicht die von Bruce. Bruce hat ihre Familie nicht verraten; in gewisser Weise hat er sie gerettet. Er hat sich entschieden, das Richtige zu tun. Etwas, zu dem Hannah nie in der Lage war, wenn es um Mickey ging, wie sie sich beschämt eingestehen muss.

Sie schlingt die Arme um Bruce.

»Vergib mir«, flüstert er.

Das hat sie bereits getan.

48
HENRY

Weihnachten 2018

Der Tisch ist gedeckt, und Piper ist nervös. Sie wuselt in der Küche herum. Ihre Bewegungen sind schnell und effizient für eine Frau, die etwas von der Größe einer Wassermelone in ihrem Bauch trägt. Er kommt, um zu fragen, was er tun kann. Köstliche Gerüche durchziehen die Küche, der Schinken im Ofen, die Kartoffeln auf dem Herd, die Blumen auf dem Tisch. Leise Musik spielt. Bing Crosby und David Bowie singen den 1977er Remix von »The Little Drummer Boy« und »Peace on Earth«. Piper ist eine alte Seele. Sie summt mit.

»Was kann ich tun?«, fragt Henry. Er legt ihr die Hände auf die schmalen Schultern und spürt, wie etwas von ihrer Anspannung nachlässt. Er drückt ihr einen Kuss auf den Scheitel; sie duftet nach Eukalyptus.

Sie dreht sich zu ihm um und lächelt müde; sie wissen beide, dass er in der Küche keine große Hilfe ist.

»Häng du nur mit dem wilden Mann ab«, sagt sie und wischt sich mit dem Arm über die Stirn.

Alle haben protestiert, als Piper erklärte, dass sie die Weihnachtsfeier ausrichten wollte, aber sie hat darauf bestanden. Henry weiß, dass sie es für ihn getan hat. Weihnachten in ihrem eigenen Heim mit der Familie, die sie gegründet haben. Es bedeutet ihm etwas. Es bedeutet ihm alles.

»Gern«, sagt er rasch.

Luke ist ein Streber wie sein Vater – er hat früh zu laufen begonnen. Jetzt tobt er durchs Wohnzimmer wie ein Derwisch. Er rast los, legt einen spektakulären Sturz hin, rast weiter. Henry kommt gerade noch rechtzeitig, um ihn davor zu bewahren, kopfüber in den großen Weihnachtsbaum zu stürzen.

»Kumpel«, sagt Henry und nimmt seinen Sohn auf den Arm. »Ganz ruhig.«

Als Luke sich endlich müde getobt hat, sackt er vor seinen Spielsachen zusammen. Henry setzt sich zu ihm, und sie bauen eine Burg aus Holzklötzen.

Es klingelt an der Tür, und Piper stößt einen leisen Schrei aus: Sie sei noch nicht fertig. Das stimmt natürlich nicht. Alles ist perfekt.

Ihre Eltern sind die ersten Gäste, die eintreffen, beladen mit unzähligen Tüten mit Geschenken und massenweise Essen. Paul muss zweimal zum Auto gehen, bevor er alle Einkaufstüten und Schüsseln hereingetragen hat.

»Nicht genug zu essen, wie immer«, bemerkt er, als er die letzte Ladung absetzt.

Luke stürzt sich in seine Arme, und Henry atmet erleichtert auf.

»Gehen wir doch in den Garten und toben ein bisschen herum, kleiner Mann«, sagt Paul. »Damit du müde wirst.«

Ein Glück, dass es Großeltern gibt. Paul scheint nie müde zu werden, mit seinem Enkel zu spielen.

Kurz darauf kommt Miss Gail. Sie bringt ihre berühmte Kirsch-Pie mit und zieht alle in eine weiche Umarmung, die jeder gern erwidert. Gemma ist nach unten gekommen, sie ist mit Piper und Gretchen in der Küche. Seine Tante ist schon seit einer Woche bei ihnen und hat bei den Festvorbereitungen geholfen. Sie wird bis nach Neujahr bleiben, um sich um Luke zu kümmern, wenn seine kleine Schwester kommt. Es dürfte jetzt jeden Moment so weit sein.

Als es erneut klingelt, stehen Detective West und seine Frau vor der Tür. Ihre Kinder feiern heute mit den jeweiligen Schwiegereltern, und Henry hat die beiden zum Weihnachtsessen mit seiner Familie eingeladen.

Mit seiner Familie. Ja.

Nach einem Drink und lebhafter Unterhaltung setzen sie sich zu Tisch, und Paul spricht das Tischgebet, so wie er es immer tut.

»Wir sind gesegnet, dass wir zusammen mit unserer Familie und Freunden feiern dürfen. Wir sind zutiefst dankbar für die Fülle deiner Gaben. Mögen alle Menschen überall Frieden und Fülle haben.«

Henry sieht sich am Tisch um. Er hält die Hand seiner schönen Frau, während Luke fröhlich in seinem Hochstuhl wippt. Geschirr und Gläser glitzern und funkeln. Seine Tante Gemma trägt einen lächerlich bunten Weihnachtspullover mit Weihnachtsmann-Köpfen und fliegenden Rentieren, und irgendwie ist das perfekt.

Es gibt Gelächter und laute Gespräche, Meinungsverschiedenheiten, Neckereien. Luke schreit. Piper wirkt erschöpft. Detective West erzählt einen dreckigen Witz und alle lachen, außer seiner Frau, die errötet. *Also ehrlich, Schatz.*

Nach dem Weihnachtsessen helfen Paul und Henry beim Abwasch, und dann machen sie mit dem übermüdeten und quengeligen Luke einen Spaziergang durch die Nachbarschaft. Die Luft ist warm – Weihnachten in Florida –, der sternenübersäte Himmel ist von einem samtigen Mitternachtsblau. Überall ist die Verandabeleuchtung eingeschaltet, in großen Erkerfenstern glänzen Weihnachtsbäume, Kinderfahrräder liegen kreuz und quer in den Einfahrten, über den Garagentüren sind Basketballnetze angebracht, am Straßenrand stehen Autos. Überall feiern die Leute zusammen mit ihren Familien Weihnachten.

Familie. Das ist nur eine Geschichte, die wir uns über uns selbst erzählen, denkt Henry.

Wenn es irgendeine Dunkelheit in seinen Genen gibt, spürt er sie heute nicht. Er sieht sie auch nicht in den engelhaften Zügen seines Sohnes, der auf dem Arm seines Großvaters sitzt und sich die Augen reibt.

Er bezweifelt, dass er sie in seiner kleinen Tochter sehen wird, wenn sie kommt. Sie haben beschlossen, sie Alice zu nennen, zur Erinnerung an seine Mutter. Gemma gefällt das nicht, wie er an ihrem besorgten Stirnrunzeln gemerkt hat. Aber sie hat nichts gesagt. Piper und er haben es so entschieden. Eine Reverenz. Eine Entschuldigung. Eine Art Vergebung.

Er und sein Schwiegervater schweigen – Schweigen ist das, was ihre Beziehung vor allem prägt. Luke deutet auf den Mond, der gerade aufgeht, voll und hell.

Henry denkt an Catrina und wünscht sich, sie hätte heute bei ihnen sein können.

Aber sie hat ihre Wahl getroffen. Genau wie er selbst.

Am Ende hatte sie doch recht. Letztendlich ist das alles, worum es im Leben geht. Was man erschafft, was man aufbaut, was man hegt und pflegt. Natürlich, auch Biologie und Genetik sind wichtig.

Aber vor allem geht es darum, was man aus dem macht, was man mitbekommen hat.

»Wollen wir umkehren, mein Sohn?«, fragt Paul. Luke hat sein Köpfchen an Pauls Schulter gelegt, endlich müde vom Tag.

»Ja«, sagt Henry. »Gehen wir heim.«

49

HANNAH

Die Dämmerung bemalt den Himmel in einem feurigen Farbenspiel aus Orange, Rosa und Purpurrot, und das letzte Licht des Tages schimmert auf dem Küstenwasserweg. Hannah betrachtet den Sonnenuntergang durch das große Panoramafenster ihrer neuen Küche. Momentan graut ihr vor der Dunkelheit, vor der Nacht. Denn dann kommen Zweifel und Reue, Ängste und Sorgen. Tagsüber kann sie sich beschäftigen, hinter Gigi herlaufen und Besorgungen machen. Zudem hilft sie Bruce in ihrer neuen Rolle als Betriebsleiterin seiner Firma. Aber nachts, wenn alles ruhig ist, beginnen die Dämonen zu heulen.

»Ist schon gut«, sagt Bruce, der hinter sie getreten ist. Wie immer hat er ihre Stimmung gespürt. »Alles wird gut werden.«

»Mit mir ist alles okay«, versichert sie ihm. Und das stimmt. Meistens.

Die Hitze schlägt ihr ins Gesicht, als sie den Truthahn aus dem Ofen nimmt und den großen Bräter zum Abkühlen auf den Herd stellt. Bruce deckt den Tisch.

»Wie viele Gäste erwarten wir?«, fragt er.

»Weiß ich nicht genau«, sagt sie. »Deck für sechs Personen, für alle Fälle.« Gigi sitzt glücklich auf dem Fußboden und guckt zum hundertsten Mal »Buddy – Der Weihnachtself«, während Lou auf dem Sofa sitzt, strickt und liebevoll alle ihre Fragen beantwortet. *Wieso isst er das? Warum ist er so groß? Hat sein Papa ihn lieb?*

»Kann ich irgendwie helfen?«, ruft Lou.

»Tust du doch schon«, erwidert Hannah. »Dir mit Gigi diesen Film anzusehen ist das Beste, was du im Augenblick machen kannst.«

Lou lacht leise. »Eine schwere Aufgabe. Aber ich schaffe das.«

»Ooohhh! Der Weihnachtsmann!«, ruft Gigi voller Entzücken aus.

Während Hannah noch mehr Milch und Butter ins Kartoffelpüree rührt, wird sie von Dankbarkeit dafür überwältigt, dass sie ihre Familie hat. Aber sie spürt auch eine schreckliche Leere, eine dunkle Unterströmung.

Mako steht unter Hausarrest und wartet darauf, dass ihm wegen seiner Verbrechen der Prozess gemacht wird.

Und Sophia kann Bruce nicht verzeihen, dass er ihre Familie verraten hat. Leo ist da versöhnlicher, aber er wird immer für seine Frau Partei ergreifen. Jedenfalls haben die beiden entschieden, über die Feiertage zu verreisen, weit weg von den neuesten Nachrichten und den Blicken der Nachbarn. Sophias letzter Post auf Facebook kam aus den Niederlanden, ein schönes Foto von Hannahs lächelnden Eltern auf irgendeinem lichterglänzenden Weihnachtsmarkt. Es erfüllte Hannah mit Traurigkeit und Wut. Andere mussten die Konsequenzen für ihr Tun tragen, während sie selbst fröhlich durch die Welt gondelten.

Es ist das erste Mal, dass Hannah ohne ihre Ursprungsfamilie Weihnachten feiert. Sie versucht, heiter zu bleiben und sich an dem zu freuen, was sie haben, aber wenn sie ehrlich ist, kommt es ihr so vor, als würde sie für Dinge bestraft werden, die ihr Bruder getan hat. Und er wird immer ihr Bruder bleiben, ganz egal, wie viel Prozent ihrer DNA sie gemeinsam haben.

Offenbar hat Catrina Vorkehrungen für den Fall getroffen, dass sie vorzeitig zu Tode kommen sollte. Sie hat ausführlich Tagebuch über ihre genealogischen Abenteuer geführt und alles aufgeschrieben – wie sie von ihrem Vater erfuhr und wie sie seine Nachkommen aufgespürt hat.

Sie hat die zahlreichen Verbrechen ihrer Halbgeschwister gründlich recherchiert und ausführlich geschildert, wie sie das Leben derjenigen beendet hat, die von ihr für schuldig befunden wurden – oder wie sie deren Ende herbeiführte.

Alles Material wurde in einem Bankschließfach aufbewahrt. Den Schlüssel hatte ihr Anwalt, der ihn, als er von Catrinas Tod erfuhr, einer freien Journalistin schickte, einer Halbschwester, die Catrina durch das Samenspender-Register aufgespürt hatte. Die Journalistin hat einen langen, schonungslosen Artikel darüber in der Zeitschrift »The Atlantic« veröffentlicht, und offenbar soll noch ein Buch folgen. Es soll »Herkunft« heißen und ausführlich von Cats Reise und den Erfahrungen der Journalistin selbst berichten. Genau die Art Buch, die Hannah unter anderen Umständen sehr gern gelesen hätte.

»Ich glaube, es ist alles fertig«, sagt sie mit erzwungener Munterkeit in der Stimme. Bruce hilft ihr, die vollen Schüsseln und Platten auf den Tisch zu stellen, während Lou ihre Enkelin in ihrem Hochstuhl festschnallt.

Draußen wehen die Kokospalmen im letzten Licht des Tages, und Bruce erhebt sich, um das Tischgebet zu sprechen, etwas, das sie nicht immer tun. Man vergisst leicht, dankbar zu sein, wenn man harte Zeiten durchlebt.

»Es heißt immer, man kann sich seine Familie nicht aussuchen. Aber das ist nicht immer wahr. Wir treffen Entscheidungen. Und auf diesen Entscheidungen bauen wir unser Leben auf. Ich bin zutiefst dankbar für das Leben, das wir führen dürfen, für dieses Festmahl und den Komfort, in dem wir es genießen können. Nichts ist vollkommen. Uns stehen Herausforderungen bevor, die wir bewältigen müssen. Aber wurde uns je ein Rosengarten versprochen?«

Sie blicken sich über den Tisch hinweg in die Augen, während Gigi drauflos plappert.

»Was ich getan habe, hat uns Schmerz beschert, und das bedaure ich zutiefst. Aber manchmal bedeutet Schmerz auch, dass die Heilung einsetzt. Ich bin dankbar, dass wir gemeinsam in eine ungewisse Zukunft gehen werden.«

»Amen«, sagt Lou.

»Amen«, wiederholt Gigi und lacht. Hannah berührt ihre lieben seidigen Löckchen, ihre geröteten, engelsgleichen Wangen.

Gerade als sie mit dem Essen beginnen wollen, klingelt es.

Bruce steht auf und geht zur Tür, Hannah folgt ihm.

Auf der Veranda steht Cricket, die zerbrechlich und müde aussieht. Sie hatten in den letzten Monaten nicht viel Kontakt.

»Ich kann heute Abend sonst nirgends hin«, sagt sie. Und natürlich heißt Hannah sie willkommen und bittet sie herein. Im Flur bleiben sie stehen und umarmen sich lange.

Vor ungefähr einem Monat haben Hannah und Cricket die Mutter von Libby Cruz besucht und ihr von dem Abend erzählt, an dem Mako ihre Tochter vergewaltigte. Sie haben ihr alles gebeichtet und sich für die Rolle entschuldigt, die sie dabei gespielt haben. Sie haben versucht, sich nicht damit herauszureden, wie jung sie damals noch waren, oder dass sie es ja nicht wissen konnten oder dass sie versucht hätten, wegen der aus dem Ruder gelaufenen Party ihre eigene Haut zu retten.

Libbys Mutter behandelte sie mit mehr Mitgefühl, als sie verdient hatten.

»Aber tut bitte eins für mich, Mädels«, sagte sie, als sie in ihrem Wohnzimmer saßen. »Erzählt diese Geschichte allen weiter, damit jeder weiß, was wirklich mit Libby passiert ist. Damit andere Frauen es sich zweimal überlegen, ob sie solche schlimmen Taten vertuschen wollen. Sagt einfach die Wahrheit. Weil das anderen helfen könnte. Weil es wichtig ist.«

Sie versprachen es ihr.

»Aber vergesst nicht«, fuhr Mrs. Cruz fort, »Michael hat Libby vergewaltigt, nicht ihr. Und es war Libbys eigener Entschluss, sich das Leben zu nehmen, auch wenn ihre Depression eine wesentliche Rolle dabei spielte – die depressive Veranlagung hatte sie von meiner Seite der Familie. Also vergebt euch selbst. Lasst es hinter euch. Und macht es in Zukunft besser, um eurer selbst willen und für eure Töchter.«

Und das taten sie. Sie schrieben beide auf, was damals passiert war, und erklärten, warum sie sich damals, als Teenager, so verhalten hatten, um es dann auf Facebook zu posten.

Die Reaktionen waren gigantisch. Es hagelte Verurteilungen. Es gab Wut, Mitgefühl, Verständnis. Geständnisse. Sie verloren Freundinnen und Freunde, sie bekamen Hass-Mails und Todesdrohungen. Aber überraschend viele unbekannte Menschen hatten auch Mitgefühl mit ihnen und waren bereit, zwei sechzehnjährigen Mädchen ihre Schwäche und Niedertracht zu verzeihen.

Das ist der andere Grund dafür, dass Sophia den Kontakt zu ihrer Tochter praktisch abgebrochen hat. Hannah, die Brave. Die Verlässliche, die immer alles regelte. Die alles vertuschte und Geheimnisse für sich behielt. Die stets zur Rettung herbeieilte. Und es immer noch nicht übers Herz gebracht hat, ihrer Mutter von dem Kater Boots zu erzählen. Endlich hat sie die Wahrheit gesagt.

Sophia hingegen ist verschlossen wie eine Auster.

»Warum ein Samenspender? Warum habt ihr es uns nicht gesagt? Warum habt ihr das vor uns geheim gehalten?«, wollte Hannah wissen, als sie zusammen in der Küche ihrer Mutter saßen.

»Mal ganz ehrlich?«, war Sophias Antwort. »Das geht dich gar nichts an, Hannah.«

»Wie kannst du so etwas sagen?«, rief Hannah.

Sophia straffte die Schultern. »Ich wollte Kinder. Dein Vater konnte mir keine geben. Wir haben diese Entscheidung getroffen, und wir fanden es besser, dass ihr es nie erfahrt. Ganz offensichtlich lagen wir damit richtig.«

»Es war richtig, dass ihr gelogen habt?« Hannah starrte in ihre Kaffeetasse.

»Wir haben euch Liebe gegeben, Unterstützung, ein Zuhause, ein privilegiertes Leben. Was wolltest du denn noch von uns, Süße?«

Nur die Wahrheit, Mama, dachte sie, sprach es aber nicht aus. Im Glashaus konnte man schlecht mit Steinen werfen, oder?

»Wer hat diese Origins-Tests mitgebracht?«, wollte sie noch wissen.

»Musst du das wirklich fragen?«, hatte Sophias Antwort gelautet. »Dein Bruder natürlich. Er hatte die Wahrheit schon vor Jahren herausgefunden und wollte uns auf diese Weise zu einem Eingeständnis zwingen. Als er uns zum ersten Mal damit konfrontierte, war die Technologie noch nicht so weit. Die Tests waren noch ziemlich unzuverlässig. Aber jetzt – jetzt gibt es keine Geheimnisse mehr. Nicht im Bereich der Genetik.«

Weder ihre Mutter noch ihr Vater haben sich für ihre damalige Entscheidung entschuldigt, für ihre Lügen.

»Es wird mir niemals leidtun, dass ich dich als Tochter habe, egal, wie du entstanden bist«, hat Leo gesagt. »Der Rest spielt keine Rolle. Michael ist, wie er ist. Und egal, was er verbrochen hat, er ist immer noch unser Sohn.«

Jetzt löst Hannah sich aus Crickets Umarmung. »An unserem Tisch gibt es immer einen Platz für dich, das weißt du.«

Joshua ist fort. Er verschwand in jener Nacht aus dem Krankenhaus, und seitdem hat niemand mehr etwas von ihm gehört. Offenbar ist er Bitcoin-Millionär und hat mit Hilfe dieses Vermögens seine Flucht bewerkstelligt. Cricket schwört, dass er sie ghostet und sich nie wieder bei ihr gemeldet hat. Hannah weiß nicht genau, ob sie ihrer Freundin das abnehmen soll.

Gerade haben sich alle an den Tisch gesetzt, als es erneut an der Tür klingelt.

»Okay«, sagt Bruce und schaut Hannah an. »Hast du noch jemanden eingeladen?«

Hannah nickt. Als sie die Tür öffnet, steht eine hochschwangere Liza davor, einen Blumentopf mit atemberaubenden weißen Orchideen in der Hand. Wie durch ein Wunder haben sie und ihr Baby diese Nacht überlebt, und zum ersten Mal, seit Liza Mako kennengelernt hat, stehen sie und Hannah sich nahe. Das Paar lebt nicht mehr zusammen, aber Liza hat beschlossen, zu ihrem Mann zu stehen und ihn durch seinen Prozess zu begleiten. Was danach kommt, ist unsicher. Ein DNA-Test hat ergeben, dass das Kind, ein kleiner Junge, der im Januar zur Welt kommen soll, tatsächlich von Mako ist.

Wenn es Catrinas Ziel war, den Genpool von der DNA ihres Vaters zu reinigen, hat sie versagt.

»Ich war mir nicht sicher, ob deine Einladung ernstgemeint war«, sagt Liza, »und ich wusste nicht, ob ich kommen sollte. Aber hier bin ich.«

»Natürlich war die Einladung ernstgemeint«, sagt Hannah, legt den Arm um Liza und führt sie ins Haus. »Du gehörst zur Familie.«

Doch, sie sind eine Familie. Alle sind sie durch Blutsverwandtschaft, die Umstände oder Freundschaft verbunden. Liza wird Hannahs Neffen zur Welt bringen, Gigis Cousin, das Kind ihres Halbbruders. Und daran kann nichts etwas ändern, ganz gleich, was sie einander, anderen oder sich selbst angetan haben mögen.

Bruce spricht ein Tischgebet für die neu eingetroffenen Gäste. »Familie – es ist kompliziert. Und doch sind wir hier alle versammelt, unvollkommen, aber dauerhaft miteinander verbunden. Wir sind dankbar für diese Fülle, wie verschiedenartig und gefährdet sie auch sein mag. Ganz gleich, wie schwer unsere Lebensreise sein wird, Liebe bleibt stets das Licht am Ende des Tunnels.«

Sie essen.

Hannah sieht ihren Mann an, sein starkes Profil, die Augen, die seine Tochter geerbt hat. Etwas von der Traurigkeit, die sie empfindet, verflüchtigt sich. Was auch immer noch kommen mag, sie ist stolz auf sie, ihre eigene, selbst gegründete Familie, die Familie ihrer Wahl.

Danksagung

Eigentlich sollte es ja einfacher werden, aber irgendwie fällt es mir von Jahr zu Jahr schwerer, diese Danksagung zu schreiben. Aber das ist vielleicht nicht ganz richtig ausgedrückt. Vielleicht wird es mir nur immer wichtiger, es richtig hinzubekommen. Denn dies ist tatsächlich mein *zwanzigster* Roman. Und die Anzahl der Menschen, die wesentlich zur Entstehung und Veröffentlichung meiner Bücher beitragen und mein Leben als Autorin bereichern (das an den meisten Tagen von meinem Leben allgemein nicht zu trennen ist), wächst beständig. Ich bin über alle Maßen gesegnet, und die Aufgabe, meiner Dankbarkeit Ausdruck zu verleihen, überwältigt mich.

Mein Mann Jeffrey und unsere Tochter Ocean Rae sind das feste Fundament, auf dem mein Leben aufgebaut ist. Ohne sie wäre ich nicht der Mensch, der ich bin, oder die Autorin, die ich bin. Jeff, du bist die Liebe meines Lebens, mein Partner und Verbündeter, und mein bester Freund. Du leistest einen guten Job beim Leiten »der Firma« – und sorgst auf jede nur denkbare Weise für uns. Ocean, du bist bei weitem meine größte Leistung, unser größter Stolz und unsere tiefste Freude. Du bist eine Lichtbringerin, Freudestifterin, unser Nordstern. Unser geliebter Labradoodle, Jak Jak, ist mein treuer Schreibkumpel und Fußwärmer, und mahnt mich, mit der Arbeit voranzukommen, damit wir endlich Stöckchen werfen können.

Wenn ich die erste Manuskriptfassung an meine Lektorin Erika

Imranyi schicke, habe ich mich nach Kräften bemüht und alles gegeben – es ist das Beste, was ich zustande bringe. Mit Klugheit, Mitgefühl und Einsicht hilft sie mir dann, von dieser fehlerhaften ersten Version zu dem Buch zu gelangen, das ich mir erhofft hatte. Es ist eine Reise, die wir gemeinsam unternehmen. Und ich wünschte, wir könnten die Rohfassung mit ihren Kommentaren am Rand veröffentlichen – komplett mit allem Hin und Her, witzigen Bemerkungen und Emojis! Und die Verlagsteams bei HarperCollins, Harlequin und Park Row sind der Traum jedes Autors. Ich kann gar nicht genug Lob über die fabelhaften Teams in den USA, in Kanada und Großbritannien äußern, von den unerschütterlichen Textredaktionen bis zu den visionären Grafikabteilungen und den unerschrockenen Marketing- und Vertriebs-Teams. Mein besonderer Dank gilt Loriana Sacilotto, Verlegerin und Executive Vice President, sowie der Cheflektorin Margaret Marbury für ihre herausragenden Führungsqualitäten und ihre Leidenschaft fürs Büchermachen. Besonders dankbar bin ich der Redaktionsassistentin Nicole Luongo und der großartigen Pressefrau Emer Flounders für ihren unermüdlichen Einsatz.

Meine Literaturagentin Amy Berkower von der fabelhaften Agentur Writers House ist meine unermüdliche Unterstützerin und eine furchtlose Kapitänin, die mir hilft, durch die Gewässer des Literaturbetriebs zu navigieren. Ein großer Dank auch an ihre Assistentin Meridith Viguet für ihre Herzenswärme, ihren Humor und ihre unvergleichlichen Fähigkeiten in allen Dingen, sowie an die großartige internationale Lizenzabteilung, die überall auf dem Globus ein Heim für meine Bücher findet. Merci! Danke! Gracias!

Wie könnte eine Autorin ohne ihre Freundinnen und Freunde überleben? Meine feuern mich an guten Tagen an und helfen mir an den schlechten durch die Zeit. Jedes Jahr sind sie gezwungen, an Signierstunden teilzunehmen, Rohfassungen meiner Bücher zu lesen und meine Social-Media-Posts zu ertragen. Aber sie mögen mich trotzdem! Und ich mag sie! Erin Mitchell, eine Stimme der Weisheit und gute Freundin, ist eine intensive Leserin meiner Manuskripte, macht unermüdlich Werbung für meine Bücher und zähmt meine Inbox. Karin Slaughter und Alafair Burke sind das Dorf auf meinem iPhone, wenn wir uns über das Leben, das Schreiben und Bücherveröffentlichen austauschen – größtenteils durch einen Code aus Memes und Emojis, den nur wir verstehen. Heather Mikesell, die schon immer frühe Fassungen meiner Bücher gelesen hat, ist eine adleräugige Lektorin und meine beste Freundin. Nichts kommt mir fertig vor, bevor sie es gelesen hat! Jennifer Manfrey ist immer auf Standby und bereit, tief in irgendein obskures Thema einzutauchen, das mich gerade umtreibt. Tara Popick und Marion Chartoff haben das zweifelhafte Vergnügen, mich seit dem College beziehungsweise der Grundschule zu kennen. Und sie gehen immer noch ans Telefon, wenn ich anrufe! Ich habe das Gefühl, als wären Gretchen Koss und ich alte Bücherveröffentlichungs-Kumpel, als würden wir einander seit Ewigkeiten kennen, obwohl wir uns erst vor kurzem begegnet sind. Ich bin so dankbar für ihre Unterstützung, ihren Sinn für Humor und ihre gewaltige Publicity-Kompetenz. Ein großes Dankeschön an Team Waterside – Kathy Bernhardt, Colleen Chappell, Marie Chinicci-Everitt, Rhea Echols, Karen Poinelli, Tim Flight, Jen Outze und Heidi Ackers, um nur ein paar zu nennen. Sie sind mein Heimteam, lesen und unterstützen, erscheinen bei Lesungen und sind auf jede nur denkbare Weise für mich da.

Meiner Mutter Virginia Miscione, frühere Bibliothekarin und eifrige Leserin, verdanke ich meine Liebe zu Geschichten in jeder Form: als Bücher, Kino- und Fernsehfilme, im Theater. Sie bleibt eine meiner ersten und wichtigsten Leserinnen. Normalerweise gebe ich meinem Vater, Joseph Miscione, kein großes »Shout-Out«, sondern erwähne nur, dass er mir davon abgeraten hat, meinen Traum vom Schreiben zu verwirklichen. Ich sollte mir lieber einen ordentlichen Job suchen. Wenn ich auf einem Podium sitze, bekomme ich immer viele Lacher dafür – besonders, wenn er anwesend ist! (Es ist aber ein durchaus guter Rat. Ich hatte entgegen aller Erwartungen Erfolg!) Doch er und meine Mutter waren immer das Sicherheitsnetz unter mir, während ich den Seiltanz wage, den wir Leben nennen. Danke, Mama und Papa, dass ihr immer für mich da wart. Und natürlich danke ich meinem Bruder Joe dafür, dass er schamlos mit mir angibt, meine Bücher in Buchhandlungen auslegt und Werbung für sie macht.

Wie immer waren Recherchen ein wichtiger Teil des Schreibprozesses. Es ist eine Art unaufhörlicher Prozess: Lesen, Recherchieren, Schreiben, Leben. Während der Pandemie verbrachte ich eine schöne Zeit in Teilen von Georgia, die ich noch nicht kannte, und war hingerissen von der Ruhe und der unberührten Schönheit der Natur in diesem Bundesstaat. Wir wohnten in einigen wirklich herrlichen, luxuriösen Ferienhäusern, und in einem dieser Ferienhäuser kam mir die Idee zu diesem Roman. Denn warum sollte ich einfach meinen Urlaub genießen wie jeder andere auch, anstatt mir die finstersten Szenarien auszumalen, während ich nachts wach lag und mich fragte, wer wohl sonst noch den Türcode für das Haus haben könnte. Sie sehen, wie das bei mir so läuft!

Das Buch »The Lost Family: How DNA Testing is Upending Who We Are« von Libby Copeland ermöglichte es mir, tief in die Frage einzutauchen, wie wir auf der Suche nach unserer Herkunft sensible Daten preisgeben. Jeanette Stewart, eine Freundin und Hobby-Ahnenforscherin, half mir, mich in der Welt der Online-Genealogie zurechtzufinden. Wir brachten eine faszinierende Zeit damit zu, ein dunkles Kapitel meiner eigenen Familiengeschichte zu erforschen, und wir haben ein paar wirklich schockierende Fakten ausgegraben. Da könnte noch ein weiterer Roman drin sein. Bleiben Sie dran!

Eine Autorin ist nichts ohne ihre Leserinnen und Leser. Alles, was ich schreibe, ist für Sie. Einige von Ihnen begleiten mich seit meinem ersten Buch. Und da dieses Buch mein zwanzigster Roman ist, heißt das, seit mehr als zwanzig Jahren. Wahnsinn! Es ehrt mich, dass Sie mir immer noch die Treue halten. Ich höre durch Mails und auf meinen Social-Media-Plattformen von Ihnen und sehe Ihre wunderbaren Gesichter immer wieder bei meinen Lesungen auftauchen – in Präsenz oder Online. Es bedeutet mir viel, dass meine Geschichten, meine Figuren, meine Worte ein Zuhause in Ihren Köpfen und Herzen gefunden haben. Ich danke Ihnen dafür, dass Sie meine Bücher lesen, sie kaufen oder sich in Bibliotheken ausleihen, dass Sie Kritiken schreiben, meine Bücher weitergeben und von ihnen erzählen. Ich bin froh über jede Einzelne und jeden Einzelnen von Ihnen.

Viel Spaß beim Lesen!